HIJAS DE AMÉRICA LATINA

UNA ANTOLOGÍA GLOBAL

EDITADA POR
SANDRA GUZMÁN

TRADUCCIÓN DE LOS TEXTOS
EN INGLÉS POR RAQUEL SALAS RIVERA

HarperCollins *Español*

Dedicado a todas las matriarcas que me criaron.

Los libros de HarperCollins Español pueden ser adquiridos con fines educativos, empresariales o promocionales. Para más información, envíe un correo electrónico a SPsales@harpercollins.com.

PRIMERA EDICIÓN

Título original: *Daughters of Latin America*
Publicado en inglés por Amistad en los Estados Unidos en 2023

Diseño adaptado de la edición en inglés de Nancy Singer
Ilustraciones de la luna:
Páginas 27, 69, 123, 167, 245, 423 y 467 © Dancake/Shutterstock
Páginas 33, 203, 293, 323, 365, 507 y 559 © Kim404/Shutterstock

Traducción de los textos originales en inglés por Raquel Salas Rivera

La lista completa de los textos con derechos de autor citados se encuentra en la página 607.

Este libro ha sido debidamente catalogado en la Biblioteca del Congreso de los Estados Unidos.

ISBN 978-0-06-324513-6

23 24 25 26 27 LBC 5 4 3 2 1

Porque soy mujer rocío fresco, dice
Soy mujer rocío húmedo, dice
Soy la mujer del alba, dice
Soy la mujer día, dice
Soy la mujer santo, dice
Soy la mujer espíritu, dice
Soy la mujer que trabaja, dice
Soy la mujer que está debajo del árbol que gotea, dice
Soy la mujer crepúsculo, dice
Soy la mujer del huipil pulcro, dice
Soy la mujer remolino, dice
Soy la mujer que mira hacia dentro, dice
Porque puedo hablar con Benito Juárez
Porque me acompaña nuestra hermosa Virgen
Porque podemos subir al cielo
Soy la mujer que ve a Benito Juárez
Porque soy la mujer licenciada
Porque soy la mujer pura
Soy la mujer de bien
Porque puedo entrar y puedo salir
en el reino de la muerte
Porque vengo buscando por debajo del agua
desde la orilla opuesta
Porque soy la mujer que brota
Soy la mujer que puede ser arrancada, dice
Soy la mujer doctora, dice
Soy la mujer hierbera, dice

—*María Sabina*

EL REZO DE LA ESCRITORA

Que mi entrada a la escritura no encuentre resistencia
y pueda esforzarme en la mugre del caos.
Del desorden, ser partera del orden
e invitar algo nuevo a la existencia.
Que pueda tocar los cuerpos de otras
y así conmover sus almas.

—*Gloria E. Anzaldúa*

Contenido

LUNA SAGAZ ✳ 69

LUNA CÓSMICA ✳ 123

LUNA EXALTADA ✳ 167

Una ceremonia literaria

Por Sandra Guzmán

Yo curo con lenguaje. Nada más.
—*María Sabina*

Hijas de América Latina es un caminar por universos luminosos de textos que navegan a través del espacio y el tiempo, de géneros, estilos y tradiciones. Esta titánica antología, que establece un nuevo canon literario, abarca más de cinco siglos de la palabra escrita y oral, que contienen y rescatan la sabiduría, la memoria y el ADN de tradiciones más antiguas que el tiempo mismo. Para mí es un inmenso placer poder compartir las palabras de estas majestuosas mujeres con ustedes.

Algunas de las Hijas incluidas en este volumen lo han arriesgado todo para escribir: se enclaustraron en conventos, escaparon de las balas y de la violencia doméstica, o vivieron y murieron escondidas en el clóset. Lucharon en revoluciones junto a hombres guerrilleros. Fueron encarceladas, hostigadas, asesinadas, torturadas, esclavizadas y exiliadas. Una de ellas vendió su cuerpo para comprar lápiz y papel, y así plasmar el cortante testimonio de su vida transcurrida en una favela en Brasil; otra escribió bajo un pseudónimo masculino para poder criticar al patriarcado y la Iglesia católica durante el siglo XIX.

Estas mujeres escribieron y escriben para desafiar los mismos po-
deres, estructuras e instituciones que intentaron e intentan desapare-
cerlas y silenciarlas. Escriben para crear su propio ser, para protestar,
para recuperar la memoria, para celebrar y para sanar. Escriben para
iluminar y para liberarse, y en el proceso, nos ayudan a liberarnos.

América Latina, una región del mundo que ha estado en perpe-
tuo conflicto desde que los cañones de la Corona española llegaron
a invadirla en 1492, ha sido la cuna de importantes conversaciones
en torno al intelecto de la mujer, a sus derechos y libertades, y a
cómo vivir en un sistema que no nos acepta como seres completos,
capaces de liderar países y comunidades, estudiar y desarrollar al
máximo nuestro potencial humano. Los textos compilados en *Hijas
de América Latina* recuperan la memoria, crean significado, ilumi-
nan, construyen comunidades y las protegen, engendran espacios
sagrados y seguros. Los escritos de estas Hijas hacen y rehacen el
mundo. Sus palabras obligaron y obligan al cambio.

Esta obra precursora de alcance internacional acoge a 139 Hijas
de América Latina: ancestras y contemporáneas de ascendencia o
identidad Latinoamericana y del Caribe, con raíces en cincuenta
naciones, y asentadas en cientos de ciudades, pueblos y comunida-
des alrededor del mundo. Hijas conectadas por un cordón umbilical
cósmico que nos ata a las tierras sagradas de nuestras ancestras. La
más joven tiene veintisiete años y la mayor, noventa y dos. Han
escrito en veintiún idiomas, incluyendo dieciocho lenguas origina-
rias de las Américas. Entre ellas, hay dramaturgas, poetas, nove-
listas, cuentistas, escritoras de memorias, cantautoras, ensayistas,
periodistas y académicas; varias han sido becarias de las fundaciones
Guggenheim y MacArthur, una buena cantidad ha ocupado las lis-
tas de los libros más vendidos del *New York Times* y una es miembro
del Congreso de los Estados Unidos; hay ganadoras, entre otros, de
los premios Pulitzer, Grammy, Goldman, Cervantes, Sor Juana Inés

de la Cruz y Alfaguara; una fue galardonada con un León de Oro en la Bienal de Venecia, tres son poetas laureadas de los Estados Unidos y dos recibieron el Premio Nobel de Literatura: una el oficial y la otra el alternativo de 2018.

Este volumen incluye poemas, epístolas, obras de teatro, canciones, cantos, oraciones, fragmentos de novelas, cuentos, entradas de diarios, ensayos líricos y personales, opiniones y discursos. Algunas de estas mujeres han difundido sus obras solo localmente en libros artesanales autopublicados; otras tienen catálogos de más de cuarenta libros en grandes casas editoriales. Una contribuidora, la ancestra Mazateca María Sabina, un prodigio literario que «curaba con el lenguaje», no escribía ni leía. Ella nos recuerda que «las palabras son medicina y la medicina es el aliento». Su poesía —como la obra de muchas mujeres Negras y de los Pueblos Originarios aquí incluidas— está enraizada en las ceremonias y los rituales espirituales. Quizás por pertenecer a una tradición literaria oral y no escrita, y tal vez como consecuencia de la mirada machista y colonial eurocéntrica, la singular voz poética de la sabia fue menospreciada en su tiempo y aún no ha recibido el reconocimiento que merece. Las pocas grabaciones que existen de sus cantos —uno de los cuales inaugura esta antología— nos permiten vislumbrar su genio y el poder de sus palabras para elevar y transportar el alma.

Esta antología ha sido inspirada para reunirnos y contrarrestar juntas la invisibilización y los mitos que existen en torno a la literatura y el talento de las mujeres Latinas; un junte maravilloso de las poderosas Hijas de América Latina, en donde quiera que estemos alzando nuestras voces. Esta es una colección expansiva que resiste y trasciende los límites y las fronteras geográficas, así como la estrecha visión colona de lo que deben ser las naciones que componen Latinoamérica, y de lo que se considera literatura. Por eso, tiende puentes para conectarnos las unas a la otras: de Chicago a São Paulo, de Loíza a Montevideo, de Portsmouth a Puerto Príncipe, del Bronx a La Habana, de Chiapas a Pointe-à-Pitre, y más allá.

Se considera que Latinoamérica es la región más diversa del mundo; por ejemplo, allí viven más de 130 millones de personas de ascendencia Africana y la mayor parte está en Brasil, que a su vez concentra la comunidad Japonesa más grande fuera de Japón. Además, en el territorio que hoy llamamos «Latinoamérica» habitan también naciones ancestrales, con sus propias culturas, maneras de ser, filosofías de vida y cosmovisiones, que coexisten con los Estados nación contemporáneos. Por ende, estas también son las Hijas de los Pueblos Originarios, de África, de Asia y de la diáspora Judía. Son las voces del cosmos que en sus palabras nos entregan la medicina para sanar a este mundo herido.

Este encuentro es solo una pequeña muestra del enorme talento de las escritoras de América Latina. Y si alguna vez este ha sido puesto en duda —por ejemplo, muchas de ellas han liderado importantes movimientos literarios sin que se les mencione junto a sus pares masculinos—, que este libro sirva como rescate y reivindicación de su genio. El trabajo continúa.

Sueño con una biblioteca como la que describe la dramaturga Boricua Quiara Alegría Hudes en su hermoso texto «¿Acaso alguien conoce a un arquitecto del barrio que esté afuego?»: «Cada pulgada de la biblioteca nos describía. Debajo de la cúpula de la cátedra, ninguna palabra incorrecta se nos pegaba, porque teníamos un léxico armado que surgía de nuestras vidas».

✦ ✦ ✦

Mientras trabajaba en la curaduría de este hermoso libro, ocurrió lo extraordinario: mi amada madre falleció en mis brazos. La grandeza de ayudar a guiar al plano ancestral a la mujer que me dio luz es una ofrenda que todavía estoy descifrando. En la tradición del clan Afroindígena Caribeño al que pertenezco, la muerte no existe: hay vida después de la vida; nuestros seres nunca se van. Elles transmutan a la esencia y con frecuencia regresan a visitarnos en sueños. Así que, un año después de haber trascendido, mi madre vino a conversar conmigo. En el sueño estábamos en la acera frente al edificio donde crecí en Jersey City, New Jersey, unas cuadras al oeste del río Hudson, desde donde se podía apreciar la esplendorosa vista de los rascacielos de Manhattan. No estábamos solas. Había cientos de mujeres vestidas con diferentes atuendos: uniformes militares, shorcitos de bailarina, batas, vestidos de gala, pantalones, chalecos y faldas de verano deslumbrantes; algunas usaban sombreros de vaqueras y, otras, gorras de béisbol; llevaban afros, trenzas, pelucas, moños y pelos lacios, recién alisados en el beauty. Era un universo de belleza y ferocidad. Había mujeres de todos los tamaños, edades, etnias, razas y culturas. Mi madre y yo estábamos sentadas en un círculo con tres de mis tías, también ancestras, sobre un mantel bordado con colibríes Puertorriqueños y radiantes flores de maga rojas. De momento, las mujeres en la calle empezaron a bailar, a marchar, a moverse juntas y solas, en una escena magnífica; parecían un murmullo de estorninos pintos a la puesta del sol. Mi madre volvió a mirarme y sobre el gran espectáculo, me dijo: «Esto es lo que se llama feminismo performático. No lo confundas con el matriarcado. Las cosas no van a cambiar mucho si las feministas continúan actuando la liberación femenina mientras ignoran el matriarcado». Mi madre continuó: «El trabajo de la igualdad de la mujer tiene que ir más profundo; hay sabiduría en el ADN del matriarcado que sanará nuestras familias, nuestras comunidades y el mundo. Ese es el único camino hacia la libertad de la mujer».

Este libro se inscribe en la tradición del matriarcado. Las mujeres que están aquí están comprometidas con el desmantelamiento del monstruoso sistema opresor, el patriarcado. Lo hacen a través de la acción y el arte de la literatura. No son víctimas: tienen agencia y reconocen su poder. Su brillante trabajo deslumbra y sobrepasa la resistencia: empuja y derriba murallas.

Las Hijas de América Latina han estado comprometidas con la palabra por siglos, aunque algunas nunca recibieron el crédito que merecían durante su trayectoria vital. O lo recibieron tarde, como la maestra precursora del posmodernismo Latinoamericano Albalucía Ángel, cuyo poema «La mujer águila» se incluye aquí. Silenciada por un mundo editorial machista y rechazada en Colombia, vivió más de cinco décadas en el exilio, desde donde se atrevió a escribir de una manera excepcional sobre la violencia en su país natal. A pesar de ser una figura importante en el boom literario Latinoamericano, hasta hace poco rara vez se la mencionaba junto con los hombres que protagonizaron el movimiento, como Gabriel García Márquez, Julio Cortázar y Carlos Fuentes. Hoy una nueva generación de lectoras Colombianas ha elevado su trabajo y Albalucía finalmente está recibiendo la atención y el reconocimiento que se le adeudan desde hace tanto tiempo.

Esa arrogancia del mundo editorial en este lado del Atlántico, así como la mirada europea, fueron desafiadas por la Argentina Rita Laura Segato, una de las más brillantes feministas contemporáneas. En un discurso pronunciado en la Feria Internacional del Libro de Buenos Aires en 2019 —del cual se incluye aquí un fragmento—, Segato retó a García Márquez y a su desafortunada obsesión eurocéntrica, que se evidencia en su discurso de aceptación del Premio Nobel, por ser visto, aceptado y elogiado por Europa, y por España en particular.

«La historia del norte excluye la historia del sur y la historia del sur se excluye a sí misma. En ese vacío entre ambos, la precariedad y la falta de documentación establecen su no lugar en otra realidad», dice la artista visual y poeta Chilena Cecilia Vicuña, cuyo poema «Clepsidra» está incluido aquí. El llamado de Vicuña es a cuestionar y desafiar esa exclusión del norte global; a ampliar la mirada y dirigirla hacia la «precariedad» —las condiciones de fragilidad, marginación y vulnerabilidad— que se viven en el sur, reconociendo la importancia de documentar y valorar estas experiencias.

Siguiendo la tradición de las matriarcas que me criaron, en particular de una de mis heroínas literarias y ganadora del Premio Nobel de Literatura, la majestuosa Toni Morrison, puedo afirmar que todas las Hijas que cobija este volumen escriben en contra de las jerarquías y los desequilibrios de poder, libres de la mirada del opresor.

La tierra es también una ancestra presente en el trabajo de estas Hijas. En toda su esplendorosa diversidad, ella es el corazón de estos textos: la amplitud de las montañas y la majestuosidad de los montes, los bosques, la selva tropical, los ríos, los océanos, los lagos, los desiertos, los valles y los volcanes. En esta tierra fértil y sus aguas, que sustenta a miles de culturas, yace la materia prima y espiritual que inspira a muchas de estas mujeres.

Tal vez por ser la región donde hay más fuentes hídricas en el mundo, Latinoamérica se siente como el lugar donde convergen todas las aguas del planeta. Donde se vive en *nepantla*, ese espacio liminal que nos describe la Mexicana Elsa Cross en el poema que lleva el mismo nombre. O que, tomando las palabras de otra poeta, la Cubana Dulce María Loynaz, es «un drama geográfico». Aunque Loynaz se refería a las Canarias, su definición se puede extrapolar a América Latina entera: cuarenta y ocho naciones, territorios ocupados, cristianizados, renombrados, divididos entre los megaimperios europeos y el norteamericano; vendidos ilegalmente, intercambiados, saqueados, invadidos con milicia y colonizados por filibusteros en busca de riquezas y aventuras. Todavía.

En su poema «Envío señales de humo a Marte», la poeta Dominicana Estadounidense Elizabeth Acevedo invoca a la Jeca Taína del siglo xiv, la gran Anacaona, desde su azotea en Harlem, Nueva York, y celebra la unidad regional y convivialidad precolombina, cuando nosotras nos protegíamos las unas a las otras:

así son las islas   aprendí   en harlem   en la history

el otro día asesinaron a otra persona negra

a plena luz del día   ante todo el universo   se lanza una nave espacial

las canoas, dijeron los taínos,

después de que colón volviera a españa,

mataron a la contingencia de españoles que dejó atrás   después de que quemaron

el asentamiento que colón había exigido construir:

los taínos se metieron en los barcos
isla… isla… isla… isla llamadas perdidas de anacaona a moctezuma

no sueño con sembrar la bandera en tierra ensangrentada. aquí me sobra el lado oscuro.

y, a veces, mi picazón por descubrir algo que no es asunto mío me eriza la piel.   no estoy diciendo que no lo tenga por dentro.   estoy diciendo que la negra siempre está aquí

la india llegó primero

el remo nos señala que nos callemos desde el agua
el diablo ahora viene por ti
les advierto a mis primas que viven en las estrellas.

Si consideramos, por ejemplo, que en pleno siglo xx, los colonos europeos que llegaron a explotar la Tierra del Fuego en el sur de Chile promovieron y financiaron la caza y el exterminio del pueblo Selk'nam —pagaban el equivalente de cien dólares por los testículos de un hombre, cincuenta por las tetas de una mujer y cinco por la orejita de un bebé—, retumbarán con más fuerza en nuestros corazones los textos de las mujeres de los Pueblos Originarios incluidas en esta antología. Entre ellas, Daniela Catrileo, Lila Downs, Victoria Margarita Colaj Curruchiche, Natalia Toledo, María Clara Sharupi Jua, Nadia López García, Rosa Chávez, Berichá, Vicenta María Siosi Pino, Irma Pineda, Brigitte Zacarías Watson, Caridad de la Luz, Mikeas Sánchez, Sonia Guiñansaca, María Sabina, Alba Eiragi Duarte, Lindantonella Solano Mendoza, Yásnaya Elena Aguilar Gil, Berta Cáceres y Elizabeth Acevedo.

Algunos de estos textos han atravesado por lo menos dos umbrales lingüísticos para llegar de su lengua materna ancestral al español. Es muy significativo que sus autoras hablen y escriban en las lenguas de sus abuelas. Estas mujeres combaten el lingüicidio y a la vez batallan contra una estadística violenta que da cuenta de la acelerada desaparición de las lenguas ancestrales. Dice Yásnaya Aguilar Gil, lingüista y activista Mixe: «Nuestras lenguas no mueren, son asesinadas».

Según la Unesco, cada catorce días muere una lengua en el mundo. Y de las más de 6700 lenguas originarias que se hablan hoy, al menos el 40 % está en un alarmante peligro de extinción antes de que se acabe el siglo.

¿Qué sucede cuando desaparece una lengua? El mundo es menos sin sus cantos. La lengua es como la flora y la fauna: define a un pueblo y su cosmovisión, a una nación, a una cultura. Cada palabra es como una semilla que en sí misma contiene un universo y sus mitos fundacionales. Cuando una lengua ancestral muere, perdemos también sus historias y una conexión particular con la tierra, con el cosmos y con y entre nosotros. Incluir los textos de mujeres Indígenas en sus lenguas originarias y en sus sistemas de escritura fue una decisión política. «Justicia racial y social», dice la poeta Maya K'iche'-cakchiquel, Rosa Chávez, cuyos poemas están incluidos. Una experiencia visible y tangible que invita a quienes se encuentren con esta obra a trascender los idiomas que se han convertido en la *lingua franca* del planeta.

Lamentablemente, para la segunda década del siglo xxi los Pueblos Originarios de las Américas continúan viviendo una versión del «Sendero de Lágrimas» (como se conoce al desplazamiento forzado que sufrieron los indígenas Cherokee en el siglo xix cuando el gobierno de los Estados Unidos los expulsó violentamente de sus territorios ancestrales). Exiliados de sus tierras por dictadores, grupos armados y catástrofes climáticas, o como consecuencia del saqueo y la explotación de los recursos naturales que promueven los gobiernos con políticas extractivistas. Víctimas de la minería ilegal y de multinacionales del G20 que practican la agricultura industrial, construyen represas y cambian el rumbo de los ríos, extraen gas, minerales y petróleo, y dejan la tierra sagrada quemada e infértil, y sus aguas envenenadas. En 2016, Berta Cáceres, una lideresa y protectora de las aguas y la tierra de la nación Lenca en Honduras —cuyo discurso de aceptación del Premio Goldman está aquí incluido—, fue asesinada por un grupo de mercenarios que entraron a su casa en la madrugada y la mataron en frente de sus hijes. El cabecilla del asesinato, un soldado entrenado en los Estados Unidos, que aprendió los fundamentos de guerra, táctica y armas en West Point, dirigía la construcción de una represa en el río Gualcarque, sagrado para al pueblo Lenca; fue condenado por planificar su asesinato y sentenciado a veintidós años de prisión en 2021. Las Hijas que viven en los Estados Unidos también enfrentan sexismo, racismo, transfobia, homofobia e invisibilidad; humillaciones en la nación que también es su casa. Y es en este terreno de revolución, guerra, opresión, inmigración, emigración, persecución, violencia, exilio, desalojo, pero también de belleza paradisíaca, llena de gozo, gloria y culturas majestuosas, donde brota la extraordinaria materia prima de la que se nutre el trabajo de estas mujeres.

Las Hijas de América Latina han estado comprometidas con la literatura dinámica —oral y textual— por siglos, desde mucho antes de que se inventara la imprenta europea hacia 1440. Las escritoras Maya, por ejemplo, escribían y escriben en papel amtl, elaborado a partir de la corteza del árbol de amate, que es más duradero que el papiro. Misioneros franciscanos desquiciados quemaron miles de esos libros —códices— en fogatas durante los años de la Conquista, bajo la excusa racista de que contenían mensajes diabólicos. Solo tres o cuatro sobreviven ¡y están en colecciones privadas y ahora con nombres europeos! Como decía mi madre santa: los colonos le cambian el nombre a todo, ¡y se adueñan de todo también! A lo largo de la región, mujeres escribas de los Pueblos Originarios tallaban piedras por las riberas de los ríos y dentro de las cuevas. En el archipiélago de Borikén, donde nací, hay más de tres mil de estos «libros en piedras», los famosos petroglifos. Estos libros, de piedra y de papel, enseñaban sobre astronomía, cosmología, maternidad, ritos, la caza, geometría sagrada y los elementos, y servían y sirven como calendarios para la siembra y la cosecha.

Mientras los libros de papel fueron quemados, las historias sobrevivieron compartidas de boca en boca, transmitidas de generación en generación, de ritual en ritual. Canciones infantiles, adivinanzas y oraciones; cantos sanadores que han perdurado a lo largo del tiempo, atravesando regiones, fronteras y eras. Uno de los mejores ejemplos de esta tradición literaria oral es la gran poeta y chamana Mazateca María Sabina. Hoy es conocida en todo el mundo como la gran diosa de los hongos, pero pocos también la reconocen como una de las poetas más visionarias del siglo xx en Latinoamérica. Me llena de inmensa felicidad presentar su trabajo literario a nuevos lectores como una poeta majestuosa en la tradición oral, la misma de Homero, el poeta analfabeto y «autor» de los muy respetados clásicos europeos *La Ilíada* y *La Odisea*.

Cuando la colonización, el genocidio y el lingüicidio comenzaron en las Américas, se erigieron iglesias, los misioneros se dispersaron por la región, los libros fueron quemados, las Diosas fueron descartadas, las curanderas fueron perseguidas y acribilladas y la esclavitud se convirtió en una fuente de ingresos para los colonos. Los colonos emprendían la construcción de países, y con ellos llegó el patriarcado. ¡Y ellos nos llamaban salvajes! La ironía… En este nuevo sistema eurocéntrico cristiano, las mujeres eran consideradas propiedad del hombre y estaba proscrito —muchas veces incluso para las hijas de colonos— que aprendieran a leer y escribir, o tuvieran vidas intelectuales. Entonces, durante la época colonial, algunas de las Hijas tuvieron que enclaustrarse en monasterios y hoy, más de seiscientos años después, estas monjas nos recuerdan las estrategias que emplearon para sobrevivir a la opresión.

Invito a las lectoras del siglo xxi a regresar a los textos de las monjas de las Américas con ojos de principiantes. La más conocida de ellas es la Mexicana sor Juana Inés de la Cruz, una mujer brillante, que hablaba y escribía con fluidez en español, latín y náhuatl, lengua Indígena por cuyo estudio se interesó particularmente. Fue una poeta, filósofa, académica y dramaturga, hoy a todas luces feminista. Entró al convento para no casarse y poder llevar una vida intelectual; por sus escritos seculares y su pasión por el conocimiento fue violentamente perseguida por altos miembros del clero. En *La respuesta a sor Filotea de la Cruz*, que escribió en 1691, ofrece una réplica lírica y apasionada de más de 30 000 palabras a un obispo que, anónimamente, bajo el pseudónimo de una monja, publicó un texto cuestionando la capacidad intelectual de la mujer. Parte poema, parte ensayo lírico autobiográfico, este texto se considera el primer manifiesto feminista del mundo y aquí se incluye un fragmento. Sor Juana muy sabiamente resaltó las virtudes de la filosofía y de la cocina con la famosa frase que reza: «Si Aristóteles hubiera guisado, mucho más hubiera escrito». ¡Y probablemente hasta mejor! Yo me imagino a sor Juana riéndose a carcajadas después de soltar la pluma.

América Latina es una de las regiones con mayor diversidad étnica, racial, lingüística y religiosa del planeta, y también lo son sus Hijas. Algunas siguen en las tierras de sus abuelas y abuelos; otras decidieron migrar o fueron obligadas al exilio por regímenes fascistas e imperialistas, la guerra, el desplazamiento forzado, la persecución política y de género, la gentrificación y las catástrofes económicas y climáticas, y ahora ocupan todas las esquinas del planeta. No importa cuán lejos estén de sus raíces y tierras, ellas cargan la memoria, el dolor y las semillas que germinan en donde quiera que estén. Como escribe le poeta Kichwa-Kañari Sonia Guiñansaca en su poema «Runa traducida»: «[…] hablo un español quebrado/ el inglés con un fuerte acento neoyorquino/ me pregunto si mi lengua algún día sanará de este romper/ […]. Y ahora me pregunto si mi Abuelita me amaría así, cuir […]. Pero la herida se siente en tres lenguas».

Es importante recordar que en América Latina existen naciones dentro de naciones. La lingüista Mixe Yásnaya Elena Aguilar Gil, en una conversación con la periodista Karla Sánchez incluida en esta antología, anotó que en el México moderno existen más de 365 dialectos y lenguas; es posible hablar una lengua ancestral diferente cada día del año, ninguna de los colonos. En el renacimiento actual que viven las escritoras Latinoamericanas, las Hijas de los Pueblos Originarios plasman sus historias —muchas de ellas relatos ancestrales de la tradición oral— en sus lenguas maternas. Es emocionante saber que varias de esas voces están incluidas en esta antología.

De modo que el trabajo de les traductores literaries fue fundamental en el tejido de esta antología. Elles atravesaron culturas ancestrales y viajaron a través de ideas y palabras, épocas, filosofías y cosmovisiones para traer estos textos al español y obsequiarnos la gloria de acercarnos a nuevos mundos y nuevas maneras de entender el planeta. Si tomamos en cuenta que hay veintidós lenguas reunidas aquí —incluyendo varias lenguas originarias—, esta antología adquiere también la dimensión de un impresionante trabajo de traducción literaria.

Otra de mis intenciones con esta obra fue elevar y poner en el centro a las Hijas Afrolatinas, quienes, como las Hijas de los Pueblos Originarios, han sido y continúan siendo marginalizadas e invisibilizadas en toda la región y por la industria literaria. Entre ellas, aquí nos acompañan las maestras de la poesía Cubana, las ancestras Georgina Herrera y Excilia Saldaña, y la gran Nancy Morejón, que celebra a la mujer Afrocubana contemporánea en su poema «Mujeres nuevas»:

Flores silvestres en el pecho,
quemadas por todos los salitres del mundo.
El trino del gallo en la montaña.
El silbido del humo en la ciudad.
Y sus manos, que vienen de muy lejos,
desde remotas eras,
amasando la sustancia reciente

que nos hace vivir
entre el mar y las costas,
entre los peces y las redes,
entre las ventanas y el horizonte.

También nos bendice la maravillosa Mary Grueso Romero, una
de las grandes voces Afrocolombianas con su poema «Si Dios hu-
biese nacido aquí», refiriéndose a Buenaventura, una ciudad en el
litoral pacífico Colombiano, donde la mayor parte de la población
es Negra:

Si Dios hubiese nacido aquí,
aquí en el litoral,
sería un agricultor
que cogería cocos en el palmar
con un cuerpo musculoso
como un negro de El Piñal,
con una piel azabache
y unos dientes de marfil,
con el pelito apretado
como si fuera chacarrás.

Nos acompañan también la adorada poeta Afroboricua Julia de
Burgos, con una epístola que le escribió a su hermana desde Cuba,
donde le cuenta chismes literarios y sus sueños; Yolanda Arroyo
Pizarro, que escribió una odisea lésbica futurista Afroboricua; y
Aracelis Girmay, que compuso una elegía a la artista visual Belkis
Ayón, otra ancestra Cubana. Están con nosotras Esmeralda Santiago,
quien hace su debut en la poesía con un hermoso texto sobre sus raí-
ces; Dahlma Llanos-Figueroa, con un fragmento de su última nove-
la que explora el comercio transatlántico de Africanos esclavizados

en Puerto Rico en la voz de una mujer cautiva; Ivelisse Rodríguez, con un fragmento de una novela en desarrollo que relata la invasión norteamericana a Puerto Rico en 1898; y Mayra Santos Febres, con un ensayo lírico sobre el «perdón». Además, nos bendicen la gran dama de letras Guadalupense, la gigante literaria Maryse Condé, galardonada en 2018 con del Premio Nobel de Literatura Alternativo, quien celebra en un ensayo lírico a otra reina del Caribe, la gran Celia Cruz; y la poeta y activista cuir Audre Lorde —cuyos padres eran de Barbados y Granada—, que en una entrada de diario deja claro que era en el Caribe donde se sentía en casa. A este volumen se suma la a menudo invisibilizada escritora y activista Afrouruguaya de mediados del siglo XX Virginia Brindis de Salas, con un poema sobre su orgullo Negro. Desde Brasil, nos acompaña la griot magistral Conceição Evaristo, con un hermoso cuento sobre el cuerpo, la tradición y el sentido de pertenencia a través de los pies de un bailarín. La Afrojaponesa Mexicana Jumko Ogata Aguilar compuso un conmovedor ensayo personal acerca de su nombre y su orgullo, como un recordatorio de que «la violencia colonial carcome nuestras historias, nuestra herencia, los idiomas que hablamos y nuestras formas de vida». La majestuosa mujer de letras, la Haitiana Edwidge Danticat, ofrece un poema feroz sobre un pueblo que vive para siempre, a pesar de los déspotas que insisten en matarlos una y otra vez. También nos acompaña otra Caribeña, la hija de Antigua, Jamaica Kincaid, con su poema clásico «Niña», que celebra a una niña Negra Caribeña y a su madre en medio de la guerra, y al amor como una ofrenda.

La increíblemente talentosa memorista Carolina María de Jesús, hija de padres esclavizados, vendió su cuerpo en las calles de São Paulo durante los años cuarenta para darles de comer a sus hijos y comprar lápiz y papel para poder escribir. De Jesús dejó un relato descarnado e íntimo que da cuenta de la vida en las favelas de Brasil.

En la antología se incluye un fragmento de un relato autobiográfico publicado póstumamente:

Los vecinos murmuraban. Ella es sola. Debe ser una vagabunda. Es una creencia general que las negras de Brasil son vagabundas. Pero yo nunca me impresioné con lo que piensan de mí. Cuando los graciositos quisieron tomarme el pelo, les dije:

—Yo soy poetisa. Pido un poco más de respeto.

Otro propósito de esta antología fue elevar las voces de las escritoras Puertorriqueñas. Como consecuencia de la violencia colonial que se vive en el archipiélago —la colonia más antigua del mundo, primero invadida por los barcos financiados por la Corona española en 1493, y luego en 1898 por la milicia estadounidense—, sus autoras, que existen en un espacio liminal del imperio, han sido menospreciadas, invisibilizadas y excluidas de los espacios literarios en los Estados Unidos y de Latinoamérica. A pesar de la violencia, o tal vez a causa de ella, las escribas Puertorriqueñas están viviendo un renacimiento de la palabra. Además de las maestras Boricuas ya mencionadas, nos bendice un poema inédito de la maracachimba Lolita Lebrón, que escribió en 1956, al ingresar a una prisión norteamericana tras ser condenada por una balacera junto con tres compatriotas revolucionarios que luchaban por la independencia de Puerto Rico. Estas escritoras son parte de cuatro mundos: los Estados Unidos, Latinoamérica, el Caribe y el archipiélago Borincano. Son de ellas mismas. Incluir a estas voces brillantes —las pasadas, las presentes— es una reivindicación del trabajo extraordinario que ellas hacen en inglés y en español, y que se teje en el exilio y en contextos opresivos de violencia colonial e imperial cotidiana.

✦ ✦ ✦

A lo largo de este libro se usa el lenguaje inclusivo con mucho entusiasmo y amor, reemplazando algunas veces la «a» y la «o», que denotan lo masculino y lo femenino respectivamente, con la vocal «e»; como en «latine». Lo hacemos con el ánimo de que este sea un espacio incluyente con todas las identidades de género, algo que la gramática clásica del español a veces dificulta. Si bien entre les contribuidores de esta antología no hay hombres cisgénero, sí participaron personas cuir, no binarias y de experiencia trans. También, se decidió escribir con mayúscula inicial las nacionalidades, gentilicios e identidades étnicas y culturales —como se hace en el inglés—, como una manera de resaltar y respetar a las personas y a sus comunidades; muchas de ellas, históricamente excluidas e invisibilizadas. Cómo decidimos nombrarnos importa; el lenguaje es dinámico, vivencial y evoluciona de modos apasionantes. Cualquier esfuerzo de nuestra comunidad para definirnos en nuestros términos es bienvenido y vale la pena elevar el movimiento. Me complace mucho porque en ese aspecto esta obra también abre nuevos caminos.

A las Hijas se les ofreció la posibilidad de contribuir al libro con cualquier visión, cuento, ensayo, meditación, oración o canto que quisieran. El resultado es una sinfonía de temas que abarca el lenguaje, el imperialismo, el género, el pos y neocolonialismo, el vínculo hija/madre, la pérdida, la guerra, la tierra, la memoria, el matrimonio, el abuso policial, el perdón, el vientre, la resistencia, la música, la Negritud, la Indigeneidad, la maternidad, la magia, el aborto, la violencia doméstica, la esclavitud, el desamor, la destrucción del planeta, el poder, la pobreza, los derechos de la mujer, el sexo, el erotismo, el Afrofuturismo Antillano, la comida, la inmigración, la religión, los rituales, el renacer, las ceremonias, la muerte, el placer, el significado de la belleza y el amor.

La pérdida y el exilio son la partitura que los conecta.

La Nicaragüense Gioconda Belli ofreció un bello y desgarrador poema sobre su exilio en medio de la pandemia por el COVID. La Dominicana Estadounidense Julia Alvarez contribuyó con un resplandeciente texto sobre una cena que cocinó su hermanita en la víspera de la partida de la familia, que huía de los mercenarios asesinos del dictador Rafael Trujillo.

El amor cuir también se celebra. La adorada Chilena Gabriela Mistral, la única escritora Latinoamericana que se ha ganado un Premio Nobel oficial, vivió su vida entera encerrada en el clóset. Les lectores de hoy en día están regresando a sus textos con un nuevo conocimiento sobre la querida poeta y su vida gay. Entre los textos está una carta de amor a su amada Doris Dana.

Los objetos cotidianos tampoco se dejan de lado. A otra contribuidora, la Mexicana Estadounidense Ada Limón —nombrada la Poeta Laureada de los Estados Unidos en 2022—, la inspiró enviar una dulce oda a la horquilla de pelo, en la tradición de Pablo Neruda:

sin ti soy
caos crestado

como un león tu placer
bajo una presión pequeña

estrella en un cielo negro
de melena pequeña estrella

se te pide
que hagas tanto

Los vínculos con las madres, los padres, las tías, las abuelas y les amantes también es algo que exploran con elocuencia varias escritoras. El poderoso ensayo lírico de Angela Morales sobre las lecciones de la tensa relación con su padre fue un portal para poder encontrarse a sí misma.

Y el pulso rítmico, el corazón de esta antología, es, de nuevo, la tierra: su belleza sanadora, su sabiduría eterna y su destrucción. En un ensayo híbrido de la Chilena Catalina Infante Beovic nos enteramos de un pueblo en Chile que se está secando por el monocultivo de aguacates. Un heraldo apocalíptico de lo que nos espera en un mundo que vive una crisis climática.

En la búsqueda de un título y una imagen que conectaran todos los textos y el espíritu de las mujeres reunidas en este libro, leí un poema de la gran Sandra María Esteves, uno de los faros del movimiento poético de la escuela literaria Nuyorican. En «Lady Gaga New Year» Esteves escribe:

... Prefiero accesorios que sean míos:
Veladoras de las Siete Potencias, agua florida, puros bien
     enrollados,
cantos a Elegba, el machete debajo de mi cama...

¡El machete debajo de nuestras camas! Al leerlo, entendí que había dado con algo físico y metafórico, una herramienta, un tejido conectivo para la antología. Trabajé con el título tentativo «Machetes bajo nuestras camas», y aunque no lo usé al final, el espíritu del machete sobrevive entrelazado en las palabras.

Las mujeres de mi linaje, Indígenas Caribeñas y descendientes del continente Africano, saben bien cómo usar un machete. Ellas lo afilan con jugo de caña y saliva de tabaco. Algunas usaron machetes para cosechar la caña bajo el yugo del negrero durante la época colonial en Puerto Rico. Una de mis ancestras usó su machete para defenderse de sus verdugos y abrirse camino hacia la libertad en un asentamiento cimarrón en las montañas de Peñuelas; allí nació mi padre y allí viven mis memorias de infancia más felices. Ellas usaban y usan machetes para cosechar hierbas que sanan, para abrir cocos que matan la sed y el hambre. Con machete en mano, mi santa madre, descendiente del gran pueblo Igneri, se abrió paso en una montaña pedregosa en Ponce, y cortando troncos despejó el terreno para construir una casa para mí y mis cuatro hermanos y hermanas. Los machetes eran y son herramientas indispensables, usadas para defendernos, crear, construir, cosechar y sanar a comunidades enteras, no solo en mi clan, sino a lo largo de las Américas. Con pluma en mano, como machetes, estas escritoras han ayudado a abrir espacios sanos y libres, donde las mujeres han podido amar, refugiarse, comer y vivir más libres.

Mujeres de la luna

Los textos de esta antología están divididos en trece secciones: cada una de ellas representa una de las trece lunas sagradas del año. Oxlajuj —«trece» en lengua kaq'chikel— es considerado un número sagrado, y otra palabra para «dios» en la tradición Maya. En la cosmología Maya, es el número de más alta vibración y se encuentra en toda la naturaleza, en el cuerpo humano y el cosmos. También en la cosmología mesoamericana el universo está dividido en trece cielos o trece niveles de conciencia con trece deidades. El ser humano tiene trece articulaciones principales; los hombres tienen doce orificios y las mujeres, trece —siendo el vientre el decimotercero—. En uno de los calendarios Maya, la semana se divide en trece días y las energías que fluyen en el universo son diferentes día a día y afectan a diferentes partes del cuerpo humano. Según Nana María Elena Curruchiche Roquel, maestra del tiempo de la cultura Maya —un pueblo que ha contado el tiempo cósmico con rigor, sofisticación y esmero por milenios (al menos uno de los calendarios Maya que se usan hoy en día incluye cinco ciclos, que equivalen a 26 000 años)—, cada día, como cada luna, está conectado con una frecuencia especial e intencionada. Estar en armonía con esas diferentes vibraciones celestiales es vivir en paz con la Tierra y el cosmos; el universo aquí en la Tierra. La maestra indica que, aunque no seamos conscientes de ello, no lo entendamos muy bien o no lo aceptemos, la abuelita Luna, satélite de la Tierra, está comunicándose, influenciando y sanando a todos los seres terrenales. Los seres menstruantes tenemos una relación mística y física con la luna a través de su ciclo: veintiocho días es lo que le toma a la Luna darle la vuelta a la Tierra, y lo que dura en promedio la menstruación. Todas las noches ella nos invita a fluir con su luz divina.

Los textos de la Hijas están interconectados y fundidos porque sabemos que para las culturas ancestrales de las Américas el tiempo no es fijo ni linear; entendemos el tiempo como cíclico y liminal. Por eso, en estas páginas encontrarás a una poeta del siglo XVIII en la misma sección que una cuentista del siglo XXI, o una novelista del siglo XIX con una periodista del siglo XX. El resultado es una composición fluida que atraviesa zonas y categorías temporales, las fronteras del tiempo y el espacio. Finalmente, en un calendario sagrado Maya hay un día que se considera intemporal; el equivalente al año bisiesto en el calendario gregoriano. Para los Pueblos Originarios el tiempo es eterno, y ahí es donde se ubica el extraordinario manifiesto de la gran sor Juana. A pesar de que ella escribió su Respuesta en 1691, tristemente sigue siendo relevante en 2023, porque en este siglo la mujer todavía sigue luchando por su soberanía.

Esta antología se puede leer de adelante hacia atrás, de atrás hacia adelante, o abrirse en cualquier página. El libro se creó al compás del hermosísimo tumbao de las cantantes y compositoras de las Américas, que estuvieron conmigo durante largos días y noches en el proceso de investigación, edición y composición del libro. Por eso recomiendo acompañar la lectura con su música. De Totó la Momposina a iLe; de Elza Soares a La Lupe; de Mercedes Sosa a La Doña; de Beatriz Pichi Malen a Susana Baca; de Selena al grupo de música bomba y plena celestial Paracumbé; de Ibeyi a Karol G, y de Omara Portuondo a Lucecita Benítez, hasta Consuelo Velásquez, que a los quince años compuso la gran canción «Bésame mucho», traducida a varios idiomas y versionada por cientos de artistas. Escuchen a la grandiosa Celia Cruz, antes y después de leer el delicioso ensayo de Maryse Condé sobre la reina rumbera; y a la cantautora Mixteca, ganadora de un premio Grammy y cinco Latin Grammy, Lila Downs, quien aquí ofrece un encantador texto híbrido. Además, recomiendo escuchar los canticos sagrados de María Sabina, que fueron grabados en 1956 durante una de sus veladas con los Niños Santos, y ver el arte creado por algunas de estas Hijas: los impresionantes quipus de Vicuña; las obras de Belkis Ayón (antes y después de leer el texto de Girmay) y las de la Taína Cubana Ana Mendieta (antes y después del poema de Achy Obejas).

Esta antología fue inspirada por varias antologías ancestras, que fueron mi norte al componer este libro. Entre ellas: *New Daughters of Africa: An International Anthology of Writing by Women of African Descent*, una antología internacional editada por Margaret Busby, *This Bridge Called My Back: Writings by Radical Women of Color* editada por Gloria E. Anzaldúa y Cherríe Moraga, y *When the Light of the World was Subdued, Our Songs Came Through*, editada por Joy Harjo.

✦ ✦ ✦

Este libro se fue tejiendo durante un período extraordinario en el planeta. Hasta abril de 2022, según la Organización Mundial de la Salud, más de siete millones de seres habían fallecido a causa del COVID-19, incluida mi amada suegra y dos tíos. Incendios desde Atenas hasta California hicieron arder ciudades enteras, huracanes monstruosos inundaron y desaparecieron islas, colosales derrames de petróleo envenenaron las aguas; hubo derrumbes, erupciones de volcanes y sequías que convirtieron ríos en desiertos. Hasta el océano estaba en llamas. El mundo se estaba transformando, como siempre lo ha hecho desde que las Hijas empezaron a escribir. Las palabras de las Hijas me permitieron mantener la coherencia, eran mi compañía y me recordaban una y otra vez su urgencia y el poder que tiene la mujer cuando escribe, escribe, escribe, y deja huellas de que estuvo aquí. Me sumergí en la belleza, el encanto y la fuerza de sus palabras y universos. Ellas me transformaron. Y hoy mi vida es más rica y más grande gracias a ellas.

Las Hijas de América Latina están en su momento. Están viviendo un renacimiento de la palabra. Me siento honrada por la confianza que todas depositaron en mí para cuidar sus textos, y acompañarlos a atravesar varios umbrales lingüísticos con amor y respeto. Sus palabras son dulzura, iluminan y ofrecen esperanza. Como el poema «Cuerpo de pensamiento», de la escritora y artista Peruana Japonesa Tilsa Otta, las palabras en esta antología contienen la promesa de nutrirnos:

Te digo que la poesía es la placenta
que nos conecta con el mundo,
que entremos,
porque el mundo

necesita más nutrientes y nosotrxs
necesitamos un poco más del mundo.

Si nos desnudamos juntas esta noche
Bailamos de la mano y hacemos conjuros
¿Nos quemará alguien más que no seamos nosotras?

Estas no son simplemente palabras sobre una hoja: es nuestro espíritu en el papel. Cada palabra en este libro es un ritual y esta impresionante colección es un regalo ancestral. Una ceremonia literaria eterna.

Luquillo, Borikén, 20 de abril de 2022

UN DÍA
(FUERA) DEL
TIEMPO

Sor Juana Inés de la Cruz

Sor Juana Inés de la Cruz *(ca. 1648-1695), nacida Juana Inés de Asbaje y Ramírez en San Miguel de Nepantla, en lo que hoy es México, fue una feminista, poeta, investigadora y dramaturga trilingüe (hablante del ná-huatl, el español y el latín), que vivió durante el Siglo de Oro español. Continúa siendo una de las voces más significativas de la literatura mun-dial. Aprendió a escribir a los tres años, y a los ocho ya había escrito su primera loa. En lugar de casarse, ingresó a un convento de clausura con el fin de proseguir con una vida literaria e intelectual; sufrió persecución a manos de los miembros más altos del clero por su escritura secular y sus intereses intelectuales. Entre las obras más notables de la religiosa que rompió las normas de género y sexualidad de su época se encuentran los poemas «Primer sueño», «Hombres necios» y* El divino Narciso, *una obra sobre la invasión española de la nación Azteca. Escrito en 1691 y publicado póstumamente en 1701, la* Respuesta a Sor Filotea de la Cruz *—una contestación lírica y ferviente al obispo de Puebla, quien publicó una carta bajo un seudónimo femenino criticando a la escritora— es po-siblemente el primer manifiesto feminista en el mundo. En dicho escrito, sor Juana condena a la Iglesia por impedir la educación de las mujeres y defiende los derechos intelectuales de estas, argumentando a favor de su merecido lugar en la literatura. A continuación se incluye un fragmento.*

Respuesta a Sor Filotea de la Cruz

… Yo no estudio para escribir, ni menos para enseñar (que fuera en mí desmedida soberbia), sino solo por ver si con estudiar ignoro menos…

... Pues ¿qué os pudiera contar, Señora, de los secretos naturales que he descubierto estando guisando? Veo que un huevo se une y fríe en la manteca o aceite y, por contrario, se despedaza en el almíbar; ver que para que el azúcar se conserve fluida basta echarle una muy mínima parte de agua en que haya estado membrillo u otra fruta agria; ver que la yema y clara de un mismo huevo son tan contrarias que en los unos, que sirven para el azúcar, sirve cada una de por sí y juntos no. Por no cansaros con tales frialdades, que solo refiero por daros entera noticia de mi natural y creo que os causará risa; pero, Señora, ¿qué podemos saber las mujeres sino filosofías de cocina? Bien dijo Lupercio Leonardo, que bien se puede filosofar y aderezar la cena. Y yo suelo decir viendo estas cosillas: si Aristóteles hubiera guisado, mucho más hubiera escrito. Y prosiguiendo en mi modo de cogitaciones, digo que esto es tan continuo en mí que no necesito de libros; y en una ocasión que, por un grave accidente de estómago, me prohibieron los médicos el estudio, pasé así algunos días, y luego les propuse que era menos dañoso el concedérmelos, porque eran tan fuertes y vehementes mis cogitaciones que consumían más espíritus en un cuarto de hora que el estudio de los libros en cuatro días; y así se redujeron a concederme que leyese; y más, Señora mía, que ni aun el sueño se libró de este continuo movimiento de mi imaginativa; antes suele obrar en él más libre y desembarazada, confiriendo con mayor claridad y sosiego las especies que ha conservado del día, arguyendo, haciendo versos, de que os pudiera hacer un catálogo muy grande, y de algunas razones y delgadezas que he alcanzado dormida mejor que despierta, y las dejo por no cansaros, pues basta lo dicho para que vuestra discreción y trascendencia penetre y se entere perfectamente en todo mi natural y del principio, medios y estado de mis estudios.

Si éstos, Señora, fueran méritos (como los veo por tales celebrar en los hombres), no lo hubieran sido en mí, porque obro necesariamente. Si son culpa, por la misma razón creo que no la he tenido; mas, con todo, vivo siempre tan desconfiada de mí, que ni en esto ni en otra cosa me fío de mi juicio; y así remito la decisión a ese soberano talento, sometiéndome luego a lo que sentenciare, sin contradicción ni repugnancia, pues esto no ha sido más de una simple narración de mi inclinación a las letras...

LUNA GRÁCIL

La energía de esta luna abraza
el perdón: pedirlo y aceptarlo

Cecilia Vicuña

Cecilia Vicuña *(1948) es una poeta, artista, cineasta y activista nacida en Santiago de Chile. Ha vivido en el exilio desde principios de los setenta, tras el golpe de Estado militar y el asesinato del presidente socialista electo Salvador Allende. Su trabajo aborda temas como el lenguaje, la memoria, la destrucción ecológica, los derechos humanos, la homogenización de la cultura y el exilio. Comenzó creando sus «obras precarias» y «quipus» como un modo de «escuchar un silencio antiguo esperando ser oído». Es la autora de veintisiete libros. Entre sus obras más notables, se encuentran* Saborami, *una obra testimonial sobre el golpe de Estado en Chile, que documenta la muerte de Salvador Allende,* The Precarious/Precario *y* Cloud-Net. *Escribió un libro experimental,* El diario estúpido, *donde cada día redactó 7000 palabras sobre sus emociones y experiencias. Entre sus muchos reconocimientos y premios, se cuentan el Anonymous Was a Woman Award, el Premio Velázquez de Artes Plásticas y el León de Oro a la Trayectoria de la 59.ª Bienal de Venecia en 2022. Escribió el poema «Clepsidra» en 1966, que se publicó en su libro* El Zen Surado, *su primer poemario, un libro erótico donde ella aparece desnuda en la portada, prohibido en Chile por décadas. Más tarde, fue recogido en su más reciente libro bilingüe* New and Selected Poems of Cecilia Vicuña, *editado con su traductora, Rosa Alcalá.*

Clepsidra

Antiguamente bordé sobre mi cabeza
las marcas del abandono y el fracaso
nadie tenía la fortuna de saber

a qué galaxias aludo
con mi sonrisa.
Opté por los senderitos salvajes,
el objeto de la poesía
siempre fue crear
rondas colectivas y espirituales
donde las cábalas
Juno y Aristóteles
bailan entre arbustos nuevos.
Desde el primer momento
conté con mi estupidez
y mi falta general de talento.
Siempre naufragué entre
sustantivos y verbos.
Me sentía y me siento
un predicador del asco:
a nadie ilumino
más que a mí.

Aracelis Girmay

Aracelis Girmay *(1977) nació en California de padre Eritreo (Tigrinya) y madre de Chicago, de ascendencia Puertorriqueña, Mexicana y Afroamericana de Georgia. Girmay es la autora de los poemarios* Teeth, Kingdom Animalia *y* the black maria. *Es la autora y collagista del libro ilustrado* changing, changing, *coautora junto con su hermana, Ariana Fields, de* What Do You Know? *Girmay es miembro de la junta editorial del African Poetry Book Fund y recientemente editó* How to Carry Water: Selected Poems of Lucille Clifton. *También es la directora editorial de* Blessing the Boats Selections *de BOA Editions. «El secreto era una voz» fue traducido del inglés por Raquel Salas Rivera.*

«El secreto era una voz»

—Belkis Ayón

La calidad limpia del aire, del sol cuando desciendo por las escaleras que forman la lengua del avión hasta pararme en la luz, con su brillantez de lima, despierta mi corazón. Mi piel ya está conjugando la luz del sol. Para esto fui hecha.

Lejos, lejos, lejos está la ciudad de Nueva York, el frío. La cellisca y la nieve. Mis amores. Mi vientre está grande con bebé y, en el calor, nuestra sangre bombea lentamente. Ya que estoy así, grandota, los trabajadores del aeropuerto amablemente me invitan a adelantarme en la fila, me ayudan con mi maleta, me ofrecen bendiciones que caen como azúcar de panadería sobre mis hombros, que ya están siendo dorados por la luz.

Cuando llego a aduanas, puedo oler las lociones y los aceites de la mujer, Negra como yo, como casi todos los que llevan puesta la camisa amarilla del uniforme del aeropuerto, y quien finalmente me pregunta, debido al brote reciente de Ébola en Guinea, Libera y Sierra Leona:

¿En días recientes has visitado África?

Y le contesto que «No».

¿En días recientes has visitado África? No. *Bienvenidos.*

La sintaxis que creamos juntas me destella a África. Lo que hay de Europa en mí se confunde por un milisegundo. Las ancestras cabalgan sobre mis oraciones.

¿En días recientes has visitado África?

No.

Bienvenida.

Y yo: *Gracias, gracias.*

África mientras busco mis maletas, mientras otra mujer vestida con la camisa amarilla del uniforme insiste en empujarlas debido a mi embarazo notable. África es aquel hombre que se reclina largamente, el silbido de los dientes de una mujer, el porte. Un pie descalzo insertado en un taco, África. Mientras visito las tumbas y recorro en los autobuses, África mientras escucho las noticias de cómo paran a la gente Negra y le piden sus documentos para probar que pueden trabajar en La Habana, África mientras los habaneros blancos llamaban a estos Negros palestinos, ya que los palestinos no tienen la libertad de virar a la izquierda o la derecha. África las cárceles, África la luz del sol, las playas, el pez, el sueño, la reivindicación.

Fue en este viaje que me encontré en una excursión de varias horas con un artista extraordinario y maestro, amigo de los profesores que me habían invitado inicialmente a considerar el programa para enseñar en La Habana por un semestre. El artista me llevó junto a nuestros colegas a visitar el Museo Nacional de Bellas Artes y, mientras nos mostraba una pieza en una de las salas, viré para ver qué más ocupaba aquel espacio.

Guayaba fue el primer color que noté. Vivo, un color tan rosado que solo lo conocía para referirme al mundo de «afuera». Y luego las figuras, sus pieles cubiertas en formas y líneas que quizás para otra persona podrían significar algo como escamas, pero que para mí solo se sentían como ojos, y todos los ojos de mis propios brazos se abrieron para verlos. Sentí la necesidad de restregar la piel de mis brazos cerrados, tan rara fue la sensación, y me recordaban a los morivivís que crecían en el patio de la casa de mis suegros en Trinidad. Carenage.

Las figuras estaban sentadas o paradas alrededor de una mesa con platos llenos de pescado; sus ojos casi almendrados miraban en esta o aquella dirección. Estudié lo que percibí como la ausencia de sus bocas. En el centro de la mesa, había una figura un tanto verde, los dedos de sus dos manos descansaban sobre la mesa y sus ojos se fijaban en lo que le quedaba justo enfrente, quizás en el espectador, quizás más que el espectador, algo que yo sabía. Alrededor de su cuello, colgaba una serpiente negra, enroscada, como si estuviera descansando ahí, como una mascota; asumo que lo sabía la figura. Pero existían otras figuras que me llamaban más la atención. Una dirigía su mirada fija hacia un plato llano de pescado y espinas de pescado. Estaba, sentía yo, llena de melancolía. Ahí, pero sin estar. La figura que la acompañaba parecía servirle de apoyo y otra figura, cuya mano cubría lo que asumí que era su boca, parecía dar un suspiro repentino, asombrada por alguna acción que caía fuera del tiempo de la vidente.

Estudié las figuras calvas, sus manos grandes. Si se mostraba un seno, se hacía de forma que el otro seno (si existía) estuviese ofuscado bajo un antebrazo, una mesa o la cabeza de otra figura. Estudié a cada figura que solo tenía un seno visible y otro oculto por un

plato, un perfil, y pensé en Audre Lorde, a quien le interesaban las
historias de las amazonas y que escribió sobre su propia experiencia
con el cáncer del seno.

Aprendería, en unos momentos, que esta colografía era un bo-
ceto, a color, de una colografía en blanco y negro realizada por la
artista Belkis Ayón, y que ella había titulado *La Cena*; que, dicen los
historiadores del arte, mezcla elementos de la Última Cena católi-
ca y el banquete de iniciación para Abakuá (la sociedad secreta de
hombres que le interesaba muchísimo a Belkis), llamado *iriampó*.

Según me explican, las prácticas de Abakuá se centran en la
historia de una mujer llamada Sikán, una figura central en el tra-
bajo de Ayón. La historia de Abakuá fue cargada desde el África
Occidental, y la historia que contaba Belkis se trataba de una mu-
chacha que había ido al río con la tarea de buscar agua, pero ter-
minó escuchando la voz de Dios y, cuando su esposo o padre se
enteró, fue asesinada; por ser una mujer y por escuchar la voz de
Dios. En las distintas versiones de la historia, Sikán, la deidad, y
el agua son caleidoscópicas, itinerantes. Me imagino a Belkis con-
siderando cada versión, una a una. Esta es la historia que le tocó
contar a Belkis, pero también es suya. Belkis dijo: «Sikán es una
transgresora y, aunque la veo a ella, también me veo a mí misma».
Considero que la decisión de Belkis de contar la historia original de
la sociedad secreta y paternal Abakuá de una manera tan pública
es un tipo de arte. Quizás esa sea una de las cosas que hacen que se
piense a sí misma como una transgresora. La voz de una mujer que
cuenta la historia de otra que ha sido asesinada por ser una mujer
que escuchó la voz de Dios.

Leí lo que pude, como si mi propia vitalidad dependiera de ello:
más Lydia Cabrera, Ana Belén Martín-Sevillano, entrevistas con
Ayón. Página tras página, mientras mi propio cuerpo se espesaba
e hinchaba, y como si mi piel se expandiera alrededor de la forma

cambiante de mi estómago y mis muslos y mis senos, me preguntaba qué acaso era una voz.

Ana Belén Martín-Sevillano, en «Crisscrossing Gender, Ethnicity, and Race», escribe sobre las historias de Sikán y la cabra, que es la versión original de Sikán, y cuyo cuero fue estirado por hombres sobre la oquedad para crear un tambor ritual. Ella considera que «el poder de la piel es una herramienta para la comunicación». Mientras más lo pensaba, más difícil se me hacía definir la piel. Lo que sobrevivieron nuestras madres cubrió nuestras caras con una manta. Mi pelo suelto-suelto. Mi color, mi falta de madres, mi caminar de rodilla doblada. Lo que era la piel. La postura. Los nombres de familia. Clase. La forma en que pronunciaba las palabras. El cuero que cubría la oquedad desde donde creaba mi sonido. Entonces, la piel era la oración. Mis ligamentos se soltaron, mi cuerpo se jaló desde sí mismo y se nutrió de lo que le pudo haber relegado a otras cosas —fortificaciones de los dientes, mis huesos de manera más general, mi pelo—, y se los dio al feto que crecía en mi interior. La piel me picaba y relucía mientras crecía con el bebé, que también crecía, y, por ende, la oración también picaba. Mis lenguas —es decir, mis mentes— ya no se sentían singulares, sino plurales. Una puerta era una palabra que era una rueda en movimiento. Quizás entraba por un lado y salía en otra época sin poder volver a decir lo suficiente como para crear otras puertas, para hallar una salida. Pero, también, tales oraciones, por un instante tan repentino como un relámpago, podrían ser lo suficientemente porosas como para que el río las traspasara. Podría hasta descubrir que estoy agradecida por dicho reencuentro. Me podría encontrar allí maternada por una mujer capaz de escuchar las historias de los peces, cuyo diente de oro todavía carga los silencios de los sedimentos fluviales, de antaño, antes de que naciéramos, cuando nuestras madres no eran ni niñas todavía y cuando nosotras solo éramos partículas en el aire.

Conceição Evaristo

Conceição Evaristo *(1946) es una poeta, cuentista y ensayista nacida en Belo Horizonte, Brasil. Tiene una maestría en Literatura Brasileña de la Pontifícia Universidade Católica do Rio de Janeiro (PUC-Rio) y un doctorado en Literatura Comparada de la Universidade Federal Fluminense. Sus primeras obras de ficción fueron publicadas en la serie* Quilombhoje Cadernos Negros. *Es la autora de siete libros que incluyen* Olhos d'água, *una antología de cuentos que ganó el premio Jabuti 2015. Sus obras han sido traducidas al inglés, el francés, el español y el árabe. Ganó el Premio del Gobierno de Minas Gerais por sus obras completas, el Nicolás Guillén Prize for Literature de la Caribbean Philosophical Association y el premio Mestre das Periferias del Instituto Maria e João Aleixo. «Los pies del bailarín» aparece en* Histórias de leves enganos e parecenças, *y fue traducido del portugués por Jacqueline Santos Jiménez.*

Los pies del bailarín

Davenir era el que mejor poseía el arte de los pies en la pequeña ciudad donde había nacido, Danzalandia. El don de bailar bien era una característica común de todos los que nacían ahí, o que por suerte hubieran escogido vivir en la ciudad. Hablando claramente sobre Davenir, es necesario afirmar que en el muchacho no solo era su habilidad con los pies lo que lo hacía ser quien era, sino todo su cuerpo. Todo en él era habilidad para la danza. El cuerpo y todas sus minucias. Los ojos, la boca, el cabello lindamente alborotado y desaliñado. La danza estaba tan arraigada en el cuerpo de Davenir que algunos dicen que ni con el amor se distraía. En la danza, el gozo, el placer más grande. A los siete años, habiendo visto clases de danza en los programas de la televisión y participado en los bailes familiares, ya bailaba samba y tango. Su familia, profetizando para él un futuro profesional, enfrentó todos los comentarios malintencionados y puso al niño en clases de ballet. Tenía razón. Todo iba muy bien. Davenir fue volviéndose cada vez mejor. A los catorce era el mejor alumno en las clases de ballet clásico, de ballet moderno, de ballet afro, de zapateado e incluso de la danza del vientre, sin darles importancia a los comentarios ignorantes que hacían aquí y allá. Y en medio de tantos progresos, el muchacho que «bailaba con el alma en los pies» —elogio dicho por un renombrado crítico de danza— seguía destacando más y más. Contando con becas de estudios, incluso para el extranjero, Davenir se fue a experimentar escenarios y bailes de otras culturas, y a exhibir su natural versatilidad. En una misma presentación, era capaz de bailar una congada minera, un batuque afrotietense, una danza checa, una polca, un reggae de Jamaica y de Maranho, y también le infundía a su cuerpo gracia y autenticidad cuando bailaba un rap. Era tanta la habilidad, el don, la técnica del muchacho, tanta competencia, tanto arte tenía Davenir, que no había una denominación correcta para él. Bailarín, danzarín, danzante, pies de vals, pies de oro de todas las danzas… Y con tanto éxito merecido, el muchacho olvidó algunos sentimientos y aprendió otros no tan recomendables. Los compatriotas de Davenir fueron testigos de lo que pasó con él cierto día. Y entre lamentos lo contaban, y deseaban ardientemente que Davenir reencontrara sus perdidos pies. Sepan cómo sucedió:

Cuando Davenir regresó a su pueblo natal, se organizó un gran baile en la plaza para recibirlo. El evento era del agrado de todos, pues el don de la danza era inherente a quien había nacido ahí o quien llegaba para quedarse. El lema de la fiesta era «Lo importante es bailar». Nadie se quedó en casa; de los lugares más lejanos de la ciudad, la gente salía en dirección al festejo. Todos extrañaban al hijo pródigo que «bailaba con el alma en los pies»; además, el lema había sido ampliado por los danzalandeses que crearon un dicho: «Solo baila bien quien tiene el alma en los pies». Y después de unas cuantas horas, que parecieron infinitas para el público, Davenir llegó a la plaza, listo para recibir los homenajes. Llegó seguro de que era un tributo merecido y de que muchas otras celebraciones debían suceder. Para Davenir, la ciudad debía inclinarse a sus pies, pues había sido gracias a su arte que un rinconcito como ese se había vuelto famoso en el mundo. Y en la vanidad del momento, Davenir no prestó atención a tres mujeres, las más viejas de la ciudad, que estaban paradas en las escaleras del escenario al que debía subir. Pasó de largo, sin señal alguna de reconocerlas. Tampoco notó el abrazo al aire que lanzaron en su dirección. Davenir pensaba solo en el homenaje por venir y en las fotos que tomarían de él con las autoridades de la ciudad.

Y después de un baile que llevó al público a las lágrimas, Davenir, emocionado, se preparó para dejar el lugar. Al bajar las escaleras reconoció a las respetables ancianas de la ciudad. Estaban todavía con los brazos abiertos, esperando para abrazarlo y recibir sus abrazos también. Fue entonces que Davenir se vio de niño y en ese instante reconoció que la más vieja de las viejas era su bisabuela. Ella había sido la primera persona que vio en él el don para la danza. La segunda vieja había sido aquella que un día, con oraciones y ungüentos, curó milagrosamente su rodilla dislocada. Accidente sufrido en la víspera de una gran presentación. Y la tercera, Davenir no lograba recordar de quién se trataba, aunque su cara no le era extraña. Pero ni así Davenir se paró para acoger el cariño de las viejas, tan importantes en su destino. Y a medida que descendía por las escaleras y seguía su camino, un dolor extraño fue invadiendo sus miembros inferiores. Lo embargó un desesperado deseo de arrancarse los zapatos, que le parecían suaves, laxos y vacíos de recuerdos en sus pies. El miedo lo invadió al quitarse los zapatos, cuando sintió los calcetines vacíos. Vio la ausencia de sus pies, que, sin embargo, le dolían. En ese mismo instante recibió de alguien de casa un mensaje de la Bisa, la más vieja de las viejas. Sus pies se habían quedado olvidados en el tiempo, pero que se quedara tranquilo. Solo tenía que hacer el camino de vuelta. Regresar al principio de todo.

Georgina Herrera

Georgina Herrera *(1936-2021) fue una de les poetas más importantes del siglo xx en Cuba y América Latina. Nació en Jovellanos, Matanzas, y exploró los temas de género, la historia Afrocubana y el legado Africano a través de sus obras. Vivió casi toda su vida en La Habana, donde también escribió para la radio, la televisión y el cine. Comenzó a publicar poesía a los dieciséis años y es la autora de ocho poemarios que incluyen* G. H., África, Gentes y cosas, Granos de sol y luna, Grande es el tiempo, Gustadas sensaciones, Gritos *y* Gatos y liebres o libro de las conciliaciones. *También es la autora de las memorias* Golpeando la memoria, *una colaboración con Daysi Rubiera.*

Esquelas para cuatro Habanas

1. Habana amiga

Tu familia
está invirtiendo todos sus ahorros
en que seas bonita, aún más
de lo que eres;
es necesario para cuando
la presencia de un príncipe
o, alguien así, que te merezca, llegue.

No te das cuenta, me preparo
para dejar de ser tu amiga.
Cuando eso ocurra
andarás ocupada en ser princesa.

Ahora
estás quedando tan perfecta
que hasta temo ofenderte con un beso.

2. Habana madre

¿Dónde están los bolsillos
del delantal tranquilo en que guardabas,
como un tesoro,
caramelos para mi dicha y mi sorpresa?
¿Dónde está el chal que usabas, resguardándome
del sol y la llovizna?
Con él cubrías mi cuello
por susto o por ternura.
¿Cómo reconocerte con otra vestimenta,
con alto moño?
En fin,
¿cómo reconocerme yo como tu hija?

3. Habana hija

Luces mayor
tan llena de artificios.
¿Eres en verdad la flor en llanto salida de mi vientre
o, eso que digo es un cuento antiguo?
Ya no sabemos.
Tú lo dudas y yo también.
La perfección de tu acabado duele.
Pareces concebida sin amor.

4. Habana Habana...

Algo queda de ti en algún sitio.
Volteando un poco hacia atrás el tiempo,

te busco, te recuerdo en los rincones
por los que ya no mira nadie.
Dichosa yo, mi instinto recupera
lo que la gente lanza para hallar tu «otra».
Me quedo con todo lo que fuiste,
con lo que nunca más,
con lo que acompasa los latidos
a este corazón que buscarás un día
y has de encontrarlo, Habana, sabes dónde.

Matanzas

Matanzas india,
Matanzas blanca,
Matanzas mía como de nadie
por lo que tiene de barracones,
caña, látigo, cimarronaje
y apalencados. Matanzas
dulce y amarga, también salobre
de lágrimas, gritos y gusto a sangre.
Matanzas,
humedecida entre sus ríos
y sobre puentes levantándose.
Algún misterio ronda sus cuevas
y se confirma por todo el valle.
Matanzas,
con sus balcones y su bahía,
tan dama antigua,
tan cimarrona
de todos madre.

María Sabina

María Sabina *(ca. 1894-1985), nacida María Sabina Magdalena García, era una chamana Mazateca de Huautla de Jiménez, México, y muchos la consideran una de las poetas visionarias Latinoamericanas más significativas del siglo xx. Reconocida internacionalmente por sus ceremonias sanadoras, veladas nocturnas que se basaban en el uso de hongos que contienen psilocibina, su distintiva voz poética pocas veces ha recibido su merecido reconocimiento. Las pocas grabaciones que sobrevivieron de sus cantos chamánicos nos permiten vislumbrar su genio y el poder que tienen sus palabras para elevar y transportar el alma. El siguiente es un fragmento de la biografía* Vida de María Sabina: la sabia de los hongos, *un proyecto que ella y el Mazateco Álvaro Estrada hicieron juntos. Estrada tradujo la historia oral de María Sabina al español.*

Capítulo XIV

Pocos años antes de que llegaran a Huautla los primeros extranjeros que conocí, vino a mi casa la vecina Guadalupe, mujer de Cayetano García*.

—He soñado feo —dijo—, quiero que vengas a la casa para que nos *veas*. No me siento bien. Te pido favor. Es posible que se avecinen problemas para mi marido porque su cargo de síndico municipal es difícil. Tú sabes, señora, que hay violencia en el pueblo. Hay

---

* Cayetano García fue síndico en el periodo 1953-1955, en que Erasto Pineda fungió como presidente municipal. Cayetano recuerda: «Wasson nos solicitó a un sabio y yo me comprometí a llevarlo ante María Sabina. Después, fue necesario ir a Río Santiago para conseguir hongos buenos, pues en Huautla escaseaban por esos días, para que los extranjeros visitantes conocieran nuestras costumbres».

envidias. Por cualquier insignificancia la gente se lastima y se mata. Hay discordias.

—Iré ahora mismo contigo —le dije.

Al llegar a su casa, Cayetano me invitó a sentarme. Él tomó otra silla. Su mujer hizo lo mismo. Con voz discreta, el síndico habló:

—Sé quién eres, María Sabina. Es por eso que he mandado a traerte. Tenemos fe en ti. Has curado a los enfermos que ha habido en esta casa; pero ahora te pediré algo especial: quiero que seas mi consejera. El pueblo me ha elegido para un cargo municipal. Sabemos que ser miembro de la autoridad es de grande responsabilidad. Uno debe tomar decisiones y puede equivocarse; así pues, te pido que me aconsejes y que me guíes, porque tú tienes poder, tú sabes, tú puedes conocer la verdad por más escondida que se encuentre, porque las cositas te enseñan. Si hay problemas de litigio en el municipio, tú me dirás dónde está la culpa y yo, como síndico, diré lo que debe hacerse.

—Pierde cuidado —le contesté—, haremos lo que pides. No puedo negarme porque somos antiguos amigos y porque obedezco a la autoridad; además sé que eres hombre bueno, no lo dudo. Seré tu consejera. Consultaremos a los niños santos lo que sea necesario.

ASÍ FUE COMO CAYETANO GARCÍA fue síndico municipal durante tres años; en ese tiempo no hubo problemas graves ni situaciones que las autoridades pudieran lamentar.

Pero debo decir el hecho que antecedió a la llegada de los primeros extranjeros ante mí. Más o menos quince días después de que fui herida por el borracho, Guadalupe, la mujer de Cayetano, otras personas y yo, tomamos las cositas. En esa vez vi a seres extraños. Parecían personas, pero no eran familiares, ni siquiera parecían paisanos mazatecos.

—No sé qué pasa. Veo a gente extraña —dije a Guadalupe.

Le pedí que rezara porque sentí cierta inquietud ante aquella visión. Guadalupe rezó para ayudarme. Le rezó a Dios Cristo.

La explicación a aquella visión la tuve a los pocos días en que Cayetano llegó a mi casa en el curso de la mañana. Sus palabras no dejaron de asombrarme:

—María Sabina —dijo aún jadeante por la caminata—, han llegado unos hombres rubios a entrevistarme a la presidencia municipal. Han venido de lugar lejano con el fin de encontrar a un sabio. Vienen en busca de pequeño que brota. No sé si te desagrade saberlo, pero prometí traerlos para que te conozcan. Les dije que yo conocía a una verdadera sabia. Y es que uno de ellos, muy serio, se acercó a mi oído para decirme: «Busco el Ndi-xi-tjo». No podía creer lo que escuchaba, por un momento dudé; pero el hombre rubio parecía saber demasiado sobre el asunto, esa impresión sentí. El hombre parece sincero y bueno. Finalmente les prometí traerlos a tu casa.

—Si tú quieres que así se haga, no me puedo negar. Eres autoridad y somos amigos —respondí.

Al día siguiente, alguien trajo a mi casa a tres hombres rubios. Uno de ellos se llamaba Wasson*. Se les dijo a los extranjeros que yo estaba enferma, aunque no precisamente que un borracho me había herido con pistola. Uno de los visitantes escuchó mi pecho. Puso su cabeza en mi pecho para sentir los latidos de mi corazón, tomó con sus manos mis sienes y volvió a poner su cabeza, ahora en mi espalda. El hombre asentía con gestos mientras me tocaba. Finalmente dijo palabras que no entendí; hablaban otra lengua que no era el castellano. Yo ni siquiera entiendo castellano.

Pronto, en una noche los extranjeros presenciaron mi velada. Después supe que Wasson había quedado maravillado; y llegó a decir que otra persona quien decía llamarse sabio en Huautla no

---

* María Sabina llamaba «Bason» a R. Gordon Wasson.

era más que un mentiroso. Que no sabía. En realidad, se trataba del brujo Venegas…

Cuando los extranjeros tomaron los niños santos conmigo, no sentí nada malo. La velada fue buena. Tuve visiones diferentes. Llegué a ver lugares que nunca había tenido imaginación de que existiesen. Llegué al lugar de origen de los extranjeros. Vi ciudades. Ciudades grandes. Muchas y grandes casas.

Wasson vino otras veces. Trajo a su mujer y a su hija. También vinieron personas diferentes con él.

Un día Wasson llegó con un grupo de personas. Entre ellas venían paisanos mazatecos quienes traían a un enfermo envuelto en petate. Me dijeron que era un huérfano de nombre Perfecto[*] y que había sido criado por Aurelio-Camino[†]. Este Aurelio también era un sabio y él había tratado de curar al enfermito.

Pero el enfermo ya no tenía remedio. Su muerte se acercaba. Luego de que vi el semblante de Perfecto le dije a Aurelio: «Este niño está muy grave. Requiere de mucho cuidado».

Yo tomé los niños y empecé a trabajar. Así fue como supe que Perfecto tenía el espíritu espantado. Su espíritu había sido atrapado por un ser maligno.

Me dejé llevar por el Lenguaje que me brotaba y, aunque Perfecto no tomó las *cositas*, mis palabras hicieron que se levantara y lograra ponerse en pie y habló. Refirió entonces que estando descansando a la sombra de unos cafetales en Cañada Mamey «sintió algo» a sus espaldas.

—Presentí que detrás de mí había algo… —dijo—, como un animal, como un burro. Escuché con claridad que lamía su hocico. Volteé rápidamente, pero no vi nada. Eso me espantó mucho

---

* María Sabina lo llama «Trofeto».
† Se trata de Aurelio Carrera, muerto a la edad aproximada de noventa años. La gente de Huautla llamó a este sabio Lio-Ndiáa (Aurelio-Camino) por tener su casa ubicada a la vera de un camino real.

y desde entonces me sentí enfermo. Es cierto papá Aurelio, si me cuidas yo sanaré. Así lo dice María Sabina.

En el curso de la velada el enfermo se puso de pie porque el Lenguaje le dio fuerza. También froté San Pedro en sus brazos.

Transcurrieron las semanas y alguien me avisó que Perfecto había muerto. No lo atendieron debidamente. Si se hubieran hecho varias veladas seguramente habría sanado. No lo hicieron así.

Wasson, su familia y sus amigos se fueron y no volvieron más. Hace años que no los he vuelto a ver; pero sé que su esposa falleció. Solamente Wasson regresó una vez no hace muchos años. La última vez que lo vi me dijo:

—María Sabina, tú y yo aún viviremos por muchos años.

Después de las primeras visitas de Wasson vinieron muchas personas extranjeras a pedirme que hiciera veladas para ellos. Yo les preguntaba si estaban enfermos, pero ellos decían que no. Que solamente venían a «conocer a Dios»*. Traían consigo innumerables objetos con los que tomaban lo que llaman fotografías y tomaban mi voz. Después me traían papeles† en los que yo aparecía. Conservo algunos papeles en donde yo estoy. Los conservo, aunque no sé qué dicen de mí.

Es cierto que Wasson y sus amigos fueron los primeros extranjeros que vinieron a nuestro pueblo en busca de los niños santos y que no los tomaban porque padecieran de mal alguno. Su razón era que venían a encontrar a Dios.

Antes de Wasson nadie tomaba los niños simplemente para encontrar a Dios. Siempre se tomaron para que los enfermos sanaran.

---

* María Sabina dice con frecuencia que los extranjeros toman los hongos con el fin único de «buscar y encontrarse con Dios»: Nináa Bá-zée (en mazateco).
† Diarios y revistas.

Berta Cáceres

Berta Cáceres *(1971-2016) fue una protectora de la tierra y el agua de la nación Lenca. Nació en La Esperanza, Honduras. Madre de cinco hijos, fue una de las fundadoras y coordinadoras del Consejo Cívico de Organizaciones Populares e Indígenas de Honduras (COPINH). En 2015, ganó el Premio Medioambiental Goldman por defender el hábitat Lenca y los derechos a acceder al río Gualcarque, que su pueblo considera sagrado. Un año después, fue violentamente asesinada. Siete individuos fueron acusados y declarados culpables de su asesinato, entre ellos, un soldado entrenado en los Estados Unidos y el presidente de la compañía que estaba construyendo una represa en Río Blanco, territorio indígena Lenca.*

Discurso de aceptación del Premio Medioambiental Goldman

En nuestras cosmovisiones somos seres surgidos de la tierra, el agua y el maíz. De los ríos somos custodios ancestrales el pueblo Lenca. Resguardados, además, por los espíritus de las niñas, que nos enseñan que dar la vida de múltiples formas por la defensa de los ríos es dar la vida para el bien de la humanidad y de este planeta.

El COPINH, caminando con pueblos por su emancipación, ratifica el compromiso de seguir defendiendo el agua, los ríos y nuestros bienes comunes y de la naturaleza, así como nuestros derechos como pueblos.

Despertemos; despertemos, humanidad. Ya no hay tiempo. Nuestras consciencias serán sacudidas por el hecho de estar solo contemplando la autodestrucción, basada en la depredación capitalista, racista y patriarcal. El río Gualcarque nos ha llamado, así como los demás que están seriamente amenazados en todo el mundo. Debemos sacudirnos.

La Madre Tierra, militarizada, cercada, envenenada, donde se violan sistemáticamente derechos elementales, nos exige actuar. Construyamos, entonces, sociedades capaces de coexistir de manera justa, digna y por la vida. Juntémonos y sigamos con esperanza, defendiendo y cuidando la sangre de la tierra y de sus espíritus.

Dedico este premio a todas las rebeldías. A mi madre, al pueblo Lenca, a Río Blanco, al COPINH, a las y los mártires por la defensa de los bienes de la naturaleza. Muchas gracias.

Edwidge Danticat

Edwidge Danticat *(1969), nacida en Puerto Príncipe, Haití, es autora de varios libros galardonados, tales como* Breath, Eyes, Memory, Krik? Krak! *(finalista del National Book Award),* The Farming of the Bones, The Dew Breaker, Claire of the Sea Lights *y* Create Dangerously. *Recibió la beca MacArthur en 2009 y ganó el Vilcek Prize 2020 en Literatura.* Everything Inside: Stories *ganó el Bocas Fiction Prize 2020,* The Story Prize *y el National Books Critics Circle Fiction Prize. El poema «así que un déspota llega a un campo de exterminio» fue originalmente publicado en* Progressive Magazine *en 2012, y traducido del inglés por Raquel Salas Rivera.*

así que un déspota llega a un campo de exterminio

así que un déspota llega a un campo de exterminio
para conmemorar el segundo aniversario
del peor desastre natural del país
de los últimos doscientos años
y el campo no es solo donde las excavadoras
arrojaron en fosas comunes a los miles
que fueron asesinados por un terremoto masivo
sino también donde los que él descuartizó
hacía treinta años fueron arrojados
cuando el déspota llega a la ceremonia
que honra a los muertos del terremoto
todos se ponen de pie para saludarlo
y gente de aspecto poderoso

le da la mano al déspota
y desde el foso de la tierra
nosotros los muertos del déspota,
junto a los muertos del terremoto,
gritamos
porque vemos cómo
algunos inclinan la cabeza
como si el déspota fuera sagrado
como si ni siquiera estuvimos aquí,
como si nunca hubiéramos estado
en una ceremonia donde los vivos
se supone que nos recuerden
la presencia del déspota
nos dicen que no
recuerdan nada en absoluto
cuando morimos, no había quién dijera
«que la terre lui soit légère»
no había nadie que le pidiera
a la tierra que nos cayera ligeramente
pero ahora somos más
el déspota muerto
el terremoto muerto
la tierra pesa sobre nosotros
¿pueden oírnos?
debajo de sus pisadas
los que se ponen de pie para saludarlo
¿pueden oírnos?
mientras inclinan la cabeza
mientras le dan la mano
¿pueden oírnos?
los que dicen

que con él la vida era mejor
porque el arroz era más barato
bajo su reinado
¿por qué, bajo el pretexto de recordar,
han dejado que venga el déspota
a pisotear nuestras tumbas?
algunas seguimos embarazadas
con los niños que nos adentraron
a fuerza de puñales
algunas todavía estamos buscando
los dientes que arrancaron
de nuestras bocas
los ojos que retiraron
de sus cavidades
las uñas arrancadas
el déspota quiebra nuestros cráneos
con sus elegantes zapatos
sin embargo, se ponen de pie para saludarlo
le dan la mano
inclinan la cabeza
en el olvido
mientras nos vestimos de barro
y comemos pan de piedra montañosa

Rita Laura Segato

Rita Laura Segato *(1951), nacida en Buenos Aires, Argentina, es antropóloga y una de las principales voces feministas e intelectuales de América Latina. Es la autora de* Santos y Daimones, Las estructuras elementales de la violencia, La nación y sus otros, La guerra contra las mujeres, L'oedipe' Noir, L'écriture sur le corps des femmes assassinées de Ciudad Juárez, «Contra-pedagogías de la crueldad» *y* La crítica de la colonialidad en ocho ensayos. *Los siguientes fragmentos provienen de «Las virtudes de la desobediencia», el discurso que inauguró la Feria Internacional del Libro de Buenos Aires en 2019.*

Las virtudes de la desobediencia

Segunda desobediencia:

Me remite a Europa, el continente de la neurosis monoteísta, como le llamo en mi libro *Santos y Daimones*. El continente de la neurosis de control y del juicio moral sobre el mundo. Y así llego a la otra evocación inevitable al preparar esta incómoda conferencia, que es el malestar que me causó, 36 años atrás, el discurso de García Márquez, al recibir el Premio Nobel en 1982, llamado «La soledad de América Latina». El recuerdo de ese vago e incomprensible malestar me acompaña desde entonces, y solo ahora encuentro el espacio para hablar del mismo ante una audiencia. En aquel tiempo, la palabra eurocentrismo ni rondaba mi cabeza, inclusive porque en esos años yo vivía en Europa. Veamos: García Márquez me parecía decir que América Latina estaba sola porque Europa no la miraba, no la veía, no registraba su existencia y no la comprendía. Definitivamente me desagradaba, como me sigue desagradando hasta hoy, que el subtexto de su discurso indicara claramente la convicción del autor de que solo en el ojo de Europa era posible que nuestro continente alcanzara su existencia plena. ¿Será que un ser para otro es nuestro destino? Sería problemático, porque para ser para el otro eficazmente/con eficiencia es necesario que de ese otro aprendiéramos a ser. Con los años, y con los vocabularios a que fui teniendo acceso, ese malestar se fue transformando en consciencia. Una consciencia que me permite hoy hablarles, como gente del libro que son, de nuestro tema: la circulación de la palabra y la forma de la palabra. Como afirmé hace unos veinte días en el Museo Pompidou de París, en una reunión con directores de museos de Europa en la que se me propuso responder una pregunta importante, inteligente, muy poco habitual: ¿cómo incide en Europa el eurocentrismo?, es Europa la que está sola. Se mira en el espejo narcísico de sus museos, pero carece del verdadero espejo, el que puede ejercer resistencia y mostrarle los defectos, pues esos objetos no pueden devolverle la mirada. Europa carece de ese potente utensilio femenino que es el «espejito, espejito» de la Reina Mala de los cuentos: no ve su defecto en el reflejo que podrían brindarle los ojos de los otros, porque al otro lo tiene solamente atesorado en la vitrina de su poder colonial. La visita al Museo Chirac en el Quai de Branly me confirmó esa impresión, pues no vi otra cosa allí que «belleza encarcelada», objetos retirados de su destino propio, de su lecho histórico, del paisaje en el que vivían arraigados. Desde allí hubieran podido seguir su camino e irradiar su influencia. Lo mismo pasa con los libros.

Nosotros, según García Márquez, necesitamos vernos en el ojo de Europa, en los libros de Europa, para no estar solos. Sin embargo, no registra que Europa siquiera percibe su soledad, soledad que la ha ido llevando lentamente hacia una decadencia de su imaginación creadora, la que en otro tiempo nos deslumbró, y a un tedio insoportable.

Tercera desobediencia:

Desesperaba a mis maestras, maestras de elite, en el Lenguas Vivas Juan Ramón Fernández de mi infancia, cuando nunca jamás, desde los seis años, en hipótesis alguna, acepté escribir mis redacciones en el modo del tú, y del háces en lugar del hacés. Así como continúo hasta hoy con la ardua tarea de modificar el corrector de lengua, todo el tiempo, a cada línea, para poner un acento en la i de decíme, en la i de veníte, en la e y en la a de si querés pasá por mi casa. A contracorriente de la conformidad, en desobediencia. Más tarde aparecería mi amado Arguedas, con su lengua quechua en español, con sus inflexiones del quechua en la lengua sobreimpuesta, su verdadero secuestro del castellano para decir lo que deseaba y era necesario decir: que era el indio quien llevaba la bandera de la historia y de la soberanía en nuestro continente. Así como Polanyi ha hablado de la economía arraigada destruida por el capitalismo, necesitamos hablar de un arraigo de la palabra de su camino reexistente a pesar de las instituciones y en los gestos verbales de la gente.

Cuarta desobediencia:

El 7/08/2018, a las 19:12, Juan Pérez (nombre ficticio) de la muy prestigiosa editorial española La Eterna (nombre ficticio) escribió:

Estimada Sra. Segato,

Mi nombre es Juan Pérez y soy el editor de Ediciones La Eterna. Solo quería ponerme en contacto con usted para invitarla cordialmente a incorporarse de alguna forma a nuestro fondo editorial. Su trabajo crítico me parece una joya intelectual que debería ser conocido y leído en todo el mundo. En España, por ejemplo, no llega con facilidad. Por supuesto, sé que espacios editoriales para publicar no le faltan, muy concretamente Prometeo, con quien trabaja de forma continuada. Aun conociendo esta situación, me permito invitarla desde la admiración de su trabajo.

Un cordial saludo,

Juan Pérez

Editor Sénior

Madrid (España)

De: Rita Segato

Enviado el: viernes, 10 de agosto de 2018 3:13

Para: Juan Pérez

Asunto: Re: Ediciones La Eterna

Estimado Juan, le agradezco mucho los términos de su mensaje. Es estimulante saber que el esfuerzo de uno es apreciado, y sobre todo por un editor de una editorial tan prestigiosa. Pero creo que me va a entender si le digo que, como sabe, escribo desde la perspectiva de la Colonialidad del Poder y también del Saber. Mi perspectiva es crítica con relación al eurocentrismo, que no es otra cosa que un racismo aplicado a los saberes y productos de quienes habitamos y trabajamos en estas costas, en este lado de acá del mar, en un paisaje marcado y demarcado por el proceso colonial, que perdura hasta el presente. Entonces, yo tengo un editor, que es el primero que me tendió la mano en 2003, cuando deseaba retornar a mi país y nadie me conocía en Argentina. Lo estimo y me ha ayudado en una serie de situaciones de vida que fueron difíciles. Publico con él en español, de la misma manera que publicaría con uds. Sin embargo, por el hecho de que La Eterna queda del lado de allá del mar, la distribución es más fácil en todo el universo de los lectores en lengua española, y aunque mucho me alegró su mensaje, no me es posible concordar con eso, curvarme a eso, reconciliarme con eso. Se puede entender, ¿verdad? Soy terca como una mula, lo sé. Pero es que me duele saber que un editor de América Latina no tiene las mismas facilidades para circular que una editorial española. Lo único que se me ocurre, entonces, es sugerirle que establezca una colaboración de algún tipo con mi editorial, Prometeo, para que entre las dos en asociación editen próximamente algo mío… ¿Qué le parece esa idea? Sea cual sea su respuesta, le mando un abrazo y mi sincero agradecimiento por el aprecio hacia mi obra.

Rita

De: Juan Pérez
Enviado el: viernes, 13 de agosto de 2018 12:22:11 GMT-3
Para: Rita Segato
Asunto: Re: Ediciones La Eterna

Estimada amiga,

Lo entiendo perfectamente, por supuesto. Debo decir que me reconforta encontrar una intelectual que es consecuente con su discurso (eso no siempre pasa)…

Juan Pérez
Editor Sénior
Madrid (España)

Cito este intercambio con el editor sénior de una muy apreciada y por demás respetable editorial peninsular por su gran elegancia y el respeto mutuo, personal, que se revela entre el corresponsal que representa el interés de la empresa y yo, como su interlocutora. Se trata de una entre diversas invitaciones a publicar en editoriales globales que he recibido, todas declinadas por las razones que le expongo a Juan Pérez. Básicamente, como me decía en estos días mi querida Claudia Schwartz, que se crio entre los anaqueles de Fausto y ahora edita poesía con gran dificultad en Leviatán: ¿Por qué no puedo conseguir un libro de Chile, por qué no puedo conseguir un libro de Uruguay? ¿Por qué no puedo acceder a autores de esos países desde Argentina, si no a través de España?

La verdad es que la dictadura persiguió a grandes libreros argentinos y destruyó el gran parque editorial que teníamos por medio de la persecución política, y Menem terminó el trabajo por la total desprotección en que dejó a la industria editorial argentina, que gozaba de gran prestigio en el mundo de habla castellana por su incontestable calidad. Honorables empresarios libreros persistieron y/o surgieron para intentar resucitar lo perdido... Otros murieron de tristeza, como el padre de Claudia, con el cierre final de sus librerías Fausto y de su editorial, Siglo Veinte, en una supuesta «democracia» que, apenas recuperada, sucumbió a la colonialidad del poder y del saber.

Las editoriales españolas compraron las editoriales de textos y manuales escolares, beneficiándose con el know-how ya existente en el país, y amenazaron así la belleza y el valor del pluralismo de la lengua y los modos de decir del arraigo argentino. Lloro por eso: era hermosa la Argentina de Fausto. Como es insubstituible la Argentina del Centro Editor de América Latina. El valor y meta histórica de un mundo en plural quedó así en situación muy frágil, en un proceso no muy diferente a lo que se dio con los sellos globales de grabadoras musicales, que compraron la música del mundo y la «ecualizaron» en un «world music» pasteurizado y rápidamente obsolescente. Quiero rendir homenaje aquí a los editores que sobrevivieron aquel tiempo de destrucción y a las que comenzaron después de la ruina: Corregidor, Coligue, de la Flor, Biblos, Manantial, Lugar editorial, Espacio Editorial, Homo Sapiens, Pequeño Editor, Prometeo, Godot, Leviatán. Y discúlpenme si no he conseguido nombrar todas, o si alguna de las que nombré ya ha perecido.

Quiero que se entienda que no se trata del valor del patriotismo; se trata, sí, del valor del pluralismo.

Cherríe Moraga

Cherríe Moraga *(1952), nacida en Los Ángeles, California, es una poeta, ensayista feminista y dramaturga. Coeditó, junto con Gloria E. Anzaldúa, la antología pionera* This Bridge Called My Back: Writings by Radical Women of Color. *Con Barbara Smith y Audre Lorde, comenzó* Kitchen Table: Women of Color Press, *la primera editorial de mujeres de color en los Estados Unidos. Entre sus obras se destacan* The Last Generation *y* Native Country of the Heart: A Memoir. *«Cómo bendecir» es un fragmento de una autobiografía inédita, y fue traducido del inglés por Raquel Salas Rivera.*

Cómo bendecir

Mi madre antes era una mujer sagrada con una fe inquebrantable. Recuerdo cómo en la penitencia extendida de aquellos últimos años de la vida de mi madre, mi hermana tuvo que preguntarme: «¿Qué le pasó a aquella fe?». En ese momento, ella pudo articular la pregunta que yo había cargado bajo mi lengua silenciosamente durante muchos meses, ya que la mente debilitada de mi madre había reducido su uso del lenguaje e incrementado su rabia. Es cierto, no había escuchado un rezo susurrado por los labios de mi madre en tanto tiempo. Pero, una vez, cuando los nietos la visitaron con su guitarra y tocaron «Cielito lindo», ella cantó bajito, formulando más de memoria que cualquiera. Cuando terminó, Elvira se bendijo sola con la señal de la cruz. La canción, un ritual del recuerdo, se sentía como rezar.

Hoy rezo por mi madre. Aprendí justo a tiempo. De niño, mi

hijo casi intuitivamente asumió los mismos rituales de la fe que había practicado mi familia. En una ocasión, casualmente mencioné que mi madre todos los días nos hacía la señal en la frente antes de encaminarnos a la escuela y Rafa pidió explicaciones de por qué yo no había heredado aquella tradición. A petición suya, comencé a bendecirlo cada día antes de que saliera por la puerta. Ambos nos sentimos mejor, al igual que me sentía mejor cada vez que bendecía su cuerpo con el rezo nocturno.

¿Cuándo alcanzamos la edad, el derecho a bendecir a un niño, a un alma triste, a un primo en conflicto? Un día mi cuerpo comenzó a asumir aquel gesto, a habitarlo. No se trata de ser católica, sino de un momento de conciencia cósmica. Salimos por la puerta, cruzamos una manzana de la ciudad, nos metemos en nuestros carros, nos montamos en un avión, nos acostamos a dormir y la muerte nos espera. Nos damos la bendición para aligerar esa travesía...

Gioconda Belli

Gioconda Belli *(1948) es una poeta, novelista y activista política Nicaragüense, nacida en Managua. Desde muy joven participó en la Revolución Popular Sandinista, que derrocó al dictador Anastasio Somoza en 1979, y ocupó posiciones importantes en el Partido Sandinista y en el gobierno revolucionario. Renunció al Partido Sandinista en 1993 y hoy es crítica del gobierno de Daniel Ortega. Ha publicado ocho poemarios y ocho novelas, un libro autobiográfico, dos colecciones de ensayos, dos antologías y cuatro libros infantiles. En 2008 ganó el premio Sor Juana Inés de la Cruz por su novela* El infinito en la palma de la mano. *En 2019 le fue otorgado el Premio La Otra Orilla por su novela* El país de las mujeres *y en 2020 fue galardonada con el Premio Jaime Gil de Biedma por su poemario* El pez rojo que nos nada en el pecho. *Sus obras han sido traducidas a más de veinte idiomas. Preside el capítulo Nicaragua de PEN International, forma parte de la Real Academia de la Lengua de Nicaragua y es Caballero de las Artes y las Letras de Francia.*

No tengo dónde vivir

Escogí las palabras
Allá quedan mis libros
Mi casa. El jardín, sus colibríes
Las palmeras enormes
Que se apodaban Bismarck
Por su verde o su ancho
No tengo dónde vivir
Escogí las palabras

Hablar por los que callan
Entender esas rabias
Que no tienen remedio
Se cerraron las puertas
Dejé los muebles blancos
La Terraza donde bailan volcanes a lo lejos
El lago con su piel fosforescente
La noche afuera y sus colorines trastocados
Me fui con las palabras bajo el brazo
Ellas son mi delito, mi pecado
Ni Dios me haría tragármelas de nuevo
Allí quedan mis perros Macondo y Caramelo
Sus perfiles tan dulces
Su amor desde las patas hasta el pelo
Mi cama con el mosquitero
Ese lugar donde cerrar los ojos
E imaginar que el mundo cambia
Y obedece mis deseos
No fue así. No fue así.
Mi futuro en la boca es lo que quiero
Decir, decir el corazón
vomitar el asco y la ranura
Queda mi ropa yerta en el ropero
Mis zapatos mis paisajes del día y de la noche
El sofá donde escribo
Las ventanas
Me fui con mis palabras a la calle
Las abrazo, las escojo
Soy libre
Aunque no tenga nada.

LUNA
SAGAZ

La energía de la luna es sabia;
un momento para recibir
una antigua sabiduría

Rosa Chávez

Rosa Chávez *(1980) es una poeta, artista y activista Maya K'iche'-cakchiquel, nacida en Chimaltenango, Guatemala. Es la autora de cinco poemarios, entre los cuales se encuentran* Casa solitaria *y* Ri uk'u'x ri ab'aj *(*El corazón de la piedra*). También es la autora de obras experimentales de teatro, performance y video. «To Take Back Our Breath» fue originalmente publicado en* T.A.N.J. - The Against Nature Journal *(otoño de 2021). Todas las palabras no traducidas están en k'iche', una lengua Maya que cuenta con 1,6 millones de hablantes documentados en Guatemala. Su poesía ha sido antologizada y traducida a seis idiomas, que incluyen el francés, el noruego y el alemán. «Para recuperar nuestro aliento» y «¿Qué voy a hacer sin tu olor, Elena?» fueron traducidos del español al k'iche' por María Guarchaj; «El espíritu se va si no lo cuidamos» y «Háblame en el idioma del tiempo», por Wel Raxulew.*

Para recuperar nuestro aliento

Invoco la energía de las ancestras, de las abuelas,
de todas las que sembraron con sus manos y con sus cuerpos la
     vida en el presente,
respiro profundo el sagrado aire llenando la vasija de mi
     corazón,
suena una tambora que une mi ombligo con el latido de la tierra,
suena una tambora que truena como el rayo del tijax[*]
cortando los nudos de mi cuerpo y mi memoria,

---

[*] Tijax, nawal representado en la piedra o cuchillo de obsidiana y un día de curación profunda en el conteo del calendario maya.

llega la luna llena y me curo las penas atrapadas con baños de
   sal,
con mi manojo de siete montes despierto la circulación en mis
   venas,
mis células hablan con el lenguaje de las plantas, en el calor del
   tuj* recupero mi fuerza,
bebo infusiones de hierbas y flores para calmar mi mente,
sobo mis articulaciones, enciendo mis velas de cebo,
   de colores,
humos de incienso y de pom† para soplar las nubes que se
   quedan en el pecho,
invoco a las guardianas de los ríos, a las guardianas de los
   cerros,
a las guardianas de los caminos, en una ciudad, en un campo,
donde se encuentren mis pasos,
hablo con el sagrado viento y le cuento despacio
y nombro para sanar y me inclino ante mi verdad,
la tierra con su nobleza recibe todo lo que le quiero dar,
todo lo que siembro, mis pesares o alegrías las transforma y
   sigue su ciclo,
resuena una tambora y bailo, porque danzando también me
   curo,
bailamos con las vivas, con las difuntas, con las antiguas,
moviendo nuestras carnes despertando a la tierra con nuestros
   pies
y cantamos y recuperamos la voz, recuperamos nuestra verdad,
recuperamos nuestro lenguaje, recuperamos nuestro cuerpo,
recuperamos nuestro tiempo, recuperamos nuestra sangre,
recuperamos nuestro aliento, recuperamos nuestra libertad,

---

* Temascal
† Incienso de resina de árbol

respiramos profundo y la dignidad del agua que corre por
     nuestro cuerpo nos permite fluir
y regresa nuestro espíritu, aleteamos con el ritmo de la vida
Vuelvo a la tierra
Vuelvo a salir al mundo
Kintzalij par ri ulew
Kintzalij chi jumul p ri uwachulew

Rech kqak'ama chi jumul ri quxlab'al

Kinch'ab'ej kichoqab'il ri e nab'e taq winaq, ri e qatit,
ri xkitik kan ruk' ri kiq'ab' xuquje' kib'aq'il ri k'aslemal ojk'owi
     chanim,
nojim kinjiq ri loqalaj kaq'iq' chech unojsaxik ri wanima,
kch'ax ri jun lab'al chi kutiq ri numuxux ruk' ri ub'uk'b'utem ri
     uwachulew,
kch'aw ri jun lab'al jas ri ukowil uch'ab'al ri utun ri Tijax
tajin kusol ri upatzkuyal ri nub'aq'il ruk' ri nuchomanik,
kopan ri nojinaq ik' kinkunaj le b'is ink'owi ruk' jun atinem
     rech atz'am,
ruk' ri nusoraj wuqub' uwach q'ayes kink'asuj ri ub'inem ri
     kik' pa wib'och,
e nuk'utb'al b'anikil kech'aw ruk' uch'ab'al le e q'ayes ,par i
     uq'aq'al ri tuj kink'asuj wi ri nuchoq'ab'il,
kinqumuj uwal taq q'ayes xuquje' kotz'ij rech kinjamarisaj
     nuchomanik.
Kinji' ri nub'aqil, kintzij ri nuse'r cher xepo, jalajoj ukayib'al,
Sib' rech k'ok'q'ol xuquje' pom rech rech kujupij ri sutz' ri
     kekanaj kan chi uwach nuk'ux,
Kinch'ab'ej le chajinelab' rech le b'inel ja, le chajinelab' rech le
     juyub',

Le chajinelab' rech ri b'e, pa jun tinamit pa jun juyub',
Jawi kriqitaj wi ri nub'inem
Kinchaw ruk' ri loqalaj kaqiq' xuquje' nojimal kinb'ij chech
Xuquje' ke'inch'ab'ej rech kinkunatajik xuquje' kinmej wib' chi
    uwach ri nub'e'al,
Ri uwachulew ruk' utzilal kuk'amawaj rojojel le kwaj kinya
    chech,
Ronojel le kintiko, le uqoxomal ri wanima on ri kikotemal
    kuk'exo xuquje' kumaj ub'e,
Kinch'aw chi jun mul ri lab'al xuquje' kinxojowik, xa rumal chi
    we kinxojowik kinkunatajik,
Kinxojow kuk' ri e k'aslik, kuk' ri e kaminaq, kuk' ojer ixoqib',
Kqasalab'aj ri qab'aqil ruk' ri qaqan kqak'asuj ri uwachulew
Xuquje' kojb'ixanik xuquje' kqak'asuj uwach ri qaqul, ktzalij
    loq ri qab'e'al,
Kqak'ama chi jumul ri qach'ab'al, Kqak'ama chi jumul ri qab'aqil,
Kqak'ama chi jumul ri qaq'ij, Kqak'ama chi jumul ri qakik'el,
Kqak'ama chi jumul ri quxlab'al, Kqak'ama chi jumul ri man
    kojq'at ta chi rij
Nojim kojuxlab'ik xuquje' le utzilal ri ja chi kb'in par ri qab'aqil
    kuya b'e chiqech kojb'inik
Xuquje' ktzalij loq ri espíritu, kojxik'xot ruk' ri ub'inem ri
    k'aslemal
Kintzalij par ri ulew
Kintzalij chi jumul pa ri uwachulew

❉

¿Qué voy a hacer sin tu olor, Elena?

¿Qué voy a hacer sin tu olor, Elena?
no me dejes serota, pisadita, cabrona,
¿Qué voy a hacer?

cuando piense en tu pusa y no te pueda chupar, acariciar,

metértela o sencillamente verte desnuda

dejame aferrarme a tu vientre

mamarte esos pechos tan ricos

consolame Elena

te amo y por eso deseo que te vaya mal

bien pura mierda en la vida

para que volvas conmigo

disculpame Elena

andate, comete el mundo

pero antes decime

¿Qué voy a hacer sin tu olor?

¿Jas kinb'ano al Le'n maj chi wuk' ri ruxlab' ab'aqil?

¿Jas kinb'ano al Le'n maj chi wuk' ri ruxlab' ab'aqil?

Man kinaya ta kanoq tak ali

Itzel ali K'an ali

¡¿Jas kinb'ano?!

Are taq kinchomaj le rislam uxol awa'

Xuquje' man kinkowin taj kintz'ubu'

Kinmalo, kinok chi upam

On xaq xewi kinwilo atch'analik

Chaya b'e chwech kinmatzej le apam

Kintij la le ki' taq atz'um

Chakub'a nuk'ux al Le'n

Katwaj rumal ri kinrayij

Chi man utz ta kariqo

Kariqiqej k'ax par ri ak'aslemal

Are chi kattzalij lo wuk'

Chinakuyu al Le'n

Jat atija ronojel ri uwachulew

Xewi chab'ij na kan chwech
¿Jas kinb'ano maj chi wuk' ri ruxlab' ab'aqil?

✳

El espíritu se va si no lo cuidamos

agarra su propio camino si se incomoda
toma su propia medicina si se enferma
se va como si nada pasando sobre el mar
no dice adiós
se aleja sin remordimientos
sin culpas,
en su ausencia
dejamos de ser sagrados
nos volvemos algo sin nombre.

Kanimaj b'i ri qak'u'x wi kqilij taj

kuchap b'i ri ub'e we xyakataj royowal
kutij q'an ri ukunab'al wi xyowajik
eb'a'w kcha kan chi qech
maj royowal kanimaj b'ik
maj umak,
wi maj
maj chi qapatan
man oj loq'ob'al ta chik.

✳

Hablame en el idioma del tiempo

Hablame en el idioma del tiempo
sacudime en el silencio de las estrellas
despertame temprano antes de volver a dormir

para amarte con mi lengua domesticada
para que tu voz descalza juegue en mi cuerpo
hablame con la lengua del sol
decime palabras verdes que me maduren en la piel
juntá tu nombre con el mío
quereme también con tus dos corazones.

Chinach'ab'ej pa ri utzijob'al ri q'ijsaq

Chinach'ab'ej pa ri utzijob'al ri q'ijsaq
chinayikiya' pa ri kitz'inilem ri ch'umil
chinak'asuj aq'ab'il mojo'q chinwar chi jun mul
are chi katinloq'oj ruk' ri tijotal waq'
are chi ri kch'anakat ach'ab'al ketz'an chwij
chinatzijob'el ruk' ri uch'ab'al ri q'ij
chab'ij rax taq tzij chwech are chi kechaq'aj chwij
chab'ana' jun che ri ab'i' ruk' ri wech
xuquje' chinawaj ruk' ri keb' ak'u'x.

Maryse Condé

Maryse Condé *(1934), nacida Maryse Boucolon en Pointe-à-Pitre, Guadalupe, es una novelista, crítica y dramaturga. Estudió en la Sorbonne Nouvelle de París, donde obtuvo un doctorado en Literatura. Es autora de más de veinte libros, entre ellos* Célanire cou-coupé, Traversée de la mangrove, The Gospel According to the New World *y la galardonada novela épica* Ségou: les murailles de terre. *Recibió el Premio Nobel de Literatura Alternativo en 2018, año en que el oficial fue suspendido a raíz de los escándalos por abuso sexual en la Academia sueca. Escribe en francés y sus libros han sido traducidos al inglés, al alemán, al danés, al italiano, al español y al japonés, entre otros idiomas. Ha sido reconocida y galardonada internacionalmente por su trabajo de investigación histórica, su aguda crítica política y su compromiso permanente con la liberación de todas las personas, incluyendo a les Africanes de nacimiento y ascendencia, las mujeres y las niñas. Entre otros reconocimientos, fue recipiente de una beca Guggenheim y ganadora del Grand Prix Litteraire de la Femme. Había querido escribir sobre Celia Cruz, pero desvió su interés cuando se encontró con la llamada «Bruja Negra de Salem», cuya historia inspiró la novela,* Yo, Tituba: la bruja negra de Salem. *«Descubrir a Celia Cruz», una oda a la célebre cantante Cubana, fue traducida del inglés por Raquel Salas Rivera.*

Descubrir a Celia Cruz

Me criaron de una manera particular. Mis padres pertenecían a una asociación que conformó el embrión de la burguesía Negra, llamada «Les Grands Nègres», en oposición a los «Petits Nègres», quienes son totalmente inútiles, borrachines y abiertamente mujeriegos. Créanme, no es fácil ser una hija de «Les Grands Nègres». En la escuela, tuve que obtener las mejores calificaciones en cada área de estudio, hasta en Álgebra y Geometría. Tuve que desdeñar la morcilla y el bacalao. Pero, más que nada, tuve que rechazar las cosas que mis padres consideraban abominaciones, como la música y el baile, cuyos entrechats consideraban el peor de los vicios. Como consecuencia, nunca fui a buscar novio los sábados por la tarde en el baile local organizado por una asociación religiosa para adolescentes. Como resultado, nunca me atreví a salir a la calle para seguir a los fiesteros durante la época del carnaval y me quedé marchitándome en mi balcón. Por raro que pueda parecer, una educación tal no se interpuso en mi amor por mi isla natal, que se mantuvo arraigada en mi corazón durante mis años de estudio en París. Como prueba de este hecho, regresé a Guadalupe en 1985, tras el éxito de mi novela *Ségou* en 1984. Aquellos primeros años de vuelta en Guadalupe fueron melancólicos. Mis padres habían fallecido, su hermosa casa en Pointe-à-Pitre había sido subastada y no me quedaban amistades, con la excepción de Simone, una mujer mulata que era mi vecina y maestra de piano. Sobre todo, yo estaba desempleada. Nadie me quería contratar, ni la universidad ni la radio local, ni las estaciones de televisión.

Después de tres años sin avanzar, decidí aceptar la oferta de UC Berkeley para enseñar Literatura Francófona. El día antes de irme, reuní a varias amistades que tenía y, como regalo, Simone me obsequió un disco de Celia Cruz acompañada por la orquesta La Sonora Matancera. No era la primera vez que Simone me regalaba un disco, pero esta vez fue una revelación. Nunca había escuchado una voz así, que cambiara tan repentinamente de alegría a rabia, de nostalgia a ensoñación; una voz capaz de expresar todos los matices de cada estado de ánimo humano.

Celia Cruz se convirtió en mi ídolo. Fue por ella que varios años después visité Cuba. Aprendí que no estuvo de acuerdo con Fidel Castro y que había escogido vivir en los Estados Unidos. Me enseñó que la poesía y la revolución no siempre se entremezclan, pero no importa, me obsequió la inspiración.

Alba Eiragi Duarte

Alba Eiragi Duarte *(1960) es una poeta y líder Indígena nacida en Curuguaty, Paraguay. Es de ascendencia Aché y fue criada en la comunidad Avá-Guaraní en Colonia Fortuna, departamento de Canindeyú. Sus libros incluyen el poemario* Ñe'ẽ yvoty: Ñe'ẽ poty *y una colección de cuentos* Ayvu tee avá guaraní. *En 2017, se convirtió en la primera mujer Indígena en ser miembro de la Sociedad de Escritores del Paraguay. Sus poemas y cuentos forman parte de antologías nacionales e internacionales. «No existe el tropiezo» fue traducido del guaraní por Elena Martínez.*

No existe el tropiezo

Está llegando la fea enfermedad,
¡Ya llegó!

Hasta las sombras desaparecen.

Al infinito van quienes caen.
Mi Ser vuela y no me encuentro.

¡Soy fuerte! No existe el tropiezo.
con mis hermanas mayores tocamos takua (bambú),
los hombres tocan sus maracas.

Nuestra cultura nos da fortaleza.
Nuestra cultura tiene rezos.

La fea enfermedad no nos lastimará,
esta noche ni mañana.

Ante ella,
nadie se arrodillará.

Mi sangre es fuerte, en la oscuridad desperté.
en el amanecer mi ser estaba en inmensidad
tantos caminos recorrí en el tropiezo del vivir.
mi poesía me da fortaleza.
mi canto, sentimiento entrega.

Tantas bellezas me han dado
verdad, fe y salud
desde mi palabra verdadera y desde mi vivir.

Ndaipori ñepysanga

Mbaasay vai ou hina,
¡Oguahema Katu!

Taanga yvy jepe omongue

Heta tapicha oho apyreyme.
Oveve chereko nda che topai.

¡Che mbarete¡. Ndaipori ñepysanga.
che rykekuerandive rombopu takua (bambú),
kuimba'e kuera ombopu imaraka.

Ore reko ome'ê oreve mbarete.
Ore reko oguereko ñembo'e.

Nda ore jopy vai moai mba'asy vai,
konga pyhare ha koerô
Naî pori oñesu vaera henondepe.

Che ruguy imbarete, pytume apay
che ko'ê che rekove hiañete heta mba'e
heta mba'ema ohasa ñepysanga rehegua
che ñe'ê poty ome'ê cheve mbarete.
che purahéipe, che remiandu omoñe'ê

Heta mba'e porâ ome'ê cheve
jerovia, angapyhy ha tesaî
che ayvuete ha che reko rupive.

Laura Esquivel

Laura Esquivel *(1950) nació en Ciudad de México, México. Su primera novela,* Como agua para chocolate, *tuvo gran éxito internacional, fue bastante galardonada y se tradujo a más de cuarenta idiomas. Solo en los Estados Unidos ha vendido más de tres millones de copias. En 1992, la adaptación fílmica al español, con un libreto escrito por Esquivel, batió todos los récords de taquilla para una película extranjera en los Estados Unidos y en el resto del mundo. Durante las próximas tres décadas, tuvo una sucesión de novelas exitosas:* La ley del amor, Tan veloz como el deseo, Malinche, A Lupita le gustaba planchar *y dos secuelas para* Como agua para chocolate: El diario de Tita *y* Mi negro pasado. *«Cuando no había ruido» es un fragmento de sus memorias,* Lo que yo vi.

Cuando no había ruido

Se dice que a partir del momento en que una célula se dividió en dos transmitió toda su carga genética sobre la nueva. A veces me pregunto si esa separación fue silenciosa o no. Porque todo movimiento, por imperceptible que parezca, produce un sonido, una vibración.

En la India existe una tradición que dice que cuando el «vacío» se dividió en masculino y femenino surgió el sonido «AUM» y que esta vibración se extendió por todo el Universo creando tiempo y espacio. La tradición hindú considera al cosmos como un océano de vibraciones. El propio Pitágoras habló de que cada átomo produce un sonido particular, un ritmo, una vibración.

La Tierra pulsa rítmicamente, gira, danza en el espacio siguiendo un movimiento constante pero pausado, tanto, que ni siquiera lo percibimos. Sin embargo este desplazamiento produce un sonido que se integra a la música de las esferas. La tierra canta y la vibración de su voz ha quedado grabada en cada partícula de todos los seres vivientes, de todos los animales, de todas las plantas, rocas y minerales que convivimos en este planeta. La vibración es energía en movimiento. Tal vez la tierra, hace millones de años, quiso que su canto se escuchara fuerte y lejos y nos procuró la vida para que resonáramos junto con ella. Al menos eso me gusta pensar en momentos en que el silencio me inunda.

Me gusta el silencio. Me gusta escucharlo.

Los maya decían que el universo no es otra cosa que una matriz resonante y que si uno se conecta adecuadamente con ella por medio del cordón umbilical del universo puede obtener en un segundo toda la información que desee. Cuando me enteré de la grandiosa cosmovisión que poseía esta ancestral cultura mexicana, afortunadamente ya existía la web, de otra manera nunca hubiera comprendido a qué se referían estos grandes observadores del cielo cuando hablaban de una mente cósmica, completamente interconectada.

No crean que ya tengo todo aclarado. Las dudas continúan en mi mente: ¿a qué se referían cuando hablaban del cordón umbilical del universo? ¿A un link acuático? ¿A una corriente de agua que circula entre la matriz resonante y nuestros cuerpos? O, ¿se referían a nuestra propia sangre que en su viaje por el interior de nuestro cuerpo lleva ríos de información y memoria ancestral a cada una de nuestras células? Si tomamos en cuenta de que en nuestro cuerpo existen cerca de cien billones de células, que está conformado en un 70% de agua y que el sonido se propaga por el agua cinco veces más rápido que por el aire, nos podemos dar una idea de lo que sucede al interior de nuestros cuerpos en términos de comunicación.

A partir de los descubrimientos del Dr. Masaru Emoto en Japón, ahora sabemos que nuestros pensamientos y emociones pueden alterar la estructura molecular del agua e incluso modificar su campo vibratorio, lo que nos lleva a comprender la forma íntima en que los seres humanos estamos conectados con el cosmos.

La pregunta es ¿cómo pudieron conectarse los mayas con lo que ellos llamaban el Corazón del Universo sin computadoras ni celulares ni tecnología de por medio? Tal vez porque en ese tiempo, en esas noches estrelladas que ellos observaban con tanto ahínco en completo silencio, llegaron a percibir la música de las esferas y descubrieron que melodía y matemáticas, como Einstein afirmaba, son la llave para abrir la información del universo entero.

Cada vez que pienso esto recuerdo un radio Galena que mi papá fabricó para mis hermanas y para mí cuando éramos niñas. Mi padre fue telegrafista y le apasionaba todo aquello que estuviera relacionado con la electricidad y la tecnología. A él le tocó atestiguar la manera en que el telégrafo revolucionó la comunicación en el mundo entero, pues mediante su uso por primera vez se pudo obtener información al instante en dos sitios apartados. Hasta el día de su muerte mi papá procuró estar al día en cuestiones de tecnología.

La radio Galena funcionaba sin pilas ni batería. Surgió a finales del siglo XIX y se popularizó en las primeras décadas del siglo XX. Su primera utilidad fue la de recibir señales en código morse pero pronto se utilizó para la radiodifusión. Para construirla solo se necesitaban tres componentes: un receptor, un sintonizador y unos auriculares.

Recuerdo perfectamente la emoción que sentí la primera vez que utilicé la radio Galena. Era una pequeña caja de cartón que en su interior contenía un bobina fabricada con hilo de cobre. En su exterior tenía otro cable que era necesario enredar al grifo del agua para que hiciera tierra y un perilla para sintonizar una señal de radiofrecuencia. Pasé varias horas pegada a la llave del agua con mis auriculares puestos. En mi mente infantil, pensaba que tal vez en una de esas podría escuchar no solo la programación de alguna emisora de radio sino los mensajes ocultos de alguna estrella. Ahora sigo pensando que eso mismo es posible, pero ya no tiene chiste porque en la actualidad hay infinidad de aparatos de alta tecnología que captan las sutiles ondas de ultrafrecuencia que emiten las plantas, los cristales y las estrellas.

Lo que me parece relevante no es la anécdota en sí sino el hecho de que a todos los seres humanos nos encanta la idea de ver más allá de lo que nuestros ojos pueden ver y escuchar sonidos que nuestros oídos no alcanzan a percibir. Nos molesta la limitación que nuestro cuerpo nos impone. Tal vez eso explica la manera vertiginosa en que se ha desarrollado la tecnología en el campo de la comunicación. Cada vez queremos llegar más y más lejos. Aunque yo, a nivel personal, a veces siento que me voy quedando atrás. Mi nieto de doce años sabe manejar mejor que yo mi celular.

No es que busque justificar mi torpeza cibernética pero entiendan que en el año de 1950, cuando yo nací, la vida en este planeta era totalmente distinta. No había celulares, ni computadoras, ni horno de microondas ni nada de eso. En casa de mis padres ni siquiera había teléfono. Cuando yo era muy pequeña, si queríamos hacer una llamada, teníamos que ir a casa de mi abuelita o acudir a la farmacia de Maruca y Agustín. En ambos lugares nos recibían llamadas externas con la diferencia de que Maruca y Agustín nos cobraban por el servicio y mi abuelita no.

Así que, en la casa, uno podía llevar una vida tranquila sin que el teléfono sonara día y noche y sentarse a escuchar su estación favorita de radio o simplemente gozar de la lectura. En esos tiempos uno tenía tiempo para uno mismo.

Por ejemplo, mi papá, como no tenía que revisar su Facebook ni estar leyendo sus correos electrónicos ni su WhatsApp y mucho menos tuiteando, cuando regresaba del trabajo jugaba conmigo y con mis hermanas y nos pasábamos tardes enteras grabando cuentos en una grabadora de carrete. Gracias a eso, ahora van a poder escuchar mi voz de cuando tenía seis años interpretando al hada madrina de Cenicienta.

Cuando mi hija Sandra era niña también la grabé jugando, cantando y narrando historias, cosa que ya no he hecho con mi nieto pues mi vieja grabadora, que es la que sé manejar, el día que no tiene pilas, le falla el micrófono. Es más, últimamente he perdido interés por comprar aparatos electrónicos. ¿De qué sirve que me compre una cámara fotográfica que dentro de un año va a ser obsoleta? ¿O una computadora cuyos programas ya no van a ser compatibles con mi viejo iPod? ¿O una impresora de la que ya no voy a poder conseguir cartuchos? ¿O que coleccione películas en un formato que va a pasar de moda y que luego ya ni siquiera voy a encontrar los reproductores adecuados para verlas? Lo que más lamento es que las fotografías sean digitales. Antes, uno guardaba el negativo y mandaba a imprimir la foto cuando quisiera; ahora, ya casi no existen laboratorios para impresión de fotografías viejas. Tengo fotos digitales de mi nieto que no he podido mandar a imprimir y me preocupa, siento que se puede borrar el archivo o perder o vayan ustedes a saber qué, incluyendo el peligro que yo misma sea quien las borre. La velocidad con que surge un aparato y luego otro y luego otro, y luego otro, me marea, me aturde.

Y desgraciadamente entre tantos y tantos correos electrónicos, entre tantos y tantos mensajes de texto, hemos confundido las palabras, los susurros y los silencios y seguimos insistiendo en vernos como seres separados que necesitan de aparatos para comunicarse los unos con los otros. Hemos olvidado cómo entrar en comunicación con el universo del que formamos parte. Si fuésemos capaces de recordar el ritmo cadencioso de la matriz resonante que nos formó, veríamos más allá de nuestros ojos y nos daríamos cuenta de que formamos parte de un todo indivisible, de una totalidad que a todos nos abarca y que estamos totalmente interconectados con ella.

Que no necesitamos de computadoras ni de celulares para recibir su pulso. Que dentro de nosotros contamos con los elementos indispensables para recibir y emitir energía electromagnética. Que somos capaces de registrar el flujo eterno de información que corre entre célula y célula, entre estrella y estrella, entre galaxia y galaxia. Que somos seres-energía que vibran, que resuenan, que cantan cuánticamente con el universo entero.

¿No creen que sería fabuloso poder conectarnos con el corazón umbilical del universo y recibir toda la información que necesitáramos de manera gratuita? ¿No sería genial que la tecnología, en vez de hacernos cada vez más dependientes, nos fuera convirtiendo en radios Galena que utilizan el agua de su cuerpo para recibir información, en iPads vivientes, en antenas satelitales poderosas que emiten su permanente y pulsante canto, en discos duros eternos donde las imágenes digitales nunca se pierden, y donde se puede escuchar toda la música que existe, incluyendo la de las esferas? ¿No sería increíble dejar a un lado nuestra condición de consumidores compulsivos de nuevas tecnologías para volvernos el pensamiento, la luz, la memoria del universo entero?

Mientras eso es posible les recomiendo una aplicación que se llama Radio Garden. ¡Pueden escuchar estaciones de radio del mundo entero! ¡Cada vez que la utilizo pienso en lo mucho que le hubiera gustado a mi papá.

Karla Sánchez y Yásnaya Elena Aguilar Gil

Karla Sánchez *(1992) es una editora, crítica literaria y traductora nacida en Cuidad de México. Estudió Literatura Latinoamericana en la Universidad Iberoamericana. Es la coeditora de* Letras Libres, *una importante revista cultural Mexicana.* «La lengua tiene una carga política» *es una conversación con la lingüista, escritora y activista de derechos lingüísticos Mixe* **Yásnaya Elena Aguilar Gil** *(1981), autora de seis libros que incluyen* La sangre, la lengua y el apellido *y* Nosotrxs sin Estado. *Esta entrevista fue originalmente publicada en* Letras Libres *(núm. 267) en la primavera de 2021.*

La lengua tiene una carga política

En México, además del español, se hablan más de 365 lenguas y dialectos, agrupados en 68 sistemas lingüísticos, es decir, durante un año podríamos hablar un idioma diferente cada día. Así de lingüísticamente diverso es el país. Sin embargo, la mayoría de la población es monolingüe y no es capaz de nombrar las lenguas indígenas que se hablan en su región. Para Yásnaya Elena A. Gil, escritora y activista por la diversidad lingüística y los derechos lingüísticos de las comunidades indígenas, el Estado se ha valido de la lengua para borrar la identidad de los indígenas y construir el mito del mestizaje. Su libro más reciente, *Ää: manifiestos sobre la diversidad lingüística* (Almadía, 2020), es un compendio de artículos que reflexionan sobre la dimensión política de la lengua.

A lo largo de sus artículos y de su trabajo como activista ha señalado cómo las comunidades, naciones y pueblos indígenas han sido víctimas del Estado, que ha usado la lengua como herramienta para anular su identidad. ¿Cuáles son los mecanismos de la imposición del español a los hablantes de lenguas indígenas y sus consecuencias?

No en todo el mundo, pero en México la lengua ha sido el principal medio de mestizaje del Estado. ¿Por qué? Porque es muy difícil de hacerlo. En Canadá sabes que alguien es indígena porque hay una serie de mecanismos legales que tienen que ver con la cuota de sangre, es decir, que a partir de cierto «porcentaje» de sangre indígena en tu linaje te van a considerar como tal. En el caso mapuche en Chile, por ejemplo, rastrean el apellido. Si tienes apellido mapuche eres mapuche. En México el apellido no te sirve; yo me apellido Aguilar, por ejemplo, y la cuota de sangre arrojaría que el 80 % de la población es indígena. El criterio que utiliza el Estado legalmente es el de la autoadscripción, o sea, con que tú te asumas indígena eres indígena, pero en los hechos no es así. Si preguntas cuánta gente indígena ha muerto por COVID lo que te dicen las autoridades es cuánta gente que habla lengua indígena ha muerto por COVID. Entonces en México lo que importa es la lengua.

En 1820 entre el 65 % y el 70 % de la población, según cálculos de los historiadores, hablaba una lengua indígena. El español era una lengua muy minoritaria y el 30 % restante seguramente hablaba alguna lengua indígena además del español u otras lenguas. En doscientos años se desidentificó a la población mayoritariamente indígena para que ahora solo el 6,6 % hablemos una lengua indígena y que, como indígenas, solo nos identifiquemos un 11 %.

¿Qué pasó con esa abrumadora mayoría? En muchos casos el etnocidio, como en el norte que desaparecieron a pueblos completos; ya no hay pericúes, por ejemplo. Federico Navarrete apunta muy bien cómo, al final del siglo XIX, la unión por matrimonio e informal entre gente blanca y gente indígena era muy poca. Lo que ahora llamamos una mayoría mestiza es población que en realidad es indígena, pero que fue desindigenizada a través de arrebatarles la lengua. Por eso la lengua es tan importante en el caso mexicano, porque el Estado la ha utilizado para construir el mito del mestizaje. Si alguien purépecha se casaba con alguien mixe, por la presión cultural y el racismo, ya no transmitían sus lenguas, ni sus culturas, y después de dos generaciones, aun casándose entre migrantes indígenas, sus descendientes ya se consideraban mexicanos de la Ciudad de México, y entonces ya no se identificaban con ser purépecha o ser mixe, sino ahora con ese nuevo licuado ideológico que creó el Estado que es ser mexicano y que implica hablar español. Es muy raro que alguien se identifique como mestizo. El arrebatar la lengua ha sido fundamental para el proyecto nacionalista mexicano y la creación de la identidad mexicana. Si se hubiera mantenido la proporción de inicios del siglo xix y el 70 % de la población mexicana hablara una lengua indígena, la minoría no sería la población indígena y el español no sería la lengua dominante. Podríamos tener un escenario similar al de la India, con una sociedad multilingüe o por lo menos bilingüe. Es posible que tal vez la lengua franca del Estado fuera el náhuatl, que hubiera una mayor presencia de las lenguas indígenas y que lo normal fuera que en la Ciudad de México la gente hablara español y náhuatl.

En un ensayo de 2015 ya advertía sobre el lingüicidio en México y en el mundo. ¿Cuál es el panorama al día de hoy? ¿Ha habido un avance o un retroceso? En el caso del mixe, ¿cuál es el estado en el que se encuentra?

Según datos del censo de 2015, la población de cinco años y más hablante de una lengua indígena era del 6,6 %. Patricio Solís, investigador del Colmex, calculó que la tasa media de pérdida de transmisión intergeneracional, es decir, de mamás que hablan lenguas indígenas e hijas que ya no, es del 40 %. Esto es brutal, mucho más alto de lo que yo había considerado hace unos años. Se pueden hacer muchas cosas, pero si no se garantiza la tasa de transmisión intergeneracional la lengua se muere.

La principal razón por la que esto sucede es por el factor ideológico y la presión de no querer transmitirla porque el español es la lengua que más se utiliza. Esta es una falsa disyuntiva porque por fortuna el cerebro no te dice: «Oye, ¿quieres aprender inglés? Desinstálate el español para que puedas hacerlo». Puedes aprender mixe y español perfectamente. También el problema es el sistema educativo. Yo conozco a personas que no hablan inglés y mandan a sus hijos a escuelas bilingües para que aprendan inglés. También conozco a personas que han transmitido su lengua, pero el mismo Estado se las ha arrebatado. Por ejemplo, mis primitas y mis primitos hablaban mixe muy bien antes de ir a la escuela, pero al entrar a la escuela se los cercenaron. Aunque ya no te lo prohíben explícitamente o te golpean para que no lo hables, a mí todavía me tocó eso, en las escuelas no hay enseñanza en mixe. Hay muy poco espacio para tu lengua. Yo jugaba con mis primos con la lengua de casa, ahorita ver a los niños jugando en mixe es muy raro.

Algunos lingüistas consideran que, como las lenguas están en constante evolución, es normal que muchas mueran cuando ya no son útiles para los hablantes. ¿Por qué es importante proteger la diversidad lingüística?

Esa postura tiene varias falacias. Una es que las lenguas no dejan de ser útiles, sino que existen porque son útiles. Yo no te puedo decir: «Fíjate que estás en Estados Unidos, pero ya no quiero que sueñes en español porque no es útil». O sea, es útil porque tú sueñas en esa lengua, te es útil porque es el vehículo de tu pensamiento. Existe porque es útil a una comunidad de hablantes.

También están los que culpan a la globalización de la pérdida de las lenguas. Si eso fuera verdad solo once lenguas se hablarían porque son las que tienen mayor presencia en internet. Uno pensaría que las lenguas con muy pocos hablantes van a desaparecer a causa de la globalización. El yoruba es una lengua indígena que se habla en África Central; tiene cuatro veces más hablantes que el danés, pero está perdiendo hablantes mucho más rápido que el danés. ¿Por qué el danés que, a pesar de tener tan pocos hablantes, no está en riesgo de desaparecer por la globalización? La diferencia es que hay un Estado, un sistema educativo y judicial que utiliza el danés. El yoruba no tiene eso. Se trata de un asunto político. Junto con las lenguas maternas siempre han existido las lenguas vehiculares como el latín lo fue muchos siglos, el francés lo ha sido, el náhuatl lo fue para estos territorios. Eso no significa que estas atenten contra otras lenguas, porque tienen claro dónde se usa una y dónde se usa otra. No es la necesidad de comunicarse en el mundo lo que hace que se atente contra las lenguas. El hecho de que exista el inglés como lengua franca es maravilloso, pero eso no significa que yo deje de hablar mi lengua, porque además el cerebro no me lo exige; puedo hablar español, inglés, mixe y más porque el cerebro humano te permite aprender muchas lenguas, de hecho, el límite para aprender lenguas es más de memoria que de capacidad. Entonces, no es la globalización, son los Estados nación.

Hablar diferentes lenguas tiene muchas ventajas a nivel cognitivo y cultural. Pero, en el caso de México, una sociedad que era multilingüe se convirtió en monolingüe a causa de la intervención del Estado. Mientras la mayor parte de la población indígena somos bilingües, la mayor parte de la población hispanohablante es lamentablemente monolingüe.

En 2020, la Secretaría de Cultura y el Instituto Nacional de Lenguas Indígenas presentaron la Declaración de Los Pinos «Construyendo un Decenio de Acciones para las Lenguas Indígenas», en la que plantean incorporar las lenguas indígenas a las políticas públicas y garantizar la educación bilingüe, multilingüe y en lengua materna, entre otras medidas. ¿Cómo califica los esfuerzos gubernamentales para preservar, difundir y promover la diversidad lingüística del país? ¿Toman en cuenta las dinámicas, tradiciones y opiniones de los hablantes?

La historia de la legislación lingüística se puede rastrear desde la época colonial. Pero los casos más recientes iniciaron con el cambio del artículo 4.º de la Constitución en 1992, el cual empieza a reconocer los derechos de los indígenas. Posteriormente hubo un cambio en el artículo 2.º, como consecuencia de no hacer la reforma propia de los Acuerdos de San Andrés. Y en 2003 se promulga, con gran empuje del movimiento indígena, la Ley General de Derechos Lingüísticos de los Pueblos Indígenas de México. Esa ley equipara las lenguas indígenas con el español como lenguas nacionales. Es una ley muy potente y con base en ella se crea el Instituto Nacional de Lenguas Indígenas en 2003. Ya existe una fuerte reglamentación porque al bloque constitucional se suma el Convenio 169 de la Organización Internacional del Trabajo que es muy útil en el activismo judicial a favor a los pueblos indígenas. El asunto, como siempre, es que existe todo un entramado legal, pero hay una brecha de implementación.

La Declaración de Los Pinos estuvo enmarcada en el Año Internacional de las Lenguas Indígenas y se está planificando un decenio. El asunto es que hay poco entendimiento desde el Estado de lo que tiene que hacer para que las lenguas se revitalicen. Para empezar, tiene que hacer un diagnóstico. No hay un diagnóstico fiable porque no es lo mismo una lengua como el ayapaneco, que tiene menos de cinco hablantes fluidos que son personas muy mayores, que mi comunidad donde las asambleas son en mixe y hay mucha interacción con la lengua, o que un pueblo monolingüe como el chinanteco. Se necesita un diagnóstico regional, no son iguales una comunidad indígena en la sierra y una ciudad indígena zapoteca como Juchitán, son otras realidades. También sería bueno formar comités por cada lengua para que los hablantes participen y se puedan desarrollar diferentes programas de intervención desde las comunidades.

Urge que el Estado deje de violentar los derechos lingüísticos. Toda la administración judicial de intérpretes y traductores debería armonizarse. Y más adelante reconocernos la autonomía que de facto poseemos para tener nuestros propios sistemas educativos. ¿Te imaginas al Estado soltando el control de la educación? Yo no lo veo. El Estado lo que hace es inventar más premios de literatura en lenguas indígenas, o sea, la lengua como folclor, pero no como un fenómeno societal, como dice Víctor Naguil, un artista mapuche. La lengua lo empapa todo; a mí me encantan las danzas, la música de los pueblos indígenas, pero es verdad que no estamos danzando ni haciendo música todo el tiempo, aunque la lengua sí está presente a cada momento. Tú te despiertas y piensas en una lengua, vas y le hablas a tu perrito en una lengua, y el hecho de que tú sueñes en una lengua tiene una carga política detrás porque no depende de ti. Es un asunto de territorio lingüístico, de territorio cognitivo.

En relación con la legislación, en diciembre de 2020, el senador Martí Batres presentó una iniciativa para que el español y las

lenguas indígenas sean consideradas idiomas oficiales de México. ¿Por qué esto sería contraproducente?

Como decía antes, vemos que legislan y el problema es la brecha de implementación. Ya existe la Ley General de Derechos Lingüísticos que dice que las lenguas indígenas y el español son lenguas nacionales, que no es lo mismo que oficiales. Por otro lado, hay personas como Gonzalo Celorio o Jaime Labastida que han luchado por hacer del español la lengua oficial de México. No es necesario tener lenguas oficiales porque sabemos que de facto el español es la lengua de la administración del Estado; pero si le das esa potencia legal la violación a los derechos lingüísticos de los hablantes de lenguas indígenas será peor porque no estaremos en igualdad de circunstancias. En 2020 se pasó a diputados otro cambio al artículo 2.º para que ahí quedara establecido que las lenguas indígenas y el español son lenguas nacionales, o sea lo que ya estaba en la Ley General pasarlo a nivel constitucional. En medio de este proceso se le ocurre esta iniciativa al senador Martí Batres, sin consultarla con los hablantes y representantes de los pueblos.

¿Cuál es mi problema con que sean oficiales? En primer lugar, no es una ley a favor de la diversidad lingüística ni en contra de la discriminación lingüística y no toma en cuenta que además de las lenguas indígenas hay otras lenguas de otras comunidades que también necesitan tener protegidos sus derechos lingüísticos, como es el caso de la población menonita que habla plautdietsch, la población gitana que habla romaní, la población de Chipilo donde se habla véneto, y además no contempla que en un futuro puede haber mayor migración que genere otro tipo de comunidades de habla. Tampoco considera las lenguas de señas —ni la maya ni la mexicana ni la purépecha— que están en desarrollo. Entonces, tiene una visión estrecha en torno a la diversidad lingüística que no abona. Cualquier persona que esté a favor de la diversidad lingüística no va a estar a favor de tener lenguas oficiales, porque es un encajonamiento de estas y solo estas.

Una de las discusiones en torno a las lenguas indígenas es si es pertinente o no llamar literatura a sus producciones poéticas y narrativas. Vemos que cada vez es más común encontrar categorías dentro de premios nacionales e internacionales enfocadas en lenguas indígenas, pero que de alguna manera las conciben como si fueran todas iguales. En primer lugar, ¿podemos hablar de una literatura en lenguas indígenas? Y si es así, ¿cómo fomentarla sin reproducir estas prácticas segregadoras?

Claro que se puede hablar de literatura en lenguas indígenas porque la hay y se está produciendo bajo la división genérica textual literaria de Occidente. Además, hay un movimiento de mujeres escritoras en lenguas indígenas muy importante. Lo que hay que hacer es reconocer esta literatura, leerla y que la industria editorial se abra a la realidad y deje de ser monolingüe.

Roman Jakobson ya hablaba de la función poética, que es la capacidad que tienen todas las lenguas de generar un corpus poético, o sea un habla extraordinaria que no es la común. En las muchas naciones indígenas se encuentra esta función poética y usualmente está vinculada a los rituales y sus soportes son distintos, no siempre es el papel o la imprenta, es la memoria.

Es distinto, por un lado, el pueblo mixe ha tendido un puente intercultural en cuanto a aprender de los géneros y la tradición occidental y escribir en la propia lengua; y, por otro lado, la pérdida lingüística puede generar un poeticidio, por así decirlo, de estas tradiciones distintas. Para mí la literatura es un fenómeno muy propio de Occidente con sus propios rituales y tradiciones, y la conformación del canon sobre todo es escrita. Pero la función poética en las tradiciones indígenas se manifiesta de diferentes maneras; por ejemplo, en la tradición zapoteca del Istmo tienen su propia división genérica poética. Habría que dejar de ver esto como «literatura oral», o «lírica popular», porque esto revela un desprecio. No creo que pueda haber una división binaria como literatura y «todo lo demás», sino que en ese «todo lo demás» hay un montón de diversidad.

Mucho se habla del papel del Estado para lograr que las lenguas indígenas ocupen más espacios y se respeten los derechos lingüísticos de sus hablantes, pero ¿cuáles son las responsabilidades de los ciudadanos y de otras esferas, como la academia y los medios de comunicación, en esta labor?

Primero asumir que no es un asunto de culpas. El Estado hizo que cuando fueras a la primaria te aprendieras los nombres de los ríos de Europa, pero no los de las lenguas que se hablan en tu región. Hay una censura sistemática sobre estos temas, porque es parte de olvidar a los pueblos indígenas. Entonces, lo primero que hay que hacer es informarse, porque no puedes apreciar lo que no conoces o no sabes que existe. Debemos ser conscientes de la diversidad lingüística y encontrar el disfrute en ella, que conozcas una canción en náhuatl, aprendas a leer en maya y puedas hablar purépecha. Sin duda aprender una lengua indígena es algo muy deseable, pero también unirse a las causas de las naciones indígenas, porque hay muchos casos de discriminación y de violencia lingüística. Como persona hablante de español también le puedes exigir al Estado que tienes derecho a disfrutar esa diversidad lingüística y que tendría que darte esos espacios.

Julia de Burgos

Julia de Burgos *(1914-1953), nacida Julia Constancia Burgos García en Carolina, Puerto Rico, es una de les poetas más célebres del archipiélago. Fue una mujer Afroboricua, feminista y defensora de los derechos humanos y la independencia de la colonia de los EE. UU. Ocupó el puesto de secretaria general de Las Hijas de la Libertad en el Partido Nacionalista, lidereado por Pedro Albizu Campos. Era la hija mayor de trece hermanos y fue la primera en estudiar y graduarse de la universidad, a los diecinueve años. Sus obras más notables incluyen* Poemas exactos a mí misma, Poema en veinte surcos, Canción de la verdad sencilla *y su libro póstumo,* El mar y tú. Cartas a Consuelo *es una colección de 136 cartas que De Burgos le escribió a su hermana Consuelo entre 1939 y 1953 y que fueron publicadas en 2014 por la editorial Folium.*

Jovellar 107, Apt. D
La Habana, Cuba
Miércoles, 22 de abril de 1942

Mi Consuelito querida:

Hace días recibí tu carta, llegada en momentos muy oportunos, pues últimamente me he sentido muy triste y muy mortificada. Lo mismo de siempre. La tremenda resistencia convencional de los últimos representantes de un régimen que se muere, y que ha estado ahogando al espíritu y a la verdad, durante siglos y siglos. Ya Juan resolvió definitivamente aquel asunto privado, pero en nada se ha alterado nuestra situación. Creo que hasta la ha empeorado. Pues deshecho el obstáculo, la voluntad no ha respondido en consecuencia, y ya no quedan alternativas. De todo hemos hablado, y he recibido golpes tremendos que nunca esperé. Mi único refugio [...] es el estudio. A él me he aferrado con verdadera fiebre. [...] Aten[ción] social, hija de lo ficticio, [...] afirmación intelectual, hija de [...] valoración propia. Seré Dra., Consuelín, en todas las carreras que me he propuesto terminar. Mis diplomas serán tremendas bofetadas para los eternos perseguidores. En ellos, en su obtención, solamente estaré yo, mis facultades innatas, más nobles y aristocráticas que las estáticas herencias huecas.

En estos días he tenido varios exámenes parciales, todos aprobados con sobresaliente. Me siento muy satisfecha de mí misma, y segura, más que nunca. Dentro de dos años obtendré mi título de Lcda. en Derecho Diplomático y Consular. Me gustaría que tú tomases esa carrera. Trata de traerte cuando vengas en junio todos los documentos que me enviaste a mí debidamente legalizados. Entonces aprovechas y te matriculas aquí. Ya te hablaré cómo puedes tomar los exámenes. De esa manera podrías terminar tu carrera a la vez que estudias. Yo tengo todas las conferencias, que es por lo que aquí se estudia, así es que no tendrías que gastar nada en libros. Piensa bien este asunto del estudio y mándamelo a decir para andarte los pasos. No puedes desperdiciar esta oportunidad. Ya siendo alumna de aquí puedes en cualquier momento matricularte en Filosofía y Letras. Yo creo que vamos a terminar poniendo un bufete juntas, mi Consuelito, y que se llame: Lcdas. Burgos y Burgos, abogado notario.

¿Sabes que Neruda se pasó todo un día en mi casa y que comió un buen asopao con nosotros? Honor distinguidísimo, pues las más altas esferas cubanas se lo diputaban en los pocos días que estuvo aquí.

Me tomó verdadero cariño. Me dijo que sería mi guía, y que mi próximo libro tenía que ser una obra definitiva en América y en el mundo. Me prometió ayudarme en su publicación. El poema ese de los muertos —con el que me premiaron— lo encontró estupendo. Me dedicó todos sus libros, hasta su último a Bolívar, lujosísimo. Ahora algo que te va a asombrar. Tiene mujer. Como veinte años mayor que él, que tiene 38. Casi igual que la mamá de Juan. Él le dice Hormiguita, y mamita. Es un romance de hace veinte años, cuando seguramente ella estaba en su segunda juventud rebosante, y él era poseso de fiebres adolescentes. Ella es argentina, de una familia aristocrática y adinerada. Te voy a decir más, que te va a interesar. Era la cuñada de Güiraldes. Su hermana estaba casada con él. Pero, y aquí la tragedia... Ella se enamoró locamente de su cuñado, durante años fue su gran amor. Luego murió Güiraldes, en plena juventud, el más bello y asediado mozo argentino, víctima de una enfermedad sumamente rara y desconocida. La mujer, para olvidar, se va a India, y la sigue en secreto la hermana, también para olvidarlo. ¡A él mismo, a Güiraldes!

Cerca de la India, en la isla de Java, hay un cónsul chileno, jovenzuelo y poeta: Pablo. Casa este Pablo —Neftalí Reyes, de nacimiento— con una javanesa. Hay en ello una situación que solo puedo decirte personalmente. Argentina, Chile, Java, todos se unen, y vuelven a encontrarse en Europa y América. Hasta la guerra de España, la javanesa era esposa. Luego se deshizo el hielo de tanta edad glacial. Y hoy Neruda la lleva de lado, pescando caracoles a Hormiguita. Neruda posee una de las más bellas colecciones de caracoles en el mundo. Mucho te he contado, ¿verdad, Consuelín? Mucho más te contaré cuando vengas. Puedes hacer un espléndido trabajo sobre Güiraldes, novísimo. Tú me dijiste que él es adorado en P.R. Por su *Don Segundo Sombra*. ¿Sabes que ese don Segundo existió de verdad y que cuando enterraron a Güiraldes en la aldea de ambos donde Güiraldes era el «señorito», don Segundo presidió el cortejo? El nombre parece de novela, pero es verdad. Díselo a

Mr. Colón. Léele estos párrafos, pues él como maestro de español, gozará estos datos, de la mejor fuente.

Consuelito, mándame el retrato de Iris, por favor. No sé cómo es. Haz hoy mismo las gestiones de tu pasaje. Creo que, para economizar, puedes ir en el Vapor Borinquén hasta Sto. Domingo y de ahí, en avión hasta Santiago de Cuba. Quédate en Santiago, yo te espero, y cogeremos guagua de 20 horas hasta La Habana. Reserva pasaje de ida y vuelta. Necesitas pasaporte, búscalo desde ahora. Dile a Pepín que me mande el retrato. ¿Se casó Carmen?

Besos a todos y a ti,

tu Julita

P.D. Mándame a decir enseguida si vienes en junio. Tienes que traer pasaporte. Mándame la partida de divorcio. Es urgente.

Olga Orozco

Olga Orozco *(1920-1999), nacida en Toay, La Pampa, Argentina, de padre Siciliano y madre Argentina. Fue parte del movimiento surrealista Tercera Vanguardia y de la Generación del 40, grupo al que también pertenecieron Julio Cortázar y Adolfo Bioy Casares, entre otros. Regularmente, contribuyó con una columna de astrología en* El Clarín, *el periódico más importante del país. En su trabajo, exploró la muerte y la soledad. Sus colecciones más notables son* Desde lejos, Las muertes, Museo salvaje *y* Con esta boca, en este mundo.

Olga Orozco

Yo, Olga Orozco, desde tu corazón digo a todos que muero.
Amé la soledad, la heroica perduración de toda fe,
el ocio donde crecen animales extraños y plantas fabulosas,
la sombra de un gran tiempo que pasó entre misterios y entre
    alucinaciones,
y también el pequeño temblor de las bujías en el anochecer.
Mi historia está en mis manos y en las manos con que otros las
    tatuaron.
De mi estadía quedan las magias y los ritos,
unas fechas gastadas por el soplo de un despiadado amor,
la humareda distante de la casa donde nunca estuvimos,
y unos gestos dispersos entre los gestos de otros que no me
    conocieron.
Lo demás aún se cumple en el olvido,

aún labra la desdicha en el rostro de aquella que se buscaba en
    mí igual que en
un espejo de sonrientes praderas,
y a la que tú verás extrañamente ajena:
mi propia aparecida condenada a mi forma de este mundo.
Ella hubiera querido guardarme en el desdén o en el orgullo,
en un último instante fulmíneo como el rayo,
no en el túmulo incierto donde alzo todavía la voz ronca y
    llorada
entre los remolinos de tu corazón.
No. Esta muerte no tiene descanso ni grandeza.
No puedo estar mirándola por primera vez durante tanto
    tiempo.
Pero debo seguir muriendo hasta tu muerte
porque soy tu testigo ante una ley más honda y más oscura
que los cambiantes sueños,
allá, donde escribimos la sentencia:
«Ellos han muerto ya.
Se habían elegido por castigo y perdón, por cielo y por infierno.
Son ahora una mancha de humedad en las paredes del primer
    aposento».

Gabriela Mistral

Gabriela Mistral *(1889-1957), nacida Lucila Godoy y Alcayaga en Vi-cuña, Chile, fue la primera escritora Latinoamericana en ganar el Pre-mio Nobel de Literatura en 1945 y, al sol de hoy, la única mujer que ha recibido dicho reconocimiento. Fue cónsul de Chile en Nápoles, Madrid y Lisboa, y enseñó Literatura Española en la Universidad de Columbia, Middlebury College, Vassar College y la Universidad de Puerto Rico. Sus obras más notables incluyen* Los sonetos de la muerte, Desolación, Ternura, Tala *y el poemario póstumo* Poema de Chile. *La siguiente es una carta que escribió a Doris Dana, su gran amor.*

Nápoles, Italia, agosto de 1952

Es curioso: cojo esa carta de hace días y hoy ha vuelto ese decai-miento del que te hablaba hace ocho días. Tal vez es que como poco. Pero ahora salgo a comer afuera y solo almuerzo aquí.

Casi no tengo novedades que darte. Deseo ir a Sorrento por estar un poco alegre. Hoy no he tenido ninguna gana de trabajar y tomé y dejé el *Poema de Chile* que iba a copiar para verlo un poco, porque no lo «realizo» bien todavía como conjunto. Puede ser que hubo primero un calor salvaje y al atardecer un viento o casi frío.

Tú me decías que tal vez regresas antes de lo que pensabas. Ojalá. Pero no lo creo. Esa ciudad llena de novedades te toma entera. Es natural y es eso bueno para ti, pero no para mí… Acuérdate a veces, Doris, de que yo no tengo a nadie, solo esta niña bondadosa que me acompaña. Acuérdate. Pero no regreses por fuerza y sin ver lo que te gusta y sin contemplar todo lo que necesitas. Después te pesaría y querrías regresar 3 meses después, lo cual me apenaría mucho, esto sí. La gatita está en la cama, a mi lado, te manda cariños; se puso muy triste cuando te fuiste, pero mucho. Ahora está un poco mejor. Ven por ella también.

Oye este encargo: hay en NY un diario en español. Era bueno. Dime si existe aún y ve cuánto vale la subscripción semestral (meses).

¿Por qué tú, niña errante, te haces querer tanto? Es malo para quien te quiere y para ti resulta fastidioso.

No me mandas aún los nombres pedidos para tus personajes sobre ti. No sé si has ido a Washington a hablar con esa Señora que te adora y me detesta. Ve a verla; es muy inteligente y es amarga porque el marido —muy guapo— la abandonó. Y me odia porque su rival era una alumna que me quería mucho. Ya no me escribe. La perversa Coni debe haberme indispuesto (intrigado) con ella como con el Rector.

El mundo, dear, es un ganar y perder. No te pierda yo a ti Doris Dana. Sería un derrumbe de la poca fe en los humanos que yo conservo.

Da un abrazo por mí a tu hermanita. Yo la quiero mucho, sin conocerla de veras, como admirándola…

Doris Dana saca de nuestro banco, repito, todo lo que necesites. Hazlo.

No olvides que la primera parte de esta carta es vieja de muchos días.

¿Qué haces? ¿Qué resuelves? ¿Quiénes te tienen? ¿Cuál es tu ánimo allá? ¿Voy a volver yo a verte? ¿Cuáles son los planes para tu futuro? ¿Piensas en tu Nápoles? A mí solo me faltan tú y el campo. Pero es mucho esto. Me doy cuenta que esas dos cosas son las únicas que me hacen vivir cuando están presentes y decaer o morir cuando las pierdo. Cuando dejé el Valle de Elqui, a los 14 años creo, me volví una especie de sonámbula en la propia ciudad en que nací, allí donde me echaron de la Escuela por débil mental, y fui apedreada por mis compañeras de escuela, y crucé la plaza de mi ciudad con la cabeza sangrando. Ahora tengo algo parecido a ese sonambulismo. No es angustia, no, es una sensación de ausencia del mundo, mayor de la que tú me conoces. Solo dormir querría. Despertar cuando tú vuelvas.

Tu Gabriela

Berichá

Berichá *(1945-2011) fue una maestra, activista Indígena y escritora U'wa, nacida en Cubará, Boyacá, Colombia, en la antigua región de Barrosa Baja. A los nueve años, unos misioneros con quienes se educó la renombraron Esperanza Aguablanca. Estudió Filología y Lenguas en la Universidad Libre de Cúcuta. También estudió Lenguas Aborígenes y Etnolingüística en la Universidad de los Andes. En 1993, recibió el Premio Cafam a la Mujer. Los siguientes son fragmentos de «Así fue como empecé a vivir», un capítulo de* Tengo los pies en la cabeza. *Esta es la primera autobiografía de una escritora U'wa, que detalla la historia de su familia y su extraordinaria vida, marcada por la exclusión —a causa de su género, etnicidad y diversidad funcional, al haber nacido sin piernas—, y da cuenta de la resistencia de la nación U'wa frente a la colonización, la violencia y el abandono estatal.*

Tengo los pies en la cabeza

Yo me llamo Berichá, soy una mujer indígena U'wa de la comunidad Barrosa que queda cerca de la misión de San Luis de El Chuscal en la cabecera de Cubará, Boyacá. Mis padres tenían funciones religiosas dentro de la comunidad, desarrollaban ritos y ceremonias. Yo nací sin piernas, sin embargo, tengo los pies en la cabeza porque he podido desarrollar mi inteligencia; eso me ha ayudado a salir adelante, a defenderme en la vida y a ayudar a mi comunidad. (*Berichá, Diario personal*)

Así fue como empecé a vivir

Mi nombre en lengua es Berichá. Mi padre se llamaba Drishbára y mi mamá se llama Surabara, de apodo Rimchará. Mi padre perteneció a la familia de los más sabios uejená y desempeñó papeles importantes en la vida social y religiosa de la comunidad, lo mismo que mi mamá, quien desempeñó una función religiosa, pues aprendió de sus padres todas las ciencias necesarias para ejercerla.

Mi papá tenía comunicaciones directas con nuestros dioses (rasina); curaba toda clase de enfermedades, aun las más difíciles, y tenía poderes para apaciguar a los animales salvajes, los fantasmas y el enfurecimiento de fenómenos naturales como las tempestades, los derrumbes y otros que afectaran la tranquilidad de las comunidades.

Esta herencia la adquirió mi mamá desde muy joven y de sus padres fue aprendiendo toda la ciencia necesaria para defenderse en su vida y ayudar así a las personas que necesitaran de ella.

Yo nací en la antigua Barrosa Baja, fui la sexta de los hijos y soy la única de ellos que vive; todos mis hermanos se murieron de enfermedades y mamá ya estaba aburrida de eso; tanto que un día, cuando se le murió una hija de nueve años, se iba a ir a donde los blancos, para Santa Librada, pero regresó al lugar ante la insistencia y los ruegos de mi padre.

Cuando mamá me esperaba sufrió una enfermedad: se le hinchó el seno derecho y estuvo paralizada del brazo, y a fuerza de rezos y soplos que mi padre le hizo por fin le reventó la hinchazón y fue mejorándose poco a poco, pero quedó incapacitada de ese brazo, pues no le sirve como debiera, ya que puede moverlo poco; le sirve más el izquierdo. Dice mi mamá que su enfermedad se debió a que comió pescado del río Cobaria sin antes haberlo purificado, y que el hecho de que yo hubiera nacido con defecto físico se debe a estos dos factores.

Cuando nací no tuve la misma suerte que corren los niños que nacen con defectos físicos, que es ser abandonados o degollados. Mi padre reconoció que mi defecto fue la consecuencia de los factores ya dichos; además, no me hicieron daño, ya que a ellos no se les criaban los hijos y prefirieron conservarme. Mis padres dijeron que no me hicieran daño, que si yo no estaba para vivir moriría pronto por mí misma, y que si no me moría, les serviría a ellos siquiera para acompañarlos y por lo menos podría comer por propia mano.

Así fue como empecé a vivir; ellos me querían mucho. Mi padre murió estando yo muy pequeña, tal vez tenía un año, cuando se iba a morir me quería llevar consigo, pero mi madre lo impidió diciéndole que me dejara vivir porque ella me necesitaba como compañera, pues era la única que le quedaba; además le dijo que él tenía mucho quien lo acompañara, que estaban los otros hijos muertos.

Luego nos vimos solas; mi mamá se la pasaba donde sus hermanos, conmigo, un tiempo en cada lugar y otro tiempo en Aguablanca, donde algunos familiares, pero casi siempre la pasábamos solas: mi mamá andaba sola conmigo por el monte, me conversaba y, lo recuerdo muy bien, conversaba con los dueños de las montañas y de los animales pidiéndoles presas para que cayeran en las trampas y para que no se nos aparecieran tigres ni fantasmas.

A veces andábamos bajo la lluvia, truenos y ventarrones de invierno. Una vez nos tocó pasar solas la quebrada Aguablanca crecida y con fuertes ventarrones. Aparte de nuestros familiares, nadie nos quería; los hermanos de mamá nos proporcionaban la sal, la cacería y la ropa: a mí me daban alguna camisa de ellos y así me vestía. Caminaba en cuatro patas y mamá me llevaba cuando salía a desyerbar; yo tenía un pedazo de cuchillo viejo y con eso le ayudaba.

Poco a poco fui creciendo y empecé a pesarle a mamá, que me cargaba con dificultad cuando nos trasladábamos hasta sitios lejanos; ya era un obstáculo para ella y no hallaba qué hacer, pues ya tenía siete u ocho años.

Accidentalmente en ese tiempo llegaron unos misioneros que hacían el recorrido por las comunidades de Bocota, Cobaria, Tegría y Aguablanca; llegaron a Aguablanca donde el kareka sheraka*, se hospedaron allí y le compraron un marrano. Esto llegó a oídos de mi mamá; recuerdo que estábamos en un rancho muy cerca de la quebrada Aguablanca y me dijo que iba a ver a unos blancos que se llamaban padres y hermanas; me dejó sola y se fue con una sobrina.

Cuenta la monja que mamá se acercaba con mucho cuidado, escondiéndose detrás de las matas de plátano, como queriendo algo; fue cuando una de las monjas llamó a un intérprete para que hablara con ella, le preguntó qué deseaba y mamá le dijo que quería que recibieran a una hija que era tullida...

Al instante dijeron que sí: que madrugara para que fuera con ellos, pero mi mamá no había contado con sus hermanos para ir a encontrarse con los misioneros y por eso no la dejaron partir.

Más tarde, el sheraka uejea† de Aguablanca fue a decirnos que monseñor nos estaba esperando en Santa Librada y que si no íbamos nos llevaba a las malas. A mamá le dio miedo de que eso fuera cierto y convidó a un sobrino y nos fuimos para Santa Librada. Allá llegamos a donde un vecino, cerca del internado. Al día siguiente fueron a avisarles a las monjitas que nosotras estábamos allí. Fueron por nosotras y a mí me llevaron atuchada‡.

Cuando llegamos, lo primero que hicieron fue darnos comida, recuerdo bien que era arroz y un poco de hueso. A mí me sonó raro el nombre de arroz; también nos dieron leche y no me gustó, pues la vomitaba. Después nos llevaron a bañar, nos pusieron ropa

---

* Una de las formas de nombrar al *uejea* (singular de *uejená*, hombres que ejercen las funciones religiosas, ritos y ceremonias). (Nota de las editoras).
† Otra forma de nombrar al *uejea*. (Nota de las editoras).
‡ Cargada en la espalda de otro. (Nota de la autora).

y nos llevaron a donde estaban las niñas internas. Nos pusieron a desenredar hilos.

Recuerdo bien que creí que el baño que nos hacían era para purificarnos y poder entrar en una vida nueva entre los blancos. Nosotras creíamos que todas las mujeres blancas eran nuestra segunda madre y los hombres blancos nuestro segundo padre; también pensaba que ellos eran cuerpos gloriosos que no tenían necesidades y no hacían del cuerpo. Ignorábamos muchas cosas.

Mamá me decía que habíamos entrado a vivir una nueva vida. Cuando el cura decía la misa y hacía la bendición con el Santísimo, yo creía que eso se hacía con el fin de poder comer al otro día cualquier alimento; es decir, pensaba que todo lo que hacía el cura era igual a lo que el uejea hacía en el grupo a fin de purificar los alimentos o cuando practicaba cualquier otro rito.

Recuerdo que después me pusieron en la escuela y a mi mamá la mandaron a trabajar al potrero de la finca donde tenían el ganado de la misión; debía trabajar con otras señoras para poder ganar plata.

Entré a la escuela y allí «aprendí» todas las cosas, como los loros que no saben qué dicen, repetía con la maestra las oraciones y la mayor parte de la lectura y las lecciones. Cuando en la clase de religión nos hacían repetir que «nuestros primeros padres fueron Adán y Eva», yo pensaba que se referían al maíz porque en la lengua U'wa *eba* significa *maíz*. Después de las clases las monjitas me ponían a tejer medias para ellas o a hacer escobas con otras niñas U'wa de corta edad. De esta manera pasé algunos años sin más novedades hasta alcanzar el cuarto año de la escuela primaria. En ese año de 1957 yo tenía doce años y elaboré un dechado, en costura, con unos tejidos muy bonitos que fueron del agrado de monseñor.

A partir de 1961 y hasta 1963, la pasé tejiendo medias para los curas y las monjas, o arreglando la ropa de ellos o la de los obreros y muchachos. Las monjitas me enseñaron a marcar pañuelos y a cortar vestidos.

En 1964, cuando yo tenía diecinueve años, monseñor García me nombró profesora de la escuela de Cobaria. Yo no tenía ningún conocimiento ni experiencia de lo que se enseñaba ni cómo se hacía, solo enseñaba números y vocales. A las alumnas blancas, hijas de colonos, les enseñaba en libros a sumar, restar, dividir y algo de historia sagrada. A las niñas indígenas les enseñaba las vocales y los números. Yo no tenía un reloj para ver las horas; comenzaba las clases cuando llegaban las niñas y salíamos cuando ellas decían que ya era mediodía.

Por ese tiempo la escuela era obligatoria, todos los niños tenían que ir y si no lo hacían, el inspector de policía iba y los obligaba a asistir. Por eso en ese año se reunieron treinta y tres muchachas en esa escuela. Yo solo enseñaba a mujeres de siete a veinte o veinticuatro años. A los muchachos les enseñaba un profesor.

A pesar de ser tan joven, más joven que muchas alumnas, me fue muy bien en Cobaria; las alumnas me quisieron mucho. Cuando ellas bajaban a Cauca me llevaban aguacate, bagala*, maíz y plátano. Al principio yo no hablaba mucho: permanecía callada, pues desconocía el dialecto cobaria. Con el tiempo logré aprender un poco, aunque fuese para comunicarme en clase.

✦ ✦ ✦

Durante esos años, hasta 1968, fui informante de la monjita María Elena Márquez; a veces les enseñaba la lengua U'wa a las hermanas.

---

* Palabra en español para la *sisuana* o *sísona*, una planta con frutos comestibles. (Nota de las editoras).

En 1970, y después de la muerte de monseñor García, me matriculé para terminar el quinto de primaria, pero solamente estudié tres meses, cuando la hermana María Elena Márquez nos llamó para Medellín con la finalidad de continuar allá su investigación sobre la lengua y las costumbres U'wa. Ella tenía tiempo libre, pues estaba recuperándose de un accidente y quería aprovechar ese momento; me llevó para Medellín, acompañada de mi mamá, y allí estuvimos tres años, hasta que ella publicó un catecismo del padre Astete y el Evangelio de San Marcos en lengua U'wa. Esta publicación aún no la conozco.

Nuestros antepasados vivían en un ambiente de tranquilidad y libertad cuando ocurrió lo inesperado: gente extraña entró a nuestras tierras. Muchos de nuestros abuelos y mis abuelos fueron llevados presos. A las mujeres las llevaron para casarse con ellas mientras daban muerte a los maridos. Muchos grupos U'wa se extinguieron debido a las epidemias que trajeron los colonizadores; otros emigraron a distintas comunidades U'wa.

Una de las regiones más afectadas por este proceso fue la región de Aguablanca. Allí tenemos nueve comunidades desaparecidas entre las cuales están los támara-kamarúa. Támara fue la cuna de los protectores, nido y asiento de los destacados maestros de la ciencia; allí se sembró la primera mata de la cultura U'wa y se adquirieron las diferentes normas para la vida. Estas raíces se extendieron a las comunidades vecinas y de allí surgió la estructura de la cultura U'wa.

En Támara, Burará, Kuruta, Runía, Sisiara, Bokuatayá y Sibá se encuentran las grandes montañas y los sitios históricos que hacen la historia del pueblo U'wa. Otros lugares sagrados irrespetados fueron los de caza y pesca. Los tunebos sabíamos controlar la pesquería con barbasco, sin necesidad de las leyes del Gobierno.

A pesar de que eran sitios sagrados, los colonizadores no los respetaron. Allí donde descansan nuestras raíces y nuestra historia, en nuestros lugares ancestrales y sagrados, día a día los colonos comenzaron a acorralar a los indígenas U'wa hasta que los obligaron a dejar sus tierras, sus chozas y parcelas.

A aquellos que se negaron a desalojar sus bienes los sacaron a la fuerza y les quemaron los ranchos; a otros los golpearon y los hirieron, violaron a las mujeres y a las niñas, mataron a los animales y se los comieron. A otros los obligaron a trabajar en sus fincas y si no lo hacían ya se conocían los resultados de las amenazas: les quemaban los ranchos para que desocuparan esas tierras. Por ello se fueron en busca de refugio a otras comunidades o se integraron —por la fuerza— a la llamada «civilización». Las epidemias traídas por los colonizadores, entre estas la viruela, fueron mortales para U'wa.

Los colonizadores se tomaron las tierras U'wa del Tuna, de Ukuara Derrumbada, de Kuruta Mojicones, de Chitua Mundo Nuevo, de Chuanica Akará río Ratón, de Tabuta El Mesón, y así sucesivamente, fueron acorralando a sus dueños, haciéndoles imposible la vida con el fin de sacarlos definitivamente.

Tenemos otro caso con los aguablanca. Este grupo se encuentra localizado entre la cordillera de La Herramienta y la cordillera Los Cristales —en lengua, Risuaiará y Burkuyika—. De aquellos indígenas que vivían al otro lado de la quebrada Rikará hacia el oriente, unos emigraron y otros murieron; actualmente U'wa aguablanca solo se encuentran al occidente de la quebrada Rikará.

Pero la historia de la colonización de nuestras tierras ya estaba pronosticada por los antiguos uejená más sabios, antes de que murieran. Ellos anunciaron que la verdadera cultura se iba a acabar al mezclarse con una nueva ciencia inventada por los nuevos uejená. Esta nueva ciencia sería menos fuerte, con menos capacidad para solucionar los problemas que surgieran. No habría libertad.

Pronosticaron que la gente antigua que aún existiera sería sometida forzosamente a vivir otra nueva cultura con peleas y odios de unos contra otros. Todos los grupos U'wa estarían sometidos a vivir con esa cultura. Los antiguos uejená dijeron: «U'wa estará metido en medio del mar y los animales del agua se comerán a muchos». La interpretación nos dice que todos los U'wa estarán en medio de los rioá (blancos); muchos de ellos morirán a manos de esos blancos, pues los matarán.

Así apareció lo anunciado por nuestros antepasados. Llegaron los blancos y nos trajeron otra cultura, otra forma de vivir, de hablar, de gobernar y de trabajar. Los rioá no comprendieron nuestra organización porque eran ambiciosos, querían tener mucha tierra; peleaban para ser ricos, se mataban por la plata y nos mataban, todos querían mandar, vivían divididos y como traían tanta hambre de riqueza se aprovecharon de U'wa porque no éramos guerreros sino pasivos.

El blanco trajo necesidades a U'wa, trajo vicios, división entre los mismos indígenas, perdimos tierras y muchos de nuestros valores culturales. Ahora ya no hay respeto por los ancianos uejená, no respetamos a las autoridades tradicionales; ya no tenemos cacería ni peces porque rioá trajo la forma de acabarlos. La fauna y la flora están extintas. Los mismos U'wa hemos contribuido a exterminar estos recursos porque el blanco nos enseñó la comodidad.

Con la colonización, los uejená comenzaron a abandonar sus trabajos y tareas ceremoniales, y por eso U'wa se fue acabando y cambiando poco a poco por otra cultura, lo cual coincidió con la paulatina muerte de los uejená, quienes se fueron llevando su sabiduría sin transmitirla a sus sucesores; de ahí la libre interpretación de muchos de los ritos y ceremonias.

Claribel Alegría

Claribel Alegría *(1924-2018) nació en Estelí, Nicaragua, de madre Salvadoreña y padre Nicaragüense, pero se crio en El Salvador, donde se exilaron sus padres. Fue una poeta, novelista, ensayista y periodista, y una voz prominente de la literatura Centroamericana. Recibió el Premio Internacional Neustadt de la Literatura, el premio Caballero de las Artes y las Letras de Francia en 2010 y el premio Reina Sofía de España en 2017, poco antes de su muerte. «Flores del volcán» pertenece a un poemario que porta el mismo título y fue dedicado a El Salvador.*

Flores del volcán

—a Roberto y Ana María

Catorce volcanes se levantan
en mi país memoria
en mi país de mito
que día a día invento
catorce volcanes de follaje y piedra
donde nubes extrañas se detienen
y a veces el chillido
de un pájaro extraviado.
¿Quién dijo que era verde mi país?
es más rojo
es más gris
es más violento:
el Izalco que ruge
exigiendo más vidas

los eternos Chac Mool
que recogen la sangre
del Chac Mool
y los huérfanos grises
y el volcán babeando
toda esa lava incandescente
y el guerrillero muerto
y los mil rostros traicionados
y los niños que miran
para contar la historia.
No nos quedó ni un reino
uno a uno cayeron
a lo largo de América
el acero sonaba
en los palacios
en las calles
en los bosques
y saqueaban el templo
los centauros
y se alejaba el oro
y se sigue alejando
en barcos yanquis
el oro del café
mezclado con la sangre
mezclado con el látigo
y la sangre.
El sacerdote huía
dando gritos
en medio de la noche
convocaba a sus fieles
y abrían el pecho como un guerrero

para ofrecerle al Chac
su corazón humeante.
Nadie cree en Izalco
que Tlaloc esté muerto
por más televisores,
heladeras,
toyotas
el ciclo ya se acerca
es extraño el silencio del volcán
desde que dejó de respirar
Centroamérica tiembla
se derrumbó Managua
se hundió Guatemala
el huracán Fifí
arrasó con Honduras.
dicen que los yanquis lo desviaron,
que iba hacia Florida
y lo desviaron.
El oro del café
desembarca en New York
allí lo tuestan
lo trituran
lo envasan
y le ponen un precio.
«Siete de junio
noche fatal
bailando el tango
la capital».
Desde la terraza ensombrecida
se domina el volcán de San Salvador
le suben por los flancos

mansiones de dos pisos
protegidas por muros
de cuatro metros de alto.
Le suben rejas y jardines
con rosas de Inglaterra
y araucarias enanas
y pinos de Uruguay.
Un poco más arriba
ya en el cráter
hundido en el cráter
viven gentes del pueblo
que cultivan sus flores
y envían a sus niños a venderlas.
El ciclo ya se acerca
las flores cuscatlecas
se llevan bien con la ceniza
crecen grandes y fuertes
y lustrosas.
Bajan los niños del volcán
bajan como la lava
con sus ramos de flores
como raíces bajan
como ríos
se va acercando el ciclo.
Los que viven en casas de dos pisos
protegidas del robo por los muros
se asoman al balcón
ven esa ola roja
que desciende
y ahogan en whisky su temor.
Solo son pobres niños

con flores del volcán
con jacintos
y pascuas
y mulatas
pero crece la ola
que se los va a tragar
porque el Chac Mool de turno
sigue exigiendo sangre
porque se acerca el ciclo
porque Tlaloc no ha muerto.

LUNA
CÓSMICA

Esta energía es purificadora y
nos ayuda a disolver las energías
negativas y las enfermedades

Marigloria Palma

Marigloria Palma *(1917-1994) nació en Canóvanas, Puerto Rico, como Gloria María Magán y Ferrer. Fue una artista multimediática (poeta, novelista, dramaturga y artista visual), que publicó más de catorce libros. Entre ellos se encuentran* Agua Suelta, Muestras del folklore puertorriqueño, *la novela* Viento salado *y la colección* Cuentos de la abeja encinta. *«Composición de una lágrima» y «San Juan y sus cotorras» pertenecen al poemario* La noche y otras flores eléctricas.

Composición de una lágrima

Corto con la tijera
la claridad fluente de tu lágrima
su minúsculo mar de amargo ritmo,
su burbuja de sal.
Me estoy mirando en ella.
Me desnuda su lente fotográfico.
Se destaca de ti redonda y rueda por las ondas del aire.
Veo la finísima paja de mi pelo ahondarse
en golondrinas
que encadenan la sombra hasta tu boca
de peces acoplados.
Contracción de luz, fiat luz, diluvio.
Tu lágrima es mi espejo.
Me miro la garganta de papel trastornado,
Los senos silenciosos: despejadas campanas,
La desnudez del cuerpo, hebra desorientada

Que no puede zurcir sus veinte cruces.

Soy y no soy en el vidrio mojado de la circunferencia;

Habitado planeta de tu órbita: tu lágrima apurada.

Lloras: abecedario en las formulaciones cohesivas del sexo.

Esa lágrima tuya, ese llorar llorado,

ese humano diamante, pura fórmula química

que ha de beber el viento con su trompa de nácar,

me copia entre los vidrios fugaces de su ruta

con mi grito incendiado de limones,

mi bostezo sin fin y mi paraguas.

Ah, ¡y eso otro! Eso otro hecho con el gruñido

de violetas salvajes, eso otro ignorado: mi protesta.

Yo maldigo tu lágrima.

San Juan y sus cotorras

1.

Ya vienen las cotorras.

Vienen de Casa Blanca, de la orilla del mar.

Son campenazos verdes, estallido plateado,

parloteo espumoso y discurso de algas.

Vuelan en ramilletes como los grasos ángeles

de telas religiosas, felices y enlazadas,

destrozando la frente matinal del silencio,

desgarrando el encaje de su túnica áurea.

San Juan es una aldea que se mete en un cuadro

con su loma afeitada, con los azules lejos,

un burrito, unos cardos, un lirio averiguado,

un niño, unas cotorras, un castillo encendido

por un sol de honda rabia...

Vamos a ver: empecemos de nuevo.

Se levanta el vestido de claridad fornida,
se calza las chinelas, se acristala el zumbido
y se fija en el borde de todas las ventanas
multiplicada en ojos de interiores que miran.
Se alza el abecedario circular de su frente.
¡Cotorras, oh cotorras dulcísimas y nuestras!

2.
Despierta, amor—ensueño
que vienen las cotorras con su alfabeto verde
a componer palabras para nuestro murmullo.
Vienen de Casa Blanca, de sus hondos jardines.
Amor que no conozco,
por tu cara perdida, por mi voz encontrada,
pasan las alas verdes de las cotorras libres;
el cielo es escritura viajera de esperanza.
Es la hora del alba.
La ciudad empanada sobre sus pies de piedra
Saluda la tulipa gaseosa de la lumber.
San Juan encorsetado dentro de su muralla
mete sus pies antiguos entre sus calcetines.
Amor, mi nada-nunca,
desprecia la emplumada caricia de la sábana,
la ciudad es miel tensa. Por sus fauces azules
emiten las cotorras nuestro grito enterrado.
Salta, respire, amor; yo sé tu no-ser y muere.

Quiara Alegría Hudes

Quiara Alegría Hudes *(1977), nacida en Filadelfia, Pensilvania, es una cantautora, ensayista, dramaturga y la autora de seis obras que incluyen* Elliot, a Soldier's Fugue, *finalista del Premio Pulitzer, y* Water by the Spoonful, *que ganó el Pulitzer en 2007. Escribió el libro para el musical* In the Heights *y el libreto para su adaptación fílmica. Sus memorias,* My Broken Language, *exploran su niñez en Filadelfia como hija de una madre santera y Puertorriqueña, y de un padre ateo y Judío durante la época del crack y del SIDA en los Estados Unidos. «¿Acaso alguien conoce a un arquitecto del barrio que esté afuego?» fue traducido del inglés por Raquel Salas Rivera.*

¿Acaso alguien conoce a un arquitecto del barrio que esté afuego?

Mami, primas, hermanas,

Hoy, mientras me agachaba frente a mi laptop con un parcho de dolor envuelto en mi cuello y mientras el ibuprofeno mañanero perdía su fuerza, me llegó una visión arquitectónica. Vi la nave de una biblioteca enorme que me rodeaba completamente. La luz inundaba sus anaqueles y revelaba lomos que eran tan variados como las tonalidades de piel en nuestra familia.

Sus textos religiosos extensivos estaban escritos en taíno, yoruba, español, spanglish y barrio. Algunos de sus devocionarios contenían páginas hechas de hierbas secas, encuadernados con Vicks VapoRub.

Un ala contenía anaqueles llenos de arena. Granos de la playa Luquillo en Arecibo se mezclaban con granos de Bagadry, Nigeria. Jersey Shore estaba en el anaquel junto a Orlando y el fichero estaba lleno de Orchard Beach.

La colección de libros de cocina solo tenía unos cuantos volúmenes tristes porque las recetas de arroz no sirven pa na. Por suerte, las paredes de aquel cuarto susurraban consejos de cocina ocultos.

La Sala de Referencias contenía un catálogo de balbuceos de las nanas de Abuela. Los etimólogos habían rastreado cada sílaba incoherente a su origen en las palabras del taíno o el yoruba.

El ala de los cuadros tenía representaciones de dimensión natural al estilo bulumhiss de las mujeres Pérez de varias generaciones, y todas portaban la ropa en la cual se sentían regias.

Antes de entrar al departamento de Genealogía, una antesala ofrecía recursos para encontrar el certificado de nacimiento que correspondía al apodo correcto. Porque si estás tratando de crear ese árbol genealógico, vas a necesitar los nombres legales de Yuya, Ñana, Biche y Buckwheat.

El Salón de los Acentos era una sinfonía de «eses» sin pronunciar y «eres» convertidas en «eles» y frases como «vamo a lonchear en MacDonald's».

La fonoteca era un tesoro lleno de casetes doblados de Ramito, discos de batá, 8-tracks de la Fania y tocadiscos y gramolas rescatadas de chinchorros. Pero no había ni una silla. Tenías que pararte para activar la colección. Bailar para subir el volumen. Y no tenía audífonos. La música era lo único que se escuchaba comunalmente aquí.

La sala del fichero funerario no tenía losetas. En cambio, crecía un campo de claveles de bodega. Entre las fichas funerarias encontré:

M.—SIDA, 1989.

V.—SIDA, 1990.

T.—SIDA, 1993.

ML.—aneurisma, 1993.

EB. —Hepatitis C de una transfusión chapucera, 2007.

Hasta tenían una ficha para el seno izquierdo de la bisabuela Baldomera, que perdió con una explosión en una batalla armada por la independencia de Puerto Rico.

Estaba explorando el espacio como si me hubiera colado en el paraíso. Pero los libros de investigación y los proyectos de historia para las ferias de las hermanas Pérez, todos leían: *Oye, pero ¿no es cierto que todo el mundo anda rodeado por su propia historia?* Una hasta me dijo: «Tranqui, Quiara. Esto es súper normal».

Cada pulgada de la biblioteca nos describía. Debajo de la cúpula de la cátedra, ninguna palabra incorrecta se nos pegaba, porque teníamos un léxico armado que surgía de nuestras vidas.

De repente, desapareció.

Aquí estoy, de vuelta en mi escritorio. Un parcho de dolor ya medio descolorido y unas cuantas ibuprofeno me recuerdan que llevo años encorvada frente a mi laptop. He vuelto al lenguaje que más conozco —el inglés—, aunque sea el que menos nos sirve para describirnos. Y pues. No soy arquitecta, pero quizás una de las Pérez futuras vendrá a construir una biblioteca nuestra. Mientras tanto, voy a despelar un nuevo parcho de dolor, inhalar eau de Tiger Balm y volver a mi escritura. Aquí voy.

Yolanda Arroyo Pizarro

Yolanda Arroyo Pizarro *(1970), nacida en Guaynabo, Puerto Rico, es una galardonada novelista, cuentista, ensayista y activista feminista Afrolesbiana. Sus escritos exploran la identidad racial, de género y sexual de un modo combativo e inconforme. Es la directora del Departamento de Estudios Afropuertorriqueños, Cátedra de Mujeres Negras Ancestrales, un proyecto performático de Escritura Creativa con sede en San Juan. Su libro,* Las negras, *recibió el Premio Nacional de Cuento del PEN Club, Puerto Rico, en 2013. También fue galardonada con el Premio Nacional de Cuento PEN Club y con un reconocimiento del Instituto de Literatura Puertorriqueña en 2021 por su libro* Calle de la resistencia. *Ha sido traducida al alemán, francés, italiano, inglés, portugués y húngaro. En 2022, fue becaria de Letras Boricuas.*

Mûlatresse

1.

—Señora, es ilegal y contrario a nuestra constitución, el bautismo de infantes. Hasta la Organización de Naciones Unidas Interestelar ha emitido una opinión declarándose en contra. No se trata de un asunto de país, es un asunto de seguridad mundial. Perdone que no pueda ayudarla.

Le devolví su Cédula de Identidad Universal y traté de no intercambiar miradas con la mujer que fácilmente debía tener cerca de 120 años. No quise calcular su año de nacimiento del documento. Adrede lo cubrí para ejercitar mi agilidad matemática orgánica. Me gustan las evaluaciones cualitativas observables. Llevaba en el brazo derecho el *tatuaje-ombligo*, así le llamamos a la marca obligatoria que debe realizarse todo ciudadano terrenal luego de que cumple el siglo de edad. Por sus gestos y su metal de voz sospeché que por encima de su centenario debería tener más o menos dos décadas adicionales.

—Pero me dijeron que usted podría ayudarme —insistió.

—Ya le he explicado que no. Debe liberar el espacio en la fila para el siguiente. No puedo ayudarla. Lo que me solicita es ilegal.

En ese momento le entregué un pedazo de papel de contrabando, aun sin mirarla, esperando que entendiera el mensaje. Hizo efecto mi acción, porque la señora se calmó, guardó el papel y salió del edificio.

—Siguiente.

2.

Es martes. Usualmente las gestiones gubernamentales que realizan los ciudadanos los martes no son tan atropelladas como las de lunes o viernes. Sin embargo, algo sucedía este martes y supuse que mi día terminaría fatal. He realizado este trabajo como Oficial de Gobierno Continental por los pasados 50 años. He vivido los cambios, los nuevos y viejos gobiernos, las antiguas derogaciones, las inminentes obsolescencias, la era de la Gobernanza de la Inteligencia Artificial y finalmente este ciclo actual del Décimo Nivel de Consciencia. Con todo, la humanidad sigue atrasándose cíclicamente cada uno que otro lustro. Es agotador. Avanzan y se atrasan. Una y otra vez. He estado al punto de solicitar terminación eutanacista en más de un momento de desespero, pero al final me arrepiento. Porque al final siempre descubro algo interesante que me mantiene queriendo regresar a la nostalgia, deseando investigar más sobre la existencia de este plano. Alguna curiosidad que me intriga. Y aunque ya ha sido corroborado que hay otros planos (hasta el momento la psicología cuántica tanatológica ha descubierto cinco), soy melancólica y sigo obsesionada por este primer nivel. No quisiera que desapareciera para mí.

3.

—Próximo.

—Saludos, Oficial. Deseo tramitar un Certificado de Nuevo Género.

Suspiré. La humana frente a mí era demasiado joven. No podía tener ni 70 años. Miré su brazo derecho del cual no se mostraba ninguna marca tatuada.

—El mínimo requerido para obtener un Certificado de Nuevo Género son 110 años.

—Pero hay excepciones.

—A ver, cuál es la suya.

Me entregó un documento en papel virtual con la firma de un reconocido genetista. Leí por un rato y luego me aburrí.

—Esto no demuestra nada —indiqué.

Me entregó un documento en papel virtual con la firma de un reconocido psiquiatra. También le di lectura.

—Entiendo. Pero a usted solo le faltan 25 años para llegar a su Cambio de Género Automático. ¿Tanta prisa tiene?

—Tanta prisa tengo. Además, eso no es problema suyo. —Hubo un silencio incómodo y la humana se disculpó—. Lo siento.

—Sabe perfectamente que es ilegal tratar a un Oficial de Gobierno Continental de esa manera.

—Lo sé, Oficial. Disculpe por favor. No me dé una infracción, el poco dinero que tengo lo he ahorrado para mi transición. Si me multa, no podré realizarla y yo ya no puedo vivir así.

—¿Y por qué no solicita una terminación?

La humana me miró furiosa, pero se resignó y guardó silencio.

—Ha utilizado usted la palabra dinero —arremetí.

—Disculpe, Oficial, quise decir alphacoins.

—El dinero al que usted se refiere, el papel moneda, dejó de usarse hace décadas. Quienes continúen haciéndolo circular se exponen a la cárcel.

—Perdone, Oficial. No circulo dinero en papel moneda. Ha sido un desliz.

Tomé su documento virtual y le expedí los sellos de viabilidad para que pudiera continuar con el proceso.

—Gracias, Oficial. Es usted un... —se detuvo abruptamente.

Yo sonreí de inmediato.

—No diga «ángel». El uso de símbolos de idolatría religiosa y el vocabulario relacionado al mismo fue erradicado en el Doceavo Concilio Terrestre del año 2079.

—Lo sé, Oficial. Iba a decir... que es usted de gran ayuda.

—Anjá.

La humana se marchó. Miró hacia atrás varias veces, mientras se alejaba. Yo cerré mi cubículo de orientaciones para trámites gubernamentales y me marché al parque a tomar un descanso. Allí la volví a ver. Compraba helados en un kiosco y se había cambiado de imagen holográfica. Su vestimenta ahora ya no era un traje femenino. Llevaba un traje masculino con corbata del siglo xx. La vi sentarse en una de las banquetas. La vi sacar un espejo y comenzar a dibujar con maquillaje digital en el rostro, barba y bigotes que luego se convirtieron en cabellos.

También compré un helado.

4.

—Deseo solicitar una terminación.

Tuve que mirarla largo rato. Es mi última ciudadana del día. Un interminable martes que concluye así... con una solicitud de terminación.

—Hace años que no tramito una solicitud de terminación eutanacista.

Ella no contesta. Miro su brazo derecho. Su tatuaje de centenario tiene dos marcas. Dos marcas significan dos siglos. La piel es oscura y brillosa. El pelo es un afro corto. Su masa corporal ha sido bien cuidada. No posee arrugas visibles, ni cicatrices quirúrgicas, ni golpes o extremidades mecánicas de mala calidad. Todo parece estar envuelto en piel. Todo parece estar humectado en colágeno mineral y vegetal. Todo parece estar en óptimas condiciones.

—Muy bien. Veo que ha elegido la opción de diseñar usted misma su último recuerdo antes del cierre final de los párpados.

—Así es.

—¿Ha traído los planos virtuales para iniciar desde aquí mismo el *Upload*?

—Aquí los tengo, Oficial.

Su mano, sin querer, toca la mía. Una descarga imperceptible apenas, me desconcierta.

—Veo que ha titulado su blueprint virtual.

—Así es. He pensado en todo. Le puse nombre memorable.

—«Mulatress».

—Sí, Oficial.

Me entrega además su Cédula de Identidad Universal que ha sido modificada en la fecha de vencimiento.

—Leo aquí que su terminación es en tres días.

—Sí.

—Hace años que no tramito una solicitud de terminación eutanacista.

No me di cuenta del *glitch*. Pero la humana sí. Aquella repetición la alertó de que algo no andaba bien. Y la alteración de su pulso me alertó a mí de que algo no andaba bien. Nos miramos con preocupación, y por vez primera en cuatrocientos veintinueve años dije:

—Discúlpeme.

La palabra nos alteró más. La humana carraspeó. Subió y bajó su pecho intermitentemente. Mis ojos comenzaron a parpadear con rapidez y por toda respuesta, ella estiró el brazo tatuado y tocó mi mejilla.

—Las terminaciones son difíciles para todos —exclamó, y sus labios pasearon una lengua nerviosa.

Yo no sabía que mi sistema operativo se iba a alterar de aquella manera. En mi base de datos mental se encontraba el archivo del escenario con el guion a seguir en caso de necesitar un diálogo para una terminación humana. Y ahora que finalmente tenía una frente a mis ojos, luego de pasado tanto tiempo en que nadie quería morirse, se me escapaba un *malfunctioning*.

De inmediato agilicé la documentación. Entregué los papeles virtuales, los sellos de validación necesarios, las firmas de los supervisores funerarios relacionados a la solicitud, la asignación de un médico forense que confirmara el fallecimiento y un diploma de participación felicitando a la humana por su servicio terrestre. Había sido profesora por casi 50 años, cantante y compositora por 34 ciclos y escritora afrocéntrica durante las últimas décadas. Tuvo seis hijos durante su primera generación reproductiva, y tres durante la segunda. Estuvo casada en cinco ocasiones tanto con mujeres como con hombres. Durante su última ceremonia contrajo nupcias con dos pianistas exiliadas de Marte. Intenté echar un ojo al estatus de vida de sus familiares y en cada caso se leía la palabra *terminación*. Al parecer, la humana se encontraba sola en la galaxia.

—Las terminaciones son difíciles para todos, tiene razón —exclamé ahora yo. Pero antes de volver a disculparme por otra repetición innecesaria, intercepté el logaritmo de la conversación con un *Mute* forzado.

Ella me dio las gracias. Guardó los documentos en su portfolio y se dirigió a la puerta. Una vez allí, giró y regresó hacia mí.

—¿La puedo invitar a una cena esta noche?

—Es ilegal que un oficial... —comencé a decir. Pero logré filtrar otro *Mute* forzado antes de culminar la oración.

Ella insistió:

—¿Te puedo invitar a cenar esta noche, por favor? Mira que voy a morirme en setenta y dos horas.

Logaritmo de desobediencia activada. Diálogo en rebeldía inicializado. Programa bloqueador de actitudes legítimas encendido. Programa de contrabando, desafíos y placer haciendo *download* desde el darknet. Abrir los labios y decir:

—Por supuesto.

La humana sonríe y el *glitch* regresa.

—Tu boca —añado.

La humana sonríe aún más ampliamente.

—Te veo a las diez.

5.

Cenamos. El ritual de la cena consiste en yo acompañar a la humana mientras la observo. Con los años he aprendido a imitar algunos gestos, a disimular muecas a inventar maneras de masticar aire. Mientras conversamos, realizo una búsqueda de todas las imágenes de su rostro que son de dominio público y me las voy disfrutando una a una sin que ella se dé cuenta. Luego caminamos en el anochecer, nombrando las estrellas y exoplanetas bautizados que conocemos.

Luego de la caminata, entramos a un museo del Atardecer para disfrutar la puesta de sol que nos hemos perdido ese día.

Cuando el astro está a punto de desaparecer, y la oscuridad acecha, la humana pregunta:

—¿Puedo volver a tocarte el rostro?

Digo que sí. Ella me toca. ¿O me acaricia?

—¿Harías algo por mí?

Mi sistema operativo tarda en correr el programa de todos los posibles escenarios con los que me encontraré si accedo. Al final, contesto afirmativamente.

—Necesito que me acompañes a mi casa, me desnudes, me coloques en la plataforma funeraria y me ayudes a visualizar un *preview* del blueprint virtual.

—Es ilegal que... —*Mute* forzado. *Mute* forzado. *Mute* forzado. Silencio.

Nunca había sentido tanta curiosidad. Quiero regresar a la nostalgia. Deseo investigar más sobre la existencia de este plano, de esta humana, de mis reacciones hacia ella. Nunca antes había sentido tanta intriga.

6.

La desnudo. La coloco en la plataforma funeraria. Invento *firewalls* para que sea indetectable el acontecimiento a punto de dar inicio. Solo la humana y yo. Solo nosotras. Abro la secuencia del plano *Mulatress* en la pantalla y mi humana, antes de cerrar los ojos, me toma de la mano.

7.

Acaso a esto se reduce todo. A esta hambre que no soy capaz de experimentar de modo biológico y que sin embargo acapara todo mi nivel de consciencia. Este deseo que de pronto experimento tipo *imprinting*. Acaso este ahogo significa conectarse, significa quedarse otro rato más en este plano, en este nivel. Una nueva necesidad hambrienta. Un hambre vieja.

En la pantalla mi humana se convierte en Rosalie. Su nacimiento sucede en 1772. Corre a través de la selva africana intentando no ser secuestrada. Asesina a tres de sus secuestradores, pero otros siete sobreviven y la encadenan. La mantienen en cautiverio por ocho meses. La bautizan en la fe católica. Le cambian el nombre: Soledad. La suben a un barco que navega en altamar por ciento treinta días.

El plano virtual corre casi cuatro horas de sueño lúcido. Yo me quedo al lado de Rosalie acariciando su mano, acariciando su cuello, acariciando sus hombros. Cuando concluye el blueprint, ella deja de respirar por breves minutos. Luego respira con ahogo y abre los ojos.

—Eres encantadora —me dice. Y se masturba frente a mí.

8.

No asisto a trabajar el miércoles ni el jueves. Me quedo a su lado. La acompaño en el ritual del desayuno, del almuerzo, de la ducha, del coito asistido por un dildo de onix vibratorio. La acompaño en el ritual de las flores del jardín, del telescopio, de las olas de mar, de la confección de cócteles alcohólicos. Me enseña a inventar una boca para besarla en su lengua, en sus dientes y en su pubis. Pirateamos un programa que me permite imitar un orgasmo y en medio de fingirlo, durante nuestra tercera secuencia, me provoco uno verdadero. Pero no sé ni cómo, y tratar de emularlo varias otras veces sin éxito me provoca el llanto, y le doy las gracias.

En medio de todos los rituales humanos, hacemos pausas y reiniciamos el *Mulatress*. Con cada nueva corrida Rosalie se hace más fuerte, más astuta, dirige cada vez más revueltas y sediciones. Viaja disfrazada a varias Islas del Caribe e instruye a un pequeño ejército de guerreras a quienes enseña a envenenar a los blancos, a quemarles las haciendas, a degollarlos a sangre fría.

Sin embargo, en cada ciclo, Soledad es asesinada. Siempre asesinada. Siempre en 1802 luego de la batalla contra las tropas de Napoleón. La cuelgan de una soga en la isla de Guadalupe, al día siguiente de haber dado a luz a su unigénita. Mi humana siempre se queda sin respiración cuando concluye el preview del programa. Siempre se levanta ahogada justo en ese momento en pantalla. Siempre me besa, me abraza desnuda, siempre lloramos. Aprendí a programar un logaritmo que me hace llorar.

9.

—¿Harías algo por mí? —me pregunta el viernes.

A estas alturas todas mis secuencias responden a su voluntad. Digo que sí.

—No sé cómo detener la historia. No sé cómo evitar que Mulatress Soledad muera.

—No hay por qué evitarlo. Todos morimos.

—No quiero que se muera.

—Amora, todo tiene una terminación.

Hemos perfeccionado un logaritmo de secuencia conversatoria romántica que ha añadido términos cariñosos entre nosotras.

—Quiero que no haya muerte en mi terminación. Deseo irme, estoy cansada. Pero quiero hacerlo pensando que sigo viva.

—Ni siquiera yo sé hacer eso.

—Creo haber descubierto una manera, Amora.

10.

Me explica. Le anuncio que es ilegal su solución. Le indico que seré procesada, juzgada y terminada. Ruega. Me ruega. Me besa rogando. *Soy su tataranieta*, susurra. *Su hija sobrevivió y yo soy su heredera. No quiero que mi Ancestra muera en mi eternidad.* Las lágrimas, las caricias, la energía que se desata habilita otro nuevo desborde de orgasmos que me ocasionan un desbalance entre los circuitos.

Si algo no se nos permite a los no humanos, es causar la muerte o daño extremo a humano alguno. Deberé interceptar el programa, justo antes de la horca. Justo en el momento del ahogo, de la soga, justo antes de la expiración de Soledad, debo asesinarla. A mi Amora.

No se permite a los no humanos causar la muerte a humana alguna. Tampoco se nos permite enamorarnos de ellas y heme aquí, en este dilema.

Julia Wong Kcomt

Julia Wong Kcomt *(1965) nació en una familia Tusán (China-Peruana) en Chepén, Perú. Es la autora de diecisiete poemarios, entre ellos* Oro muerto *y* Un salmón ciego*; siete obras de ficción, entre ellas la novela* Aquello que perdimos en la arena*; y dos colecciones de prosa híbrida. Ha organizado festivales en Buenos Aires, Chepén y Lima, y ha sido invitada especial en la Feria Internacional del Libro de Guadalajara, la Feria Internacional del Libro de Bogotá y el Hay Festival de Arequipa, entre otros. En inglés, sus publicaciones incluyen el poemario bilingüe* Vice-royal-ties. *Vive entre Lima y Lisboa. Los siguientes son fragmentos del poema «Cuatro balcones».*

Balcón uno

Jaula rosa, de forma hexagonal con fierros pétreos,
oxidados, dislocando la herrumbre de sus orígenes
y volviéndose trapecio elástico porvenir.

Saltarás y al saltar,
el animal cayó entero sobre sus cuatro patas.

Aulló hasta que toda la calle se llenó de lapachos lilas
y primaveras amarillas.

Balcón tres

Había muchas macetas.
Begonias colgaban entre ramas altas y bajas, bajas y altas.

El olor penetraba —entre rendijas— las cornisas, los vidrios,
los muros descascarados.

El hedor se hizo cargo de esa situación.

Dislocado, buscaba espacios en el horno del pan,
en la ropa apenas planchada,
en los roperos acariciados por la vejez.

También se introdujo al olfato del lobo.
Abrió los ojos como si hubiera envejecido.
Se agigantó, se hinchó con ese aire de jazmines
y al fin reventó, las partes fueron a parar por doquier.
Olían tan fuerte sus extremidades,
se expandió por la casa vieja, cada vez más vieja
desparramado por ciudad de Buenos Aires.

Carla Bessa

Carla Bessa *(1967) nació en Río de Janeiro, Brasil, y actualmente vive en Berlín, Alemania. Es traductora, actriz, directora y autora de la novela* Minha Murilo *y de dos colecciones de cuentos,* Aí eu fiquei sem esse filho *y* Urubus, *que ha sido traducido al alemán y al griego, ganador del premio Jabuti 2020 y reconocido con el segundo lugar por el concurso Brazilian National Library Award ese mismo año. «Duraznos, por ejemplo» es un fragmento de* Urubus, *y fue traducido del portugués por Jacqueline Santos Jiménez.*

Duraznos, por ejemplo

Un gesto final: adiós.

Entonces voltea, sigue hasta la escalera con el viento en la espalda mojada, me voy a resfriar. La arena fina en el bikini. Así no puedo subir al autobús, no puedo andar por la calle, van a pensar que soy una loca. ¿Soy una loca? La pregunta es retórica y ella se sienta en el extremo de la banquita al lado del quiosco. De espaldas al mar, mirando al sol. ¿Quiere que le preste una toalla? Era el chico del quiosco montando mesas y sillas en la orilla. Sí, hijo mío, y si puedes, un café y un pan tostado. El muchacho asiente y trae la toalla, aquí, dice, mientras termina de arreglar el local, señora, casi se ahoga, este mar es peligroso. Debe tener mucho cuidado.

Sí.

Ella mira de reojo a la playa como si tuviera miedo de ver, como si sospechara que el paquete que acababa de enterrar, tan mal y suciamente, sería arrastrado por la marea, iría boyando, y con mucha mantequilla, por favor. Yo solo quería tirar algo al mar, fui hasta la orilla y no sé, acabé con todo el cuerpo dentro.

¿Era para Yemayá?

Más o menos, como si lo fuera, sí.

Aquí viene mucha gente a hacer ofrendas, principalmente en esta época del año.

Sí.

Termina de secarse y devuelve la toalla, gracias, corazón.

Si se queda así frente al sol, ya verá, la ropa se seca rapidito. ¿Acostumbra a venir aquí?, coloca la bandeja. Apenas pone el café en la mesa ella se lleva la taza a la boca, ¡ay!, está hirviendo. Sopla.

Cuando era pequeña vine unas veces con mi madre, eso fue antes de que ella. Pues eso. Me das un poquito más de leche fría, por favor.

El muchacho sonrió y ella piensa, qué simpático, este chico.

Antes de que ella desapareciera, o muriera, eso no lo sé, nadie me explicó, veníamos con cierta frecuencia a la playa. Después, nunca más volví, y cuando fui adulta, solo lo he hecho hoy para, ¿tienes endulzante?

Mi padre, fue él quien me crio, a mí y a mi hermana. Un hombre bueno, pero débil. No pudo con lo que pasó, comenzó a beber.

Yo lo quería mucho y él a mí, me llamaba mi negra. Vivía sentándome en su regazo. Y después de que crecí, cuando ya era una muchachita, aquello de sentarme en su regazo continuó, madre santa, ¿es de mandioca ese pastel? Creo que voy a querer un trozo, ¿puede ser?

El muchacho muy gentil, claro, señora, la patrona lo prepara. Mandioca con coco y leche condensada. Delicia, dice ella, devorando el dulce con los ojos, mientras él le sirve. Mi problema es que cuando comienzo a comer, no puedo parar, y ríe, avergonzada. Esto me pasa desde la adolescencia, de esa época que te estaba contando, cuando mi padre, pues eso.

Una ráfaga de viento y llovieron servilletas sobre ella. La nostalgia no tiene hora, decía mi padre. De tanto que la adoraba, hasta en medio de la noche. A veces ella se llevaba un buen susto, aquel bulto ahí al lado de la cama en plena madrugada. Pasaba con frecuencia que ella fingía seguir durmiendo.

El muchacho sonreía mucho y limpiaba las mesas diciendo hum, hum. La atención despreocupada de él y el alto contenido de azúcar la animaban, y ella sigue contando, tropezando con las frases y con las memorias. No sé. Yo lo quería y sentía tristeza, pero aquello ya estaba yendo demasiado lejos, al final, yo ya estaba bastante grande, ya entendía de esas cosas y, también queda muy bien con plátanos en vez de coco, ¿lo has probado?

Fue entonces cuando comenzó la compulsión por la comida, ella no tenía el más mínimo control. Yo comía por dos y empecé a engordar, la gente se daba cuenta. Al principio lo ocultaba, lo desmentía, pero la barriga creciendo hablaba un lenguaje muy claro, fue la primera vez que, ¿tendrás un vaso de agua?

El muchacho entra en el quiosco y grita por detrás del mostrador, ¿fría?

Fue cuando comencé a vomitar, sí, fría, hijo, muchas gracias. Comía y vomitaba, la doctora dijo que era un trastorno, uno con un nombre raro.

Él regresa con el agua y recoge la taza usada, ¿otro café señora? No es necesario. Insisto, dice él. Ella sonríe, voy a tomar solo uno más, con un trocito de flan, ¿tienen flan?

Un día repentinamente él desapareció, dejándola sola con su hermana menor, ¿no te conté?, tengo una hermana, Aparecida. A ella él no la tocaba.

Él se esfumó y yo me quedé con sentimiento de culpa, pensé que era porque yo ya no quería estar en su regazo, claro, ¿conoces el secreto del flan? Es el jarabe, el jarabe de caramelo con ciruelas.

¡Sí, con ciruelas! ¿No sabías? Tiene ciruelas! Y el truco es que antes de llevarlo al molde, tienes que disolver el azúcar en el agua por separado.

Ella buscó al padre por todas partes, fue a las casas de sus amigos, al hospital, hasta a la morgue. Lo extrañaba, ¡y no lo remuevas! Porque, si no, corres el riesgo de que se formen grumos. No lo encontró en ningún lado y desisitió, me cansé. Las ciruelas se agregan al final y apagas el fuego. Después de todo, la vida sigue.

Tuvo muchos novios, pero no se casó porque si hay algo que me rehúso a hacer es tener hijos. ¿Para qué? El muchacho trae café, disculpe, el flan no ha llegado, ella bebe otro trago y de nuevo se quema el labio. De repente tiene prisa, mucha prisa, todo bien, hijo mío, aquí tienes, la ropa ya está seca, me voy yendo. Coloca un billete sobre la mesa, puedes quedarte con el cambio.

Gracias, pero dígame, señora, ¿no volvió a ver a su padre?

Ella siente un rasguño en la rodilla. Limpia la arena de su ropa, se secó rápido, ¿no? No mira hacia el mar, no ve el paquete. Muchos años después me llamaron del interior del país, de lejos. Era otra hija de él, o sea, mi media hermana. Ella dijo algunas cosas raras, la llamada no se entendía bien. Estaba buscando a nuestro padre y algo sobre que yo me volví tía y hermana al mismo tiempo, no entendí bien.

Y cruzándose la bolsa al pecho, da los primeros pasos para atravesar la calle, el autobús viene, ella corre y agrega: o en lugar de ciruelas puedes poner otra fruta. Duraznos, por ejemplo.

Cristina Rivera Garza

Cristina Rivera Garza *(1964) Autora. Traductora. Crítica. Sus libros más recientes son* Liliana's Invincible Summer *(Hogarth, 2023),* New and Selected Stories *(Dorothy, 2022),* El invencible verano de Liliana *(PRH, 2021), y* Grieving. Dispatches from a Wounded Country *(The Feminist Press, 2020), traducido por Sarah Booker, finalista del National Book Critics Circle Award, recientemente ha obtenido el premio Villaurrutia 2022, el premio Internacional José Donoso 2021, el premio Alfonso Reyes 2020, entre otros. En 2020 fue becaria de la MacArthur Fellowship. Es integrante del Colegio Nacional de México desde 2023. Profesora distinguida M. D. Anderson y fundadora del doctorado en Escritura Creativa en Español en la Universidad de Houston.* «Usted está aquí» *y* «Nubario» *aparecen en la colección* Lo roto precede a lo entero *(Literal Publishing, 2021).*

Usted está aquí

Lo saben algunos: perder es un arte. A sabiendas o, con mayor frecuencia, a escondidas de uno mismo, uno pierde objetos, horas, energía. Ya por distracción o siguiendo a pie juntillas un plan inesperado, uno se deshace de atributos, disciplinas, lugares. Ya sea consciente o, con mayor frecuencia, inconscientemente, uno pierde la memoria, los amigos, la paciencia. Pero perder es siempre el primer tiempo de ese furibundo partido que se llama hallar. Hallarse. Haberte hallado. Allá.

Nubario

1. Nube e identificación nacional

Un país es también, acaso sobre todo, sus nubes. Un país es una manera de estructurar los fenómenos del cielo. Un país debe reconocerse no solo con la mirada horizontal del que no se despega de la tierra sino, fundamentalmente, con la mirada vertical del que levita, extasiado. Un país debe ser una manera de descansar.

Si la identificación es un reclamo por lo otro, otra manera más del yo-deseo, acaso no haya elemento más identificatorio entonces que la nube: la nube que se deshace ante la aproximación: la nube que se vuelve grumo y punto iridiscente y blancura borrada: la nube que resiste. La nube que nunca se da.

Un país es, acaso sobre todo, sus nubes.

2. Mirar hacia arriba I

Decía Luis Barragán que sus torres eran, entre otras cosas, una invitación para observar el cielo. El nubario tiene la misma aspiración. El nubario quiere decir: Mira hacia arriba. Echa la cabeza hacia atrás. Despega los pies del asfalto o del pasto (lo que ocurra primero).

3. Mirar hacia arriba II

José Alfredo Jiménez, que sabía de tantas cosas, también sabía de nubes. *Tú y las nubes*, decía, *me traen muy loco*. Lo cual se entiende sin esfuerzo alguno. *Tú y las nubes me van a matar. Yo pa'rriba volteo muy poco. Tú pa'bajo no sabes mirar.* ¿Y cómo hacerle llegar hasta su tumba, cómo decirle con franqueza pero con el tacto que se debe usar siempre con los muertos, que ese, precisamente, era el problema? ¿Cómo acercarse y cuchichearle al oído, pero, José Alfredo, si todo se arregla volteando pa'rriba, hombre, nada es para tanto?

4. Un cielo lleno de acontecimientos

Sobre Toluca, Atlacomulco, Acambay, Diximoxi, ¿Diximoxi?, Palmillas, Conin, Querétaro.

Un cielo.
Las posibilidades inéditas del realismo.
La luz que cayó a un lado de José María Velasco. Sin tocarlo.
La nube sola. La Gran Gris. La casi-blanca.
La horadada.
La de lluvia.

La básica. La ida. La que se niega a ir.

La arrebatada.
La de la nieve. La que lo anuncia todo.
La ur-nube.
La nube de nubes.
Todas las nubes.

5. Nube y lingüística

La nube, como la palabra en el texto, protege el contenido del cielo.

6. El cielo que huye

Nos dimos a la tarea de perseguir nubes como si se tratara de mariposas o asesinos. Íbamos a la expectativa, sonriendo, pensando. Y entonces lo descubrimos. No nos cupo la menor duda: el cielo huye. En la ciudad, el cielo se esconde detrás de los edificios y las cúpulas. En busca de anonimato o de silencio, el cielo se parapeta tras los espectaculares y la contaminación. Intentando distraer a sus perseguidores, el cielo ronda los semáforos y actúa como si nada estuviera pasando cuando pasan los aviones. Se necesita perseverancia y método para alcanzarlo. Se necesita, sobre todo, saber exactamente cómo perder el tiempo.

7. La nube que llena el espacio que hay entre los cuerpos
Entre los cuerpos que se desean solo cabe la nube.

Adriana Gallardo

Adriana Gallardo *(1985) nació en León, Guanajuato, México. En 1989, su familia cruzó la frontera entre México y los Estados Unidos, y se estableció en una comunidad de clase trabajadora localizada en una ciudad pequeña en las afueras de Chicago; allí se crio. Es periodista, educadora y ensayista, y ha sido galardona con distintos reconocimientos, incluyendo el Premio Pulitzer al Servicio Público, el Premio Peabody, el Premio Polk, el Premio Dart a la Excelencia en la Cobertura del Trauma, un Premio a la Ética en el Periodismo por la Society of Professional Journalists y un Ellie de The American Society of Magazine Editors. «Buena gente» fue traducido del inglés por Raquel Salas Rivera.*

Buena gente

Nunca he visto a mi padre más ansioso que el primer lunes de su retiro. Pasó casi todo el día afuera. Saltó del balcón al patio. Lo pasó dentro y fuera del garaje, lavando los autos —incluso su amado Nissan Versa 2014—, jugando con el soplador de hojas y el césped. Él era la tempestad solitaria primaveral, por lo demás tranquilo y soleado. Alrededor de las 3:00 p. m., la hora habitual de su llegada del trabajo, finalmente se sentó, sin decir mucho. Aparte de los días esporádicos de vacaciones, fue el primer lunes en cinco décadas en que no tuvo que levantarse a las 4:00 a. m., amarrarse las botas con punta de acero o mecánicamente empacar un almuerzo la noche anterior. Su nuevo uniforme consistía en una camiseta de los Chicago Bulls, pantalones de ejercicio de poliéster, medias altas y gruesas y sandalias. Era el primer lunes donde el tiempo era suyo.

Como hijo y nieto de carpinteros que se ganaban la vida trabajando para los terratenientes en una hacienda en México central, a los doce años ya su ruta estaba trazada; aceptas el trabajo que puedes conseguir y lo realizas lo mejor que puedes. Sexto grado fue su año de graduación, el nivel educativo más alto que se ofrecía en Matanzas, Jalisco, en 1968. Ese mismo año, a cinco horas en auto desde Matanzas, cientos de estudiantes, trabajadores y civiles desarmados en la Ciudad de México fueron asesinados en la Masacre de Tlatelolco a manos de las fuerzas armadas mexicanas. ¿Cuál fue su gran trasgresión? La de protestar sin descanso contra el régimen político del PRI, que en aquel entonces cumplía treinta y nueve años de poder ininterrumpido, a días de la inauguración de los Juegos Olímpicos.

Se desconoce cuántos murieron en la masacre del 68, las Olimpiadas se realizaron en la Ciudad de México y el PRI permanecería en el poder hasta el año 2000. Las esperanzas de un país donde mis padres, ambos de Matanzas, pudieran ganar un salario digno se evaporaron unas cuantas generaciones antes de que se convirtieran en padres.

El primer trabajo que tuvo papi fue haciendo ladrillos de barro en Jalisco. Tenía doce años. Durante los siguientes 53 años, nunca estuvo sin trabajo y, a menudo, tuvo múltiples trabajos a la vez.

En marzo de 2021, se jubiló a los 65 años con una pequeña pensión de una fábrica en los suburbios del oeste de Chicago, la misma fábrica de la que había sido despedido a finales de los 70 por trabajar con un nombre falso. Volvió en 1999. Esta vez era documentado, esta vez se hizo llamar «Gerry», abreviatura de su nombre de pila: Gerardo.

Pasó veintidós años fabricando partes para varias máquinas grandes. Algunos años eran para fabricantes de automóviles, otros años fueron para compañías de aviones, más recientemente inspeccionó y empaquetó piezas de 40 a 45 libras que impulsaron al gigante de la construcción y la minería Caterpillar Inc.

Durante esos veinte años, con esos dos nombres y entre los dos países, se ganó la vida como panadero, fabricó y transportó cauchos para heladeras en otras fábricas, cultivó y recogió maíz, fue cajero de una tiendita, tejió textiles, soldó ataúdes, condujo montacargas y fue conserje comercial. A pesar de todo este trabajo, nunca ganó más de veinte dólares por hora.

El retiro de mi padre planteó una pregunta existencial: *¿Cómo deja de trabajar un mexicano?*

Y para mi papá, específicamente: ¿por qué todo se sentía tan fuera de lugar, en vez de sentirse como un respiro tan esperado y bien merecido?

CUANDO LE PREGUNTÉ, ESE PRIMER lunes por la noche mientras se sentaba a la mesa de la cocina, me contestó compartiendo cuentos sobre otras personas: una serie de historias de «gente buena gente», que lo contrataron, le ofrecieron un techo o comida cuando era joven. Más adelante, otros lo ayudaron a lograr la estabilidad como hombre de familia con la adquisición de una vivienda y una pequeña empresa; en ambos casos, con cero dólares de anticipo.

Mi papá o es sociable o es un observador silencioso. Pocas veces ocupa un punto medio. Por suerte, tiene una sonrisa enorme, que nos ayudaba a saber cuál de los dos era el caso. Esa noche fue una de las ocasiones raras cuando ofreció una expresión a medias. Hubo pausas y miradas tan largas que me pregunté si odiaba mis preguntas y la grabadora que nos dividía.

Le encantan las preguntas, pero prefiere ser él quien las haga. A menudo, tenemos que recordarle que no todo el mundo disfruta de los interrogatorios largos o intrusivos. Le encanta un buen cuento. Desde que tengo uso de razón, siempre trae furtivamente algo para leer a la casa (como si no nos diéramos cuenta) o en el auto durante sus descansos de diez minutos en la fábrica. Guarda diferentes reservas en pilas altas de *Reader's Digest* en español por toda la casa. Las ha leído varias veces, tanto que algunas tienen sus huellas dactilares impresas en la tinta.

Cuando me preguntó por qué tenía que grabarlo, mamá se me adelantó con la respuesta y dijo que le hubiera encantado grabar las historias de su padre. Eso le sirvió de explicación suficiente a mi padre para que pudiéramos continuar. Sus historias de gente buena comenzaban en el mismo sitio donde su sueño recurrente siempre terminaba: con un intento de cruzar la frontera.

«Me tocó encontrar gente que me ayudara desde la frontera», dijo.

Cuando cumplió dieciocho años en 1974, se fue de su casa con una mochila y unos $300 que eran sus ahorros de toda la vida. Se trataba, por supuesto, de ganar más dinero, pero también él era un adolescente que estaba persiguiendo alguna versión de lo que se imaginaba que era la grandeza.

«El Norte sonaba algo grande en ese tiempo para toda la gente, era lo máximo el Norte... un norteño era algo grande», nos contó.

Tomó un solo autobús que viajaba unas seiscientas millas hacia el norte hasta la frontera de Laredo, Texas. Usó la dirección local de un amigo de la familia para obtener una Tarjeta de Cruce de la Frontera de uso común, que los residentes a lo largo del lado mexicano del río Bravo podían usar para viajar de manera legal entre ambos países dentro de un cierto radio, por lo general veinticinco millas al norte de la frontera.

Aquellas primeras noches en el lado estadounidense de la frontera, durmió en la estación de autobuses de Laredo. Me dijo que no registró el viaje como difícil, solo estaba solucionando una cosa a la vez. Ni siquiera les dijo a sus padres adónde iba el día de su partida.

Como tercer hijo de diez, temía que la preocupación de sus padres y la pérdida de ingresos hogareños le impidieran hacer el viaje. Pensó que podría calmarlos luego por teléfono junto con la promesa de enviarles el dinero tan pronto llegara al otro lado. Pasarían cuatro años antes de que los volviera a ver, pero empezó a enviarles dinero tan pronto consiguió su primer trabajo. Sus hermanos lo siguieron y cruzaron unos años después, hasta que solo quedó uno en México.

En Laredo, un taxista lo notó perdido y vio que dormía todas las noches en la estación de autobuses, y se ofreció a llevarlo de la frontera a San Antonio por $250, pero a papá solo le quedaban unos $100. Como alternativa, el hombre ofreció llevarlo de gratis al aeropuerto y lo ayudó a comprar un vuelo de ida a Dallas. El taxista le aconsejó que comprara un periódico, que simulara poder leerlo y que se pusiera en fila cerca de la puerta asignada tan pronto viera que otros hacían la fila. El plan funcionó sin problemas. Ese taxista, que era un tejano de ascendencia mexicana, dijo papá, era buena gente.

Tan pronto llegó a Dallas, tomó otra ruta de autobús que lo sacó del aeropuerto hasta que terminó el turno del conductor del autobús. Como no hablaba inglés ni se bajó del autobús, el hombre los llevó a él y al autobús de regreso al depósito del garaje. En el depósito, papá dice que llamaron a una mujer mayor que era la conserje en su día libre y que hablaba español. Explicaron que el joven no tenía dinero, no tenía adónde ir, pero tenía un número de teléfono en un papel en el bolsillo. Ella envió a alguien a buscarlo, le dio dónde quedarse, comida caliente y un teléfono para llamar a su tío Beto, quien le transfirió suficiente dinero para llevarlo en otro avión a Chicago. La conserje, que papá también supone que también era una Tejana con raíces Mexicanas, nunca le quitó un centavo, por lo que le envió postales de agradecimiento por unos años. Ella era buena gente.

Durante sus primeros años en Elgin, Illinois, una pequeña ciudad ubicada cuarenta millas al oeste de Chicago, «las buenas gentes» eran su tío Beto, su amigo que le consiguió un trabajo de limpieza con el Ejército de Salvación y los profesores amables de las clases de inglés como segundo idioma que enseñaban allí y que les traían galletas a los estudiantes y que lo invitaban a unirse a la clase durante sus horas laborales.

Después de varios años, cuando ya supo suficiente inglés, se inscribió en el colegio comunitario local para aprender a soldar. Sus instructores lo recomendaron para su primer empleo como trabajador adiestrado en una fábrica. Todos ellos eran una cadena de «buenas gentes».

Luego, la lista saltó a las personas que lo ayudaron a mantener a nuestra familia. Todavía sonríe con incredulidad y se ríe de su suerte.

La primera familia fue la de Glenn y Julie Lynch, una pareja blanca que era dueña del servicio de conserjería en el que trabajaba mi padre por las tardes. Cuando yo estaba en la escuela primaria, él siempre llegaba a casa a cenar a las 4:00 p. m. y siempre salía de nuevo alrededor de las 5:30 p. m. para ir a su segundo trabajo. Los fines de semana solíamos visitar a Glen y Julie en su casa bonita. Nos quedábamos quietos y susurrábamos en el sofá mientras Glenn y Julie le daban a mi papá un curso intensivo sobre cómo administrar los libros de la pequeña empresa que más adelante les vendieron a mis padres por $37,000, a base del sistema de honor. Mis padres les enviaron cheques mensuales hasta que pagaron la deuda.

Cuando yo estaba en el quinto grado, sin que se lo pidieran y sin paga, papá cortaba el césped para nuestros vecinos mayores Negros, el Sr. Everett y la Sra. Ella Mae Woods. Después de un tiempo, cuando estaban listos para reducir el tamaño de su hogar, ya que solo vivían con la nieta que estaban criando, la pareja insistió en que nuestra familia se quedara con la casa donde habían criado a sus hijos. Papá les dijo que no podíamos pagar el anticipo o los costos asociados, así que nuevamente, el Sr. Woods redactó un acuerdo para vendernos su casa por $87,500. Esto fue en 1995.

Pasamos de vivir en tres pequeños apartamentos diferentes en el edificio de al lado a tener habitaciones propias. El capital de esta casa pagó, en parte, mi matrícula universitaria. En 2007, el año en que me gradué de la universidad, también recibimos en esa casa a mi primer y único sobrino.

Cuando le pregunto sobre el nuevo tiempo libre que tiene ahora, la simplicidad de sus objetivos me sorprende. Mi papá quiere leer, hacer ejercicio y encontrar una manera de enseñar; todas las cosas que hago casi a diario y sin pensarlo mucho.

Está obsesionado con volver a Matanzas, a la casa en una calle tranquila que está escondida justo debajo de las altas colinas de Jalisco, el lugar que él y mi madre poseyeron por primera vez poco después de su boda en 1983. A donde nos llevaron a mí y a mi hermano después de nacer, el único hogar que conocimos hasta que emigramos al norte en febrero de 1989. Es como si el ocio y el descanso no tuvieran sentido para él en este país. No me enteré de los detalles sobre las extensiones a la casa que él y mamá habían realizado calladamente, con sus modestos ahorros, hasta que su padre falleció a principios de 2020 y luego, de repente, tenían la casa de sus sueños en Jalisco esperándolos. Cuando regresaron del velorio y el entierro, mamá compartió una presentación de diapositivas por WhatsApp que detallaba los muebles, los pisos y los marcos que habían diseñado a distancia mediante la aplicación, preparándose para jubilarse allí. Si bien ama la casa, mamá no tiene prisa alguna por dejarnos a nosotros o a los Estados Unidos.

Papá se iría mañana si pudiera.

Es inquietante estar en los EE. UU. sin trabajar; de todos modos, me dice, el plan siempre fue regresar. También explica que no vale la pena hacer ningún trabajo si es un trabajo que te enferma.

Total, mantenerse saludable garantiza que siempre podrá volver a trabajar.

Los mexicanos en los Estados Unidos que se parecen a mi padre —de piel morena, manos magulladas y espaldas arqueadas— son sinónimo del trabajo manual. Son el tipo de personas cuyo valor se mide en turnos en lugar de vocación y cuya suerte se decide según los acuerdos de libre comercio y los destinos manifiestos, personas que se supone que acepten todo lo que se les ofrezca, por más mínimo que sea.

Cuando insistí en organizarle una fiesta de jubilación en el patio, de inmediato eliminó la idea con el argumento de que no se celebra el no trabajar. Pero le importa recordar el trabajo duro y todo lo que sucedió entre turnos. Sus recuerdos son los de un inmigrante con muchos puntos de quiebre, de ser agradecidos juntos y agradecer a otra gente trabajadora.

LOS LOGROS QUE MÁS ENORGULLECEN a mi padre se construyeron sobre la base de la buena fe de los demás y de pasar la antorcha de la solidaridad. Durante mi niñez, no era raro que él trajera a jóvenes mexicanos inmigrantes a casa después de la iglesia para que se ducharan y comieran. Cuando sus familiares necesitaban dinero para pagarle a un coyote para que cruzara la frontera, él siempre decía que sí, incluso si afectaba de forma negativa el presupuesto familiar. Tan pronto se hizo cargo del negocio de la limpieza, siempre teníamos trabajo, al igual que cualquiera que fuese de Matanzas.

Al concluir nuestra conversación, todavía sentados en la mesa de la cocina, mi madre, que ha estado a su lado durante la mayor parte de su vida laboral y treinta y ocho años de matrimonio y que es demasiado joven para jubilarse, por lo que todavía limpia casas para ganarse la vida, intervino para sugerir que tal vez esa «buena gente» vio que él también era un tipo «buena gente».

Caridad de la Luz

Caridad de la Luz *(1977) es una performera multifacética, conocida como La Bruja, nacida en el Sur del Bronx, Nueva York, de padres Puertorriqueños. Rapea, actúa, canta y es presentadora. Escribe obras, poemas, canciones y libretos, y les enseña sobre escritura a otras personas. Es la ganadora de la Beca de Jerome Hill Artist y fue honrada con el reconocimiento de A Bronx Living Legend del The Bronx Music Heritage Center. Es la directora ejecutiva del Nuyorican Poets Café. Ha escrito y producido dos obras unipersonales y dos discos,* Brujalicious *y* Boogie Down Blvd. *«Anacaona Airlines» es un fragmento de la obra que lleva el mismo título, y fue traducido del inglés por Raquel Salas Rivera.*

Anacaona Airlines

Bienvenidos a nuestro vuelo a
Poor To Rico
Ayúdenos a preparar la cabina para el despegue.
En el caso poco probable de que usted le tenga terror al Vuelo,
ofrecemos ron Bacardí para su café con leche
Aquí, en Anacaona Airlines, nos enorgullece nuestro
menú Taíno. Hoy tenemos:
jicotea a la barbacoa con ñame, batatas y yuca
con un refresco de maví
Tiene la opción de ignorar el menú Taíno y beberse una piña
    colada
En caso de que sienta algún mareo,
también soy una bruja/curandera/Behike certificada

y mi caja de medicamentos está aquí mismo en el
    compartimiento superior
Antes de despegar, pedimos que abrochen sus cinturones
Si acaso es traumático sentir La Correa sobre su cintura
o le causa Incomodidad de Reviviscencia que proviene
del D.P.P. (la disciplina posparental)
encuentre consuelo en el hecho de que, a diferencia de nuestros
    padres, no los forzamos a olerla
Puede ajustarla fácilmente con abrocharse y
apretarla halando la correa. Para soltarla, simplemente levante
    la hebilla
o grite puñeta bien alto y yo, o un miembro de la tripulación, le
    ofrecerá asistencia
Para despegar sin retrasos, pedimos su cooperación,
    asegúrense de que sus asientos estén en posición Real
Los dispositivos electrónicos interfieren con nuestra
    frecuencia, así que si le vemos usando alguno
definitivamente no habrá Bacardí en su café, ni piña colada, ni
    lo que pida, punto.
Favor de apagarlos completamente o es posible que nunca
    aterricemos.
Los filis, los cigarrillos o la salvia pueden ser fumados o
    difuminados dentro de nuestra letrina individual que puede
    encontrar en la parte de atrás
Todas las salidas han sido identificadas y, si no puede encontrar
    la salida más cercana,
por favor piense en aquellas palabras que repiten al sol de hoy
    los racistas:
«Regresa de donde viniste»
Una baja en la presión de la cabina causará que caigan las
    máscaras de vejigante

Póngasela firmemente sobre su rostro y contonee sus hombros
    a lo loco

Ubique su máscara antes de asistir a los demás en rumbear con
    este areíto

No se permiten bombas, pero sí bomba y plena.

No encontramos los chalecos salvavidas porque así es el
    colonialismo

Estamos ansiosos por compartir esta experiencia con usted

No se pueden utilizar sus asientos como dispositivos de
    flotación tampoco,

pero de gracias por la ciudadanía y que

los baños estén colmados de papel toalla y de baño

Después que sobrevivamos, quizás ya estés muerta, así que

no hacen falta ya los chalecos

Canoas de 50 personas están listas por si hace falta un aterrizaje
    de emergencia

Siéntase en libertad de aplaudir cuando las gomas finalmente
    toquen el suelo

Aquí en Anacaona Airlines, siempre aplaudimos cuando
    aterrizamos

Y ahora estamos listos para el despegue...

Karla Cornejo Villavicencio

Karla Cornejo Villavicencio (1989) nació en Ecuador, y a los cuatro años emigró a Queens, Nueva York. Es la autora de The Undocumented Americans, *finalista del National Book Award en la categoría de no ficción. Fue una de las primeras estudiantes indocumentadas en graduarse de la Universidad de Harvard y cursa un doctorado en American Studies en la Universidad de Yale. Ha publicado en* The Atlantic, Elle, The New Republic, Vogue *y el* New York Times. *Vive en New Haven, Connecticut. «Los nenes» fue traducido del inglés por Raquel Salas Rivera.*

Los nenes

Me gustan los nenes. Me gustan los nenes gentiles, rotos. Me gustan los nenes gentiles, rotos y que también son flacos, espigados, esbeltos, largos y que se inclinan largamente, como Jordan Catalano; nenes con pelo riso que usan vaqueros que se doblan y cuelgan y Converse sucios o Air Force 1 nuevecitos. Me gustan los nenes que usan anteojos con diseño de carey y nenes que los usan pegaditos, especialmente si quieres vislumbrar algunos risos.

Me gustan los nenes que usan camisetas blancas, tan blancas que ciegan, me gustan los nenes que tienen tatuajes, pero también me gustan los nenes sin tatuajes, que usan bufandas de lana gruesa y las enroscan varias veces alrededor de sus cuellos, que siempre tienen frío. Me gustan los nenes que caminan con sus hoodies alzados, los cordones apretados y sus caras mirando al suelo. Me gustan los nenes que cruzan las piernas. Me gustan los nenes con copete, como Alex Turner, de los Arctic Monkeys. Me gustan los nenes que me saludan con un beso en cada cachete. Me gustan los nenes que saben abrazar. Me gustan los nenes con suéteres agujerados como Kurt Cobain unplugged. Me gustan los nenes que bailan bien, me gustan los nenes que se paran así, sin moverse, en la pista, solo sus ojos oscuros bailan y sus manos van bajando desde tus hombros con un ritmo propio. Me gustan los nenes cristianos que me cuentan sobre sus días como monaguillos, me gustan los nenes judíos que me cuentan que dos rabís renunciaron durante la preparación de sus bar mitzvah, me gustan los nenes musulmanes que me dejan consentirlos y preocuparme sobre lo débiles que deben sentirse cuando ayunan para Ramadán.

Me gustan los nenes que escriben poesía para las revistas literarias, me gustan los nenes que usan skate, me gustan los nenes que detienen todo desde sus bicicletas durante la hora de mayor tránsito, me gustan los nenes que tocan el bajo, que tocan batería, no me gustan los nenes que son los más aplicados de la clase porque es conmigo que compiten. Pueden estar en el puesto número 15. Me gustan los nenes que hacen que la maestra se ría sin querer, que hacen que los demás nenes se rían sin querer, me gustan los nenes tristes, tristes, los nenes tristes que me mandan mensajes de voz con sus pensamientos tristes, los nenes que solo yo puedo salvar.

Sandra Cisneros

Sandra Cisneros *(1954) es una poeta, cuentista, novelista y ensayista nacida en Chicago, Illinois. Su trabajo explora las vidas de la clase trabajadora. Su novela* The House on Mango Street, *un éxito internacional con más de siete millones de ejemplares vendidos, fue traducida a más de veinticinco idiomas y es una lectura obligatoria en muchas escuelas elementales, secundarias y universidades en todo los Estados Unidos. Entre sus obras se cuentan* Woman Hollering Creek & Other Stories, Caramelo, Puro Amor, Martita, I Remember You *y el poemario* Woman Without Shame. *Cisneros tiene la doble ciudadanía Mexicana y Estadounidense. Es una mujer soltera, que escogió criar libros en vez de hijes. Vive de su escritura.* «Una casa con un jardín en la azotea» *fue traducido del inglés por Raquel Salas Rivera.*

Una casa con un jardín en la azotea

—inspirado en Cavafis

Me gustaría tener una casa con un jardín en la azotea, con geranios en tiestos enormes y en tonos vivos del color fértil de úteros, órganos, girasoles, magueyes y, claro, aceitunas. Especialmente para los animalitos. Cuatro perros que anuncien cuando los invasores llegan y se retiran, con sus hocicos apuntados al cielo y sus colas temblorosas como cobras. Que también tenga pájaros, ninguno enjaulado, pero de lugares lejanos. Colibrís, golondrinas, palomas, tecolotes. Y el mejor de todos, el cenzontle que nos trae la vida en el pico. Me gustaría, algún día, un pequeño y noble burro, aunque solo viva en la casa de mi imaginación, y que se llame Dionisio, Nemesio o

Saturnino. Nadie podrá montarse en este burro. Solo transportará pequeños paquetes desde los mercados de San Miguel o, mejor aún, canastas llenas de zempoaxóchitl, nubes, nardos, para refrescar las miradas de quienes carezcan de alegría. La fachada de mi casa portará un modesto color de monje para no provocar la envidia de los amargados y para salvaguardar el lujo de mis interiores de coral y lavanda y berenjena. Y, de día y de noche, gritaré desde la azotea «¡Cacahuata, Lulu-Luz, Ozvaldo, Nahui Ollin!» hasta que toda San Juan de Dios conozca de memoria los nombres de las criaturas que habitan mi corazón.

LUNA
EXALTADA

Esta luna provee la energía
para vencer los obstáculos
que la vida nos presenta

Sonia Guiñansaca

Sonia Guiñansaca *(1989), nacida en Ecuador y criada en Harlem, Nueva York, es une poeta, estratega cultural y activista kichwa-kañari. Guiñansaca autopublicó su primer poemario,* Nostalgia and Borders, *y es le coeditore de la antología* Donde somos humanos: historias genuinas sobre migración, sobrevivencia y renaceres, *que reúne las voces de les escritores indocumentades.* «Runa traducida» *fue traducido del inglés por Raquel Salas Rivera.*

Runa traducida

Anhelo escribir este poema en Kichwa/ hablo un español quebrado/ el
    inglés con un fuerte acento neoyorquino/ me pregunto si mi lengua
    algún día sanará de este romper/

    Un romper que se parece a cuando comparto con otres Kichwas

    sin poder entenderles/

A veces (casi siempre) me pregunto si soy real/ A los cinco años fui
    arrancade de Ecuador y me volaron a los EE. UU./ Por un breve
    momento recibo un nuevo nombre y me cortan el pelo/ y mis maletas
    de color borgoña no aparecen/ Así que llego con nada/ y pienso
    que soy nada durante toda la escuela intermedia/ Y en la escuela
    superior dejo de existir/ anido en mi boca/ Calladamente/ Kikinka
    maymantatak kanki

Todes me dicen que claro que mi abuela no me culpa por irme/ Claro
    que me ama/ Claro que cuando le digo por teléfono que la quiero
    visitar pronto/ Claro que la tarjeta de llamada se come los últimos diez
    minutos/ Y ella espera el final/ Y claro que pasan los años y aprendo
    a odiar estos papeles que no acaban de llegar/ Y claro que me rebelo
    como suelen hacer los adolescentes y me rehúso a saludar/ Y claro que
    me arrepiento/

                    Y ahora me pregunto si mi Abuelita me
                    amaría así, cuir / Kaychi

Me quiebro aún más una noche cuando la Señora María se queda con
    nosotres/ Cuántos años han pasado/ Por un breve instante me olvido
    de quién es/   Una amiga de la familia/ Mashi/ Cuando camina por
    nuestro apartamento en Harlem/ Viajo por el tiempo/   *Verito* me
    llama/ Y me acuerdo/ En el campo, las vacas pastan en la pradera/
    Se para en una colina con una pollera amarilla y botas de lluvia/ Está
    aquí ahora/ Quiero creer que me abraza y acepta como le niñe que fui
    antes de irme/   Me pregunto si me resiente/ Kikinka

Mi madre le ofrece un cuarto para que se quede por la noche/ Se suelta las
    trenzas y se acuesta en mi cama/ Un cuerpo frágil y pequeño/ Dedos
    con callos/ El olor a campo en su pelo que corre libremente por las
    almohadas/ La miro y veo a mi abuela/ Ella es mayor como Abuelita
    Alegría en la foto que le robé a mi padre/ y que enmarqué/ y que
    martillé/ contra cada pared/ de cada nuevo apartamento donde me
    mudé de adulte/   Quería decirle que quizás nos quedaríamos aquí para
    siempre/   En mi español quebrado le pregunto cómo está Ecuador/

                    Esa noche, nadie habló Kichwa/ Pero la
                    herida se siente
                en tres lenguas

Quiero llorar/ pero espero que amanezca el romper/ Miro con intensidad
   al techo mientras ella me dice que quiere volver a su casita/ Quiero
   decirle que yo también quiero volver a casa/ Quiero darnos un plan de
   fuga conciso/ Soy une niñe así que no comparto estos pensamientos/
   Ella descansa/ Me fortalezco y le doy más de mi manta hasta que
   comienza a dormirse/ Entonces lloro/

Se va a vivir a Queens/

               El desconsuelo la abruma/
                              Su hijo nunca nos dice en cuál de los cementerios/

               ¿Nos pueden desplazar en el más allá?

Me matriculo en un curso de Kichwa virtual durante la pandemia/ Mishki
   / Tiyarina / Ayllu / me encuentro con ansias de haber conocido todas
   estas palabras/ y fantaseo que mi abuela me enseña a hablar nuestro
   idioma/ me aferro a la primera palabra que aprendo

                       / Yupaychani /

Mi madre está en un segundo plano/ Me siento a enmendar mi lengua en
   la sala / En la cocina, con un cucharón, ella le saca las semillas a una
   sandía/ Me regala una rodaja y las gotas chorrean por mi boca/ Mi
   abuelita y la Señora María me visitan en los sueños/ A veces les ruego
   que me lleven con ellas/ En otras ocasiones solo hablamos/

Estudio los lunes y los miércoles/ por dos horas/
               Quiero terminar este poema diciendo que domino el habla/

Quiero terminar este poema en Kichwa /

Jamaica Kincaid

Jamaica Kincaid *(1949) nació en St. John's, Antigua, de nombre Elaine Potter Richardson. Es una novelista, ensayista, escritora de memorias y jardinera y profesora residente de African and African American Studies en la Universidad de Harvard. Sus escritos exploran el imperialismo, el legado colonial, el género, el poscolonialismo y el neocolonialismo y las relaciones madre-hija. Por veinte años, fue escritora del* New Yorker. *Sus obras más notables incluyen* Autobiografía de mi madre *y la colección de cuentos* Un lugar pequeño. *«Niña» aparece en la colección* At the Bottom of the River, *y fue traducido del inglés por Raquel Salas Rivera.*

Niña

Limpia la ropa blanca el lunes y ponla encima de la pila de piedras; limpia la ropa de color el martes y tiéndela para que se seque; no camines sin sombrero bajo el sol ardiente; cocina los buñuelos de calabaza en un aceite dulce y muy caliente; remoja tu ropita justo después de quitártela; cuando vayas a comprar algodón para hacerte una blusa linda, asegúrate de que no tenga resina porque si no se va a dañar después de que la laves; sumerge el bacalao en el agua toda la noche ante de cocinarlo; ¿es cierto que cantas benna en la escuela dominical?; siempre come tu comida de tal modo que no le revuelque el estómago a los demás; los domingos, trata de caminar como una dama y no como la puta en la que estás tan empeñada en convertirte; no cantes benna en la escuela dominical; no les hables a los nenes que son ratas en los muelles, ni para darles direcciones; no comas fruta en la calle, te van a perseguir las moscas; *pero para*

nada canto benna los domingos y nunca en la escuela dominical; así es
que coses un botón; así es que coses un ojal para el botón que aca-
bas de coser; así es que le haces un dobladillo al traje cuando veas
que se baja el dobladillo y para evitar verte como la puta en la que
estás tan empeñada en convertirte; así se plancha la camisa kaki de
tu padre para que no tenga arrugas; así se planchan los pantalones
kaki de tu padre para que no tengan arrugas; así es como cultivas
quimbombó, lejos de la casa, porque la planta de quimbombó alber-
ga hormigas bravas; cuando estés cultivando la malanga, asegúrate
de que reciba mucha agua o de lo contrario cuando te la comas te
picará la garganta; así se barre una esquina; así se barre una casa
entera; así se barre un patio; así le sonríes a alguien que no te cae
muy bien; así le sonríes a alguien que no te cae bien; así le sonríes
a alguien que te gusta completamente; así se pone la mesa para el
té; así se pone la mesa para la cena; así se pone la mesa para cenar
con un invitado importante; así se pone la mesa para el almuerzo;
así se pone la mesa para el desayuno; así es como debes compor-
tarte en presencia de hombres que no te conocen muy bien y así
no reconocerán de inmediato a la puta en la que ya te advertí que
no te convirtieras; asegúrate de lavarte todos los días, incluso si es
con tu propia saliva; no te agaches para jugar a las canicas, no eres
un niño, sabes; no te lleves las flores ajenas, podría darte algo; no
arrojes piedras a los changos, porque quizás ni sea un chango; así se
prepara un budín; así se hace el doukona; así se hace el pepper pot;
así se prepara una buena medicina para un catarro; así se prepara
una buena medicina para deshacerse de un niño antes de que sea
niño; así atrapas a un pez; así se arroja un pez que no te gusta al
agua y así evitas la mala suerte; así se intimida a un hombre; así un
hombre te intimida; así se ama a un hombre y, si esto no funciona,
hay otras formas, y si esas no funcionan, no te sientas tan mal si te
rindes; así se escupe al aire si te apetece y así te mueves rápido para

que no te caiga encima; así es como se llega a fin de mes; siempre dale un apretón al pan para asegurarte de que esté fresco; *pero, ¿y si el panadero no me deja tocar el pan?*; ¿quieres decir que, después de todo, en realidad vas a ser el tipo de mujer a la que el panadero no deja acercarse al pan?

Karla Suárez

Karla Suárez *(1969) es una galardonada cuentista y novelista nacida en La Habana, Cuba. Sus novelas incluyen* El hijo del héroe, La viajera *y* Havana Year Zero. *Sus colecciones de cuentos incluyen* Carroza para actores *y* Espuma, *ganadora del Premio Iberoamericano de Cuento Julio Cortázar en 2019. «La casa grande» es un fragmento de* Silencios, *ganadora del Premio Lengua de Trapo de 1999 a la mejor primera novela.*

La casa grande

Cuando yo tenía seis años, mi padre decidió irse a dormir a la sala. De aquello no recuerdo mucho, salvo el portazo en la puerta del cuarto y los llantos apagados de Mamá, durante las horas siguientes.

Vivíamos en casa de mi abuela, un apartamento grande lleno de cuartos con mundos diferentes; el de la abuela, una tía soltera, un tío masajista y nosotros tres, antes de Papá mudarse para la sala.

Mi madre era una argentina que en los sesenta había decidido venir a La Habana a estudiar teatro, ahí se hizo amiga de mi tía, que empezó por el teatro y luego pasó a la danza, de ahí a la literatura y así, siempre buscándose, como decía ella, o perdiéndose, como decía la abuela.

Por mi tía, Mamá llegó a la casa grande y conoció a Papá, que en aquel entonces era un joven oficial del ejército, de esos que dieron el paso al frente y lucían el uniforme que tanto gustaba a las muchachas, sobre todo a las progresistas como Mamá, que quedó profundamente enamorada y renunció a su nacionalidad para que mi padre no se sintiera incómodo por andar con extranjeras. Para la familia de Mamá, en el sur de América, esta decisión significó renunciar a ellos como familia, y entonces determinaron por su cuenta romper relaciones con la hija renegada. Para mi abuela, en cambio, el hecho de aceptar a una mujer que viviera en casa con su hijo, sin matrimonio previo, significaba una vergüenza, y fue por eso que decidió, también por cuenta propia, renunciar a su nuera. Así fue que Mamá comenzó a vivir su romance sin la anuencia de nadie, pero absolutamente convencida de su amor y de su amistad con la tía. El tío no contaba porque no tenía buenas relaciones con Papá. Desde mucho antes de mi nacimiento, Papá y el tío apenas se dirigían la palabra. Así es que Mamá, persuadida por su marido, asumió una cierta frialdad e indiferencia en el trato hacia su cuñado.

Yo crecí rodeada de adultos totalmente diferentes. Mi abuela tenía cuatro hijos, uno mayor que siempre había sido el preferido y que ocupó casi el lugar del abuelo, después de que este se marchó de casa. Eso ocurrió mucho antes de mi nacimiento, así es que al abuelo nunca lo conocí, y lo cierto es que en casa estaba prohibido mencionarlo. Él un día abandonó a la abuela y el hijo mayor se mudó para el cuarto de su madre y le sirvió de sostén hasta que decidió casarse e irse a vivir a otro sitio, entonces la abuela declaró la guerra a la mujer que se llevaba a su primogénito y volcó todo su amor en mi padre, que era el más pequeño. Mi padre prometía una gloriosa carrera y se convirtió en cómplice y confidente de su madre cuando ambos decidieron odiar abiertamente al primogénito, el día que decidió irse a vivir un poco más lejos y de tan lejos se fue a Miami con su mujer. Claro que todo eso ocurrió antes de aparecer yo en la familia porque, en cuanto mi madre se mudó a casa, la abuela se vio en la obligación de despreciar a su hijo militar, puesto que este al parecer no tenía intenciones de legalizar su estado civil. En esos momentos pienso que la abuela pasó una situación difícil: debía escoger entre la tía, que era la segunda, y el tío tercero. Con la tía sus relaciones nunca fueron las mejores porque ella era la preferida del abuelo y siempre que la dueña de casa intentaba referirse a su exmarido con tono de desprecio, enseguida saltaba la tía para defenderlo con palabras que debían resultar mágicas, porque la abuela cerraba la boca inmediatamente y cambiaba la conversación. Con el tío tercero también había problemas, no solo que mi padre no le hablara, sino que existía algo en la familia que nadie se atrevía a pronunciar. Sé que antes de Mamá, mi padre y el tío compartían el mismo cuarto, hasta que un día la abuela determinó que él se iría a dormir al pequeño cuartico junto a la cocina, claro que en esos momentos Papá seguía siendo el preferido y cuando yo nací, el tío hacía rato había fundado su reino, lejos de todos, allá en el fondo.

La abuela pasó unos años sin hijo predilecto, hasta que un buen día, antes de Papá irse a dormir a la sala, el tío decidió que se dedicaría a hacer masajes. Así la casa comenzó a ser frecuentada por jovencitas que llegaban a la sala, le sonreían a la bebita que era yo, y atravesaban la cocina para irse donde el tío y sus masajes. Para la abuela esto fue como una iluminación y entonces terminó su debate centrando todas sus fuerzas en el hijo masajista, que cada día llegaba a casa con flores y caramelos para ella.

Hasta ese momento, quizás mi instinto infantil mantenía la esperanza de ser acunada por una abuela que cantara canciones de cuna y me durmiera en su regazo, pero la selección del tío hizo trizas mis sueños. Yo era una bastarda, nacida fuera de matrimonio y, además, hija de extranjera; en fin, que tuve que conformarme con los brazos de Mamá y la tía, que en cuanto me hacía pipí me soltaba aludiendo a que el orine de los niños le daba coriza. En cuanto a Papá, lo veía poco; él tenía muchísimo trabajo y por eso Mamá colgó en mi cuna una foto suya. Cada noche, antes de dormir, me hacía tirarle besitos a la foto y luego me regalaba todo un concierto de canciones que en la voz de Mamá sonaban dulces y me llevaban al letargo. Dice ella que la primera palabra que dije, después de Papá y Mamá, fue fusil, y es que mis canciones no hablaban de ositos y maripositas tiernas; Mamá cantaba de fusiles y muertes y cuando se ponía a conversar con la tía, tarde en la noche, junto a mi cuna, solo escuchaba palabras raras y disonantes, entonces me ponía a gritar, porque al final era el único lenguaje que conocía para estar a tono.

El cuarto de la casa que más me gustaba era el de la tía. Allí trasladaron sus conversaciones nocturnas cuando yo ya caminaba. Ellas se ponían a hablar mientras yo recorría el espacio agarrando todo lo que viera a mi alcance, libros, muñequitos, tazas, lápices, artefactos raros, la tía tenía un montón de cosas y se ponía muy nerviosa cuando algo decidía romperse en mis manos. Allí me aprendí las palabras *mierda* y *carajo*, que sonaban muy bonitas y ellas usaban con frecuencia. Me gustaba también el radiecito del cuarto, la tía a veces subía el volumen y se ponía a desafinar, entonces era una fiesta porque las tres nos encaramábamos en la cama para dar saltos hasta que se escuchaba la voz de la abuela del lado de allá, golpeando la puerta, y había que quedarse calladitas aguantando la risa. Un rato después, Mamá me obligaba a hacer silencio para atravesar el pasillo hasta nuestro cuarto, tirarle los besitos a la foto de Papá y acostarme, pero me costaba trabajo dormir porque ella pasaba casi toda la noche con la lamparita encendida leyendo cualquier libro. Mi mundo era entonces el cuarto de la tía y el nuestro, porque Mamá había determinado que la sala era territorio vedado después de una larga discusión con la abuela a causa de las dos o tres meadas que solté encima del sofá o de cualquiera de las jovencitas que venían por los masajes del tío.

Hasta esos momentos todo marchaba bien. Mi familia resultaba perfectamente coherente, tenía un padre que solía dejarme regalitos encima de la cuna, una madre que cantaba canciones, una tía divertidísima, una abuela peleona, como casi todas, y un tío con muchas amistades.

Yo era feliz.

Ana Becciú

Ana Becciú *(1948) es una poeta y traductora literaria nacida en Buenos Aires, Argentina. Desde 1976, ha vivido en el exilio en España y Francia. Entre sus obras se encuentran* Ronda de noche *y* La visita y otros libros, *ambas traducidas al inglés y al francés.*

El país. Esa cosa.

Ese acoso.
¿Lo ves venir?
Las cosas que hace para distraerse,
yo.
Las cosas que hace.
Ni su mamá.
No, claro. Ni su mamá.
Porque ahí está la cosa.
La cosa. Mamá. Qué difícil escribirte.
Siempre voy tropezando.
Vamos tropezando.
Vos también, mamá, vos también
tropezás.
Con la cosa.
Vos también, mamá, tropezás
con mamá.
El escondimiento de todo ese dolor.
El escondimiento de nosotros.
El dolor es nosotros.

Escondidos. Como un dolor.

Vamos. Hagamos como que.

Nos queremos. Dolorcitos.

Dolorcitos ellos que se quieren.

Dolorcitos nosotros.

No nos quieren.

Al dolor nadie lo quiere.

Por eso se atraganta.

Puto. Porque es puto no
lo quieren, por puto.

Puto en mi garganta.
Puto dolor.

En medio del mundo mamá es un espasmo

Ellos escribieron todos los libros.

Decían tantas cosas. En sus libros parecía
que el desolado era únicamente yo.

Y no. Detrás de los libros está
ella,
mamá está detrás de todos los libros.

Mamá escribe. ¿Y nosotros?

¿Conjuga ella esta persona, esta tercera
persona?

¿La conjugará?

Yo y vos y ella y ella,
sabemos que no.

Solamente yo es conjugable.

Y mamá, pobrecita, como vos, como yo
como ella y como ella

conjugará yo.
Un espasmo.
Pobrecita.
Y ya se sabe. Un espasmo
es una soledad. La soledad
la más sola.
Yo es la cosa atragantada
en la garganta de mamá
que va y dice mamá
pero nadie la oye.
Ni yo la oye.
Yo es desalmado. Ni su mama
pronuncia.
Y su mamá, que lo pronuncia,
qué crimen.
De todo esto estamos hechos,
vos, yo, ella y ella,
del crimen,
de haberla convertido en un crimen.
Mamá es siempre un crimen.

Helena María Viramontes

Helena María Viramontes *(1954) nació en el este de Los Ángeles, California. Es autora de la novela* Their Dogs Came with Them *y de otras dos obras de ficción anteriores,* The Moths and Other Stories *y* Under the Feet of Jesus. *Entre otros reconocimientos, fue nombrada United States Artist Fellow, recibió el Premio John Dos Passos de Literatura, una beca del Instituto Sundance, una beca del National Endowment for the Arts Literature, el Premio Luis Leal y un Premio Spirit del California Latino Legislative Caucus. Viramontes es profesora distinguida de Artes y Ciencias en Inglés en la Universidad de Cornell. «El miedo y el amor» es un fragmento de su novela en marcha* The Cemetery Boys; *fue traducido del inglés por Raquel Salas Rivera.*

El miedo y el amor

El primer beso siempre sería el primero, un momento decisivo en la vida de un soldado.

✦ ✦ ✦

Cuando finalmente llegaron a Belvedere Junior High, el grupo de amistades había estudiado, aprobado y, a veces, enfrentado dificultades con las tablas de multiplicación, pero debido a que atravesaban el cementerio con regularidad, estos nenes sobresalían en la resta. Durante la primavera del séptimo grado, la pubertad se cernía sobre Candy y Víctor como una gripe depredadora, cayendo en picada a altas horas de la noche. El resto se contaminó a principios del otoño, aunque a Smiley, siempre un paso atrás, su padre lo arrastró hasta la rectoría donde ambos consultaron a un cura, una fuente de profunda mortificación para Smiley y uno de los peores momentos, me dijeron, en una relación padre-hijo que se caracterizaba por una trayectoria sin incidentes. No olvidemos a Clavito, quien se atrasó un grado después de mudarse a una modesta cabaña más al norte, al lado de una granja rural en las afueras de Modesto, y para quien la pubertad brotó gruesos mechones de un vello facial tan asertivo y penetrante que el bigote le ofreció tanto una vergüenza sonrojada, como un orgullo descarado.

Un viernes por la tarde en el este de Los Ángeles, mientras los nenes merodeaban, inclinados contra una lápida con forma de tronco y Candy se ponía filosófica después de haber leído en voz alta la línea *Sweet Dreams, papá*, inscrita en braille en una placa de bronce, allá en Modesto, Clavito estaba enredándose con una gringa anónima mientras la luz del sol se astillaba entre los tablones de su cocina sin ventanas. Besó en seco sus voraces labios agrietados, sus brazos la apretaban, podía sentir el elástico de su sostén Playtex, hecho de alambre y ganchos como una trampa explosiva, y chupó el spam y el dulce sabor de su boca y sintió sus afilados dientes con la punta de la lengua.

Perdido en el aliento de esta mujer, el bigote de Clavito enterraba la cicatriz de la luna plateada que brillaba desde su labio superior y sellaba los de ella, los besos que compartían desviaron toda su atención del irritante tictac del reloj de cuerda sobre la mesa, de los frijoles refritos de ayer que bordeaban la orilla interior de una sartén abandonada, de la brisa que lanzó la peste de la letrina hacia la cocina. Se dio cuenta de que nunca sería capaz de parar, ni en un trillón de años, ni siquiera si alguien le diera un golpecito en el hombro y le dijera: Aquí tienes mil dólares si te detienes —un dinero que necesitaban tanto que su madre, Fortunata, tenía que trabajar recogiendo fruta durante la semana y limpiando baños los fines de semana—, pero él repetía, ¡Vete a la verga! porque había descubierto un deseo descomunal de consumir a la gringa salerosa enterita, mientras mecía su cabeza y mientras sus lenguas se transformaban en un signo infinito a todo madre. Todo este revolcarse tipo *Dios mío* se trataba de tocar más allá de cualquier sensación del lenguaje, más allá de estar clavado a las palabras, este era su destino, la milagrosa bendición de Dios de encontrar *lo mío, lo que me estremece*. Santo padre, Señor, cómo la fuerza palpitante, dolorida y mistificada de estar malditamente vivo; maldijo su verga hinchada haciéndole pensar que poco más en su vida importaba.

El primer beso siempre fue primo, número uno, hombre, chingón e inolvidable y aún después de las relaciones que agradecía, lo sorprendían, le traían dinero o de las cuales se jactaba, Clavito hablaba del primer beso con una nostalgia agridulce, especialmente durante el monzón del 65, cuando se sentaba con su equipo sintiéndose como un hongo en una placa de Petri o cuando descansaba sobre las ruedas de oruga de un tanque de guerra francés abandonado, mientras unos cuantos búfalos de agua sin rumbo pastaban más allá del óxido olvidado del colapso de Indochina.

Clavito los amaba, su equipo de apenas hombres que no tenían nombres de pila y que procedían del límite campestre de Lebanon, Ohio, de las playas de San Juan, Puerto Rico, del borde de México, de Nueva York, de las afueras de Moscú, Idaho, sus cuerpos hechos de yema, de juventud, de riesgo, de músculo devaluado, su existencia límite un mero daño colateral, una mancha de café negro en el plan de victoria del General. Cuando salían del campo de entrenamiento, algunos apenas hablaban inglés y estos apenas hombres compartieron con Clavito el lodo apestoso a sudor debajo de sus bandoleras, la podredumbre de la jungla tan cruda como el café molido que llenaba sus escrotos. Alrededor de una rivalidad secreta del botín de la fogata de medianoche, los soldados fumaron el humo mientras desplegaban sus largas narraciones sobre sus primeros besos. *Ve al grano*, pensaba Clavito. Fumaron mota, soplaban humo de Chesterfields, escupían y se rascaban y, si no hubieran estado tan asustados, tan jodidamente confundidos sobre por qué el enemigo era el enemigo, tan locos de rabia y agitados preguntándose por qué, encima de todo, llevaban latas de repelente de tiburones en las bolsas de sus chalecos Mae West, a pesar de que estaban a cientos de millas del Golfo de Tonkin, sus recuerdos de los primeros besos no hubiesen significado tanto si no fuese por el MIEDO.

Antes del despliegue, una esposa regañaba, un niño aburría, una madre insistía, pero ahora que los soldados estaban separados de esos seres amados por otras fronteras, océanos, twilight zones, las cartas que recibían por correo, las palabras a plazos del amor que se encrespaban en la humedad, sus planes de pago apartado garabateados en papel reglamentado, aliviaron su MIEDO, de ese que te caga los pantalones, y estas mismas novias regañonas de repente se convirtieron en seres mágicos y milagrosos, encantadores espejismos perfeccionados a partir de la niebla del deseo, sus hijos molestosos de repente eran duendecillos encantadores que portaban sombreros de cumpleaños. Por así decirlo, el primer beso convertía a un soldado en alguien que era más que el principio de la sinécdoque, más que la suma de sus partes, más que la desintegración de la materia orgánica en esta húmeda carne tropical y caníbal de los países en guerra. Él era más, más.

Así que, Clavito pensaba mucho en la gringa. Incluso después de follar con tantas putas en Saigón, después de todo ese bizcocho barato en Juárez, incluso después de azotar, por alguna terrible razón que no recordaba, al joven e inocente muchacho del Vietcong que se parecía, juraba, a su mejor amigo de la infancia, Johnny Onions, si los Dip Pockets fuesen vietnamitas, le molestó a Clavito no poder recordar el nombre de la gringa y por revivir aquella tarde ya mencionada, por pasar lista a su humanidad ausente, decidió llamarla Charlene.

Se acordaba de la boca de Charlene, mientras se dirigía a Chu Lia como un hombre fantasma flotando en el éter de la hierba, hundido hasta las rodillas en el lodo del monzón, chapoteando bajo un pelotón de palmas furiosas, pensaría en Charlene, que venía de la exótica ciudad de Wichita, Kansas, en sus ojos hechizantes que se volvieron color avellana justo antes de cruzar el umbral de su destartalada cocina en Modesto. Charlene, con sus zapatos empolvados de la granja —arrastraba un pie para que nadie notara que la suela del zapato izquierdo estaba despegada— sin calcetines, un suéter de cuello redondo, Marlene. No, Charlene. Estudiaban juntos en el programa de Educación Especial. Charlene de spam y pan blanco, que le faltaba una uña, la generosa, la compasiva, la Santa, la mujer llena de deseos y con tendencias de bruja, que le permitió amamantar sus pezones rosados del tamaño de una peseta, hasta que ya no aguantaba más. Charlene, atascada en su mente, entre sus lóbulos frontales, como sus botas tragalodo que se hundían en la tierra hasta las rodillas, desperdiciando cualquier entrenamiento que haya tenido porque cuando la humedad tropical se mide en libras, cuando se mide la fatiga del combate con la ausencia del amor, ya se había entregado a ella del todo. ¿Darlene? Ay, Señor, era Charlene convirtiéndose en un alfiler distante de luz en esta mierda subterránea, convirtiéndose en un destello de tiempo comprimido, como la bala que le dio en el muslo, como la otra que lo golpeó detrás de la oreja y, tras las chispas de un millón de alfileres de luz negra, abrazó a Charlene, capturado por su gloria. Señor, cómo es posible que casi podía saborear el dulce sabor de sus ardientes labios de napalm.

Por supuesto, todo esto solo lo estoy adivinando.

Susana Reyes

Susana Reyes *(1971) es poeta, profesora y presidenta de la Fundación Claribel Alegría, nacida en San Salvador, El Salvador. También es la editora de Índole Editores y miembro del grupo literario femenino Poesía y Más. Su trabajo ha aparecido en varias antologías, tales como* Mujeres: reunión poética *y* La poesía del siglo xx en El Salvador. *Sus poemarios incluyen* Historia de los espejos *y* Los solitarios amamos las ciudades.

Receta para el olvido

Hombre / tierra / agua

    Del hombre, su impulso, su necesidad de poseer, de reinventar la geografía.

    La tierra es la madre, la del divino sustento, la del vientre de joyas; de ella, su pasiva entrega, su dulce recibimiento de las heridas, su furia silenciosa.

    El agua todo lo limpia, todo lo purifica, pero de ella su peso que ahoga el pasado.

Tierra / agua / hombre

    La tierra, perdida, de ombligos ahogados, de muertos dulces convertidos en un lecho abandonado.

    El agua, nueva vida, progreso, alimento, nueva historia.

    El hombre despojado, arrancada su raíz, blasfemado.

Hombre / agua / tierra

    El hombre que arrebata, que impone la verdad sobre la verdad.

El agua, traidora sin saberlo, dócil en su empleo.

La tierra, silenciosa, guardadora de secretos.

Tierra/hombre/agua

Tierra de añoranzas

Hombre de futuros

Agua de silencios

Agua/hombre/tierra

El agua ahora llena de vida

El hombre, nuevo, distinto, lleno de olvido

La tierra no olvida

Agua/tierra/hombre

El agua, el recuerdo anegado, la húmeda espera

La tierra, un cuenco de viejas historias, de latidos ancestrales, de luchas subterráneas

El hombre, de una su depositario, de la otra su hijo. Siempre: su verdugo.

Elena Poniatowska

Elena Poniatowska *(1932) es una periodista, ensayista y cuentista nacida Hélène Elizabeth Louise Amélie Paula Dolores Poniatowska Amor en París, Francia, de madre Mexicana y padre Francopolaco. Llegó a la Ciudad de México a los diez años y es considerada la gran dama de las letras Mexicanas. Su trabajo se encuentra en la intersección de la ficción literaria y la construcción histórica. Es autora de más de cuatro docenas de libros, entre ellos,* Meles y Teleo, Querido Diego, te abraza Quiela *y* La noche de Tlatelolco, *que recoge los testimonios de los sobrevivientes de las protestas estudiantiles de 1968 en la Ciudad de México.*

El corazón de la alcachofa

A todos nosotros nos fascinan las alcachofas: comerlas es un acto sacramental. La disfrutamos en silencio, primero las hojas grandes, las correosas, las verdes profundo que la revisten de una armadura de maguey; luego las medianas que se van ablandando a medida que uno se acerca al centro, se vuelven niñas, y finalmente las delgaditas, finas, que parecen pétalos de tan delicadas. Es muy difícil platicar cuando se llevan las hojas de alcachofa a la boca, chupándolas una por una, rascándoles despacio la ternura de su ternura con los dientes.

Llegar al centro es descubrir el tesoro, la pelusa blanca, delgadísima que protege el corazón ahuecado por la espera como un ánfora griega. No hay que darse prisa, el proceso es lento, las hojas se van arrancando en redondo, una por una, saboreándolas porque cada una es distinta a la anterior y la prisa puede hacer que se pierda ese arco iris de sabores, un verde de océano apagado, de alga marina a la que el sol le va borrando la vida.

La abuela nos hizo alcachoferos. A mi padre lo incluyó en esa costumbre cuando él y mi madre se casaron. Al principio papá, que las desconocía por completo, alegó que él no comía cardos. A nosotros, los nietos, nos domesticó a temprana edad. Una vez a la semana, a mediodía, empezamos la comida con alcachofas. Otilia las sirve muy bien escurridas en un gran plantón, trae dos salseras, una con salsa muselina y otra con una simple vinagreta. En una ocasión le dieron a mi abuela la receta de una salsa que llevaba rajas de pimiento rojo dulce, huevo duro cortado en trocitos, pimienta en grano, sal, aceite y vinagre, pero dijo que era un poco vulgar, se perdía el aroma específico de la alcachofa. No volvimos a intentarlo. En alguna casa, a la abuela le sirvieron alcachofas con la salsa encima y entonces sí que los criticó: las alcachofas jamás se sirven cubiertas de salsa, imposible tocarlas sin ensuciarse los dedos. La experiencia más atroz fue en casa de los Palacio ya que la abuela vio a Yolanda Palacio encajarle cuchillo y tenedor, destrozando su vestido de hojas, perforarla desde lo alto y apuñalar el corazón al que dejó hecho trizas. Quedó claro que no sabía comerlas. La pobre intuía que había que llegar a algo, como sucede con los erizos y, a machetazo limpio, escogió el camino de la destrucción. La abuela presenció la masacre con espanto y jamás volvió a aceptarles una invitación. Los Palacio perdieron hasta el apellido. Ahora son «los que no saben comer alcachofas».

Las alcachofas, a veces, son plantas antediluvianas, pequeños seres prehistóricos. En otras ocasiones, bailan en el plato, su corazón danza en medio de múltiples enaguas como las mazahuas que llaman vueludas a las suyas. En realidad, las plantas dan flor, pero las hojas se comen antes. La flor las endurece. La flor, final de su existencia, las mata. Al llegar al corazón hay que maniobrar con suma pericia, para no lastimarlo.

La abuela llegó a la conclusión de que la única casa en el Distrito Federal de 22 millones de habitantes donde se sabe comer alcachofa es la nuestra.

El rito se inicia cuando colocamos nuestra cuchara bajo el plato. Así lo inclinamos y la salsa puede engolfarse en una sola cuenca para ir metiendo allí el borde de las hojas que chupamos con meticulosidad. Nos tardamos más de la cuenta; si hay visitas, su mirada inquisitiva nos observa. Al terminarlas tomamos agua: Después de comer una alcachofa, el agua es una delicia sentencia la abuela.

Todos asentimos. El agua resbala por nuestra garganta, nos inicia en la sensualidad.

De mis hermanos, Estela es la más tardada. Es una mañosa, porque una vez comida la punta de cada hoja, la repasa hasta dejarlas hechas una verdadera lástima a un lado de su plato. Lacias, en la pura raíz, parecen jergas. Ella nunca pudo darle una hojita al hermano menor, Manuelito, porque nunca le quedó nada. Efrén es muy desesperado y es el primero en engullir el corazón verde casi de un bocado y en sopear un pedazo de pan en la vinagreta o la muselina hasta dejar limpio su plato. «Eso no se hace», le ha dicho la abuela, pero como todos están tan afanados en deshojar sus corolas, la acción de Efrén pasa a segundo plano. Sandra habla tanto como se distrae y muchas veces sostiene la hoja a medio camino entre su mano y su boca y me irrita, casi me saca de quicio, porque la pobre hoja aguarda, suspendida en el aire, como una acróbata que pierde su columpio: el paladar de mi hermana. Me cae muy mal que ingiera como si las formas no importaran; creo, de veras, que Sandra no merece la alcachofa. Se la quitaría de mil amores, nos toca a una por cabeza, una grande, porque las que ponen en la paella, según mi abuela, ni son alcachofas.

Cada uno establece con su alcachofa una relación muy particular. Mi abuela, bien sentada, las piernas ligeramente separadas, la cabeza en alto, conduce la hoja en un funicular invisible del plato a la boca y luego la hace bajar derechito como piedra en pozo a su plato, le rinde un homenaje a Newton con sus movimientos precisos. La figura geométrica que traza en el aire se repite 30 veces porque hay alcachofas con ese número de hojas. Las come con respeto o con algo que no entiendo, porque al chupar la hoja cierra los ojos. Lleva constantemente la servilleta doblada a la comisura de sus labios por si se le hubiera adherido un poco de salsa. Come, el ceño fruncido, con la misma atención que ponía de niña en sus versiones latinas, porque de toda la familia es la única latinista. Y se ve bien con la alcachofa en mano, la proporción exacta, la hoja tiene el tamaño que armoniza con su figura.

En cambio, mi padre y la alcachofa desentonan. Mi padre es un gigantón de dos metros. Le brilla la frente, me gustaría limpiársela pero no lo alcanzo, su frente sigue robándole cámara a la penumbra del comedor. Acostumbra usar camisas a cuadros de colores. La alcachofa se extravía a medio camino sobre su pecho, ignoro si va en el verde o en el amarillo y nunca sé si la trae, porque su mano velluda la cubre por completo. La alcachofa necesita un tono neutro como el de mi abuela o un fondo blanco. Nunca podría mi padre ser el modelo de «Hombre comiendo alcachofa», porque el pintor la extraviaría en el proceso.

Una vez rasuradas por sus dientes delanteros, papá archiva sus hojas, como expedientes en su oficina. Cada pila se mantiene en tan erguida perfección que envidio ese equilibrio, porque las mías caen como pétalos de rosa deshojada.

Mi madre es más casual. Las come entre risas. Fuma mucho, y dice la abuela que fumar daña no solo el paladar sino las buenas maneras. Antes, mamá tomaba el vaso de agua para extasiarse como el resto de la familia. Quién sabe qué le dijo su psicoanalista, que ahora levanta su copa de vino tinto. La primera vez, la abuela la amonestó: Ese vino mata cualquier otro sabor.

Mamá hizo resaltar un cerillo en la caja para encender su cigarro y la abuela tuvo que capitular.

Un mediodía, en plena ceremonia, papá fue el primero en terminar y nos anunció, solemne, su voz un tanto temblorosa encima de su pila de hojas de alcachofa: Tengo algo que comunicarles...

Como Sandra, hoja en el aire, no interrumpía su parloteo de guacamaya, repitió con voz todavía más opaca: Quisiera decirles que...

¿Qué papá, qué? lo alentó Sandra señalándole con la misma hoja que le cedía la palabra.

Voy a separarme de su madre.

En ese momento, Manuelito bajó de su silla y se acercó a él: ¿Me das una hojita?

Ya no tengo, hijo.

Mamá miraba el corazón de su alcachofa y la abuela también había atornillado los ojos en su plato.

Su madre ya lo sabe...

Lo que no me esperaba, Julián, es que soltaras la noticia en la mesa ahora que comemos alcachofas.

No creo que sea el momento. Murmuró la abuela y se llevó el vaso de agua a los labios.

Los niños no han llegado al corazón de la alcachofa reprochó mamá de nuevo.

Sé que mamá y papá se amaron. Lo descubrí un día en que mamá distraída no me respondía. A los niños no se les hace tanto caso. Le hablaba en francés y no oía; en español, menos. Leía una revista *Life* de los bombardeos de la guerra; iglesias, casas destrozadas, tanques, soldados corriendo entre árboles, soldados arrastrándose en la tierra, los zapatos cubiertos de sangre y lodo, un cráter hondo de seis metros hecho por una bomba, pobrecita tierra. Mamá parecía un buzo metida hasta adentro del agujero negro. Buscaba con una intensidad angustiada, y entonces comprendí que buscaba a mi padre. Y que lo amaba con desesperación.

Mi padre se casó al día siguiente de que se fue o casi; años después murió la abuela y su ausencia nos lastimó a todos. Intuyo que murió triste. Aunque era muy pudorosa, mi abuela siempre andaba desnudando su corazón. Mamá tiene un curioso padecimiento en el que está implicado el hígado y la curo con medicinas que contienen extracto de alcachofa. Sigue fumando como chimenea, y en la noche vacío los ceniceros en una maceta del patio; dicen que las cenizas son buenas para la naturaleza, la renuevan. A ella, desde luego no la han rejuvenecido.

Contrariamente a lo que pudiera pensarse, mamá y yo no hemos proscrito las alcachofas de nuestra dieta, aunque mamá alega que la vida la ha despojado de todas sus hojas y le ha dejado el corazón al descubierto. Chupar la hoja sigue siendo para mí una exploración y la expectativa es la misma. ¿Será grande el corazón de la alcachofa? ¿Se conservará fresco y jugoso? La finalidad de mis pesquisas es llegar al sitio de donde partieron todas mis esperanzas, el corazón de la alcachofa que voy cercando lentamente a vuelta y vuelta. Amé mucho a un hombre y creo que fui feliz porque todavía lo amo. Después amé a otros pero nunca como a él, nunca mi vientre cantó como a su lado. En realidad amé a los siguientes por lo que en ellos podría hallar de él. A ratitos.

Mi piel ardía al lado de la suya en el café, en la cama, todos los poros se me abrían como las calles por las que caminábamos, él abrazándome; qué maravilla ese brazo sobre mis hombros, cuánta impaciencia en nuestro encuentro. La magnitud de mi deseo me dejaba temblando. Él me decía que ese amor no iba a repetirse jamás.

Una mañana, al primer rayo del sol, entre las sábanas revueltas se inclinó sobre mi cara aún abotagada por el sueño y la satisfacción y anunció quedito: Han pasado dos meses, mi mujer y mis hijos regresan de sus vacaciones.

Sentí que la recámara se oscurecía, que su negrura me caía encima. Él me abrazó.

No te pongas así. Ambos sabíamos que no podía durar. Empecé a sollozar.

Entonces me habló de mi corazón de alcachofa, que todos en el trabajo comentaban que tenía yo corazón de alcachofa.

También dicen que tomas las cosas demasiado en serio. No volvimos a vernos.

Otilia se fue y mamá y yo lo sentimos porque no hemos vuelto a tener tan buena cocinera. El peso de los ritos alcachoferos ha marcado los últimos años de nuestra vida. Las primeras hojas mojadas en la salsa muselina o en la vinagreta todavía son un placer, nos infunden valor, pero ya cuando vamos a media alcachofa, a media operación en común, mi madre y yo nos miramos, no me quita la vista de encima y yo se la sostengo años y años.

Tiene la mirada del que no sabe para qué vive. Quiere decirme algo... algo herido pero yo no la dejó.

Quizá nos hemos rodeado de hojas más altas que nosotras como las alcachofas, quizá va a asestarme la horrible certeza de haber equivocado la vida, mi única vida.

Lindantonella Solano Mendoza

Lindantonella Solano Mendoza *(1975) es una poeta, psicóloga, educadora infantil y activista de la nación Wayúu, nacida en Süchiimma-Riohacha, Colombia. Es profesora de la Universidad de la Guajira y la autora de* Kashi de 7 eneros desde el vientre de Süuchiimma *(2007) y varios otros poemarios.*

¡¡¡La mataron!!!

Woschontouin Kata'ou;
Iba como flor
Silvestre entre dividivis
Y tunas; sus guaireñas quedaron guindadas;
Dijo su tía en requiebro
Como estampida de juyaa;
¡¡¡La mataron!!! y amordazaron
su lengua;
Buitres del yoruja,
El zamuro y zorro se los tragara;
Las chanclas destrozadas;
tenía edad de 12 capullos y
tejía sueños de la inocencia;
Saltaba como liebre
Y danzaba como jileru
En este desierto de los días;
Quitaron sus uñas son piyusi;
ni Mareiwa perdonará este

Macabras hienas;
Woinmoin pide que la muda
justicia hable de quién fue;
¡¡¡la mataron!!! Caicemapa está vestida de blanco
un Ángel vuela por ziruma;
¡¡¡la mataron!!! y el canto de los pájaros
chillan / lloran por una jileru / mariposa
que quebraron sus alas y corazón.

Ana Castillo

Ana Castillo *(1953) es una célebre y distinguida poeta, novelista, escritora de ficción breve, ensayista, editora, dramaturga, traductora y académica independiente, nacida en Chicago, Illinois. Fue admitida al Salón de la Fama Literaria de Chicago y recibió el Premio Fuller a la Trayectoria, el Premio a Alumnos Distinguidos de la Universidad del Noreste de Illinois de 2020, el Premio a la Trayectoria Reginald Lockett de PEN Oakland y el Premio Xicana Critical Thought Leader de la Asociación de Mujeres Activistas en Letras y Cambio Social. Sus novelas incluyen* So Far from God *y* Sapogonia, *libro notable del año del* New York Times. *Su libro más reciente es la colección de cuentos* Doña Cleanwell se va de casa. *«Una bendición» fue traducido del inglés por Raquel Salas Rivera.*

Una bendición

¿Qué hace que una hija sea una niña, si no sangrar entre sus piernas, de manera ritual e implacable, durante casi toda su vida? Y si no es el caso, ¿por qué? Ella, que no sangra, también es hija. ¿Por qué a menudo se ve como algo negativo lo que es natural para las mujeres? ¿Qué hace a una mujer, sino los mecanismos biológicos destinados a reproducir la especie y si no, la sociedad dice: qué vergüenza? ¿Qué la hace una hija si se niega o su cuerpo no fue hecho para amamantar a un niño? ¿Sigue siendo nuestra, nuestra responsabilidad, protegerla? ¿Pertenece al clan o la condenamos?

Yesika Salgado

Yesika Salgado *(1984) es una poeta salvadoreña nacida en Los Ángeles, California; escribe sobre su familia, su cultura, su ciudad y su cuerpo gordo y brown. Fue finalista en dos ocasiones del National Poetry Slam y ganadora del International Latino Book Award for Poetry en 2020. Escribe la columna «Suelta» para* Remezcla *y su trabajo ha aparecido en el* New York Times, Los Angeles Times *y* Teen Vogue, *así como en* Univision, CNN *y* NPR, *entre otras plataformas. Es reconocida internacionalmente por su activismo en el movimiento del body-positivity. Sus poemarios* Corazón, Tesoro *y* Hermosa *han tenido gran éxito en ventas. «Tierra de volcanes» fue traducido del inglés por Raquel Salas Rivera.*

Tierra de volcanes

El Salvador,
país que vio nacer a mis padres
y a sus padres y los padres de sus padres

no te llamo por tu nombre
en cambio, busco el dolor familiar
la ligera punzada de melancolía
el pensamiento doloroso de tu cara

este es nuestro idioma

son las lenguas las que hablan
como si llegaran los terremotos

todo se rompe
pero eres tan hermoso
bajo tu sol deslumbrante

te columpias de un árbol de mango
tus ojos son oscuros como la caña de azúcar quemada
tus manos de marañón
tus yemas de semilla de jocote
vas cantando tu canción de volcanes y mares
de hombres a quienes les brotaron corvas en vez de brazos
de madres cuyas espinas se enroscan
como volutas de vapor
que suben desde ollas de frijoles hirvientes

hueles a
lágrimas empapadas en
pétalos de flor de izote
como suspiros y rosarios

¿qué pasa si te digo
que te he amado desde el vientre,
que te hablé como mi primera palabra,
que te recordaba
antes de que nos conociéramos?

sonríe dijo mami,
mientras apuntaba una cámara hacia mi cara
esto lo enviamos de vuelta a casa
dile a tu abuela que la amas
demuéstrale que valió la pena el sacrificio

Mi hogar
está hecho de caminos de tierra

y vacas con ojos de amantes
de las hojas de guineo,
los tamales envueltos con gentileza,
las vendedoras de pupusas
y las mujeres sin dientes y con delantales manchados
que se ríen como si la belleza
fuese algo que te regalan los años.

Está hecho de chicos con zapatos tan lustrados
que puedes ver las nubes reflejadas,
de camisas desabrochadas
porque el sol tiene una manera de
quitarnos la ropa,
de camionetas destartaladas,
de cestas cargadas sobre la cabeza,
y de bebés desnudos que chupan
los mangos más verdes que jamás hayas visto.

así te amo,
hipnotizada por el vaivén de las hamacas en tu brisa,
las casas de paredes de adobe, las tejas de arcilla roja, los techos
    de hojalata
y las caras morenas tan hermosas
que dejo de buscar la luna
y empiezo a buscar otra sonrisa.

es el hecho de que un solo huevo es un lujo
pero la llegada de visita a tu puerta
significa que habrá un banquete
conlleva el sacrificio de lo que queda del café
significa el uso de tu mejor silla
y el rincón más fresco de tu pasillo

es la cara curtida de mi padre
que mira por la ventana de cada autobús
es su risa que se despega
de las ramas de los árboles
de mango más altos

es todo lo que sé
lo que soy
lo que fui

mis dedos
el nudo en mi garganta
un silencio que solo dios conoce

y te amo,
este latido
El Salvador

es un moretón que espero nunca sane.

LUNA
ANCESTRAL

Esta luna se mueve en la
energía del abuelo

Elizabeth Acevedo

Elizabeth Acevedo *(1988) nació en Morningside Heights, Nueva York. Poeta y novelista Dominicana Estadounidense, se convirtio en autora* bestseller *del* New York Times *con su libro* Poet X, *que le mereció el National Book Award a la Literatura Juvenil, el Premio Michael L. Printz, el Premio Pura Belpré, la Medalla Carnegie, el Premio Boston Globe–Horn del Libro y el Premio Walter Dean Myers, entre otros. También es la autora de* El ingrediente secreto de Emoni Santiago *—nombrado mejor libro de 2021 por la Biblioteca Pública de Nueva York, NPR,* Publishers Weekly *y* School Library Journal*— y de* Clap When You Land, *que se llevó la Mención de Honor del Premio Boston Globe–Horn y fue finalista del Premio Kirkus.* Sabiduría familiar *es su última novela. Los poemas «Mi madre es la primera de su familia en irse de la República Dominicana a los Estados Unidos», «Envío señales de humo a Marte» y «Oda de bendición» fueron traducidos del inglés por Raquel Salas Rivera.*

Mi madre es la primera de su familia en irse de la República Dominicana a los Estados Unidos

y como primera lección, me enseña a leer la madurez.

A usar mis manos para verificar la firmeza; a decodificar los puntos negros para leer la dulzura.

A dejar que el cuero verde y liso me llame para el desayuno, el almuerzo o la cena.

Me dice que corte la piel cerosa por las costuras gruesas del costado.

Esta es la forma más fácil de pelar. Me muestra cuán alto debería encender el calor.

El círculo concéntrico de aceite es una especie de bienvenida. Corta discos diagonales y los echa.

¿Lo más difícil? Observar con diligencia cómo cada rebanada pálida se convierte en su propio sol.

Cuando esté dorado, retíralo del fuego y aplástalo, idealmente con una tostonera de madera,

pero también sirve un vaso con un fondo grueso. Tíralo de nuevo en el aceite. *Por eso es especial,*

preciosa. Dos veces frito. Doble bautismo en fuego. El riesgo de quemarte con los géiseres de aceite.

Nada existe sin sacrificio. Riega la sal. Alimenta a todos en casa. Alimenta a una familia.

Del pilón al fogón. Alimenta a una nación.

Alabanza al hecho de que siempre estés de moda. Cómo te transportas y sanas.

A pesar de los moretones. Donde sea. Deja que te siga cuando cruzas el Atlántico.

Empaca y conviértelo en platanutres para la bodega de la esquina. Logra que cada día se sienta como Noche Buena.

Usa el plátano entero. La hoja, la piel, la carne: ¿todo un regalo?

No aceptes ninguna comparación con una papa. No dejes que lo llamen banana.

No dejes que digan que esto es para los pobres. Recuérdales que esto es para los pobres.

Cuando te digan plátano en la cara,   deja que tus labios se acoplen a su forma.

Envío señales de humo a Marte

parada en el techo de mi townhouse, ondeando una bandera negra,
¿vecinoooooo?

y a veces

te juro por mi madre

escucho el correspondiente

¡todo bien!

así son las islas   aprendí   en harlem   en la history

el otro día asesinaron a otra persona negra

a plena luz del día   ante todo el universo   se lanza una nave espacial

las canoas, dijeron los taínos,

después de que colón volviera a españa,

mataron a la contingencia de españoles que dejó atrás   después de
que quemaron

el asentamiento que colón había exigido construir:

los taínos se metieron en los barcos

isla… isla… isla…   llamadas perdidas de anacaona a moctezuma

no sueño con sembrar la bandera en tierra ensangrentada. aquí me
sobra el lado oscuro.

y, a veces, mi picazón por descubrir algo que no es asunto mío

me eriza la piel.   no estoy diciendo que no lo tenga por dentro.
estoy diciendo que la negra siempre está aquí

la india llegó primero

         el remo nos señala que nos callemos desde el agua

              el diablo ahora viene

por ti

     les advierto a mis primas que viven en las estrellas.

Oda de bendición

Me arrodillo para ser ungida
no creo en ninguna biblia

creo que cada saludo
me inclina ante las palabras de mi sangre

A pesar del texto.
Esto no se trata de alguna fe.   ¿Comprendes?

Es un llevar   que antecede por mucho
a cualquier cargamento que el almirante trajera a la costa

A través del conjuro, nos escurrimos a la habitación
a todos de quienes venimos; *bendición*   *bendición*

Y qué milagro del lenguaje:
esto que es a la vez pregunta y afirmación.

Daína Chaviano

Daína Chaviano *(1957) nació en La Habana, Cuba, donde se convirtió en una de las más reconocidas autoras de ciencia ficción y fantasía. En 1991, emigró a los Estados Unidos. Su obra mezcla temas históricos y contemporáneos con elementos mitológicos y fantásticos. Entre sus libros más conocidos se encuentran* El hombre, la hembra y el hambre, *que ganó el Premio Azorín de novela en 1988,* La isla de los amores infinitos *y* Los hijos de la Diosa Huracán. *Sus obras han sido traducidas a treinta idiomas.* «Discurso sobre el alma» *pertenece a su colección de cuentos* Extraños Testimonios.

Discurso sobre el alma

Para Toni y Sergio, almas cómplices

Voy a enumerar los mandamientos del alma:

1. El alma existe.

2. En su parte superior, el alma se asoma como un sol.

3. Quien no crea en la existencia del alma, estará incurriendo en delito de lesa espiritualidad.

4. Las puertas del alma no se cierran: prefieren permanecer alertas.

5. El corazón del alma es una pirámide, y en su interior hay una cámara secreta cuya entrada no ha sido descubierta.

6. El alma se esconde al doblar de cada esquina.

7. En el centro del alma están sus tres estaciones: música, otoño y silencio.

8. Escuché decir a una bruja: «Hijos míos, jamás pongan en venta su alma porque nunca se sabe, hasta que ya es demasiado tarde, si el presunto comprador es un ángel, un demonio o —lo que es peor— un enemigo».

9. El alma tiene más olfato que visión.

10. No hay nada más triste que un alma desalmada.

11. El alma se forma a partir de un río interno que fluye a través del Sistema Humano. De ahí salen sus afluentes, mayores y menores, que a su vez se subdividen en ratas y aves del paraíso... pero esto ya se está pareciendo a una clase de Zoología. Así es que mejor cambiamos de tema.

12. La bebida natural del alma es la noche.

13. Un alma en fuga también puede estar encarcelada.

14. Mi alma es mitad burguesa y mitad tercermundista: a menudo se debate entre el perfume francés y las telas orientales.

15. En el fondo de toda alma siempre hay un animal asustado.

16. El alma es un asunto realmente pornográfico: cualquier cosa puede entrar o salir de ella.

17. Hay almas que no tienen pies ni cabeza.

18. El alma tiene la siguiente composición química: un gran porcentaje de dolor, mucha credulidad, algo de dicha, y un montón de esperanza.

19. La región oscura del alma es la que menos suele verse, pero resulta la más perceptible cuando alguien la toca.

20. Hay almas grandes, medianas, pequeñas y muertas.

21. Cuidar del alma es como tragar mazapán: algo dulce y tibio que resbala hasta el fondo de nosotros, y allí permanece.

22. Donde dice: «Mi alma se muere de amor», debe decir: «Mi alma se muere de tu alma».

23. El alma se parece al vino: nunca madura, más bien se añeja.

24. Las epidemias que azotan el alma con mayor frecuencia son:

el rencor, la envidia y el deseo de destrucción. Los antídotos más indicados: permanecer entre cuatro paredes, abrigarse con mucho silencio, y tomar el amor en dosis continuas.

25. No hay que adelantarse a los acontecimientos. Con tanto hablar del alma, la nota cursi no tardará en llegar.

26. Abrí un boquete en mi alma; entonces la fiera me arañó.

27. Por lo general, el ateo no se lleva bien con su alma. Pero hay excepciones.

28. El alma tiene cuatro ojos: el ojo derecho, el ojo izquierdo, el ojo miope y el ojo místico.

29. El pecho del alma late como un globo verde a punto de estallar.

30. El alma nunca está sola; siempre la acompaña su soledad.

31. Cada vez que empiezo a imaginar mi muerte, triste y solitaria como un páramo escocés, mi alma me da un par de bofetadas y me pone frente a mi escritorio para la terapia cotidiana.

32. También el alma tiene su alma.

33. Si un alma se rompe, es mejor dejarla tranquila. Es imposible predecir qué ocurrirá cuando algo tan vivo se vuelve a componer.

34. El alma no siente; se resiente.

35. «Nunca volveré a ladrar», maulló mi alma. «Jamás resuelvo nada con eso y, para colmo, ya empiezan a ponerme mala cara». Entonces se echó en su rincón a ronronear con aire satisfecho, mientras afilaba sus zarpas disimuladamente.

36. El alma no está capacitada para administrar justicia: le resulta imposible actuar con indiferencia.

37. Las almitas rosadas y convencionales son las más comunes; por eso todo anda tan mal.

38. Cuando el alma te sacude por los hombros en medio del sueño, llega la pesadilla.

39. Sortilegio para someter el alma: doblar con cuidado la región del dolor.

40. La verdad es la circuncisión del alma.

41. Cada vez que intento cambiar de profesión, mi alma se hace la loca y habla sobre el estado del tiempo.

42. Caprichos del alma: retozar en el frío y sacudirse los trozos de angustia que lleva siempre en los zapatos.

43. El alma ajena produce indigestión; por eso no debe masticarse jamás.

44. Las regiones del alma son las siguientes: los rincones helados, las goteras, los lirios que se mecen bajo las aspas de un molino, las inquisiciones y las protestas. Todas ellas son peligrosas, aunque por motivos muy distintos.

45. El espanto puede quemar los bordes del alma. Por desgracia, este proceso es irreversible.

46. El alma del animal es diferente de la humana: es menos animal.

47. La locomoción del alma no es tan sencilla como podría pensarse. A veces se atasca en los menores resquicios.

48. El alma no grita: susurra.

49. Si uno descubre una gran pradera, seguramente el alma andará cerca.

50. Razones para proteger mi alma: tiene mucho azul, se humedece por las noches y le gusta embarrarse de magia... Además, es mía.

Nadia López García

Nadia López García *(1992) es una poeta bilingüe nacida en Caballo Rucio, Tlaxiaco, Oaxaca, México, que escribe en tu´un savi y español. Es la autora de cuatro poemarios:* Ñu´ú Vixo / Tierra mojada, Tikuxi Kaa/El Tren, Isu ichi/El camino del venado *y* Las formas de la lluvia. *Su obra ha sido traducida a seis idiomas: español, catalán, árabe, hindi, inglés y francés. En 2021, recibió el Premio Mesoamericano de Poesía Luis Cardoza y Aragón. Coordina el círculo de Poetas de los Pueblos Originarios en la University of the Pacific.*

Savi

He visto mujeres de ojos negros
y lluvia.

He visto mujeres que lloran y ríen,
mujeres agua y tierra.
Mujeres despojadas y mujeres pájaro,
he visto mujeres palabra, mujeres río,
mujeres cielo.

Rezo por ver mujeres siempre,
mujeres que digan su palabra
en este ancho cielo
como jícaras con mucha agua.

Jícaras que mojan las semillas de la tierra
y florecen en lo sagrado.

Savi

Mee kunchee ñá´an nchá´í ntuchinuu
ra savi.

Mee kunchee ñá´an kuaku ra kuákú,
ñá´an chikui ra ñu´ú.
ñá´an koo ña´an ra ñá´an saa,
mee kunchee ñá´an tu´un, ñá´an yucha,
ñá´an antivi.

Ntakuatu mee kunchee ñá´an,
ñá´an kachi tu´unku
ntika antivi
yatsi kuá´á chikui.

Yatsi vixo ntiki ñu´ú
ra tsaa íí.

✱

No estoy triste

Mienten los que dicen que en mis ojos
han leído la muerte.
No hablan verdad
los que aseguran que nuestra lengua
morirá
en tres días venado.

Escucho el rumor de las piedras de cal
y cantera de esta ciudad sin dioses,
desvelo el canto de los grillos que no son
y devoro el silencio del aire.

Hay una súplica escondida
que busca salir:
No estoy triste, me repito.
No estoy triste.

Mientras mi raíz
corra por mi sangre,
mi lengua
no morirá.

Koi kukana

Ntaá ña ka'un me ntuchinuu
kunchee ra chaku- ka´vi ntìì.
koi ká'an ntaa
kachi nivi me tu´un
tsaa titsi ùni kii isu.

Na kuchaa so'o yó`ò káchi
yùù kàkà ñuu ka'un koi ñaño ìì,
tsa'ni mana kata tikoso
ra mee kátsi tachi.

Kumi tu´un ìì sèè
Ntuku nána:
Koi kunana, ká'an.
Koi kunana.

Me yo'o nai me niì,
me tu´un koi tsaa.

*

Viento malo

Me entró por la boca el viento malo,
bajó por mis caderas y tocó mis pies.
Hace falta más lluvia.

Mi padre dice que las mujeres no soñamos,
que aprenda de tortillas y café
que aprenda a guardar silencio.
Dice que ninguna mujer escribe,
soy la niña que lloró la ausencia,
la lejanía y el miedo.

Hoy digo mi nombre en lo alto,
soy una mujer pájaro,
semilla que florece.
Las palabras son mis alas,
mi tierra mojada.

Kue´e tachi

Yu´u kuaki´vi kue´e tachi,
kinuú tokó me ra ke´e me tsa´a.
Kumani savi.

Me pa kachi ñá´an koi iin má´na,
yee kutu´uu staa ra cafe
yee kutu´uu mee koi kachi.
Me pa kachi koi chaa ñá´an
mee nanalu kuaku koo ña´an,
nutsikaá ra yu´ú.

Vichi kachi me siví antivi,
mee saa ñá´án,
ntiki tsaa.
Tu´un me nchacha
me ñu´ú vixo.

*

Latido roto

Tu boca se llenó de vacío
y fuiste un latido roto
en la boca del tiempo.

Masticaste sus palabras
para defender tu tierra,
tu agua, tu monte,
pero el despojo no tiene oídos,
es un animal viejo
que nunca duerme.

Ese día conociste la cara del dolor,
de la rabia crecida.

Hay dolores que vienen del pasado,
que reposan en el hombro de la vergüenza,
del miedo, de la tristeza,
porque hay palabras que son camino
no andado, pájaro sin voz,
memoria hecha cal.
Porque cortaron tu palabra
y bajo tu lengua sembraron miedo,
silencio.

Miro ciudades y ciudades
que nos ensordecen,
donde el grillo cantor se esconde,
donde no suena el agua de río
y donde el canto del pájaro
se ha perdido.
Aquí,
es donde comienzo
a olvidar
la voz de mis ancestros,
el hilo profundo
que me ancla a este mundo.

Aquí no inicia el camino de
la memoria, nuestra memoria
es mucho más antigua
que sus cuerpos sin rostro.

Si mañana me voy de aquí,
si mañana busco mi ombligo,
si mañana rezo junto a mis abuelos,
entonces,
mañana mi palabra,
el centro sagrado,
no morirá
y mi memoria será otra,
será verdadera,
será nuestra.

Ka'mà Niì Chancha

Yu'uku tsitu iyu
ra ntsa'ùn in ka'mà niì chancha,
yu'u chàa tiempo.

Sanchii tu'un,
tsito ñu'úku,
chikuiku, tsikiku,
kue'e xita koo anga so'o,
kue'e xita kiti ña nii
kue'e xita miki kusu.

In kii kunchee nùù ntó'o nivi,
saá nai.

Yee tutsi kitsu kúni,
kusu soko tukanuu,
yu'ú, kukana ini,
ntsa'ùn ichi
koo kákaku, saa koi tu'un,
ntuku'un in nikiku Kàkà.

Kunchee, ñuu ka'un ra ñuu ka'un
me só'o,
nuu chikase tikoso,
nuu koi ka'ma chikui yucha
ra nuu kata saa ntoñu'ù.

Yo'ó, nuu ntaka'an
tu'un, tunchee
me patsa'nu ra matasa'nu,
yu'va kúnu stee ñu'ú.

Yóó koo kaku ichi ntakanini ana,
ñoo ndakanini
ndakanini yata
kuñu koo yuu.

Ichaan mee kua'an yo'ó,
ichaan ntuku me xantu,
ichaan ntakuatu chito patsa'nu
ra matsa'nu,
ichaan me tu'un , ma'in ìì,
koi ntsi'ì
ra me ndakanini inkaa,
kuu ndaa,
kuu ñoo.

Mayra Santos-Febres

Mayra Santos-Febres *(1966) nació en Carolina, Puerto Rico, y es la autora de seis colecciones de cuentos y poesía, y cinco novelas. Entre sus obras se encuentran* Anamú y manigua, El orden escapado, Boat People, Pez de vidrio y otros cuentos, Sirena Selena (Sirena Selena vestida de pena) *y* Cualquier miércoles soy tuya. *Ganó el Grand Prix Littéraire de l'Académie Nationale de la Pharmacie en París por su novela* La amante de Gardel. *Dirige el Programa de Afrodescendencia y Racialización (PRAFRO) de la Universidad de Puerto Rico. Su obra ha sido traducida a siete idiomas.*

La palabra perdón

Nunca antes había entendido lo que significaba la palabra «perdón». Suponía que se refería al dicho: «cuándo te den una cachetada, pon la otra mejilla» o, «debes perdonar a los que te ofenden». No soy una persona particularmente peleona. De hecho, detesto pelear. Incluso, detesto defenderme. Lo sé hacer muy bien, pero me deja drenada, como si me hubiesen chupado el alma. Sin embargo, me gusta ganar. Y como no me gusta pelear pero sí apuntarme victorias, he desarrollado a lo largo de los años cierto talento para la organización y para la estrategia. Todo por no pelear y, a la vez, lograr el cumplimiento efectivo de mis metas y objetivos. Supongo, sin embargo, que la estrategia no es buena forma de aprender lo que es el «perdón».

Sé evadir conflictos, resolverlos por vías alternas y sé pelear. Cuando me hieren, prefiero retirarme del campo hasta que se me

pase el dolor. A veces tardo años en volver. A veces, semanas o me-
ses. A veces, no vuelvo. Todo depende de cuánto ame a la persona
o cuán seria me resulta la ofensa.

Pero los otros días encontré la manera de regresar a un lugar que
me había hecho mucho daño. Lo que es más, pude agradecer ese
daño que sufrí, entender el mucho bien que me había provocado.
Entonces, al fin comprendí lo que los budistas han querido explicar
por milenios y que acá, en las agrestes tierras del Occidente arma-
mentista y melodramático nosotros hemos denominado «perdón».
Aprendí que es posible agradecer un dolor, verlo como una lección,
acoger experiencias desgarradoras como si fueran un regalo y cele-
brar esa experiencia es de veras perdonar.

SUCEDE QUE PRONTO IBA A cumplir años y pensaba en mi madre. La
extrañaba. No sé por qué. Lleva 15 años muerta. También sucede
que desde las Navidades me había dado a la tarea de releer unos
diarios que llevo escribiendo desde mis 28 años. Nunca los leí antes.
Simplemente, anotaba cosas en esos cuadernos, ideas para novelas,
poemas sueltos, comentarios acerca de lo que estaba leyendo y co-
mentarios acerca de lo que estaba viviendo. Veintitrés años de ano-
taciones. Lo hice imitando a Virginia Woolf, que empezó su diario
a la misma edad para regalárselo cuando cumpliera los cuarenta.
Pasé mis cuarenta criando niños, escribiendo y publicando novelas.
Ni se me ocurrió releer esas anotaciones.

Pero un buen día, al filo de los cincuenta, quise leer mis diarios.
Quise saber cómo me había convertido en ésto que soy ahora. Una
inteligencia mayor, de esa que habita en todos los seres humanos,
había dispuesto que iba a leerlos cuando estuviera lista para encarar
el chorrete de burradas, estancamientos mentales y dudas de los que
tomé notas entremezcladas con percepciones luminosas acerca del
mundo, de lecturas y pensamientos que me han ido formando por

casi un cuarto de siglo. Descubrí que soy una mujer profundamente inteligente y, desde hace rato, profundamente confundida, sobre todo, desde la enfermedad y muerte de mi madre.

Leí por semanas las más de 50 libretas que recogen mis anotaciones. Ese domingo en que pensaba en mi madre, me topé con el diario del 2001. Fue el año que murió la madre de José Raúl González, el poeta puertorriqueño autor de *Barrunto* y el año en que murió la mía. Creo que la madre de mi amigo poeta murió en mayo. Le escribí una carta que nunca le envié. La encontré en el cuaderno. También encontré las anotaciones para el artículo «Memorias del Alzheimer» que publiqué años después en el *Nuevo Día*. No sabía que me estaba preparando. El junio 6 del 2001 moría mi madre.

Cuando terminé de leer la entrada fechada «6 de junio» lloré. Pero, por primera vez en años, no rompí en llanto a causa del dolor de haber sido testigo de aquella terrible muerte. Tampoco lloré de coraje. Hubo muchos, muchos años en que viví furiosa con mi madre. ¿Cómo se había dejado enfermar de esa manera? ¿Cómo había permitido que tantas cosas y tanta gente la maltrataran tanto? ¿Cómo antepuso los intereses de tantos a los de ella, que olvidó cuidarse, amarse, protegerse? Ese mismo olvido la mató joven, a los 64 años, de una enfermedad senil. Vivía *furiosa* con mi madre y esa rabia me hizo odiar a los hombres, porque no cuidaron de mi madre, odiarme a mí misma, porque no supe detectar a tiempo los signos, no intervine, no pude salvarla; odié la literatura, porque no me dejó ver que mi madre me necesitaba. Qué sé yo contra quién y contra qué desencadené mi furia en esos tiempos. Empecé a fumar como una chimenea, no porque se viera *cool*, ni porque me gustara el sabor del tabaco; sino porque estaba escogiendo mi muerte. Yo no me iba a morir de olvido. Iba a morirme de lo que fuera, menos de olvido. Escogía a sabiendas una muerte distinta a la de mi madre.

Ese día, tampoco lloré de miedo. Ver enfermar y morir a alguien de Alzheimer impresiona. Es una muerte horrenda. No hay nada digno en ella, o al menos eso pensaba yo, hasta ayer. Por décadas tuve mucho miedo. ¿Quién iba a ocupar el lugar de mi madre, qué otro afecto? Yo nunca había querido a nadie tanto. Peor aún, nunca había sido cosa más importante que la hija de mi madre, Mariana Febres Falú, educadora y negra brava. Y, por culpa, por rabia, por vergüenza, no me daba la gana ser ni la escritora, ni la profesora, ni nada. De hecho, emprendí una acelerada carrera para convertirme en madre para llenar ese hueco. De alguna manera quería corregir aquella muerte y enfermedad. Esa era la estrategia, convertirme en una Mariana que superara a Mariana, en una «su-per-versión» de ella. Y lo hice. Paso a paso, adrede.

Aquella fue mi manera de vencer su muerte. De ganar sin batallar. Eso creía yo. Que la estrategia me había funcionado.

Sin embargo, el día en que releí mis diarios, lloré de puro amor. No puedo explicarlo de otra manera. Mi llanto era como el de los bebés en cuido cuando ven que al fin la madre se acerca a buscarlos; esa mezcla de alivio, dolor y alegría; cuando una llora porque al fin puede respirar, porque al fin puede sentir sin miedo, porque se está de regreso. Fue hermoso. Las lágrimas no me dejaban ver los apuntes que tomé del día en que murió mi madre. No hacía falta leerlos. Las palabras resonaban vivas en mi memoria, como si no hubiese pasado ni la tinta ni el tiempo.

Terminé de llorar. Subí a la terraza a fumarme un cigarrillo. Entonces susurré bajito las palabras que se dejaban desde mi boca:

«Gracias por el dolor, Mami. Gracias por tu muerte».

Quedé de una pieza. No esperaba de mí misma esa capacidad de comprensión; ese haber llegado al fin al otro lado de la muerte de mi madre.

Pero la mujer que soy hoy le debe tanto a esa muerte. Le debe veinte años de vida.

Al fin le perdoné a mi madre el haberse muerto. Le perdoné a la vida el que a Mami le haya dado Alzheimer. Me perdoné todos los errores que cometí, inclusive el error de no haberme muerto con ella. Mira que lo intenté.

Ahora que me sé capaz de perdonar la muerte de mi madre, nada me asusta. No hay ofensa que pueda tocarme. Ni siquiera la ofensa de que posiblemente a mí también me de Alzheimer.

Creo que ya puedo dejar de fumar.

Von Díaz

Von Díaz *(1981) nació en Puerto Rico y creció en Atlanta, Georgia. Es una escritora y documentalista, autora de las célebres memorias culinarias* Coconuts & Collards: Recipes and Stories from Puerto Rico to the Deep South *e* Islas: A Celebration of Tropical Cooking. *Su trabajo explora la relación entre la comida, la cultura y la identidad, y ha aparecido en medios como el* New York Times, The Washington Post, *NPR,* StoryCorps, Food & Wine Magazine *y* Bon Appétit, *entre muchos otros. Ha enseñado Estudios Alimentarios e Historia Oral en la Universidad de Carolina del Norte, Chapel Hill. Actualmente forma parte de la junta directiva del Centro de Estudios Documentales de la Universidad de Duke y es miembro del Comité de Periodismo de la Fundación James Beard. «Mi cocina, mi santuario» fue traducido del inglés por Raquel Salas Rivera.*

Mi cocina, mi santuario

Tuve mi primera cocina en Río Piedras, Puerto Rico. Allí vivían mis padres, de apenas veinte años, con mi abuelo en un pequeño apartamento de concreto de dos habitaciones al lado de un caserío. Tenía pisos de losetas marrones, no tenía aire acondicionado y llevaba cortinas de metal estilo «Miami»; a veces entraban las gallinas. Siempre había una sartén pesada sobre la estufa con una capa gruesa de manteca, lista para freír chuletas de cerdo, spam o plátanos; teníamos mucha Coca-Cola en la nevera, que mi abuelo disfrutaba con las botellas de ron que se convirtieron en su perdición y los cigarros baratos que perfumaban nuestro hogar.

Esta fue la primera de las veintiocho cocinas que tuve en los veintiocho lugares que he llamado hogar durante los últimos treinta y nueve años. Cada cocina tenía sus desafíos —algunos grandes, algunos pequeños, con diferentes herramientas y estufas—, pero lo que compartían era la magia. La segunda cocina que tuve en mi vida fue la de mi abuela en Altamesa, Puerto Rico: su nevera y las losas de la pared eran de un amarillo canario apagado, la puerta trasera siempre estaba abierta para así poder mantener la habitación fresca y luminosa. Luego, cuando mi padre se unió al Ejército, nos mudamos a Fort Gillem en Forest Park, Georgia. Allí, comí cereal Trix y las vitaminas de Flintstone en la mesa redonda de madera que teníamos en la cocina y calentaba nachos en el microondas después de jugar afuera.

Cuando mis padres se divorciaron, las cosas se pusieron difíciles. Casi anualmente, nos mudamos a un apartamento diferente; y como mi madre a menudo trabajaba hasta tarde, me tocaba cocinar para mi hermana y para mí: palitos de pescado congelados y nuggets de pollo, macarrones con queso instantáneos, maíz enlatado, pasta. Luego, nos fuimos a un townhouse en Riverdale, donde aprendí del libro de cocina de Betty Crocker a preparar salsa alfredo y huevos con queso que me quedaban perfectos. Después me mudé a la casa de mi papá en Jonesboro, a una casa en Savannah, a otra en McDonough, hasta volver a la casa de mi mamá en Snellville; ese año sumaron tres hogares.

Durante este tiempo inestable volví con frecuencia a mi segunda cocina puertorriqueña. Debido a sus luchas económicas, en los veranos, Mami me enviaba a Puerto Rico a la casa de mi abuela materna. Disfruté de mi tiempo en la cocina con mi abuela, a quien llamé Tata. Juntas machucamos ajo en el pilón para hacer yuca con mojo, exprimimos docenas de limas pequeñas y jugosas para su famoso pie de limón, salteamos su sofrito casero —que rebosaba con

culantro terroso y ají dulce— en aceite de oliva que se hervía a fuego
lento que se cocinaba a fuego lento. Aquella cocina consolidó mi
identidad boricua; los olores y sabores reflejaban la hibridez de mi
linaje: Taíno, Africano, Español y Americano. También me obligó
a tener en cuenta las diferencias de clase en mi familia; el aparta-
mento de concreto al lado del caserío donde vivimos al principio, la
modesta pero elegante casa suburbana Puertorriqueña de Tata, la
vivienda de bajos ingresos donde yo vivía en Atlanta.

Pero las cosas mejoraron. Mi padrastro también estaba en el
Ejército y lo enviaron a Holanda. Nos mudamos a una casa holande-
sa moderna con la cocina más pequeña y hermosa que jamás había
visto. La luz rebotaba en las paredes blancas, los pisos y el techo; el
refrigerador era del tamaño de un minibar de hotel; y el horno era
demasiado pequeño para un pavo de Acción de Gracias. Debido a
que no podíamos almacenar mucho, hacíamos viajes frecuentes al
mercado de agricultores del vecindario para comprar carne local,
productos agrícolas y huevos frescos. Nunca había comido de esa
manera antes, y llegué a comprender que mis múltiples cocinas, y
los ingredientes y herramientas que contenían, reflejaban lo bien
que le estaba yendo a mi familia.

Le seguirían más de una docena de cocinas, debido más a mi
pasión por los viajes que a la inestabilidad familiar: ocho en Atlanta,
una en Oakland, tres en la ciudad de Nueva York. Mi cocina de
Oakland se encontraba en la parte trasera de un pequeño «aparta-
mento ferroviario», con un diseño de línea recta. Su ubicación y sus
enormes ventanas mantenían el resto de la casa fresca e invitaban
la entrada de la luz del sol y su caída sobre los gabinetes de vidrio
que llené con tomates, ciruelas y nectarinas.

Después me mudé a East Harlem, donde detrás de la puerta
de mi casa me esperaba una cocina diminuta en forma de L de
cinco por siete pies. La estufa era una caja de hojalata que asaba

el apartamento entero y también era demasiado pequeña para un pavo (lo sé porque lo intenté). Tuve que mover la nevera a la sala. Pero el espacio tenía un espíritu, sin duda alimentado por un barrio poblado de cultura Puertorriqueña: los carros de los vecinos que boceteaban salsa y reggaetón, la pasta de guayaba y las hojas de plátano para envolver pasteles que vendía la bodega de la esquina. Mientras vivía allí, Tata falleció —debido a complicaciones relacionadas con el Alzheimer— y yo me dediqué a preservar su memoria a través de la comida. Heredé algunos de sus utensilios: la prensa de lima que tuvo por décadas y que una vez usé en Puerto Rico, una tostonera de madera. Encendí varias velas y quemé un incienso de sándalo antes de comenzar a cocinar, pidiéndoles a las manos de Tata que se unieran a un ritual que la honraba y que alimentaba a los demás.

Hace algunos años me fui de Nueva York a Durham, Carolina del Norte. Mi casa tiene una cocina interior, una parrilla al aire libre y una hoguera con todas las herramientas, artilugios y especias imaginables. Aunque nunca fuimos cercanos, honro a mi abuelo cuando frío en una sartén pesada de hierro fundido. Y aunque dreno la grasa cuando termino, reconozco que él reutilizaba el aceite como un modo de resiliencia: cada plato le da su sabor al siguiente mientras preserva preciosos recursos.

Mi abuela vive en esta cocina. Su retrato —una foto en tonos sepia teñida a mano en la década de 1960— descansa en un marco plateado. Sus utensilios están aquí, al igual que su libro de cocina favorito, *Cocina criolla*, junto con otros libros y recortes de revistas salpicados de notas escritas a mano y su elegante cursiva salta de las páginas a mis sartenes. Mi cocina es a la vez estudio y santuario, un lugar donde a menudo me pierdo, donde el tiempo se detiene, donde me encuentro bailando, girando y pateando en una especie de elegía bulliciosa a mis antepasados. La comida que cocino aquí es la mejor que he preparado. Creo que se debe al hecho de que cada una de mis cocinas ha sido un puente que me une a los ingredientes, utensilios y técnicas que mantuvieron vivo a mi pueblo por siglos; se fusionan en un espacio donde ahora puedo conjurar su magia para sanar heridas pasadas.

Dahlma Llanos-Figueroa

Dahlma Llanos-Figueroa *(1949) nació en Carolina, Puerto Rico, y se crio en El Bronx, Nueva York. Su primera novela,* Daughters of the Stone, *fue finalista del premio PEN/Robert W. Bingham en 2010. Sus ensayos y cuentos han aparecido en* Kweli Journal, Narrative Magazine, The Latino Book Review, Afro-Hispanic Review, Pleiades *e internacionalmente en* Puñado *(Brasil) y* Wordetc *(Sudáfrica), entre otros. En 2021 recibió una beca de ficción para artistas de NYSCA/NYFA y la beca inaugural de Letras Boricuas de la Fundación Andrew W. Mellon y el Fondo de Artes de la Fundación Flamboyán. Este es un fragmento de* Indómita, *su último libro, traducido del inglés por Aurora Lauzardo Ugarte.*

Puerto de San Juan, Puerto Rico

Noviembre de 1836

Cuando la sacaron de su Espacio Hogar, era Keera, una joven atractiva de caderas redondas, piernas fuertes y sonrisa reluciente. A la mujer que había llegado a esta otra orilla, ésa a quien sus captores le pusieron por nombre Pola, le faltaban cuatro dientes, tenía tres dedos quebrados y había sido violada por cada uno de los miembros de la tripulación. Al cabo de la cuarta luna llena y de que el infierno flotante hiciera tres paradas, quedaba menos de la mitad del grupo original de cautivos. Pola subió a cubierta por última vez.

Llevaba tantas semanas abajo que el sol la cegó. Cuando sus ojos por fin se adaptaron a la luz, miró el nuevo mundo. Éste parecía ser su destino. A lo largo de la costa, una larga hilera de barcos se había arrimado a la arena en un lugar donde el mar le había comido un gran bocado a la tierra. De los barcos salían tablones de madera que llegaban hasta la orilla.

Pola y el resto de los cautivos fueron llevados a cubierta bajo vigilancia. Poco antes los habían lavado y restregado bajo el ojo celoso de la tripulación. Les dieron unos harapos que apenas cubrían su desnudez. A las mujeres les dieron paños para que se taparan el pelo enredado. A los hombres les cortaron las barbas enmarañadas y les afeitaron la cabeza. La comida había sido más abundante en las últimas semanas y ahora les daban una última comida abordo. Durante el viaje, los habían separado por género, pero ahora estaban encadenados en formaciones muy específicas, que incluían hombres, mujeres y niños.

El grupo se halló en medio de una conmoción que Pola no había visto desde que salieron de su hogar. Unos hombres negros, desencadenados y descamisados, trabajaban bajo el sol de la mañana. La mayoría de los trabajadores trataba por todos los medios de no mirar a los cautivos que estaban ahí de pie, harapientos y encadenados. Se limitaban a pasarles por el lado y concentrarse en descargar los contenedores, que luego llevaban a los barracones alineados en la orilla. Algunos se movían cuidadosamente alrededor del grupo encadenado, cargando a la espalda bultos de formas extrañas y sacos enormes, que iban directo a las carretas que aguardaban. No decían palabra y simulaban no notar el grupo de personas negras, escuálidas y medio desnudas, en su mayoría hombres, que se mantenían aparte.

Un muchachito tropezó, se le cayó el cargamento y se agachó para recogerlo. Al enderezarse, miró a Pola a los ojos por un instante. Ella le sostuvo la mirada. Allí leyó todo lo que necesitaba saber sobre la vida del muchacho, y pudo ver que él leía todo lo que necesitaba saber sobre la de ella. En los ojos del muchacho, Pola reconoció la tristeza viva que presionaba contra sus propios ojos. Asintió con un gesto infinitésimo de la cabeza. Ella tiró lentamente del trapo que apenas le cubría los pechos desnudos. Alguien gritó. El muchacho recibió un empujón. El instante pasó y ambos volvieron a hacerle frente a la vida que les había tocado vivir en ese lugar que ninguno había escogido. El barco atracó entre decenas de barcos que ya habían atracado o estaban anclados en la bahía; los mástiles eran una colección de palos que punzaban el manto de nubes bajas en el cielo. Mientras esperaba a que bajaran el cargamento no humano, Pola se sorprendió de la cantidad de personas que ocupaban el área debajo. Parecía que, en este lugar, el mercado estaba justo en la orilla, como si la gente no pudiera esperar a que los comerciantes llegaran al centro del pueblo a vender. Pero antes de que pudiera ver nada más, un fuerte jalón en el brazo la devolvió a la realidad. La arrastraban hacia un tablón estrecho que llevaba del barco a la orilla. Encadenada en la hilera de hombres y mujeres, se estremeció de pensar que uno de ellos resbalara y todos terminaran ahogados en la basura putrefacta que flotaba entre el barco y el muelle. El olor a comida podrida, animales muertos y desperdicios humanos llenaba el aire con un hedor asfixiante. El cotorreo que crecía a su alrededor mientras esperaban en el muelle era ensordecedor. No se parecía a ninguna lengua que Pola hubiese escuchado; palabras filosas, sonidos rasposos que agredían el oído. Se dio cuenta de que escuchaba no una, sino muchas lenguas diferentes y reconoció una o dos palabras en la lengua de sus captores. Su lengua era tan ofensiva como su conducta.

Luego se fijó en las mujeres blancas entre la multitud. Llevaban vestidos largos que las cubrían del cuello a los pies, muchas señalaban cajas y se movían entre paquetes abiertos de telas, contenedores, fruta, pescado, herramientas y figurillas, que se vendían justo en la orilla. Notó que algunas de las mujeres tenían el cabello del color de la paja y que les colgaba hasta los hombros. Llevaban sombrillitas y unas cajas redondas en la cabeza con una malla que les flotaba sobre el rostro. Pola recordó las coloridas máscaras de cuentas que usaban los creyentes que bailaban a los dioses allá en su hogar. Pero, comparadas con aquéllas, éstas parecían poca cosa. Descoloridas y endebles. No había nada ceremonial en los movimientos de esas mujeres enfocadas en agarrar objetos e intercambiarlos por trozos de papel. Los hombres blancos movían unos palos en el aire y les hacían señas a los hombres negros descamisados que bajaban con dificultad el cargamento amarrado con sogas. Desde la cubierta del barco, parecían hormigas negras trabajadoras, corriendo de un lado a otro alrededor del cargamento que ya se había bajado del barco. Pero, más de cerca, Pola pudo ver el cansancio, los cuerpos agotados, pudo sentir el olor del sudor de unos trabajadores que, como ella, no tenían tiempo de cuidarse.

La hilera de cautivos serpenteaba entre la multitud de la bahía y llegaba hasta un área abierta llena de hombres con sombrero que gritaban, gesticulaban con las manos, reían y se pasaban garrafas. A Pola la llevaron hasta una esquina de la plaza a que esperara su turno en el palo central donde exhibían a los cautivos, uno tras otro, frente al grupo de hombres que agitaban unos pedazos de papel. Había mucho regateo, luego el papel pasaba de una mano a otra y se llevaban la compra.

Cuando le tocó su turno en el bloque, le quitaron las cadenas y la arrastraron hasta la plataforma junto al poste donde volvieron a atarla. *Madre Yemayá, ¿dónde estás ahora que tanto te necesito?* Pola cerró los ojos. Pensó en todo lo que ya le habían arrebatado: los hermosos dedos, los dientes, el cuerpo, la virginidad, la risa. Pero no le habían robado todo. Se aferró a su fe, su espíritu y su secreto: la semilla que sabía que crecía en lo profundo de su ser.

Sintió el olor a tabaco, sudor y aliento rancio mientras unos dedos la toqueteaban y unas manos le examinaban el cuero cabelludo, le apretaban los pechos y le daban nalgadas. Alguien le levantó el labio y le hurgó dentro de la boca. Ella lo mordió con todas sus fuerzas. Al alarido masculino le siguió una fuerte bofetada que la tumbó al suelo y la dejó colgada de las sogas que la sujetaban al poste. La obligaron a levantarse. Las manos le frotaron el vientre y debajo, le hurgaron y golpearon las entrañas lastimadas. Los hombres rieron, luego discutieron. Las manos se alejaron y terminaron.

Se acercó un hombre bajo, gordo y ufano, que parecía muy complacido. Los otros reían y le daban palmaditas en la espalda. Sonrisas satisfechas, dinero intercambiado y guardado.

El rematador le dio un golpe a un muchacho que estaba detrás de la plataforma. Llevaba unos bombachos y una camisa muy parecidos a los de los hombres que estaban en la multitud.

—¡Apunta tú ahí! La negra Pola ahora es propiedad de don Sicayo Duchesne, dueño de la Hacienda Paraíso. ¡Próximo!

El muchacho garabateó algo en un pedazo largo de papel.

Y se acabó.

Las cadenas de Pola fueron reemplazadas por una soga gruesa alrededor de las muñecas. El hombre compró cinco africanos ese día. Bajo su supervisión, los subieron a una carreta. La camisa blanca estirada alrededor de la enorme barriga del hombre relucía al sol. El sombrero de paja apretado le tapaba casi todo el pelo, que le llegaba al cuello. El bigote oscuro le enmarcaba los labios finos, los dientes blancos y afilados mordían con fuerza el cigarro mientras se hacía cargo de sus nuevas posesiones. Pola no lo sabía en ese momento, pero la había comprado como quien compra una yegua paridora. La verdadera pesadilla estaba a punto de comenzar.

Nastassia Rambarran

Nastassia Rambarran *(1981) nació en Nueva Ámsterdam, Guyana. Es poeta, escritora, investigadora y activista LGBTQIA+, ganadora del Premio Frank Collymore Literary Endowment Prime Minister Award de 2021 en la categoría de poesía. Autopublicó* Time Jumbie, *un poemario que explora el amor, la ascendencia y los pensamientos cuir desde el Caribe.* «¿Cuál tierra?» *fue traducido del inglés por Raquel Salas Rivera.*

¿Cuál tierra?

Cuando era pequeña
Yo era ferozmente patriótica
Una nena Burnham
Empapada de canciones nacionales
Y exprimida en rojonegrorooblancoyverde
Burlándome de backtrack y merica
Nunca me iría

Entonces un viaje llevó a otro
Farin fue agradable,
Pero no estaba destinada a quedarme
Pasaron décadas y terminé a horcajadas sobre un mar
Atragantándome al aterrizar en ambas costas
Más que nunca, confundida

Guyanés era una palabra sucia
Sus compañeros eran el desprecio, la burla y la sonrisa burlona

El acento era demasiado suelto para ser sexy

La ropa demasiado brillante para ser cul

La única fuente de orgullo era ganarle, por un paso, a Haití

Las cosas han cambiado un poco

O tal vez ya no me doy cuenta

Después de corregir orgullosamente a los demás y

Saborear su sorpresa cuando escuchan las palabras

Soi guyanesa

La comida, los juegos, los olores, el lenguaje y el cordón
    umbilical apoyan lo dicho

Pero cuando vuelo sobre

Un verde así de denso

O me acuesto bajo

Un cielo de sabana tan interminable

Y camino por el monte que podría

Ocultarme eternamente sin esfuerzo

No estoy tan segura

Tres generaciones han caminado por estas llanuras

La siembra y el barro se filtraron en los poros

En un nuevo país

Que se une al litoral

Pero reclama mucho más

Es un tierra invisible e incomprensible

Indiferente ante las luchas de los que viven en la maleza

¿Cómo se llaman *a sí mismos*?

Soy guyanesa

Pero, ¿dónde queda Guayana?

Ana María Shua

Ana María Shua *(1951) nació en Buenos Aires, Argentina, y es reconocida por su trabajo en los géneros de la microficción y la literatura infantil. Entre sus novelas se encuentran* La muerte como efecto secundario, Hija *y* El peso de la tentación; *sus obras completas se titulan* Que tengas una vida interesante. *Entre sus novelas de microficción se encuentran* Fenómenos de circo *y* La guerra. *Es becaria Guggenheim y ha sido galardonada con el Premio Nacional de Literatura de España y el Premio Iberoamericano de Minificción Juan José Arreola, que se entrega en México. Sus libros han sido traducidos a quince idiomas.*

Dualidad

Extraña raza. He asistido personalmente a las salas de radiación de sus hospitales, donde un leve olor a ozono recuerda en los órganos olfativos el inicio de una tormenta. He contemplado con asombro el complejo, caro y preciso aparataje que han sido capaces de idear los humanos para postergar la muerte de otros miembros enfermos de su especie, tratándolos de a uno por vez, mientras pergeñan, al mismo tiempo, artefactos capaces de destruir a cientos de miles simultáneamente. Son admirables y temibles. Aconsejo evitar su mundo al que, sin enemigos a la vista, persisten en destruir por sí mismos.

Balada de Snorri Gunnarson

Snorri Gunnarson ha caído en la batalla pero no está muerto. Snorri Gunnarson tiene un esguince de tobillo. Snorri Gunnarson ha decidido no levantarse.

Montadas en lobos gigantes llegan las valquirias. Vienen a buscar a los guerreros que han muerto heroicamente en la lucha, para conducirlos al Salón de Banquetes del Valhalla. Allí permanecerán hasta el fin de los tiempos, hasta el momento de pelear a favor de Odín en la batalla final. Las valquirias son siete, son diosas, son bellas, despenan con el beso de la muerte a los guerreros que agonizan.

La jefa de las valquirias avanza hacia Snorri Gunnarson con wagneriana majestad. Snorri Gunnarson la ve acercarse, aterrado.

A Snorri Gunnarson el premio no le interesa. Snorri Gunnarson imagina el Salón de Banquetes del Valhalla, imagina el malestar que provoca la borrachera de hidromiel, el olor a grasa de jabalí y a sudor alcohólico, las bromas brutales, las mentirosas jactancias de los héroes, siempre las mismas hasta el fin de los tiempos. Snorri Gunnarson no desea estar en el Salón de Banquetes del Valhalla. Snorri Gunnarson tiene mujer y tiene hijos. No es un guerrero heroico. Snorri Gunnarson quiere volver a su casa, a disfrutar de su breve tiempo humano.

En lugar de besarlo, la valquiria lo escupe con desprecio infinito. Snorri Gunnarson respira aliviado, respira feliz, respira. Y el aire que aspira y vuelve a exhalar con sus pulmones temblorosos le produce el placer más grande que sentirá en todo el resto de su larga, larga vida.

Juana de Arco escucha voces

Juana de Arco escucha voces. Para ella, para los franceses, son las voces de Dios y de sus ángeles. Para los ingleses, son las voces del Diablo y de sus demonios, una prueba más de su brujería o su herejía. Los especialistas en salud mental consideran hoy la posibilidad de una psicosis alucinatoria. Mientras tanto, entre la santidad y la locura, Juana de Arco conduce al ejército francés con indiscutible habilidad táctica y estratégica, además de alentar a las tropas con su presencia, con su fiebre, con su armadura blanca. Juana de Arco escucha voces o quizás no, quizás no escucha nada, quizás necesita las voces como necesita la doncellez, solo por ser mujer, quizás sale a guerrear por puro gusto, con la excusa del patriotismo y la supuesta ayuda de Dios, como cualquier hombre.

Yvette Modestin (Lepolata Apoukissi)

Yvette Modestin (Lepolata Apoukissi) *(1969) es una escritora, activista, poeta y narradora nacida y criada en Colón, Panamá. Es la coeditora de la antología* Women Warriors of the Afro Latina Diaspora *y una colaboradora de* The Afro-Latin@ Reader: History and Culture in the United States. *Su trabajo aparece en* Afro-Latin@s in Movement: Critical Approaches to Blackness and Transnationalism in the Americas. *Es una de les colaboradores de la colección de ensayos* The Trayvon Martin in US: An American Tragedy, *así como de las antologías* The Psychological Health of Women of Color, Rapsodia Antillana *y* Antología de la poesía colonense 1900-2012. *Su poemario* Nubian Butterfly: The Transformation of a Soulful Heart *fue publicado en Panamá en 2019. «Espíritu Negro» es un texto inédito para esta antología, y fue traducido del inglés por Raquel Salas Rivera.*

Espíritu Negro

Espíritu Negro,
Resiliencia susurrante, dulce niña,
Levántate en la luz que brillo sobre ti.
Espíritu Negro
Pasa,
Ese olor
Oh, ese olor
Sándalo
Alinea mi columna vertebral.
Espíritu Negro,

Me canta una serenata,
Camina alto, mi niño.
Espíritu Negro,
Me dice,
Esta gente no sabe na,
¡Colón es África!
¡Libres Somos!
¡¡¡Ja!!!
Espíritu Negro,
Me guía,
Me protege,
Me sostiene,
Baila conmigo,
Espíritu Negro, es el amor
Recordándome que
¡Nunca estoy sola!
¡Asé!

Carmen Boullosa

Carmen Boullosa *(1954) nació en la Ciudad de México y es una autora galardonada de dieciocho novelas, dos libros de ensayos, dieciocho poemarios y diez obras de teatro. Sus libros más conocidos incluyen* Texas: la gran ladronería en el lejano Norte, El libro de Ana *y* Antes. *«El arroz» es un fragmento de su plaqueta* La impropia, *y trata sobre los estudiantes de la Escuela Rural de Maestros de Ayotzinapa en Iguala, México, que fueron asesinados o secuestrados y desaparecidos.*

El arroz

¡Ay! ¡Se me quemó el arroz!
Estoy devastada.
El olor me ha dejado el alma
hediendo a trapo de cocina jediondo,
nunca seco, nunca limpio, siempre a mano.

Cada grano del arroz quedó enmarcado
con un reborde negro por el incendio,
y con él unido a sus hermanos.
Todos los arrocitos son uno,
un mismo desastre,
costra de una llaga abierta.

¿Qué daré de cenar a las visitas?
Tenía mi esperanza puesta
en el guiso de arroz mayúsculo
(semillas múltiples, blancas, independientes),

bañado en agua de coco,
rebozando camarones y callo de hacha.

Ahora la cazuela parece un torso sin cabeza o cuello
que colgara exhibido en algún puente de peatones.
El platón como una cárcel gringa,
como un tiro adrede contra un niño
negro.

Desmembrados o prisioneros los cuerpos
que debían ser un conjunto vital.
Apelmazados, negruzcos.

No era un arroz para comer
sino para vivir, reír, charlar, gozar.
Frente a él,
nos hubiéramos sentido eternos.
Por lo menos
hubiéramos charlado con los amigos,
y, mientras tanto, nos habríamos llenado de nietos.

Ahora solo tenemos deudos.
Los padres entierran a sus hijos.
Los nietos entierran a sus padres
después de exhumarlos.
Los derechos humanos desentierran
para identificar
cadáveres perdidos en la maraña.
En la mesa común, solo hay arroz quemado
y silencio.

LUNA
ACUOSA

Esta luna tiene la energía del
espíritu del agua, la primera
medicina, sanación total

Mikeas Sánchez

Mikeas Sánchez (1980) *es poeta, traductora, productora de radio, docente y defensora de la tierra Zoque. Heredó su sensibilidad poética de su abuelo, el chamán, músico y bailarín Zoque Simón Sánchez. De él aprendió el ritmo y la musicalidad de los antiguos cantos y oraciones. Es autora de seis poemarios y ganadora del Premio Estatal de Poesía Indígena Pat O'tan. Sus obras han sido traducidas al inglés, bengalí, maya, italiano, mixe, alemán, portugués y catalán. «Volveremos al camino» pertenece a su poemario Jujtzye tä wäpä tzamapänh'ajä / Cómo ser un buen salvaje. «Tres» forma parte de una serie de once poemas, «Wejpäj'kiu'y / Nombrar las cosas», de la colección Mojk'jäyä / Mokaya. Ambos poemas fueron traducidos del zoque por la autora.*

Volveremos al camino

Bebemos café en los velorios
y en cada sorbo se evaporan los rostros de aquellos a quienes
    amamos. Volveremos a ser
viento de la mañana
alimento de Okosawa.
El resplandor de las velas
nos guiará hacia los sagrados cerros:
la casa de los mokayas.
El olor de las flores amarillas
nos hará olvidar lo que hemos sido. Volveremos a ser
flor de maíz,
ofrenda para Nasakopajk.

Maka' tä' wyrurame ntä' ntunh'omo

Ntä' ujktampa kafel' nyojayajpak' anima', tese' ponyi'ponyi
  joko'jinh maka nhkyene te' ntä' sutyajpapä ntä'
  ntäwäs'nyeram. Maka tä' tujk'wyrurame'
naptzupä'sawa
Oko'sawas nhkyut'kuy
Te' no'as syänh'käis
maka' tä' isanh'tzirame' juwure' te Masanh'kotzäjk:
Mokayas'tyäjktam Te' putzy'jäyäs yoma'jinh
maka' ntä' jampärame' ntä' ijtkuy Nasakopaj'käsipä'na'. Maka
  tä' tujk'wyrurame'
Mojk'jäyä Nasakopaj'kis'wyenhti.

✳

Tres

Por eso vine *Yaxpalangui* a ofrendarte mis palabras
única herencia de mi linaje
vine a cantarte esta canción que aprendí desde el vientre de mi
  madre cuando mi casa aún era el *Tzuan'*
Yo entonces reconocía tu rostro lo mismo que los senderos
para llegar a tu nombre
Yo entonces tenía un altar de palmas y bugambilias
en el centro de mi alma
Yo entonces era un templo oloroso a pimienta
Por eso vine *Yaxpalangui* a ofrendarte mis palabras
único don que se me ha revelado en sueños

Tukay

Tekoroya mitutzi mij' dziyae' äj' dzame'ram Yaxpalangui
yä' tzajkayajubä' äj anuku'istam

mitutzi' mij' wajne yä' wane' ngomusubätzi äj' mama's
   chiejk'omo Tzuan'nak äj' ndäjk
Jiksek' mij' ispäjkpaj'na' mij' winujpajk'
muspajna' mij' ngänuka' mij' näyi'
Jiksek konukspajna' turäjin totojäyäjin
äj' ngojama'kujkmä
Jiksek äjtejna' tumä' masandäjk' moki'ombabä
Tekoroya mitutzi mij' dziyae' äj' dzame'ram Yaxpalangui
yä' tzäki' tziyajubätzi' äj' mabaxi'omo

Catalina Infante Beovic

Catalina Infante Beovic *(1984) es una escritora, editora, librera y periodista Chilena nacida en Buenos Aires, Argentina. Es la coautora de tres libros de relatos de los Pueblos Originarios de Chile, país donde reside desde la década de los noventa, cuando su familia pudo retornar del exilio. Uno de estos libros,* Aventuras y orígenes de los pájaros, *fue seleccionado para la Lista de Honor del International Board on Books for Young People. Sus obras incluyen también una novela corta,* La otra ciudad, *un libro ilustrado,* Dichos redichos, *y un libro de artista,* Postal nocturna. *Entre sus colecciones de cuentos se incluyen* Todas somos una misma sombra *y* Helechos.

Oro verde, oro azul

Me aterra pensar que el invierno cada año será más corto, hasta quedar reducido a un par de horas nubladas y un par de lluvias en la madrugada, entre muchos días de calor intenso e insomnio por sudar. A veces pienso dramáticamente en eso, en que no llegarán más inviernos. En los árboles confundidos y en los incendios. En la fruta quemada y en nosotros escondidos en la casa refugiándonos del cemento y el sol. Ahora estamos en invierno, mi hijo está en el jardín untado en bloqueador solar, y yo en cama por una alergia al polen de la primavera, que se adelanta. El olor de los cerezos en flor en esta época me angustia. Hoy escuché en la tele a un experto que afirmaba que el paisaje de esta región se volverá árido y desértico en tres décadas. Me pregunto si algunos morirán de sed. En alguna película que vi sobre el holocausto judío decían que, más que el hambre, era la sensación de sed la que te hacía volver loco, caer en la desesperación, gritar suplicando ayuda. No hay nada en estos momentos que me pueda resultar más angustiante que la sed. Suena fantasioso, pero es algo que veo por las noches como espasmos que llegan a mí desde tiempos futuros, que están pasando ahora, en otra dimensión. No se lo digo a mi marido para que no se ría de mí. Para no sentirme una niña ingenua e imaginativa. Pero hoy una niña sueca, con toda la ingenuidad e imaginación que se tiene en la niñez, señaló con el dedo a esos hombres que todo lo gobiernan, y habló del comienzo de la extinción masiva de nuestra especie. Como pasó con los dinosaurios, pero los dinosaurios no lo sabían y no fue su culpa. Quizás eso es peor, desaparecer de esta tierra sin haber hecho nada para merecerlo. Nosotros lo merecemos, pero eso no quita la angustia. Se supone que aún podemos hacer algo, pero somos tercos y ambiciosos y no lo haremos.

La demanda del bien hídrico se dispara globalmente
La población mundial no para de crecer.
Los acuíferos están estresados.

Veo un reportaje sobre la provincia de Petorca en Chile, un poco más al norte de Mostazal, desde donde escribo; es una fotografía anticipatoria. Lo que era tierra fértil hoy es tierra baldía. Y no se trata del cambio climático solamente, sino de las desigualdades brutales de *nuestra* América, como diría Martí. En Chile la mayor parte de los derechos de agua está en manos de privados de forma gratuita y a perpetuidad. El agua está desvinculada de su tierra —como dice el código de aguas de 1981, que hiciera el dictador Pinochet—. Es decir, quien tiene tierras no posee necesariamente el agua que corre por ellas. Esto hace que cualquier empresa pueda desviar los causes y secar las napas subterráneas, dejar a las personas sin agua haciéndoles creer que es efecto del cambio climático. Eso ocurre en Petorca, dice la periodista: los habitantes reciben agua llevada por camiones aljibes, que a veces no llegan, mientras las grandes empresas productoras de palta —aguacate como se conoce en el resto de América— tienen sus plantaciones con árboles cargados de frutos unos pasos más allá. Su cultivo secó el 100 % de la comunidad, los animales se les mueren de hambre y sed, y los niños no pueden ir al colegio porque no tienen agua.

Los hielos retroceden
La nieve no se dibuja en las montañas.
Las vacas se desploman, flacas, sin poderlas levantar

La palta es tropical, en régimen de riego demanda enormes cantidades de agua. No es natural que sé de en Chile, pero fuerzan la tierra porque dicen que es «oro verde». Está de moda en el brunch neoyorkino, también en China, dos de las regiones donde más se exporta. Tan de moda que solo en la noche del Superbowl se consumen en Estados Unidos 74 mil libras de aguacate. Tan de moda que una exclusiva marca sacó un modelo de zapatilla simulando sus colores y textura y Jimmy Fallon compartió en su Instagram una imagen de las suyas junto a dos tostadas con palta. En China se coló en el desayuno, la llaman «la fruta mantequilla», inventaron una hamburguesa donde la palta reemplaza al pan y las mujeres la usan en mascarillas faciales (yo misma tengo una). En América Latina los pueblos están haciendo movilizaciones masivas para ejercer soberanía sobre sus recursos hídricos, en Chile los estudiantes luchan para cambiar la legislación al respecto. Mientras tanto, la gente les saca fotos a sus huevos benedictinos con palta y las suben a Instagram con filtros que potencian su color exótico y chic.

El Paraná se seca
La cuenca del Amazonas encoje su verde a fuego
El Corredor Seco migra
Los bosques argentinos son soya y algodón

Estornudo en rechazo a una falsa primavera y mi hijo se cambia de pantalones a shorts en plenas vacaciones de invierno. En unas décadas esta tierra estará seca. El paisaje que estamos mirando los dos se irá volviendo cada vez más árido, como Petorca, y se levantará el polvo entre los sauces que se difuminan con la velocidad del tiempo. Me pregunto si la gente morirá de sed. Se supone que aún podemos hacer algo, pero eso da más angustia, porque sabemos que somos tercos y ambiciosos y no lo haremos.

Claudia Mera

Claudia Mera *(1971) es una escritora, activista feminista, madre y productora de artes visuales nacida en Montevideo, Uruguay. Dirige Wanderland, un estudio de producción cultural. Es autora de* Humedades, *una novela erótica que explora la vulnerabilidad y la sexualidad femenina.*

No soltarnos más

Camino sobre la delgada línea que divide el disparate del chiste
    tonto que se dice para liberar tensiones.
Mi corazón late acelerado porque somos solo vos y yo, y yo no
    sé qué decirte.
Mejor dicho, sé que decirte pero no sé si pueda.
Puedo, pero no sé si deba.
Somos vos y yo y nadie más.
Y me mirás y yo te miro y pienso cuál será el color exacto de
    tus ojos, mientras me voy dejando caer en tu mirada.
Se cortan todos los elásticos que me sostienen y mi cuerpo va
    tomando un estado laxo, frágil.
Podrías tirarme al piso con solo soplarme.
Soplarme con tu boca.
Tu boca entreabierta, que no dice nada pero me mira como si
    quisiera comerme.
Tu boca anticipa una lengua que imagino cálida, húmeda pero
    sobre todo, implacable.
Me mirás y yo te miro, y nos devolvemos las miradas cada vez

más densas, porque vienen cargadas de miradas primeras, de miradas que nos imaginaron sin ropa y sin historias, cuando estaba permitido que fuéramos solo piel.

Un metro veinte nos separa pero igual puedo olerte, tanto que siento como si ya estuvieras en mí, puedo oler tu calor y mi cuerpo tiembla imperceptiblemente, tiembla para que solo vos lo sientas.

Y vengas.

Vengas a tocarme, vengas a comerme, te vengas.

Me preguntás cuánto tiempo pueden dos personas mirarse así sin morderse, sin entreverarse, desarmarse, des generarse, partirse al medio en una profunda unidad.

Te digo que no sé, pero que probemos, mientras soy un manantial que se derrama y casi no puedo respirar.

Ni siquiera sonrío, para que no me copies, porque sé que solo un atisbo de sonrisa de tu parte desatará en mí una catarata.

¿Cuánto tiempo podremos solo mirarnos sin sacudirnos, habitarnos, atarnos, desmembrarnos, confundirnos y no soltarnos más?

No soltarnos más.

Angie Cruz

Angie Cruz *(1972) nació en Washington Heights, Nueva York, de padres Dominicanos. Es la autora de cuatro novelas:* Soledad, Let it Rain Coffee, How Not to Drown in a Glass of Water *y* Dominicana, *la cual fue preseleccionada para el Women's Prize y ganó el Premio ALA/YALSA Alex. Cruz es la redactora principal de la premiada revista literaria* Aster(ix) *y enseña en la Universidad de Pittsburgh. Está trabajando en el libro ilustrado* Angélica and la Güira. *«La herencia de Luna» es un extracto de una novela en proceso, y fue traducido del inglés por Raquel Salas Rivera.*

La herencia de Luna

Como la mayoría de mis amistades, vivo con mi madre y nunca conocí a mi padre. Bueno, sí lo conocí, pero mis ojos aún estaban pegados. Se fue a la guerra y volvió destrozado. Así que mi madre fingió que estaba muerto. O muerto con relación a mí. Definitivamente, muerto para ella.

Me gusta tomar fotografías. A mi madre le gusta salir en las fotos. Este hecho resume bastante bien nuestra relación.

Puedo observar mucho sobre las personas cuando les tomo una foto. La cara de mi mejor amiga, Siobhan Lee, nunca sale mal porque siempre se posiciona para que la cámara capture su mejor lado.

Vivimos en el Upper East Side, en los residenciales públicos que son más lujosos. No pobres tipo sección 8, sino en un edificio de ingresos mixtos donde el 20 % de los apartamentos van a los ganadores de la lotería.

Mi madre es buena jugando a la lotería. Ella juega todas las semanas. Cada vez que gana dinero, juega el 20 % de sus ganancias. Esta es su inversión en nuestro futuro. «Pero el dinero no lo es todo», nos dice. «Tener un apartamento económico en la ciudad de Nueva York es mejor que ganar unos cuantos miles de dólares en la lotería».

«¡Gané la lotería!», me dice cada vez que comparte cómo desafió alguna estadística terrible.

Más de la mitad de las mujeres y niñas que migran a los Estados Unidos a través de México son violadas.

Mi madre no fue violada. Incluso, después de viajar a pie, en autobús, en tren. Su viaje de El Salvador a los Estados Unidos tomó más de tres meses. No llevaba casi nada: una botella de agua y una camisa adicional. Era adolescente cuando realizó la travesía con una caravana. Cuando prendemos las noticias y vemos a los niños en jaulas, nos dice: «Era más fácil en aquel entonces». Ella no perdió ninguna extremidad al saltar bajándose y subiéndose a los trenes, como fue el caso para muchos.

En su muñeca escribió el nombre y el número de tía María con un rotulador indeleble, por si acaso encontraban su cuerpo tirado a la orilla de alguna carretera. «Alguien que me ama debería saber que me fui de esta tierra», dijo.

«Mira qué grandes son estos pies. Trabajaron para ganarse este tamaño. Caminé treinta millas en un día».

«Cuando me muera, no quiero un funeral con llanto. Prométeme que me incinerarás y me arrojarás a un tiesto con tierra y sembrarás algo que vuelva a florecer todos los años. ¿Quizás unas orquídeas? Parecería como si ya terminaran su ciclo de vida y, luego, te sorprenden y florecen más hermosas que antes».

Supongo que mi madre es alguien a quien le gusta prepararme. O le gusta prepararme para lo inevitable. A menos que, de alguna manera, desafiemos lo inevitable; entonces celebraremos.

Cuando cumplí quince años, no tuve una gran fiesta para darme la bienvenida a la adultez, como una mujer; en cambio, mi madre me llevó a una clínica para que me dieran pastillas anticonceptivas. ¿Sabías que el 25 % de las adolescentes quedan embarazadas entre los 15 y los 17 años? Algunas cosas no las podemos controlar, como ser violadas, por ejemplo, pero el embarazo es evitable. Después de que fuimos a la clínica y recogimos la receta en la farmacia de la esquina, nos llevó a mí y a Siobhan a celebrar las ciencias. Incluso, nos permitió bebernos un trago de sake en mi restaurante de ramen favorito.

Un trago es medicinal. Dos tragos son otra historia. Esa noche mi madre tomó seis tragos.

Tan pronto están en los Estados Unidos, una de cada seis mujeres o quizás es una de cada cinco —a veces el estudio dice que son una de cada cuatro— son violadas o alguien intenta violarlas, agredirlas o abusar de ellas sin su consentimiento... a menudo es alguien que conocen. «Hasta los abuelos son capaces de hacer tales cosas», nos contaba.

«Dime que ganaste la lotería», me pregunta a menudo y me mira directamente a los ojos para ver si guardo algún secreto. Sus ojos y los míos son de un marrón sólido de cedro como nuestra familia, que dejamos en la lejanía y que pasó la mayor parte de su vida trabajando con el cedro porque es una madera a prueba de termitas. Mi madre y yo tenemos un lunar en la parte superior izquierda del ojo izquierdo. Ella llama a ese lunar nuestra herencia.

«¿De qué?».

«¿Quién sabe? Algo que tu abuela no quería que olvidáramos».

«Dime querida...».

«Sí, mami, me gané la lotería».

En el baño mi madre colgó un letrero: *Nuestro cuerpo, nuestras reglas*. Lo hizo con marcadores de colores que encontró en la basura dentro de una mochila que estaba llena de suministros supuestamente «usados». «En nuestro país, un niño mataría por tener estos marcadores», dijo, añadiéndolos a mi extensa colección de materiales de arte.

«¿Sabías que más de la mitad de nosotras quedamos embarazadas antes de cumplir los veinte años?».

Mi madre no me tuvo hasta los veinticuatro años. Mi abuela pensó que mi madre nunca le daría un nieto. Y como pasa en las películas, el día que murió mi abuela, nací yo. Nos superimpusimos en la tierra por 3 horas y 22 minutos. Suficiente tiempo para que su espíritu pudiese poseer mi cuerpo.

«¿Eso me convierte en tu madre?», le pregunté a mi madre.

Entonces, levantó mi brazo y olió mis axilas. Tomó un respiro largo y profundo y miró hacia arriba como si pudiera recordar exactamente el olor de su madre. Si abuelita está dentro de ti, hazme un favor, vive una vida aventurera y placentera porque lo único que sabía hacer era sufrir.

Stephanie Elizondo Griest

Stephanie Elizondo Griest *(1974) es una autora trotamundos nacida en Corpus Christi, Texas. Sus libros incluyen* Around the Bloc: My Life in Moscow, Beijing, and Havana, Mexican Enough *y* All the Agents and Saints. *También ha escrito para la BBC, el* New York Times, Travel + Leisure *y* Oxford American, *y ganó un Premio Richard J. Margolis al Periodismo para la Justicia Social por su trabajo. Es profesora asociada de Literatura de No Ficción Creativa en UNC-Chapel Hill y ha trabajado como narradora para* The Moth. *«El otoño» fue traducido del inglés por Raquel Salas Rivera.*

El otoño

Cuando llamó el cirujano —presumiblemente para mi evaluación postoperatoria—, mamá estaba ocupada persuadiendo a papá para que saliera de la cocina, pero cuando colgué, ella estaba arrodillada a mi lado mientras él se comía todos los chocolates de la despensa. Intercambiamos miradas. Estábamos demasiado atónitas para compartir palabras.

Siete días antes, el cirujano había extraído un tumor del tamaño de una pelota de baloncesto de mi matriz. Un equipo de patólogos lo había declarado benigno, mientras mi cuerpo seguía expuesto sobre la mesa de operaciones. Sin embargo, ahora que habían estudiado el tumor de manera más detenida, el veredicto había cambiado. Tenía cáncer de ovario en etapa uno, dijo el cirujano, y ahora debía someterme a quimioterapia para evitar su propagación.

Cuando estaba saludable —hacía apenas dos semanas— concebía

mi cuerpo como un conjunto armonioso. Pero lo primero que no-
tas cuando eres paciente de cáncer es la cantidad de partes que son
prescindibles. Las lealtades se establecen mediante el instinto y se
sienten de manera visceral. Tan pronto supe lo que habían crecido
mis ovarios, por ejemplo, quise que desaparecieran. No importaba
que aún no hubiera dado a luz a un hijo, o que, a los cuarenta y tres
años, la cirugía precipitara la menopausia. No sentí piedad por esos
órganos. Lo mismo con mis senos. Cuando un genetista me exa-
minó para detectar el gen BRCA, prometí someterme a una doble
mastectomía si encontraba algún rastro.

Pero perder mi cabello a causa de la quimioterapia era un asunto
completamente diferente. No solo asociaba mi pelo más con ser
mujer que a mis senos o mi útero, sino que también era mi parte
más visiblemente mexicana. Tenía los ojos azules y la piel clara de
mi familia paterna Griest, pero mi pelo era puro Elizondo: grueso,
oscuro y rizado. Entre las últimas cosas que mi abuela materna nos
dijo antes de suicidarse, a los veinticinco, fue que nunca quería que
le cortaran los rizos a su hijo menor. Las tías respetaron ese deseo
hasta que le negaron la inscripción en la escuela primaria. Como
tenía pocas conexiones adicionales con mi abuela, en la escuela se-
cundaria dejé crecer mi cabello casi hasta llegar a los codos y lo he
mantenido así desde entonces.

Mis ovarios, mi útero, posiblemente incluso mis senos: ninguna
de esas pérdidas me haría menos yo. Pero mi pelo era mi identidad.
Mi ascendencia. Mi herencia. Sin él, no me sentiría parte de este
linaje.

De repente, estaba hiperventilando. Mamá me llevó al balcón
y agarró a papá de camino. Él ya había alcanzado la etapa de la
enfermedad de Alzheimer en la que estaba mayormente absorto en
sí mismo, pero aún disfrutaba de la conmoción. Por el momento,
éramos más intrigantes que la despensa.

Mamá me sentó en la silla Adirondack y le ordenó a papá que me sostuviera la mano mientras ella marcaba números en su teléfono. Pensé que estaba llamando al cirujano, pero entonces la voz de mi hermana, Bárbara, resonó por el altavoz. Ahora, toda nuestra familia nuclear estaba aquí.

Sin embargo, no me volvió el aliento. Mi cuerpo había estado absorbiendo un trauma tras otro durante catorce días seguidos y, aparentemente, mis pulmones habían declarado una huelga. Mamá aguantaba el teléfono y papá aguantaba mi mano mientras, jadeante, yo aguantaba mi pelo.

Era finales de septiembre en Chapel Hill, Carolina del Norte. El roble que nos daba sombra ya estaba otoñal. Cuando lo atravesó una brisa, comenzaron a caer hojas doradas.

«¿Ves eso?», preguntó mamá. «Esa eres tú. Vas a perder tu cabello al igual que este árbol perderá sus hojas».

A medida que el viento se intensificaba, más hojas se arremolinaban a nuestro alrededor. Observé las ramas mientras se desnudaban lentamente como pronto lo haría mi cuerpo, no solo mi cabello, sino también mis pestañas, mis cejas, el vello de las piernas, el vello de mis brazos y mi vello púbico, hasta que estuviese completamente desnuda, hasta que fuese una mujer de mediana edad renacida.

Mudé mi mirada del roble a los ojos cada vez más vacíos de mi padre. A los setenta y nueve años, había perdido la próstata, un segmento del colon, la mayor parte de la mente y casi todo el cabello, pero ahí estaba, consolándome. Detrás de él estaba mi madre, que pasaría los siguientes cuatro meses cuidándonos a los dos con una ternura feroz. Hacía años sus propios rizos también se habían blanqueado.

«Y entonces llegará la primavera», dijo mamá.

Todavía, en su mano, apretaba el teléfono que proyectaba la voz de mi hermana. Bárbara llevaba el nombre de la abuela que ninguno de nosotros había conocido y vivía en casa, en San Antonio, con la hija y el hijo que algún día esparcirían todas estas historias.

«Llegará la primavera y te crecerá de nuevo».

Esta promesa nos regaló el aliento que exhalaron nuestras tres generaciones.

Natalia Toledo

Natalia Toledo *(1967) es una galardonada poeta nacida en Juchitán de Zaragoza, Oaxaca, México, que escribe en zapoteco del Istmo. Ha publicado seis poemarios, todos bilingües (zapoteco/español). «El camino del vidente» y «Al invierno llevé la fronda de mis huipiles» forman parte de su colección* Deche biotope / El dorso del cangrejo, *y fueron traducidos del zapoteco del Istmo por la autora.*

El camino del vidente

Cuántas veces metí la cabeza en el corazón del
tenate
para que no me olvidaran.
A escondidas comí tortillas de boca torcida
para casarme con hombre viejo.
Jugué la cola del perro y me hice mentirosa.
Bajo la mesa de los santos comí huevo de tortuga
seco
y deshidraté mis labios.
El zopilote hechizó mi resortera porque me perdí
en la danza de su vuelo.
En todas mis bodas llovió porque lamí con
antelación el sartén de la comida.
Corté mis ojos en un envite de cuchillos
para rebanar el ojo de la vergüenza.
Cómo te ibas a acercar a mí si todas las noches
colgué un mecate de ajos en mi dormitorio

y en mi ventana una camisa llena de sal,
de mi tío, que embarazaba sirenas.

Xneza ni ruuya'do'

Ana panda bieque guluaa ique' ndaani' ruba
ti cadi gusiaandacabe naa ya'.
Naga'chi' ritahua' gueta naxubi ruaa
ti guichagana'ya' nguiiu yooxho'.
Gudxite' xubaana' bi'cu' ne biziide' gusiguiee'.
Xa'na' mexa' bidó' ritahua' dxita bigu bidxi
de ra bicuidxe' guidiruaa'.
So'pe' bicaa xiguidxa' tiniyaala xtinne' ne binite'
lade saa xhiame.
Guirá xquendaxheela' biaba nisaguie
runi bindiee' ndaani' guisu guendaró.
Bichuuga' guielua' ne ti gudxíu ne bixuxhe' lu xtuí.
Paraa chi guidxiñu' naa ya' pa guirá gueela'
rugaanda' ti ludoo aju ra guse' ne ti gamixa' dxa'
zidi,
xti' xa xtiua'ya', bisiaca xiiñi'ca gunaa benda.

✳

No olvides el bejuco de serpientes
en el tobillo de tu infancia

Te digo una cosa:
de aquella inocente que acariciaba el venado
bajo la púrpura del almendro
solo queda un escorpión que atenta contra sus
venas.
Una huella hundida en su propia ropa

cubierta de agua salobre.

Cuando era niña
me gustaba caminar en el lodo,
mi madre metía entre los dedos de mis pies chiles
asados
para cicatrizar las heridas.

En ese entonces era eterna
porque mi linaje hablaba con las nubes.

Te digo una cosa más:
te quise porque no te conformaste con la imagen
que te ofrecía mi pozo y en la casa de mi ombligo
entendiste por qué tuve necesidad de ser otra.

Saber quién era y cómo entre tanta maleza también
hubo felicidad.

Dijiste:
Dime de qué canciones está hecha tu cuna.

Sí, dije:
Hay una babel enroscada sobre mi espalda,
pero ya no hablo con nadie,
dejé de hablar la lengua de los silentes,
he revelado mi signo,
ya no tengo rostro.

Mi retrato es un soliloquio con todo lo que dejó de
tener vida,
el viento desarticuló mis semillas.

Cuando mi raíz hizo crac
me fui caminando sin volver la vista.

Qui chigusiandu' lubá' naca beenda yaniñee ca dxi gucu' ba'du'

Zabe lii xiixa lá?
Xa badudxaaapa' huiini' guxubiná ti bidxiña
xa'na' bacaanda' xiñá' rini sti' yaga biidxi qué
napa ti ngolaxiñe cayoyaa neza rini cuxooñe' ladi.
Ti duuba' na'si' ndaani' xhaba
nutaaguna' nisa sidi laa.
Dxi gúca' ba'du' nabé guyuladxe' saya' ndaani' beñe
jñiaa ruquii guiiña' ruguu lade bicuini ñee'
ti gusianda ra gucheza beñe,
nganga ca dxi guiruti qui nuguu bia' naa
purti binni xquidxe' tobisi diidxa' guní' ne ca za.
Zabe lii xti' diidxa' lá?
gunaxhie' lii purti qui ninalú' ñananeu bandá'
biluí' bizé xtine lii
ne guyelu' ndaani' yoo ra ga'chi' xquipe'
bie'nu' xiñee bichaa gúca' stobi
binibia'lu' tu naa ne laaca gunnu' zanda chu'
guendanayeche ra naxhii.
Na lu': Gudxi naa xi saa bisiasi ne cabe lii
ya, gunie':
Nuu jmá diidxa' naca beenda'
galaa deche' caní' huahua',
ma giruti rinié niá',
ma bisiaanda' diidxa' guní' ca ni qui ñapa diidxa',
ma bilué tu naa,
ma bixhiaya' lua'.
Bandá' xtine riní' ne guirá ni ma guti
bi bixhele' ca xpiidxe'.

Ne dxi biluuza xcú bisuhua necabe naa
nisi guzaya' ne ma qui ñuu dxi nudxigueta lua'.

✳

Al invierno llevé la fronda de mis huipiles

Del otro lado del mundo los párpados tienen nieve.
A pesar de las luces que resplandecen, el cielo está
cerrado.
No importa, aquí estoy,
me trajo mi canguro. Soy mi propia familia
y en cualquier infierno en donde me pare:
soy mi única hija.

Yeniá' yaga naga' xti' ca xpidaane' ra cayaba nanda

Deche gudxilayú daapa xubaguí ique lagaca'
neca reeche xtuxhu biaani' da'gu' lú guiba'.
Gasti naca, rarí nuaa',
bedané mani' bizidanda xtine' naa.
Laaca naa nga jñaa ne bixhoze'
rizayaniacá' lidxe'
ne ratiisi gabiá guxatañee'
tobilucha xiiñe' naa.

Mary Seacole

Mary Seacole *(1804-1881) nació en Kingston, Jamaica, hija de un sol-dado Escocés y una madre Jamaicana, Negra y libre. Viajó mucho por el Caribe y Europa gracias a que era enfermera y amante de los viajes. Durante la Guerra de Crimea, se ofreció para servir como enfermera del ejército, pero fue rechazada por ser Negra. En cambio, instaló un hotel y vendió alimentos y medicinas a los soldados Británicos. Al final de la guerra, estaba en la indigencia y en bancarrota. En 1857, publicó en Lon-dres su autobiografía,* Wonderful Adventures of Mrs. Seacole in Many Lands, *citada aquí, que instantáneamente se convirtió en un éxito de ventas. Luego, en Inglaterra, Francia y Turquía, obtuvo reconocimiento por sus esfuerzos durante la guerra. El siguiente fragmento fue traducido del inglés por Raquel Salas Rivera.*

Capítulo 1

Mi nacimiento y parentesco
Mis primeros gustos y mis viajes tempranos
El matrimonio y la viudez

Nací en el pueblo de Kingston, en la isla de Jamaica, en algún momento del siglo actual. Como mujer y viuda, se me puede excusar de dar la fecha precisa de este importante evento. Pero no me importa confesar que el siglo y yo éramos jóvenes juntos y que hemos crecidos juntos en edad e importancia. Soy una criolla y tengo buena sangre escocesa corriendo por mis venas. Mi padre fue un soldado, de una antigua familia escocesa; y a él a menudo atribuyo mi afecto

por la vida de campamento y mi simpatía por lo que he oído a mis
amigos llamar «la pompa, el orgullo y las circunstancias de la guerra
gloriosa». Muchas personas también han atribuido a mi sangre esco-
cesa aquellas energía y actividad que no siempre se encuentran en la
raza criolla, y que me han llevado a tantos y variados escenarios; y
tal vez tengan razón. Muchas veces he escuchado el término «crio-
llo perezoso» aplicado a mi gente del campo; pero estoy segura de
que yo no sé lo que es ser indolente. Toda mi vida he seguido el im-
pulso que me llevó a levantarme y hacer; y lejos de quedarme ociosa
en alguna parte, nunca me han hecho falta las ganas de viajar ni una
voluntad lo suficientemente poderosa como para encontrar cómo
llevar a cabo mis deseos. Si tiene la paciencia para completar este
libro, quien sea que me lee, verá el hecho de que estas cualidades me
llevaron a muchos países y me trajeron algunas aventuras extrañas
y divertidas. Algunas personas, de hecho, me han llamado un Ulises
bastante femenino. Creo que lo pensaron como un cumplido; pero,
por mi experiencia con los griegos, no lo considero muy halagador.

Mi madre tenía una pensión en Kingston y era, como muchas
de las mujeres criollas, una doctora admirable, muy estimada por
los oficiales de ambos servicios y sus esposas, que de vez en cuando
estaban apostados en Kingston. Era muy natural que yo heredara
sus gustos; por eso, a temprana edad, deseaba conocer y comen-
zar la práctica médica, que nunca me ha abandonado. Cuando era
muy pequeña, fui acogida por una anciana, que me crio en su casa
entre sus propios nietos y que me mostró la misma bondad que si
fuese uno de ellos; de hecho, mi amable patrona me mimaba tanto
que, de no ser por el acompañamiento frecuente de mi madre, muy
probablemente me hubiese vuelto ociosa e inútil. Pero los vi tanto
a ella y a sus pacientes, que la ambición incipiente de convertirme
en doctora se arraigó firmemente en mi mente. A medida que me
convertía en una mujer, comencé a satisfacer aquel deseo de viajar

que nunca me abandonará mientras tenga salud y vigor.

Nunca olvidaré mis primeras impresiones de Londres. Por supuesto, no voy a aburrir al lector con un recuento; pero son tan vívidas ahora como si mis dieciocho años… (casi se me había olvidado mencionar mi edad) no se hubiesen unido hace muchos años a las filas del pasado. Por extraño que parezca, algunos de mis recuerdos más vívidos son de los esfuerzos que hicieron los niños callejeros de Londres por burlarse de mi piel y la de mi compañera. Mi piel es solo un poco más oscura que la de las pelinegras que ustedes tanto admiran; pero mi compañera era muy oscura y un tema claro (si puedo aplicarle el término) para su ingenio grosero. ¡Era irascible, pobrecita! y como en aquellos días no había policías que intimidaran a los muchachos y les llamaran la atención a nuestras sirvientas, nuestro avance por las calles de Londres fue a veces bastante ajedrezado.

Permanecí en Inglaterra, con motivo de mi primera visita, alrededor de un año; y luego regresé a Kingston. Al poco tiempo, partí de nuevo para Londres y en esta ocasión traje conmigo para la venta una gran cantidad de conservas y pepinillos de las Antillas. Pasé un tiempo en New Providence y traje a casa una gran colección de hermosas conchas labradas, que causaron un gran furor en Kingston y se vendieron en poco tiempo. Visité también a Haití y Cuba. Pero me apresuro a adelantar mi narración.

De regreso a Kingston, cuidé a mi antigua e indulgente patrona durante su última y prolongada enfermedad. Después de que se muriera en mis brazos, me mudé a la casa de mi madre, donde me hospedé, realicé una variedad de trabajos y aprendí mucho del arte medicinal criollo, hasta que no tuve suficiente valor para decirle «no» a cierto arreglo propuesto tímidamente por el Sr. Seacole, con quien me casé. Nos mudamos a Black River, donde abrimos una tienda. ¡Pobre hombre! Era muy delicado; y antes de que me hiciera cargo de él, varios médicos habían expresado unas opiniones muy desfavorables sobre su salud. Lo mantuve vivo ofreciéndole cuido y atención todo el tiempo que pude; pero finalmente se enfermó tanto que tuvimos que dejar Black River y regresar a la casa de mi madre en Kingston. Falleció un mes después de que retornamos. Esta fue mi primera pérdida significativa y me afectó de manera terrible.

Alfonsina Storni

Alfonsina Storni *(1892-1938) fue una poeta, ensayista y dramaturga feminista del Modernismo nacida en Sala Capriasca, Suiza, de padres Italoargentinos. Su familia regresó a Rosario cuando tenía cuatro años. Sus libros incluyen* El dulce daño, Ocre, Mundo de siete pozos *y* Mascarilla y trébol, círculos imantados, *una colección de poesía experimental. Le diagnosticaron cáncer de mama y se sometió a una mastectomía radical. Cuando el cáncer reapareció unos meses después, se suicidó arrojándose al mar en la ciudad de Mar del Plata, Buenos Aires, Argentina, en la costa sur del Atlántico. «Hombre pequeñito» fue publicado por primera vez en 1919, en su poemario* Irremediablemente.

Hombre pequeñito

Hombre pequeñito, hombre pequeñito,
Suelta a tu canario que quiere volar…
Yo soy el canario, hombre pequeñito,
déjame saltar.

Estuve en tu jaula, hombre pequeñito,
hombre pequeñito que jaula me das.
Digo pequeñito porque no me entiendes,
ni me entenderás.

Tampoco te entiendo, pero mientras tanto
ábreme la jaula que quiero escapar;
hombre pequeñito, te amé media hora,
no me pidas más.

Pepita García Granados

Pepita García Granados *(1796-1848) fue una irreverente poeta, intelectual y periodista política Guatemalteca, nacida como María Josefa García Granados y Zavala en El Puerto de Santa María, en Cádiz, España, adonde habían migrado sus padres. Poco después la familia regresó a la Ciudad de Guatemala, donde Pepita se crio y vivió toda su vida. Madre de seis hijos, a menudo escribía bajo un seudónimo masculino, Juan de las Viñas, y fue una voz importante a favor de la independencia de Guatemala. Mantuvo amistades con algunos de los hombres más influyentes de su época y escribió textos satíricos que criticaban a su clase social (otros aristócratas). El fundador del Modernismo y poeta Nicaragüense Rubén Darío la declaró la mujer más ingeniosa que Centroamérica ha dado. Entre sus obras se encuentran* Himno a la Luna, A la ceiba de Amatitlán, La resolución, A una hermosa joven —desgraciadamente enlazada con un achacoso viejo— *y* Plegaria. *También fundó el periódico* Cien veces una, *en respuesta a un periódico de un enemigo acérrimo llamado* Diez veces diez.

El sermón

O joder o morir, ¡oh almo coño!
que un bello, tierno y virginal retoño,
vale más que la vida y que la gloria que
solo sirven de adornar la historia.

Así dijo un filósofo pagano,
Octavio Augusto, emperador romano;
¡Oh vosotros, muchachos negligentes
que servís de ludibrio a los vivientes

pasando el tiempo en ocio tan profundo
cual si no hubiera coños en el mundo!

Vosotros que en el seno de la nada
pasáis la juventud desperdiciada,
despreciando los dones del Eterno
y que ganáis sin mérito el infierno...

Vosotros, que tal vez cuando natura
os despierta la sangre y que os apura
a buscar en la carne algún deleite,
untáis la mano de asqueroso aceite,
y así vuestra lujuria se amortaja
en una triste y desabrida paja.

Y tú, sexo embustero y desaseado,
¿en qué empleas la flor que Dios te ha dado?
Vírgenes tontas, con vosotras hablo,
no sois ni para Dios ni para el Diablo.

Ahora, que inflamado de elocuencia
al predicar la fornicaria ciencia
más que Bossuet y Fenelón me siento,
hembras y machos, escuchad mi acento.

Mas para oír con fruto mis razones,
cada varón empuñe sus cojones
y las hembras su coño y sus dos tetas
que jalan más que doce mil carretas.

Y en esta posesión, devotamente
invoquen a san Príapo omnipotente
y a santa Magdalena la judía,
diciendo con la boca: Ave María.

Diannely Antigua

Diannely Antigua *(1989) es una poeta y educadora Dominicana Esta-
dounidense, nacida y criada en Massachusetts. Su colección debut,* Ugly
Music, *ganó el Premio Pamet River y un Whiting Award en 2020. Reci-
bió su MFA de NYU y ha sido becaria de CantoMundo, Community of
Writers y Fine Arts Work Center Summer Program. Sus poemas han sido
publicados en* Poetry Magazine, American Poetry Review *y* Washing-
ton Square Review, *entre otros. Reside en Portsmouth, New Hampshire,
y en 2022 fue la poeta laureada de la ciudad. «Soneto de la nena triste
#10» fue traducido del inglés por Raquel Salas Rivera.*

Soneto de la nena triste #10

Solo he estado fuera por un mes,
y ya pueden verme tragar tres hombres,
dos pastillas, dos países. Hoy, me doy permiso

para cantar una canción triste en la ducha, «Un-Break My Heart»
de Toni Braxton, el jabón baja por mis piernas. Me afeito
las axilas mientras lloro, buscando las hinchazones, un acto
   de bondad

para mis partes más desatendidas. Nadie ama
un pelo encarnado. Cuando tenía once años, mi madre
   escondió las navajas, me escondió
de los hombres allá afuera, olvidándose del que compartía su
   cama. Presiono

el filo contra mi piel para recordarme que,
si me esfuerzo, podría estar viva. Mi madre dice
ma' pa'lante hay gente; y sí, hay gente en el futuro

que me hará daño. ¿Qué significa ser des-quebrantada?
    Des-lloro,
des-sexo, me des-hago en esto.

Naima Coster

Naima Coster *(1986) nació en Brooklyn, Nueva York, y es la autora de dos novelas:* What's Mine and Yours, *éxito de ventas del* New York Times, *y su ópera prima,* Halsey Street, *finalista del Premio Kirkus de 2018 para una obra de ficción. En 2020, recibió el honor de ser nombrada una de los 5 con menos de 35 años (5 Under 35) de la National Book Foundation. Las historias y los ensayos de Naima han aparecido en* Elle, TIME, Kweli, *el* New York Times, The Paris Review Daily, The Cut, The Sunday Times, Harper's *y* Catapult. *«La reorientación» se publicó originalmente en 2017 en* Cosmonauts Avenue, *donde ganó un premio de no ficción juzgado por Roxane Gay, y se volvió a publicar en* SohoNYC *en 2020; fue traducido del inglés por Raquel Salas Rivera.*

La reorientación

Los pasillos de Spence eran azules y estrechos. Serpenteaban y se enroscaban uno dentro del otro. Seguí a mi guía y me asomé a las aulas. Adentro, aprendían niñas con faldas azul marino y blusas blancas. Estaban sentadas en sillas dispuestas en círculos o en cuadros en vez de filas, y podía imaginarme sentada entre ellas, encendiendo mecheros Bunsen, leyendo *Sueño de una noche de verano* en voz alta, descifrando ecuaciones algebraicas.

PS 11, mi escuela primaria, era oficial y sencilla, un edificio de ladrillos en Clinton Hill, Brooklyn. Mis padres lucharon por matricularme en la escuela, la mejor del distrito, a pesar de que me habían asignado a otra zona. Me gustaba el columpio de llanta en el patio de recreo, la bodega donde compraba papas fritas y quarter waters, la biblioteca al final de la cuadra donde a veces esperaba a que mi padre me recogiera. Yo era una de las estudiantes favoritas de mis maestros y casi todas las mañanas me seleccionaban para recitar el juramento a la bandera por los altavoces seguido por el lema de la escuela.

Estábamos orgullosos de estar aprendiendo y aprendiendo a estar orgullosos.

La escuela estaba dirigida en su totalidad por mujeres negras: las maestras, las guardias de seguridad, la directora y la subdirectora. Para mí, la escuela era un escudo, un lugar donde me sentía segura y al que pertenecía. Spence estaba a menos de diez millas de distancia, al otro lado del agua en Manhattan, pero mucho más lejos que mis expectativas.

Después de mi recorrido, me entrevisté con la directora de Spence Middle School. Tenía el cabello rubio muy corto, ojos caídos y una expresión agradable y clara. Debo de haberle comentado que mi materia favorita era Artes del Lenguaje y que tenía cuadernos de composición llenos de novelas incipientes. Probablemente mencioné que yo hablaba español, que mis padres eran maestros, que tenía una abuela en Bushwick y un abuelo en República Dominicana. Quizás le dije que toda mi vida había estado trabajando duro para poder estudiar en una escuela como Spence, sin saber que Spence existía. Todos los concursos de deletrear, todas las pruebas escolares de la ciudad e informes de libros los había realizado para aterrizar aquí, frente al escritorio de una mujer blanca digna como ella. Parecía entretenerla y recuerdo tener cierta esperanza de haberla impresionado.

Cuando salí de su oficina, esperé en la esquina a que mis padres me recogieran. Era mi primera vez sola en la ciudad. Observé a las chicas Spence de la escuela secundaria que, sin supervisión, le daban la vuelta a la manzana, riéndose y bebiendo refrescos. Para mí, eran glamorosas, estas chicas mayores con delicados calcetines tobilleros, que llevaban las faldas de uniforme arremangadas hasta los muslos. Me preguntaba si alguna vez sería como ellas, si decidirían, a fin de cuentas, dejarme entrar.

La idea de yo ir a Spence era tanto un problema como una promesa para mi familia. Mi tía le advirtió a mi madre que no me enviara a una escuela de niños ricos. Se metían en el tipo de problemas que nunca los afectaban y que siempre se pegarían a mí. Los niños del Upper East Side tenían dinero en efectivo para drogas y las llaves de los gabinetes para el alcohol de sus padres. Tenían sexo en apartamentos vacíos de Park Avenue, hacían trampa en los exámenes y robaban, no respetaban a sus padres y no creían en Dios.

Mis padres estaban acostumbrados a protegernos en nuestro vecindario, Fort Greene. Nos mantuvieron a mí y a mi hermano menor adentro de la casa y nos prometían que algún día les agradeceríamos por protegernos de alguna gran tragedia, como recibir un disparo, o alguna tragedia pequeña, como la adquisición de las malas palabras y los hábitos vulgares que mi madre llamaba «las malas mañas».

Incluso, en el apartamento en forma de línea recta de mi abuela en Bushwick, yo estaba relegada al sofá, donde veía caricaturas o telenovelas mientras mi abuela cocinaba y mi hermano jugaba baloncesto al final de la calle con nuestros primos. La explicación que ofrecía mi abuela para mantenerme adentro de la casa era simple: la calle no era para las niñas.

No era una niña premiada en mi hogar, pero mi abuela materna, mis tías y mis tíos me amaban. Fui la primera nieta y el primer miembro de la familia nacido en los Estados Unidos. Ellos querían

lo mejor para mí y por eso le advirtieron a mi madre: «No la dejes
ir. No podrás velarla. Va a cambiar».

Mi madre abandonó la escuela secundaria para trabajar en
las fábricas de Brooklyn a los diecisiete años. Completó sus estudios
universitarios a los treinta, después de convertirse en una madre
con dos hijos. Mi padre era un maestro de escuela secundaria en
East New York, uno de los barrios más duros de Brooklyn. Por esto,
tenía una impresión sobria de lo que quizás me esperaba después
de graduarme de PS 11. Cuando me llegó la aceptación de Spence,
ambos acordaron que yo iría. Me tiré por el barranco, dejé atrás mi
vida anterior y ellos también entraron en caída libre.

El día de la orientación, hubo un picnic familiar anual en un parque
junto al East River. Mi madre era mucho más joven que los demás
padres y probablemente portaba un blazer con enormes hombre-
ras que acentuaban el hecho que pesaba poco más de cien libras.
También, trajo a mi hermano y yo me quedé con las otras chicas nue-
vas, haciendo bromas y mintiendo para conquistar su admiración.

Elle, una chica con cabello color óxido y una risa explosiva,
se me acercó primero. Luego Cate, quien, como Elle, era una
Sobreviviente —había estudiado en Spence desde preescolar—. Era
una bailarina de piel lechosa cuyas hermanas también estudiaron
en Spence. Y, finalmente, Kristen, otra chica nueva, que se transfe-
ría de otra escuela privada. Nos sentamos en los bancos, dimos un
paseo por el Astroturf, y me sentí sorprendentemente libre mientras
hacía chistes y retruécanos charros y confiaba en la evasión y la exa-
geración para explicar mi vida en Brooklyn. Fue fácil inventarme
una historia sobre mi trasfondo y así sentir que mi nueva vida ya
estaba en marcha.

Después, nos encontramos con mi padre. No recuerdo si condujo desde Brooklyn sólo para recogernos o si se estacionó en algún lugar y esperó en el carro mientras estábamos en el picnic. Cuando le pregunté por qué no había venido, me dijo: «No entiendes, Naima. Si la gente me ve, te tratará de manera diferente».

Mi padre era un hombre Negro alto y corpulento, de menos de cincuenta años. Tenía una barba larga y un bigote y usualmente usaba una gorra de pelota y fumaba una pipa. Yo estaba acostumbrada a tener un padre que los demás consideraban intimidante. En PS 11, un par de gemelos mayores me amenazaron hasta que mi padre fue hasta la escuela para hablarles; más tarde, los chicos con los que yo salía le daban la razón, se miraban los pies ante su presencia y luego decían que qué cul, qué aterrador era. Los padres de mi padre eran de Cuba y Curaçao. Mis antepasados de ambos lados de la familia eran del mismo grupo de islas caribeñas. Pero mi madre era de piel clara, y era bajita y flaca. Enfrentó un conjunto diferente de problemas: la subestimación, las insinuaciones, los problemas con el idioma. Vio cómo a mi padre lo acosaban y lo maltrataban los dueños de las tiendas, los guardias de seguridad del aeropuerto y los extraños que eran blancos. Vio esto lo suficiente como para entender que ser Negro era diferente. Y, sin embargo, yo quería que mi padre se uniera a nosotros durante aquel picnic. Quería decirle que él no había visto lo amables que eran todas esas chicas Spence, cómo ya se habían encariñado conmigo, cómo sus padres me habían sonreído.

Antes de estudiar en Spence, podría haber dicho que sabía nadar, bailar, tocar un instrumento y cantar. Aprendí rápidamente que, en comparación con mis compañeras de clase, yo no tenía talento alguno para ninguna de las actividades que amaba. Había pasado

los veranos nadando en las playas de RD, pero no podía nadar largas
distancias como ellas; estudié en una escuela de ballet en Jamaica,
Queens, mientras que las niñas de mi clase se habían formado en la
School of American Ballet. Toqué el saxofón alto por algunos años
en el PS 11, pero mis compañeras de clase habían tomado clases de
piano desde que tenían tres años. Me gustaba cantar, pero no sabía
leer música y fingía que entendía todo durante las clases de coro.
Disfruté de poder, al menos, competir con mis compañeras de clase
en las materias académicas. Sabía cómo encontrar una imagen en
un poema y decir lo que significaba. Sabía cómo enlazar palabras,
de forma imitativa, para decirle a un maestro lo que quería escu-
char. Los cursos me ofrecían un modo de ganarme un lugar entre
ellas, aunque mis cursos eran diferentes aquí. Tomé Latín, Teatro,
Oratoria y un curso de oyente sobre la música clásica. Evité las Artes
Plásticas, donde eran demasiado obvias las brechas entre lo que ha-
bía aprendido en PS 11 y lo que ellas habían aprendido en la escuela
primaria de Spence.

Pronto me convertí en una experta en observar a mis compa-
ñeras. Traté de descifrar cómo habitaban sus cuerpos y el mundo.
Observé la forman en que pelaban las clementinas con las uñas,
desenrollando la piel naranja en un solo rollo. Las vi envolver sus
cuerpos alrededor de sus sillas en clase, cómo ponían un pie so-
bre el asiento y cómo doblaban la otra pierna debajo de sus torsos.
Durante la hora de almuerzo, trituraban bagels con las manos y
comían solo la mitad; devoraban galletas y té o compartían un pla-
to de lechuga iceberg y vinagre balsámico. Se pasaban los dedos
por el cuero cabelludo y recogían los finos mechones de su cabello
desenredado en una cola de caballo. En más de una ocasión me
desaté el pelo y traté de enrollarlo como el de ellas. Pero mi cabello
era demasiado pesado y nunca pude volver a amarrármelo como
estaba antes. Me pasaba el día con el pelo suelto y descontrolado

en forma de aureola y me inventaba una historia cuando llegaba a casa sobre cómo se había deshecho el moño durante la clase de Educación Física.

Pasé tanto tiempo observando a las chicas de mi clase que ellas son lo que más recuerdo. Puedo recordar mucho sobre los innumerables bat mitzvahs a los que asistí: en el Hotel Plaza, en los jardines bien cuidados, con un vestido de niña con mangas abullonadas mientras mis compañeras de clase usaban dobladillos altos y lentejuelas negras y donde sentí una camaradería instantánea con las bailarinas contratadas, quienes a menudo eran dominicanas; pero no recuerdo cómo celebré mi decimotercer cumpleaños. Cuando pienso en ese primer año, las veo a todas menos a mí misma.

Mi estudio minucioso de las chicas de mi clase y su efecto constante en mí, no pasó desapercibido para mis padres. Cuando no estaba en la escuela, estaba escribiendo los chismes de la clase en mi diario. Empecé a escuchar radio pop. Les pedí a mis padres que me compraran la cazadora de cuero que vendía la escuela con la S de Spence en la espalda antes de darme cuenta de que nadie las usaba. De noche, me ponía un pinche de ropa en la nariz con la esperanza de que se afinara. Y no he mencionado mi manera de hablar que ahora estaba salpicada con «likes» y vocales alargadas. «School» se convirtió en «schoo-ool», «hambre» se convirtió en «hung-ray». Una vez, mis padres escucharon a una niña de mi clase prometer que me llamaría al día siguiente tipo nueve o «nineish», y, a partir de ese momento, comenzaron a llamarme «Spenceish» y a referirse a mis amigas como «Spenceish girls» o las nenas «Spenceish».

Detrás de sus burlas, sentía una creciente ambivalencia. Mi madre me había recogido de suficientes funciones de Spence para saber que ella odiaba la manera en que algunas de las chicas se sentaban con las piernas abiertas o escribían en sus manos con bolígrafo. Una vez, vio a una niña decirle a su madre que se callara en público, y ella dio una vuelta para regañarme a mí.

«Tal vez esos padres blancos adopten ese tipo de comportamiento, pero yo no. Inténtalo a ver qué pasa».

Tenía razón al sospechar que el sentido de superioridad que llevaban la chica Spence era contagioso. De repente, yo sentía que merecía ciertas cosas. Quería privacidad para hacer mi tarea escolar, aunque vivíamos en una sola habitación. Quería que bajaran la voz mientras yo hablaba por teléfono. No pensé que fuera necesario que me gritaran si ya yo estaba escuchando. Estas luchas de poder rápidamente encontraban su fin, pero, aun así, intenté reclamar mi independencia de maneras pequeñas e invisibles. Grabé pensamientos prohibidos en mi diario, me encorvé en clase, le respondí a mis padres en mi cabeza, ya que no podía contestarles en voz alta. Les meneaba las caderas a los chicos blancos en las fiestas, les contaba mentiras a las chicas de la escuela sobre mi vida, me subía la falda del uniforme varias pulgadas.

Quizás estaba perdiendo el sentido de que compartía un mundo en común con mis padres, pero tampoco era que me estaba deslizando fácilmente en el mundo de Spence. Había docenas de chicas que yo sabía que nunca me invitarían a sus casas y cuyas invitaciones a fiestas de cumpleaños nunca llegaron. Ante mis ojos, todas mis compañeras de clase eran ricas y no entendía las complejidades internas de su clase social. No podía notar la diferencia entre una casa de campo en Montauk y una en los Hamptons, entre un apartamento en la Segunda Avenida y un penthouse en Park. Lo único que sabía con certeza era que, en la escala de los estratos sociales del séptimo grado, yo estaba en el último.

En una clase graduanda de cincuenta niñas, solo seis de nosotras no éramos blancas y la mitad de ese porcentaje éramos recién egresadas. Muchas chicas me habían preguntado: «¿Qué eres?» y «¿De dónde eres?». Me preguntaron si mi cabello era real, si yo era Negra. Una profesora sustituta de Teatro me puso a actuar en un sketch sobre una niña negra subyugada, lo cual me pareció evidentemente injusto; ¿por qué las otras chicas podían escoger los papeles que quisieran?

Una de mis mejores amigas, otra chica nueva llamada Kristen, me contó una vez una historia sobre los infortunios de su padre en el metro después de que se arriesgó a tomar el tren. Su padre estaba bajando por las escaleras, dobló una esquina y chocó contra un hombre grande y Negro. Kristen se echó a reír y me di cuenta de que no había captado lo que le daba gracia al chiste, el punto culminante de su historia: el hombre Negro que chocó con su padre en el metro. No sé qué hice, si me reí, me quedé callada o le pregunté qué era tan gracioso, pero sí sé que la figura que me vino a la mente, el hombre que imaginé en aquella historia, era mi padre, con un camisa de cuadros de mangas largas, con sus bolígrafos plateados en un bolsillo y su piel de un marrón oscuro, del color que yo llamaba «siena tostada» cuando era niña, un término que tomé prestado de la crayola que usaba para dibujarlo y, en aquel entonces, él me contestó llamándome «marrón durazno», aunque ese no era del todo el color adecuado, puesto que era un tono demasiado blanco.

Las tensiones con mis padres llegaron a un punto culminante una noche cuando me conducían a casa después de un evento escolar. Viajamos a lo largo de la carretera, mientras se agitaban las luces de la ciudad. Mi padre fumaba su pipa, el dulce olor a tabaco flotaba por la ventana y mi madre miraba abatida hacia el East River, con la barbilla apoyada en su mano delgada. Lo único que recuerdo de mi hermano aquella noche era su pequeñez y su silencio.

Sospecho que la pelea comenzó con mi madre: mis luchas de poder fueron principalmente con ella. Si yo suspiraba más dramáticamente que lo permitido, o si ponía los ojos en blanco, o no estaba de acuerdo con ella, su ira surgía velozmente y gritaba, amenazaba y golpeaba. Se ponía roja, una vena en su frente se dilataba y palpitaba, y yo me preguntaba si su rabia sería suficiente para matarme a mí, o a ella, a todos nosotros. ¿Qué era lo que me pasaba? ¿Quién me creía? Yo era una inútil, fea y engreída. Tan pronto comenzaba a insultarme, sabía que nada de lo que le dijera sería suficiente para que me perdonara, así que a veces me defendía al decir que lo que estaba pasando era injusto o que no había hecho nada malo. Ella solo se enfurecería más. Esta vez gritó: «¡Te voy a sacar de esa escuela!».

Seguramente dijo que la forma en que me comporté era inaceptable. Esa palabra rebotaba en su boca, la redondez de la *p* y la *b* era idéntica en sus labios. «Si crees que soy una de esas madres Spenceish, te equivocas. ¡Esto no lo voy a soportar! ¡Te voy a sacar de esa escuela!».

A través de mis lágrimas y sus gritos, sentía que el carro estaba fuera de control. Los demás carros parecían ir demasiado rápido y me preocupaba que chocáramos con otro conductor o contra la isleta y muriéramos en un choque múltiple, un accidente causado por nuestra incapacidad de llevarnos bien y mi nueva insistencia en que no me aplastaría. No chocamos. Así que le respondí.

«¿Tú me harías eso? ¿Arruinar mi futuro? Si me sacas de Spence, nunca te voy a perdonar».

Mi madre se viró hacia mí y repitió mis palabras con su voz estridente e incrédula.

«Así es», le dije. «Si me haces eso, si arruinas mi futuro, nunca te voy a perdonar».

Después de eso, sus gritos se elevaron y no recuerdo si mi padre se unió o no, si mi madre se quitó el cinturón de seguridad para poder alcanzarme y abofetearme, pero recuerdo la sensación de que ellos eran más y de encogerme finalmente en el asiento trasero para llorar con un silencio sepulcral. Pero no podía retractarme de lo que había dicho y reiterado: que algún día tendría el poder de protestar, de despreciarlos, de irme.

Por años, mis padres hablaron de aquella noche. Mencionaron mi explosión, mi amenaza de no perdonarlos nunca, como prueba de que Spence me había malcriado y convertido en una chica desobediente y malagradecida. Si levantaba la voz o dudaba en seguir sus instrucciones al pie de la letra, mi madre bajaba las cejas con disgusto y decía: «¡No creas que me olvidé de la vez que dijiste que nunca nos perdonarías! No me he olvidado. Lo recuerdo muy claramente».

Yo también guardé aquel recuerdo. Me acordaba de cómo se sentía responder, de cómo mi voz firme se expandía y le contestaba. Me acordaba de la tensión del cinturón de seguridad sobre mi pecho cuando me incliné hacia delante. Recordé que, por un instante, me negué a aceptar como sentencia las decisiones de mis padres. No sentí pena por lo que había dicho, no dejaría que nadie me quitara el futuro que sentía que era mío. Era inaceptable. Ahora yo era una chica Spence y ya había dejado atrás mi vida de antaño.

Julia Alvarez

Julia Alvarez *(1950) es una poeta, ensayista y novelista neoformalista Dominicana Estadounidense nacida en la ciudad de Nueva York. Es la autora de* De cómo las muchachas García perdieron el acento, En el tiempo de las mariposas, Antes de ser libres *y* Más allá. *Su última novela se titula* El cementerio de los cuentos sin contar. *Enseña Escritura Creativa en Middlebury College.* «El restaurante de mi hermana» *fue traducido del inglés por Raquel Salas Rivera.*

El restaurante de mi hermana

Ciudad Trujillo, 1959

Dicen que nacemos siendo quienes somos.
No puedo hablar por mí, pues comencé
a perder la voz después de una breve carrera
recitando poemas para las amigas de mi madre,
un aquietamiento aún más inquietante
de parte de la más ruidosa de un grupo ruidoso
de una docena de primos, que alborotábamos
dentro y fuera de las casas vecinas.
Desconocíamos la causa, lo más probable
era un caso de nervios, una respuesta clásica de mujer
al horror, al horror que nos rodeaba.
Entonces, no puedo hablar por mí, pero aún recuerdo
las comidas ficticias en el restaurante de mi hermana,
por las tardes, en el patio, mientras las largas sombras

ya proyectaban nuestras formas hacia el futuro.

La iluminación era débil, gracias a los apagones frecuentes

«¡El Jefe está en el trabajo!». Los tíos nos guiñaban el ojo.

Hijos del drama, nos gustaba más así.

Nos sentábamos frente a la mesa larga en una isla de luz,

una lámpara de gas de refuerzo se intensificaba en el centro.

Sobre nuestras cabezas las estrellas se las echaban,

Cada una compitiendo por nuestra atención como reinas de
    belleza

en llamativos vestidos de noche; pero no podría importarnos
    menos

porque le estábamos haciendo caso a la hermana

que más tarde se convertiría en chef mientras recitaba

el menú de especiales de esta noche en su restaurante.

Después de la cena del mediodía cargada de platos,

sancochos meciéndose con víveres, arroz blanco,

las cenas eran sencillas, un pan de agua con mantequilla,

un plato de avena con palito de canela para revolver,

pero al oír a mi hermana recitar las delicias, pensarías

que todo el Cordon Bleu se fajaba en nuestra cocina.

A veces nuestro primo payaso, el nene mayor

y el heredero natural (así que se salía con la suya),

pedía una comida elaborada: un plato

de arepitas de yuca, buñuelos de calabaza,

pudín de batata, una especialidad de la casa;

chasqueaba los dedos como el descendiente mimado

de una de las familias de los secuaces del dictador.

Pero mi hermana, que ya sabía a dónde iba,

no se apresuraba y le hacía esperar su turno.

Noche tras noche, la perdonábamos cuando, en vez de
    refrescos

que tintineaban con hielo, coronados con diminutos paraguas,
ponía vasos de leche sobre la mesa, mientras mami miraba
    desde la sala
donde ella y las tías bebían su whisky sour,
preparándose, ya que la redada del dictador se apretaba.
La leche, endulzada con azúcar, era un requisito
para fortalecer nuestros huesos, hacernos altos y americanos.
El truco consistía en revolverlo rápido antes de beber,
ya que lo mejor, lo más rico siempre se hundía al fondo,
como el tesoro pirata que los tíos nos enviaban a buscar
en un juego vano, los veranos que pasábamos en la playa
para garantizar la seguridad de sus reuniones secretas
—quién daría la señal, quién conduciría
el auto mientras otra bala atravesaba la ventana—
muerte al rey, el nombre en clave de su plan.
Después de la leche, venía el cereal o el pan de agua;
definitivamente no era la pizza que pedimos.
Pero ese no era el punto, el punto era participar
en un mundo imaginario donde todos nos sentíamos
    satisfechos.
Ella nunca dijo que no, ni descartó nuestros deseos
    descabellados.
¡Imposible! ¡Un helado de chocolate a esta hora!
Este era su arte, noche tras noche, nos convencía
que esta era la noche que no nos decepcionaría.
Llevaba su bandeja profesionalmente sobre un hombro,
y parecía una bailarina elegante o una artista con lentejuelas
a punto de salir a un escenario iluminado o a una cuerda floja.
¿Cómo podría ser esta la hermana que habíamos ignorado,
la tímida que no lograría mucho en esta vida,
como predijeron los videntes familiares, quienes le aconsejaron

que se casara joven para dar comienzo a la próxima generación?
Ella no sabía hacer otra cosa, como una princesa
bajo un hechizo, actuaba según su naturaleza.
Pero ya un pequeño chef, como un genio embotellado,
estaba cocinando su ser futuro y el resto de nosotros
como los personajes secundarios de aquel cuento, cumplimos.
Ahora le tocaba mostrarnos lo que podía lograr la soñadora
cuando se callaban las ruidosas.
La recuerdo agachada, su pelo en mi cara,
sus solemnes asentimientos de aprobación o confirmación,
su Para servirle, mientras se movía al próximo patrón.
Por eso yo seguía volviendo a su restaurante,
a pesar de las órdenes equívocas de la noche anterior.
Estaba aprendiendo de ella el arte de escuchar,
de sumergirse en lo profundo, recuperar un tesoro escondido.
Es por eso que sigo regresando, después de medio siglo,
cada vez que me siento a trabajar en mi escritorio.

LUNA ETÉREA

La energía de esta luna
encarna el espíritu del aire

Nicole Cecilia Delgado

Nicole Cecilia Delgado *(1980) es una poeta, traductora y artista de libros nacida en San Juan, Puerto Rico. Su último poemario,* Periodo especial, *explora cómo se reflejan socioeconómicamente las islas de las Antillas Mayores a la luz de la actual crisis financiera de Puerto Rico. Su obra ha sido traducida al inglés, catalán, polaco, alemán, gallego y portugués. Es la codirectora de La Impresora, una imprenta de poesía y risografía dedicada al trabajo editorial independiente en Puerto Rico. «Traducción» fue publicado originalmente en la revista* Guernica *en 2021.*

Traducción

«America I've given you all and now I'm nothing».

—*Allen Ginsberg*

América me lo gasté todo y ya no soy nadie.
América 2015 2 de enero cero dólares +ivu.
Me duele la cabeza.
¿Cuándo pasan la nueva de Star Wars?
Jódete tú con la semilla transgénica.
No escribiré este poema hasta que no me sienta bien.
América ¿cuándo serás esdrújula?
¿Qué esperas para desnudarte?
¿Cuándo vas a mirarte a través de las vitrinas?
¿Cuándo harás caso a nuestro millón de inconformes?
América ¿por qué tus bibliotecas tienen goteras?

América ¿por qué no envías tus sobras completas a Haití?

Me da asco tu loca pretensión.

¿Cuándo podré robar vino del supermercado sin que suene la
    alarma?

No hay que irse lejos.

Tu economía es mucho para mí.

Me hiciste querer ser una barbie.

No nos tenemos que poner de acuerdo.

América después de todo somos igual de perfectas.

Quienes valían la pena se fueron a NY. No van a volver. Eso lo
    sabemos todos.

¿Lo haces por maldad o es una broma pesada?

Lo que quiero es llegar al meollo del asunto.

No voy a abandonar el juego.

América no jodas yo sé lo que hago.

América los cítricos tienen hongo.

No he leído los periódicos en meses. Todos los días un hombre
    mata a una mujer.

América me dan sentimiento los conserjes.

América desde niña fui comunista y no me había dado cuenta.

Fumo hachís cada vez que puedo.

Me da con quedarme en casa y limpiar obsesivamente.

Me emborracho en Santurce y siempre acabo con mi ex.

Ya me decidí, esto no va a ser fácil.

Debiste haber leído teoría feminista.

La señora de la botánica dice que estoy súper bien.

Hace rato me cansé de rezar padrenuestros.

Ahora abrazo árboles, prendo velas, voy a ceremonias de peyote.

América no te he dicho lo que le hiciste a papi cuando empezó
    con el crack.

Óyeme que te estoy hablando.

¿Cómo vamos a dejar que FB controle nuestros sentimientos?

Estamos obsesionados con FB.

Todo el tiempo lo estoy chequiando.

fB nos persigue desde todas las ventanas todos los gadjets todas las cámaras de seguridad.

Lo miro en el trabajo y también en los aeropuertos.

Hasta mi mamá tiene FB.

FB me recuerda que big brother is watching.

Por eso debo ser más responsable. Mis amigos de la infancia todos son mamás y papás. O doctores. O ingenieros. O abogados. O cineastas. Todos más serios que yo.

Mi segundo nombre pudo haber sido América. Nicole América.

Estoy fumando sola otra vez.

Asia me resulta tan desconocida.

Pero no tengo los medios.

Mejor me quedo aquí descubriendo mis recursos nacionales.

Mis recursos nacionales son un pasaporte gringo, un huevo hidropónico, miles de fotos digitales, 300 millas de playas bioluminiscentes y el peso del colonialismo.

No diré nada de los presos políticos ni del montón de mantenidos que vivimos del gobierno federal.

Abolimos los puteros de Cuba ahora vámonos a República Dominicana.

Quiero ser presidente a pesar de que soy puertorriqueña.

América ¿cómo se escriben haikus con tu mala leche?

América te vendo poemas en el dollar store.

Te doy descuento a cambio de tus poemas inéditos.

América libera a Oscar López.

América revive a Los Macheteros.

América que no mueran Marigloria ni Anjelamaría.

América violencia doméstica y abuso sexual.

América mi mamá nunca me llevó al Grito de Lares. En 1998
fui sola por primera vez. Vendían helados de aguacate y de
arroz con habichuelas. En 2001 la desobediencia. Después de
Vieques todos se apagaron un poco. Cuando el FBI asesinó
a Filiberto yo ya estaba viviendo en New York. En la isla
siempre hubo demasiados chotas.

América ¿en serio necesitamos la guerra?

América ¿estamos seguros de que los malos son los árabes?

América. Eres tu peor enemiga.

Los extraterrestres ya nos comieron vivos.

El descontrol del poder y el hambre de petróleo.

Los carros se van a oxidar en el garaje.

Las farmacéuticas se van a mudar de isla.

Ángel de la especulación, ruina de las gasolineras.

Y no será bueno.

Vamos a tener que trabajar la tierra y escribir a mano. Qué
terrible.

Quizás hasta te hagan falta esclavos.

Veremos entonces si al que madruga dios lo ayuda y si la
necesidad es la madre de la invención.

Auxilio.

América esto no es chiste.

América no tengo tele pero siempre me entero.

América ¿vas a estar bien?

Mejor no me meto en lo que no me importa.

No cuentes conmigo.

No voy a trabajar en un fast-food ni a meterme al US Army.

Anyway soy vegetariana y miope.

América le ofrezco a tu Historia mi culo grande.

Virginia Bolten

Virginia Bolten *(1870-1960) fue una periodista y activista sindical anarcofeminista nacida en San Luis, Argentina, que denunció las condiciones deplorables a las que eran sometidas las mujeres trabajadoras. Obrera de la Refinería Argentina de Azúcar y luego de una fábrica de calzado, de noche, junto con otras mujeres, editó La Voz de la Mujer, el primer periódico feminista de las Américas, que financió con sus ingresos limitados. El primer número se publicó el 8 de enero de 1896 y el último, el 1.º de enero de 1897. El periódico, de corta duración, que salía «cuando podían organizarlo», alentó a las mujeres a rebelarse contra la opresión patriarcal sin abandonar su lucha de clase trabajadora. El lema del periódico era «Ni patrón, ni marido». Aunque era Argentina, en 1909 Bolten fue deportada a Uruguay (donde nació su pareja) como consecuencia de una serie de leyes antiinmigrantes; desde allí continuó su activismo, que incluía su contribución a La Nueva Senda, un periódico feminista en Montevideo. «Nuestros propósitos» fue la portada del número debut de La Voz de la Mujer.*

Nuestros propósitos

Y bien: hastiadas de tanto llanto y miseria, hastiadas del eterno y desconsolador cuadro que nos ofrecen nuestros desgraciados hijos, los tiernos pedazos de nuestro corazón, hastiadas de pedir y suplicar, de ser el juguete, el objeto de los placeres de nuestros infames explotadores o de viles esposos, hemos decidido levantar nuestra voz en el concierto social y exigir, exigir decimos, nuestra parte de placeres en el banquete de la vida.

Dolores Veintimilla

Dolores Veintimilla *(1829-1857) nació en Quito, Ecuador, en el seno de una familia aristocrática de colonos. Fue una poeta romántica y su obra está cargada de dolor, soledad y amor frustrado. Su poema más famoso fue «Quejas». Después de presenciar una serie de linchamientos de hombres y mujeres Indígenas, escribió «Necrología», un manifiesto contra la pena de muerte. Tras una campaña de hostigamiento en su contra, encabezada por el clero de más alto rango del país, la encontraron muerta dieciocho días después de haber publicado el manifiesto, presuntamente por haber bebido cianuro. Tenía veintiocho años y dejó un hijo pequeño.*

Necrología

Fechada antes del 5 de mayo de 1857

No es sobre la tumba de un grande, no es sobre la tumba de un poderoso, no es sobre la de un aristócrata que derramo mis lágrimas. ¡No! Las vierto sobre las de un hombre, sobre las de un esposo, sobre la de un padre de cinco hijos, que no tenía para estos más patrimonio que el trabajo de sus brazos.

Cuando la voz del Todopoderoso manda a uno de nuestros semejantes pasar a la mansión de los muertos, lo vemos desaparecer de entre nosotros con sentimientos, es verdad, pero sin murmurar. Y sus amigos y deudos calman la vehemencia de su dolor con el religioso pensamiento de que es el Creador quien lo ha mandado, y que sus derechos sobre la vida de los hombres son incontestables.

Mas no es lo mismo cuando vemos que por la voluntad de uno o de un puñado de nuestros semejantes, que ningún derecho tienen sobre nuestra existencia, arrancar del seno de la sociedad y de los brazos de una familia amada a un individuo, para inmolarlo ante el altar de una ley bárbara. ¡Ah! entonces la humanidad entera no puede menos de rebelarse contra esa ley, y mirar petrificada de dolor su ejecución.

¡Cuán amarga se presenta la vida si se la contempla al través de las sombrías impresiones que despierta una muerte como la del indígena Tiburcio Lucero, ajusticiado el día 20 del presente mes, en la plazuela de San Francisco de esta ciudad! La vida, que de suyo es un constante dolor; la vida, que de suyo es la defección continua de las más caras afecciones del corazón; la vida, que de suyo es la desaparición sucesiva de todas nuestras esperanzas, la vida, en fin que es una cadena más o menos larga de infortunios, cuyos pesados eslabones son vueltos aún más pesados por las preocupaciones sociales.

¿Y qué diremos de los desgarradores pensamientos que la infeliz víctima debe tener en ese instante? … ¡Imposible no derramar lágrimas tan amargas como las que en ese momento salieron de los ojos del infortunado Lucero! Sí, las derramaste, mártir de la opinión de los hombres; pero ellas fueron la última prueba que diste de la debilidad humana. Después, valiente y magnífico como Sócrates, apuraste a grandes tragos la copa envenenada que te ofrecían tus paisanos y bajaste tranquilo a la tumba.

Que allí tu cuerpo descanse en paz, pobre fracción de una clase perseguida; en tanto que tu espíritu, mirado por los ángeles como su igual, disfrute de la herencia divina que el Padre Común te tenía preparada. Ruega en ella al Gran Todo, que pronto una generación más civilizada y humanitaria que la actual, venga a borrar del Código de la Patria de tus antepasados la pena de muerte.

A mis enemigos

¿Qué os hice yo, mujer desventurada,
que en mi rostro, traidores, escupís
de la infame calumnia la ponzoña
y así matáis a mi alma juvenil?

¿Qué sombra os puede hacer una insensata
que arroja de los vientos al confín
los lamentos de su alma atribulada
y el llanto de sus ojos? ¡ay de mí!

¿Envidiáis, envidiáis que sus aromas
les dé a las brisas mansas el jazmín?
¿Envidiáis que los pájaros entonen
sus himnos cuando el sol viene a lucir?

¡No! ¡No os burláis de mí sino del cielo,
que al hacerme tan triste e infeliz,
me dio para endulzar mi desventura
de ardiente inspiración rayo gentil!

¿Por qué, por qué queréis que yo sofoque
lo que en mi pensamiento osa vivir?
¿Por qué matáis para la dicha mi alma?
¿Por qué ¡cobardes! a traición me herís?

No dan respeto la mujer, la esposa,
La madre amante a vuestra lengua vil...
Me marcáis con el sello de la impura...
¡Ay! ¡Nada, nada respetáis en mí!

Luisa Capetillo

Luisa Capetillo *(1879-1927) fue una periodista, ensayista, líder sindical, activista precursora de los derechos de la mujer y abolicionista nacida en Arecibo, Puerto Rico, de padre Corso y madre Vasca. Luchó por el amor libre y la igualdad de la mujer. Era una madre soltera con dos hijos que trabajaba como lectora en una fábrica de cigarros. Mediante sus ensayos, animó a las mujeres a que lucharan por la justicia para el beneficio de las generaciones futuras. Consideraba la religión organizada un tipo de cárcel. Entre sus obras más destacadas, se encuentran* Ensayos libertarios *y* Mi opinión sobre las libertades, derechos y deberes de la mujer. *Mientras visitaba La Habana, Cuba, en 1915, fue arrestada por portar pantalones y «causar un escándalo». Su respuesta al juez durante el juicio fue ampliamente difundida en los periódicos de la época. El siguiente extracto apareció en* El Mundo *de La Habana*

Respuesta al juez

Julio de 1975, La Habana, Cuba

—¿Usted qué tiene que alegar a lo dicho por el señor vigilante? —preguntó el señor juez a Luisa.

—Pues, sencillamente, que iba por la calle de Neptuno y Consulado vestida con saco y pantalón, y sin dar lugar a escándalo de ninguna clase, cuando me sorprendió el requerimiento de este pudoroso vigilante. Yo siempre uso pantalones, señor Juez. —Y alzándose un poco el vestido mostró unos pantalones abombachados, de color blanco, que le llegaban casi al tobillo—. Y en la noche de «autos» en vez de llevarlos por dentro los llevaba a semejanza de los hombres y en uso de un perfecto y libérrimo derecho, por fuera.

—¿Con que usted siempre usa pantalones?

—Sí, señor; siempre ya en una forma o en otra. Con la misma indumentaria con que iba vestida en la noche del sábado me he pasado en Puerto Rico, México y los EE. UU., y nunca fui molestada. El pantalón es el traje más higiénico y más cómodo… Más cómodo sería ir sin ropa. Pero no más higiénico.

—Bueno, está usted absuelta.

Alejandra Pizarnik

Alejandra Pizarnik *(1936-1972) nació en Avellaneda, Argentina, de padres Judíos Rusos. Es considerada una de las poetas líricas más importantes de América Latina. Entre sus poemarios, se encuentran* La última inocencia *(1956),* Las aventuras perdidas *(1958),* Árbol de Diana *(1960),* Los trabajos y las noches *(1965),* Extracción de la piedra de locura *(1968) y* El infierno musical *(1971), que se publicó antes de su suicidio. Su ensayo en prosa «La condesa sangrienta» (1971) fue una meditación sobre una condesa húngara del siglo XVI, que fue responsable de la tortura y el asesinato de más de seiscientas niñas. «En esta noche, en este mundo» fue publicado por primera vez en 1971 en la revista literaria* Árbol de Fuego.

En esta noche, en este mundo

—A Martha Isabel Moia

en esta noche en este mundo
las palabras del sueño de la infancia de la muerte
nunca es eso lo que uno quiere decir
la lengua nata castra
la lengua es un órgano de conocimiento
del fracaso de todo poema
castrado por su propia lengua
que es el órgano de la re-creación
del re-conocimiento
pero no el de la resurrección

de algo a modo de negación
de mi horizonte de maldoror con su perro
y nada es promesa
entre lo decible
que equivale a mentir
(todo lo que se puede decir es mentira)
el resto es silencio
solo que el silencio no existe

no
palabras
no hacen el amor

hacen la ausencia
si digo agua ¿beberé?
si digo pan ¿comeré?

en esta noche en este mundo
extraordinario silencio el de esta noche
lo que pasa con el alma es que no se ve
lo que pasa con la mente es que no se ve
lo que pasa con el espíritu es que no se ve
¿de dónde viene esta conspiración de invisibilidades?
ninguna palabra es visible

sombras
recintos viscosos donde se oculta
la piedra de la locura
corredores negros
los he corrido todos
¡oh quédate un poco más entre nosotros!

mi persona está herida
mi primera persona del singular

escribo como quien con un cuchillo alzado en la oscuridad
escribo como estoy diciendo
la sinceridad absoluta continuaría siendo
lo imposible
¡oh quédate un poco más entre nosotros!

los deterioros de las palabras
deshabitando el palacio del lenguaje
el conocimiento entre las piernas
¿qué hiciste del don del sexo?
oh mis muertos
me los comí me atraganté
no puedo más de no poder

palabras embozadas
todo se desliza
hacia la negra licuefacción

y el perro del maldoror
en esta noche en este mundo
donde todo es posible
salvo
el poema

hablo
sabiendo que no se trata de eso
siempre no se trata de eso
oh ayúdame a escribir el poema más prescindible
el que no sirva ni para
ser inservible
ayúdame a escribir palabras
en esta noche en este mundo.

Jumko Ogata-Aguilar

Jumko Ogata-Aguilar *(1996) es una escritora y crítica de cine Mexicana Afrojaponesa nacida en Veracruz, México. Su trabajo explora la identidad, la racialización y el racismo en México. Escribe ficción y ensayos, y ha sido publicada por la* Revista de la Universidad de México, Vogue México *y el* British Council. *Su ensayo «Las historias que nos construyen» fue presentado como parte de la antología feminista* Tsunami 2 *(2020). En la actualidad, es columnista de* Coolhuntermx. *«Mi nombre es Jumko», texto inédito exclusivo para esta antología, fue traducido del inglés por Raquel Salas Rivera*

Mi nombre es Jumko

Mi nombre fue elegido cuidadosamente por mis padres. Significa mujer honesta o niño honesto en japonés, y fue seleccionado entre una variedad de opciones de nombres japoneses y del español. Mi nombre es japonés, al igual que el de mi padre, mi abuela y mi bisabuelo, Jimpei Ogata, quien emigró de la isla de Miyako, Okinawa, a México a principios del siglo xx como trabajador culí. Los culis eran trabajadores asiáticos (en su mayoría indios, chinos, japoneses y coreanos) que emigraron voluntariamente o por coerción a varios países del continente americano, así como a las islas del Caribe, principalmente porque, después de la abolición de la esclavitud, la producción capitalista necesitaba una nueva fuente de mano de obra barata. Mi bisabuelo era un joven de diecinueve años que cometió el error de estar en el lugar equivocado en el momento equivocado; salió a beber y firmó un papel que le entregaron unos militares en una barra. Al día siguiente, lo embarcaron hacia un país desconocido. Nunca más regresó a su tierra natal ni volvió a ver a su familia.

La historiadora María Elena Ota Mishima estima que más de diez mil hombres japoneses emigraron como trabajadores a México entre 1900 y 1910. Su labor se utilizó principalmente en la construcción de vías férreas por todo México, en la industria minera y en las plantaciones de caña de azúcar. Jimpei llegó al puerto de Salina Cruz el 17 de junio de 1907 y pronto fue esclavizado en las minas de carbón de Coahuila, al norte de México. Sin embargo, tuvo la suerte de poder escapar hacia el sur, a un pequeño pueblo en la frontera con Oaxaca llamado Otatitlán, también conocido como el Santuario del Cristo Negro. Miles de peregrinos viajan al pueblo cada año, en busca de un refugio o como agradecimiento por un milagro concedido, que es justo lo que encontró mi bisabuelo.

Nací en Xalapa, Veracruz, ochenta y nueve años después de que él emigró a este país y se me otorgó un nombre que determinó mi destino en esta vida. Me toca contar la verdad, nuestra verdad.

Cuando era una niña, recuerdo que me sentía avergonzada cada vez que tenía que presentarme a los demás. Decía mi nombre y me contestaban caras confundidas que me repetían el nombre, lo pronunciaban mal o decían uno completamente diferente, como si lo hubieran oído mal. Un día le pedí a mi mamá que me llamara Jazmín. Me encantaba la película *Aladdín* y pensaba que, si tenía un nombre «normal», tal vez no me costaría tanto presentarme. Por suerte, ella en seguida se dio cuenta:

—Oh, está bien, Jazmín. ¿Cómo estás, Jazmín? ¿Qué quieres hacer, Jazmín?

—Mamá... creo que no quiero que me llames Jazmín, creo que me gusta más mi nombre.

Aunque tenía un nombre «raro», me di cuenta de que esa era yo y que cualquier otro nombre simplemente no se sentía mío.

310 Hijas de América Latina

Mi bisabuelo Jimpei se casó con una mujer afromexicana llamada Lupe y juntos tuvieron siete hijos, entre ellos mi abuela Namiko, cuyo nombre significa «hija de las olas». Ella dice que nuestros nombres son algunas de las pocas cosas que su padre nos dejó y nunca permitió que nadie la llamara por otro nombre.

«Una vez lo intentaron en un consultorio médico. Llamaron el nombre Isidora —su segundo nombre— Aguilar —su apellido materno—. ¡Isidora! ¿Hay una Isidora Aguilar por aquí? Llamaron por unos cinco minutos. Esperé hasta que pasaron al siguiente paciente y me acerqué a la recepcionista. "Señora, todavía no me han llamado y creo que ya es mi turno. Sí, mi nombre es Namiko Ogata. ¿Vaya? ¿Ya lo llamó? Bueno, creo que no, porque estaba prestando atención y dijo otra cosa. Mi nombre no es Isidora Aguilar, es Namiko Ogata, ahí lo dice simple y llanamente. ¿No sabe leer? No es difícil de decir, Na-mi-ko". Tienes que decírselo, cariño, de lo contrario te llamarán como les dé la gana y eso no está bien. Tienes un nombre y ellos tienen que aprender a decirlo».

Namiko.

Namiko.

Namiko.

Cuando tenía veintidós años, visité a un prestigioso académico que estudiaba la migración japonesa en México porque quería pedirle ayuda para encontrar más información sobre mi bisabuelo y nuestra historia familiar. Le informé a una de las secretarias de la institución que tenía una cita, me preguntó mi nombre para que me dejaran entrar y se quejó cuando escuchó mi respuesta: «No entiendo por qué la gente les pone a sus hijos estos nombres tan difíciles».

Nombres difíciles.

Nombres difíciles.

Nombres difíciles.

La miré fijamente, decepcionada, pero en lo más mínimo

sorprendida. Sentí la rabia familiar que provocaban este tipo de comentarios, un dolor agudo que estallaba en la parte posterior de mi garganta mientras hacía todo lo posible para resistir el impulso de maldecirla y salir corriendo del edificio. Cuidadosamente, evitó mi mirada y dijo que podía entrar a la oficina.

Me desgasta, poco a poco, como gotas de agua que caen sobre las rocas, el tener que justificar mi existencia ante los demás. Temer el momento en que pronuncian mi nombre en voz alta, sintiendo cómo se acumula la tensión en mis hombros, mi cuello, mi garganta. Solía disculparme cuando tenía que corregir a alguien que lo pronunciaba mal. «Lo siento, es que lo estás diciendo de manera incorrecta, se pronuncia Jumko, sí, así». Aunque he dejado de disculparme, todavía me siento un poco culpable, como si estuviera siendo demasiado agresiva o exigente.

Cada reacción a mi nombre me ha enseñado esto: que debo tratar de minimizarme, ocupar el menor espacio posible, disculparme por cada aliento y exhalación de mi cuerpo. Siento que debo restringir cada vocal, transformar y suprimir cada letra del nombre que cuidadosamente sobrevivió a través de cuatro generaciones. No tengo manera de saber los nombres de mis ancestros africanos, que fueron secuestrados y transportados al Caribe mexicano; nombro mi negritud de otras formas, mediante la música que crearon mis antepasados, cómo bailamos, el ritmo del español que hablamos, las recetas que mi abuela me enseña y, sobre todo, el reconocimiento de que somos comunidad que siento con otras personas negras de toda la diáspora.

La violencia colonial carcome nuestras historias, nuestra herencia, los idiomas que hablamos y nuestras formas de vida. Nos enseñan que nuestros nombres son «raros», que nuestra comida es «asquerosa» y poco a poco nos hacen sentir vergüenza hasta que cambiamos estas cosas, haciéndolas más apetecibles para la blancura, asimilándonos a la identidad mestiza que nos imponen.

Protejo y mantengo mi identidad afroasiática con la misma ferocidad con que defiendo mi nombre; lo cuido como si tuviera vida propia, porque la tiene. Lleva la memoria de mi bisabuelo y el amor de mi bisabuela, las formas en que las diásporas se conectan y unen, creando comunidades vibrantes que tejen sus historias sobre nuestro hogar.

Antes de irme a dormir, trenzo mi cabello atentamente mientras recito los nombres de mis ancestros para poder llevar una parte de quienes fueron a donde quiera que vaya; así me reconozco en sus vidas y recuerdo que la violencia que enfrentamos no nos define.

Araceli

Nisao

Namiko

Armando

Guadalupe

Jacoba

Jimpei

Pedro

Shigue

Isabel

Kanguido

Me bendijeron con darme un nombre que presagió mi propósito como narradora de la verdad, por más dolorosa o incómoda que sea. Estos ejercicios de la verdad comenzaron a medida que compartían conmigo sus historias. Estos son los recordatorios de quién soy, quiénes somos y las palabras cuidadosas que conservamos a pesar del esfuerzo colonial por devorarlas, como tantas otras cosas que ya nos han sido arrebatadas. Lo uso con audacia y con el descaro con el cual se me otorgó este destino. Cuento las historias que han pasado de una generación a otra y comienzo esta trenza con la historia de mi nombre.

Aída Cartagena Portalatín

Aída Cartagena Portalatín *(1918-1994) fue una poeta, novelista, ensayista y académica nacida en Moca, República Dominicana. Estudió en la Universidad Autónoma de Santo Domingo y obtuvo un posgrado en Bellas Artes de L'Ecole du Louvre de París. Fue miembro de La Poesía Sorprendida, un movimiento así como una revista literaria de vanguardia. Su obra incluye las novelas* Escalera para Electra *y* La tarde en que murió Estefanía, *y ocho poemarios.* «Una mujer está sola» *aparece en el poemario del mismo nombre.*

Una mujer está sola

Una mujer está sola. Sola con su estatura.
Con los ojos abiertos. Con los brazos abiertos.
Con el corazón abierto como un silencio ancho.
Espera en la desesperada y desesperante noche
sin perder la esperanza.
Piensa que está en el bajel almirante
con la luz más triste de la creación
Ya izó velas y se dejó llevar por el viento del Norte
con la figura acelerada ante los ojos del amor.

Una mujer está sola. Sujetando con sus sueños sus sueños,
los sueños que le restan y todo el cielo de Antillas.
Seria y callada frente al mundo que es una piedra humana,
móvil, a la deriva, perdido el sentido
de la palabra propia, de su palabra inútil.

Una mujer está sola. Piensa que ahora todo es nada
y nadie dice nada de la fiesta o el luto
de la sangre que salta, de la sangre que corre,
de la sangre que gesta o muere en la muerte.

Nadie se adelanta ofreciéndole un traje
para vestir una voz que desnuda solloza deletreándose.

Una mujer está sola. Siente, y su verdad se ahoga
en pensamientos que traducen lo hermoso de la rosa,
de la estrella, del amor, del hombre y de Dios.

Lolita Lebrón

Lolita Lebrón *(1919-2010) nació con el nombre de Dolores Lebrón Soto-mayor en Lares, Puerto Rico. Peleó por la independencia de Puerto Rico y cumplió una condena de veinticuatro años de cárcel por liderar a tres hombres, que también luchaban por la libertad, en un asalto a la Cámara de Representantes de los Estados Unidos en 1954, con el fin de exponer la opresión colonial sobre el archipiélago en un escenario internacional. Con una pistola Luger, hizo llover balas sobre el Capitolio de los Estados Unidos mientras gritaba «¡Viva Puerto Rico Libre!». Cinco congresistas resultaron heridos. Fue indultada por el presidente Jimmy Carter y continuó con su activismo político, pronunciando discursos en las Naciones Unidas y otros foros internacionales en protesta por la ocupación y explotación estadounidense, que empezó en 1898. Fue arrestada en dos ocasiones por protestar contra la ocupación militar estadounidense de Puerto Rico en Vieques. Es la autora de* Sándalo en la celda, *una colección de poesía revolucionaria publicada en 1976, un año después de haber salido de prisión. «¡Cesen dardos!», que escribió el primer día de su encarcelamiento en 1956, en Alderson, West Virginia, nunca ha sido publicado.*

¡Cesen dardos!

¡Cesen dardos!
¡Ya la vida
sobre el tiempo
se levanta!

¡Cesen dardos…
que no hirieron!
¡Con mi aurora venturosa
solo sé de mi canción!

Cesen dardos,
Que no quita ya la herida.
Se ha inmolado el corazón.

Es silencio mi agonía
Mi calvario es redención.
Ya la noche no atormenta
ni es el día sombra y muerte.

Ya no hay miedo en la vigilia,
¡Ni en el alba ya mi lira
se estremece de temblor!

Cesen dardos
Que he logrado de mi pie lavar el polvo,
y camino por las sendas
de los lirios y del sol.

¡Lo he logrado en mi agonía!
¡Dulce vida de los mártires
en el ara del dolor!

¡Mi pasión es llamarada!
¡Rosa ardiente y palpitante
en el templo de mi amor!

Alê Motta

Alê Motta *(1971) nació en São Fidélis, Río de Janeiro, Brasil. Es arqui-*
tecta, graduada de la Universidade Federal do Rio de Janeiro (UFRJ) y
la autora de dos colecciones de cuentos, Interrompidos *y* Velhos. *Es una*
colaboradora habitual de la revista literaria Vício Velho. *Su trabajo*
ha aparecido en la antología 14 novos autores Brasileiros, *editada por*
Adriana Lisboa, y en una edición especial de la revista Qorpus *titulada*
«Brazilian Translation Club». «Él» y «Vidas» fueron traducidos del
portugués por Jacqueline Santos Jiménez.

Él

Todo el día berrea que soy inútil, imbécil, tontita. Me da bofetadas
en la nuca y golpes en la cabeza. Dice que no hago nada bien.

Él nunca ha lavado un vaso. Nunca ha ayudado a aspirar o, por
lo menos, a poner la ropa sucia en la lavadora. Nunca me hizo un
regalo. Nunca se acordó de mi cumpleaños o me llevó de viaje.

Yo vivo esta vida de arreglar todo para él, ordenar todo para él,
aguantar groserías por él, aguantar sus bofetadas, quedarme ence-
rrada en casa esperando a que llegue.

Coloco en el plato las papas fritas que me ordenó hacer. Cuando
entro al cuarto él salta, festejando y borracho, pierde el equilibrio,
se pega la cabeza en la esquina del librero y cae al suelo.

Ahora está gimiendo, caído. Dice que me ama. Tiene un hoyo en
la cabeza. Creo que morirá en unos minutos.

En la tele el zoom del jugador sonriente que hizo el gol. En la
alfombra la sangre se esparce. Yo me siento en el sofá, cruzo las

piernas y como las papas. Cuando él para de gemir, voy con el ve-
cino a pedir ayuda.

Vidas

Como estaba en medio de la calle, la gente se desviaba y seguía.

Comenzó a apestar. Los bomberos llegaron y empaquetaron los
cuarenta y siete kilos de un hombre que se abrazaba las rodillas. Se
formó una pequeña multitud. Duró el tiempo de colocar la bolsa
en la ambulancia.

Al final del día llovió y la calle quedó muy limpia. Sin hedor o
marcas del cuerpo sucio. La gente no necesitaba desviarse de nada.

Nancy Morejón

Nancy Morejón *(1944) es una premiada poeta, crítica, ensayista y traductora nacida y criada en La Habana Vieja, Cuba. Es la poeta más conocida y traducida de la Cuba posrevolucionaria. Se graduó con honores de la Universidad de La Habana, donde se especializó en Literatura Caribeña y Francesa. Es la directora de la revista de la Unión de Escritores y Artistas de Cuba, donde también se desempeñó como presidenta de la sección de escritores. Es autora de* Piedra pulida, *que ganó el Premio de la Crítica Literaria y el Premio Nacional de Literatura de Cuba en 2001, convirtiéndose en la primera mujer Negra en recibir el galardón. Entre sus obras notables se encuentran* Mirar adentro, *una antología panorámica que cubre cuarenta y seis años y diez volúmenes de su obra.*

Mujeres nuevas

La flecha ecuatorial
perdida aún bajo los párpados.
Flores silvestres en el pecho,
quemadas por todos los salitres del mundo.
El trino del gallo en la montaña.
El silbido del humo en la ciudad.
Y sus manos, que vienen de muy lejos,
desde remotas eras,
amasando la sustancia reciente
que nos hace vivir
entre el mar y las costas,
entre los peces y las redes,

entre las ventanas y el horizonte.
Estas mujeres van alzando,
marchando,
cosiendo,
martillando,
tejiendo,
sembrando,
limpiando,
conquistando,
leyendo,
amando.
Oh, simples mujeres nuevas
simples mujeres negras
dando el aliento vivo
de una luz nueva
para todos.

Mujer negra

Todavía huelo la espuma del mar que me
hicieron atravesar.
La noche, no puedo recordarla.
Ni el mismo océano podría recordarla.
Pero no olvido al primer alcatraz que
divisé…
Altas, las nubes, como inocentes testigos
presenciales.
Acaso no he olvidado ni mi costa perdida,
ni mi lengua ancestral.
Me dejaron aquí y aquí he vivido.
Y porque trabajé como una bestia,

aquí volví a nacer.
A cuánta epopeya mandinga intenté
recurrir.

Me rebelé.

Su Merced me compró en una plaza.
Bordé la casaca de Su Merced y un hijo
macho le parí.
Mi hijo no tuvo nombre.
Y Su Merced murió a manos de un
impecable *lord* inglés.

Anduve.

Esta es la tierra donde padecí bocabajos
y azotes.
Bogué a lo largo de todos sus ríos.
Bajo su sol sembré, recolecté y las cosechas
no comí.
Por casa tuve un barracón.
Yo misma traje piedras para edificarlo,
pero canté al natural compás de los
pájaros nacionales.

Me sublevé,

En esta misma tierra toqué la sangre
húmeda
y los huesos podridos de muchos otros,
traídos a ella, o no, igual que yo.
Ya nunca más imaginé el camino a Guinea.
¿Era a Guinea? ¿A Benín? ¿Era a
Madagascar? ¿O a Cabo Verde?

Trabajé mucho más.

Fundé mejor mi canto milenario y mi
esperanza.
Aquí construí mi mundo.

esperanza
Me fui al monte.

Mi real independencia fue el palenque y cabalgué entre las
    tropas de Maceo.

Sólo un siglo más tarde, junto a mis descendientes, desde una
    azul montaña,

bajé de la Sierra
para acabar con capitales y usureros, con generales y
    burgueses.
¿Ahora soy? solo hoy tenemos y creamos.
Nada nos es ajeno.
Nuestra la tierra.
Nuestros el mar y el cielo.
Nuestras la magia y la quimera.
Iguales míos, aquí los veo bailar
alrededor del árbol que plantamos para el
comunismo.
Su pródiga madera ya resuena.

LUNA
LUMINOSA

La energía de esta luna
celebra los primeros rayos
del sol y el poder que trae
salir de la oscuridad

Victoria Margarita Colaj Curruchiche

Victoria Margarita Colaj Curruchiche *(1986) es una poeta, pintora y fotógrafa Kaqchikel nacida en la Ciudad de Guatemala. Escribe en su lengua materna, kaqchikel, y en español. Es miembro del colectivo de escritores Ajtz´ib´ de San Juan Comalapa (Chi Xot) y del movimiento artístico Ruk´u´x. Cofundó IxKot, un grupo que trabaja para proteger el tejido tradicional. Es la autora de dos poemarios,* Como agüita de tuj *y* En el vientre del universo. *Su trabajo ha aparecido en revistas literarias de México, Colombia y Perú, y en varias antologías, como* Mujeres del viento.

¿Atit akuchi e k´o, atit´?

¿Atit akuchi e k´o, atit´?
Hoy la abuela habla con el fuego y las plantas
Se dio cuenta que hace varias lunas, los búhos ya no cantan.
La muerte nos abrazara. Dice.

En medio del humo se lava la cara con apazote
Orándole al cristo que esta clavado en la entrada de la casa.
Huuuu, huuu, huuu
Quema eucalipto, para protegernos del mal
Con su ojo de mujer, trae a las almas de vuelta a casa.
Con el pom las guía

Somos los olvidados, los que morimos por instantes y a cada
    instante.
Se nos desprende la piel y nadie le importa.

La muerte nos abrazará dice.

Toma la ruda entre sus manos

Conocedoras de los universos verdes.

Shhh, shhh, shhh

Sopla la voz del viento.

La cocina de la abuela iluminada con el fogón

Sus pupilas perdidas entre las brasas.

Y la mirada profunda que la habita.

Suspira.

A nosotros solo nos pertenece la angustia, la amargura,

El silencio y ahora el encierro.

Shhh, shhhh, shhh

Riega el agua de rosas por cada esquina de la casa

Para despertar a los guardianes que ayuntan el miedo

Y los demonios que ahora nos tienen atrapados.

Despertamos poco a poco

Con tantos lutos sin consuelo.

La abuela sigue agitando las hierbas

Nos abrazará la muerte dice.

Para nosotros, todos los días, todas las noches

Son los 500 años sin fin.

¿Atit akuchi e k'o, atit'?

Si muero

Mi historia la podrás leer, en las tramas tejidas

Con estas manos de barro en mi güipil.

Él sabrá contarte de mis dolores, de mis penas, de las agonías
     profundas

Y de las alegrías infinitas.

Podrá contarte de las miradas con desdén, asco y odio de
    algunos.
También te contará de los abrazos tibios, de los encuentros de
    corazones palpitantes,
De las sonrisas que te erizan la piel.
Él sabrá decirte que la vida no fue fácil
Y que en más de mil ocasiones tuvimos que remendarnos
Y seguir caminando.
Si muero
Solo espero que mi güipil, te abrace tan fuerte, tan fuerte.
Que podás sentir el olor de sus flores.
Escuchar el canto de sus pájaros.
Vibran con el pulso de cada uno de sus hilos.
El cobijo de sus montañas,
Que sus estrellas iluminen tu caminar en la obscuridad
Y su rojo sangre te de vida.
Si muero
Mi güipil te recordará
Quién fui, quién soy y quién seré

✳

Sin título

Con los dedos de mis pies la toco
Con mi sangre la alimento
Con mi lengua la embriago.
¡Ay tierrita!
Abrázame, envuélveme, cobíjame en tu vientre
¡Ay tierrita!
De vos nací a vos regresaré.

Sin título

Kik'in ruwi waqän ninmäl
Rik'in nukik'el nintzuq
Rik'in waq' ninq'ab'arisaj
¡Ruwach'ulew!
Kinaq'etej, kinapisa', kinamatzej pan ak'u'x
Ruwach'ulew!
Chawäx xinaläx, awik'in xkitzolin.

Doña Felipa Pica

Doña Felipa Pica *(ca. 1865-1920) fue una cantaora de bomba y plena nacida en Guayama, Puerto Rico, y una de las voces más reconocidas de este género musical, creado por Africanos esclavizados durante la época colonial. Según Nelie Lebrón Robles, profesora de música, cantante y fundadora del grupo de bomba y plena Paracumbé, tradicionalmente las mujeres eran las encargadas de cantar la bomba. Es probable que la mayoría de las canciones populares de bomba y plena que se cantan hoy hayan sido escritas por mujeres Negras que nunca recibieron el debido reconocimiento. La música de bomba y plena era el periódico del pueblo, y además de compartir noticias de la comunidad, por este medio las mujeres también exigían igualdad y respeto. Todos se aprendían los estribillos y las cantaoras improvisaban el resto de la canción, que duraba entre tres y diez minutos, a veces más. Doña Felipa escribió «Palo e' bandera» cuando estaba embarazada de su decimotercer hijo, tras enterarse de que su esposo, don Juan, estaba en la plaza del pueblo bailando bomba y coqueteando con una joven. Unas semanas más tarde, durante una sesión de bomba y plena en la plaza, la cantó en público, y la joven jamás volvió a ser vista en aquella ciudad.*

Palo e' bandera

Palo e' bandera
varilla de catre
conmigo no.

Tú tienes la cara larga
como la mula del tendal
y tiene las patas flacas
como playera de la mar.

Norma Elia Cantú

Norma Elia Cantú *(1947) es una hija de la frontera, nacida en Nuevo Laredo, Tamaulipas, que creció en Laredo, Texas. La poeta, novelista, traductora y folclorista Chicana es profesora distinguida Murchison de Humanidades en la Universidad Trinity en San Antonio, Texas, donde enseña Estudios Latinx y Chicanx. Su novela* Canícula: Snapshots of a Girlhood *en la Frontera ganó el Premio Literario Aztlán. Sus obras* Teaching Gloria E. Anzaldúa: Pedagogyes and Practices for our Classrooms and Communities, *la novela* Cabañuelas *y* Meditacion Fronteriza: Poems of Love, Life, and Labor *han sido finalistas del International Latino Book Award en sus respectivos géneros. «Contando cuentos sobre las tierras fronterizas de Tejas» y «¿Cantando y bailando en español o inglés? ¿O ambos?» fueron traducidos del inglés por Raquel Salas Rivera.*

Contando cuentos sobre las tierras fronterizas de Tejas

Tejas. La Frontera: una región, demarcada por líneas estatales oficiales, una designación geopolítica. Mi hogar. Nuestro hogar durante al menos trescientos años. Las historias, los cuentos, hablan del sufrimiento, de la violencia y también de la alegría. ¡De la vida!

Estoy arraigada en esta tierra, conectada con todos los seres capaces de sentir: las tortugas del golfo, las serpientes de cascabel, miles de pájaros y mariposas —monarcas y otras especies— que migran por estas tierras. El pueblo coahuiltecano, cuyos numerosos grupos cruzaron el río y vivieron de la flora y la fauna de la región,

nuestros ancestros, aún viven en nosotros. Alguien me preguntó
una vez: ¿dónde están las personas nativas? *Estamos aquí*, respondí.
Puede que no tengamos una designación tribal, ni nos reconozca
ningún gobierno, pero somos las personas que sobrevivieron los in-
tentos constantes de borrarnos. La frontera: ese espacio intermedio.
Nepantla. Gloria Anzaldúa tomó prestado el concepto del pueblo
nahua que durante la conquista sobrevivió porque habitó el espacio
intermedio, se aferró a sus costumbres indígenas y se adaptó a las
costumbres europeas. Como tejana, soy una nepantlera, un espacio
intermedio, una sobreviviente.

Nosotres, personas que, por circunstancias particulares, nos
autodenominamos tejanas/os/es, heredamos los códigos cultura-
les y físicos que afloran aquí y allá; estos códigos se evidencian en
nuestras tradiciones y en nuestra lengua y las expresiones culturales
nos marcan. Nuestros cuerpos llevan las marcas de nuestra historia.
Estamos marcados por nuestros rostros mestizos. Nuestro folklo-
re constituye un registro histórico. Los violentos linchamientos y
asesinatos de cientos de tejanas/os/es siguen vivos en las leyendas y
las canciones. Nuestro folklore se convierte en nuestra historia, una
historia que no se incluye en los libros de historia: «El Corrido de
Gregorio Cortez» y la figura central del libro de Américo Paredes,
«Con su pistola en la mano»: una balada fronteriza y su héroe y la leyenda
de Josefa «Chipita» Rodríguez (1799-1863), quien fue condenada por
asesinato y ahorcada en el condado de San Patricio, son solo dos
ejemplos. Si, como escribió Anzaldúa, «La frontera entre México y
Estados Unidos es una herida abierta donde el Tercer Mundo roza
al primero y sangra. Y antes de que se forme una costra, vuelve a
sangrar; es el alma de dos mundos que se fusionan para formar un
tercer país, una cultura fronteriza», entonces, de alguna manera,
mi trabajo con el folclore es un intento de curar esa herida. Busco
andar por el camino con valentía, con coraje. Para nosotres, en el

sur de Texas, coraje también significa ira. Ira por la pérdida, la injusticia, los sueños y las esperanzas que se hicieron añicos en esa frontera. Canalizo la ira en acción. Me enfurecí en 1982, en Laredo, cuando me di cuenta del nivel de analfabetismo que existía. Lo que necesitábamos era un programa de alfabetización en inglés para adultos. Reuní a mujeres de nuestro grupo, Las Mujeres; formamos una filial de los Voluntarios Nacionales de Alfabetización de América (Literacy Volunteers of America). El grupo está en curso y le enseña inglés a muches que solo saben leer y escribir en español. Una estadística que nunca podré olvidar es que cuando aumentan las tasas de alfabetización de las mujeres, disminuyen las muertes infantiles y de bebés. No es solo la situación económica de la familia la que mejora cuando tienes una comunidad alfabetizada.

Como tejanas/os/es, recorremos los caminos que recorrieron nuestros antepasados y recuperamos la memoria que está incrustada en nuestro ADN. Mientras tejemos, acolchamos, horneamos, construimos casas, escribimos poemas, contamos historias, somos parte de una larga fila de creadores, cuyos sueños y futuros imaginados estamos realizando con nuestras vidas en el presente.

¿Cantando y bailando en español o inglés? ¿O ambos?

Uso «Tejas» con «j» para que se lea en español. ¿Por qué? Porque en inglés «Texas» me trae recuerdos del racista anglo que me escupió las palabras «dirty spic» dentro un ascensor en Austin. Texas en inglés es la maestra blanca que dudó de que yo hubiera escrito un artículo y el adoctrinamiento en la escuela primaria cuando cantamos «The Eyes of Texas». Texas está compuesto por los niños que le juran lealtad a Texas todas las mañanas en las escuelas públicas de Texas, incluso hoy. Pero Tejas es mi madre y sus primos riéndose y reclamando con orgullo su tejanidad. Tejas es arroz con pollo y enchiladas con chile y carne y también es las enchiladas callejeras. Tejas es el sonido del sinsonte y las chicharras en los calurosos días de verano.

Vengo de un Tejas muy específico: el sur de Texas. Nuestro idioma señala tejanidad, nuestro español tiene rastros de términos más antiguos y también usamos términos indígenas. Para «niñe» podemos decir «chaval», «chavalita», o «huerco», «huerca» o «huerque». Cada uno de estos tiene una etimología en viejo castellano, mientras que otros términos para «niñe» provienen de lenguas indígenas: «esquincle» del náhuatl de los mechicas, usado en Tejas y «buki» del yaqui muy usado en Arizona. Usamos «espauda» para la levadura, por ejemplo, una palabra claramente prestada del inglés. Nuestra lengua es un mestizaje lingüístico que se adapta perfectamente a nuestras necesidades discursivas. Nos encanta jugar con el lenguaje:

¿Qué hace un pez?

¡Nada!

¿Y una manguera?

¡Vende mangos!

El baile también señala tejanidad, tanto el baile religioso como el baile social. ¿Bailas en inglés? La pregunta me sorprendió. «No —respondí—, estoy bailando tejano y no se siente como si fuera en inglés». Bailar al ritmo de Little Joe o Selena, eso es bailar tejano. Los matachines por cierto no bailan en inglés. Sin embargo, pueden bailar en español con elementos indígenas; estos bailarines sagrados del folclor católico que en Laredo honran la fiesta de Nuestra Señora de Guadalupe —como lo hacen los matachines en todo México— también bailan para honrar el Día de la Santa Cruz.

El estigma popular que desprecia nuestro trabajo cultural y lo ve como menos intelectual, menos importante, menos digno de ser estudiado y menos interesante, contamina la palabra folclor. Al fin y al cabo, el «folk» es la gente, la plebe, que no merece ser estudiada.

Pero el folclor está en mi ADN. Está en las yerbitas —ruda, estafiate, yerba buena— que mi abuela cultivaba en nuestro patio para curar un dolor de oído, un dolor de estómago o un dolor de cabeza; está en los alimentos —los caldos, las sopas y los guisados— que ella y mi madre preparaban para alimentar a nuestra gran familia. Está en las celebraciones —las quinceañeras, las bodas, los bautizos— que marcan las diferentes etapas de la vida y unen a la comunidad con el respeto y la asistencia mutuos. «Hoy por ti, mañana por mí», respondía mi padre cuando alguien le agradecía un favor o le agradecía por compartir una herramienta o alguna comida.

Las tierras fronterizas, esa región geográfica y ese ethos tan específicos, son el corazón de mi trabajo académico y el núcleo de mi escritura creativa. En mi trabajo con el folclor, he encontrado el espacio para realizar un trabajo de activista dentro de la academia. Al trabajar con algunas costureras de colchas como la Sra. Solís en San Ygnacio, Texas, durante los años 90, y ceramistas como Verónica Castillo, Becaria del National Heritage del NEA, en San Antonio, he visto que, al afirmar la existencia y el valor de su trabajo, estoy honrando la larga fila de costureras y mujeres que, como mis abuelas, son portadoras de diversos conocimientos. Los cuentos suelen ser más reveladores que las estadísticas. En los ciclos de narración de cuentos que organizamos en Kansas City, encontré narraciones ricas e importantes en varias comunidades de inmigrantes.

Nuestro «trabajo» no se limita a nuestros empleos, sino que es parte de un proyecto de vida más amplio. Lo que importa es el trabajo que honra quien soy y lo que vine a hacer. Lo que importa es que trabajo para desmantelar estructuras opresivas y prácticas racistas y que cuestiono el orden establecido para mejorar las vidas de las tejanas/os/es. Para todes.

Marie Arana

Marie Arana *(1949) nació en Lima, Perú, y es la autora de las memo-rias* American Chica *y de las novelas* Cellophane *y* Lima Nights. *Tam-bién escribió la biografía* Bolívar: Libertador de América *y* La plata, la espada y la pierda, *un amplio recuento histórico de América Latina. Galardonada con el American Academy of Arts and Letters Award in Literature en 2020, es la directora literaria inaugural de la Biblioteca del Congreso de los Estados Unidos y la exeditora en jefe de* «Book World» *en el* Washington Post. *«Las oraciones de la mandona» fue traducido del inglés por Raquel Salas Rivera.*

Las oraciones de la mandona

Le echo toda la culpa a mi hermano mayor. Fue su idea jugar a «Conquistadores e incas», con él como el Pizarro triunfante y yo como su cautivo, Atahualpa. O a «Vaqueros e indios» con él como el deslumbrante Llanero Solitario y yo como su Comanche, Tonto. Estábamos en la costa norte de Perú, lejos de la capital, Lima, donde el vertiginoso aroma del azúcar serpenteaba en espiral por nues-tros sentidos y la fábrica de una hacienda vomitaba humo hacia el atardecer. Vivíamos entre los cañaverales y las trilladoras, junto a un Pacífico iracundo que golpeaba la costa cercana y un inmenso desierto que se extendía más allá de la vista. En nuestras imagina-ciones, sin embargo, defendíamos nuestras vidas hasta la muerte sobre una elevada meseta de los Andes o galopábamos por la mítica maleza del suroeste norteamericano. Estábamos donde se ganaban las victorias y se forjaban los imperios; íbamos en busca de la gloria.

Mi hermano me atacaba —raudo como un lagarto de Chan Chan— con un cuenco de hojalata en la cabeza y una espada de plástico en la mano, o una máscara negra en la cara y una pistola de madera en el puño. Siempre fue el vencedor radiante; siempre fui el indio condenado. Nunca nos detuvimos a pensar, ni a nadie se le ocurrió recordarnos, que ambos éramos hijos de indígenas, con hondas raíces ancestrales en esa tierra. Lo que estábamos negociando era el poder; un poder que, con el tiempo, comencé a codiciar.

A la larga, hubo otros juegos. Cuando mi padre decidió construirnos un tipi con caña de azúcar, cordeles y pesadas mantas peruanas, mi hermano anunció que quería usarlo para un club de barrio. Sería presidente. Yo sería vicepresidente. Los niños del vecindario serían nuestra tribu. Opuse resistencia a mi papel subalterno, pataleé, grité que ya estaba harta de ser relegada al peldaño más bajo en sus dominios altisonantes. Peleábamos de día, rezaba de noche. Y he aquí que, los apus, los dioses de las huacas, vinieron a mi rescate y contestaron mis oraciones. Con sabiduría salomónica, mi hermano decidió que yo podía ordenar a los demás miembros: sería yo quien decidiera quién podía unirse a nuestra tribu y quién no; y sería yo quien delegara los demás roles. El presidente pronunciaba discursos, dirigía campañas, entablaba guerras. El vicepresidente podía gobernar todo lo demás. Yo sería quien diera las órdenes, les dijera a los miembros cuándo podían hablar; servía de guardián del sistema. Yo sería el cacique, el gerente, la mandona irreprochable. Entonces, se sembró la primera semilla y comencé a mirar el mundo como lo mira un hombre.

Por supuesto, no me di cuenta hasta que pasaron muchos, muchos años, por lo menos medio siglo. Ahora que finalmente miro hacia el pasado, veo que, a partir de aquel periodo, nunca se me ocurrió que no podía hacer nada que un «hombre» pudiera hacer. Se me hizo fácil ser un jefe, un capataz, un miembro de la tribu, un miembro feliz de la humanidad, un heredero de la Tierra y todo lo que crece en ella, un ser bien planteado, con dos botas en el suelo. Podría «caminar como un hombre», como mi padre le ordenó a mi hermano, si me hubiese apetecido. Ciertamente, podía hablar como un hombre, incluso tal vez pensar un poco como uno. Y, finalmente, con el paso de los años, comencé a escribir como un hombre.

Como expliqué, nada de esto burbujeó hasta mi conciencia hasta que pasaron muchas décadas. Tuve toda una carrera antes de poder mirar al pasado y ver la evidencia. En realidad, solo la veo ahora, aquí sentada y escribiendo este ensayo. Pero ahí está y lo ofrezco ahora como testimonio: las memorias de mi infancia son —si las miro con honestidad— verdaderamente sobre mi padre. Mi novela ambientada en la selva amazónica está contada desde el punto de vista del patriarca de una familia numerosa y rebelde. Mi novela dura sobre una historia de amor, que se arruina entre un limeño blanco de la élite y una dependienta negra de los barrios empobrecidos, se limita a la perspectiva de un hombre. Entonces, llegamos a mi biografía de Simón Bolívar —*el culo de hierro*, como lo llamaban sus soldados—, el libertador de seis repúblicas, cuyo machismo singular le granjeó tantas amantes como batallas, y que llegó a erigirse como la personificación del macho latino.

Falta mencionar mi recuento histórico de los problemas de América Latina, un libro que comienza en el siglo xiv y continúa hasta el presente. Cuando le leí el primer borrador de la introducción a un círculo de amistades, me sorprendió la observación de una mujer, quien notó que cada uno de los tres personajes contemporáneos principales que escogí eran hombres. Había logrado ver mil años de historia latinoamericana a través de un género que no era el mío. Corregí ese lapso, añadí una mujer al corazón de ese libro, pero permanecí ciega ante el hecho de que este siempre fue mi modus operandi. No fue hasta que alcancé la última página del primer borrador del libro que volví a ver mi mundo con otros ojos. Los libros de historia siempre hablan de Pizarro... y Atahualpa; Cortés... y La Malinche; Colón... y los taínos; Cabeza de Vaca... y el Guaraní; los conquistadores... y los conquistados; Bolívar... y sus treinta y cinco amantes; los pioneros del oeste... y los pueblos invisibles de la tierra. ¿Dónde están los que no tienen poder, los sin voz, las mujeres, los indígenas, los borrados, los «y», los peldaños más bajos del dominio altisonante de otro? Ahora que observo de forma más detenida, veo que la gente del peldaño inferior siempre ha estado presente en mis libros —los indomables, los valientes, los resistentes—, al acecho en cada trabajo que he conjurado. Veo que ellos son los constructores, los defensores, los pilares de la fortaleza. De manera similar, mi hermano una vez vio que yo era más valiente, más mandona, más obstinada de lo que lo sería cualquier chico. Muy posiblemente, incluso, más feroz que él.

¡Ahora veo esto con tanta claridad! Aunque mis memorias hayan sido ostensiblemente sobre mi padre, en realidad se trataban de la lucha de poder entre mi madre y mi abuela. Mi novela ambientada en la selva amazónica solo parece tratarse sobre el patriarca; es su esposa sensata quien realmente manda en el gallinero. Mi cruda historia de amor urbano que involucra al limeño rico y de familia establecida en realidad se trata de una valiente joven indígena que se defiende y recibe un trato más justo. Las mujeres están ahí, exigiendo y reclamando: están ahí en mi abuela cuya personalidad desbordaba la realidad, mi madre desafiante, en la briosa matriarca de la selva, en la niña callejera del barrio, en la amante fogosa que le salvó la vida al libertador en por lo menos tres ocasiones, en la viuda indomable que busca oro en lo alto de una tierra de nadie andina. Estas son las fuertes de espíritu, las guerreras incansables. El poder siempre fue de ellas.

Carolina De Robertis

Carolina De Robertis *(1975) nació en Cambridge, Inglaterra, de padres Uruguayos. Es profesora de Escritura Creativa en la Universidad Estatal de San Francisco y autora de cinco novelas, entre ellas,* The President and the Frog, Cantoras, The Gods of Tango, Perla *y* The Invisible Mountain. *Sus libros han sido traducidos a diecisiete idiomas y ha recibido dos Stonewall Book Awards, un Northern California Book Award y el premio Rhegium Julii de Italia. De Robertis también es traductora galardonada de Literatura Latinoamericana y Española. Editó la premiada antología* Radical Hope. «*Una canción para les cuirs en los baños públicos*» *y* «*En este instante estoy en el río*» *fueron traducidos del inglés por Raquel Salas Rivera.*

Una canción para les cuirs en los baños públicos

Dímelo como es, sin tapujos, dímelo cuir
¿qué te trae alegría? ¿Dónde está tu cuerpo?
¿Estás dentro de ti misme, deliciosa, pura, renovade
por cada ahora que respira? ¿Estás despierte?
Cada momento es una puerta para
conocerte a ti misme. Para tocar.
Para estar aquí en todos tus
pliegues y curvas
y reluciente.
Respira.
Comienza.

Dímelo como es y dítelo también;
ya que cada conversación nos lleva a casa,
¿no ha sido hiriente,
esta vida? ¿Este mundo?
¿Cansón hasta el alma?
Baño público,
lo llamamos.
Tal vez.

Dímelo como es y dímelo cuir
mientras limpias tu tierno cuerpo
¿recordarás decir *amor*?
¿Recordarás decir *ánimo*?
¿u *órale* o *alabado sea* o *amén*?
¿Te quedarás un tiempo dentro de la exuberancia que eres,
incluso aquí, sí, donde la ciudad se acelera y enrojece
y se arremolina más allá de la brillantina de polvorín
que vive en tú-canción que voló antes del soñar?

¿El espejo tirará destellos
mientras aplicas brillo, lames, alisas y cepillas,
abres lo que le prometiste a tu ser más profundo
hace tanto tiempo, cuando aceptaste la invitación
de romper las cadenas?

Puesto que dentro de ese sí
está todo lo que necesitas.

Puesto que estás aquí
y brillas.

Y ahí están
en el espejo:

tus ojos,
y en tus ojos el todo,
todo lo que tuviste que hacer para ser la criatura
fiera y encantadora
en la que vuelves a convertirte
ahora
con cada aliento
en este templo público de limpiar y lavar y cantar.

Entra.
Sigue brillando.
Siéntate en casa.

En este instante estoy en el río

saliendo de Buenos Aires
donde yo, le prime pródigue cuir, encontré un abrazo

En este instante, estoy en el río
Alejándome a las millas de la orilla, sobre espesas aguas
    cenagosas
De nuevo, me alejo de ti —mi familia— de todos ustedes.

Me ha tocado una buena suerte tan imposible,
La oportunidad de romper mi corazón
Sobre el Río de la Plata
Como se rompe un recipiente blando si el agua se vierte
De jarras sin descanso.

Un corazón roto puede verterse en este río.
Un corazón hambriento anhelará lo amado.
Si un corazón fuera fuerte, entonces podría

Llenarse y reventar y romperse y rellenarse,
Extrañándote desde ahora, corriendo sobre las olas.

Esto también mudará sus aguas, este instante en el río,
El agua nunca volverá a tomar esta forma exacta,
Y nosotros también: todos cambiaremos,
Nacerá el bebé, las personas irán formando parejas,
La gente volverá a cantar y llorar y esforzarse y comer
Y besar y pelear y anhelar y tocar y
Correr y construir y llorar y volver a comer,
El cabello palidecerá a plateado o gris,
Serán más lentos sus pasos, los niños crecerán altos,
Todos pasaremos adonde nos lleve la muerte,
Pero antes de eso, algunes (qué suerte
imposible) duraremos lo suficiente para ver
Los cambios, para vernos
Cambiar y ver cómo nuestros propios rostros
Se arrugan con las historias infinitas,
Le niñe adentro del espejo
se sorprende
Ante la vista, el largo historial de la piel,
Las olas que formamos de camino.

Juana Borrero

Juana Borrero *(1877-1896) fue una poeta y pintora nacida en La Habana, Cuba, de una familia aristocrática de intelectuales y revolucionarios Españoles. Comenzó a publicar en revistas como La Habana Elegante cuando era adolescente y formó parte de la Kábala, un movimiento modernista de finales del siglo XIX en Cuba. Es la autora de cinco poemarios, entre ellos, Rimas. Es recordada con cariño por su amplio intercambio epistolar con dos poetas/amantes: Julián del Casal, quien murió nueve meses después de conocerla, y Carlos Pío, quien murió combatiendo contra el Ejército Libertador de Cuba. Su familia se exilió en Cayo Hueso durante la guerra de independencia de Cuba contra España, y allí murió, de una enfermedad, dos meses antes de cumplir diecinueve años. Sus cartas a Carlos, cosidas por su tía en su uniforme de combate, siguen siendo una de las historias de amor más queridas en Cuba.*

Carta 17

Carlos, ángel mío: esta mañana muy temprano me levanté y salí de mi cuarto, contraviniendo órdenes superiores porque has de saber que estoy bastante delicada de salud en estos días y me han ordenado que esté recogida.

Pero se trataba de esperar carta tuya, y ¿qué recomendación podría impedirme esperarla? Oye: yo no quiero culparte… no lo hago, porque el reproche, indica por sí solo falta de afecto o por lo menos olvido voluntario de promesas sagradas, y yo no quiero creer que tu conducta conmigo obedece a causas voluntarias de parte tuya sino a circunstancias contra las cuales no pudieras tú hacer nada.

Conste pues que te disculpo y que te absuelvo… Sería demasiado doloroso para mí ver mi cielo nublarse al despuntar la aurora… Tú sabes que yo soy muy sensible… Cualquier lastimadura me duele como una herida… y mi triple decepción de estos días me ha dolido mucho, ¡mucho!

No es por otra parte un sentimiento egoísta el que anima estas palabras… ¡No! ¡El deseo de saber de ti, la ansiedad de ver letra tuya, y la tristeza de verme lejos de ti, alma mía, son los sentimientos que hacen brotar la queja de mis labios y llenar de desconsuelo mi pobre corazón que tanto te ama! ¡Perdóname!

¡Estoy tan triste en estos días! ¡Con qué ansiedad esperaba tu carta! ¡Ay amor mío! ¿Sabes tú lo que es amar y no saber si se es amado? ¿No lo sabes? Pues entonces no te explicas mi tormento… Anhelo oírte disculpar tu olvido. La primera disculpa la creeré porque no quiero dudar de ti cuando empezaba a creerte sincero… Pero te suplico que seas compasivo… yo quiero ser humilde contigo porque la soberbia a nada conduce en estos casos… Así te suplico me perdones la carta de esta mañana y procures serme fiel. ¡Cada olvido de tu parte es una tristeza nueva en mi pobre alma! ¡Adiós bien mío! ¡Ten piedad de mí!… ¡Ámame, ámame!

—Yvone

Carolina María de Jesús

Carolina María de Jesús *(1914-1977) nació en Sacramento, estado de Minas Gerais, Brasil. Es conocida por su diario, publicado en agosto de 1960 como* Quarto de Despejo: Diário de uma Favelada, *que relata su vida como una mujer Afrobrasileña viviendo en una favela; este se convirtió en un éxito internacional de ventas y fue traducido a veintisiete idiomas. El siguiente es un fragmento de «Favela», una narración autobiográfica que fue traducida del portugués al español por el Laboratorio de Traducción de la Unila, y aparece publicada en el libro* Cuarto de desechos y otras obras *(Ediciones Uniandes, Bogotá, 2019).*

Favela

Era finales de 1948, apareció el dueño de la calle Antonio de Barros donde estaba ubicada la favela. Los dueños exigieron y apelaron que querían el terreno desocupado en un plazo de sesenta días. Los favelados se agitaban. No tenían dinero. Los que podían salir o comprar un terreno salían. Sin embargo, era la minoría la que estaba en condiciones de salir. La mayoría no tenía recursos. Estaban todos preocupados. La Policía recorría la favela insistiéndoles a los favelados que se fueran. Solo se escuchaba decir ¿qué será de nosotros?

São Paulo se modernizaba. Estaban destruyendo las casas antiguas para construir rascacielos. No había más sótanos para el proletario. Los favelados hablaban, y pensaban. Y viceversa. Hasta que alguien sugirió:

«Vamos a hablar con el Dr. Adhemar de Barros. Él es un buen hombre. Y Leonor es una santa mujer. Tiene buen corazón. El Dr.

Adhemar de Barros siente lástima de los pobres, no sabe decir que no a la pobreza, él es un enviado de Dios. Estoy segura de que, si vamos a hablar con el Dr. Adhemar de Barros, él solucionará nuestro problema».

Y así los favelados se calmaron. Y durmieron tranquilos. Aún no habían hablado con el Dr. Adhemar de Barros. Ellos confiaban en ese gran líder. Se reunieron y fueron. Y fueron bien recibidos por el Dr. Adhemar que no hacía distinción. Y abría las puertas del Palacio a la multitud. Fue por intermedio del Dr. Adhemar de Barros que esos donnadies conocieron las dependencias de los Campos Elíseos. Le mencionaron al Dr. Adhemar sus problemas angustiosos.

—Dentro de tres días les consigo un lugar a ustedes.

Todas las noches hacía dos viajes. Iba en tranvía y regresaba a pie con las tablas en la cabeza. Tres días cargué tablas haciendo dos viajes. Me acostaba a las dos de la mañana. Quedaba tan cansada que no lograba dormir. Yo misma hice mi ranchito. Un metro y medio por un metro y medio. [...] Cuando hice mi rancho era un domingo. Había tantos hombres y ninguno me ayudó. Sobró una tabla de cuarenta centímetros de largo, era encima de esa tabla sin colchón que yo dormía.   Siempre fui muy tolerante, pensaba: mejores días han de venir si Dios quiere. Comencé a preparar el ajuar de mi bebé João José. Hacía el tratamiento prenatal en el Hospital de Clínicas. Sentía mareos y caí medio inconsciente. Algunos pasaban sin mirarme. Otros me miraban y decían:

«Una negra joven que podía y puede trabajar, pero prefiere embriagarse».

No se imaginaban que yo no me sentía bien, alimentación deficiente, molestias morales, y físicas. Cuando me sentía en condiciones de mantenerme en pie, me levantaba y seguía. A veces iba a la iglesia de la Inmaculada a pedir pan. Cuántas veces el niño se movía en mi vientre. Cuando llegaba a mi mísero rancho me acostaba.

Los vecinos murmuraban. Ella es sola. Debe de ser una vagabunda. Es una creencia general que las negras de Brasil son vagabundas. Pero yo nunca me impresioné con lo que piensan de mí. Cuando los graciositos quisieron tomarme el pelo, les dije:

—Yo soy poetisa. Pido un poco más de respeto.

—¿Usted no toma?

—¡No! Y tampoco apruebo a los que toman. Y odio a los que me ofrecen bebidas. Mi estómago es hidalgo y no voy a corromperlo con tóxicos.

Nadie me molestaba. El día 27 de enero del 49 me di cuenta de que estaba a punto de ser madre. Le pedí a doña Adelia mi vecina que entendía de parto que me hiciera compañía. Dijo:

—¡No puedo!

Y tan bien que me caía. De todo lo bueno que tenía en la casa le daba, como pescado, todo lo que compraba lo dividía con ella. Frente a su negativa, mi afecto por ella se enfrió. Yo gemía. Y ninguna vecina se preocupó por mí. Marina, la extinta exesposa de Adalberto se condolió al verme allí sola con Dios. Llamó a la ambulancia y me llevó al Hospital de Clínicas. Yo tenía mi historial allá. Me aceptaron. Los dolores se multiplicaban, pasé tres días en el mayor estertor. El 1.º de febrero de 1949, a las cinco de la mañana, el niño nació. La partera doña Amelia me presentó al niño y me dijo:

—¡Mire, acá está su ojón!

✦ ✦ ✦

Cómo es que voy a tener otro hijo en este rancho de un metro y medio de largo, no hay espacio. ¡Oh! ¡Así no puedo! Él me daba solo veinte cruzeiros por semana. Me decía: usted gana más que yo. Me indigné interiormente. Al siguiente día me levanté decidida. Fui a trabajar con el objetivo de conseguir dinero para levantar mi rancho. Yo estaba recogiendo papel para Estefenson. Recogía papel de las siete hasta las once. Cuando iba a que me pagara, él me decía que eran veinte cruzeiros. Al otro día mandaba más papel. Pensaba: hoy me dan más. Él decía que eran veinte cruzeiros. Pasé a mandar el papel para la calle Guarapé. El primer día, me pagaron 45 cruzeiros. Me puse contenta. Al otro día, 55 cruzeiros. Pensé: ¡ahora sí! Ahora puedo mandar a hacer el rancho.

Lola Rodríguez de Tió

Lola Rodríguez de Tió *(1843-1924) fue una poeta, feminista, abolicionista y revolucionaria que luchó por la independencia de Puerto Rico. Nacida en el pueblo de San Germán como Dolores Rodríguez de Astudillo y Ponce de León, hija de colonizadores Españoles, dedicó su vida a luchar contra el Imperio Español y por la abolición de la esclavitud. Fue exiliada de la isla y vivió en Venezuela y Cuba, donde falleció. Entre sus poemarios se encuentran* Mis cantares, Mi ofrenda *y* Nochebuena. *Escribió el poema patriótico «La Borinqueña» como un llamado a alzar las armas. Al ser considerado demasiado revolucionario, este fue reescrito con una letra más mansa por un Español antes de ser adoptado como himno nacional de Puerto Rico décadas más tarde.*

La Borinqueña

¡Despierta, borinqueño
que han dado la señal!
¡Despierta de ese sueño
que es hora de luchar!
A ese llamar patriótico
¿no arde tu corazón?
¡Ven! Nos será simpático
el ruido del cañón.
Mira, ya el cubano
libre será;
le dará el machete
su libertad...

le dará el machete
su libertad.
Ya el tambor guerrero
dice en su son,
que es la manigua el sitio,
el sitio de la reunión,
de la reunión…
de la reunión.

El Grito de Lares
se ha de repetir,
y entonces sabremos
vencer o morir.
Bellísima Borinquén,
a Cuba hay que seguir;
tú tienes bravos hijos
que quieren combatir.

Ya por más tiempo impávido
no podemos estar,
ya no queremos, tímidos
dejarnos subyugar.

Nosotros queremos
ser libres ya,
y nuestro machete
afilado está,
y nuestro machete
afilado está.

¿Por qué, entonces, nosotros
hemos de estar,
tan dormidos y sordos

y sordos a esa señal
a esa señal, a esa señal?

¡No hay que temer, riqueños,
al ruido del cañón,
que salvar a la patria
es deber del corazón!

Ya no queremos déspotas,
caiga el tirano ya,
las mujeres indómitas
también sabrán luchar.

Nosotros queremos
la libertad,
y nuestros machetes
nos la darán…
y nuestro machete
nos la dará…

Vámonos, borinqueños,
vámonos ya,
que nos espera ansiosa,
ansiosa la libertad.
¡La libertad, la libertad!

Ivelisse Rodríguez

Ivelisse Rodríguez (1975) nació en Arecibo, Puerto Rico, y se crio en Holyoke, Massachusetts. Su primera colección de relatos cortos, Love War Stories, *fue finalista del premio PEN/Faulkner de ficción de 2019 y finalista de los 2018 Foreword Reviews INDIES. Es editora colaboradora de la sección de arte de* The Boston Review. *Obtuvo un MFA en Escritura Creativa de Emerson College y un doctorado en Inglés y Escritura Creativa de la Universidad de Illinois en Chicago.* «Antes de que fuésemos en un nuevo pueblo» *es un capítulo de una novela en proceso, y fue traducido del inglés por Raquel Salas Rivera.*

Antes de que fuésemos en un nuevo pueblo

Ponce, Puerto Rico
25 de julio de 1898

Con el sonido de los disparos, todos salen a sus balcones. Loida sale descalza al balcón y observa cómo se ilumina la noche húmeda y oscura. Los gritos entre vecinos se descargan en el aire: «¿Qué? ¿No sé? ¿Qué carajo? No te oigo. Quédate adentro, mija». La curiosidad más que el miedo parece atraerlos. Hubo rumores de que los españoles iban a invadir. Que bastaron los estruendos en Cuba para que los españoles volvieran a cruzar los mares como lo hicieron en 1493 y de nuevo después de tantos siglos. Y estos ponceños se preguntan ahora si han venido de las costas lejanas a retomar sus reclamos sobre Puerto Rico, tras decidir que cuatro meses de autonomía fueron más que suficientes.

Loida ve la punta roja intermitente del cigarro de su vecino Santos —la luz que más brilla en la oscuridad aparte de los disparos—. Las pequeñas casas cuadradas de madera en su barrio de Vista Alegre están tan cercanas que las mujeres se pasan tazas de café por las mañanas, con los brazos apenas extendidos por las ventanas abiertas. Loida es la que más le habla a Santos de todos los vecinos porque, como ella, él desea vivir en paz y que no lo molesten. No bebe con los otros hombres, no se para en la puerta a comentar sobre las mujeres que pasan. Abre su casa por la mañana, como todo el mundo, pero no llama a sus vecinos como las mujeres de enfrente que parecen barrer sus casas al mismo tiempo y aprovechan para chismear. Se nota que él y Loida abren sus puertas todo el día para que entre la luz del sol, pero no para que se filtren el ruido, las conversaciones y la vida del barrio.

Vista Alegre está compuesto en su mayoría por gente de color, un nuevo grupo general formado por una pizca de libertos y grandes dosis de personas libertas de color, quienes nunca habían sido esclavos, pero habían mirado con cautela a los esclavos y luego rápidamente habían desviado la mirada. ¿Cuántas personas podrían decir que tuvieron la oportunidad de ver cómo pudieron haber sido sus vidas de no haber sido por los caprichos de la fortuna? Loida siempre se había cuestionado la frivolidad con la que se deciden estos asuntos importantes.

Pero, como la mayoría de las personas en Puerto Rico, realmente no formaban una comunidad; eran personas a la deriva en esta isla, que no tenían manera de regresar, una cultura en suspenso, un pueblo en suspenso en una pequeña parcela de tierra que flota en el mar, 110 por 39 millas que de alguna manera sobrevive. La isla en sí sabe cómo sobrevivir más que su gente.

A medida que continúan los disparos, queda claro que los sonidos vienen del puerto. Lo que está ausente es el intercambio de disparos o los gritos de los hombres en ambas direcciones. Se escuchan los disparos y luego el silencio. Loida se da cuenta de que los disparos anuncian y sirven como un tipo de introducción. Y ahora se puede declarar fácilmente un ganador, incluso si la victoria no llega esta noche.

Loida se pone las chancletas que todas las noches deja en el balcón y hace lo que ninguna de sus vecinas se atreve a hacer: se va en busca de esos disparos, de esa luz. Quiere ver qué destrucciones han traído a las costas de Puerto Rico.

Luisa Valenzuela

Luisa Valenzuela *(1938) nació en Buenos Aires, Argentina. Es una de las voces más potentes de la literatura Latinoamericana del siglo XXI. Ha publicado cuarenta libros, que incluyen novelas, colecciones de relatos breves y flash, ensayos y antologías. Entre sus trabajos más recientes se encuentran una novela,* Fiscal muere, *y los artículos periodísticos «La mirada horizontal», «Los tiempos detenidos» y «Encierro y escritura». Sus libros han sido traducidos a más de diecisiete idiomas y sus ensayos incluidos en numerosas antologías. Tiene títulos honoríficos de la Universidad de Knox, Galesburg, Illinois, y la Universidad Nacional de San Martín, Buenos Aires. Es miembro de la Academia Estadounidense de las Artes y las Ciencias, y ganadora de múltiples premios, entre ellos, el Premio Internacional Carlos Fuentes 2019.*

Entre dos aguas

Así, entre dos aguas, quedé yo, la autora, en el desdoblamiento que suele aquejarnos a quienes nos sumimos en el magma de la escritura que más que oficio es un abismo, el abismo donde quizá yazcan las historias, ese insondable pozo. *Gouffre* en francés, que suena a boca devoradora, a infierno con relentes de azufre.

El don de lenguas me acecha cuando me meto por estos andurriales. Quisiera legárselo a Masachesi pero él se resiste y yo lo respeto. Masachesi, en tanto personaje, tiene voz propia y sabe lo que quiere. Si hasta me fue llevando de la mano, obligándome a contar momentos de su vida.

Esta mañana le escribí a una amiga «No pude contestarte antes porque ahora estoy metida con Masachesi...». Al instante de enviar el mensaje me di cuenta de la trampa lingüística en la que acababa de caer. Cosas de mis tiempos juveniles, cuando «estar metida» era sinónimo de estar enamorada, o casi. Pero tengo clara la cosa. Masachesi no es ni mi amante inasible ni siquiera mi amigo invisible. Es mi informante. Mi numen.

Fue así como la exacta madrugada del 12 de junio, 2021, me tiró o regaló su conjetura asaz verosímil sobre la falsamente controversial muerte del Fiscal N, la tramoya fraguada por los servicios secretos que hasta ese momento lo habían financiado y empleado para que llevara las aguas de su investigación a las costas que les eran útiles. Solo que útil el fiscal dejó de serles cuando quiso cortarse por su cuenta, en cuyo caso mejor sacarlo del camino. Entendí todo, esbocé la trama, les escribí a mis amistades cercanas que me sentía Macedonio Fernández por haber escrito una novela antes del almuerzo y haber resuelto el caso N.

Después de esbozada, la tal novela me llevó varios meses de escritura, su título inicial era *La deducción*, el editor me lo cambió por uno más contundente, *Fiscal muere*. La deducción en tanto título quedó libre para ir a posarse en el cuento más tarde redescubierto, que hasta entonces se llamaba «Dos pájaros». Dos pájaros de un tiro... pero el tiro era el que mató a N, y si descartamos la lógica del suicidio dada la inaccesible escenografía, si de asesinato se trataba solo uno a distancia era plausible. Y no cualquier persona, ni siquiera instigada por el gobierno de turno, parecía capaz de semejante maniobra de alta sutileza.

¿Quién se beneficia con esta muerte? es la pregunta que investigadores avezados recomiendan hacerse al investigar un crimen. Yo recién ahora me doy cuenta, pero Masachesi ese ignoto minienjambre de neuronas replegado entre mis circunvalaciones cerebrales que hoy se llama Masachesi, lo entendió fácilmente.

Así «La deducción», en tanto título, quedó libre. Y volando volando fue a posarse sobre el viejo cuento, inconcluso por falta —precisamente— de cierre deductivo.

Hablando de lo cual aquí se cerraría un círculo si no fuese que una gran pregunta sigue latiendo y reclama mayor introspección:

¿Dónde nacen las historias?

O al menos, por ahora, ¿de dónde surgió Masachesi, este personaje imaginario tan lúcido y tenaz?

Idea Vilariño

Idea Vilariño *(1920-2009) fue una poeta, ensayista y crítica literaria Uruguaya. Fue miembro del grupo literario Generación del 45, integrado por Juan Carlos Onetti, Mario Benedetti y Amanda Berenguer, entre otros. Publicó doce poemarios, incluidos* Nocturnos *y* Poemas de amor. *Su* Poesía completa *fue publicada en Uruguay en 2002.* «Ya no» *forma parte de* Poemas de amor.

Ya no

Ya no será
ya no
no viviremos juntos
no criaré a tu hijo
no coseré tu ropa
no te tendré de noche
no te besaré al irme
nunca sabrás quién fui
por qué me amaron otros.
No llegaré a saber
por qué ni cómo nunca
ni si era de verdad
lo que dijiste que era
ni quién fuiste
ni qué fui para ti
ni cómo hubiera sido
vivir juntos

querernos
esperarnos
estar.
Ya no soy más que yo
para siempre y tú
ya no serás para mí
más que tú. Ya no estás
en un día futuro
no sabré dónde vives
con quién
ni si te acuerdas.
No me abrazarás nunca
como esa noche
nunca.
No volveré a tocarte.
No te veré morir.

Danielle Legros Georges

Danielle Legros Georges *(1964) nació en Gonaïves, Haití, y se crio en Boston, Massachusetts. Es la autora de varios poemarios, entre ellos* The Dear Remote Nearness of You, *que ganó el Sheila Margaret Motton Book Prize del New England Poetry Club en 2016, y la traductora de* Island Heart, *una antología poética de la escritora haitiana-francesa Ida Faubert. Georges es profesora de Escritura Creativa en la Universidad de Lesley y se desempeñó como poeta laureada de Boston desde 2015 hasta 2019. «La pequeña Farou» y «La tarde» —que se publicó originalmente en la edición del verano de 2021 de* Ibbetson Street— *fueron traducidos del inglés por Raquel Salas Rivera.*

La pequeña Farou

Están todos reunidos,
una familia negra en el Archis Bay Beach Resort,
para el cumpleaños de la pequeña Farou, que cumple dos años,
y el padre da un discurso elevado que honra
a la éblouissante fille,

parece, éblouissante, como un adjetivo
que se usaría para describir a una debutante o una noche
de diplomáticos,

y la pequeña Farou corre alrededor de la piscina
en un bikini rosado y verde en contrapunto a ella,
morena, de piel morena, quien presenta su barriga redonda
al mundo que refleja la propia rotundidad de su padre.

Solo estoy pasando el rato con mi exmarido porque somos
amigos todavía y nos vamos de vacaciones de vez en cuando.
Está recostado en una silla. Luce como un bebé saciado. Guapo.
Por qué hay un plátano podrido a su lado, no lo sé.
El plátano no es una metáfora. Está ahí, pero qué raro,
¿no?

Como iba diciendo, están Farou y su familia,
y el mar no queda lejos, ahora éblouissante: tantos puntos
de luz brillan en la distancia, el sol está tan sincronizado
con el movimiento del agua que desaparece todo menos el
    azul.

Las cosas deberían terminar aquí. Realmente, deberían.
Soy una mujer Negra en un país Negro que observa
a una familia Negra mientras vive su vida. Esto es tan
    maravilloso.
Tan maravilloso. La doble conciencia de DuBois me vale madre.

La tarde

—inspirado en Mahmoud Darwish

Si me dijeran:
Por la tarde morirás,
Entonces, ¿qué harás de camino?

Por supuesto, enviaría una ráfaga de correos electrónicos
O tal vez un correo electrónico colectivo. No,
eso no. La ráfaga entonces. Mientras busco las llaves,
las contraseñas, los códigos, los papeles que ordenan una vida.
    El sentido.
El sentido.

Me gustaría ver las caras redondas de los dolientes de mi amor

en un futuro cercano, la familia, las lunas que brillan contra un
fondo

oscuro. Las amistades. Desearía ver el cielo en su estado de
ánimo pasajero.

Verlo alumbrado, como lo vi esta madrugada, o atronador.
Algo está pasando: por qué

no lo anuncia algún dios que lanza rayos de luz.

Llamaría al gran amor de mi juventud, cuando el dolor y la
belleza eran

lo mismo, que ahora está casado con otra y cuyo número no

tengo, pero trataría de encontrarlo por media hora antes de
abandonar

esa tarea fútil. Las flores serían necesarias,

tulipanes blancos, rosas blancas, los afros

de las hortensias, en jarrones repartidos por todo el
apartamento. El tiempo

se fugaría con estas labores. Bajaría por las escaleras

para despedirme de mis vecinos. Adiós, les diría a todos.

Esperen un momento, prefiero sentarme a ver fotos donde
aparecen mis padres

fallecidos, para hacerles saber que estoy de camino.

Me bañaría, me peinaría el pelo en un moño, me pintaría las
uñas de azul añil.

El incienso se quemaría, ascendería en penachos. Me acostaría
en

el sofá a escuchar la música de los tambores —los yanvalou— y

los llamaría para que supieran que *estoy lista*.

LUNA
CHAMÁNICA

La energía de esta luna nos
ayuda a desenredar problemas

Daniela Catrileo

Daniela Catrileo *(1987) es una poeta Mapuche y profesora de Filosofía nacida en Santiago de Chile. Es miembro del Rangiñtulewfü Colectivo Mapuche y parte del equipo editorial de* Yene, *una revista digital que publica arte, escritura y pensamiento crítico de Wallmapu y la diáspora. Es la autora de los poemarios* Río herido, Guerra florida, El territorio del viaje *y* Las aguas dejaron de unirse a otras aguas, *y de un libro de cuentos,* Piñen.

Miro el espejo

miro a las indias
miro al colono
me abro de piernas
meto
flores
cactus
animal
dios

el cosmos dentro de mí

Le explico al dios
con rostro de pájara
que no tengo nada adentro
que es fantasía de creadora
que en mí no puede nacer nadie
porque nada sobrevive

Fecundaron a nuestras hermanas

nos hicieron sus esclavas
en el Círculo de Rocas

Nos arrancamos borrachas
bailando con nuestro violador

Luego
repartimos sus intestinos
por el cordón montañoso
de los Andes

Vicenta María Siosi Pino

Vicenta María Siosi Pino *(1965) nació en el clan Apshana del pueblo Wayúu en La Guajira, Colombia, y es heredera de su rica tradición oral. Ganó el Concurso Nacional de Cuento Infantil Comfamiliar Atlántico y un Premio-Beca de Colcultura, el Instituto Colombiano de Cultura, en 1995. Es autora de cinco libros en wayuunaiki, que contribuyen a la conservación de su lengua materna. Sus cuentos han sido publicados en francés e inglés, y su libro* Cerezas en verano *fue traducido al danés. En 1982, se convirtió en la primera mujer Indígena en publicar en su país natal.*

Voz de lechuza

Tres piedras rompieron las tejas, al estropicio la mujer despertó con el corazón latiendo como tambor y ya no pudo dormir. Esta noche tampoco la visita el sueño, mantiene los ojos abiertos en la oscuridad. Por los rotos del techo se filtra la luz de la luna.

Quince días atrás quebraron la ventana y se llevaron cincuenta libros que fueron dejando regados por la calle hasta la avenida por donde transitan los taxis; la semana pasada rociaron con agua hirviendo su huerto de plantas medicinales.

Encontró en esta zona de Riohacha, cuatro maestros resignados y un rector barrigudo. Pensó que iba a morir allí, como los sueños de los moradores de este barrio con casas de bahareque.

Pidió 150 millones a la cooperativa del magisterio. Usó arquitectura contemporánea: terraza volada en la segunda planta, ventanales de vidrios reflectivos, cocina integral abierta, biblioteca con

estantería caoba, jardines de orégano, limonaria, quitadolor, hier-
babuena, toronjil. Estaba segura de terminar sus días en ese lugar
alejado del bullicio del centro de Riohacha. Los lugareños bautiza-
ron la propiedad *El palacete*.

Su itinerario eternal era: colegio-palacete-palacete-colegio-
colegio-palacete-palacete-colegio. De tanto estar acostada leyendo
y comiendo bocadillo de guayaba con queso alcanzó la talla de una
vaca. Cuando se miraba al espejo ella misma se decía: Muuu, muuu.
Su placer era simple y nada pedía a la vida, hasta que el rector pan-
zudo se autoinvitó a su casona. Se quedaba hasta la prima noche
hablando cosas que ella no atendía, para echarlo con diplomacia
bostezaba y si no funcionaba atacaba cerrando los ojos, cabeceando
y roncando. Cuando se marchaba escuchaba en la lejanía los perros
callejeros ladrándole, mientras atravesaba las callejuelas arenosas
de esta periferia olvidada.

Una tarde esplendorosa mirando las copas de los árboles de man-
go desde su balcón, el panzón le propuso su amor. «¿Qué le hizo
creer que lo aceptaría?», pensó la maestra wayuu. En la ranchería,
su mamá de manos arrugadas y andar sereno le había aconsejado
un día mientras caminaban al pozo de agua que nunca jugara con el
enamoramiento, por eso para degollar su ilusión lo rechazó tajante
y puso cara de palo. A las veinticuatro horas comenzó el atropello
del tripudo. Reuniones iban y venían para ajustar bobadas, exigía
el lleno total anticipado de los planificadores de clases; en las reu-
niones de padres culpaba a los profesores de la incompetencia del
alumnado e institucionalizó la organización infinita de eventos
conmemorativos: día de la desertificación y sequía, día del árbol, del
agua, del soltero, del recuerdo, del origami, del veterano, etcétera y
etcétera. Los docentes reventados de trabajo.

Una noche oscura llegaron las piedras estruendosas, el jardín
mutó a un rastrojo y sus libros sucumbieron mancillados.

Fue después de una lluvia torrencial, cuando el corazón del wayuu está alegre, que le pidió permiso a su papá para estudiar bachillerato en la ciudad. Buscó alojo donde su madrina *arijuna** a cambio de ayudar con los oficios de la casa. La carga fue dura, pero pudo y su mentora quien le surtía ropa y calzado usado le animó a seguir una licenciatura en la Universidad. Ante esta segunda solicitud de permiso su padre solo expresó: «Un día volverás a los tuyos». Cuando se graduó tenía veintidós años, ya no usaba las túnicas de colores incandescentes y su corazón, entre tantos libros, se había *arijunizado*. Cuando fue a llevarle el diploma a la familia su papá dijo: «Estás vieja, pero te he conseguido un esposo». El tal esposo no tenía trabajo permanente y había nacido una generación antes que ella y ella estaba vibrante y hermosa como las campanillas purpuras después de las lluvias. Como conocía la ley tradicional wayuu aprendida en el ritual del encierro de su pubertad, salió huyendo por el caminito de los dividivis. Su madrina solidaria le consiguió un nombramiento de profesora en ese sector de familias desplazadas por la violencia del país.

Una tarde gris su papá se ahorcó en un deshojado árbol de trupillo; no soportó la pena moral de faltar a la palabra empeñada a un amigo de entregarle su hija en casamiento. No fue al velorio. Se tragó el dolor. Tampoco el clan quería verla.

Tan pronto cerraba la puerta de su casa lloraba como lechuza solitaria. Si cobarde escapaba a otra lejura perdería 150 millones que terminaría de pagar en veinte años, pero mientras se fundía en lágrimas le llegaba al pensamiento el consejo de su madre: «Donde no te quieren no te conviene».

---

* Arijuna: Persona no wayuu

Adela Zamudio

Adela Zamudio *(1854–1928) nació en Cochabamba, Bolivia. Fue una poeta, ensayista, novelista y educadora precursora del feminismo que también utilizaba el seudónimo Soledad. Sus libros incluyen* Ensayos poéticos, Ráfagas, Cuentos breves *e* Íntimas, *una novela epistolar romántica que expone la hipocresía de la clase alta. Compuso un libro de ortografía y escribió varios poemas en quechua, entre ellos su más famoso,* «Wiñaypaj Wiñayninkama».

Nacer hombre

Cuánto trabajo ella pasa
por corregir la torpeza
de su esposo, y en la casa,
(permitidme que me asombre)
tan inepto como fatuo
sigue él siendo la cabeza,
porque es hombre.

Si algunos versos escribe
De alguno esos versos son
que ella solo los suscribe;
(permitidme que me asombre)
Si ese alguno no es poeta
¿por qué tal suposición?
Porque es hombre.

Una mujer superior
en elecciones no vota,
y vota el pillo peor;
(permitidme que me asombre)
con solo saber firmar
puede votar un idiota,
porque es hombre.

Él se abate y bebe o juega
en un revés de la suerte;
ella sufre, lucha y ruega;
(Permitidme que me asombre).
Ella se llama «ser débil»,
y él se apellida «ser fuerte»
porque es hombre.

Ella debe perdonar
si su esposo le es infiel;
mas, él se puede vengar;
(permitidme que me asombre)
en un caso semejante
hasta puede matar él,
porque es hombre.

¡Oh, mortal!
¡Oh mortal privilegiado,
que de perfecto y cabal
gozas seguro renombre!
para ello ¿qué te ha bastado?
Nacer hombre.

Josefina López

Josefina López *(1969) es una dramaturga Chicana nacida en el este de Los Ángeles, California. En el 2000 se convirtió en la directora artística del Teatro Casa 0101 en Boyle Heights. Es conocida por su obra* Real Women Have Curves, *que se adaptó como una película en 2002. «Ser guionista en Hollywood» fue traducido del inglés por Raquel Salas Rivera.*

Ser guionista en Hollywood

En 2015, me reuní con una productora de cine muy exitosa, que no nombraré y que me estaba entrevistando para un trabajo en el cual me tocaría adaptar material de marca de otro país. Fui tan agradable como pude, pero, después de escuchar un proyecto que sentí que era un tanto despectivo hacia los latinos y tras escuchar a esta productora decir que a las mujeres afroamericanas les iba tan bien en la sociedad, pero que «los hombres afroamericanos eran un lío y no lograban organizarse y actuar de mejora manera», tuve que pausar y repensar nuestra conversación.

En aquel momento, supe que si mencionaba su racismo sutil no me contrataría, pero si no lo hacía, no podría dormir esa noche ni vivir conmigo misma por el resto de mis días. Así que respiré hondo y procedí a explicarle con la mayor amabilidad posible cómo los «amos» consciente y deliberadamente doblegaban a los hombres esclavizados para que no pudieran ser los jefes de sus familias y que, al separar a sus familias y humillar a los hombres, podían mantenerlos bajo control. Le expliqué cómo lo que parece ser el hecho que los hombres afroamericanos «no ponen sus manos a la obra» se trata de cientos de años de opresión, brutalidad policiaca y un sistema penitenciario que discrimina contra ellos y los ataca.

Salí de la reunión segura de que no me darían el trabajo, pero no me importaba porque sabía que, si me callaba con el fin de conseguir un trabajo, no estaba siendo una verdadera escritora y no valía la pena sacrificar mi dignidad. Sí, tal vez como otros escritores que se quedan callados, pude haberme ganado la confianza de esta productora e ir educándola poco a poco... Pero ¿por qué me corresponde educar a tanta gente en Hollywood que solo ve a los latinos y a la gente de color como sirvientes? ¡¡¡Ayyyyy!!!

Pasaron unos cuantos días y mi «representante» me preguntó si se me haría posible «bajarle el tono» a mi activismo cuando iba a las entrevistas. La productora le dijo que yo era muy creativa e inteligente, pero que tenía un «problema de actitud». Le conté a mi «representante» lo sucedido y le dije: «Es gracioso que yo sea quien tiene el problema de actitud, pero esta productora no piensa que está siendo racista con los proyectos que selecciona y con sus comentarios. ¡No voy a bajar mi tono! Me convertí en una escritora para así poder decir la verdad, particularmente sobre las injusticias sociales. Toda mi vida la sociedad me ha dicho que, como persona de color, me debo callar y debo controlar mi tono, ¡pues no lo haré! ¡Y si eso significa que nadie me va a contratar, puedo aceptar esa realidad! Produciré mis propias obras de teatro y películas y publicaré mis libros de manera independiente». Mi «representante» se disculpó y expresó admiración por mi postura, aunque representara un desafío para ella conseguirme trabajos.

Fue increíble para mí ver cómo miles de personas indignadas protestaban en Hollywood Blvd. como parte de Black Lives Matter, por el asesinato de George Floyd a manos de la policía; pero era irónico dado que Hollywood es completamente culpable de perpetuar los estereotipos y el racismo. He estado en esta industria por más de treinta años y, como persona de color, puedo decirles que no necesitaba ver el Informe de calificaciones de inclusión de WGA para saber que los hombres blancos controlan la narrativa sobre la realidad que el resto de nosotros vivimos y experimentamos en el cine y en la vida real. Cuando me convertí en escritora, elegí ser la protagonista de mi vida. Sin embargo, Hollywood sigue diciéndome que tengo que ser un «personaje secundario» en la historia de un hombre blanco y que mi vida no importa. Pues, ¡ya basta!

Reescribamos esta historia para que todos podamos vernos representados como héroes y heroínas. Todos queremos y necesitamos poder vernos como héroes, no solo los hombres blancos. Si somos escritores profesionales que escribimos sobre protagonistas que toman decisiones difíciles, pero correctas, entonces debemos decir la verdad y hablar sobre todo el racismo y el sexismo que sabemos que es real en esta industria que la gente excusa para poder pagar su hipoteca. Reto a los escritores a que reescriban esta historia y la conviertan en una hermosa que no se trate de NOSOTROS contra ELLOS, sino de NOSOTROS contra nuestro acuerdo compartido. ¿Cuánto más tendremos que esperar los escritores de color y las mujeres para lograr la igualdad en esta industria?

Quería compartir esta lista para así inspirar a otras personas a que vayan añadiendo puntos para que aquellos que necesitan mirarse de cerca en el espejo puedan abrir los ojos. Si la gente está realmente indignada, mirémonos a nosotros mismos y veamos cómo podemos mejorar el mundo tomando conciencia de nuestros puntos ciegos.

Tener «el privilegio de ser un/a/e escritor blanco/a/e» significa:

- Nunca tener que pensar que escoger a un/a/e protagonista blanco heterosexual eliminará cualquier probabilidad de que tu guion se considere «comercial» o pensar que vaya a garantizar que nunca se produzca.

- Tener siempre al protagonista masculino/femenino blanco como el héroe/chico/a/e bueno o el «antihéroe» genial, incluso si la historia se trata de personas de color.

- Nunca tener que cuestionarte si eres el/la/le mejor escritor/a/e para escribir una historia relacionada con personas de color que claramente pudo haber sido escrita por una persona de esa comunidad.

- Nunca tener que incluir a personas de color en tu historia, que nunca nadie te pregunte por qué no hay personas de color y tener siempre la opción de contestar que, «en los años 50/la Edad Media, las mujeres y las personas de color no tenían esos trabajos o no existían».

- Que cuando cometes un error gramatical nadie cuestiona tu derecho a ser un ser humano que comete errores ni asume que no fuiste a la universidad o que eres un extranjero que estudió inglés como segundo idioma.

- Nunca tener que entender que, cuando escribes sobre las personas de color, automáticamente hablas sobre una comunidad y puedes dañar a esa comunidad, incluso, en algunos casos, puedes causar su muerte con tu ignorancia porque a los personajes blancos los tratan como individuos y tienes el privilegio de verte a ti mismo como un individuo, no un mar de blancura.

- Nunca tener que entender el privilegio blanco porque, al fin y al cabo, eres un/a/e escritor blanco/a/e y eres el espejo de la sociedad, por lo que nadie puede forzarte a mirarte en el espejo.

Tener «el privilegio de ser un escritor hombre blanco» significa:

- Que nunca se cuestione tu mérito o tu derecho a formar parte de un equipo de redacción o a ser productor o director.

- Nunca tener que escribir sobre personajes femeninos mayores de cincuenta años porque «ya no son atractivas» y no puedes permitir que tu protagonista masculino de cincuenta años se involucre sexualmente con una mujer de su edad o hasta mayor.

- Nunca tener que ver la narración desde otra perspectiva, sino desde un punto de vista lineal, masculino y occidental.

- Nunca tener que considerar que puedes presentar una «violación» de un personaje masculino en tu narrativa en lugar de usarla con una protagonista femenina.

- Nunca tener que considerar que quizás la figura del «hombre blanco que salva al mundo» es propaganda y que ha sido tan exagerada que necesita ser retirada.

- Nunca tener que considerar que tal vez una historia sobre un joven que quiere perder su virginidad no es tan importante para nadie más que para él y que esa historia también se puede retirar.

Grisel Y. Acosta

Grisel Y. Acosta *(1970) es una poeta Afrolatina nacida en Chicago, Illinois, de padres Cubanos y Colombianos. Su poemario* Things to Pack on the Way to Everywhere *fue finalista del Premio de Poesía Andrés Montoya de 2020. También es la editora de la antología* Latina Outsiders Remaking Latina Identity. *Es profesora en la Universidad de la Ciudad de Nueva York, Macondo Fellow y la editora de Escritura Creativa en* Chicana/Latina Studies Journal. *«X (quiasmo)» y «Los necios (La historia 2.0)» fueron traducidos del inglés por Raquel Salas Rivera.*

X (quiasmo)

—inspirado en Julia de Burgos

puedes estar segura
que voy a apilar más pulseras
casar el brillo y el rubor incauto

ser excesiva como Gaudí,
    con atrevimiento
dejar que se me escape una
    voz bulla

La Lupe pelea
sus piernas patean, columpian
    salvajes

no existe garantía
en comunidad, elige un solo anillo
la soledad, la seguridad en tonos
    tenues

ser elegante, jardines en paisajes,
    apagada
susurrar en una eufonía del canto

Dolores del Río vive en paz
sus brazos posan en arcos precisos

la estela sudorosa hierve   el raso fresco que fluye blanco
   lentejuelas negras

  esta reina aventurera desea la indeseada estabilidad cotidiana:
ella para renunciar a la noche salvaje para abrazar el suave amanecer

la cabeza rapada de Britney   la mente exuberante de Angela
   habla con   Bassett
todo lo que deseo, enojada   me parece imposible, alegre
fiera energía destruye los valores   fijeza escultural, no tiene precio

soy inestable, mercurial   quiero ser platino sólido
peligrosa, como veneno   seguro, como un ritual sagrado
   sanguíneo
y amo a esta friki inocente   pero odio a esta aficionada
                                                    cosmopolita
y sin embargo quiero ser lo   y soy absolutamente esta cosa
   opuesto
esta mujer que siempre escogerá   esta cuir que nunca será
   el camp   desaliñada

entonces por qué el quiasmo...
                  deja que los overoles se encuentren con las manicuras
    hola excéntrica sin sostén, te presento a la señora
        que viste un sombrero pastillero y Doc Martens
      que tu Siouxsie interior se arregle con Schomburg
          deja que Jiménez Román discuta con los Dead Kennedys
en tu cabeza llena de arte de tiendas de a peso y Basquiats y tchotchkes
de Lalique
          baila con B-Boys y Baryshnikov, canta
    con monjes mientras preparan chartreuse, Zola Jesús y Bad Bunny

prepara sándwich de queso a la parrilla con brie y Wellington
con quinoa
viste tu casa con terciopelo barato y libros caros
tratar bolsas tejidas de Colombia como si fuesen reliquias
pon basura de diseñador en los buzones de lote de las farmacias

abrázate a las contradicciones
son tu superpoder

Los necios (La historia 2.0)

Para todas las que me oigan y me comprendan
Nuestra historia no la enseñan
pero vive en los árboles
Y en las estrellas que iluminan las noches
Ella vive, ella vive, ella vive
y volverá
y volverá
y volverá

Había una vez una tierra que crecía historias...
crecieron como melones y mangos y guayabas
enormes historias épicas con las que todos se deleitaron
como en una pachanga, compartieron toda la noche
podrías visitar a tu mejor amiga y ella te contestaba con
una historia, luego, juntas visitaban a Doña Encarnación
quien les contaba la historia más sentida y todas lloraban
y las historias crecían cada vez que se contaban, por
    añadidura

luego llegaron los asesinos de las historias
talaron campos de historias y encarcelaron las historias
    sobrevivientes

de la masacre, las historias sentían frío y se ocultaban bajo la
    tierra
pero la gente todavía quería compartir historias, y así lo
    hicieron

entonces los asesinos de historias prohibieron las historias
si lo piensas en términos ambientales, quemaron
las historias; los fuegos de las palabras flotaban hacia el cielo
por todas partes, cuando la gente encendía velas, las historias
    susurradas
les hacían cosquillas en los oídos y así sabían que las historias
    seguían vivas

entonces, los asesinos de las historias decidieron matar gente
cualquiera que cargara velas o un recuerdo fue enviado al
    matadero
pero no funcionó porque esta gente se juntó con tanto amor
que las historias siguieron vivas en sus hijos
y los pequeños labraron la tierra para crecer más historias

entonces los asesinos de las historias consideraron robar
las historias, tomándolas de cualquiera que las tuviera
renombrándolas a su gusto, torciendo su significado
y diciendo: «¡Mira! ¡Esta es tu historia!».
A estas alturas, la gente se reía, sabiendo muy bien
que estas no fueron las historias que les alimentó su tierra

entonces, los asesinos de las historias decidieron matar la tierra
y fue entonces cuando la tierra misma se echó a reír
con toda la gente de la tierra que siempre
perteneció a la tierra porque la tierra no se podía matar
y sus historias no se podían matar, así que la tierra soltó
carcajadas y llamó *necios* a los asesinos de las historias

pronto, murieron todos los necios porque a la tierra
no le gustaban sus ataques y, por supuesto, las historias
vivieron, en los árboles, el fango, las estrellas que se tragaban
    los fuegos,
y crecieron las historias, como guanábanas y piñas y
    tamarindos...

Estella González

Estella González *(1967) nació en el este de Los Ángeles, California, en un vecindario que es su inspiración literaria. Su trabajo ha aparecido en antologías tales como* Latinos in Lotusland: An Anthology of Contemporary Southern California Literature *y en las revistas literarias* Kweli Journal, The Acentos Review, Asteri(ix) *y* Huizache. *Su escritura ha sido reconocida con varios premios y honores, que incluyen un International Latino Book Award, el Premio Philip Freund de Escritura Creativa de la Universidad de Cornell, un Premio Pushcart y una «Mención Especial» como «Lectura notable» por* The Best American Nonrequired Reading. *Su primer libro,* Chola Salvation, *fue finalista del Premio Louise Meriwether por una colección de ficción corta y finalista del premio James D. Houston Award para Literatura Western. «La Malinche y la Llorona» es un extracto de su novela en marcha,* Huizache Women, *y fue traducido del inglés por Raquel Salas Rivera.*

La Malinche y la Llorona

Azul, azul, todos los tonos imaginables de azul llenan el baño: azul polvo en las paredes, puntitos de azul bebé en los azulejos blancos de la regadera, toallas de azul real, azul cielo en el exterior de las ventanas. El lavamanos, la taza del excusado, los gabinetes y el tocador de madera empotrado brillan con su blanco porcelana, mientras que las perillas de los cajones y el botiquín brillan con un azul zafiro. Las baldosas hexagonales blancas perfiladas con una espesa sustancia negra y pegajosa me refrescan después de la escuela mientras espero que mi abuela Merced regrese a casa tras su turno en El Yuma. A veces me tumbo en el suelo vestida con solo un sostén y bragas mientras escucho KROQ, el rock de los 80. El sexy acento australiano de Richard Blade divaga en la radio de transistores sobre algún concierto en el Greek o «Fabulous Forum». Su voz rebota en el suelo, en las paredes y atraviesa los delgados paneles de vidrio hacia el patio de cemento. Luego, pone el último éxito, como «Shiny, shiny» de Hazy Fantazy o «Time Zone» de World Destruction. Raros, pero bailables.

A veces el ritmo de una canción me pone a brincar, subo el volumen al máximo y hago playback, mientras me miro en el espejo incorporado del tocador. Me acerco, finjo que le estoy cantando a John Taylor de Duran Duran o a mi novio George. Antes de que empezáramos el séptimo grado en Griffith Jr. High, él era Jorge con el chaleco de corduroy y un fuerte acento. Los chicos de la Fourth Street School se burlaban de él y lo llamaban TJ. No porque fuese tijuanense, sino porque era mexicano. No importaba que todos nuestros padres fueran mexicanos, como nosotros éramos estadounidenses, de alguna manera, éramos mejores. Pero en Griffith, todo se trataba de los primeros besos, los bailes y los «babes». Según mis amigas, George ahora era un babe. Ya no era un TJ, y ya estaba bien que George fuera mi novio.

Durante estas noches de verano, a quien necesito más que a nadie es a George. Después del anochecer, cuando todo el este de Los Ángeles se enfría, abro las pequeñas ventanas del baño para que entre aire fresco. A veces, especialmente en las calurosas noches de junio, el hedor a sangre de cerdo podrida se cuela por las ventanas y llena el baño con un fuerte olor a muerte.

—Ese es el Matadero de Farmer John —dice George.

—¿Como el de Carrie?

—Ese mismo —me dice.

Tan pronto me dice esto, el hedor se vuelve glamoroso. Es de

Hollywood. Recuerdo la escena donde John Travolta mata a los cerdos chillones después de que Nancy Allen, su novia güera, le da una mamada. George y yo nos besamos mucho, pero él nunca me pide ni me obliga a darle una mamada. Solo me dice que nunca tome su mano o lo bese frente a nadie cuando estamos en la escuela. Ahora viene a quedarse conmigo en la casita amarilla hasta que Merced regrese de su trabajo en la barra.

«No vengas a mi casillero después de clase», canta como un coro más y más común.

Yo sé por qué. Anda detrás de Yolie Zamudio, la abeja reina güera de Griffith Jr. High, que no le hace el más mínimo caso. Los chicos la llaman Miss 69. No tengo ni idea lo que eso signifique.

«Quieres decir chillona, ¿verdad?», bromea mi abuela Merced durante una de sus diatribas borrachas. Extraña de nuevo a su novio Leandro y, cuando toma impulso, destruye a cualquiera que intente detenerla. Esta vez ataca a una madre fugitiva, Alma, y a la tía Suki, que se mudó hace unos meses para poder estar con su novia abogada, Lily.

«No vale la pena llorar por las hijas. ¿Para qué? Puras ingratas».

¿Yo también seré una ingrata? Es cierto que no le doy a Merced nada del dinero que gano trabajando en Jack-in-the-Box, pero al menos no estoy embarazada como algunas de esas chicas que vienen a la casa de Suki para abortar.

Suki y Lily llevaban un año dirigiendo una partería desde su casa en Santa Mónica. Lily ganaba lo suficiente para cubrir los gastos, incluso cuando algunas de las mujeres no tenían el dinero para pagarle a un médico y sentían demasiada vergüenza para ir a Planned Parenthood. En la mesa de la cocina, Merced me dice que Suki y

Lily son las peores ingratas porque no comparten su buena fortuna después de todo lo que ella ha hecho por ellas.

—La cuidé —murmura Merced, buscando a tientas su paquete de Marlborough antes de sacudirlo para sacar su último cigarrillo. Lo atrapa antes de que toque el suelo, luego lo lleva flotando lentamente hasta su boca. Trato de concentrarme en los frijoles que están hirviendo a fuego lento en la olla de barro, pero tengo miedo de que me arroje el encendedor Bic como lo hizo la última vez. Después de tres intentos, una llama se dispara para encontrarse con la punta de su cigarrillo. Cierra los ojos y toma una pitada profunda. Abro la ventana frente al lavaplatos para despejar el olor a humo. Sopla una brisa ligera. Pongo los ojos en blanco, pero vuelvo a la estufa, remuevo los frijoles ahora burbujeantes y busco el sonido de otra voz o el timbre del teléfono. George dijo que me llamaría para juntarnos a estudiar, pero sé que lo único que quiere es que nos besemos, lo cual me encanta, pero también quiero aprobar mi clase de Álgebra. Y si digo que no, se irá donde Yolie. Coloco la pesada sartén de hierro sobre la estufa, subo el fuego y luego tomo la caja roja medio vacía de manteca de cerdo Farmer John del refrigerador.

—Cuidé bien a Alma y a Suki —grita Merced mientras se acerca a la mesa para agarrar su botella de brandy—. ¿Y qué hacen? Me dejan por un viejo desmoronado y un malflor.

Al menos tienen amor, pienso mientras pongo la manteca en el sartén y observo cómo se derrite y ondula como las pequeñas olas en el lago del parque. Lentamente, añado los frijoles con una cuchara. Un vapor espeso y grasoso llega hasta el techo agrietado. Retrocedo y observo las gotitas que cuelgan de la pintura amarillo pálido, listas para caer. Pienso en la cara de Merced, luego en la de Yolie, mientras machaco los frijoles en el sartén hasta que empieza a formarse una crema.

—¿Me oíste? —grita Mercedes.

—¿Mande?

—Te dije que comenzaras a calentar las tortillas.

Cuando me agacho para sacar el cajón calentador del comal, finalmente suena el teléfono. Me levanto de un salto, pero, aunque está borracha, Merced es más rápida. Lleva días esperando que Leandro la llame y rápidamente descuelga el auricular de la pared.

—No, no puede —grita Merced—. Está ocupada. —Luego golpea el receptor en su base.

Por un momento, tengo la tentación de tirar la olla de frijoles por las escaleras de cemento que quedan justo afuera de la puerta de la cocina. Por un momento, quiero arrojárselos a la cara a Merced. Pero no lo hago. En cambio, me muerdo el interior de las mejillas, siento la piedra ardiente en la garganta mientras enciendo las llamas debajo del comal y las miro bailar alrededor de sus bordes delgados y afilados.

—Está demasiado caliente, inservible —grita Merced—. Los vas a quemar.

Bajo el fuego. Mi garganta se aprieta, mis ojos siguen hinchándose y ardiendo. No llores. No seas una pinche llorona.

Pero las lágrimas gotean de todos modos. Los mocos llenan mi nariz hasta que tengo que usar el dorso de mi mano para limpiarlos. Quiero salir corriendo por la puerta, subirme a mi bicicleta morada y correrla hasta el parque. Allí puedo llorar en paz junto al lago hasta que mi cuerpo se seque. Quizás de eso se trataba La Llorona. Lloró hasta que no le quedaba nada de sí misma. Tal vez solo quería acostarse a la orilla del río y esperar a que su amante infiel volviera con ella. Sí, esperaría a que George me encontrara, me levantara y me besara hasta que su saliva se mezclara con mis lágrimas. ¿Pero a quién yo le mentía? Llevaba semanas sin besarme, desde que Yolie había estado hablándole junto a su casillero.

—¿Están listas las tortillas? —Merced grazna.

En este momento, quiero cerrarle la boca con una bofetada, para tan solo lograr que deje de hablar, hasta que esta tristeza salga por la ventana y se dirija hacia el cielo púrpura oscuro. En este mismo momento, entiendo por qué La Llorona asfixia a los niños. Voy al congelador y el aire frío me envuelve. Me atraviesa la imagen de Suki y Lily cerca del mar con una brisa salada que carga a las gaviotas sobre su casa. Se me enfría la cara al recordar cómo yo les tiraba pedazos de tortilla.

«Puedo inscribirte aquí en SAMOH», dijo Suki. SAMOH era su nombre favorito para Santa Monica High.

Dije que no en aquel momento porque no podía dejar a George. Lo amaba. Todavía lo amo. No puedes dejar a alguien que amas. Al menos, eso es lo que dicen las canciones. Sé que solo tengo catorce años, pero me siento vacía cuando no está. ¿Cómo pasó eso? Solo sé que ahora que existe George, la vida en la casa de Merced es soportable, incluso sin Suki.

La tortilla de maíz chisporrotea en el comal y las olas de calor deforman el aire. El maíz y el humo del cigarrillo se mezclan con los frijoles humeantes, matando mi hambre. A medida que los bordes se doblan, pellizco la tortilla y luego la viro con cuidado. Después de terminar su tazón de frijoles y tortillas, Merced finalmente se va a trabajar en el bar El Yuma. Salto al teléfono y llamo a George, quien me dice que está «estudiando» con Yolie. Entonces llamo a Suki.

—Extraño las gaviotas —digo e intento no llorar en el auricular.

—Tu abuela es como Madonna —me dice Suki la mañana después de mi llegada. Estoy de visita.

Me río. Qué chiste. ¿Cómo puede comparar a la reina más genial del baile con una anciana malvada que nunca quiere que sus hijas o su nieta tengan una vida y mucho menos sexo?

—Ella es pura sinvergüenza —dice Suki—. Y no le importa lo que piensen los demás.

Escuchamos a Richard Blade, quien ha estado transmitiendo desde el concierto Live Aid en Filadelfia. Según Richard, Madonna reprendió a los hombres de la audiencia cuando comenzaron a cantar: «¡Quítatelo! ¡Quítatelo!».

«No me quitaré ni madre hoy», dijo Madonna. Afuera, las olas rugen con la audiencia. ¡Ja ja! El hecho de que ese hombre asqueroso de *Penthouse* publicara unas fotos de ella desnuda, que le tomaron cuando era una bailarina y luchaba por sobrevivir, no significa que fuese a hacerlo ahora.

Lástima que Merced no pudiera ganar dinero con su desvergüenza como lo hizo Madonna. Después de servir de cantinera en la mayoría de las cantinas a lo largo de First Street, Merced es conocida como La Reina de La Primera por sus clientes, especialmente los hombres.

«Me llaman la reina por una buena razón», me explicó Merced un día. «Si eres leal a un hombre, te mantienes decente. Tener demasiados hombres te convierte en una puta».

También eres puta si no divides tu dinero con tu madre. Merced cree que Suki no tiene vergüenza por el hecho de dirigir un negocio de botánica exitoso desde la casa que comparte con Lily.

«Pudo haberlo manejado desde aquí», dijo Merced, enfurecida.

Hoy ayudo a Suki a mover sus frascos del garaje a una de las habitaciones de huéspedes en la casita de playa.

—¿Para qué sirven? —le pregunto a Suki que está etiquetando pequeños frascos llenos de plantas secas y polvos. Uno de ellos parece un hombrecito que ha echado raíces por todo el cuerpo.

—Eso es ginseng —dice Suki acercando el frasco a mi cara—. Se supone que cura todo el cuerpo, especialmente su inmunidad.

Suki sube la escalera de mano hasta el estante superior de su botiquín donde guarda las mejores y más raras muestras de plantas.

—¿Inmunidad a qué? —pregunto mientras el frasco flota y luego aterriza en el estante superior con las demás hierbas extrañas de Suki.

—A cualquier cosa —dice Suki.

—¿SIDA? —pregunto. Ella me mira de manera rara pero tengo que saberlo porque George me ha estado presionando para que tenga sexo con él. Y quiero, pero sé que el SIDA sigue circulando por ahí. Incluso Madonna tiene un anuncio sobre el SIDA. De repente, el frasco de ginseng cae y explota ante mis pies. Suki se baja y me sujeta los hombros. Sus manos me aprietan con tanta fuerza que me alejo.

—¿Estás teniendo sexo con ese muchachito? —ella pregunta.

—No —digo. Los ojos de Suki se agrandan.

—¿Quieres?

Cuando no respondo, abre de un tirón uno de los cajones delgados del armario marcado «SIDA». Me entrega un cuadrado de plástico morado con la palabra «Trojan». Alrededor de sus bordes, el cuadrado tiene pequeñas figuras blancas de hombres con cascos de soldados griegos.

—Toma —dice poniendo el cuadrado en la palma de mi mano—. Esto protegerá tu cuerpo del SIDA.

—¿Qué…? —empiezo, pero Suki ahora se está riendo.

Antes de darme cuenta, me ha quitado el cuadrado de la mano. Lo abre de un tirón y saca un círculo delgado de plástico. Ella tira de la punta del pequeño globo, estirándola hasta que encaja con fuerza en su mano.

—Es un condón —dice, repentinamente seria—. Asegúrate de que se lo ponga en el pito antes de tener relaciones.

Pequeños chorros de sudor gotean de mis sobacos. Saca un par más de los cuadrados de plástico púrpura y los mete en mi bolsillo trasero.

—Si ambos son vírgenes, entonces van a necesitar varios.

Me da palmaditas en el trasero y me sonríe.

—Ahora vamos a barrer este desastre —me dice.

De fondo, Richard Blade presenta a New Order, que comienza a tocar «Temptation». Resuena en las paredes del garaje y a través del boombox, pero las olas rugen más fuerte.

La Malinche, la nueva botánica de Suki en Whittier Boulevard, tiene de todo. Pociones de amor, amuletos, aguas sagradas, estatuas de santos, lo que sea. Se lo compró el mes pasado a la dueña que se mudaba de regreso a su casa en Chihuahua.

—Era la mejor —dice Suki—. Siempre acudía a ella con preguntas y, finalmente, me dijo que la dejara de molestar. Entonces, me convertí en su aprendiz.

Supongo que las curanderas tienen que aprender de alguien.

—Que yo sepa, no hay escuelas para curanderas —continúa Suki—. Excepto en el Este de Los Ángeles.

Suki no solo prepara sus propias cosas, también las usa. Principalmente, en las mujeres. En su mayoría, son mujeres que quieren un amante o un bebé. A veces ninguno de los dos.

—Para las que quieren un bebé, les doy esta vela especial y agua —me dice. Saca una pequeña botella marrón con un gotero. El agua huele levemente a lirios y miel—. Simplemente, colocan unas gotas en su té de yerbabuena por veintiún días.

Suki envuelve la botella en papel encerado y ata una cuerda elástica dorada alrededor de la parte superior. La botella envuelta se ve cara.

—¿Se supone que la mujer se lo beba todas las mañanas?

—Después de hacer el amor —dice Suki con un guiño y coloca la botella envuelta en el estante superior de la vitrina de vidrio donde guarda sus amuletos y pociones más poderosos y preciosos.

—Yo le llamo agua de luna —dice Suki cerrando la vitrina—. La luna es la madre del agua y del amor.

Más tarde, una mujer con gafas de sol, como Jackie O., entra por la puerta de cristal y pide el agua de luna. Un pañuelo negro brillante con pequeñas «G» doradas cubre su cabello castaño con mechas cobrizas. Su traje a cuadros blanco y negro se ve ajustado, pero nuevo. Huele como las maquilladoras de las tiendas bonitas, tiendas del centro comercial de Pasadena. Voy a la pequeña trastienda en busca de Suki. Casi choco con ella. Está inclinada sobre unas bobinas de cobre que envían pequeñas ondas de calor hacia el tragaluz. El ligero olor a rosas me marea un poco.

—Una mujer con un pañuelo quiere el agua de la luna. ¿Dónde está la llave?

Suki la saca de su bolsillo trasero y camina conmigo hacia la habitación delantera.

—Hola comadre —dice Suki sonriendo—. ¿Has vuelto por el agua de luna?

La mujer le devuelve la sonrisa, pero no se quita las gafas. Sus labios brillan con un color rosa suave incluso bajo la luz fluorescente de la tienda.

—Sí —apenas susurra—. La poción del amante funcionó.

—Qué bueno —Suki asiente mientras abre el estuche y lo coloca encima del mostrador—. Trescientos dólares —dice Suki mientras escribe el recibo.

Contengo el aliento y trato de no abrir mucho los ojos. La mujer sigue sonriendo mientras alcanza el bolso de cuero acolchado que cuelga de su hombro con una cadena de oro. Abre las dos grandes

«C» doradas que cierran el bolso. Saca una billetera, una versión más plana y un poco más pequeña de su bolso y delicadamente elige tres billetes que parecen planchados y almidonados. Esta es la primera vez que veo a Benjamin Franklin de cerca y en persona. Suki cuenta los billetes y le entrega el paquete.

—¿Esa poción realmente funciona? —pregunto después de que la mujer sale por la puerta de cristal y se mete en su pequeño y reluciente coche gris.

—Lo que importa es el amor —responde Suki e inclina la cabeza hacia un lado como un pájaro—. ¿Quieres probarla con Jorge?

No la corrijo esta vez. Jorge siempre será Jorge, no George, aunque me engañe con todas las güeras. Pero, aun así, cuando me lo imagino sentado junto al lago con Yolie, besando su cuello como besa el mío, es demasiado.

Tomo la poción que me ofrece Suki, pero le devuelvo el condón.

—No creo que necesite esto —digo.

Suki niega con la cabeza y me lo devuelve.

—Por si acaso.

Pronto, entra otro cliente. Es Lily, que lleva a una chica del brazo. De perfil, se parece a Yolie Zamudio, pero no estoy segura hasta que vira su cara.

—Necesita ayuda —dice Lily—. La encontré en la parada de autobús al final de la calle.

Yolie parece como si hubiese estado llorando por varios días. Su grasiento cabello castaño claro se ve apestoso. Tan pronto Yolie me reconoce, tiembla. Lily la envuelve con el rebozo que suele llevar sobre los hombros y la abraza con fuerza.

—Estás helada —dice Lily—. ¿Puedes traerme el té de yerbabuena?

Suki me hace una señal con la cabeza y me dirijo de nuevo a la pequeña cocina. Echo agua en la pequeña cacerola esmaltada y la pongo en la placa térmica. Saco el frasco de hojas de menta del refrigerador gigante y las enjuago bajo la llave. Arranco las hojas de los tallos y las dejo caer en una taza azul. Su frescura verde y limpia me despeja la cabeza. Cuando veo al hombrecito en el frasco, agarro un rallador. Mientras el agua hierve, sigo el vapor hasta el tragaluz. Diminutas gotitas flotan en el cristal alveolado y se desvanecen en el cielo.

Vierto el agua sobre las hojas y el ginseng rallado, luego vuelvo a la sala. Cuando le entrego la taza a Yolie, esbozo una pequeña sonrisa. Su nariz pecosa se mueve con el olor a menta.

—Bébetelo —dice Suki. Te calmará.

Mientras Yolie bebe, puedo escuchar su respiración lenta. Pronto, respiramos juntas. Entonces sé con seguridad que todavía amaré a Jorge.

María Elena Cruz Varela

María Elena Cruz Varela *(1953) es una periodista, novelista y poeta nacida en Colón, Cuba. Ganó el Premio Julián del Casal (UNAC) por su tercer poemario,* Hija de Eva. *Entre sus novelas se encuentran* La hija de Cuba *y* Juana de Arco: el corazón del verdugo. *Sus poemarios incluyen* La voz de Adán y yo, El ángel agotado, Afuera está lloviendo *y* Mientras la espera el agua. *Publica testimonios de su experiencia política en su tierra natal, entre ellos* Dios en las cárceles de Cuba.

Variación de Helena

—*a Alex*

La guerra desatada a mi favor apenas fue una ofrenda.
Un recurso del odio donde mi piel no estaba.
Transida. Gélida. De gasas vaporosas. Lejos. No descansé.
Gritos. Lanzas. Carruajes destrozaron mi sueño.
Ni un solo ruiseñor. Ni un solo canto. Ni una palabra grata.
Leve. Mi pálida plegaria no llegó a ningún sitio. Yo era
la desterrada. Tan solo era mi nombre el que vagaba.
En mi nombre los hombres se mataron. Prueba de mi inocencia
era la blanca región donde imploré mil veces y maldije
mil veces al varón. A su estulticia. Al tropel de corceles.
A la sangre vertida por mi espectro. Los hombres no me
    oyeron.
Los hombres. Los torpes oidores sentíanse felices.
    Guerreaban.

Allí mi piel no estuvo. «Yo nunca estuve en Troya. Yo
solo fui un fantasma».

El salto

Vuelve a saltar, Antínoo. Esa es tu vocación.

Develar entre rocas el misterio acucioso de tu carne.

Liturgia que se escapa. Detalle incomprensible.

Destrozar la belleza.

Mostrar la masa sin amor. Sanguinolenta.

Salpicando los riscos.

Antínoo está saltando. Se estrella en lo más hondo de sí mismo.

Con él saltamos todos. Y toda la miseria del no ser.

Toda la mansedumbre. Todo el asco. Toda esta poquedad
cabe en tu hermoso cuerpo de cautivo.

Punzada el adjetivo. Punzada es la pobreza de nombrarte.

Sí, cuando abrazo a un hombre, abrazo lo más viejo de este
    mito.

Abrazo su pasado. Rociándole a las fieras los miembros
del futuro y del presente.

Así, mientras tú saltas, te contemplo.

Todo salta contigo. Te contemplo. Empujándote
con la fuerza siniestra de toda nuestra raza sin destino.

Es tan solo saltar. Como si nada.

Aprendiendo caminos.

Desoladoramente irresponsables. La pistola caliente
en la entreabierta boca del cautivo.

A medianoche el salto.

Siempre es el mismo salto hacia lo mismo.

Antínoo está saltando. Con él saltamos todos.

Dulce es la vocación de los suicidas. Dejarse devorar.

Saltar contigo en una sucesión de contingencias.
Mi salto no es más nuevo con los siglos.
Si cuando un hombre salta, con él se estrellan todos.
Todos quedamos rotos. Esparcidos.
La pureza se alcanza con el salto.
Abajo están las piedras. Las tentadoras piedras del abismo.

Celeste Mohammed

Celeste Mohammed *(1976) es una abogada Trinitense convertida en escritora, autora de* Pleasantview, *que ganó el Premio OCM Bocas de Literatura Caribeña en 2022 y el CLMP Firecracker Award for Fiction en ese mismo año. Tiene una maestría en Escritura Creativa de la Universidad de Lesley y recibió el Premio PEN/Robert J. Dau de Cuento para escritores emergentes en 2018, el Premio Virginia Woolf de Ficción Corta en 2019 y el Premio John D. Gardner Memorial de ficción en 2017. «Mitad India», Celeste proviene de un linaje de mujeres Indotrinitenses humildes pero resistentes, que, con el fin de la economía de la plantación, enfrentaron a una cultura que las veía como una posesión para ser supervisada y controlada mediante la violencia doméstica. «Sundar larki» fue traducido del inglés por Raquel Salas Rivera.*

Sundar larki*

Ayer, mientras observaba a Raj, que preparaba la cena, Salma, sumida en una especie de locura donde pensó que podría tener todo lo que quisiera en la vida, corrió al baño, llamó a su hermana y le suplicó:

—Solo miente por mí un ratito más, ¿por favor?

Pero Yasmeen, con su típico estilo de hermana mayor, había sermoneado:

—Mira, vente para casa. Ya basta de que le estés pegando cuernos

---

* *Sundar larki* es un término común en la cultura tradicional indotrinitense para referirse a «una niña hermosa». Es el cognado Trinidad Bhojpuri del hindi estándar *Sundar ladki*. La diferencia en la ortografía se debe a que algunos sonidos fonéticos utilizados en hindi son difíciles de transcribir a otros idiomas, como es el caso del inglés.

a tu marido y metiéndome en esta mierda. Te estás pasando. Tienes
tres hijos, ¿o te olvidaste?

Fue entonces que Salma volvió a la cordura, odiándose a sí mis-
ma por este dulce y pegajoso fin de semana lejos de sus hijos. Se
había odiado tanto a sí misma que había hecho que Raj la lastimara
en la cama la noche anterior. Hizo que le jalara más fuerte el pelo,
que la mordiera más duro, que la apretara más y, en la oscuridad,
la llenó con suficiente dolor para diluir toda su vergüenza materna.
Pero ahora era de día y la luz que se filtraba por el vidrio polvoriento
de las persianas daba la impresión de que su traje en el suelo, al igual
que su corazón, tenía dos tonos.

Raj se retorció acercándose, deslizó su mano sobre la barriga de
Selma, marcada por estrías, y luego la bajó entre sus piernas.

—Ay Dios, quédate, porfa. ¿Un día más? Realmente necesito que
te quedes —dijo.

Salma apretó los músculos con un movimiento de tenaza, ne-
gándole la entrada.

—¿Cómo puedo hacer eso? —dijo, su voz más aguda de lo previs-
to. Resentía que él lo hubiese expresado como su necesidad. ¿Y las
necesidades de ella? ¿Era necesario que él se abalanzara sobre ella?
Obligándola a repartir su culpa entre él y los niños, de la misma ma-
nera que repartía un bocadillo entre tres bocas hambrientas cuando
estaba en casa, cuando el dinero escaseaba y Shiva, su marido, no
había vendido suficientes lechugas en el mercado.

—Tengo que ir y preparar a los bebos para el primer día de clases
—dijo.

—Pero tienen a su padre. Él podría cuidarlos.

—¿Su padre? —Salma gruñó. ¿Shiva? Un borracho medio ciego,
trece años mayor que ella, que era más cariñoso con sus cultivos que
con sus hijos y que interactuaba con ellos solo para instruir y gol-
pearlos. Salma le había prometido a su hijo, Anil, de doce años, una

gran recompensa si él cuidaba de las pequeñas Amelia y Aarti, man-teniéndolas al margen de su padre este fin de semana. Diez dólares enteros, había prometido. A esto se había rebajado. Yasmeen tenía razón: era una mala madre, una «perra egoísta en celo» y ahora era el momento de volver a atar a Salma, esta bestia de dejarse llevar, de arrastrarla para su casa y volver a ser solo «Mammy».

—El hombre se las arregló por estos dos días. ¿Qué da uno más? —preguntó Raj, y la seguridad de su tono hizo que la piel de Salma se sonrojara de molestia. Pero, luego, recordó que gran parte de esta ignorancia de Raj era culpa de ella pues nunca le había dicho lo difícil que fue apartar este fin de semana, cuánta planificación y colusión requería y cuán desesperada era la mentira que le había ofrecido a Shiva («Yaz me rogó que fuera a Barrackpore para ayu-darlos con la festividad de Eid ul-Adha»). Era una mentira de cartón que requería el apoyo de Yasmeen, quien, la noche anterior, se había negado.

Salma le había ocultado mucho a Raj durante su año de «amigos» y sus dos encuentros furtivos de fin de semana. En parte porque le gustaba fingir que Shiva no existía cuando estaba con Raj, y en parte porque Raj la deseaba con tanto fervor —un joven ingeniero como él podría tener a cualquier chica joven, soltera y educada, pero él la quería a ella, la empleada de limpieza con tres hijos—. Y quería que su deseo siguiera así: puro y sin piedad. Le daba a Salma la impresión de ser valiosa, aunque no tuviera nada que ofrecerle.

Sin embargo, lo que necesitaba en este momento era que Raj la ayudara a salir de este apartamento, aunque ella ansiaba quedarse, aunque él se iría mañana a una plataforma petrolera en el Golfo y no se verían por dos semanas, aunque no tuviera idea alguna de cuándo sería capaz de organizar otro fin de semana como este. Necesitaba irse con la seguridad de que él seguiría arreglándoselas con lo que ella le podía ofrecer, siempre que conllevara pocos riesgos.

Nunca le había contado a Raj su miedo más profundo: que Shiva la mataría si descubría que le estaba pegando cuernos. De hecho, había amenazado con matarla por hacer mucho menos: cuando el hombre del Mercado Central le sonrió por demasiado tiempo y ella le devolvió la sonrisa, cuando llegó del jardín temprano a casa y la encontró viendo televisión con la vecina y las acusó de «chismear», cuando ella le preguntó directamente si realmente se estaba tirando a la china en la ferretería, cuando le puso demasiado ajo a su choka de tomate.

Shiva no necesitaría mucha excusa para convertirla en otra historia triste de primera plana.

Y, sin embargo, había venido a ver a Raj. Dos veces. Llegó y nunca le dijo estas cosas, por miedo a asustarlo. Vino sin sentir ni un ápice de culpa de mujer casada, sintiendo solo que se merecía este placer y que era justo, porque un día Shiva la mataría y ella moriría sin haber vivido nunca en su cuerpo... y eso a ella le parecía el mayor de los pecados.

Pero no podía volverse glotona y correr riesgos estúpidos —Yasmeen le recordó—, no con los niños aún tan pequeños, que necesitaban a su Mammy.

—Mira, ya te dije: podemos divertirnos y todo, pero tengo mis responsabilidades —ahora reprendía a Raj.

Un pequeño espacio se abrió entre sus cuerpos húmedos y el aire del ventilador reemplazó los labios de Raj sobre su columna.

—Entonces, ¿dónde estaban tus «responsabilidades» desde el viernes? —se atrevió reclamar Raj por encima de su hombro, que aún dolía por la huella que habían dejado sus dientes la noche anterior.

—¿Sabes qué? —Ella se incorporó y giró hacia él—. Tienes toda la razón. Me equivoqué al venir y, en el futuro, Señor Caballero, nunca volveré a cometer el mismo error.

Ella pisoteó su desnudez dura con cada paso que tomaba hasta el baño. Cerró la puerta, abrió la ducha, se apretó el pelo con los puños y lo jaló. Lloró de esa manera jadeante pero silenciosa que se había convertido en un hábito del hogar, para que los niños no la escucharan. Ahora, sin embargo, se le hacía más difícil llorar en silencio. Especialmente, cuando quería que Raj irrumpiera y le dijera algo como: «Lo siento. Sé que esto es difícil para ti. No te preocupes por mí. Voy a estar aquí cuando lo necesites, linda». Como había dicho durante su primera conversación real, cuando había sido la única persona en la oficina que notó su labio hinchado y la buscó en el armario de artículos de limpieza, su pequeño escondite, la encontró sentada en un balde sollozando y se había arrodillado en el suelo entre todas sus escobas y mapos y baldes, para compartir el mismo aire hediondo a cloro y escuchar su historia. Esa había sido la vez en que ella le había contestado a Shiva y él había respondido sumergiendo y manteniendo su cabeza en un barril de agua. Había salido escupiendo y jadeando, con los pulmones, los ojos y la nariz ardientes, hambrienta y agradecida por el aire. Estos fines de semana con Raj —dos fines de semana de toda su vida sofocante— se habían sentido igual; eran aire. Y él podía devolverle ese sentimiento ahora mismo; podía devolverle el aire si dejaba de pedirle que fuera una mala madre, que se arriesgara más de lo posible.

Pero, mientras Salma se enjabonaba y enjabonaba y trataba de deshacerse del olor de Raj, no pudo evitar preguntarse cuán diferente hubiese sido su vida si hubiera escogido ser una hija mala, de las que llamaban «precoz» y «a su manera». Le pudo haber ido mejor. Ese tipo de niña de trece años hubiese lanzado un steups y salido de la tienda de Tanty Nazroon, cuando el extraño de pelo rizo con overol y botas de goma la señaló con la barbilla y la llamó hermosa.

—Hola, sundar larki —había dicho Shiva—, te pareces a tu Mammy.

Tanto ella como Tanty Nazroon se habían sonrojado, tanto por su error como por el cumplido. Luego, Tanty empujó su cambio de dos dólares sobre el mostrador laminado y agrietado y se volvió para admirar a Salma.

—No, esta es hija de mi hermana —dijo con orgullo—. Ella me está ayudando durante las vacaciones.

—¿Cómo te llamas? —le había preguntado a Salma, que estaba sentada sobre una pila de cajas de sodas, balanceando las piernas y trenzando su cabello en una gruesa cuerda negra de Rapunzel.

—Contéstale al señor amable —había instado Tanty Nazroon.

—Me llamo Salma.

—Bueno, yo soy Shiva. Del equipo de la carretera, vite. Así que voy a estar un rato, viniendo a comprar pequeños dulces y chucherías. Como soy el más joven, siempre me envían.

En aquel entonces, él era tan viejo como ella era ahora. Así que, a los veintiséis años, Salma podía ver claramente cuál había sido su error. Le había demostrado a Shiva aquel día y durante las próximas semanas de ese fatídico julio, que tenía madera de esposa: que era una niña india «buena» que siempre escuchaba a sus mayores. A su mamá, a su papá, a su Tanty, a su hermana mayor Yasmeen, e incluso a él.

Pero en algún punto del camino, durante los últimos trece años, Salma había cambiado. Ya no quería ser buena, anhelaba ser feliz. Aunque probablemente era demasiado tarde, ya que tenía que pensar en los nenes.

Mientras se vestía y empacaba su bolso, Raj le daba vueltas, murmurando disculpas.

—Mira, lo siento. No estoy acostumbrado a esto... a compartir. Nunca he estado con una mujer casada. Me afecta la mente. Me da rabia. Andas esclavizada detrás de ese pendejo cuando...

—¿Cuando qué? —Salma se echó al hombro su bolso de lona, que llevaba el logo de la empresa donde trabajaban.

—Cuando yo debería ser tu hombre. Tu verdadero hombre. ¿Por qué no lo dejas y ya?

Los brazos de Salma cayeron tan flácidos a sus costados que el bolso se deslizó y aterrizó a sus pies con un golpe abatido. Durante todo un año de amistad, Raj nunca había hablado así —de compromiso, de dejar a su marido— y, por eso, ella nunca se había permitido esa esperanza.

—Sí, lo digo con todo mi pecho. Deja al maldito idiota. Nena, esto es amor.

Con esas palabras, deslizó sus brazos, circundando la cintura de Salma y la atrajo hacia él, mirándola a los ojos de tal manera que la dejó con la impresión de que nunca lo había visto nervioso hasta este momento.

—¿Dejarlo para ir a dónde? —dijo ella, con ese tono cansado que solía usar cuando uno de los niños hacía una pregunta demasiadas veces. ¿Raj realmente pensaba que ella podía simplemente irse de la casa de Shiva, pagar un alquiler y cuidar a tres niños con el salario de una empleada de mantenimiento?

Se rio y echó la cabeza tan atrás que ella podía ver directamente por sus fosas nasales. Podía reírse, sí, porque él nunca había escuchado todas las veces que Shiva la había amenazado y todas las veces que se había burlado de ella, «¿Irte a dónde? ¿De vuelta con tu madre y esa gente para avergonzarlos? ¿Para que todo el pueblo se ría? ¿Irte a dónde? ¡Nadie te quiere con esa banda de nenes detrás de ti!».

—Vente conmigo —dijo Raj, con una sonrisa ganadora que le indicaba que, al fin y al cabo, estaba seguro de sí mismo, y, más que eso, esperaba que ella le agradeciera por esta oferta. Eso es lo que buscaba en su rostro ahora con su mirada, supuso. La gratitud.

—Bueno, ¿qué esperas? Di que sí, ¿ah, nena?

La ira de Salma revivió, como un ruido que siempre había estado ahí en el fondo, como el sonido que hacía la vieja máquina de cortar del patio de Shiva cada vez que se movía de las profundidades del jardín a la hierba al borde de la carretera. Trató de librarse del agarre de Raj, pero no pudo, y terminaron forcejeando y sus espaldas arqueadas saltaron de pared a pared como un organismo con dos caparazones duros.

Ella comenzó a lanzar gemidos agudos y Raj seguía preguntando:

—¿Qué diablos te pasa? ¿Por qué te pones así?

Y, cada vez que le decía esto, Salma lloraba más porque cada vez se notaba más lo poco que él entendía su situación.

Finalmente, Raj la inmovilizó contra la nevera.

—Te amo, Salma. ¡Eso es lo que estoy tratando de decirte, nena! ¿Por qué carajos no lo puedes entender?

Sus palabras llevaban ese tono condescendiente que estaba en sintonía con lo que siempre había escuchado de Shiva: ¡Mira todo lo que hago por ti! Sacarte del campo y traerte a la ciudad. Pero sigues siendo solo una pequeña y estúpida coolie.

¿Y Raj había dicho «Amor»? El único amor del que ella se sentía segura era del que sentía por sus hijos. Habían sido arrancados de su carne y, sin embargo, ella les pertenecía. Salma cerró los ojos y le presentó a Raj una prueba final.

—Si tanto me amas, entonces por qué no me dices que me traiga a los nenes, ¿ah?

Necesitaba demostrar que Shiva era un mentiroso, para susurrar algo que ahogara los trece años que rugían en su cabeza. Necesitaba saber que Raj la amaba por completo —no solo a Salma, la Bestia Suelta que lo había cabalgado como un demonio todo el fin de semana— sino también a «Mammy».

Por un amor como ese, estaría dispuesta a arriesgar su vida.

Contuvo la respiración y esperó, pero, de repente, Raj la soltó y descubrió sus palmas como si la piel de Salma lo hubiera quemado.

—Está bien, vete —dijo—. Vete a ver a tus hijos y al hombre que intenta ahogarte y todo ese revolú. Esa es la vida que te gusta, ¿eh? ¡Pues, vete de aquí!

Salma agarró su bolso y medio corrió hacia la puerta principal, medio cegada por las lágrimas y odiándose a sí misma por atreverse a creer, aunque fuera por un segundo, que el amor de Raj podría ser real. Él la siguió y la atrapó en la galería, le abrió el puño.

—Por lo menos, toma este dinero para el taxi.

Bajó las escaleras corriendo con solo una vaga sensación de que los dólares se desprendían de ella, como escamas de pescado. Señaló al primer taxi que pasó y entró sin ni siquiera mirar atrás.

Entonces, encontró dos billetes de un dólar, que se ablandaron en su puño sudoroso.

Dos billetes rojos de un dólar. Así había comenzado también con Shiva. Había empujado el cambio de Tanty Nazroon al otro lado del mostrador.

—Esto es para la larki —había dicho.

Desde su asiento hecho de cajas, Salma parpadeó hacia el dinero.

—Tómalo, dale, niña —había insistido.

Salma había pasado la mirada de él a Tanty Nazroon, quien asintió alentadoramente, y de vuelta a él.

—Pero, por qué tú…

—Porque siento que te lo mereces.

Después del intercambio, Shiva se había ido de la tienda. Cuando ya no lo podía ver, Salma saltó y reclamó el dinero. Era suyo y la idea había hecho que sus poros se hincharan y punzaran. Luego hizo algo de «mujer grande»: arrugó los billetes y los metió profundamente en el sostén demasiado grande que había heredado de Yasmeen.

Más tarde, en algún momento de los últimos trece desafortunados años, había llegado a comprender que nunca debería haber aceptado el dinero de Shiva aquel día. Había sido una transacción de la tienda en cierto modo. Al aceptar su falsa generosidad, ella le hizo sentir que realmente había hecho algo por ella. Y es por eso que no había querido aceptar la tarifa de taxi de Raj hoy. Eran migajas en comparación con lo que podría haber hecho por ella hoy, si realmente la hubiera amado.

Pero todo lo que dijo fue: Déjalo ya. ¿Así de fácil? ¿Y dejar a los niños también? Raj bien podría haberle pedido que dejara su alma.

Y, sin embargo, no habría sido el primero en hacerlo. El intercambio desleal es un robo, siempre decían su mamá y su papá. Y, sin embargo, mira, igual la habían regalado a los trece años, y habían cambiado su vida entera, por solo los tres mil dotes que Shiva había pagado. Por supuesto, también lo obligaron a tomar shahada —aceptar el Islam— para que un imán pudiera oficiar el matrimonio rápido, rápido. Pero, aunque a Shiva no le había costado nada mentirle a Dios, a Salma le había costado todo, cada maldito día desde entonces.

Estaba cansada de pagar las deudas que otras personas le habían impuesto. Pagar, pagar, pagar y no recibir nada a cambio. ¿Este vacío era lo que significaba ser «buena»?

Cuando el auto se detuvo en The Croisée, entregó los dos dólares y abordó un maxi-taxi que se dirigía a Port of Spain. Su teléfono sonó. Sintió la vibración a través de la bolsa que descansaba sobre sus rodillas. Pero como estaba confinada en el asiento trasero, entre la puerta y el pasajero del medio, e incapaz de separar los codos, llegó al dispositivo demasiado tarde. Fue Yasmeen quien llamó. Salma apretó el celular con el pulgar y apagó el teléfono. No estaba de humor para escuchar otro sermón sobre sus responsabilidades, cuando ya las conocía tan bien.

La última vez que había hecho esta caminata exacta, su cuerpo todavía estaba caliente de estar con Raj. Se había deslizado por la misma acera ancha de Port of Spain, sin notar a los vagabundos dormidos, sin arrugar la nariz ante el olor a excremento humano y los cuerpos sucios, como lo hacía ahora. En cambio, se maravilló de lo bonito que se veía el lugar a las 6:00 a. m. y de la manera en que el frío nocturno que se retiraba y el calor del día que se aproximaba se habían combinado para endurecer sus pezones y hacer que deseara volver a los brazos de Raj.

Ahora, no veía nada más que a las personas que se acercaban como bambú en el bosque de Barrackpore; no sintió nada más que hombros y codos rozándola como ramas con articulaciones. Sin embargo, caminó en línea recta, sin hacer ningún esfuerzo por evitar la colisión. ¿Por qué no podían moverse ellos para variar? Un vendedor de nueces interrumpió su propio canto: «¡Ensaladas y frescas, ensaladas y frescas!», para interrumpirla, «Muñeca, arregla tu cara». Salma frunció el ceño aún más. Una testigo de Jehová que estaba debajo del banco le puso una revista en la cara y le dijo: «Sonríe, Dios te ama». Salma la maldijo en voz baja, en lugar de tomar el libro, como solía hacer, para aprender cómo los mansos heredarían la tierra.

No estaba de humor para la creencia.

Bajó la mirada y fijó los ojos en la persona que tenía en frente. Del bolsillo trasero del señor, el extremo con flecos de un trapo ondeaba mientras caminaba y su tela era tan blanca que brillaba casi azul. Quizás el trapo era nuevo o quizás este hombre tenía una buena esposa que se frotaba hasta los nudillos con jabón azul en un tablero de jookin. ¿A él le importaba? Qué vergüenza que, en cualquier momento, fuera a sacárselo para limpiarse la cara grasienta, manchando de marrón el sacrificio de su esposa.

Raj lo había estropeado todo. Había mancillado la gracia salvadora de Salma, revocado lo único que ella había tenido para esperar y fantasear: los ratos que pasaba con él. Ella nunca podría volver. No ahora, sin saber lo que él quería. Y peor aún, Raj le había dado la razón a Shiva: había sido una tonta al pensar que podía establecer sus propios términos con un hombre.

Incluso Pa había dicho una vez algo similar. Una mañana en que ella había ido a donde él al amanecer, cuando estaba sentado en la mesa del comedor, tomando su café antes de salir al campo. Se paró a la altura de los ojos de su padre, mientras retorcía un dedo en su bata de algodón y dijo:

—Papá, no quiero casarme con Shiva. A Yasmeen le gusta. Entonces, ¿por qué no la casas con él?

—Pero él no quiere a Yaz. Él te quiere a ti, Sally.

—Pero no estoy lista, Pa. Quiero volver a la escuela. Siento que me va a ir mejor esta vez.

Papá negó con la cabeza y envolvió los dedos, con una ternura vacilante, alrededor del brazo de la taza. Salma se había quedado allí, deseando ser la taza. Quería que él la acunara y mimara como solía hacerlo, hacía unas cuantas temporadas de guayaba, antes de que se le hincharan los senos y le salieran vellos en las axilas; según su cálculo, fue entonces cuando él la entregó abruptamente a Mammy y Tanty Nazroon y sus interminables lecciones sobre cómo balay y sakay y limpiar y lavar para un futuro esposo.

—La escuela es para niños brillantes, Sally. De lo contrario, es simplemente perder el tiempo. Entonces, te envío a wuk en la tienda de Nazroon, mira, solo un par de semanas y este Shiva está detrás de ti. Vendrán más, y vendrán más, hasta que ¡braps! cometes un error y dejas que un tipo tonto te mime. Entonces, nadie te querrá, te quedas en mis manos, te vuelves demasiado madura y te pudres. No puedo dejar que eso te suceda. Es mejor que te cases ahora. Este Shiva dice que te llevará a la ciudad, donde hay muchos blancos y ricos y esas cosas, donde puedes vivir libre como una gran mujer en tu propio hogar.

Con sus mentiras descaradas, Shiva había trazado toda su vida, reflexionó Salma, mientras ella agachaba la cabeza y subía al maxi-taxi vacío de doce asientos que estaba esperando en la parada. Tardaría un tiempo en llenarse, lo sabía. Pero la espera le daría la oportunidad de recomponerse y ensayar su historia, una última vez, para asegurarse de que coincidiera con lo que les había dicho a él y a los niños durante las llamadas del fin de semana: fue un gran toro. El tío Kazim y los otros hermanos de la mezquita lo mataron. Pasé todo el fin de semana ayudando a la tía Yasmeen a cocinar para la visita. Me dejó en la parada del autobús temprano esta mañana. No traje nada de la carne porque se descongelaría y gotearía sangre por todos lados.

Esta sería su última mentira, se juró Salma. Cuando Raj regresara de la plataforma petrolera, no quedarían más que vapores entre ellos. Ella ya no lo alentaría y seguro que no lo escucharía hablar más sobre «el Amor».

Caminando por la calle sin salida hasta la base de la montaña, Salma estiró el cuello, a sabiendas de que en un ángulo en particular vislumbraría la casa. A lo largo de los años, Shiva había cambiado las paredes de madera contrachapada y reemplazado las láminas del techo que se desprendieron durante la temporada de lluvias, pero la estructura seguía siendo prácticamente la misma: una caja de madera sobre zancos, tambaleándose en la ladera de una montaña cubierta de arbustos. Ellos no eran dueños de la tierra. Como todos los demás ocupantes ilegales, Shiva simplemente había despejado un espacio y, con madera de pino que había sacado de una ferretería en Main Road, había hecho una casa marital.

Pero Salma nunca había llegado a ser una mujer grande en su propio hogar; solo una sirvienta en la casa de Shiva. Aun así, se recordó a sí misma, mientras se iba acercando, que tuvo algunos buenos días allí arriba, en esa caja. Allí habían nacido sus hijos y era donde ahora dormían. Salma sintió una oleada de emoción al pensar que los iba a ver pronto, los iba a oler: Aarti como el aceite para bebés, los otros dos eran como el jabón Lifebuoy, excepto que, en el caso de Anil, ya existía la almizclada promesa de la adolescencia. Los había extrañado este fin de semana. A pesar de todo ese revolcarse con Raj, no había olvidado a sus hijos.

Llegó al pie de la montaña, donde estaba el tubo buzo «standpipe» del pueblo, cuya cabeza de latón alguna vez estuvo unida a un trozo de PVC que a menudo se rompía y creaba una fuente donde sus hijos disfrutaban. Pero recientemente, un buen samaritano había encerrado la plomería en bruto en una torre de concreto y puesto una plataforma nivelada debajo, para que los cubos pudieran mantenerse en pie sin volcarse. Mañana, a esta hora, Salma estaría organizando a los vecinos para que llenaran baldes de agua para que los niños se bañaran antes de ir a la escuela. Pero hoy usó el concreto como un banco para descansar y reunir el valor para completar la empinada caminata sin pavimentar hasta su casa. Tenía que admitir que no quería subir esa colina.

Si tan solo Raj hubiera dicho: «Trae a los niños». Si él la hubiera amado tanto, ella lo hubiese amado por el resto de su vida e ido, directamente, a la estación de policía en Main Road para pedirles que la acompañaran a casa. Shiva podía quedarse con todo lo demás, ella solo se hubiese llevado a Anil, Amelia y Aarti.

¿Y cuánto tiempo tardaría en encontrarte?, se reprendió a sí misma. ¿Cuánto tiempo pasaría antes de que él apareciera en su trabajo blandiendo un trozo de madera de dos por cuatro como lo había hecho la última vez que ella trabajó hasta tarde? ¿Cuánto tiempo tardaría en ir a la escuela de los niños?

Una bandada de loros salvajes graznaba en lo alto, burlándose de ella con su elevada libertad verde. Una tristeza se apoderó de Salma. No era el mismo viejo dolor que había cargado desde los trece años, esto era nuevo e inesperado, como la mierda de un pájaro. Si tan solo tuviera un lugar a donde pudiera ir con sus hijos, alguien que los protegiera de Shiva. Ni siquiera Raj podría hacer eso, tuvo que admitir, y tal vez él había sido honesto al no ofrecer su protección.

Sacó el teléfono del bolso de lona, lo encendió y no vio ninguna llamada perdida de Raj, pero sí cinco de Yasmeen. Marcó y luego abortó la llamada. Sabía exactamente lo que diría Yaz: ¡No! No puedes venir aquí, niña. ¿Qué dirá Kazim? A los pocos meses del matrimonio de Salma con Shiva, el mismo imán había encontrado a Kazim para que se casara con Yaz. Las hermanas se acercaron más durante sus primeros y simultáneos embarazos. Y aún más después del accidente de Shiva: alguien del equipo de carretera había estado usando un martillo neumático y algo se había lanzado hacia arriba y golpeado a Shiva, quitándole la mitad de la visión en ese ojo derecho. El gobierno ya no lo quería. Pasó de estar malhumorado en casa a estar bebiendo en el chinchorro de la esquina. Llevaba un parche en el ojo, se lo ponía todos los días, como un uniforme, antes de emprender el camino montaña abajo, y las personas que simpatizaban con su herida le pagaban las bebidas. Anil tenía entonces un año, Salma había necesitado leche y pampers, un día había tratado de convencer a Shiva de que entrara en razón. «Consigue un trabajo nuevo o ve a sembrar un jardín y vender lo que creces, había dicho. Fue entonces cuando todo cambió. En lugar de las pocas bofetadas que estaba acostumbrada a recibir —el modo normal en que Pa disciplinaba a Mammy— Shiva la había golpeado ese día como si no fuera una persona de carne y hueso, como si fuera una bobolee de paja de Viernes Santo; la golpeó hasta que su cara creció dos veces su tamaño. Después de eso, pegarle se convirtió en un pasatiempo para él.

Y después de cada paliza, Yasmeen le había aconsejado: «Nena, así son todos esos hombres indios. Kazim también me da una paliza cuando bebe ron». Así fue como las hermanas, aunque distantes, se convirtieron en confidentes. Hablaban todos los días, detallando las alegrías de la maternidad, junto con los horrores de ser esposas, sabiendo muy bien que nunca encontrarían refugio en los hogares de los demás y que tendrían que arreglárselas con solo un poco de simpatía compartida en el corazón de la otra.

La sala y cocina combinadas estaban vacías. La puerta de la habitación de los niños estaba cerrada, todavía estaban dormidos. La puerta del dormitorio más pequeño, el que compartía con Shiva, estaba abierta. Salma caminó valientemente hacia él, sin saber qué esperar, pero no estaba allí. Probablemente estaba en el jardín. Se sacó la ropa y se puso una bata vieja. Luego, entró de puntillas en la habitación de los niños, se paró sobre el colchón tamaño king —que su jefe había estado dispuesto a botar— y estudió a los niños. La manera en que Anil y Amelia formaban dos lados de una «H» mayúscula mientras que el avasallador, el pequeño Aarti, formaba el puente en el medio. Valían más que el amor de cualquier hombre. La felicidad de ellos era un intercambio justo por la suya.

Cerró lentamente la puerta que no encajaba bien para que no se arrastrara y se dirigió a la cocina. Sacó unos huevos de la parte inferior del refrigerador manchado de óxido, pero tuvo que luchar contra la puerta de la nevera, que estaba cerrada por el hielo. Usó un picahielos para desalojar un paquete de patas de pollo para descongelar para el almuerzo. Se suponía que descongelaría la nevera este fin de semana. Lo haría hoy, decidió, además de planchar los uniformes escolares y hacer un poco de pasta de queso para que los niños se la llevaran mañana. Ya había cubierto sus libros con papel marrón. Y le había dejado instrucciones a Anil para que empacara la mochila de todos y limpiara todos los zapatos escolares. Él se había quejado: «Pero, mami, me aprietan los dedos de los pies con estos». Pero Salma sabía que era solo un truco para conseguir zapatos nuevos. Ahora se reía entre dientes, recordando el descaro del niño.

—¿Qué te tiene tan feliz, nena? —La voz de Shiva vino desde atrás.

Se dio la vuelta y lo vio sentado en el umbral, quitándose las botas mojadas, el overol de jardín despegado hasta la cintura y el alfanje embarrado en el suelo.

—No te escuché subir los escalones. Llegué hace poco. El huevo hervido está casi hecho. ¿Quieres té Milo? ¿O café? —Habló rápido y se movió aún más rápido, agarrando la pequeña olla, llenándola con agua del barril de plástico al lado del fregadero, llevándola a la estufa. Quería parecer ocupada y obediente.

—Café —contestó Shiva.

Mientras el agua hervía, ella pelaba las cáscaras de los huevos. Hubo silencio, con la excepción del sonido de metal contra metal: él estaba utilizando una lima para raspar el barro de la hoja del alfanje, como solía hacer después de una mañana húmeda en el jardín.

Todo volvía a la normalidad. Estaba en su caja, como si no hubiera ocurrido todo este fin de semana. Este era su destino, solo tenía que aceptarlo... pero al menos había compartido aquellas ocasiones escasas con Raj.

—Entonces, ¿dónde estabas? —Shiva preguntó.

—¿Qué quieres decir? En el sur, con Yasmeen-them para Eid...

—Te vuelvo a preguntar: ¿dónde carajos estabas? —Levantó la voz—. Llamé esta mañana. Para decirte que pases por el cajero automático y me saques cuarenta dólares. La hija respondió. Dijo que no te ha visto en todo el fin de semana. Dice que nunca estuviste allí.

Salma sintió que se le enrojecía la cara y se le aceleraba el pulso mientras intentaba recordar si había visto una llamada perdida de Shiva en su teléfono. Se mantuvo de espaldas a él mientras tiraba las cáscaras de huevo a la basura y respondió:

—Esa niña es demasiado tonta. Vamos a llamar a Yaz ahora, ahora. Ella va a aclararlo todo.

—Ya no voy a hablar más con ella. Miente como el viento... hasta que se enreda sola... y luego lo confiesa: que tú no estabas.

—Shiva... —fue todo lo que Salma pudo decir, girándose lentamente para mirarlo, convencida ahora de que no había habido ninguna llamada a su teléfono. ¿Sería que había sospechado de ella por un tiempo y simplemente había esperado hasta el día de hoy para enfrentarla? ¿O Yasmeen, su hermana, su propia hermana, la había traicionado?

De una sola estocada, Shiva cruzó la cocina y la agarró por el cuello.

Sus ojos buscaron y luego aterrizaron en el hombro de Salma.

—¿Qué pasa? ¿Te mordió un perro? —preguntó.

Las marcas de los dientes de Raj. Habían estado tan lejos de su mente, como algo de otra vida, que no había pensado en usar mangas largas.

Con la mano que tenía libre, Shiva le desgarró la bata como si estuviera hecha con papel del cometa de Anil.

—¿Y qué pasó aquí? —preguntó, señalando su pecho—. ¿Te chupó Soucouyant?

Entonces le soltó el cuello y, efectivamente, en la piel pálida junto al pezón había un moretón violáceo.

Le dio una bofetada. Salma tropezó hacia atrás, pero cayó sobre el lavabo.

—¡Crees que soy pendejo! ¡Crees que nací ayer! Desde que conseguiste ese trabajo en la oficina crees que eres mejor que yo. ¿A cuál de ellos te estás tirando? ¿Eh? ¿Quién es? ¿Es el mono ese sucio, verdá? ¿O es el jefe, el tipo blanco?

Normalmente, Salma se quedaría parada recibiendo los insultos o se acurrucaría como un congoree en el suelo y aguantaría las patadas. Pero, normalmente, ella era inocente; hoy era culpable y eso la llevo a decidir que Shiva no debería quitarle la vida por segunda vez, ni dejar a sus hijos sin una madre, sin una sangrienta y cabronamente buena batalla por su alma. Les debía mucho a sus hijos y, después de trece malditos años, se lo debía a sí misma.

Corrió hacia la estufa, alcanzó la olla de agua hirviente, pero luego su brazo cayó, como un tallo roto, y colgó a su lado. Miró hacia abajo para ver por qué la había desobedecido. Cuando levantó la vista, el machete se dirigía hacia ella de nuevo. En su mente, levantó el mismo brazo para bloquearlo, pero en la vida real no pasó nada, así que cerró los ojos.

La puerta de los niños se abrió con un chirrido y Anil gritó:

—¡No, papá, no!

Salma le contestó:

—¡Vete, hijo! —sabiendo que recordaría lo que le había taladrado en la cabeza, como el trabajo escolar, tantas veces: si alguna vez te digo vete, déjalo todo, llévate a tus hermanas, corre hasta la puerta del vecino y diles que llamen a la policía, ¿me oyes?

Pero Anil no se movió, solo se quedó allí gritando:

—¡Que alguien venga! ¡Papi está matando a Mammy!

Entonces Shiva se alejó de ella y se movió hacia el chico, apuntando con el alfanje.

—¡Cállate la boca! ¡Tu madre es una vieja puta! ¡Se lo buscó! ¿Ella es la que me hace...?

Todavía sangraba Salma, cuando levantó la mano que le servía y recuperó el picahielos que estaba encima de la nevera. Midió la amplia extensión de la espalda sudorosa de Shiva, su piel suave y brillante como todo lo que él le había quitado. Se movió a su punto ciego con la esperanza de que él no la viera venir. Entonces, se inclinó y metió a la punta dentro de su esposo. Shiva jadeó y Salma se retiró, satisfecha de haberlo penetrado, pero, de repente, se sintió muy cansada. Observó cómo todo se disolvía en pequeños puntos amarillos, como el alimento de las gallinas que ella y Yasmeen alguna vez le dieron a sus pequeñas y sedosas aves de corral —acariciándolas, amándolas, engordándolas— a sabiendas de que, muy pronto, papá se las llevaría para desplumarlas y destriparlas.

Teresa de la Parra

Teresa de la Parra *(1889-1936), una de las novelistas Venezolanas más destacadas del siglo XX, nació en París, Francia, en el seno de una familia adinerada de terratenientes Venezolanos. Su padre era embajador en Berlín. Se crio en la Hacienda Tazón y dividió su tiempo entre Sur América y Europa, donde era una ocupada socialité y se sometió a tratamiento para la tuberculosis. Nacida como Ana Teresa Parra Sanojo, se lanzó a la escritura con el seudónimo de Fru-Fru y escribió cuentos cortos audaces y divertidos que se rebelaban contra los ideales de su clase. Su novela* Ifigenia: el diario de una joven que escribe porque está aburrida, *publicada por entregas en una revista local, fue la génesis de su carrera literaria y describe la alta sociedad caraqueña, a las mujeres snobs, el racismo, el clasismo, el sexismo y la corrupción que caracterizaban los niveles más altos del Gobierno venezolano a principios del siglo XX. Otra de sus obras destacadas fue* Las memorias de Mamá Blanca.

Una carta muy larga donde las cosas se cuentan como en las novelas

En estos cuatro meses, Cristina, he pasado por muchos ratos de tristeza, he tenido impresiones desagradables, revelaciones desesperantes y, sin embargo, a pesar de todo, siento un inmenso regocijo porque he visto desdoblarse de mí misma una personalidad nueva que yo no sospechaba y que me llena de satisfacción. Tú, yo, todos los que andando por el mundo tenemos algunas tristezas, somos héroes y heroínas en la propia novela de nuestra vida, que es más bonita y mil veces mejor que las novelas escritas.

Es esta tesis la que voy a desarrollar ante tus ojos, relatándote minuciosamente y como en las auténticas novelas todo cuanto me ha ocurrido desde que dejé de verte en Biarritz. Estoy segura de que mi relato te interesará muchísimo. Además, he descubierto últimamente que tengo mucho don de observación y gran facilidad para expresarme. Desgraciadamente estos dotes de nada me han servido hasta el presente.

Algunas veces he tratado de ponerlos en evidencia delante de tía Clara y Abuelita, pero ellas no han sabido apreciarlos. Tía Clara no se ha tomado siquiera la molestia de fijarse en ellos. En cuanto a Abuelita, que como es muy vieja, tiene unas ideas atrasadísimas, sí debe haberlos tomado en consideración porque ha dicho ya por dos veces que tengo la cabeza llena de cucarachas.

Como puedes comprender esta es una de las razones por las cuales me aburro en esta casa tan grande y tan triste, donde nadie me admira ni me comprende, y es esta necesidad de sentirme comprendida, lo que decididamente acabó de impulsarme a escribirte.

Sé muy bien que tú sí vas a comprenderme. En cuanto a mí no siento reserva ni rubor alguno al hacerte mis más íntimas confidencias. Tienes ante mis ojos el dulce prestigio de lo que pasó para no volver más. Los secretos que a ti te diga no han de tener consecuencias desagradables en mi vida futura y, por consiguiente, sé desde ahora que jamás me arrepentiré de habértelos dicho. Se «parecerán en nuestro porvenir a los secretos que se llevan consigo los muertos». En cuanto al cariño tan grande que pongo para escribírtelos creo que tiene también cierto parecido con aquel tardío florecer de nuestra ternura, cuando pensamos en los que se fueron «para no volver».

Mary Grueso Romero

Mary Grueso Romero *(1947), nacida en Guapi, Cauca, Colombia, es poeta, autora de literatura infantil y profesora de Español y Literatura. Lideresa feminista e intelectual Afrocolombiana, su trabajo celebra al pueblo Negro del Pacífico Colombiano. Vive en Buenaventura, una ciudad predominantemente Afrodescendiente que, a pesar de albergar el puerto más importante del país, es una de las más pobres. En esta región se produce y exporta gran parte del azúcar y el café de Colombia, y es la tercera región con la mayor cantidad de minas de oro, platino, cobre y magnesio en Latinoamérica. Por su labor, ha recibido importantes honores del Ministerio de Cultura de Colombia, que resaltan su compromiso por amplificar las voces de las Afrocolombianas y Palenqueras. Es la autora de seis poemarios, entre ellos,* El mar y tú, El otro yo que sí soy, Negra soy, Tómame antes de que la noche llegue *y* Cuando los ancestros llaman. *Ha escrito siete libros infantiles ilustrados, que incluyen* La niña en el espejo, El pico más hermoso, La cucarachita mandinga *y el aclamado* La muñeca negra.

Si Dios hubiese nacido aquí

A Soffy Romero Hinestroza

Si Dios hubiese nacido aquí
sería un pescador,
cogería chontaduro
y tomaría borojó.

María sería una negra
requete-gordita como yo,

que sobre la cabeza
tendría un platón
llenecito de pescado
ofreciéndolo a toda voz,
recorriendo las calles
por toda la población:
«Llevo pescao fresquito
con leche y sin estropiá;
el pargo pa' comé frito,
y el ñato pa' sancochá,
canchimala par tapao
y el tollo pa'surá».

Si Dios hubiese nacido aquí,
aquí en el litoral,
sería un agricultor
que cogería cocos en el palmar
con un cuerpo musculoso
como un negro de El Piñal,
con una piel azabache
y unos dientes de marfil,
con el pelito apretado
como si fuera chacarrás.

En la llanura del Pacífico
tumbaría natos y manglar
que convertiría en polines
pa' los rieles descansar,
y sacaría cangrejos
de las cuevas del barrial.

Si Dios hubiese nacido aquí,
  aquí en el litoral,

sentiría hervir la sangre
al sonido del tambor.

Bailaría currulao con marimba y guasá,
tomaría biche en la fiesta patronal,
sentiría en carne propia
la falta de equidad
por ser negro,
por ser pobre,
y por ser del litoral.

LUNA
SINUOSA

Esta energía lunar corresponde
a la de la serpiente, que es la
energía de nuestra Madre Tierra

Amada Libertad

Amada Libertad *(1970-1991) fue el seudónimo literario de Leyla Patri-cia Quintana Marxelly, una poeta revolucionaria nacida en Santa Te-cla, El Salvador. Murió en combate en el volcán San Salvador durante un eclipse solar, a los veintiún años. Su madre póstumamente publicó sus poemarios, entre ellos,* Larga trenza de amor *y* Las burlas de la vida. *Libertad va cercando se publicó en español e italiano a partir de los pa-peles que la poeta enviaba desde el frente de batalla por correo clandes-tino. Recibió los premios Wang Interdata en 1990 y los Juegos Florales de Zacatecoluca en 1991. Desde 2014, se celebra en su honor el Festival Internacional de Poesía Amada Libertad.*

Epitafio

Cuando me muera
no me iré del todo
quedaré en tus anhelos e ideales
quedaré en las letras que un día
escribí en el odio.

Estallaré en mil y más auroras
y seguiré amaneciendo
en la conciencia afilada de todos.

Pueblo

Ni siquiera respirando tu ausencia
puedo creer que navego lejos de vos.

Y es que te llevo tan dentro
que es imposible despintarte de mi faz.

Estás tatuado en mis pasos
mi camino tu nombre lleva
mi sol tu imagen refleja
todo lo mío
empuña la voz que nos grita
en el silencio del dolor
cuando te nombro aquí
en esta opaca distancia.

Hoy revivo tu nombre,
tu sol y tu esperanza.
Vos, hombre, niño, mujer,
mar, aire, desierto, agua:
te nombro PUEBLO.

Fuera de serie

—A Mae

Sabe... Arrímese al radio y oiga la noticia
salga a la puerta y vea la calle
ahí donde sufre más mi pueblo.
Vaya al «Centro»
salpique la ventana del maniquí
y vea el sufrimiento, el sacrificio,
el desgarro de la humanidad.
Hoy sí, puede llorar
sin pena, pues no es por mí.
Es por la indignación
que late dentro de su conciencia.

Ahora sí:
soy su hija, su prima, su hermana,
su amiga y compañera.

Antes

Solía correr por las calles
cantar en las mañanas
gritar por la tarde
y sabotear por la noche.
No, no era una rutina
era más bien una de las tantas formas
de expresar mi oposición al dolor
mi acercamiento a mis muertos
y nuestro amor a la paz
que tejemos día a día
con el dolor de muchos de nosotros.

Giannina Braschi

Giannina Braschi *(1953), nacida en San Juan, Puerto Rico, es una poeta que escribe literatura radical, obras de teatro y filosofía Latinx. Escribió el poema épico «Empire of Dreams», el clásico del espanglish* ¡Yo-Yo Boing! *y la tragicomedia* United States of Banana. *Doctora en Literatura, enseñó en la Universidad de Rutgers y ha publicado trabajos críticos sobre Cervantes, Garcilaso, Machado, Lorca y Bécquer. Ha recibido becas y subvenciones del National Endowment for the Arts, la Ford Foundation, la New York Foundation for the Arts, el Instituto de Cultura Puertorriqueña, la North American Academy of the Spanish Language y PEN America, entre otros. La obra de su vida es el tema de la antología* Poets, Philosophers, Lovers: On the Writings of Giannina Braschi. *«Reservaciones» fue traducido del inglés por Raquel Salas Rivera.*

Reservaciones

—¿Tiene reservaciones?

—No, no las tengo. Pero no veo el problema. El restaurante está vacío.

—El problema, señora, es que no tiene reservaciones.

—Pero todas las mesas están vacías.

—Tendría que irse en media hora.

—Me iré ahora mismo y dejaré su restaurante vacío.

—Se llenará en media hora. Si puede, coma y salga en media hora.

—No tardaremos más de cuarenta minutos.

—¿Mesa para una?

—Soy solo una, pero mire el gentío que me sigue.

—Señora, esto es una invasión. Esperaba un alma solitaria, pero su gente está llenando todo el restaurante… Sin una sola reservación y además con malos modales. Comen con la boca abierta y hablan con la boca llena. Usted espera una gratificación instantánea, señora. Entra en mi negocio con un hambre feroz. Exige comida como un comprador compulsivo temperamental. Un comedor compulsivo. El aquí y el ahora, para usted, es más importante que lo honorable y lo posterior. La disciplina es la madre de esperar su jubilación con seguridad. Espere a que llegue el momento. No tome el momento como un rapto. Una violación del tiempo. Debido a que quiere comer ahora, tengo que alimentarla ahora con la comida que quiere ahora —echar al olvido todas las reservaciones que se hicieron antes— para dejar todo vacante o no vacante. Este es un restaurante muy popular. La gente viene aquí con las cejas arqueadas, levantando la barbilla y la nariz, y se comporta como si no tuviera hambre. El hambre es sustituida por el gusto. Oh, qué buen gusto. Pero los clientes no tienen hambre. Comen porque tienen buen gusto, y les gusta saborear con gusto. No comen porque tengan hambre. Por eso hacen reservaciones. Pueden esperar y esperan.

—Le está dando más importancia a la gente que no está que a la gente que está. La ausencia, para usted, es más importante que la presencia. El futuro es más importante que el momento. La previsibilidad más que la improvisación. Me niego a reservar lo que puedo captar en un instante. Me niego a predecir cada paso que doy. Me niego a llevar un iPhone en el bolsillo a pesar de que me quedé atrapada en un ascensor anoche y no pude llamar al 911. Me niego a renunciar a mi derecho a estar aquí y ahora cuando quiero ser aquí y ahora, libre para actuar según el impulso y el derroche del momento. Espero que todos los que hacen reservaciones encuentren algo mejor que hacer que cumplir con la expectativa de la reservación. Espero que todos los asientos queden vacíos. Y que una manada de comodines y gatos entre al restaurante con guitarras y mandolinas, y rompa la expectativa de la reservación. Espero que hablen fuerte con acentos fuertes. Espero que rompan los platos y empiecen a gritar e insultarse, y una esposa le arroje un vaso a su esposo, y él lo esquive por unos meros centímetros; pero que despierte su sentido.

»Sí, tengo hambre. Quiero mi comida ahora. El hambre existe. No voy a hacer reservaciones para poder comer. No dejaré que mis ansiedades satisfagan sus expectativas. ¿Por qué tengo que esperar al mesero? El mesero espera; sí, espera demasiado. Sin propinas. Sin propinas. Porque cree en las reservaciones —se reserva sus opiniones— y su silencio es su inconformidad. ¿Estás cansado de esperar? Conviértete en mesero, entonces realmente sabrás de qué se tratan las reservaciones. Se trata de: tengo mis reservaciones… y luego critico al mesero por aceptar más reservaciones de las necesarias. Él es realmente un alma gentil y reservada. Bregar con demasiadas reservaciones le hizo olvidar que tenía algo que hacer en la vida que no era esperar al mesero que espera que ordenen y a la reservación para poder entonces reservar. Muy reservado; murió con todas sus reservaciones adentro. Oh, todos ustedes los catadores que mueven sus lenguas como serpientes, y dicen: *Mmmm, qué sabroso.* Es sabroso porque no tienen hambre. Si conocieran el hambre, no tendrían ningún tipo de reservación. No habría vacilaciones: debería… o no debería. No habría impotencia y ahora mismo no hay impotencia en mí —ninguna reserva— no soy reservada. Por favor, no me reserve un asiento. Y no me diga dónde sentarme. ¿Quién es el que decide, el decidor? ¿Ustedes? Me gusta decidir por mí misma dónde quiero estar sentada. Y hasta eso lo quiere descartar de la constitución de mi fantasía.

—¿Cuál es su problema, señora? Siéntese y espere. Ha esperado toda su vida. Tendrá que esperar un poco más. Sin procrastinación. Con determinación. Y la ira no la lleva lo suficientemente lejos.

Nacimos después de los hechos. Tenemos toda la información que necesita para empacar en su bolso. Somos engreídos. Conocemos lo que usted no conoce: el olor del tiempo. Como dice Donald Trump, Jr.: es repugnante. Insípidos, sin gusto, criamos palomas y olemos mierda de pájaro todo el tiempo, pero esperamos y postergamos, mientras esperamos tiempos mejores. Lo entenderemos. ¿Entraremos en el espacio-tiempo? Lo haremos, lo haremos. Seguro, de seguro. Quién tiene tiempo para dudar, cuando todo el tiempo del mundo está esperándonos en la barra del segundo piso. ¡Ja, ja, ja, ja! Mire el teléfono, elija un plato, deseche el otro, haga clic aquí, haga clic allí. Tome una selfie. Tómese su tiempo y hágame clic en Me gusta.

—Dé un paso más. Y retroceda. El presidente está llegando en su limosina. Las tarjetas de crédito están todas ordenadas. Muévase para un lado. La primera dama está llegando en la segunda limosina, sin reservas, sin procrastinación, sin hambre para probar la comida que sin hambre sabe a documentos para ser entregados a los investigadores de la procrastinación que se está demorando demasiado —448 páginas— y ninguna decisión sobre la colusión, ni obstrucción de la justicia. Tengo mis reservas. ¿Por qué hizo reservaciones? Tiene gusto, no hambre. Si usted tuviera hambre y no tuviera nada de comer, ¡agarraría al comemierda por los cuernos y le arrancaría las bolas!

Virginia Brindis de Salas

Virginia Brindis de Salas *(1908-1958) fue una poeta, ensayista, periodista y activista Afrouruguaya nacida en Montevideo, Uruguay. Fue una de las pocas escritoras Latinoamericanas en publicar durante la primera mitad del siglo* XX *y la primera mujer Negra en publicar en Uruguay. Formó parte del Círculo de Intelectuales, Artistas, Periodistas y Escritores Negros (CIAPEN), un grupo cultural Afrouruguayo.* Pregón de marimorena *y* Cien cárceles de amor *son sus obras más destacadas.*

Mi corazón

Dije a mi corazón:
estás cansado
como águila en prisión,
odias la vida.
Si es cierto en ti
que la ilusión perdida
se esfumó con la sombra del pasado…
Yo te sé luchador
gigante y bravo;
ha palpitado en ti
sangre de esclavo.
Y eres fuerte y viril
como el acero.
¿Por qué palpitas trágico y callado?,
¿Por qué no te libertas de tus rejas?
Y habló mi corazón:
«Amo y espero…».

Natalia Trigo

Natalia Trigo *(1990) nació en Puebla, México. Graduada del primer doctorado en Escritura Creativa en Español en los Estados Unidos, en la Universidad de Houston, se especializa en escritura creativa bilingüe, literatura de inmigración y literatura fronteriza. Ganó el Premio Internacional Aura Estrada en 2019 y actualmente es catedrática asociada en la Universidad de Texas, en Arlington. También ha colaborado con Writers in the Schools (WITS) en Houston, Imprint Poetry Buskers, así como con la Biblioteca Pública de Houston. Fue escritora residente en Ucross Foundation en Wyoming y Art Omi en Nueva York.*

La cuidadora

Pártela, le dice, y pone su índice enjuto sobre el mazo de cartas que ha estado mezclando el último cuarto de hora. Luisa responde que no, señora Maca, que no, pero la vieja insiste, y le pellizca el brazo cuando se levanta y le dice venga, pártela. Antes la vieja la miraba, se hacía la concentrada en la baraja pero no dejaba de analizarla, con sus uñas rojas, descarapeladas de las puntas, y sus ojos llenos del rímel que hace que la vecina le compre con el dinero que le dejan para las emergencias.

Luisa duda, porque a veces piensa que la mala suerte llegó el primer día en que aceptó venir a cuidarla. Anda, niña, le dice y por fin Luisa cede, y saca una de las cartas que tiene la esquina doblada: la figura del Ermitaño. Otra, saca otra, le dice y entonces saca también la Torre. Ahhh, dice la vieja, y Luisa se estremece. Las manos empiezan a sudarle y las esconde bajo la mesa con un movimiento discreto, esperando que la vieja no sé de cuenta, pero ella sonríe.

Sus encías ennegrecidas le recuerdan la primera predicción. Las macetas rotas, desperdigadas, el brazo de Tamara cubierto de tierra y sangre, y la visita de emergencia a la clínica del barrio para que le pusieran los puntos. La escalera se había doblado de una de las patas con la caída y no habían podido volver a usarla.

Se levanta, le quita el plato que tiene delante, lleno de sobras de lentejas y le dice mire, no comió nada, y la vieja arruga la boca y agita la mano como si estuviera espantando moscas. Luisa había pensado en cancelar la visita, pero la plata le hace más falta que nunca. Ahora que se viene el parto de Tamara, el pago del hospital. Entonces dijo que sí, que estaría ahí a las ocho como el mes pasado. No se preocupe, le había dicho a la voz rasposa del otro lado del teléfono, que debía ser el hijo, o el nieto, que hablaba siempre en los momentos menos oportunos: cuando Luisa preparaba la cena, o bañaba a Daniela, y tenía que pedirle a Tamara que se hiciera cargo mientras ella apuntaba la lista de medicamentos y los horarios de doña Maca sobre la factura de electricidad.

Luisa arroja el resto de las lentejas en el fregadero y deja que el chorro de agua se las lleve. Después le pone la pastilla de la presión sobre una servilleta y le arrima el vaso de agua para que se la trague, pero la vieja la ignora, le dice que para que la nueva bebé se logre tendrá que deshacerse de alguien, que de nada sirve cargar con el peso de otra mujer. Luisa voltea a ver el bolso que dejó sobre la silla del salón, porque cree que la vieja estuvo hurgando en su cartera mientras tendía la cama, pero el bolso no parece haberse movido. Mira, fíjate bien en esta carta, continúa la vieja, y levanta la Torre. ¿Tú crees que esta carta miente? le pregunta, mirándola fijamente a los ojos. Luisa observa las pupilas vidriosas de la vieja y siente que un frío le recorre la nuca. Bueno, doña Maca, ya vamos a tomarnos las medicinas, pero la vieja no le quita los ojos de encima y Luisa empieza sentir miedo por Tamara, por Daniela, como si la vieja pudiera hacerles daño.

Toma la pastilla entre los dedos en un intento de hacer que la vieja se olvide de la lectura. Tómese la pastilla, le dice, y le soba la espalda como hace con otros pacientes, pero la vieja se resiste. Ande, tómesela, y se la pega a los labios pero ella los aprieta, como si fuera un juego, y voltea la cabeza para evitarla. No sea así, doña Maca, y la vieja responde que se traga la pastilla solo si escoge otra carta. No, no más cartas, responde Luisa, porque no quiere escuchar más a la vieja, sino acabar cuanto antes la jornada y llevarse el dinero que le dejan en el tarro de cerámica. Se echa unos pasos hacia atrás, pero cuando la vieja le extiende la baraja le resulta imposible rechazarla. Observa sus manos moverse, como si fueran las de otra persona, sus dedos toparse con los de la vieja, con sus nudillos filosos debajo de la piel deshilachada. El Colgado.

Doña Maca sonríe y dice ¿ves? no fue para tanto, y Luisa se re-carga de la mesa porque siente que las fuerzas le faltan. La vieja sorbe un poco de agua y azota el vaso sobre la mesa y Luisa salta. Ahora la pastilla, le reclama, y la vieja voltea la cabeza, hace un círculo con los labios y le deja los dedos babosos al succionar la píl-dora. Después le enseña la lengua para asegurarle que sí se la tragó. Habrá que hacer un sacrificio, deshacerse de alguien, asegura, eso es lo que quiere decir El Colgado. Bueno, ya basta de juegos, le dice Luisa, y se sacude el suéter como si quisiera sacarse de encima las palabras de la vieja. Doña Maca golpea las cartas contra la mesa y dice que para que la bebé viva entonces alguien tiene que morir. A Luisa le dan unas ganas terribles de llamar por teléfono a Tamara, de preguntarle cómo se siente, de correr hasta la guardería para ver cómo se encuentra Daniela, pero después ve a la vieja encorvada y el esfuerzo que hace para levantar el vaso de agua de la mesa y se dice que se está sugestionando.

Vamos a pasarnos a la habitación, le sugiere. Le tiende el brazo para ayudarla a levantarse y doña Maca se aferra a su cuerpo como si temiera estrellarse contra el suelo. No se preocupe, le asegura Luisa, yo la aguanto, y la vieja jadea hasta que logra incorporarse por completo, y Luisa se ríe de sí misma, se dice que la mente suele hacer ese tipo de jugarretas. Andan por el pasillo y doña Maca arrastra las pantuflas rojas, mugrientas, que no deja que nadie eche a la lavadora. Luisa sugiere que deje las cartas sobre la mesa, pero la vieja se las aprieta contra el pecho y dice no, niña, las cartas van a donde yo voy.

En la pared del pasillo hay un par de cuadros con los vidrios amarillentos y los marcos que empiezan a desclavarse de los vértices. Las fotografías a color, un hombre con la misma sonrisa, el mismo cuerpo enteco cubierto de las telas costosas que Luisa no cree poder comprarle alguna vez a su propia familia. Mucho menos ahora, con los tratamientos de Tamara, las mensualidades que todavía les quedan por pagar. Muy guapo su hijo, le dice a la vieja y le acaricia el brazo como queriendo reconfortarla. Doña Maca responde que no, que ella no tiene ningún hijo. ¿Pero cómo?, responde Luisa y se detiene frente a una de las imágenes y los ojos le regresan la mirada del otro lado del cristal. ¿Este de aquí no es su hijo?, pregunta Luisa, señalando al muchacho de en medio, el moreno que lleva el pelo hasta la barbilla. No, ese soy yo, responde la vieja, y lo dice con tanta seguridad que Luisa prefiere no corregirla.

Venga, siéntese en el sofá, le dice. Cree que le gusta mirar por la ventana, que se entretiene viendo pasar a la gente hasta que anochece. Vamos a ponerle su pijama para que esté más cómoda, le propone, y doña Maca accede. Le pide que levante los brazos para sacarle la blusa y deja al descubierto su sostén de encaje, su collarcito de ámbar que usa para la buena suerte. Así desnuda le da pena la vieja, y se avergüenza de haberle tenido miedo. La abraza para desabrocharle el sostén y después le pone el pijama de franela y cree sentir a doña Maca oliéndole el cabello cuando se agacha para quitarle las pantuflas. ¿Y qué estarías dispuesta a hacer para salvarla?, pregunta, mientras Luisa le sube los pantalones y le acomoda el resorte en la cintura. ¿Salvar a quién?, contesta, y se detiene del reposabrazos, porque siente que el corazón se le acelera. A la bebé, responde. Para que ella viva alguien debe morir, le recuerda y un par de cartas caen a la alfombra y Luisa las recoge. Son el Loco y la Luna, las dos impresas con una tinta tenue, casi imperceptible. Por mis hijas estoy dispuesta a lo que sea, dice, y la vieja sonríe. Pero es que usted es una madre muy buena, contesta, y le toma las manos con fuerza, y Luisa acepta el gesto hasta que el apretón de la vieja empieza a lastimarla. Me duele, señora Maca, le dice y trata de zafarse pero siente que los reflejos le fallan. Después un apagón en el cuerpo, un dolor en la espina que la obliga a arquearse frente a la cara hedionda de la vieja. Doña Maca sonríe con una boca distinta y ella se mira las manos, con las uñas ahora rojas, descarapeladas de las puntas. Intenta levantarse del asiento, pero le hacen falta fuerzas. La cuidadora la mira desde arriba, los parches de pelo sobre el cráneo reseco. Toma una de las almohadas de la cama y la aprieta contra la cara marchita hasta que no le queda aliento para resistirse. Después se acomoda el pelo detrás de una oreja y camina en silencio hasta la puerta, la baraja de cartas en el bolsillo derecho del pantalón.

María Hinojosa

María Hinojosa *(1961) nació en la Ciudad de México, México. Es una periodista con más de treinta años de experiencia informando para las cadenas CNN, NPR, PBS, CBS y WGBH, y como presentadora y productora ejecutiva del programa* Latino USA, *ganador del Premio Peabody. Es una invitada frecuente en el canal MSNBC y ha ganado varios reconocimientos, incluyendo cuatro premios Emmy y un Pulitzer. En 2010, fundó Futuro Media Group, una organización independiente y sin fines de lucro que produce periodismo multimedia con un enfoque crítico y diverso.* Una vez fui tú, *su aclamada autobiografía, fue nombrada el mejor libro del año por la NPR y* BookPage, *y se publicó en una edición para lectores jóvenes en el otoño de 2022. «Las lecciones de Victoria», un texto inédito exclusivo para esta antología, fue traducido del inglés por Raquel Salas Rivera.*

Las lecciones de Victoria

Conocí a Victoria en la parte trasera de un autobús escolar maloliente que nos transportaba a mí y a decenas de personas más a una protesta en D.C., o como dice la expresión, el pan nuestro de cada día.

Era 1983. Nos dirigíamos a una manifestación contra la intervención estadounidense en El Salvador. Cada mes, más o menos, mis amigas y yo protestábamos por una cosa u otra.

Esto fue durante un período de mi vida en el que estaba viviendo a pleno mi ser de latina rebelde en la ciudad de Nueva York, después de haber dejado atrás a mi querido El Paso (y Juárez). Fui una fronteriza de maneras profundas, pero sentí que entendía la ciudad de

Nueva York desde la primera vez que la visité. Aquí encuentras a personas que han cruzado las fronteras, no solo de México, sino de todo el mundo.

Me di cuenta de que Victoria estaba recién llegada a Nueva York, aunque yo misma solo había estado en la ciudad unos cuantos años —dejé El Paso para ir a la Universidad de Nueva York—. Victoria se veía un poco frágil y, pues, la ciudad puede ser abrumadora. Estaba sentada sola y miraba hacia la autopista. Algo me conmovió a moverme al otro lado del pasillo y presentarme.

La ciudad de Nueva York era abrumadora, estuvo de acuerdo, pero le encantaba conocer a todas las personas nuevas que la navegaban. Victoria amaba a las personas, pero necesitaba mirarlas a los ojos cuando les hablaba. Mucha gente en Nueva York no parecía tener el tiempo o la paciencia para hacer eso. O tal vez eran neoyorquinos asustados que no querían mirarla a los ojos porque eran demasiado intensos.

Sus ojos eran una mezcla de azul claro y marrón. ¿Cómo era posible? Eran casi fosforescentes, pero era esa misma luminosidad la que te atraía a la oscuridad del iris. Ahí es donde podías perderte en la tristeza.

Y entonces te encontrabas con la sonrisa torcida de Victoria, que también te atraía porque su boca siempre estaba ligeramente entreabierta y apetecible. El lado izquierdo de sus labios se viraba un poco hacia abajo, creando una expresión que combinaba la sensualidad y la tristeza. Por supuesto, a algunas personas les costaba mirarla. Era demasiado. Pero a mí me gustaba.

En el autobús, nos hablábamos como si fuéramos amantes, aunque no lo éramos. Nos quedamos pegadas juntas. Caminamos juntas durante la protesta y le presenté a todos mis homies salvadoreños que eran como mi familia. Le encantaba que yo fuera mexicana y de El Paso y que nunca renunciara a mi ciudadanía mexicana.

—¿Y tú, de dónde eres? —le pregunté, mirándola directamente a esos hipnóticos ojos azul cristalino y marrón oscuro.

—¡Nunca sabrás definitivamente! Porque soy de dos países que se quieren y se odian. Chile y Argentina.

Es cierto. Su acento a veces sonaba entrecortado como si fuera de Santiago, a veces gutural debido a las lenguas indígenas que creció escuchando, y otras veces tenía esa sofisticación del acento porteño.

—Es mejor que no sepas, de verdad, de dónde vengo.

Nos reímos, pero ella no estaba bromeando cuando dijo que no debería saber dónde había nacido. Más tarde, me diría que la CIA tenía un expediente sobre ella porque había ido a protestas —a favor de mejores salarios, los sindicatos y los pobres— tanto en Chile como en Argentina, desde su infancia. No fue una casualidad que nos encontráramos en un autobús de camino a una protesta.

De lo que sí hablábamos durante esos primeros días que entablamos amistad era de lo que le había pasado por allá, aunque nunca nombró el país. Un día, en una calle de una ciudad pequeña, unos hombres vinieron por detrás y las raptaron a ella y a una amiga mientras caminaban hacia un café. Las llevaron a una cárcel secreta donde podían escuchar a otras mujeres que gritaban y pedían ayuda, pero no podían ver nada porque tenían los ojos vendados.

Los hombres la habían vendado con tanta fuerza que le dio dolor de cabeza. Los soldados bromeaban diciendo que ella y su mejor amiga eran sus conejillos de indias. Victoria luego se preguntó si la venda de los ojos era en realidad un regalo. Nunca vio cómo se llevaron a su amiga en vez de a ella ni lo que le hicieron. ¿Fue una bendición que solo escuchara los gritos ahogados de su mejor amiga y el forcejeo de los pies y las piernas que golpeaban el suelo, el sonido de las patadas que le dio en los muslos y las pantorrillas a los carceleros que se la llevaron arrastrada?

Victoria no vio nada. Ni siquiera un atisbo de un zapato. ¿Quiénes fueron sus torturadores? ¿Eran guardiacárceles? ¿Eran policías?

Por la mañana del día siguiente al que se llevaran a su amiga, Victoria despertó en la cuneta de un callejón en un barrio de una ciudad que no conocía. Con el tiempo, se enteró de su nombre cuando le preguntó a una persona local que caminaba por la calle, pero no me lo reveló.

«Porque es mejor así. Mejor que no sepas los detalles», me susurraba.

Nunca antes había escuchado una historia como esa. Me sentí honrada de que la compartiera conmigo y me conmovió su tristeza. Quería mostrarle solidaridad. Esa fue la palabra que más usábamos durante los años ochenta. Y yo estaba tratando de vivirla.

✦ ✦ ✦

Victoria, mi amiguita, se convirtió en una especie de maestra, un modelo a seguir, una madrina de la vida real y una guía espiritual. Tenía treinta años y yo veintidós; ella me ofreció lecciones y siguió ofreciéndolas.

Llegué a NYC para estudiar en NYU, pero no duré mucho allí. Las chicas eran demasiado ricas y remilgadas. Casi nunca comían la comida de la cafetería. Podían darse el lujo de comer en los lindos cafés a lo largo de 8th Street y Astor Place. Pero yo tenía que comer la comida de la cafetería porque me lo cubría la beca. Bueno, ya sabes lo estúpidas que pueden ser las personas a los dieciocho años. Así que sí, renuncié porque odiaba la comida y a mi remilgada compañera de cuarto de Long Island.

Sin embargo, me aseguré de no ser parte de una de esas estadísticas que dicen que las latinas nunca se gradúan de la universidad. No había forma de que pudiera volver a Ysleta High School si se enteraban de que había dejado la universidad. Me tomé un año sabático y luego volví a estudiar, esta vez en Yale; digan algo ahora, chicas remilgadas de la Universidad de Nueva York. Excepto, por supuesto, que tuve que encontrarme con las chicas blancas, gringas y remilgadas de Yale. Pero los árboles y los pájaros me ayudaron a lidiar con ellas y me quedé hasta que obtuve mi doctorado en Inglés.

Mi título me da toda la credibilidad que necesito en casa, pero digamos que mi escritura se ha vuelto un poco más escandalosa desde entonces. Mi pobre familia, les da mucha pena que yo sea tan malhablada. Lo expresan con delicadeza: tiene una vida sexual tan abierta. Inevitablemente, miran hacia abajo y desvían la mirada.

Sí, escribo sobre sexo. Hablo de ello y lo discuto abiertamente con casi todo el mundo. Quiero decir, mi trabajo secundario es como escritora y columnista de sexo; así que, sí, supongo que puedo hablar del tema con cualquiera que sea lo suficientemente valiente como para desnudar su propia alma y tal vez algo más. Fue Victoria quien, por primera vez, me abrió los ojos y me dio la confianza para explorar mi sexualidad.

Yo era mucho más privada cuando la conocí. Victoria no lo era. Me habló de sus amantes. A veces hablaba tan abiertamente sobre sexo que yo pensaba que estaba actuando. Como si estuviera luciéndose: cómo le gustaba, cuánto le gustaba y con qué frecuencia estaba dando y recibiendo sexo.

Estaba el chico puertorriqueño con barba, acento del Bronx y piel morena, ligeramente tostada, que trabajaba como cocinero de preparación. Las primeras tres veces que durmieron juntos no hicieron nada. Quería demostrarle que el sexo no era lo único que quería con ella. No sabía que eso era todo lo que Victoria quería de él. Sexo.

Luego estaba el chico peruano, el historiador con doctorado en Columbia que era descendiente de los quechuas y que, señaló con regocijo, se la comió como ningún otro hombre lo había hecho jamás. Comenzó lentamente, frotándole los dedos de los pies primero, explicó, y luego subió por sus piernas y la parte interna de sus muslos hasta que ella no pudo aguantarse más y arqueó la espalda y le pidió que la tocara allí mismo, ¡ahora mismo! Él sabía cómo mantenerse alejado de la pequeña colina en la punta de su durazno, papaya, manguito, su popona, su dulce coño, un término que ella usaba con temor y deleite, perfectamente cortado en rodajas, hasta que llegó el momento adecuado para que descendiera sobre la cima de la colina con ternura y precisión y una lengua como un suave látigo.

Habló de su amante mayor, un líder de derechos humanos y abogado brasileño de unos cincuenta años que estaba en Nueva York para reuniones en la ONU. Se enamoró de ella después de lo que ella pensó que era una aventura de una noche en su hotel de Midtown... pero luego la aventura continuó. Quizás sí era un rebelde, pero también era un hombre decente de São Paulo con una esposa y una familia y, fíjate, una carrera muy distinguida. Le gustó que este hombre de mediana edad estuviera preparado para desafiar al gobierno de Brasil por los abusos a los derechos humanos que ocurrieron bajo la dictadura militar. Algo de esto la hizo querer hacer por él lo que rara vez había hecho por otros hombres. Chuparle la pinga.

Victoria sentía tanta ternura por él y tanta gratitud, y ni siquiera ella sabía por qué se manifestaba en querer acurrucarse junto a su entrepierna y olerlo, su virilidad, su esperma, su bajura. De todos modos, el hombre se enamoró de ella o ¿quizás fue que se enamoró de la idea de que una mujer pudiera estar tan conmovida por sus sentimientos hacia un hombre, que quisiera poner sus labios alrededor de lo que suele ser un órgano bastante asqueroso y desagradable?

Escuché estas historias y me maravillaron. Nadie que yo conocía hablaba de sexo de esta manera. Simplemente no es lo que hacíamos en mi casa. Mi papá era un mojigato. Y mi mamá también. No a los cuerpos desnudos. Ninguna discusión sobre sexo nunca. Victoria me enseñó a «no tener pena por el sexo» y es gracias a ella que tengo esta carrera como columnista sexual. Ella me enseñó a hablar de sexo sin pelos en la lengua.

Una mañana, Victoria y yo fuimos a desayunar tarde después de trasnocharnos bailando salsa en Casa Nicaragua. Estaba tomando un café perfecto con leche condensada, para que sepan lo bueno que estaba, cuando Victoria dijo que tenía que compartir algo conmigo.

—Tengo un compañero del que quiero hablarte…

—¡Órale! Cuéntamelo todo… en detalle —dije, emocionada de escuchar otra de sus escapadas sexuales. Me incliné para escuchar lo que Victoria estaba a punto de revelar.

—Mi nueva pareja es una mujer. Soy bisexual —dijo.

Victoria se había enamorado de una mujer, una artista cubana. Y después de aquel día, básicamente desapareció. Lamenté la pérdida de nuestra amistad, pero lo entendí. Sabía que sus ojos azulmarrones podían absorberte.

Perdimos el contacto durante unos años. Supuse que Victoria estaba disfrutando de la dicha de su nueva relación y yo me había lanzado a mis propias aventuras sexuales, sobre las que había empezado a escribir. Un día en la ciudad, me la volví a encontrar.

Estaba visiblemente embarazada y radiante. Se iba a casar con un hombre, el padre de su hijo. Estaba confundida. Mi cabeza daba vueltas. ¿Qué le había pasado a su amante mujer? ¿Cómo podía estar tan abierta al cambio? ¿Cómo podía Victoria entregarse al amor, a un hombre, formar una familia e incluso meterse en la institución del matrimonio cuando ella era lo opuesto de convencional?

Luego aclaró, como si fuera una línea de descarte, que seguía siendo bisexual y que su relación con este hombre iba a seguir abierta. Victoria se convirtió en madre, tuvo varios hijos más y quién tiene tiempo para el sexo, excepto para tener hijos (que puede ser uno de los mejores sexos que jamás se haya tenido). Pero yo no sabía eso todavía.

Nuestra diferencia de edad se notaba. Yo tenía veintitantos años y me había acostado con muchos más hombres. Había hecho del sexo mi amigo y había comenzado a experimentar. Tuve aventuras de una noche. Tuve diferentes tipos de sexo con diferentes tipos de hombres. Hice un trío y, aunque me hizo sentirme excluida, me di cuenta de que me gustaba mucho ver a otras personas tener sexo. De hecho, podría ser lo que me daba más placer, aparte de que me comieran o tener sexo al aire libre. También había cosas que aprendí experimentando.

Siguiendo el ejemplo de la fluidez sexual que aprendí de Victoria, terminé en una relación abierta. Fue mucho trabajo, pero si quería ese placer de mirar, tenía que controlar mi ego y mis inseguridades. Ese es el trabajo duro de una relación abierta o, en mi caso, nuestro trío permanente. Mi amante es un poeta de El Salvador y su esposa es afrogarífuna de Honduras, pero se crio como indocumentada en Nola. Compartimos al hombre y el dormitorio en una cabaña en la zona rural de Connecticut. Prosperé.

Victoria fue buena maestra. Pero, mientras yo era libre en mi pintoresca vida de trío en Connecticut, ella estaba pariendo bebés en un matrimonio heterosexual con un hombre rico.

Pasaron años y me envió una postal desde Roma. Llegó dentro de un sobre junto con una carta de diez páginas que me explicaba su vida, como si hiciera falta una explicación. Tenía curiosidad por ver lo que tenía que contarme; Victoria había sido una gran influencia en mi vida.

Ella y su esposo tenían cuatro hijos, me contó. Tenían un

rendimiento increíblemente alto y estaban inscritos en las mejores escuelas de Nueva York. Ella había estado viviendo esencialmente la vida de una esposa de Brooklyn.

Su carta continuaba, escrita en cursiva hermosa y legible, como le enseñaron de niñita, y todo salió a borbotones. Aunque Victoria y su hombre estaban casados y tenían una familia, ella y su esposo nunca habían tenido una conversación de seguimiento acerca de estar en una relación abierta. Empezó a oler los rastros de otras mujeres en la ropa de su marido.

¿Lo decía en serio? ¿No le dieron seguimiento, ni establecieron las reglas después del matrimonio? ¡Eso es parte de la biblia de las relaciones abiertas! Pero Victoria asumió que, dado que estaba ocupada teniendo hijos, uno tras otro durante un período de cinco a seis años, y como no estaba interesada en tener relaciones sexuales fuera de su matrimonio, que su esposo probablemente también sentía lo mismo.

Excepto que este no era le caso.

Lo que estaba sintiendo eran los coños donde y cuando podía conseguirlos. Tomó la falta de una conversación de seguimiento como una señal de que nada había cambiado. Que permanecían en una relación abierta donde no hablaban de los amantes del otro. Que podían tener tantas parejas como quisieran siempre y cuando no afectara su matrimonio.

Bueno, Victoria acababa de dar a luz a cuatro hijos. ¿Crees que ella también estaba interesada en tener un amante? Estaba contenta de poder reunir la energía para tener sexo con su esposo cada dos semanas, está bien, a veces tres. Eso y su nuevo juguete, un vibrador de clítoris, la mantuvieron satisfecha. Se imaginó que su esposo también estaba satisfecho.

En realidad, lo estaba. Se estaba satisfaciendo a sí mismo por toda la ciudad de Nueva York. Y ahora había roto la regla de oro. Se había enamorado y se mudaba a Panamá para comenzar una nueva vida con una de sus amantes. Ahí terminó todo.

Su marido era rico, así que le preguntó a Victoria qué quería, pero no había nada que él pudiera hacer para reparar su corazón roto, que no solo estaba roto, sino hecho pedazos. Todo estaba ensangrentado, escribió, todo estaba ensangrentado.

Noté que algo había cambiado en la escritura. Victoria ya no contaba la historia de su corazón roto y el esposo que la abandonó por una panameña candente. No, en su carta ahora escribía la historia de su cuerpo roto. Recordaba lo que pasó en esa prisión después de que la raptaron en la calle con su amiga. Algo le había pasado en esa cárcel. Algo horrible. Ella pensó que no había pasado nada porque no tenía memoria visual de ello. Pero en su carta, reveló que había entrado en estado de shock después de que se llevaron a su amiga. Los guardias aprovecharon ese momento. Se turnaron para sujetar los brazos de Victoria mientras forzosamente la penetraban profundamente, abriéndola y haciéndola sangrar. Todo estaba ensangrentado, escribió.

Nunca le quitaron la venda mientras la agredían. A ellos les trajo placer adicional y a ella, un terror adicional. No un dolor físico, sino mental. La venda en los ojos se trataba de eso, del terror psicológico.

Cuando la tiraron en la calle y su cabeza golpeó la acera, finalmente perdió la venda y vio la sangre sobre su vientre, justo debajo de su ombligo, tanta sangre que se habían limpiado ahí junto con el semen. Esta era otra forma de degradación, una forma de hacerle saber que ella era solo un coño caliente. Solo eso.

Por eso la tiraron a la cuneta cuando terminaron. Ella era basura para ellos. Ni siquiera valía la pena sacar el tiempo y el esfuerzo para matarla.

Puse la carta sobre la mesa. Lloré. Esperé hasta que pude concentrarme de nuevo a pesar de las lágrimas y luego continué leyendo.

Victoria ahora estaba en terapia. Vivía en Roma en un hermoso loft de dos pisos que tenía una terraza con vista al centro antiguo de la ciudad. «Las imágenes y los sonidos, las lucecitas parpadeantes por todas partes, la resistencia de este lugar», escribió, «un lugar como Roma, donde hubo una vez tanto horror perpetrado contra la humanidad y, sin embargo, aquí estoy, hallando la alegría.

»No tengo rencor. Tengo tanto amor —continuó—. Lo siento en mi corazón. Estoy en terapia. Estoy meditando. Estoy haciendo ejercicio y comiendo bien. Me siento abierta de nuevo. Él se fue a Panamá y me devolvió la libertad.

»El sexo después de la maternidad —escribió—, es incluso mejor que antes. Algo sucede cuando te das cuenta de lo preciosos que son estos momentos de alegría en la vida. Y tengo mucho que agradecer. Tengo cuatro hijos. Están todos en el internado y son felices y saben que los amo. Incluso, saben que su padre los ama y de alguna manera son lo suficientemente maduros para entender que, si los hombres no tienen cuidado, terminarán pensando "con la cabeza chiquita y no con la grande".

»Estoy usando mi cabeza, mi corazón, mi cuerpo y mi popona, mi manguito, mi montañita, mi pequeña colina de amor y éxtasis, para sanarme —escribió—. Ahora estoy enfocada en la alegría. Joy y alegría».

Doblé la carta y volví a meterla en el sobre. Estaba hecho de papel de arroz, del tipo que se envía por correo internacional y tiene un sello de las alas «par avión», delicado y fuerte al mismo tiempo, un sobre destinado a ser enviado alrededor del mundo. Sostenerlo y sostener sus palabras, me hicieron pensar. Lo que me había enseñado Victoria era ser plena en mi sexo. Llenarme de alegría. Ser plena en mi rebeldía. Llenarme de Vida. Y con miedo, pero adelante.

Delmira Agustini

Delmira Agustini *(1886-1914) nació en Montevideo, Uruguay. Comenzó a publicar sus poemas cuando aún era adolescente y fue una de las pocas mujeres que pertenecieron a la Generación del 900, movimiento literario Uruguayo de finales del siglo XIX y de principios del XX. Su trabajo modernista exploró la sexualidad de las mujeres, donde encontró una fuente de poder. Escribió una columna para* La Alborada *bajo el seudónimo de Joujou. Entre sus poemarios se destacan* El libro blanco (Frágil) *y* Los calices vacíos. *Sus* Obras completas *fueron publicadas póstumamente, tras su muerte violenta a los veintisiete años: un mes después de divorciarse, su exmarido la asesinó y luego se suicidó. «Lo inefable» aparece en* Cantos de la mañana *(1910).*

Lo inefable

Yo muero extrañamente... No me mata la Vida,
No me mata la Muerte, no me mata el Amor;
Muero de un pensamiento mudo como una herida...
¿No habéis sentido nunca el extraño dolor

De un pensamiento inmenso que se arraiga en la vida
Devorando alma y carne, y no alcanza a dar flor?
¿Nunca llevasteis dentro una estrella dormida
Que os abrasaba enteros y no daba un fulgor?...

¡Cumbre de los Martirios!... ¡Llevar eternamente,
Desgarradora y árida, la trágica simiente
Clavada en las entrañas como un diente feroz!...

¡Pero arrancarla un día en una flor que abriera
Milagrosa, inviolable!... ¡Ah, más grande no fuera
Tener entre las manos la cabeza de Dios!

Laura Restrepo

Laura Restrepo *(1950) es una novelista y periodista nacida en Bogotá, Colombia, que durante doce años escribió y reportó sobre el tráfico de drogas. En 1984, fue invitada a unirse a la Comisión de Paz, durante las negociaciones entre el Gobierno colombiano y la guerrilla del M-19, de la que formaba parte, y como consecuencia fue obligada a exiliarse.* La isla de la pasión *fue la primera de varias obras aclamadas internacionalmente y publicadas en más de veinte idiomas, entre ellas* Dulce compañía, Hot Sur *y* Los divinos. *Su novela* Delirio *le mereció el Premio Alfaguara en 2004 y el Premio Grinzane Cavour, y fue preseleccionada para el Prix de Meilleur Livre Étranger y el Premio Independent Foreign Fiction. Su última novela es* Canción de antiguos amantes. *Es becaria Guggenheim, profesora emérita de la Universidad de Cornell y viaja con Médicos Sin Fronteras.*

Pelos

Una espesa mata de pelo fue lo que más destacó Courbet al pintar su «Origen del mundo», retador *close-up* de un sexo femenino expuesto. «¡Pelos, pelos!», les gritaba el público a las *encueratrices* durante los espectáculos populares de *striptease* en Ciudad de México, porque era eso lo que quería ver. Algo ha cambiado, sin embargo, y el ser humano, extraña criatura que se niega a sí misma, ahora aborrece lo que aún le queda de ese pelo corporal que en el inicio de los tiempos lo cubría por completo. La atracción sexual parece centrarse en una zona pelviana rasurada, o *pubis angelical*, que llamara Manuel Puig. ¿Qué se busca con ello? ¿Quieren las mujeres parecerse a las estrellas porno, que tanto han difundido el estilo, o por el contrario, les atrae la idea de mostrarse virginales e infantiles? Mucho teórico derrama tinta al respecto, pero yo le he pedido la opinión más bien a Aurora, una empleada de Conejo's, salón especializado en depilaciones. Ella no se pregunta el por qué, pero en cambio sabe mucho del cómo.

A cada cual le gusta cuidar su aspecto —me explica ella—; yo nunca he visto delito o maldad en eso, es algo natural, viene con la cultura. La vellosidad es para las bestias, a nadie le gusta andar con una selva entre las piernas y ahí es donde entro yo a jugar mi papel, ayudándoles con todo el profesionalismo del caso, porque ya tengo veintidós años de experiencia. Aunque solo tres en este local, que se llama Conejo's; la dueña le puso ese nombre porque también así le dicen a la cuca, por peludita, supongo. O también la araña, o la cosita, eso depende.

Lo que es yo, trabajo con todos los requisitos de higiene y de trato comprensivo y cuidadoso. Porque este oficio es algo muy íntimo, figúrese, uno ahí encerrado, entre un cubículo chirriquitico, con una clienta que está en la camilla como Dios la echó al mundo. Claro está que hay clientecitas muy tranquilas, muy educadas, y con esas no tengo bronca, pero hay otras directamente histéricas que te gritan y te mientan la madre cada vez que les haces doler sin culpa. Aquí viene todos los meses una señora supremamente grosera. Cada vez que medio la tocas, suelta unas palabras tan plebes que ninguna de nosotras quiere atenderla, pero como la dueña del negocio nos mata si sabe que nos negamos, lo echamos a cara o cruz, a ver cuál se gana ese tute. Le cuento otro caso. Hace poco me llega una muchacha muy joven, pelirroja ella, y me pide que le haga el trabajo completo, es decir de cuerpo entero. Desde que la vi me dije a mí misma, Aurora, estás en problemas. ¿Y sabe por qué? Porque los pelirrojos son de piel muy delicada. Póngame cuidado y le cuento. Yo le hice todo con suma delicadeza, ella se fue contenta y yo me quedé tranquila. Cuando al otro día qué escucho, pues una gritería: ahí está la mamá como una fiera, ¡qué me le hicieron a mi hija, le dejaron moretones por todo el cuerpo! La señora esa gritaba que no había derecho, que nos iba a denunciar ante el Ministerio de Salud, que esto y lo otro y el coño de su madre.

Claro que yo trato de comprender a las personas, porque sé que este asunto puede resultar doloroso. Pongamos que la cera esté demasiado caliente y entonces quema. El tirón del lienzo es todo un arte, ¿sí?, para no lastimar hay que hacerlo seco y rápido, de abajo para arriba, así, seco y rápido. Pero con la gente muy velluda la vaina se complica y cada tirón puede ser un calvario. Haga de cuenta ir al odontólogo, pero sin anestesia y para colmo por allá abajo.

Aunque la mayoría de las personas resisten bien el tratamiento, algunas se ponen pálidas del dolor, otras tiemblan, otras casi se desmayan. Ahora, que cuando eso pasa hay que suspender la sesión, traerle al cliente una agüita de manzanilla, ponerle conversación un rato, dejar que se vaya tranquilizando, porque no se puede trabajar si hay mucho drama. Hay otras, y otros, que tiemblan pero de frío, porque imagínese, si es trabajo completo tienen que permanecer quietos y desnudos sobre la camilla más o menos una hora, y a veces la temperatura ambiental no es favorable. En ese caso yo les prendo el calentador y espero a que se sientan confortables.

Algunas se avergüenzan, pongamos las que vienen por depilación anal, que es algo muy popular también entre la clientela masculina. Y se comprende, póngase en el lugar de un cliente que tiene que colocarse así agachado, en cuatro patas. Yo le digo una cosa, ahí el manejo psicológico por parte de uno juega un papel clave. Tengo compañeras de trabajo, aquí en Conejo's, que se curan en salud y aclaran desde el principio que ellas lo que es depilación anal, no hacen. No todas se prestan para eso, o hay unas que lo hacen y después protestan y salen diciendo, «uy, esa vieja me hizo quitarle

pelos hasta por allá del ju-jummm». Yo sí no tengo escrúpulos de
esa naturaleza, yo con el cuerpo humano me muevo como pez en
el agua.

De todo se ve en este oficio. Hay clientas tan frescas, que hasta
se quedan dormidas mientras las depilo. Como quien dice, se ponen
en mis manos. Hay otras que se pasan la hora hablando por su ce-
lular. A duras penas me saludan al principio, «hola, Aurora, qué tal,
vengo a que me hagas piernas y axilas», en fin, lo que sea, y al final
se despiden, «gracias, Aurora», o «chao, Auri», según la confianza.
No son más las palabras que cruzamos, porque de resto se olvidan
de mí y se dedican a charlar con el novio, o así, con las amistades,
planeando lo que van a hacer después. Porque una cosa es segura,
cada depilada trae plan, sea fiesta, o playa, o cama, porque nadie se
depila para quedarse solo entre su casa. O sea, no sé si me entiende,
después de cada depilada es fijo que algo pasa, y no es raro que la
clienta hable de eso mientras se prepara. Por ejemplo, puede que le
charle al novio, «ay, mi amor, estoy quedando toda peladita como
te gusta, esta noche nos encontramos». Como le digo, en este oficio
uno tiene que escuchar cosas.

La depilación ornamental tiene que ver con cortes, digamos, más
sofisticados. A algunas clientas les gusta decorarse en la zona del pu-
bis con esas rarezas. Hay algunos cortes que ya son *standard*, como
decir el *Mister T*, o sea una cresta en medio; o *el corazón*, que no hace
falta que le explique; o por ejemplo uno muy popular que es *el dia-
mante*. También *el chiquitico*, y otro menos frecuente, *el nerd*, que es
raya al medio y el vello peinado hacia los dos lados. También está el
boleto de metro, y hay algunas, o también algunos, que piden letras,
por ejemplo las iniciales del novio, o vaya uno a saber de quién, no
siempre confiesan. Cuando quieren un número, casi siempre es por
algún aniversario; están cumpliendo seis meses de novias, ponga-
mos por caso, y entonces piden que se les haga un **6** allá abajo. El **6** es

problemático, y también la **S**, por las curvas que llevan. Letras como la **F** o la **H** son regaladas, en cambio la **R**, por ejemplo, es una pesadilla, yo no la recomiendo, una vez que me llegó a Conejo's una clienta que tenía un enamorado que se llamaba **R. R.,** lo recuerdo como si fuera ayer porque pasé soberano aprieto, la primera **R** me quedó medio chueca y como empecé a ponerme nerviosa, en la segunda me salió un mamarracho, cómo sería aquello que cuando le mostré en el espejo, me dijo que mejor la rapara, que mejor nada que eso.

Va por modas. Ahora muchas quieren que les quiten todo, sobre todo las más jóvenes. Una clienta bien bonita, actriz de televisión bastante conocida, obvio que el nombre no puedo decirlo, siempre me pide que la deje limpia, sin un pelito, porque al marido le gusta verla como una niña de ocho años. Otras se hacen teñir. De rojo, de rubio, así. ¿De negro? ¡No! De negro no, no conozco a nadie que se haga teñir de negro, por el contrario, todo mundo quiere llevar el vello claro, porque para pelambre oscura están los primates.

La tragedia de nosotras, aquí en Conejo's, ha sido el láser. Nosotras no lo aplicamos, no contamos con esa tecnología de punta, nos quedamos en la era de la cera. Y como hoy día todo el mundo exige láser, pues aquí hemos perdido mucha clientela. Tuvimos que trasladar el local de un barrio bueno, de clase alta, a este, más modesto. Y qué le voy a hacer, otro oficio no sé desempeñar, hasta el final de mis días seré lo que se dice una preciosista del depilado a la cera.

Nicholasa Mohr

Nicholasa Mohr *(1938) es una galardonada escritora Nuyorican, de padres Puertorriqueños, nacida en Manhattan, Nueva York. Fue la primera escritora Latina en publicar sus obras literarias en las principales editoriales Estadounidenses. Su escritura explora la vida en las comunidades Puertorriqueñas del Bronx y El Barrio desde la perspectiva de las niñas y las mujeres. Entre sus obras más destacadas se encuentran* Nilda, *que narra la vida de una adolescente Puertorriqueña que enfrenta el racismo en el Nueva York de la década de 1940,* Survivals: A Woman's Portfolio, Going Home *y* El Bronx Remembered, *que ganó el Premio al Libro Sobresaliente del Año del New York Times. El siguiente es un fragmento del cuento «Una cuestión de orgullo», que forma parte de la colección* A Matter of Pride and Other Stories, *y fue traducido del inglés por Raquel Salas Rivera.*

Una cuestión de orgullo

Nací en El Bronx y, aunque nunca había estado en la isla, mis padres a menudo hablaban con nostalgia de su tierra natal. Al igual que los padres de Charlie, ellos también soñaban con volver a casa algún día. Hablaban de su región de Barranquitas, en el monte de Puerto Rico, como *nuestro paraíso*. Durante mi niñez, compartí la sensación de desplazamiento y pérdida que experimentaron mis padres. Después de su muerte, mi tristeza se intensificó pues no cumplieron su sueño, y desarrollé un anhelo de ver a Puerto Rico. Sentí que con este viaje de alguna manera podría compensar a mis padres con visitar su patria amada. No hacía falta convencerme. Ir a Puerto Rico parecía una idea perfecta.

Además, estaba acostumbrada a que Charlie dictara mi vida. Nos conocimos cuando yo tenía diecisiete años, justo después de la muerte de mi padre. Todavía yo era virgen y nunca había tenido citas serias. Charlie tenía veinticuatro años y la reputación de ser un salvaje y un picaflor, un macho muy admirado. Tan pronto comenzamos a salir con seriedad, Charlie se calmó.

La gente decía que yo era una buena influencia. A medida que se desarrollaba nuestra relación, Charlie asumió un papel paterno. «Bebé, es natural —le gustaba decirme—, que yo sea el que te guíe y te proteja. Te enseñaré lo que necesitas saber, mami. Tienes que escuchar, Paula, y hacer lo que te digo, porque soy mayor y más sabio, así que sé lo que te conviene». A medida que fui creciendo, comencé a estar en desacuerdo con Charlie, lo cual resultó en peleas, muchas peleas. De hecho, parecía que, con cada año que pasaba, nuestras discusiones aumentaban.

En aquel entonces, trabajaba como recepcionista en una importante compañía de seguros. Por la noche, me había matriculado en el City College, decidida a obtener un título en Administración de Empresas. En cuanto a tener hijos, eso sería en un futuro lejano, «Mi título universitario viene primero». Esto me quedaba claro y así se lo decía. «De ninguna manera me quedaré como archivista o recepcionista para siempre, Charlie. Tengo mejores planes para mi vida».

En la universidad, uno de mis instructores me recomendó que leyera una antología sobre mujeres que ayudaron a cambiar la historia de los Estados Unidos. Leí con asombro sobre las vidas de Sojourner Truth, Jane Addams, Margaret Sanger y otras mujeres poderosas. Me sorprendieron estos relatos sobre la independencia de las mujeres. Mis conocimientos recién adquiridos sobre el tema de los derechos y la libertad de las mujeres provocaron nuestras peores disputas. Charlie desestimaba mis afirmaciones y se negaba a reconocer mis puntos de vista.

En una ocasión, decidí compartir una sección de *El segundo sexo* de Simone De Beauvoir con Charlie y cité el capítulo sobre «La mujer independiente»: «Es a través de un empleo remunerado que la mujer ha atravesado la mayor parte de la distancia que la separaba del hombre; y nada más puede garantizar su libertad en la práctica. Tan pronto deja de ser un parásito, se desmorona el sistema que se basaba en su dependencia; entre ella y el universo ya no hay necesidad de un mediador masculino».

—¡Estás leyendo basura otra vez! ¿Qué quieres decir con que las mujeres deberían tener los derechos como los hombres? No te compares conmigo porque todavía necesitas lo que tengo. ¿Orinas de pie, niña?

No estaba dispuesta a alejarme de esa discusión tan fácilmente, especialmente cuando tenía pruebas contundentes.

—No —grité, sosteniendo el libro de De Beauvoir—, ... pero tampoco uso lo que tengo entre las piernas para pagar mi comida. ¡Trabajo por lo mío y hago lo que me gusta! ¡Soy un agente libre y TÚ no eres mi cabrón dueño!

Y así, casi siempre, eran los argumentos.

Charlie también era un hombre celoso que insistía en repetidas ocasiones en que yo no debería usar ropa ajustada ni mostrara escote. Era entonces cuando me apretaba el cinturón un poco más o me desabrochaba otro botón de la blusa. A pesar de mi educación latina, siempre me resultó difícil cumplir con las demandas de los hombres que se declaraban a cargo. Probablemente, esto se deba a que ser pasiva nunca fue parte de mi naturaleza.

Cada vez que Charlie se volvía demasiado autoritario, le respondía y lo amenazaba con dejarlo. Una vez, incluso empaqué todas mis cosas y me fui a quedarme con un amigo. Pasaron solo unas cuantas horas hasta que Charlie me encontró y me rogó que volviera, con la promesa de que cambiaría su comportamiento.

—Vamos, Paula, me gusta tu espíritu combativo. Dame tiempo para acostumbrarme a algunas de tus ideas locas. Mira, yo no quiero fregar platos para mi mujer. Eres inteligente y hermosa. Quiero a mi bebé luchadora. No puedo vivir sin mi bebé. No puedo vivir sin mi bebé. Te amo, mami… no me lastimes así. ¡Te amo!

Jovita Idár

Jovita Idár *(1885-1946) fue una periodista Mexicana Estadounidense, líder del movimiento por los derechos civiles y sufragista nacida en Laredo, Texas. Con su familia, ayudó a organizar el Primer Congreso Mexicanista, que reunió a los Mexicanos a lo largo de la frontera para apoyar la Revolución. Escribió para el periódico* El Progreso, *donde publicó un artículo de opinión en contra de la decisión del presidente Woodrow Wilson de desplegar el Ejército de los EE. UU. en la frontera. Se mantuvo firme ante las puertas de dicho periódico y les negó la entrada a los Texas Rangers cuando intentaron cerrarlo. Unos días después, lo cerraron de manera violenta. Cuando su padre falleció, volvió a dirigir* La Crónica, *un periódico que era propiedad de su familia, en el cual publicó artículos que condenaban los linchamientos y apoyaban los derechos civiles y los derechos de la mujer al voto y a la educación.*

La mujer obrera reconoce sus derechos, levanta su cabeza con orgullo y se une a la lucha. El tiempo de su degradación ha llegado a su fin. Ya no es una esclava vendida por unos cuantos pesos. Ya no es una sirvienta, sino la igual de un hombre.

Ada Limón

Ada Limón (1976) nació en Sonoma, California, de padres Mexicanos. Es la autora de varias colecciones de poesía, entre ellas The Carrying, *que ganó el Premio de Poesía del National Book Critics Circle,* Bright Dead Things, *finalista del mismo premio,* Sharks in the Rivers, Lucky Wreck *y* This Big Fake World. *Obtuvo un MFA de la Universidad de Nueva York y es becaria Guggenheim, de la New York Foundation for the Arts y de la Kentucky Foundation for Women. Enseña en el programa MFA de baja residencia de Queens University of Charlotte. En 2022, fue nombrada Poeta Laureada de los Estados Unidos. «Horquilla de pelo» y «Si acaso fallo» fueron traducidos del inglés por Raquel Salas Rivera.*

Horquilla de pelo

Se te pide
que hagas tanto

pequeño cierre de afilados
dientes de metal la mandíbula

qué mucho aguantas
plástico negro

ni siquiera eres ósea
pero hecha de lo humano

de piensos baratos
para el vertedero aún así

aguantas el peso
de hebras furiosas

el pelo como cable-trampa
como cabello de caballo

sin ti soy
caos crestado

como un león tu placer
bajo una presión pequeña

estrella en un cielo negro
de melena pequeña estrella

se te pide
que hagas tanto

Si acaso fallo

La hiedra sigue devorando la linde
cada zarcillo se multiplica
de zarcillo en zarcillo verde, si acaso
fallo y las semillas son desenterradas
y devoradas por merodeadores
de cerdas, solo cúlpame
a mí y a la cinta de sol
que me invitó a que me
acostara a culebrear
sobre mi vientre, con baja energía
de sierpe y para sentirme tentada
por las grietas entre
el mundo y el no mundo,

y si acaso fallo que se sepa que
miré por largo rato las fracturas
y me pareció
un poderoso sistema de brechas
donde uno podría deslizarse
y yo me hice entera
al conocer a aquella
nada lisa y estilizada.

Sylvia Rivera

Sylvia Rivera *(1951-2002) fue una activista Puertorriqueña y Venezola-na nacida en Nueva York, que luchó por la liberación gay y transgénero. Fue una figura transformadora para el movimiento de liberación de los derechos LGBTQIA+. Con su amiga cercana, Marsha P. Johnson, cofun-dó S.T.A.R., Street Transvestite Action Revolutionaries, un colectivo de activistas que también brindó vivienda a personas de experiencia trans y trabajadoras sexuales que no tenían alojamiento. En 1972, escribió el revolucionario ensayo «Transvestites: Your Half Sisters and Half Bro-thers of the Revolution» para* Come out!, *la primera publicación pe-riódica por y para la comunidad gay. Pronunció el siguiente discurso en 1973, durante el Christopher Street Liberation Day Rally en Washington Square Park, en la ciudad de Nueva York. Dicha movilización marcó un hito para el movimiento de Poder Gay. En este discurso, Rivera abordó cuestiones raciales, de género y de clase; fue traducido del inglés por Ra-quel Salas Rivera.*

Cállense, que me toca hablar

24 de junio de 1973

Cállense, que me toca hablar. Llevo todo el día tratando de subir aquí en nombre de sus hermanos y hermanas gay que están en la cárcel y me escriben cada maldita semana para pedir su ayuda, y ustedes no hacen tres carajos por ayudarlos.

¿Alguna vez te han dado una paliza y violado y tirado en una cel-da? Quiero que lo piensen. Les han pegado y los han violado después de que han tenido que gastar mucho de su dinero en la cárcel para conseguir sus [*inaudible*] y tratar de conseguir sus cambios de género. Las mujeres han tratado de luchar por sus operaciones o para poder hacerse las transiciones. Sobre la liberación de las mujeres, estas escriben «S.T.A.R.», no escriben «mujeres», no escriben «hombres», escriben «S.T.A.R.» porque estamos tratando de hacer algo por ellas.

He estado en la cárcel. Me han violado. Y me han dado palizas. ¡Muchas veces! Por parte de hombres, hombres heterosexuales que no pertenecen en el albergue de homosexuales. ¿Pero haces algo por mí? No. Me dicen que esconda el rabo entre las piernas. No voy a aguantar esta mierda. Me han golpeado. Me han roto la nariz. Me han encarcelado. Me han botado del trabajo. Perdí mi apartamento, todo lo hice por la liberación gay, ¿y así es que me tratan? ¿Qué carajos les pasa a ustedes? ¡Pónganse a pensar en eso!

Yo no creo en una revolución, pero ustedes sí. Yo creo en el poder gay. Creo en que nos den nuestros derechos. De lo contrario, no estaría aquí luchando por nuestros derechos. Eso es todo lo que quería decirles a todos ustedes. Si es que quieren saber algo sobre la gente en la cárcel y no se olviden de Bambi L'amour y Dora Mark, Kenny Metzner y otra gente gay encarcelada. Vengan a ver a la gente en la casa S.T.A.R. que está en 12th Street, en 640 East 12th Street, entre B y C, en el apartamento 14.

La gente está tratando de hacer algo por todos nosotros y no por los hombres y las mujeres que pertenecen a un club blanco de clase media blanca. ¡Y es a eso a lo que todos ustedes pertenecen!

¡REVOLUCIÓN YA! ¡Dame una *P*! ¡Dame una *O*! ¡Dame una *D*! ¡Dame una *E*! ¡Dame una *R*! ¡Dame una *G*! ¡Dame una *A*! ¡Dame una *Y*! [*llorando*] ¡Poder gay! ¡Más fuerte! ¡PODER GAY!

LUNA LIMINAL

La energía de esta luna
abre el umbral para que nos
comuniquemos con nuestros seres
queridos en el plano ancestral

Irma Pineda

Irma Pineda *(1974) es una poeta bilingüe y activista Indígena Binnizá nacida en Juchitán, Oaxaca, México. Es la autora de doce colecciones bilingües de poesía en diidxazá y español, entre ellas la premiada* Naxiña 'Rului'ladxe' (Rojo deseo)*. Ha sido profesora de la Universidad Pedagógica Nacional y entre 2020 y 2022 fue la vicepresidenta del Foro Permanente de las Naciones Unidas dedicado a las cuestiones específicas de los Pueblos Originarios.*

La oscuridad se acaba aquí
Tú eres la diosa del fuego
Tú das calor para la nueva vida
Tú hiciste el principio de todo
Tú eres la luz
La gran creadora
Y aquí te traigo
mis pies descalzos
honrados por el lodo
mis manos
purificadas por el trabajo
mi piel oscurecida por tu amor
Aquí estoy en tu presencia
con las sagradas palabras
que heredé de mis abuelos
Aquí estoy
repitiendo los antiguos rezos
que escuché descender por los labios de mi abuela

Aquí estoy contigo
con las flores que abundan en mi jardín
con el agua santificada por tu mirada
con el mismo canto
con los mismos ojos
y el mismo corazón
en donde tatuado está tu nombre
como en la perdida memoria de mi pueblo
que ahora te llama: Sol

*

Rari' riluxe guendanacahui
Lii nga bido' guí
Lii rudiilu' xidxaa guiele' guendanabani
Lii biza'lu' nirudo' guirá xixé
Lii nga biaani'
Guzana ro'
Ne rari' zedaniá neza lulu'
ca xieebata stine'
ni guca nandxo' ndaani' beñe
nia' naya'
ma bisiá dxiiña' laaca'
guidilade' bisiyaase xquendaranaxiilu' laa
Rari' nuaa neza lulu'
ne diidxa' nandxo'
ni bidii ca bixhoze' gola naa
Rari' nuaa
Cuzeeruaa diidxa' yooxho'
ni binadiaga' bieteti lu guidiruaa jñaabida
Rari' nuaa ne lii
ne ca guie' ridale ndaani' le'

ne nisa ni guca nandxo' dxi biyadxilu' laa
ne ngueca riuunda
ne ngueca bezalú
ne ngueca ladxido'
ra cá dxiichi' lalu'
casica cá ni lu xquendabiaani' binnixquidxe
ni rabi lii yanna: Gubidxa

Reyna Grande

Reyna Grande *(1970) nació en Guerrero, México. Es la autora de las exitosas memorias* La distancia entre nosotros, *finalista del National Book Critics Circle Award, y ganadora del International Literacy Association Children's Book Award. Sus otros libros incluyen* A través de cien montañas, La búsqueda de un sueño *y* Dancing with Butterflies. *Coeditó con Sonia Guiñansaca* Donde somos humanos: historias genuinas sobre migración, sobrevivencia y renaceres, *una antología escrita por y sobre les Estadounidenses inmigrantes indocumentados. El siguiente fragmento corresponde al primer capítulo de* Corrido de amor y gloria, *su último libro, una novela inspirada en hechos reales, ambientada durante la guerra entre México y los Estados Unidos. Fue traducido del inglés por Raquel Salas Rivera.*

El Frontón de Santa Isabel, Golfo de México

Marzo de 1846

Cuando los tres barcos de vapor aparecieron a la vista, ondulando sobre las resplandecientes aguas del golfo, los aldeanos se quedaron callados y quietos, de la misma manera que Ximena había visto a las alondras congelarse cuando las perseguía un halcón. De pie en la orilla de la laguna Madre, con su falda empapada en el agua, entrecerró los ojos a causa del resplandor mientras observaba los barcos pasar por la entrada de la ensenada. El humo salía de sus chimeneas oscuras como nubes de tormenta. Ximena tembló por dentro. Estos barcos no eran de comerciantes o mercaderes que traían sus mercancías.

El puerto de El Frontón de Santa Isabel, justo al norte de la desembocadura del río Bravo del Norte, era un salvavidas para los pequeños asentamientos y ranchos dispersos en el área y la cercana ciudad de Matamoros. A Ximena le encantaba nadar y pescar en la bahía y el aire fresco y salado y las olas; así que cada vez que su esposo iba al puerto a vender e intercambiar suministros de su rancho (pieles de vaca, sebo, lana, ganado y cultivos de la última cosecha), ella se unía con entusiasmo. Cuando los barcos de vapor anclaron en el puerto, captó destellos rojos y azules en el aire y algo que brillaba en las cubiertas a la luz del sol de la tarde. Aunque no podía ver claramente lo que llevaban, una imagen se formó en su mente: la de cañones de bronce y soldados vestidos de azul.

Durante ocho meses había estado oyendo rumores de guerra desde que los soldados estadounidenses y de Texas acamparon en la bahía de Corpus Christi. Pero, mientras permanecieron a doscientos cincuenta kilómetros de distancia, su presencia no había interrumpido la vida diaria de Ximena. Tres meses antes, en los últimos días de 1845, la República de Texas se había convertido en el vigésimo octavo estado de la Unión, y había estallado una disputa por esta franja de tierra entre el río Bravo —o río Grande, como lo llamaban los norteamericanos— y el río Nueces al norte. Ximena, como todos, sabía que era cuestión de tiempo que el presidente yanqui, James Polk, ordenara a sus tropas marchar hacia el sur para tomar posesión de las tierras en disputa. Estos barcos de guerra, se dio cuenta Ximena, estaban dándole fin a la poca tranquilidad que había existido en su región.

—Deberíamos irnos —susurró, volviéndose hacia su abuela, que estaba parada a su lado en el agua. Las trenzas plateadas de Nana Hortencia colgaban sueltas a ambos lados de su cabeza, y aunque los años habían doblado y torcido su cuerpo como las ramas de un mezquite, sus manos eran firmes y decididas.

La anciana suspiró preocupada y dijo:

—Vamos a buscar a tu esposo, mijita.

El tañido de las campanas de la iglesia rompió el inquietante silencio que se había apoderado de la pequeña comunidad. De repente, las madres sacaron a sus hijos del agua y los llevaron a toda prisa a casa, las pescadoras agarraron sus canastas y los vendedores de frutas y verduras cargaron apresuradamente sus cajas a sus carritos. En la laguna Madre, los pescadores remaban en sus botes de regreso al muelle. Entonces, los clarines dieron la alarma y el puñado de soldados mexicanos que protegían el puerto se apresuraron a ocupar sus puestos.

Ximena salió del agua y guio a su abuela a los almacenes. Las faldas mojadas se le pegaban a las piernas, las sandalias se le aplastaban, pero no había tiempo para cambiarse. Aceleró el paso, pero mientras Nana Hortencia luchaba por mantener el ritmo, se vio obligada a reducir la velocidad para no entrar en pánico. Agarró la mano de la anciana y se abrieron paso entre la multitud de aldeanos asustados. Sus ojos buscaban a su esposo, Joaquín. Suspiró aliviada cuando vio a los peones del rancho en un almacén corriendo para terminar de cargar los sacos de carbón a los carros. Pero Joaquín no estaba entre ellos, ni pudo encontrarlo adentro.

—Quédate aquí, Nana —dijo y se apresuró a salir.

Mientras Ximena giraba y entraba a la calle, un grupo de Texas Rangers entró cabalgando hasta la plaza desde la parte más alejada del puerto, gritando salvajemente y disparando sus revólveres al aire. Los aldeanos gritaron y corrieron a refugiarse. Los soldados mexicanos que custodiaban la aduana dispararon tiros de advertencia apresuradamente y los Rangers tomaron represalias.

El techo de paja de la aduana ya había comenzado a humear y, luego, de repente, estalló en llamas.

—¡Joaquín! —Ximena gritó, mientras se abría paso entre la

multitud, con el corazón agitado como una gaviota atrapada en una red. Al ver a su esposo salir corriendo del edificio, se apresuró hacia él.

—Vámonos —le dijo, tomándola de la mano.

El aire apestaba a humo. Ximena podía escuchar el crujido de la madera y la paja mientras ardían las chozas de los aldeanos. Las llamas lamían las vigas de la iglesia de la plaza, incluso cuando las campanas seguían repicando. La gente salió corriendo de sus casas con todo lo que podían llevar. Unos pocos afortunados cargaron sus carros y carretas, y huyeron. El resto los siguió a pie con un ritmo frenético, buscando refugio en la pradera lejana.

La caballería yanqui irrumpió repentinamente de entre el humo, conducida por un anciano peculiar vestido como un granjero, que portaba un sombrero de paja. Dispararon sus pistolas al aire y, en el silencio sorpresivo que siguió, el hombre del sombrero de paja detuvo su caballo y levantó una mano.

—Soy el general Zachary Taylor, comandante en jefe del Ejército de Ocupación de los Estados Unidos de América —declaró—. No tengan miedo.

Nadie esperó a que el general yanqui dijera más. Joaquín le entregó a Ximena las riendas de su caballo, y tan pronto como Nana Hortencia se sentó a salvo en una de las carretas con techo de lona y los peones del rancho tomaron las riendas, salieron del pueblo y eludieron al general y a sus tropas montadas junto con los Rangers.

Avanzaron por los amplios llanos, pero no pudieron escapar a tiempo entorpecidos por carretas y carretas cargadas con sacos de arroz, harina de trigo, café y cacao, cajones de piloncillo y pescado seco y otras provisiones que habían recogido en el puerto. A medida que el crepúsculo daba paso a las luciérnagas que titilaban sobre la pradera, Ximena, quien luchaba por ver en el ocaso que se profundizaba, se preguntó cuánto tardarían en recorrer los nueve kilómetros restantes hasta el rancho.

Miró hacia el pueblo a lo lejos y vio que estaba cubierto por una neblina anaranjada.

—Se acerca la guerra —dijo.

—No, mi amor —dijo Joaquín—. Ellos negociarán. Estoy seguro de que no llegará la guerra.

Él sólo trataba de aliviar sus preocupaciones. Pero fue inútil el intento de protegerla de lo que ya había presenciado ese día. ¿Qué más podría ser esto, sino un acto de guerra?

Ximena recordó que diez años antes, cuando Texas se rebeló contra México y se declaró república independiente, también proclamó que su límite se extendería entonces doscientos cincuenta kilómetros al sur hasta el río Bravo, a pesar de que el río Nueces había sido la frontera establecida incluso antes de que México se independizara de España. México nunca había reconocido la independencia de Texas ni su reclamo sobre el río Bravo y la región entre los dos ríos, y le había advertido a los Estados Unidos que no invadiera sus tierras.

Ximena miró al cielo y pensó en la estrella solitaria de la bandera de la República de Texas y se dio cuenta de que ahora formaba parte de la constelación americana. Si Estados Unidos ahora estaba listo para destruir todo lo que cayera en su camino, ¿qué sería de ella y su familia?

Ana Paula Lisboa

Ana Paula Lisboa *(1988), nacida y criada en una favela de Río de Janeiro, Brasil, es la mayor de cuatro hermanos, hijos de padres Negros. Actualmente, vive entre Río de Janeiro y Luanda, Angola, donde dirige los centros culturales y de arte Aláfia y Casa Rede. Comenzó a escribir cuando tenía catorce años y ha publicado cuentos y poesía en Brasil y en el extranjero. Se define a sí misma como una artista textual, que utiliza la palabra escrita y hablada en diferentes plataformas para promover las narrativas y el lenguaje Negros por todo el mundo. Colabora regularmente con* Cabeça de sardinha, *un boletín del* Segundo Carderno *de* O Globo. *«Hay un agujero con tu nombre» fue traducido del portugués por Jacqueline Santos Jiménez.*

Hay un agujero con tu nombre

Hay un agujero, un agujero con tu nombre.

Fue el año en que ella murió, 1993 creo. Digo que lo creo porque creo que yo tenía cinco años. No tenía edad para entender, decían los adultos. No tenía ojos para entender. No tenía oídos para entender. Pero yo entendía, entendía todo, porque entender no es nada más por los ojos y los oídos. Yo tenía una piel negra que cubría todo mi cuerpo, aunque mi cuerpo fuera tan pequeño y tan joven. Y tenía la piel negra de los adultos, que les cubría todo su cuerpo. Era por ahí que yo entendía. Todos mis poros podían escuchar los gritos de desesperación, todos mis poros podían ver las lágrimas, todos mis poros podían sentir el aroma del dolor.

Yo solo no sabía medir el tiempo, pero sé que fue mucho. Me acuerdo del momento del entierro: me acuerdo de que me abrazaron muchas personas, me acuerdo de que mi padre estuvo conmigo casi todo el tiempo porque mi madre solamente lloraba y lloraba. Todos los adultos lloraban alrededor de una mesa alta y mi cuerpo era pequeño. Yo no sabía lo que había en la mesa, mis ojos no alcanzaban, solo mis poros sabían. Hasta que mi padre levantó mi cuerpo pequeño —todavía puedo sentir las manos de mi padre agarrándome de las axilas— y entonces mis ojos vieron.

Era una mujer, de piel negra, cabellos negros y cortos, vestida de blanco. Tenía algodón en la nariz y los ojos cerrados. Parecía dormir, pero la expresión no era de quien duerme; creo que tenía la frente fruncida como quien está preocupada por algo.

Sobre esa parte, la de la preocupación, digo que yo creo porque no sé si la vi con los ojos abiertos o cerrados. Durante mucho tiempo, un tiempo que no sé contar, yo soñé con la mujer. No era una pesadilla, no había miedo en la niña de cinco años; era solo sueño, recuerdo. Creo que eran mis poros tratando de entender.

La otra cosa que no sé si vi con los ojos abiertos o si soñé fueron los girasoles. La mujer sobre la mesa, que parecía dormir preocupada, tenía una cama de girasoles; no solo una cama, un cobertor. Tal vez por eso no tuve miedo: los girasoles me calmaban y me daban la certeza de que el sueño era para bien.

Aun después de crecer un poco, nadie me decía nada, todo lo tuve que entender sola. Incluso se hablaba poco; a veces, en una fiesta o comida, las historias de la mujer aparecían, hablaban de ella con nostalgia, de que no merecía morir. Era entonces cuando los ojos se llenaban de lágrimas, las voces se impedían. Los ojos de las voces impedidas no eran solo de amor y de nostalgia, eran también de dolor, de la rabia de quien pide justicia, como si quisieran gritar. Yo entendía todo, pero si preguntaba, nadie me decía nada.

Y había fotos: por las fotos supe que la mujer era alegre, aunque poco sonriente; era una media sonrisa, como de quien guarda un secreto, hasta una cierta melancolía. Y había música: los domingos, cuando alguien ponía en el tocadiscos un disco de samba, siempre se acordaban de ella.

Y había cosas: la mujer era mujer de tener cosas bonitas; ropa, maquillaje, pelucas, souvenirs, discos, plantas.

Y había amores: decían que todos los hombres se enamoraban de ella, contaban historias de peleas entre ellos, pero al final de la historia la voz de quien la contaba se hacía bajita y triste con la frase: «De todos, ella escogió lo que acabó con su vida».

De él mis poros también se acuerdan: era alto y esbelto, tenía un color negro ceniza y usaba un sombrerito. Qué desperdicio de memoria que yo me acuerde más de él que de ella. De ella tengo apenas la sensación que quedó en mis poros, yo me acuerdo de abrazos, pero recuerdo por el cuerpo, no hay imágenes de ellos en mí, lo que existe es un agujero.

Hay un agujero, hay un agujero que yo no entiendo, abue. Ninguna célula de mi cuerpo entiende el agujero de la nostalgia que tiene tu nombre, ese nombre que es también el mío. Hay un agujero en el que cuando entro no te encuentro, pero sí encuentro a mi madre, encuentro tu forma de sentarte o de sonreír con aquella media sonrisa, encuentro el mismo pie con los dedos flexionados, encuentro los ojos llenos de amor mientras abrazas a tus hijos. En el agujero también me encuentro: dicen que tenemos la misma forma amorosa de estar en el mundo, la paciencia para escuchar a los otros y que heredé tu lentitud. Sí, tenemos otro tiempo de ser.

Pero está el agujero de tu voz que mis poros no logran escuchar, está el olor y el sabor de tu comida que las historias que comprendí no colocan en mi boca. Está el agujero de las cosas que yo debería haber aprendido, como coser o trenzar el cabello, que quisiera haber aprendido contigo. Yo daría todo para escucharte cantando Fundo do Quintal. Si parte de nosotros ya venimos al mundo dentro de nuestras abuelas, entonces me quedo con este agujero mío, totalmente nombrable.

Nelly Rosario

Nelly Rosario *(1972) nació en Santo Domingo, República Dominicana y se crio en Brooklyn, Nueva York. Es la autora de* El canto del agua, *ganadora de un Premio PEN Open Book. Su trabajo de ficción y no ficción creativa aparece en varias antologías y revistas. Tiene una Maestría en Bellas Artes de la Universidad de Columbia y es profesora asociada en el Programa de Estudios Latinos en Williams College. «Umbilicus» forma parte de su proyecto de narración médica* How the Medicines Go Down, *y fue traducido del inglés por Raquel Salas Rivera.*

Umbilicus

El ombligo, donde empiezan y acaban las revoluciones.

Mi primera herida es un ombligo que sobresale, como el de Caín y no el de Abel, que dicen que mi madre temía. También dicen que ella no me crio y que se llama Eva. Supuestamente. Todo sobre mis orígenes es un «supuestamente» y un «di'que». Una mueca de labios y un encogimiento de los hombros, con las palmas abiertas. Lo peor es que mi abuela me llama Di'que cada vez que pregunto por mi padre, su santo hijo. Ya él llevaba once meses fuera del país cuando Eva me dio a luz.

«Las mujeres como ella comen manzanas y escupen huesos de serpiente», dice la abuela, Granma G.

Las mujeres como Granma G no respetan a una madre que deja en manos de su suegra la curación del cordón umbilical de su recién nacido, en este caso Granma G. O a una madre que desaparece antes de la terrible edad de los dos años de su bebé, abandonándola a mamar de pechos secos, en este caso los de Granma G. Pero las mujeres como yo cuestionamos a las mujeres que cuestionan a todas las mujeres, en este caso a Granma G.

¿Por qué, por ejemplo, vendió la sangre de mi cordón umbilical sin el consentimiento de mi madre? ¿Estarán mis células madre en un banco de sangre de cordón en algún lugar por ahí, apenas esperando un trasplante hematopoyético? ¿A quién le repuso la médula ósea mi sangre robada? ¿Estoy ahora más relacionada con ellos que con mi supuesta abuela?

Puede que Granma G siempre haya dudado de mi sangre, pero, al fin y al cabo, fue ella quien me frotó el muñón de la barriga con aceite de coco, quien lo apretó bajo una gasa y una moneda con el rostro de Juan Pablo Duarte, y quien luego lo apisonó todo con cinta quirúrgica y una oración. Pero ni el padre de la patria pudo detener la hernia umbilical provocada por mis ataques de llanto.

«Hice lo mejor que pude con la curación —dijo Granma G— así que por ese ombligo pingón échale la culpa a ellos».

A ellos. Ni Eva ni mi padre Tomás vinieron nunca a por mí. Cuando nací, mi supuesto padre estaba en MedIsla, seguramente también ayudando a dar a luz a otros bebés. En cuanto a Eva, otra mueca de labios y un encogimiento de hombros. Pero el amor de una niña es puro, infinito. Me acostaba despierta junto a Granma G, que roncaba y tosía, y me ahogaba en las fantasías de mi madre vestida con pantalones de piel de serpiente, pelando manzanas con el bisturí de mi padre. En los momentos justo antes de que finalmente llegara el sueño, sentía que mi vientre se hinchaba de luz y que mi ombligo pingón se extendía como una antena hacia el ruido del exterior. Entre todos los bocinazos y ladridos y sirenas y disparos y risas y fuegos artificiales, yo trataba de aislar el tenor metálico de sus voces. También acogí su silencio.

—Granma G, ¿nunca has sentido algo raro en el ojo de tu panza de noche?

—¡Mira, muchacha!

En mi adolescencia, cuando me acostumbré a usar blusas cortas y cuentas en la cintura y anillos en el ombligo, Granma G solo movía la cabeza con asco y murmuraba «ese ombligo», como si mi ombligo fuera un cable vivo que necesitaba conectar con la tierra.

Después de besarlo, mi amante Milton me diría un día que Leonardo Da Vinci usó el ombligo —¡el mío!— como el centro de un círculo y un cuadrado para contener simultáneamente el alma y el cuerpo humanos. Pero no importa cuán despatarrada esté ahora en la cama, ya no puedo ver con el ojo del vientre.

Consulto a una bruja.

Describo que me siento como si estuviera excretando una luz espesa a través de un círculo y un cuadrado.

—Es tu primera boca —dice la bruja— tu puerta espiritual.

—¿Padezco de emesis del alma? —pregunto.

Responde a mi pregunta achicando los ojos hacia los míos. Tras de un suspiro, me dice que no me preocupe, que la variedad de bacterias en mi ombligo rivaliza con la biodiversidad del Amazonas.

Después de que nací, allá en RD, Eva enterró la placenta, junto con un libro, al pie de una siguaceiba en el patio de la casa de Granma G. Nadie sabe cómo nació ese árbol realengo, nacido así de la ceiba y la siguaraya. La gente venía a verlo, a rezarle, a cantarle, a llorarle; tantos peregrinos que Granma G empezó a cobrar una «tarifa de árbol». Las malas lenguas comenzaron a murmurar sobre las tendencias codiciosas de Granma G. Así que ella dejó que el inodoro se desbordara con la esperanza de que la gente entendiera: cada vez que llegaban los peregrinos, se hinchaban las raíces de la siguaceiba e invadían su fosa séptica. Las tarifas de árbol se destinaban al pago del brujo-plomero Tefo, quien podaba ceremoniosamente las raíces hinchadas para separarlas del pozo séptico, con el cuidado de no molestar a los ancestros.

—¿Placenta? ¿A quién se le ocurrió esa palabra, anyway, Granma G?

—Di'que es griego para pastel uterino.

—¡Wow! Y entonces, ¿qué llamarían al suspiro del bizcoch...?

—Ya duérmete, carajo.

—Y entonces, si me comiera un fruto de esa siguaceiba, Granma G, ¿sería yo una caníbal?

—¡Mira, muchacha!

—¿Y cuál fue el libro que enterró Eva, Granma G?

—¿Y qué sé yo? Ese lo tienes que escribir tú misma.

Envueltas en una bolsa plástica, dentro de una caja de metal, envuelta en dos bolsas plásticas, dentro de la cisterna de nuestro inodoro, Granma G acumula una pila de cartas de mi padre. Durante las noches de insomnio, con el sonido de sus ronquidos y jadeos, yo las leo todas. Llegan todos los meses a través del Fat Franklin, un mensajero de MedIsla que Granma G solo recibe durante el día, cuando estoy en la escuela; eso lo sé porque no estoy en la escuela, sino con Milton. Asistimos a las reuniones de los Radicales Libres en el techo de uno de los edificios del barrio. Desde allí arriba, veo al Fat Franklin estacionar su motocicleta al cruzar al otro lado de la calle, frente a nuestro edificio, después de que Granma G arroja las llaves desde la ventana de nuestro baño porque no sabe cómo dejarlo entrar a timbrazo. Los rumores se han regado por todo el edificio. Que ella le cocina. Que él le da regalos. «Qué bueno. Déjalos que hablen —dice Granma G—, la revolución debería parecerse al amor». A través del Fat Franklin ella seguirá enviando contrabando médico a su hijo en MedIsla, el único hombre que ha tenido su corazón. «Yo debería haber sido la hija de mi hijo en vez de tú», me dijo una vez Granma G. Pero en esta vida, lo único que puede hacer es amamantar su extraña rivalidad de hermana escondiendo las cartas que mi padre me escribe en el lugar donde cree que pertenecen: junto a la válvula del inodoro. En esas cartas, su hijo, el Dr. Padre, esconde su propio dolor detrás de las cuatro válvulas del corazón mediante lecciones agujereadas (dirigidas a mí) de anatomía.

Estimada Srta. Irma Castillo Torres, MD2B:

Estás marcada con el recuerdo de Eva a través de un segundo ombligo. Es una marca del tamaño de mi huella digital y está ubicada en la aurícula derecha de tu corazón. Todos tenemos esta hermosa cicatriz: la *fossa ovalis*.

Albalucía Ángel

Albalucía Ángel *(1939) nació en Pereira, Colombia. En 1964 se mudó a Europa y vivió allí muchos años. Es cantante folklórica, novelista, dramaturga, ensayista y poeta; es precursora del posmodernismo Latinoamericano y fue parte del Boom literario. Entre sus novelas se encuentran* Estaba la pájara pinta sentada en el verde limón, *que explora la experiencia de una mujer en medio de la violencia en Colombia a partir del* Bogotazo; Misiá señora, *que se adentra en la profundidad y la esencia del alma de una mujer,* Las andariegas, *una novela épica sobre las mujeres de otras galaxias que vienen a contar la historia del mundo desde su propia perspectiva, así como* Los girasoles en invierno, Dos veces Alicia *y la obra de ciencia ficción* Tierra de nadie. «La mujer águila» *es un poema inédito que forma parte de una colección próxima a ser publicada.*

La mujer águila

Teniendo fe en tus alas
cruzarás hondonadas
sorprendentes
alturas prohibidas
cumbres selladas por los dioses
casi imposibles
de abarcar
por un ser que depende
solo de su aliento

y quiere porque sí
vencer a lo insondable
distancias infinitas
borrar el mapa
del destino
y enarbolar banderas

sin recibir trofeos
además.

Helena Urán Bidegain

Helena Urán Bidegain *(1975) es una escritora, analista política y activista de derechos humanos nacida en Lovaina, Bélgica, hija de madre Uruguaya y padre Colombiano. Tiene una maestría en Estudios Latinoamericanos, Lingüística y Medios de la Universidad de Hamburgo, en Alemania. Es la autora de* Mi vida y el Palacio, *una autobiografía política contada desde la perspectiva de una niña de diez años, hija de uno de los jueces desaparecidos tras la toma del Palacio de Justicia en Bogotá por la guerrilla del M-19, en 1985.*

Escribir sobre todo aquello que se quiso olvidar

Yo quería ser como las demás. Tenía once años y no quería ser una niña que cargaba una tragedia de violencia política a cuestas. Tampoco quería ser la nueva, la extranjera, la de afuera, solo quería olvidar: luchaba por insertarme, por hablar inglés de manera fluida, por imitar códigos y costumbres. Al comienzo parecía que podía lograrlo, pero como todo en la vida, cuando uno comienza a aprender el mecanismo, también comienza a ver las costuras.

En la Carolina del Norte de los ochenta, al igual que en el resto del país, la discriminación que venía de mucho tiempo atrás mantenía claros remanentes de la segregación racial oficial de décadas atrás; las huellas de la doctrina de «separados pero iguales» eran evidentes. Todos sabían quién tenía el derecho a estar de qué lado y por eso en la escuela mi aspecto, ni tan claro ni tan oscuro, resultaba casi que inquietante para los chicos que con recurrencia me preguntaban: «What do you think you are, black or white?». Supongo que buscaban una respuesta que los ayudara a definirme, ubicarme y etiquetarme socialmente. Una simple pregunta de niños, con una gran carga de poder y violencia, que ninguno de mis amigos en ese momento comprendía bien, pero que a mí, por ser recurrente, me causaba una gran confusión.

En aquella época, los latinos no éramos tan visibles en esa zona de Estados Unidos, y los que había se desempeñaban sobre todo en trabajos agrícolas. En mi escuela, que era donde yo me movía, solo se contaban unos gemelos de origen puertorriqueño que por sus rasgos afro sabían ya cuál era el lugar que la sociedad les tenía asignado. ¿Y yo? ¿Quién era? ¿De dónde venía? ¿A dónde iba? ¿A qué grupo pertenecía? ¿Cómo se suponía que debía comportarme? ¿Cómo habrían visto ellos a mi papá?, me preguntaba en ciertas ocasiones. Era en él en quien me reconocía más, era con él con quien compartía mi color de piel e identidad. ¿Le habrían hecho también los adultos estas preguntas a él, si estuviera con nosotras? ¿Qué les respondería él, entonces? ¡Lo necesitaba tanto otra vez!

Desde el asesinato de mi padre y la salida de manera precipitada de Colombia por las amenazas a mi madre, mi vida ya no era la misma. La versión oficial, que el país entero había aceptado sin cuestionamientos, era que un grupo de guerrilleros armados de treinta y cinco hombres, financiados por los capos de la droga encabezados por Pablo Escobar habían atacado a la rama del poder judicial con su sede en el Palacio de Justicia. Y que el ejército de Colombia había valerosamente defendido la Democracia.

Mi padre trabajaba en el Palacio de Justicia cuando sucedió el ataque. Era un magistrado auxiliar y había aparecido muerto después, al igual que muchos otros magistrados. Al final hablaban de casi cien personas muertas y once desaparecidas.

Yo había visto el humo del incendio, las fotos del edificio del Palacio de Justicia completamente destrozado, el lugar acordonado por militares, sus francotiradores, los helicópteros, los tanques de guerra en una batalla en la que nadie midió las consecuencias para los civiles inocentes, víctimas de una confrontación entre treinta y cinco guerrilleros y más de cinco mil soldados que habían formado parte de la operación militar. A nadie le importó la vida de aquellos que quedaron atrapados en medio del fuego cruzado, porque la finalidad no era salvarlos.

No entendía la versión de que esos hombres dotados constitucionalmente de armas nos salvan de la guerra atacando a la misma sociedad para la que dicen trabajar. Era una explicación muy abstracta para mí, y mi experiencia de dolor e injusticia, muy concreta. Nada tenía sentido, porque ni yo ni nadie jamás habría entendido una versión mitad verdad, mitad mentira y ante la ausencia de alternativas procuré a toda costa olvidar. Lo único claro es que mi vida había quedado marcada para siempre.

En Durham no sentía miedo ni veía el sufrimiento en las esquinas como lo conocía en Colombia, pero comprendía que no solo la guerra nos había quitado a mi padre, y en parte a mi mamá, que por sus exigencias laborales poco tiempo pasaba con nosotras sus hijas, sino que también habíamos perdido el diario vivir, la confianza del entorno, el idioma de todos los días y con ello la naturalidad a la hora de reaccionar de manera espontánea; habíamos perdido la simplicidad de los gestos, el captar cada código, cada chiste o comentario. Confrontar el nuevo universo en el que me habían sumergido, era un gran reto para mí.

Ahora mi familia era otra. Mi madre se había sumido en el silencio. Mis hermanas también parecían abstraídas, y poco a poco fuimos creando una suerte de costra que nos protegía aparentemente del atropello tan brutal que nos habían causado.

Aunque aprendí a fingir, en parte porque el lugar en nada me recordaba las imágenes ominosas de esa ciudad enclavada en los

Andes, por donde había visto pasar tanques de guerra un mediodía de noviembre, había algo siempre pesado, como una piedra que arrastraba y me causaba un dolor terrible cada vez que sentía su presencia. A pesar de querer gritar y llorar, mi estrategia fue comenzar a producir enormes cantidades de energía para domar el dolor, para no dejarlo salir: luchaba contra él como si fuera un enemigo a quien no quería concederle nada. Era un bloqueo voluntario, parar de sentir, dejar atrás el pasado, olvidar para aguantar.

Pasaron más de veinte años y supimos que aquellos que decían ser los defensores de las instituciones, eran quienes en realidad habían ejecutado a mi padre y a otros administradores de justicia. Era una venganza por sus investigaciones. Habían pagado por buscar hacer justicia. Ellos que se decían héroes, eran los mayores atacantes de la democracia y destructores de la justicia misma.

Después de treinta años, finalmente y gracias a las preguntas de mi hijo, comencé a encarar lo que tanto había querido olvidar. Comencé a recordar y a sentir, exigiéndome controlar el viejo y aprendido instinto de bloquear. Por mi hijo, el sufrimiento de mi padre y el de todos los que murieron allí, decidí escribir. Temí que caería en un pozo oscuro junto al dolor de mis recuerdos, parecido a las fosas comunes en las que los militares se deshicieron de muchas de las víctimas fatales de esos días de noviembre de 1985 en Bogotá. Pero escribir me mostró el camino recorrido, la solidaridad de muchos, las luchas compartidas, la esperanza, el amor implícito en cada letra escrita y me devolvió la identidad. Yo ya no quiero olvidar y por eso escribo.

Salomé Ureña

Salomé Ureña *(1850-1897) nacida como Salomé Ureña de Henríquez en Santo Domingo, República Dominicana, fue una educadora feminista y una de las poetas más célebres de su tierra natal. En 1881, fundó el Instituto de Señoritas, una escuela de educación superior para mujeres jóvenes en la República Dominicana. Entre sus obras más notables se encuentra* Anacaona, *un poema lírico dividido en treinta y nueve partes, que cuenta la historia violenta del pueblo Indígena Taíno de Ayiti durante la conquista de la Corona española. El siguiente fragmento corresponde a la novena parte.*

Anacaona

IX

Ufano de su victoria
de Maguana el héroe va,
y el indio cruza las selvas
cantando su libertad.
Del undoso Guayayuco
traspasa el límite ya,
y sus dominios saluda
en donde todo al pasar,
los valles y las montañas,
el bosque, el ave, el raudal,
parece que enajenados
mil parabienes le dan.
Cruzando montes y montes

llega por fin al hogar
donde el amor y la gloria
le esperan con ansiedad.
Los ancianos de la tribu
del héroe al encuentro van,
y le tributan honores,
y al suelo inclinan la faz,
y le conducen en coro
con regia pompa triunfal.
Luego radiante de gozo,
de belleza y majestad,
Anacaona la reina,
la digna esposa leal,
viene entre vírgenes bellas
que en ágil diumba fugaz,
del maguey sonoro al eco
y a los sones del timbal,
a recibir al cacique
salen con plácido afán,
moviendo palmas y plumas,
perfumándole al pasar,
y cantando con voz dulce,
en armonioso compás,
el areito en que su reina,
noble cantora sin par,
de Caonabo el alto triunfo
de la fama al viento da.
Todo es júbilo y contento,
todo regocijo y paz:
el indio a sus danzas vuelve
libre de angustia y pesar,

y eterna su dicha juzga,
y eterna su libertad;
y Anacaona en los brazos
de Caonabo en tierno afán,
soñando amores suspira,
soñando felicidad.

Miluska Benavides

Miluska Benavides *(1986) nació en Lima, Perú. Es escritora y traduc-tora literaria especializada en poesía, autora de la colección de cuentos* La caza espiritual. *Sus traducciones incluyen* Una temporada en el in-fierno, *de Arthur Rimbaud, traducida del francés al español. En 2021,* Granta *la nombró una de las mejores veinticinco escritoras jóvenes en castellano.* «Calles» *es un capítulo de* Hechos, *una novela en proceso.*

Calles

Primera

Al maíz le preguntó por el paradero de Salomón. Rodaron lejos los granos negros y de colores, los blancos permanecieron cerca. La mujer miró extrañada y no le dio respuesta. Ella, que conocía los granos y hojas, ahora era incapaz de leer. El silencio la inquietó. Le pidió ver por dónde caminaba Salomón. «No te sabría decir porque no lo veo», dijo la mujer. Le mostró un maíz moro que cayó al filo de la manta. «Allí está», dijo. Ella no hizo más preguntas. No sabía si hacía las correctas. «No camina entre nosotros», le aseguró ella antes de cerrarle la puerta.

La última vez que habló con Salomón, este le contó que había so-ñado varias veces con un zorro que trepaba una pirca. No le pareció mal augurio. Cuando volvió, encontró la única habitación de la casa arrasada por el fuego; las vasijas volteadas, los fardos destazados. Vinieron a buscarla; ella lo sabía.

Se había marchado de pie a un valle de la costa para visitar a un oráculo. Siguió la ruta de los guanacos, que descendía de la puna hacia unos humedales. Regresó con solo medio pan de fiambre. Una mujer en la entrada del pueblo le advirtió que no ingresara. «Han arrasado tu casa», le dijo. Ella creyó que exageraba porque encontró aún húmedas las sementeras. Adentro se le reveló el verdadero estado de las cosas.

DOS PERSONAS DIJERON HABER VISTO a Salomón. Uno le dijo que lo vio subir por un camino empedrado hacia la montaña San Cristóbal. El otro le advirtió que se fue con unos arrieros. Lo último le pareció improbable. Entonces decidió partir. Sin Salomón en Santa Lucía, no tenía razón de quedarse.

Por las noches trataba de avistar en las constelaciones el camino más corto hacia la montaña. Con las nubes tupidas, la ruta se le hizo incierta. Se dijo que era difícil resignarse sin despedirse. Imaginaba las rutas de Salomón en ese camino, que se hacía más inhabitable, mientras se elevaba. Ella había perdido capacidad de fallecer; eso no significaba que no doliera que otros lo hicieran. Llegó a la montaña San Cristóbal casi sin respiración. Se internó por un costado de la montaña, una apertura que era como una calle estrecha, desconocida. Se arrastró hacia una cueva pequeña por donde transitaban solo animales. Su destino era la profundidad de la montaña; un vientre que le simularía la oscuridad del dominio de los muertos.

Segunda

Salió de una calle oscura y ajustó la cartera en su pecho. Por las luces de la avenida, divisó quién iba detrás: una mujer de cabello teñido y abrigo largo, con cara de soledad como la de ella. Terminó en la calle para evitar a la gente apurada cruzando la avenida principal.

Subió a casa, y todo estaba en penumbra. En otra época, su mamá la esperaba con las luces y la televisión prendidas.

Quiso hervir agua en la tetera. La hornilla no prendió. Llamó al repartidor de gas. Mientras esperaba, respondió las comunicaciones perdidas. Una amiga la reprendió porque hacía meses que no salía. «No puedes vivir así siempre», dijo. «Yo perdí a mi mami, y así, igualito, estaba». Ella la escuchaba con atención, aunque respondía generalidades. Le mentía que pronto se iban a ver. Contestó los mensajes de WhatsApp que había dejado postergados hasta que llegó el joven del gas. Pagó distraída. Se metió a la ducha como todas las noches, para matar las horas antes de dormir.

En el baño, envuelta en el vapor del agua, recordó que su mamá solía fumar por las tardes junto a la fotografía de su hermano muerto. Lo llamaba con un cigarro y una vela. Fumaba dos o tres a la vez. Se sentaba en una mesita de madera donde cosió por muchos años. Ponía sobre la mesa una foto carné despintada; abría un paquete de donde sacaba los cigarros. ¿Qué haces? Le preguntó las primeras veces. Y ella le respondía: «Estoy llamando a mi hermano». Solo una vez le contó cómo había muerto. Era un niño de diez años. Lo mandaron para vender unas gallinas. Acompañaba a la única profesora del pueblo que iba a Cusco. Ella iba con su hija pequeña a caballo, él a pie. En algún tramo empinado le pidió al niño que cargara a la hija. «En la puna te quedas sin oxígeno», explicó su madre. «Se cansó en algún momento de ese largo trecho. Ahí lo dejaron. Un escolero lo encontró por la noche desvariando por la fiebre». Había tenido nueve hermanos; había perdido dos, pero solo a ese niño llamaba ciertas tardes. «Olvídate de eso ya», le había aconsejado. «A veces viene», le respondía. «Se me aparece una calle», señalaba la ventana. «Luego viene. Lo puedo ver en el humo del cigarro».

Despertó del recuerdo. No supo cuánto tiempo el agua había estado corriendo. El vapor no la dejaba verse en el espejo mientras se cambiaba. Salió del baño, abrió la hornilla y puso la tetera. Luego se sentó en la mesa pequeña. Sacó dos cigarros del paquete que aún no se había atrevido a botar. Los encendió a la vez. Sabían más amargos de lo que imaginaba; la lengua se le empezó a adormecer. Los ojos le empezaron a arder. Las gruesas cenizas caían sobre la mesa, aunque en ellas no podía leer como solía hacer su madre. El humo la envolvía; tampoco podía ver ninguna calle. En algún momento advirtió que nunca hirvió la tetera. Había dejado abierta la hornilla sin encender el fuego. Si se hubiera levantado de la mesa, habría podido oler el gas que avanzaba hacia ella. Parpadeó, volteó alrededor, tratando de ver.

No sabía si dejar los cigarros de lado. Apagar el fuego era ya cuestión de supervivencia.

Anjanette Delgado

Anjanette Delgado *(1967) nació en Santurce, Puerto Rico, y vive en Miami. Es la autora de dos novelas,* La píldora del mal amor *y* La clarividente de la calle Ocho, *y la editora de la antología* Home in Florida: Latinx Writers and the Literature of Uprootedness. *Su trabajo ha aparecido en el* New York Times *y* Kenyon Review. *«Las afortunadas» se basa en hechos reales ocurridos en Cleveland, Ohio, entre 2002 y 2013. Se publicó originalmente en la revista* Pleiades *y fue nominado para un Premio Pushcart en 2020. Fue traducido del inglés por Raquel Salas Rivera.*

Las afortunadas

Somos afortunadas, dice la gente, cuando emergemos envueltas en el anochecer de una década, con los ojos entrecerrados por el dolor, con la piel pálida en carne viva en lugares secretos donde no nos atrevemos a mirar.

Los paramédicos nos ofrecen comida y agua. La policía nos arroja mantas frente a nosotras, sus expresiones son severas, sospechosas. Aparecen otras personas, sin identificadores en la ropa, y cada persona nos parece desconocida a las tres.

Nos toman la presión arterial, nos escuchan el pecho y nos preguntan si estamos embarazadas o si es posible que lo estemos. Y sí, es posible. Por supuesto, que es posible.

Pero no podemos hablar, ni tampoco asentir. En cambio, miramos nuestros cuerpos y aprendemos la devastadora verdad: existimos separadas. Ni somos una chica ni las tres caras de la misma esclava raptada, las otras dos siempre ahí para mantener con vida a la que acababa de derrumbarse. Esa ilusión se ha ido. Queda lo que somos: tres Evas habitando una memoria en busca del «nosotras» en el que vivimos toda la vida que logramos recordar.

Nos siguen haciendo preguntas, pero ¿cómo podemos contestar? Solo sabemos que el cabello oscuro y sucio de Mina le roza la cintura en mechones enredados y pegados, y que debemos encontrar una manera de cortarlo, aunque hayamos olvidado la sensación de las tijeras, de los cuchillos, del vidrio.

Sabemos que Emily se alegra por la manta que oculta los pequeños senos que, justo esa madrugada, él mordió hasta dejarlos morados, los pantalones en los que ella orinó el dolor y que no pudo cambiar por unos limpios antes de que apareciera la policía a ordenarnos que saliéramos.

Y sabemos cuán petrificadas estamos porque toda la cara de Abby se mueve de cantazo hacia la derecha una y otra y otra y otra vez. Y otra vez.

Pero eso es todo lo que sabemos. Todo lo que tenemos. Todo lo demás, incluso nuestras voces, todavía está en la habitación oculta a la vista, debajo del sótano de la casa en Hanging Rock. Al otro lado de la trampilla donde colocaba nuestra comida. En el piso donde nos encadenaba y nos estrangulaba cuando lo desafiábamos.

Ahora un policía lo saca arrastrando de la casa y lo esposa. Está a solo unos metros de distancia y la espuma escapa de su boca, mientras se retuerce formando un pedazo de cuerda para mirarnos por última vez, culpándonos, lo sabemos, por haber sido encontradas.

Lucha contra su propio secuestrador, pero un segundo oficial golpea la parte posterior de su cabeza con el largo del brazo y finalmente cae contra la acera quebrada que queda frente a la casa. Luego, los dos oficiales que nos estaban velando corren y saltan sobre su cuerpo, golpea y patea. Su respuesta: rápidos y sucesivos gruñidos agudos entrecortados que escuchamos como órdenes: ¡Miren lo que han hecho!

El sonido confunde nuestra memoria, la disuelve en un charco de mercurio y obedecemos: miramos incluso, mientras nuestros brazos demasiado delgados se levantan y se entrelazan como las ramas del otoño, secas y plateadas y temblorosas con el peso del invierno. ¿A dónde lo están llevando? ¿Cómo sobreviviremos bajo la luz del sol sin él?

Ahora una mujer policía dice: «Volvamos a esto. ¿Lo conoces?».

Pero ya no sabemos. Hemos olvidado cómo recordar.

«¿Alguna vez trataste de escaparte? ¿De salir cuando él iba al trabajo?», pregunta otra oficial, como diciendo que necesita una respuesta, cualquier respuesta.

Nos miramos en busca de palabras. En la acera, algunos de los oficiales conversan apoyados contra patrullas negras con letras azules de playa de verano, estacionados en todas las direcciones, bloqueando el tráfico, bloqueando las casas de los vecinos que nunca hemos conocido. Uno de los autos sale con él en el asiento trasero. Tratamos entonces de mirar hacia otro lado, de hablar. Pero no queda lenguaje en nosotras. Solo podemos separar nuestros labios, mover el aire convocado desde dentro, hacia arriba y a través de ellos y hacia las mujeres que nos hacen preguntas. No sale nada, por supuesto, pero lo hacemos para mostrar obediencia, la voluntad de cooperar con nuestros nuevos captores.

Esa mañana, nunca se nos ocurre volver al fondo de los fondos donde vivimos, para poder rescatar nuestras voces. Ni se nos ocurre pensar en cuánto les hubiera gustado el sol, su calor o ver las letras azules de la playa de verano en los autos, ahora que nuestra respiración fluye sin restricciones, libre de él, de sus huesos y humores.

Tal vez por el hecho de que aquí hay demasiadas voces, demasiados «yoes» que hacen preguntas y carecemos de las herramientas de rescate, habiendo sido nenas, risueñas, ignorantes y tontas cuando nos secuestraron. Nenas todavía abrumadas y confundidas, sin idea de dónde hemos aterrizado.

Será más tarde, después de que él se estrangule en su celda con un pedazo de cuerda como el que acabamos de ver cuando lo arrestaron. Después de que su única hija, una vez nuestra compañera de clase, vaya a la cárcel por cortarle la garganta a su propio bebé. Y mucho después de que nuestras familias, tras besarnos, abrazarnos, decirnos que somos héroes por sobrevivir y contemplar triunfalmente la evidencia de nuestros restos «vivos», se retiren cuando se den cuenta de que esas niñas, sus niñas, las tres, murieron de susto hace años en el suelo frío y húmedo de una habitación oculta a la luz. Que solo somos dobles que no cantan y que no hay redención en la salvación de almas que están demasiado dañadas para la música.

Nosotras también lo veremos entonces: que estos cuerpos rescatados simplemente no son suficientes para vivir en esta tierra como víctimas, gimiendo, asintiendo, sacudiendo la cabeza en respuesta a la avalancha de preguntas, tantas preguntas.

Y entonces retornaremos. Nos pondremos a escudriñar las costillas de la memoria que aún están esparcidas por aquella, nuestra cárcel, todo mientras intentamos evitar detenernos a mirar las demás partes, las que siguen allí. Buscaremos hasta encontrarlas, nuestras voces, luego las agarraremos para emerger de nuevo, pero con ellas, para hacer, por fin, una pregunta nuestra: ¿Cómo se atreven? ¿Cómo se atreven a llamarnos afortunadas?

Lila Downs

Lila Downs *(1968) es cantante y compositora, ganadora de un premio Grammy y cinco Latin Grammy. Hija de la cantante Mixteca Anita Sánchez y de Allen Downs, profesor de Arte y cineasta Escosés Estadounidense, Anna Lila Downs nació en Tlaxiaco, México, y creció entre Oaxaca y los Estados Unidos. Estudió Canto en Nueva York y Antropología, en la Universidad de Minnesota. Entre sus discos se encuentran* Pecados y milagros, Balas y chocolate *y* Al chile. *«Mujer libre» forma parte de un libro en progreso.*

Mujer libre

La Tacha era una niña muy hermosa. Era del color del árbol de ocote, café oscuro, y con la piel tan aterciopelada como las piedras del río en invierno. Tenía en su mirada el poder de la libertad, ojos muy negros, como algún ancestro asiático, con sus párpados rasgados y tersos. Era la hija de la Matilde, una mujer tan hermosa como trabajadora. Una de dos hermanos y una hermana: tío Lolo, tío José y tía Nanda.

Como Matilde era la mayor, le había tocado cuidar de todos los hermanitos cuando vino la peste y se llevó a su madre, aún joven. Desde que cumplió once años se volvió una mamá para sus hermanos y su padre, quien murió varios años después. Su madre, como miles de personas, murió durante la peste de principios de 1900. Matilde vivió las agresiones de la Revolución mexicana. Hablaba de los soldados. Cuando ya tuvo ochenta años, los describía con terror.

Como Matilde vendía pulque en la raya entre Chalcatongo y San

Miguel, conocía muchos señores. No todos eran buenos con ella. Especialmente durante la borrachera. Era una mujer tan hermosa que, cuando pasó por San Andrés Xinicahua, el cacique del pueblo la mandó a buscar. La gente del pueblo vio que entró a una casa enrome y los hombres del cacique llegaron a tocar la puerta. Gracias al aviso de los vecinos se logró escapar por la puerta trasera y corrió al monte, dándole la vuelta al cerro para llegar a San Miguel. Como era de noche, se fue escondiendo por el camino. Caminó sola.

La niña Tacha se enojaba. «¿Por qué se queda ese señor? Hace cosas feas con mi mamá». Por eso la Tacha creía que el sexo era violento, y algo que hacían los hombres malvados. Por esa razón, nunca confió en los hombres.

Seguramente por eso la Tacha siempre fue sexualmente libre, a diferencia de los oaxaqueños pudorosos. El sexo estaba ahí para disfrutarlo, era una necesidad, y hasta ahí. Hablaba del sexo como si fuera una de las cuestiones humanas; que es necesario hacerlo mucho para quitárselo del sistema y así enfocarse en cosas importantes. Así era ella y ese era su plan de vida. Buscó un hombre extranjero, bien educado, artista y biólogo, amante del sexo, y decidió seguir su vida con él. Me dijo, hay que disfrutar la vida, hija, y fue así como se liberó de la cadena del abuso.

Así era la Tacha, hija de la Tilde, la pulquera de la raya.

Claudia Salazar Jiménez

Claudia Salazar Jiménez *(1976) nació en Lima, Perú. Es poeta, novelista y cuentista, una de las voces Peruanas contemporáneas más destacadas de su generación. Estudió Literatura en la Universidad Nacional Mayor de San Marcos y tiene un doctorado en Literatura Latinoamericana de NYU. Ha editado varias antologías, como* Escribir en Nueva York *y* Pachakuti feminista. *Su novela debut,* La sangre de la aurora, *ganó el Premio Casa de las Américas a la mejor novela en 2014. Es la autora de una colección de cuentos,* Coordenadas temporales, *y una novela para jóvenes,* 1814: Año de la Independencia. *Vive y trabaja entre las ciudades de Nueva York y Los Ángeles.*

En la tarde

Se deslizaban lentos
casi
pegajosos.

Dibujaban
sombras
a su antojo.

El aire
seco
escurría la tarde.

Calentaban
las solitarias
rejillas.

Las ruedas
gastadas
hirvientes.

El plástico recorrido
por tantas manos
ya olvidadas.

Hacías lo que tenías que hacer.
A todas partes.
Siempre

Los rayos de sol
californiano
(a su modo) recuerdan.

LUNA
MAGNÉTICA

Esta energía lunar abarca los
cuatro puntos cardinales

Elsa Cross

Elsa Cross *(1946) es poeta, ensayista y traductora, nacida en la Ciudad de México. Es la autora de más de veinte poemarios, y ha sido galardonada con el Premio Nacional de Poesía Aguascalientes por* El diván de Antar, *el Premio Internacional de Poesía Jaime Sabines por* Moira *y el Premio Xavier Villaurrutia por* Cuadernos de Amorgós. *Tiene un doctorado de la Universidad Nacional Autónoma de México, donde es profesora de Filosofía de la Religión. El siguiente es un fragmento de* Nepantla. *Esta palabra del náhuatl, que significa «en medio de», en la literatura y el arte Chicano y Latino representa un concepto del «estado intermedio», o de existir entre diferentes culturas, fronteras e identidades mestizas.*

Nepantla

Nepantla es un instante
donde ronda la muerte

Crece

hacia un tacto silencioso
hacia el centro del sueño

Aguarda

y se disipa

                        o se aglomera
en espacios huidizos

Nepantla

entre la luz y el párpado
entre el blanco y la flecha
entre el pez volador
y la gaviota

Nepantla

                    entre los días

                                   y su cuenta—

Ah sombra de la memoria
danzando
        en las honduras verdes del estío

Denise Phé-Funchal

Denise Phé-Funchal *(1977) es una escritora, profesora, dramaturga y socióloga nacida en la Ciudad de Guatemala, Guatemala. Es la autora de tres novelas,* Las flores, Ana sonríe *y* La habitación de la memoria; *una colección de cuentos,* Buenas costumbres; *y un libro de poesía,* Manual del mundo paraíso. *Cuando era estudiante de Sociología, participó en la exhumación de los restos de miles de Indígenas asesinados durante la guerra civil Guatemalteca. Los restos fueron identificados por los singulares cinturones y pantalones que cada esposa había tejido para su amado. Su obra explora la memoria histórica y la guerra civil.*

La tierra se abría

La tierra se abría y salían raíces, piedras, pedazos de madera que habían dormido por años. Salían la tierra seca y la tierra húmeda, salían los bichos, las piedras chicas y las piedras grandes. Los hombres cavaban y nosotras temblábamos escondidas entre los árboles, arriba, allá, en la montaña. Los campos se llenaban de agujeros, ahí, allá, ya nos habían contado y algunos no creían hasta que fue acá. Los llevaron ahí, donde ustedes abrieron primero y les gritaron que hicieran hoyos grandes como los que ustedes hacen y ahí pasó el terror, ahí pasaron los golpes, los insultos, el machete levantado, ahí la sangre, el llanto, el fuego. Yo corrí, corrí con los niños, golpeando los pies contra la tierra, escondiéndonos entre las gotas de lluvia que caían gordas como lágrimas. Corrimos y solo oíamos el paso de otros que se metían entre los árboles. Corrimos y yo pensé que no pararíamos nunca, hasta que mi niño chiquito se quedó parado.

Allá, por donde están esos árboles se quedó, quieto, como los santos de la iglesia, quieto y con los ojos fijos, fijos en las casas que gritaban, que se volvían anaranjadas, rojas, amarillas. Lloraba, los pies dolían y a mí el corazón se me salía por la boca. Otros pasaban cerquita pero no nos venían por el espanto, como si los ojos abiertos, totalmente abiertos, redondos, no vieran más que el camino no marcado que todos conocíamos hacia la montaña. Yo trataba de jalar a mi niño pero no podía, los pies se le habían vuelto de piedra, de piedra y raíces. Estaba como perdido con los ojos puestos abajo y yo tenía miedo. No podía cargarlo y no, no era porque llevara la niña al pecho, sino porque él tenía los pies de piedra y los ojos fijos, fijos acá, en el pueblo, en las casas que ya no existen. Yo tenía miedo porque ahí parados en medio de los árboles podían darse cuenta de que habíamos huido y algunos de los que pasaban cerca me decían movete, corré, nos estás poniendo en peligro, pero él no se movía, alguien pasó diciéndome dejalo ahí, que se convierta en piedra, si vienen por nosotros va a ser tu culpa y trató de empujarme pero la niña y yo también nos habíamos convertido en piedra y mirábamos hacia abajo y yo le pedía a mi bisabuela que nadie nos viera, que tomáramos forma de árbol hasta que mi niño se moviera. Los otros seguían pasando pero ya nadie nos dijo nada. Éramos árboles y ahí nos quedamos un buen rato hasta que el humo subió y se vino con nosotros, se nos metió en los pulmones y mi niño dijo, vamos, papá ya duerme sin dormir, no es humo, no viene, espera. La chiquita comenzó a moverse y a mamar y yo pude mover los pies, las piernas y el humo caminó con nosotros. Si ellos hubieran querido atraparnos, si ellos hubieran sabido leer el viento, nos habrían agarrado en un ratito, pero el humo, el humo olor a carne de gente, a ropa de gente, a dientes y pelo de gente se vino con nosotros. Con nosotros se vino el de mi papá, el de mi suegro, el de la abuela de mi esposo que no pudieron correr con nosotros. Nos alcanzaron y dieron vueltas escondiéndose en la tela de mi falda, en el tejido del perraje que cubría a mi nena. Yo sabía que ya no éramos árboles, que si uno de ellos volteaba nos vería. Tenía miedo y mi niño no se movía y yo le pedía a mi bisabuela, al humo de mis muertos recientes que nos ayudaran. Un hilito gris de humo juguetón dio vueltas alrededor de mi niño que cerró los párpados y se movió. Papá no es humo, dijo y corrió. Corrió y yo corrí con él. La noche se lanzó sobre nosotros y la montaña nos tragó.

Volvimos después, mucho después, cuando el humo se desprendió de nuestra ropa y revoloteó alrededor nuestro. Mi niña, que ahora ya caminaba, decía que el humo le cantaba como su bisabuela y yo, que también la escuchaba, supe que era momento de volver, así que lo seguimos, volvimos por la montaña, con miedo pero con el humo de los nuestros revoloteando alrededor.

Él, mi niño ya casi hombre, caminaba adelante. Pensé que no recordaría los pasos, pero corrió, corrió con los ojos claros y llenos de agua. Otros ya estaban acá, otros ya habían levantado lo que quedaba, otros ya lloraban de pena, otros de alegría y yo, yo no podía llorar. Volví hasta allá, allá donde ustedes estuvieron haciendo los hoyos, ahí donde ellos los abrieron y me acosté, me acosté sobre la tierra y vinieron mujeres, hijos, padres, madres, hijas buscando estar cerca de los que no se convirtieron en humo. La tierra se llenó de agua que caía de nuestros ojos y nos quedamos dormidos. Juntos.

La vida recomenzó ahí donde habíamos estado con ellos, ahí el mercado, allá la vida, allí el baile, acá el rezo, con ellos durmiendo cerca, con ellos contando lo último que vieron antes de caer al pequeño abismo, antes de que la tierra cayera encima, antes de sentir el hueso de la cabeza romperse y la vida escaparse roja. Dolía pero ahí estaban, juntos, hasta que ellos vinieron, esta vez de noche y nosotros temblamos. Que nos quedáramos adentro, todos adentro, que cuando ellos se fueran podríamos salir. Volvió el miedo, con ellos volvió el miedo, volvió la pena, volvieron los pies de piedra de mi niño que se quedó pegado a la puerta los tres días en que solo escuchábamos el rugido de una máquina y grito de la tierra que sacaba piedras, raíces, maderos viejos y los gritos de ellos. Llovía y el agua borraba el paso de la máquina, ahogaba el grito de la tierra y la tierra abierta se cerraba y ellos ya no estaban, no había más lugar para dejar las flores, para dejar el llanto, para dejar la palabra. Silencio.

Silencio. Fue el silencio y no ellos los que nos avisaron que la máquina y los hombres se habían ido. Silencio por años y luego ustedes que vinieron, vinieron y preguntaron en su idioma dónde habían estado y volvieron a abrir ahí la tierra para encontrarla vacía de ellos, vacía de cuerpos, llena de piedras, de raíces viejas, de bichos. La tierra se abría ahí donde estuvieron ellos hasta que la máquina los sacó y entonces vinieron los sueños, vinieron sus voces y volvieron los humos que desde el viento todo habían visto y se metieron por mis pulmones, por los de mis hijos, por los de los otros que se refugiaron en las montañas, entre los árboles y entonces supimos dónde la máquina había vuelto a abrir la tierra, dónde los huesos habían regresado a ella, habían sido de nuevo cubiertos por ella, por la tierra que ahora ustedes abren haciendo caso de sueños de mujeres, de sueños de niños que tenían pocos pasos en la vida cuando el terror vino. Ahora ustedes abren la tierra y salen piedras y salen bichos y salen raíces y salen huesos, huesos vestidos con jirones de tela que nosotras bordamos, huesos con cintas con pájaros que hablaban del amor y de los hijos, huesos con bordes de camisa con los colores de la montaña, los colores del agua. Huesos que levantaron sus voces y se colaron en sueños para guiarnos hasta ellos, para que la tierra se abra una vez más, para que la tierra se abra y veamos en sus cuerpos el filo del machete, el golpe de la bala, la cárcel de la soga que les cortó el habla. Huesos que se aferraron a nuestros tejidos para que pudiéramos decir, él es mi marido, él es mi padre, ella, mi abuela, mi hija, mi niño. Huesos que descansarán un día, con nombre, con lugar para que vuelvan los rezos, las flores, la vida que espera volver a encontrarse con la muerte.

Reina María Rodríguez

Reina María Rodríguez *(1952) es una poeta nacida en La Habana, Cuba, autora de más de treinta libros. Obtuvo el Premio Iberoamericano de Poesía Pablo Neruda (2014), ha ganado dos veces el Premio Casa de las Américas de Poesía (1984, 1998), fue acreedora de la Medalla Alejo Carpentier de las Letras Cubanas (2002) y del Premio Nacional de Literatura de Cuba (2013). Fue nombrada Caballero de las Artes y las Letras en 1999 en Francia. Entre sus colecciones de poesía se destacan Achicar, Luciérnagas, El piano y The Winter Garden Photograph/La foto del invernadero. Sus archivos se encuentran en la Biblioteca de la Universidad de Princeton. «El éxito» fue publicado originalmente por* The Common.

El éxito

I

De todo lo que ha pasado
la explicación es lo peor que ha pasado.
Una madre no es un día
para ir a la tienda.
Una madre tose,
se resfría
y pregunta cosas que nunca
responderás.
Es así esta cadena
desleal.

Toqué sus dedos tan delgados
despidiéndome,
pero en mi cabeza aún sigues joven
bañándote en el mar con la trusa
negra y amarilla
llenita de flores rojas sobre el vientre.
Lo peor de todo es explicar lo que dimos
o lo que no pudimos dar,
lo que está inhabitado
y se protege
sin más explicación.

II
Siento su voz
llamándome
cuando desde la ventanilla
la veo jugar entre olas
que pronto no volverán
—aunque la resaca la traiga
con el plato de sopa a la escalera—,
o el dinerito de un vuelto
que me presta
y nunca devolveré
con el mapa de un retazo que sobró
aunque no alcance esta vez
al estirarlo más
para que la blusa caiga
ranglán
sobre la necesidad del hombro,
sus botones cosidos
unos encima de otros

reafirmando
con hilo naranja
lo que no puede ver.

III
Alguien está tocando el piano
y alguien se detiene junto a él
es ella, la que cosió vestidos
interminables como teclas
sobre acordes
finitos.
Soy yo, la que hice poemas
que no son suficientes
para dar una explicación
que no sea baratija:
un vestido, un color, un botón,
el rastro (el trapi)
«Rojo, blanco y azul»
que nosotras llamábamos:
«El éxito»
y no le decíamos a nadie
dónde quedaba
para ser cómplices
y dueñas del misterio.

IV
Un beso ladeado
se resbala de la mejilla,
sale a la carretera
y se dispersa
hacia el retrovisor que marca
la inocencia,

del tiempo de una vida
donde nos creíamos inteligentes.
Esos fueron nuestros viajes
y nuestras desavenencias.
Voy a morirme sin ti
—como ella morirá sin mí.
Está escrito en el sueño
con zapatos viejos.
Es el destino
una repetición
de la mano abierta
con sus finas líneas
controversiales.

Si volviera a nacer
a tener una hija y una madre
pediría que fueran ustedes.
Les diría lo que no está explicado
en la explicación
frente a la puerta de salida
donde uno no sabe ni dice
cuánto puede dar
ni merecer.

Yasmin Hernandez

Yasmin Hernandez *(1975), nacida y criada en Brooklyn, Nueva York, navega en su obra las nociones de matria/otria. Estudió Arte en la Universidad de Cornell, ha trabajado como educadora en Taller Puertorriqueño en Filadelfia, El Museo del Barrio y el Studio Museum en Harlem, y ha expuesto su arte en los Estados Unidos y Puerto Rico. Arraiga su práctica creativa dentro de una praxis de liberación. En 2014, Hernandez retornó con su esposo y sus dos hijos a Borikén, el lugar donde nacieron sus padres. «El charco» es un fragmento de sus memorias de rematriación en proceso y fue traducido del inglés por Raquel Salas Rivera.*

El charco

Las heladas aguas marrón verdosas de los Rockaways siempre fueron brutales y poco acogedoras. De niña, temía sus olas poderosas. Su espuma blanca chocando contra mi pecho como las rocas, derribándome, empujándome y haciendo rodar mi pequeño cuerpo hacia la orilla, raspando mis codos y mis rodillas contra la arena. El ardor en mis fosas nasales por tanta sal. La presión y el dolor en mi pecho por el azote del mar en nombre de una divertida actividad de verano.

Esta era yo: nunca sumergí mi cabeza sin apretarme la nariz. Nunca entré más allá de donde podía tocar la arena con los dedos de los pies. Hablaba de temer al mar de la misma manera que la gente le teme a Dios mucho antes de ser reclamada por la energía de Yemayá. El mar tenía una energía, una fuerza que merecía mi respeto solemne, mi miedo y lo admiraba desde lejos. Por la noche, después de esas visitas familiares de la infancia al mar frente a las costas de Queens, me acostaba a dormir, pero veía las olas romper sobre mí. Una por una, barrer sobre mi cabeza, cubrirme. El otro lado me ahogaba.

Encontré mi mar en las costas de Guánica. Después de Ponce, cuando uno pasa por la oxidada refinería de Peñuelas, el pueblo de mi abuelo. Encontré al Caribe tras ascender por la maleza árida y marrón y los cactus ocasionales del Bosque Seco, que daban paso a su turquesa profundo, reflejo de los cielos cerúleos. Los viajes en familia a Caña Gorda, donde el agua era tibia como mi sangre, del color cristalino de un cuarzo transparente. Me protegía una colonia de plantas y más como una piscina que un cuerpo de agua, donde podía sentarme a remojarme en la sal curativa, flotar o enroscarme como un feto en su matriz. Me sentía segura. Me sostenía. Allí, en esas aguas, estaba mi hogar. La diosa, madre del agua, turquesa y verde azulado. Las aguas saladas y sagradas del pueblo guerrero de Agüeybaná. Las aguas invadidas por la flota de Nelson Miles. Las aguas de la encrucijada donde se encuentran el mar y el desierto.

Los cruzacharcos como yo llegamos a un lugar dividido: nuestros cuerpos quedan por un lado y nuestros corazones y espíritus por el otro. Nuestra casa por un lado y el trabajo por el otro. Muchos de nosotros hemos vivido en cada lado o viajado y trabajado mucho en ambos. Otros se adhieren a un solo lado, se nos dice a qué lado pertenecemos, se espera que elijamos. Tenía un gran agujero en mi corazón y en mi alma, y anhelaba conectarme con mi hogar ancestral. Sus aguas más tranquilas y tibias me llamaban. Después de dos décadas dedicando mi práctica artística y mi activismo a la historia, la cultura y la liberación de Puerto Rico, había llegado a esta encrucijada. Tuve que trascender. Para hacerlo, tuve que prestarles atención a las lecciones del charco.

Las innumerables formas en que se manifiesta el trauma colonial (física, emocional, mental y espiritualmente) requieren la innovación y la imaginación constantes para sobrevivir y prosperar. Cuando salimos de nuestras zonas de confort para aventurarnos a cruzar el charco, sin importar en qué dirección crucemos, corremos el riesgo de que se nos niegue nuestra identidad, de que nuestra autenticidad sea cuestionada, puesta en duda por otros, incluso por nosotros mismos. Muchas de las reglas y herramientas de supervivencia que recopilamos a lo largo del camino ya no aplican. Nos vemos obligados a aprender otras. Con este despojo de viejas costumbres, a veces tomaba una nueva piel y me encontraba identificándome más y más con el mar. Ni de aquí ni de allá, sino de una parte más profunda y azul del charco. Lo nebuloso de estar en el medio, el medio trascendente. La conectividad, la fluidez, la totalidad.

El estanque, un término utilizado por los británicos para describir el Atlántico, es ahora el charco, otro Atlántico que separa las colonias convertidas en imperio de su colonia en Puerto Rico. Para Borikén, con sus diversas diásporas (indígenas, africanas occidentales, caribeñas, etc.), hay muchos charcos entre muchas casas ancestrales. Más allá de reclamar familiares y comunidades en EE. UU. y ancestros en Europa y África, muchos de los ancestros de este archipiélago se trasladaron por el Caribe o fueron traídos aquí desde otras islas, otras tierras de las Américas. Nuestros antepasados antillanos conocen las propiedades curativas y conectivas del agua. La revelación viene al reconocer nuestra capacidad de trascender la conquista y el colonialismo al prestarle atención a las lecciones del agua, al canalizar o ser del agua. Como nos enseñó Borikén, como Bruce Lee le dijo al mundo, debemos profundizar y «ser agua».

¿Qué misterio encierra el agua que Dios la escogió como elemento para la transmutación del alma?

Como preso político en La Princesa en el Viejo San Juan, Pedro

Albizu Campos le escribió estas palabras a su hija en una carta de 1936, que se publicó décadas después en el libro de Marisa Rosado, *Pedro Albizu Campos: Las llamas de la aurora*. Contempló el espíritu, la reencarnación y la liberación desde una celda en esta notoria prisión: una meditación sobre la libertad y la trascendencia que lo llevó al agua. Nuestros cuerpos, como esta Tierra, son setenta por ciento agua. Nos gestamos en un útero de agua salada. Lloramos y sudamos agua salada. Cuerpo y agua son uno. El agua del oxígeno y el hidrógeno prevalece en nuestros cuerpos, en el cosmos, y es reflejada como nebulosas de arcoíris a la luz de las estrellas. El agua y el Cosmos: Uno. Abandonamos nuestro estado físico y líquido para seguir en forma de vapor, como energía espiritual transformada. Si nuestros propios seres reflejan los entornos naturales de la Tierra y del cosmos, entonces somos más expansivos que el colonialismo que busca contenernos, que el pensamiento restringido del conquistador, cuyo poder se basa en la subyugación de otro.

Así como es arriba, es abajo. Las nebulosas que brillan a través de la oscuridad del cosmos se reflejan en la bioluminiscencia del abismo. La luz del sol no llega a las oscuras profundidades de la Trinchera de Puerto Rico, la segunda parte más profunda de la corteza terrestre. Cae en picado veintisiete mil pies bajo el mar, solo setenta millas al norte de la isla mayor de Borikén. Pero ahí, en el descenso, hay una variedad de especies que producen su propia luz o trabajan en simbiosis con otros microorganismos luminiscentes. Con la intensa presión, la falta de oxígeno, la falta de luz solar, es un entorno inhabitable para nosotros, pero perfecto para ellos, ya que fueron diseñados o se han adaptado para prosperar en él. Los humanos pensamos que lo que no funciona para nosotros, no funcionará para nadie. Imponemos nuestras necesidades y opiniones sobre los demás. Creemos que todos los seres vivos necesitan oxígeno y sol. Pensamos que este punto azul de la Tierra es la única mota del

universo digna de vida, como si la multitud de organismos en los
océanos de la Tierra no fuera un microvistazo a la infinita variedad
de entornos y formas de vida correspondientes en todo el univer-
so. El Charco nos enseña a ser humildes. Entramos en sus aguas.
Nos quejamos de las aguavivas. Les tenemos miedo a los tiburones.
Ensuciamos sus playas. Ella nos derriba con sus olas, nos hace rodar
de regreso a la orilla donde pertenecemos.

En el abismo de las criaturas y los peces bioluminiscentes, yacen
los misterios de Olokun, el orisha de la abundancia cuyo dominio
es desconocido para nosotros los humanos indignos. Nunca podría-
mos conocer la inmensidad del fondo del océano, sus cavernas, su
abundancia, la diversidad de vida que prospera allí. Hay algunas
cosas que afortunadamente son —y están diseñadas para perma-
necer— sagradas. Si Olokun es el misterio del abismo, Yemayá, o
Yeye Omo Eja, que en yoruba significa «Madre cuyos hijos son los
peces», es la orisha del mar, la madre de todas las madres. ¿Seremos
sus hijos los descendientes de aquellos que se vieron obligados a
cruzar el agua, a ser como peces, a pensar como los peces que na-
vegan el agua?

Aún me siento alarmada y vulnerable si mis pies no pueden tocar
el fondo del mar. Todavía siento miedo de sumergir mis fosas na-
sales desnudas y todavía lucho en el mar. Durante un cumpleaños,
tras ser rematriada en Boriién, en mi laguna protegida favorita, en
un ecosistema íntimo de corales y coloridos peces tropicales, intenté
hacer snorkeling. Aunque es un pozo de aguas profundas, me sentía
segura allí, ya que el pozo estaba rodeado por una gran extensión de
aguas llanas y enormes rocas y corales protectores contra el áspero
Atlántico que golpea las costas de Isabela. Esa agua azul ftalo más
profunda, más fría, que brota de la zanja, chocaba y rozaba espuma
blanca que contrastaba y brillaba como el sol contra el oleaje oscuro.
Tenía poder esta yuxtaposición de la pacífica piscina de coral, con

un arco iris de peces protegidos de las olas turbulentas. Aun así, luché. El agua seguía entrando en mi máscara. Suspendida quince pies sobre la arena, continué entrando en pánico de regreso a las rocas donde podía sentarme. Un humano en el agua/un pez fuera del agua.

Frustrada por mi incapacidad para hacer que funcionara, pero invicta, repetidamente me ajustaba la máscara y volvía a entrar. Mi respiración cambió. Dejé de temer que el agua entrara. Respiré con el pulso de las corrientes de agua que pasaban por mi cuerpo. Dejé de patalear. Comencé a moverme con las caderas y como un pez aerodinámico que se ondula sin dificultades. Mi cuerpo había momentáneamente abandonado sus caminos terrestres y se abrió al recuerdo de la relajante suspensión del agua salada en el útero. Bancos de peces se movían conmigo, a través de mí, me llevaban y me abrazaban. Quería ser ellos. Quería quitarme la máscara y succionar el oxígeno directamente del agua. Quería moverme en sagrada sincronía con ellos y que nuestras escamas captaran los rayos del sol, refractando los arcoíris reflejados en el agua. Las ondas superficiales se reflejaban en redes de luz por toda la arena. Mi regalo de cumpleaños fue saborear la trascendencia. La magia de sumergirnos por completo en un nuevo entorno. Liberar la rigidez para abrazar nuevas formas de moverse, respirar, ver, ser. La esencia de vivir, circular a través de las existencias, una y otra vez en varios entornos.

¿Cómo llevamos esta trascendencia a la arena? ¿Cómo encarnamos esta existencia de sirena de ser la mitad de esto, la mitad de lo otro, un todo completo? Regreso al agua para recordar, para honrar mi viaje y lo que representa. La diosa madre indígena Atabey preside sobre nuestras aguas. Madre del Dios Yucahú, representada por el cemí que imita a las montañas, elevándose a los cielos con un rostro humano que representa a los vivos y unos pies anfibios que representan a los muertos. La madre lleva un rostro humano con un adorno en la cabeza. Donde los hijos de Yemayá son los peces, una historia de la creación describe que los hijos de estas islas se convirtieron en sapos o ranas.

La figura de Atabey está marcada por los triángulos de sus senos, tres círculos de la luna en sus orejas y sobre su matriz. Juntos, forman un triángulo invertido. Los círculos a los lados y por encima de su cabeza forman otro triángulo que apunta hacia arriba como el del cemí triangular que representa a su hijo Yucahú. Uno que apunta hacia arriba y otro que apunta hacia abajo, al triángulo de su yoni, evoca el equilibrio y la armonía que existe en el centro del arte indígena, donde el centro en sí es una de las direcciones sagradas. Sus piernas y pies son los de una rana y los triángulos de su yoni están en el medio. La curvatura natural de estas ancas de rana emula la sagrada y ancestral posición en cuclillas del parto. El agua es la fertilidad. Las ranas y los demás anfibios que trascienden la tierra y el agua son la fertilidad. Esta diosa tiene sus piernas ancladas en los elementos de la Tierra y su cabeza y torso llenos de lunas y triángulos, anclados en el cosmos. La tierra y el cosmos: son uno.

Durante miles de años, los ancestros indígenas de estas Antillas navegaron desde las costas continentales de América del Sur, el Yucatán, las Bahamas, las Islas de Sotavento y todos los espacios intermedios. Llegaron en sus canoas con alrededor de cien personas, atravesaron las aguas, comerciaron, intercambiaron, se interconectaron con otras personas, otras aguas, otras tierras. Unos restos indígenas en la isla de Vieques revelan una presencia de 4000 años de nuestros ancestros en estas tierras. Estas vías marítimas abren caminos hacia la trascendencia. El trabajo del cruzacharcos es el de viajar desde ese lugar dividido al que llegamos hasta el lugar de la trascendencia y la fluidez para inspirarse en, trabajar con e influir en varios lados de manera simultánea.

María Clara Sharupi Jua

María Clara Sharupi Jua (1964) es una poeta, ensayista, cantante, activista indígena y de derechos humanos Shuar, nacida y criada en Sevilla Don Bosco, en la selva amazónica de Ecuador. Escribe en shuar y español, y formó parte del equipo que tradujo la constitución de Ecuador del español al shuar. Es coautora de siete libros y autora de la colección de cuentos, Tarimiat. También es la directora de la Tarimiat Cultura Amazónica. La nación Shuar incluye a más de 80 000 personas que viven en Ecuador.

Mujeres Estrellas Yaá Nuwa

¡Oh linda estrella como una reina brilla para mí!
Suspiraron de amor dos corazones,
liberaron sus pensamientos,
imploraron plegarias de amor,
e hicieron realidad sus sueños.

En el mundo shuar toda especie del universo-cielo y tierra eran personas que por desobediencia o invocaciones adquirieron otros cuerpos (elementos o animales). Las estrellas eran mujeres en potencia que escuchaban plegarias, en especial de jóvenes shuar enamorados que pedían conocerlas, así, desde esta transformación de las estrellas en mujeres ellas asumirían su nuevo rol en la naciente familia, pondrían magia en el entorno, convivencia y quehaceres. Llegado el momento en el espacio-tiempo desde esta sabiduría tras sucesos y consecuencias ellas retornarían al cielo.

Arutam trae el amor matrimonial y origina las pléyades-Musach*

En tiempos pasados nuestros ancestros solían ir con frecuencia a dormir a orillas de los grandes ríos para encontrarse con el espíritu de Arútam†. Para lo cual construían una pequeña choza con hojas de palmeras llamada Ayamtai cerca de la playa en un lugar acogedor y armónico donde podían obtener visiones y o revelaciones. Contaban los abuelos que una vez dos hermanos solteros, después de ayunar tomaron zumo de tabaco, se acostaron en el ayamtai, para pedir a Arútam que les concediera un matrimonio feliz. Mientras estaban acostados, el cielo se cubrió de hermosas estrellas, que iban aumentando su brillo con mayor intensidad, a medida que avanzaba la noche. Los jóvenes empezaban a admirar con fervor y ansias comentando: ¿Quién pudiera darme en esposa a una de esas estrellas encantadoras? ¿Realmente pueden convertirse en mujeres? Uno de ellos afirmó: Nuestros abuelos dicen que los brillos vienen de sus luces. Solo cuando ellas prenden la luz de sus fuegos, podremos verlas. El otro añadió entusiasta: ¡Yo desearía esa, la más hermosa! Enseguida esa estrella se desprendió del cielo y se precipitó hacia la tierra, inundada de una luz maravillosa, seguida inmediatamente por otra estrella aún más luminosa. Dos luces bajaron veloces y se posaron sobre el pecho de los dos jóvenes. Tenían el semblante de un maá-oruga, uno de los jóvenes la envolvió rápidamente en su vestido itip‡. Pero el otro se asustó y la tiró lejos con un gesto incontrolado de terror. Como Arútarn detesta a los cobardes, la estrella se regresó inmediatamente al cielo más luminosa que antes.

---

* En el mundo shuar son las hermanas estrellas (dos de ellas bajaron a la tierra) a invocaciones de dos jóvenes.
† Olla de barro para cocinar la comida o elaborar la chicha.
‡ Falda de algodón, que llega hasta los tobillos, con líneas verticales pintadas con tintes vegetales.

El joven, al darse cuenta de su error, se llenó de tristeza y suplicó a Arútam compasión. Ayunó largo tiempo, pero Arútam le condenó a vivir una vida sin pareja. El otro hermano al contrario se quedó con la oruga-maá y en instantes esa oruga se transformó en la más hermosa de las mujeres y le susurró al oído: Yo soy Yaá nua - mujer estrella y me da mucha lástima la cobardía de tu hermano. Él tiene la culpa de que se haya regresado mi hermana, que es mucho más hermosa que yo. Mis hermanas, las estrellas más pequeñas son las más hermosas, pues las grandes suelen tener eczemas en la piel. Tu eres dichoso, porque yo te haré feliz y te llevaré luego al cielo conmigo.

El hombre quedó prendado de ella y la tomó como esposa. Ella comenzó a vivir con él sobre la tierra, pero solía visitar con frecuencia a su madre en el cielo. Iba todos los días a la huerta con su suegra, quien la reprochaba continuamente porque, en lugar de colocar la yuca en el chankin* para llevarla a la casa, ella se la tragaba; comía rápidamente. Llegaba a la casa vacía, y acercándose a la olla de fermentar en la olla muets†, vomitaba en ella lo que había comido. Luego colocaba un poco de agua en el pilche y volvía a vomitar en ella, hasta llenarla. La yuca que había comido depositaba en la muets, se transformaba en la chicha nijíamanch‡ muy sabrosa; y lo vomitado en el pilche de calabaza se hacía chicha punu§. El marido la tomaba ávidamente, porque tenía todos los sabores. Ella se tragaba los maníes, los vomitaba sobre el plátano que mezclaba con ají y amasándolo formaba unas ricas tortillas, llamadas michak¶. Con esa comida y esa bebida el marido no volvía a tener ni hambre ni

---

* Canasta de la mujer shuar que generalmente se lleva en la espalda con productos agrícolas.
† Olla de barro para cocinar la comida o elaborar la chicha.
‡ Chicha masticada de yuca.
§ Calabaza donde se pone la chicha.
¶ Comida masticada y suave.

sed. Recibía tanto vigor que no sentía fatiga en el trabajo. Se sentía siempre lleno, y no sentía nunca la necesidad de eliminar en forma de desechos. Tenía que llegar a ser inmortal como su esposa que vivía sin alimentarse, porque su cuerpo estaba desprovisto de un sistema digestivo capaz de procesar alimentos como lo hacemos los seres humanos.

Solía ofrecer a su esposo unos ricos tamales. Para confeccionarlos usaba hojas amontonadas debajo de la cama, que parecían una madriguera de armadillos. Nadie se había dado cuenta que en medio de esas hojas tenía escondidos tres hermosos hijitos que acababa de parir. Como eran hijos de una estrella, se despertaban solo por la noche para recibir el seno de su madre. Pasaban el día durmiendo.

Yaá nuwa hacía todos sus quehaceres de noche y de día acompañaba a su esposo a la caza con los bríos de una jovencita, aun en los días inmediatamente después del parto. La suegra se quedaba en la casa malhumorada, repitiendo con enfado que solo alimentaba a su querido hijo con el vómito y lo hacía dormir entre basuras. Un día, cansada, la mujer quitó las quinchas- palmeras en tiras para armar la cama, botó las hojas en el basurero y barrió toda la casa con esmero.

Yaá nua que estaba de caza con su esposo exclamó: ¡Algo grave está pasando con mis hijos, porque mis pechos están llorando! ¡Regresemos enseguida! Encontró a sus hijos sentados sobre el basurero, tiritando de frío y llorando amargamente. Buscó de calmarlos, dándoles el pecho y acariciándolos, pero todo fue inútil. No había cómo consolarlos, porque no estaban acostumbrados a la luz del día. Lloraban día y noche sin parar, hasta que se les torcieron los labios y se transformaron en esos caracoles aplastados de boca torcida, llamados uut(a).*

Por esta razón, cuando los bebés lloran, nuestras abuelas les dicen, mostrándoles un caracol uut(a): No llores porque se torcerán los

---

* Caracol terrestre de color blanco, en la actualidad son endémicos.

labios como a los hijos de Yaá nuwa. Por ello las abuelas, para evitar que los nietos lloren, ensartan los caracoles úut(a) y los cuelgan en las hamacas de los niños. Cuando el bebé quiere llorar, hacen sonar los caracoles a manera de cascabeles, diciendo: ¡No llores, no llores, que tengo la boca torcida de tanto llorar!

Yaá nuwa, a pesar de dar a luz a otros hijos ya no quería vivir sobre esta tierra, decía con amargura Aquí me persiguen, me tratan mal: voy a regresar al cielo. El esposo buscaba consolarla, dándole todo su cariño, pero ella le rogaba: Escóndete entre mi cabellera y agárrate fuertemente y en un abrir y cerrar de ojos estarás conmigo y con los hijos en el cielo. Pero el marido tenía miedo, a pesar de quererla tanto. Ella decidió entonces irse sola. Después de aconsejar a sus hijos, mandó un fuerte sueño a su marido y comenzó a elevarse hacia el cielo. El marido oyó en sueños que le decía con cariño: Subirás también tú con mis hijos. Te estaré esperando, si no llegas sufriré mucho.

Apenas el marido abrió los ojos, pudo ver que su Yaa nuwa estaba allá arriba brillando entre las demás estrellas. Los hijos crecieron rápidamente y, al hacerse adultos, construyeron una balsa con palos. Pasaban los días navegando por los ríos, explorando lugares muy lejanos. Regresaban solo por la noche, contando a su padre sus aventuras. Un día se marcharon, llevándose también fiambre para comer. Navegaron en dirección de su madre Yaá nuwa todo el día y ya no volvieron donde su padre. Este, preocupado, se fue al río para esperarlos, pero viendo una balsa lista, comenzó a navegar, escrutando en las angosturas culebreras del río y lanzando lejos su mirada en los grandes remansos, en la esperanza de encontrarlos.

Finalmente los vio, allá lejos, que navegaban de prisa, alejándose siempre más. Apuro su navegación para darles alcance, los llamó a voz en cuello y con sonoros silbidos shuishui, shuishui*... pero

---

* Sonidos de silbidos con el dedo para llamar.

pronto los perdió de vista. Los hijos, descansaban cada noche bajo un cobertizo llamado aák*, que construían a orillas del río. Se alimentaban con los peces que cogían y se alejaban, dejando preparada la comida también para su padre, para que no perdiera tiempo en su seguimiento. Su padre los seguía afanosamente. Consumía rápidamente la comida que le dejaban los hijos y después de un breve descanso reemprendía la marcha, diciendo para sí: ¡Mañana los alcanzaré! Los hijos llegaron finalmente al borde de la tierra, en donde la tierra se termina. Recogieron unos penachos de los pinchos florecidos en el borde de la tierra y, tirándolos a manera de lanza, los clavaron en el infinito cielo, bóveda celeste. Luego treparon hasta el cielo avanzando uno tras otro, agarrándose firmemente a los penachos clavados. Su padre, a pesar de todo el deseo de seguirlos, no alcanzó a sostenerse en los penachos y se quedó en la tierra. Haciendo el camino de regreso entre privaciones y lloros, enflaqueció sobre manera y llegó a la casa sumamente extenuado.

Elevando los ojos al cielo, se dio cuenta de que también Yaá-nua lloraba de pena y que sus hijos, reunidos en el cielo, titilaban temblorosos formando las pléyades Musach.

Esto solían enseñar nuestros abuelos.

---

* Casa pequeña para descansar o meditar.

Elisabet Velasquez

Elisabet Velasquez *(1983) es una escritora Boricua nacida en Bush-wick, Brooklyn. Su trabajo ha sido publicado por* Muzzle Magazine, Winter Tangerine, Latina, mitú *y* Tidal Magazine. *Su primera novela,* Y si lo logramos, *fue nombrada* New Book to Watch For *por el* New York Times. *«Después de veinte años, mami ofrece una disculpa» y «Al-gún día escribiré un buen poema sobre mami» fueron traducidos del in-glés por Raquel Salas Rivera.*

Después de veinte años, mami ofrece una disculpa

Nunca hablo sobre esto. Solo tenía unos diecisiete años
y trabajaba en un turno desde las 6:00 a. m. en una panadería
   de Penn Station.
Mi hija acababa de cumplir un año y me la habían quitado o la
   había regalado, según quién narra la historia.
Después del trabajo, dejé la gran ciudad y fui hasta Brooklyn,
   cargando las promesas de ser una mejor madre que tú.
No creo que entiendas.
No quería desalojar
si eso significaba que perdería el salario de ese día.
Esperé una hora para usar el teléfono público.
Entonces, por supuesto, no pensé nada de las personas que
   pasaban por la ventana de comida rápida porque todo el
   mundo tiene prisa por ser alguien mejor.
Solo tenía una peseta. Tenía que escoger si te llamaba a ti o a
   mi hija.

Seguro que viste la noticia y te preocupaste. Solo quería que
    supieras que yo no había muerto. Recuerdo claramente tus
    palabras. Me deseaste aquella muerte. Y me colgaste.
Toqué la ranura de la moneda.
Quería que me devolviera la peseta.
La fila que me seguía
era una serpiente venenosa y amenazante.
Todos ellos tenían alguien con quien compartir el aguijón
    del dolor. El metro cerró y yo no tenía un hogar a donde
    caminar. Incluso ese día, tuve cuidado de no centrarme en
    mi tristeza.
Te compro un sofá nuevo
y nos sentamos juntas
como si siempre hubiéramos estado así, cercanas.
Algunas muertes que cargamos nunca tendrán sus merecidos
    aniversarios. Han pasado veinte años y todavía hay mucho
    que llorar.
Decido estar lo suficientemente viva
para preguntarte si crees que fuiste una buena madre.
Perdóname dices y toda la ira dentro de mí se evacúa en busca
    de un teléfono público o un hogar.

Algún día escribiré un poema bueno sobre mami

Llego a mi actuación en el parque y veo a mami desmoronada
    en el banco
como una diosa que ha abandonado su ira
para atestiguar cómo su creación se ahoga en un escenario
¿Vas a leer un poema sobre mí?
No sé cuál quiere que sea la respuesta
así que sonrío con suficiente amplitud para que ella

vea mi infancia, el cariño
que solo recibí de las cucarachas y el lenguaje, pero no iba a
    hablar de eso
hoy, soy hija de alguien
& me entrego al momento de *finalmente*
pero mami se va antes de que pueda decirle lo que realmente
    quiero
Lo que me han dicho los buenos escritores—
mi mamá está en la audiencia esta noche.

Anaïs Nin

Anaïs Nin *(1903-1977) fue una diarista, ensayista y novelista. Nacida Angela Anaïs Juana Antolina Rosa Edelmira Nin y Culmell, en Neuilly, Francia, hija de padres Cubanos, pasó sus primeros años en Cuba, se mudó a París cuando tenía poco más de veinte y vivió el resto de su vida en los Estados Unidos. Escribió diarios desde los once años hasta su muerte sobre sus relaciones, pensamientos privados y otros numerosos asuntos. Es considerada una de las mejores escritoras de literatura erótica femenina. Entre sus obras de este género se encuentran* Delta de Venus *y* Pajaritos. *Los siguientes fragmentos son entradas del diario* Fire: From «A Journal of Love». *Fueron traducidos del inglés por Raquel Salas Rivera.*

30 de octubre de 1935

Ayer comencé a pensar en mi escritura, ya que la vida parecía ser insuficiente y las puertas de la fantasía y la creación estaban cerradas. Había escrito algunas páginas de vez en cuando. Esta mañana amanecí seria, sobria, decidida, austera. Trabajé toda la mañana en mi libro *Padre*. Caminé por el Sena después de almorzar, tan feliz de estar cerca del río. Los quehaceres. Ciega a los cafés, al glamour, a todo este bullicio y zumbido y color de la vida que despierta tan grandes anhelos y no provee respuesta alguna. Era como una fiebre, un arrebato de drogas. La avenida de los Campos Elíseos, que me conmovía. Los hombres esperaban. Los ojos de los hombres. Los hombres me seguían. Pero yo estaba austera, triste, retraída y escribía mi libro mientras caminaba.

No tenía dinero. Así que cerré los ojos al pasar las tiendas.

Henry estaba trabajando. Quitó las páginas que no me gustaban en Nueva York sobre «Duermo mientras ustedes trabajan, hermanos». Hay dos cosas de las que tiene que cuidarse: una, el despotricar y moralizar de un filósofo de segunda categoría; la otra, los pasajes femeninos personales, triviales, los bonitos.

Ahora está claro que tengo más que decir y nunca lo diré tan bien, y él tiene menos que decir y lo dirá maravillosamente. También, está claro que el surrealismo es para él y no para mí. Mi estilo es sencillo en mi libro *Padre*, directo como en el diario *Documentaire*. El suyo es rico y no le ofrece sentido a la mente.

9 de noviembre de 1935

Allendy viene a cenar. Eduardo y Chiquito se están mudando a la casa. Me siento debilitada por la tormenta lunar y estoy sangrando. Lloro al unísono con mi madre, ambas emocionadas, ella trata de entender mis *motivos*, al fin y al cabo, piensa que soy inocente, aunque viva una vida «homo» y vaya a Montparnasse. «Creo que puedes tocar la inmundicia y no ser contaminada».

La beso y me siento muy cercana a ella. Le expliqué que, si la sociedad exiliara a los homosexuales, se volverían peligrosos, malos, como los jóvenes culpables de delitos leves que son encarcelados y luego se convierten en delincuentes. Es una charla emotiva. ¿Por qué me quedo con Eduardo? Para darle un hogar, comprensión, fe en sí mismo. Toda la sociedad habanera habla.

13 de noviembre de 1935

Todo lo que Henry escribe o hace es «burlesco». Ahora él y Fraenkel están escribiendo una parodia de *Hamlet*, llamada *Burlesque: la bicicleta en la pared del estudio*. Charlas burlescas, desayunos, cartas, relaciones burlescas. No sé lo que estoy haciendo allí. Todos los días debo sonreír y pasar hambre. Todo lo que siento es demasiado sincero, demasiado humanitario, demasiado humano, demasiado real, demasiado profundo. Escribo mi libro sobre mi padre y tengo hambre.

Estoy terriblemente, terriblemente sola, terriblemente sola. Llena de rebelión y odio hacia Henry. Odio el amor que me mantiene ahí. ¿Por qué no puedo separarme?

Siento un tremendo conflicto entre mi yo femenino, que quiere vivir en un mundo gobernado por el hombre, vivir *con* el hombre, y el creador en mí, capaz de crear un mundo propio y un ritmo propio en los que no puedo encontrar a ningún hombre con quien vivir (Rank era el único que tenía mi ritmo). En este mundo, hecho por el hombre, creado en su totalidad por Henry, no puedo vivir como un ser individual. Siento que me adelanté a él en ciertas cosas, sola, solitaria.

15 de noviembre de 1935

Al tocar fondo, salté de nuevo para reconstruir mi vida. Me desperté y escribí quince cartas para llamar a la gente a mi alrededor y crear un remolino. Luego, Henry me ayudó a entender lo que estaba pasando y, con su ayuda, me di cuenta de que mi resentimiento y mi tormenta —debido a que me sacrificó— me estaban privando de Nueva York y de toda posibilidad de expansión y vida *moderna* (Nueva York lo mata). Lo amo y no quiero sacrificarlo. Por cuenta de ello he comenzado a luchar contra el propio Henry. Creo que eso se acabó. Estoy aprovechándolo al máximo, sabiendo que es mi destino amar *con dolor* —y siempre lo que no me viene bien—, ser limitada, sofocada por el amor, sacrificada al amor, a la falta de *modernism* de Henry y ahora definitivamente atrapada dentro de su vida burguesa. Pero debo encontrar compensación, *chemins détournés*: Londres. Nueva York, en la primavera. Una vida febril aquí en París. Me siento bloqueada y, sin embargo, debo expandirme de alguna manera.

En los brazos de Henry puedo ceder. Tan pronto le entregue mi deseo —tan fuerte que me mata—, mi deseo de aventura, de expansión, de fiebre, de fantasía, de belleza, de grandeza.

Alexandria Ocasio-Cortez

Alexandria Ocasio-Cortez *(1989) es una activista y congresista Puertorriqueña, nacida en El Bronx, que representa al Distrito Congresal 14 en el este del Bronx y el norte-centro de Queens, Nueva York. Pronunció el siguiente discurso en el Congreso de los EE. UU., en Washington D. C., como respuesta al congresista republicano blanco que la atacó verbalmente ante otro miembro del Congreso, también blanco y republicano, que no dijo nada. Fue traducido del inglés por Raquel Salas Rivera.*

Discurso pronunciado en la Cámara de Representantes de los Estados Unidos

23 de julio de 2020

Gracias, señora presidenta, y me gustaría también dar las gracias a muchos de mis colegas, no solo por la oportunidad de hablar aquí hoy, sino porque tantos miembros de ambas bancadas se hayan acercado a ofrecerme su apoyo tras el incidente ocurrido esta semana.

Hace aproximadamente dos días, estaba subiendo los escalones del Capitolio cuando el representante [Ted] Yoho de repente dobló una esquina, y estaba acompañado por el representante Roger Williams, y me enfrentó en los escalones justo aquí frente al Capitolio de nuestra nación. Estaba ocupada con mis propios asuntos, subiendo por las escaleras y el representante Yoho me puso el dedo en la cara: me llamó «asquerosa», me llamó «loca», me llamó «desequilibrada» y me llamó «peligrosa». Y luego dio unos pasos más, y después de que yo le señalara que sus comentarios fueron groseros, se alejó y dijo: «¿*Yo soy grosero?* ¿Me estás llamando grosero *a mí*?».

Di unos pasos adelante, entré y emití mi voto, porque mis electores me envían aquí todos los días para luchar por ellos y asegurarme de que puedan mantener un techo sobre sus cabezas, que puedan alimentar a sus familias y que puedan vivir de manera digna. Regresé y había reporteros frente al Capitolio y frente a los reporteros, el representante Yoho me llamó, y cito: «Una maldita perra».

Estas fueron las palabras que el representante Yoho lanzó contra una congresista, la congresista que, no solo representa al distrito 14 del Congreso de Nueva York, sino a todas las congresistas y a todas las mujeres de este país porque todas hemos tenido que lidiar con esto de alguna forma, de alguna manera, en algún momento de nuestras vidas.

Y quiero dejar en claro que los comentarios del representante Yoho no me hirieron ni fueron profundamente cortantes porque he tenido un trabajo de clase trabajadora. He sido mesera, he viajado en metro y he caminado por las calles de la ciudad de Nueva York. Y este tipo de lenguaje no es nuevo. Me he encontrado con las palabras pronunciadas por el Sr. Yoho y con hombres que pronuncian las mismas palabras que el Sr. Yoho mientras me acosaban en los restaurantes. He echado a hombres de bares que han usado un lenguaje como el del Sr. Yoho y me he encontrado con este tipo de acoso en el metro de Nueva York. Esto no es nuevo. Y ese es el problema.

El Sr. Yoho no estaba solo. Caminaba junto con el representante Roger Williams. Y ahí es cuando empezamos a ver que este problema no se trata de un incidente aislado. Es un problema cultural. Es una cultura donde existe la impunidad, donde se acepta la violencia y el lenguaje violento contra las mujeres, donde toda una estructura de poder apoya a los hombres, porque no solo me han hablado irrespetuosamente, en particular miembros del Partido Republicano y funcionarios electos en el Partido Republicano, no solo aquí, sino que el presidente de los Estados Unidos el año pasado me dijo que «volviera a mi país», con la implicación de que ni siquiera pertenezco a los Estados Unidos. El gobernador de la Florida, el gobernador DeSantis, incluso antes de que yo juramentara, me llamó «lo-que-sea-esa-cosa».

El lenguaje deshumanizante no es nuevo. Y lo que estamos viendo es que, incidentes como estos, están sucediendo como parte de un patrón. Este es un patrón que incluye una actitud hacia las mujeres y la deshumanización de los demás. Entonces, aunque no me dolieron ni me ofendieron profundamente los pequeños comentarios que se hicieron, cuando estaba reflexionando sobre esto, honestamente pensé que simplemente iba a empacar e irme a casa. Es solo otro día, ¿verdad?

Pero ayer, el representante Yoho decidió venir al piso de la Cámara de Representantes y excusar su comportamiento. Y eso sí que no lo iba a ignorar. No podía permitir que mis sobrinas, no podía permitir que las niñas que me esperan en casa, no podía permitir que las víctimas de abuso verbal y abusos peores, vieran eso —que vieran esa excusa— y que nuestro Congreso la aceptara como legítima y la aceptara como una disculpa y reconociera mi silencio como forma de aceptación. No podía permitir eso. Así que hoy me levanto para plantear esta cuestión de privilegio personal.

Y no necesito que el representante Yoho se disculpe conmigo. Está claro que no quiere hacerlo. Claramente, cuando se le dé la oportunidad, no lo hará y no me quedaré despierta toda la noche esperando una disculpa de un hombre que no siente remordimiento alguno por llamar a las mujeres lo que me llamó y usar un lenguaje abusivo hacia las mujeres. Pero con lo que sí tengo problemas es con usar a las mujeres, nuestras esposas e hijas, como escudos y excusas para el mal comportamiento.

El Sr. Yoho mencionó que tiene una esposa y dos hijas. Soy dos años menor que la hija menor del Sr. Yoho. Yo también soy la hija de alguien. Mi padre, afortunadamente, no está vivo para ver cómo el Sr. Yoho trató a su hija. Mi madre pudo ver la falta de respeto del Sr. Yoho en el piso de esta Cámara hacia mí por televisión. Y estoy aquí porque tengo que demostrarles a mis padres que soy su hija y que no me criaron para aceptar el abuso de los hombres.

Ahora, para lo que estoy aquí es para decir que este daño que el Sr. Yoho impuso, intentó imponer, contra mí, no fue solo un incidente dirigido a mí, sino que, cuando le haces eso a cualquier mujer, lo que hizo el Sr. Yoho fue darles permiso a otros hombres para hacerles eso a *sus* hijas. Al usar ese lenguaje frente a la prensa, les dio permiso para usar ese lenguaje contra *su* esposa, *sus* hijas, las mujeres de *su* comunidad y estoy aquí para levantarme y decir «eso no es aceptable». No me importa cuáles sean tus puntos de vista. No importa cuánto discrepe o cuánto me indigne o cuánto sienta que la gente está deshumanizando a los demás. No me haré eso a mí misma. No permitiré que la gente cambie y cree odio en nuestros corazones.

Entonces, lo que yo creo es que tener una hija no te hace un hombre decente. Tener una esposa no te hace un hombre decente. Tratar a las personas con dignidad y respeto te hace un hombre decente. Y cuando un hombre decente se equivoca —como nos pasa a todos—, hace todo lo posible y se disculpa. No para cuidar su reputación, no para ganar un voto, se disculpa genuinamente para reparar y reconocer el daño que ha causado y para que todos podamos seguir adelante.

Por último, lo que quiero expresarle al Sr. Yoho es la gratitud. Quiero agradecerle por mostrarle al mundo que puedes ser un hombre poderoso y acometer a las mujeres. Puedes tener hijas y acometer a las mujeres sin remordimientos. Puedes estar casado y acometer a las mujeres. Puedes tomar fotos y proyectar una imagen al mundo de ser un hombre de familia y acometer a las mujeres sin remordimientos y con una sensación de impunidad. Sucede todos los días en este país. Sucedió aquí en los escalones del Capitolio de nuestra nación. Sucede cuando las personas que ocupan el cargo más alto en esta tierra admiten —admiten— que lastimaron a las mujeres y que usaron este lenguaje contra todos nosotros.

Una vez más, les agradezco a mis colegas por estar aquí hoy. Reservaré la hora de mi tiempo y le cedo la palabra a mi colega, la representante Jayapal de Washington. Gracias.

Ángela Morales

Ángela Morales (1966) es una ensayista Mexicana Estadounidense nacida y criada en San Gabriel, California, un suburbio de Los Ángeles. Su colección de ensayos, The Girls in My Town, *ganó el River Teeth's Nonfiction Book Prize y el Premio PEN Diamondstein-Spielvogel por el arte del ensayo. Su trabajo ha aparecido en* The Best American Essays *y revistas como* Los Angeles Review, Southwest Review, Normal School *y* Harvard Review. *Enseña inglés en Glendale Community College y está trabajando en su segunda colección de ensayos, un retrato familiar. «Día de la familia» fue traducido del inglés por Raquel Salas Rivera.*

Día de la familia

En sus días libres, mi padre, vestido solo con su ropa interior, se tumbaba en el sofá del estudio, con las persianas cerradas y el parpadeo de la luz de la televisión reflejado en sus ojos. Con el clic del control remoto, recorría los siete canales una y otra vez como si estuviera buscando dentro de esos píxeles la respuesta a alguna pregunta que no podía articular.

Todo le molestaba: los huevos revueltos solidificados de mi madre, nuestras montañas de ropa sucia, ese maldito niño que golpeaba el tema musical de *S.W.A.T.* en el piano. Harta, mi madre le sugería que levantara ese culo gordo del sofá y jugara con sus hijos o tal vez que levantara un dedo para doblar la ropa. Entonces, mi padre le decía a mi madre que lo dejara quieto. «Deja de joder», decía.

Pero con mi padre, era todo o nada. O estaba vendiendo enseres en la tienda con su personalidad a todo volumen: energética y positiva, vacilando con los clientes, dándoles palmaditas en la espalda, halagando a sus esposas. O estaba en la casa meditando en el estudio, desinflado en el sofá, con el pelo grasoso y despeinado. No quería nada más que comerse medio galón de helado Carnation Neapolitan y que lo dejaran quieto.

Afuera, los gorriones piaban y revoloteaban bajo el arco plateado de los rociadores del vecino; el sol brillaba tan intensamente como siempre. En nuestro callejón sin salida, el Sr. Lima estaba tirándole una pelota de béisbol a su hijo; el Sr. Dyrek maniobraba una cortacésped por el parche de hierba que era su patio; el Sr. Britain pintaba su garaje con un tono más brillante de blanco. Mi papá estaba sentado en el sofá en calzoncillos, enojado por una cosa u otra y haciéndonos la vida imposible.

Un domingo, cuando tenía siete años, mi madre le sugirió a mi padre que se levantara del sofá y fuéramos de picnic a uno de sus lugares favoritos: el Jardín Botánico de Los Ángeles. Mi padre detestaba esos lugares, aunque creía, en teoría, en un «día de la familia» en el que podía presumir de su atractiva esposa y su progenie bien alimentada. Sin embargo, toma a un hombre así, colócalo en un paisaje verde ondulado junto a un bosque de eucaliptos bajo un sol candente y montañitas de mierda de ganso humeante y ahora rodéalo con innumerables familias alegres y devotas; agrega a eso algunos sándwiches de bologna ensopados, una esposa que a menudo lo odia, cinco niños que alternativamente quieren toda su atención o lo quieren muerto. Ahora pon a este hombre sobre una manta junto a un estanque seco que huele a pescado muerto y tienes los ingredientes necesarios para un desastre.

Pero por alguna razón, milagro de los milagros, mi padre accedió a ir. Mi madre preparó el almuerzo de picnic de sus sueños juveniles: una canasta de abedul llena de sándwiches de bologna con pan blanco, papas fritas Lay's, Ding Dongs y Twinkies de Hostess.

Mi madre había crecido admirando los alimentos «estadounidenses» procesados en los almuerzos de sus compañeros de clase anglosajones y se había sentido avergonzada por las caras burlonas de sus compañeros cuando veían su almuerzo, por lo general un burrito lleno de las sobras de la cena envuelto en una bolsa de papel.

Ya que la cesta de picnic estaba lista, mi madre se puso a trabajar cambiando pañales, limpiando caras sucias, metiendo los pies de los niños pequeños en zapatos pequeños y difíciles de manejar, básicamente tratando de convencer a una niña de ocho años, un niño de seis años, dos niños pequeños imparables y un bebé babeante a que entraran en el coche.

Mientras tanto, me daba pena que mi padre nos arruinara el día, que yo fuese una niña sin recursos legales o espirituales, que no tenía manera de controlar la dirección de mi vida, que estaba para siempre a merced de los adultos con sus estados de ánimo erráticos y sus caprichos inexplicables.

Recuerdo haber declarado claramente, con los brazos cruzados:

—Bueno, si él va, yo no voy.

Como es de esperarse, una niña alteraba el delicado equilibrio.

—Claro que vas a ir —dijo mi madre.

—Claro que no —respondí.

—Cállate y métete en el carro —dijo mi padre.

Ya se había puesto unos pantalones cortos y una camiseta Hanes y se había mojado el pelo. Pero vivir en una casa con un televisor a todo volumen, padres que se peleaban, perros que ladraban y niños que chillaban me había dejado añorando la soledad, las casas vacías y el canto de los pájaros. Todo lo que quería era algo de paz y tranquilidad para poder leer mis libros.

—Me quedaré aquí —dije.

—No, no lo harás —dijeron.

—Sí, lo haré —le dije.

—Es el día de la familia —dijeron.

—Odio el día de la familia. Siempre me quedo en casa sola. ¿Cuál es el problema?

—Cállate —dijeron—, y ponte unos zapatos.

—Quizás si supieras leer, entenderías —le dije a mi padre. Puse mi libro en su cara—. A algunas personas les gusta.

Mi padre me miró con frialdad, pero, por primera vez, no dijo nada. Aunque de ninguna manera era analfabeto y era un hombre inteligente, simplemente no tenía la paciencia para leer libros y rápidamente descubrí que podía burlarme de él utilizando este hecho.

Sería inútil seguir discutiendo, así que salí, con los zapatos medio puestos y el libro en la mano. Me tiré en el asiento trasero del Cadillac; mejor, pensé, ponerme preventivamente en el asiento por mi propia cuenta a que me arrastraran. Aunque la nuestra no era la familia que comía panqueques holgazaneando en sus pijamas, todavía tenía mis libros para hacerme compañía y protegerme de las escaramuzas diarias. Cómo me encantaba la sensación de tener un libro en mis manos, el olor a madera de las páginas, las *i* de las velas y las *g* gráciles y curvilíneas. Podría deambular por un paisaje de frases, tranquilizarme con la autoridad suave y lógica de la voz de un narrador, tan opuesto al caos de la vida en Del Loma.

Así que ahí estaba yo, recostada en el asiento de terciopelo del Caddy. Mis dedos de uñas mordidas agarraban mi libro, *A Little Princess*. La luz entraba por las ventanas del carro con una neblina de hadas de polvo que me rodeaban la cabeza.

Durante toda nuestra infancia se nos dan momentos raros y preciosos en los que el mundo por unos segundos nos pertenece y ningún adulto puede entrometerse. Creemos que, a pesar de nuestros cuerpos pequeños y experiencias limitadas, si los adultos nos dejaran en paz, el futuro se formaría perfectamente hasta realizarse.

La trama se había puesto MUY BUENA: la protagonista, Sara

Crewe, se había convertido en una sirvienta en su escuela de lujo porque su padre no había pagado su matrícula. Mientras leía sosteniendo el libro sobre mi cabeza, con un pie colgado en la parte superior del asiento y sintiendo esa sensación momentánea de que mi vida me pertenecía, mi padre abrió la puerta del carro y murmuró:

—Maldita sea. —Y arrebató el libro de mis manos. En dos movimientos rápidos, lo arrancó verticalmente por el lomo y luego transversalmente en cuatro partes—. Toma. Tu libro, sabelotodo —dijo respirando con dificultad, rompiendo más pedazos y arrojándomelos—. ¿Qué tienes que decirme ahora? Tal vez así aprendes a respetarme. Malcriada de mierda. —Respiraba con dificultad; sus ojos se habían llenado de sangre. Comenzó a reírse—. ¿Crees que con tus libritos eres tan jodidamente inteligente? Solo eres una vaga, irrespetuosa engreída.

Oh, cómo lo odié en ese momento, pero no le di la satisfacción de ver mi rabia. Mi libro brutalizado yacía en tiras y pedazos por todo el asiento. Había sido asesinado. Este comportamiento no era inusual en mi padre, un abusador que se burlaba de sus hijos por diversión: un golpe, un pequeño empujón y ¡ups, te tropezaste! Y luego, ¡qué espectáculo de comedia! Qué gracioso, debió pensar, ver a esas caritas regordetas contorsionarse y torcerse, esos puños sudorosos de bebé golpeando nuestros muslos, ese patalear, esas patadas, como mini Muhammad Alis, qué divertido ver a sus hijos enloquecer. Todavía no entiendo el origen de la intimidación de mi padre, pero sospecho que su propio padre se había burlado de él y lo había menospreciado, y, al mismo tiempo, animó a su hijo a menospreciar a los demás. Tal vez mi burla aquel día había metido el dedo en la llaga y le había herido los sentimientos más de lo que me había percatado. Tal vez había reabierto viejas heridas y había causado que se sintiera como un «mexicano bruto», una frase que seguramente había escuchado toda su vida.

En todo caso, mi padre debió suponer que había visto el alcance de la ira de sus hijos. Pero la verdadera rabia es silenciosa y hierve. La verdadera ira brota y se mantiene escondida, hirviendo a fuego lento, hasta una fecha futura en la que emerge completamente transformada en un dragón verde o en un superpoder como las llamas que salen de las yemas de los dedos. Ese día, al ver mi libro hecho pedazos, traté de no mostrar mi indignación. Fue peor que si me hubiera dado una bofetada. Sentí más indignación que si hubiera arrojado mi gran osito de peluche a la chimenea o si hubiera conducido su Cadillac, acelera-reversa-acelera, sobre mi bicicleta nueva.

Mi rabia me comprimía y me aplastaba, pero a los ocho años había adquirido una mayor densidad y masa y una piel de reptil que, ya de adulta, me ayudaría y al mismo tiempo sería un obstáculo. Mi padre había hecho muchas cosas malas, pero en mi opinión, esto probablemente era lo peor. En aquel momento, no solo me había robado la tranquilidad, sino que también me había arrebatado de Londres, de la Escuela para Niñas de Miss Minchin, lejos de mi amada protagonista. Además, me había privado de mi ruta de escape, de mi acto de desaparición, de mi capacidad para huir del caos de 6269 Del Loma Avenue, San Gabriel, California. Todavía puedo ver ese libro Dell Yearling, rosa concha con florituras de encaje, esparcido en tiras irregulares por el asiento del carro.

Me encogí de hombros con un gesto de indiferencia.

—A quién le importa —dije, tratando de mantener mi voz firme—. No me gustó ese libro de todos modos. Era aburrido.

Les ofrezco un poco de trasfondo histórico: ese libro me había costado $2,50 en Perveler's Pharmacy. Mi hermana menor, Linda, y yo caminábamos a menudo por la calle hasta llegar a la farmacia mientras mis padres estaban en el trabajo; comprábamos lo que con cinco dólares o diez dólares o lo que hubiésemos juntado podíamos adquirir: un paquete de chicles rayados, un tubo de Lip Potion con sabor a cereza, una bolsa de Doritos, una botella de perfume Love's Baby Soft. Sin embargo, casi siempre yo hojeaba las vitrinas giratorias de metal repletas de Dell Yearling Classics y otros libros de bolsillo. En esos mismos mostradores de libros, encontré títulos como *Go Ask Alice, A Wrinkle in Time* y *Are You There God? It's Me, Margaret.*

Mi padre indudablemente sabía lo que significaban los libros para mí; de lo contrario, ¿por qué no castigarme de otra manera? ¿Por qué no me ordenó que recogiera la mierda de perro del patio? ¿Por qué no me encerró en mi habitación sin la cena? Tenía que saber que, para esta niña (yo), el peor castigo posible era el castigo de vivir en «el aquí y el ahora», y no en una tierra de fantasía donde los padres hablaban amablemente con sus hijas y la gente podía ser rica sin tener que trabajar. En *A Little Princess*, Sara Crewe y su padre eran almas gemelas, la suya es una relación de respeto mutuo. Se sentaba con los pies doblados debajo de sus piernas y se apoyaba contra su padre, quien la sostenía con el brazo, mientras ella observaba a la gente que pasaba por la ventana con una extraña y anticuada contemplación dentro de sus ojos grandes. Seguramente yo pensaba que aunque mi padre nunca se transformaría en un hombre gentil y cariñoso como Capitán Crewe, al menos podía leer sobre padres que eran así e imaginar cómo sería tener uno.

Ahora entiendo que los libros, incluso los libros para niños, para mi padre simbolizaban el intelectualismo. Un especulador, un hombre de negocios, no podía entender cómo una persona podía mirar una página por horas. Después de la secundaria, completó dos años en una escuela de oficios donde aprendió a ser electricista. Cuando se trataba de las matemáticas y de volver a conectar los cables en un edificio, tenía talento. Le gustaba vivir en «el aquí y el ahora». Aparentemente, nunca había tenido mucho uso para ese portal invisible a través del cual podías escapar de tu miseria diaria. O tal vez lo intentó y fracasó y tal vez este mismo fracaso lo afectó tan profundamente que el fracaso y el miedo al fracaso lo convirtieron en un Destructor de Libros. Romper el libro de una niña también podría haber significado «enfrentar al poder» y señalar con el dedo a una sociedad (blanca) que apreciaba los libros con una deferencia casi sagrada. Él sabía que no tenías que leer libros o ir a la universidad para ganar mucho dinero. Podía señalar a muchos hombres que habían leído grandes libros y obtenido títulos universitarios, pero aún conducían autos de mala calidad y vivían de cheque en cheque. ¿De qué les habían servido los libros a esos idiotas?

Después de que mi padre rompió mi libro, mi madre apareció angustiada con mi hermanita en sus brazos. Ella siseó:

—¿Qué te pasa, Raymond? ¿Eso te hizo sentir bien? ¿Es así como te diviertes, destruyendo libros? Tal vez si alguna vez te molestaras en leer un libro, no serías tan imbécil. Podrías aprender algo.

Pero no había golpeado a alguien, esta vez no; solo había hecho trizas el libro y luego lo había pisoteado. Esta vez no había sido necesario llamar a la policía. No habíamos tenido que encerrarnos en el dormitorio o escondernos en el patio trasero. Pero, para mí, el día ocuparía un lugar central en mi memoria, posiblemente eclipsando a otros días más dramáticos y significativos.

Sin embargo, siempre me he preguntado si, al romper mi libro, mi padre me hizo un favor. ¿Será que mi vida dio un giro por un sendero de tierra, aquel día en el jardín botánico, entre las palmas mexicanas y los plátanos, más allá de los helechos gigantes y hacia mi futuro y que ese giro algún día me llevaría a la escritura? ¿Sabía en aquel momento, incluso con la más mínima chispa de reconocimiento, que algún día tendría que contar esta historia? ¿Que tendría que recoger las piezas y volver a armarlas?

Si los ojos fijos tuvieran la capacidad de perforar el cuerpo de una persona, mi padre se hubiese convertido en un queso suizo. En el carro de camino al jardín, decidí que lo miraría con todas mis fuerzas. Quería que supiera que yo también era poderosa y que, aunque podía intimidarme, no dejaría que eso me afectara. Bajé las ventanillas y arrojé los pedazos de mi libro al viento; las palabras revolotearon como plumas. Me gustaba verlas desaparecer.

Al lado del estanque de los patos, lo miré un poco más mientras masticaba mi sándwich de bologna, con el pegajoso pan blanco que se me pegaba al paladar. Lo miré mientras mis hermanos gritaban corriendo detrás de un pavo real. Observé su nuca mientras caminaba por el sendero, un hombre que siempre prefería un casino a un jardín. Lo miré mientras devoraba su sándwich en tres bocados, engullendo grandes trozos, sin masticar, y luego agarraba un Twinkie. Sin libros, lo fulminé con la mirada desde lejos mientras pisoteaba senderos bordeados de helechos y subía a salientes rocosos y prohibidos.

Mi padre blandía la Instamatic como un arma, riéndose y tomando foto tras foto —trozos míos sin mi consentimiento—. Niña pisando fuerte por un camino, Niña frunciendo el ceño con los brazos cruzados, Niña encima del saliente. En una imagen, parezco como si estuviera caminando contra el viento, con las manos cruzadas detrás de mi espalda, mi cabeza virada hacia la cámara en un ángulo abrupto, mi cabello congelado en un remolino. Había intentado escaparme de la cámara, pero me atrapó e inmortalizó mi furia.

Después de unos cuantos días, mi madre me entregó un billete de diez dólares y me dijo que caminara hasta la farmacia de Perveler a comprarme un nuevo libro. Allí estaba, en los estantes de alambre, la portada Dell rosita intacta que brillaba bajo las luces fluorescentes, el lomo, puro e intacto. Pero con este nuevo libro vino un subtexto invisible: palabras tan diminutas que rebotaban en la página, palabras que tardaría décadas en descifrar. La trama tenía un nuevo significado y, por lo tanto, parecía un libro completamente diferente. O tal vez fui yo quien había cambiado.

Terminé de leer mi nueva copia, aunque nunca puedo recordar el final. Quizás fue anodino o tal vez lo he bloqueado. Desde ese día, también he comprado varias copias adicionales. De hecho, casi cada vez que veo una copia de *A Little Princess*, la compro, tal vez para empapelar el interior de mi psique o tal vez porque una parte de mi persona todavía está sentada en ese carro, mirando esas palabras esparcidas por el asiento.

Durante los años siguientes, mi padre nunca se entusiasmó con los libros ni con la vida familiar y finalmente mis padres se separaron con un divorcio dramático y solo lo veíamos esporádicamente durante visitas breves y tensas. Por lo tanto, mi padre sigue siendo un enigma para mí. Me he preguntado, sin embargo, si ese día, el día de la familia, mi padre me dio un regalo que me llevó a la escritura: el deseo de reconstruir historias palabra por palabra y reconstruir lo que se ha desgarrado o nunca se formó por completo. Tal vez escribir, entonces, se convirtió en mi rebelión —no tanto beber, fumar o robar carros, cosas que sucederían a los trece y catorce años, todos los comportamientos predecibles de una adolescente que encuentra su ruta hacia la adultez—. Ahora me doy cuenta de que mi verdadera rebelión eran esas palabras y frases aleatorias que escribía a lápiz en los márgenes y en el interior de las portadas de esos libros de bolsillo hechos jirones, todas versiones embrionarias de mis futuros ensayos:

¡Odio el Día de la Familia!

¡Ayuda! ¡SOCORRO! Ray Morales está loco.

¿Estás ahí, Dios? Soy yo, Ángela.

Qué mejor manera de darle sentido a mi propia vida que escribirnos a mi padre y a mí en la página y convertirnos en personajes con límites claros que puedo controlar. Pero las mejores historias no son sobre el control; se tratan de traspasar el humo de la memoria. Se tratan de encontrar respuestas y, en última instancia, mis historias me ayudarían a darle sentido al hombre y al mundo del cual venimos.

Achy Obejas

Achy Obejas (1956) nació en La Habana, Cuba, y emigró a los Estados Unidos a los seis años. Es poeta, escritora, periodista, traductora literaria y autora de varias novelas, entre ellas, Memory Mambo, Days of Awe *y* Ruins. *Su obra también incluye colecciones de cuentos:* We Came All the Way from Cuba So You Could Dress Like This *y* The Tower of the Antilles. Boomerang/ Bumerán *es su último poemario. La protagonista del poema en prosa «Le presidente de Coca-Cola» es Ana Mendieta, artista Cubana que murió en 1985 al caer desde el balcón de su apartamento en un piso treinta y cuatro durante una discusión con su marido. El también artista Carl André fue acusado de homicidio involuntario y posteriormente absuelto.*

Le presidente de Coca-Cola

Ana Mendieta es le presidente de le Coca-Cola y viste de amarille, una madre de millones, une estrella pop internacional desfilando por le orilla de le río cubierta de saliva y plumas. Ana Mendieta es le senador de le Florida, le gobernador de New Hampshire, cuatro pies y diez pulgadas de madera trazados con sangre, formades de barro, hierba y pólvora. Elle se apoya en le mostrador de le bar, une Mentirita en le mano. Ana Mendieta es la Gran Duquesa de Luxemburgo, une prestigiose profesore de derecho internacional en le Escuela de Diplomacia y Relaciones Internacionales de Ginebra. Ana Mendieta es une sombra de luz en les campos de maíz de Iowa, une montículo de tierra en les afueras de La Habana, dibujos en cuevas. Ella es le alcalde de Wichita, le tierne hermane del fallecido dictador, une glamorose modelo de moda, beneficiarie de le asistencia social, caso de emergencia en le sala de emergencias, soldade, dentista e historiadore, le presentadore de une programa diarie de entrevistas en Telemundo que engulle une lechose Black Cow todes les días antes de responder les llamadas. Ana Mendieta es le autore intelectual de le resurgimiento de Miami, le genio malvade detrás de le explosión de une avión que mató a todos les miembres de le equipo nacional de esgrima, y el hombre que le arrancó les tripas a su amante cuando ella gimió le nombre de otre. Ana Mendieta es une jonronere, le jugadore más valiose, y seis veces All-Star en les ligas mayores celebrando en une B&B gay en le calle Duval con une Chocolate Slam y une bandeja de cocaína. Ana Mendieta es le presidente de le Coca-Cola y une doble agente. Inventó le sitcom, le teléfono, dio a luz a Amazon, vino con 14 000 niñes y fue deportade con 2021 personas más, en su mayoríe asesines. Ana Mendieta teme que, si no fuera artista, se dedicaría a une vida criminale. Ana Mendieta es sujeto y objeto. Ella está abrumade por le sentimiento de haber sido arrojada fuera de le matriz, de le isla, de le exilio. Ana Mendieta es blanco de racismo y de une misoginia particularmente violenta. Tiene une carcajada malvade, une cruel agitación en les manos. Se traga une Dark'n'Dirty, une Eye of the Storm, une Fucked Up Float. Ana Mendieta es le puñetere presidente de le Kola Coca y está feliz y avergonzade a la vez por los millones que gana, pero también le interesa tode le que ese dinero puede hacer. Elle está afuera mirando hacia dentro, y tan de moda con le gente de moda. Ana Mendieta está sole. Empuja y presiona su cara contra le vidrio, hasta que hay une pequeñe fractura que serpentea hacia adelante y hacia atrás, hacia adelante y hacia atrás, y le vidrio se separa para que se pueda sacar cada pieza con les dedos. Ana Mendieta es la más joven de todes, le últime en abrir les ojos cuando se creó le Tierra. Ella es le ideal femenine, le ideal masculine, le ideal no binarie, e inspira lujuria y fecundidad. Adora les abanicos y les espejos, y constantemente mete les dedos en tarros de miel. Ana Mendieta pierde interés rápidamente. Es une pavo real, une saco de huesos, una mujer dormida en el techo de une deli treinta y tres pisos más abajo.

LUNA SUPREMA

Esta energía lunar es la energía
más elevada del universo y
representa tanto la semilla
como su florecimiento pleno

Esmeralda Santiago

Esmeralda Santiago *(1948) nació en San Juan, Puerto Rico, y se mudó a Brooklyn, Nueva York, cuando tenía trece años. Es la autora de tres exitosos libros de memorias,* Cuando era puertorriqueña, Casi una mujer *y* El amante turco, *y de dos novelas,* El sueño de América *y* Conquistadora, *así como de numerosos ensayos personales sobre su experiencia como Puertorriqueña en los Estados Unidos. Su última novela se titula* Las madres. *«Mi sangre» es su debut en la poesía y fue traducido del inglés por Raquel Salas Rivera.*

Mi sangre

Dejo mi sangre en sitios raros.

En Macún, las púas oxidadas de una alambrada
rasparon mis brazos y mis piernas,
pero no me alejaron de las guayabas maduras.

Dejé sangre en el borde irregular
de una lata descartada en la playa de Luquillo.

Mientras me balanceaba en una acera en Barrio Obrero,
Resbalé sin soltar una botella de leche de cristal.
El aguacero, finalmente, borró la huella roja de mi mano
    en la acera.

En las zonas intermareales de Cataño,
un pico se clavó en mi muslo.
La sangre marcó el punto, el poste, el lugar;

rezumaban los riachuelos de carmesí oscuro
a través de tablas astilladas
y llenaban el lodo negro.
Todavía tengo la cicatriz.

Primero sangré en mis panties en Williamsburg
y dejé mi himen ensangrentado en Hell's Kitchen.
Mi sangre manchó un asiento del metro en Queens,
mis sábanas,
las toallas de mi amante en el Upper East Side.
Se arremolinó por el desagüe en Boston
donde di a luz a mis bebés.

He dejado mi sangre en cuarenta y nueve estados,
Y veintisiete países de los cinco continentes.

En estos días, mi sangre llena los tubos de ensayo
y se esparce por las muestras de laboratorio.
Sangro para retrasar la muerte,
un torrente sanguíneo a regiones indecibles;
mientras mi sangre desafiante
pulsa en el lugar más extraño de todos:
las venas de mis hijos.

Natalia García Freire

Natalia García Freire *(1991) nació en Cuenca, Ecuador. Tiene una maestría en Escritura Creativa de la Escuela de Escritores de Madrid y trabaja como profesora de Escritura Creativa en la Universidad de Azuay en Ecuador. Es la autora de* Trajiste contigo el viento, Morte-peau *y su primera novela,* Nuestra piel muerta, *que ha sido traducida al francés, italiano, inglés, turco y danés. Vive en Cuenca, tiene un jardín y un gato, y escribe.*

Cruzar

Estaba esperando a mi padre en el bosque. Luz clara y remolinos de hojas. Padre había dicho que no me moviera de ahí, que no hablase con nadie. Y yo era obediente como la que más. También era ena-moradiza y glotona. Y tenía hambre. Hambre de buñuelos con miel de panela, de pétalos de rosa con azúcar y suspiros de merengue, hambre de dedos de pan dulce con mermelada de tomate, de todo lo que preparaba madre. Y padre no quería volver o no podía. Quién sabe por qué. Yo llevaba ahí desde el amanecer. Y él solo tenía que ir a desenterrar las alhajas. Madre las había dejado en el bosque cuan-do pasó lo del alcalde, que fue casa por casa tomando lo que podía para pagar la deuda que dijo que habíamos contraído como pueblo.

Pero padre no llegó ni siquiera cuando el sol me partía la cabeza. Los que llegaron fueron dos mocitos. Llevaban empanadas de vien-to. Y yo que me mordía los dedos del hambre.

«Vete al norte y te alcanzo en la noche», dijo uno de los mocitos. Tenía los dientes chuecos, alguno era negro. El otro no le respondía

solo movía las piernas con ganas de hacer pis. Luego sí que fue a
hacer pis junto a un arbusto de manzanas. Lo hizo rápido, mientras
fumaba. Pero en ese momento siguió moviéndose y el otro le ha-
blaba y le hablaba. Que se fuera al norte, que arreglara todo con la
mujer, el viaje, el cruce. Y que él iría con el dinero al día siguiente.
El mocito de las piernas temblorosas dudaba mucho y no decía nada.
Yo seguía escondida bajo el peñasco escuchando y comiendo dien-
tes de león que era todo lo que había cerca. Luego probé tréboles.
Sabían a savia y crudo. Los dientes de león, en cambio, tenían algo
dulce en las flores. En eso el mocito fue a hacer pis y el otro se quedó
contando el dinero. Al volver le dio unos billetes. «Dile a la mujer
que eso se lo adelanto y cómete algo» le dijo y se fue.

No vi nada más porque ya estaba la Jucha respirándome en la
oreja. La Jucha es mi hermana mayor y es como un tanque de gas. Es
enana de nacimiento y cuadrada, pero fuerte de brazos. De la mano
me llevó rápido, rápido camino a la finca. Ya no era tanto una finca
como media chacrita y una casa destartalada. Cuando llegué me
dijo la Jucha que padre no iba a volver, que había sacado las alhajas
hace tiempo y que para entonces debía estar ya en un bus, rumbo
a Nueva York. Bueno, primero al norte y luego a la Rivera Maya,
vestido de turista, para luego cruzarse. Todos se cruzaban por ese
entonces y eran pocos los que volvían. Algunos venían solo a la pri-
mera comunión de sus hijos, hacían fiestas de lujo con parlantes del
tamaño de una vaca y luego desaparecían para siempre.

Madre estuvo llorando mucho tiempo porque padre solo llamó
una vez desde New Jersey y luego ya no supimos más de él. Y la
Jucha tuvo que ponerse a trabajar en una finca lejos como peón
porque padre ni siquiera mandaba dinero por Western Union como
otros, que al menos eso.

Pocos meses después me encontré al mocito. Al de las piernas
temblorosas. Me acerqué caminando como boba y le pregunté si

no era que se iba al norte. No le pareció rara la pregunta porque enseguida me respondió que el otro mocito, lo llamaba Chamo, lo había estafado y lo dejó varado en el norte unos días con la mujer haciéndole vender blanca, hasta que se escapó y volvió al pueblo, al de él que era más allá del nuestro. Luego me preguntó mi nombre, nos fuimos un rato al bosque y nos hicimos novios. Más tarde él también se fue. Nadie lo estafó la segunda vez. Cruzó y llegó a New Jersey desde donde me llamaba pasando una noche. Un día me compró un pasaje para que fuese a vivir allá. Dijo que tenía mucho trabajo y que podíamos tener hijos y hasta un auto. Le di largas por unos meses, le dije que quería ver por última vez a la Jucha, y que quería llevarme a madre a vivir con nosotros. Dejó de llamar y también me olvidó.

Madre siguió llorando cada día. Yo casi vivía en el bosque sin que ella se diese cuenta. Me pasaba el día ahí, sentada en el peñasco, esperando que apareciera una zorra roja. Por ese entonces se me había ocurrido la idea de que si veía una zorra roja sabría qué hacer con madre, cómo consolarla. Me quedaba sentada y quieta, obediente a mis deseos, como la que más. Comía dientes de león porque ya no era glotona. Mamá decía que comía como los conejos, solo hierbita. A veces bebía aguardiente, que arde y quema rico, y fumaba hasta el anochecer. Luego volvía a casa y le preparaba a madre algo para cenar, la llevaba a la cama y le daba agua de lechuga para que durmiera.

Cuando ya todo era silencio, iba al bosque otra vez, a esperar.

Excilia Saldaña

Excilia Saldaña *(1946-1999) nació en La Habana, Cuba. Fue una poeta, ensayista y autora de libros infantiles. También fue una de las escritoras Afrocubanas más célebres de su generación. Sus libros incluyen* Kele, Kele, La noche, Mi nombre: antielegía familiar, El misterioso caso de los maravillosos cascos de doña Cuca Bregante *y* Lengua de trapo y todos los trapoanudadores del mundo.

Poema misterioso

—Abuela, ¿qué es el río?

—Las lágrimas de un gigante por un amor perdido.

—¡Qué tonto es el puente: cree que construyeron el río para
    que bajo él corriera!

—Abuela, ¿qué es mejor, ser río o ser puente?

—Ser río, si quieres conocer la corriente; ser puente si no
    quieres pasar por el frío.

—Y tú, ¿qué prefieres, abuela, ser río o ser puente?

—Ser río, niña mía, ser río. Desbordarme con la lluvia, llegar al
    mar, cantar en la fuente. Sí, yo nací para ser río y no para ser
    puente.

—¡Abuela, me encontré una sombrilla!

—¡Te compraré un Sol radiante y una Lluvia fina!

—Abuela, mira las nubes.

—Ay, hija, si yo pudiera zarpar en esa barca de encaje y tules,
    sobre ti lloviera para hacer crecer tu perfume.

Nocturno 1

Jaula de ácana
Nidada de plata

—¿Qué es la noche, abuela?

—Es una doncella de dulce mirada, vestida de ébano, descalza
y cansada. Es negra y es bella. Es sabia y callada. En nada
recuerda a sus otras hermanas.

»En potro muy negro de sueños cabalga y va a la laguna a
mirarse la cara: ¡Qué cara tan negra le devuelve el agua, qué
cara tan linda, qué envidia de cara!

»Quisieran las flores tener tu fragancia le dice el rocío que a
solas la ama. ¡Si tus pétalos negros mojar me dejaras!

»Si yo fuera flor, tu amor aceptara, le dice la Noche, y luego se
escapa. Tímida se esconde en las ramas más altas.

»El canto callado del viento que pasa, la duerme y la mima, la
cubre y la guarda.

—Le quité las plumas a la urraca, su tintero al cielo, el vuelo a
la tatagua, sus alas al murciélago.

—Has dejado a la noche sin cuerpo.

—Es para que solo sea ojos, abuela. Tus dos ojos negros.

Ingrid Rojas Contreras

Ingrid Rojas Contreras *(1984) nació y creció en Bogotá, Colombia. Es la autora de la novela* La fruta del borrachero, *ganadora de la medalla de plata en la categoría de primera obra de ficción de los California Book Awards y parte de la «selección del editor» del* New York Times. *También es la autora de* El hombre que movía las nubes, *que narra la historia de su familia mística y su abuelo curandero. Sus escritos han aparecido en* The New York Times Magazine, The Cut *y* The Believer. *«Cuando te conviertes en la máscara» fue traducido del inglés por Raquel Salas Rivera.*

Cuando te conviertes en la máscara

Por cada lengua que se mueve, hay otra que permanece quieta. Una lengua fantasma que espera y examina y juzga, en su propio idioma, lo que escucha. Cuando nos besábamos, a veces besabas una lengua y luego la otra. Bifurcadas, me dicen en un idioma y luego en otro: todo es una herida. Dentro de mí, mi piel se ha chamuscado. Te dejo entrar a tantos lugares. Aquí nada puede crecer, dicen las lenguas, inspeccionando la escena. Todo es carbón, here, y aquí, y allá. El lamento es el único lenguaje que comparten las lenguas. Y la risa. Tarde en la noche, agotadas de realizar el trabajo diario del entendimiento mutuo, las lenguas se turnan respondiendo a los lamentos con risa y a la risa con lamentos.

Hace décadas, en la escuela secundaria, cuando aprendimos inglés por primera vez en Bogotá, Colombia, descubrí en mí una extraña habilidad para repetir los sonidos que escuchaba. Era una estudiante salvajemente ambiciosa y, cuando nuestros profesores anunciaron que nuestro objetivo era hablar inglés con la gramática y la pronunciación perfectas, fue con una concentración singular que me dediqué a la tarea. Deleité a nuestros profesores británicos, según los cuales modelaba las palabras que pronunciaba. Y dos años más tarde, cuando los profesores estadounidenses continuaron, dedicándose a corregir el acento británico que habíamos elaborado cuidadosamente, haciéndonos aprender a hablar con *su propia* pronunciación; también fui sobresaliente.

Por dentro, me reía de los profesores americanos o británicos que no parecían darse cuenta de la ironía de sus pequeños actos colonizadores. ¿Realmente importaba con qué acento hablábamos? ¿Un acento realmente era *más correcto* que el otro? Lo que recuerdo es que a cada uno le gustaba compartir su experiencia de nuestro país y presentaba el tema diciendo cosas como, *Aquí en el mundo en vías de desarrollo...*

A diferencia de la gran mayoría de mis compañeros, yo conocía el secreto para aspirar y suavizar mis *erres* (las *erres* que dejo retumbar por todo mi español); para dejar que mi lengua apenas se posara sobre las yes y las doble eles cuando las encontraba, de modo que casi salían susurradas (*Nueva York, llama*). Sabía que debía prestar atención a las sílabas acentuadas. *Unbelievable*, increíble, les gustaba decir a los estadounidenses, contrayendo la lengua cerca del paladar, emitiendo sonidos rechonchos. Los británicos, a su vez, les daban forma a sus lenguas para aprovechar al máximo el espacio en la caverna de la boca, produciendo palabras que sonaban con eco y llenas.

El secreto de la pronunciación perfecta del inglés era dejar que la persona que yo era desapareciera; haciendo desaparecer de la vista a la niña que decía cosas como carajo, qué vaina, mi reina, no me diga, que quería decir no *hello,* sino *jelóu,* no *and* sino *en,* no *welcome* sino *guelcom.* Entonces, encima de ese lugar arrasado, construí otro, alguien que residía en un paisaje sonoro metálico, más embriagador y nasal y no sabía de otra cosa.

Un acento es simplemente un esquema sonoro del idioma original a partir del cual se entiende un segundo idioma. Cuando aprendemos un segundo idioma, usamos las reglas de pronunciación de nuestra lengua materna para pronunciar, la usamos de punto de referencia. Un acento es simplemente los sonidos que hace alguien arraigado en un tiempo, un lugar y un origen.

Sin saber todo lo que implicaría, marché por el camino de pronunciar el inglés como me lo dictaban mis maestros, hasta que, un día, las huellas que mi lengua natal había dejado en la adoptiva, desaparecieron.

Cuando emigré a los Estados Unidos huyendo de la violencia con una visa estudiantil, vi que el hablar inglés con un acento estadounidense cuando naciste y te criaste en otro lugar es el equivalente a usar una máscara. (¡¡!!) Rutinariamente, me confundían con alguien que no había nacido, en el idioma favorito de mis maestros, entre comillas, en el mundo en vías de desarrollo. No me preguntaban lo que se les preguntaba a los que nacían en el extranjero —*¿Cómo llegaste aquí? ¿Qué te parece América?*—, esas preguntas incómodas que nos incitan a compartir nuestros traumas y ciertas expresiones de agradecimiento.

Yo era una latina morena y, cuando los gringos blancos escuchaban mi acento y registraban mi piel, me preguntaban lo que pronto aprendí que se les pregunta a todas las personas morenas que nacen en los Estados Unidos: *¿De dónde eres realmente?*

Atestiguaba un cambio repentino hacia la lástima cuando los gringos blancos se enteraban de que estaba sola en los Estados Unidos, lejos de mi familia. Pero el destello de caridad que veía en sus ojos luego daría paso a algo más, algo más penetrante y aterrador, cómo me invitaban a los eventos y presumían de mí, anunciando con orgullo que yo era colombiana, como si fuera un objeto para su colección.

En ese entonces, todavía podía escuchar mi *verdadero* acento debajo del acento *fingido* que pronuncié cuidadosamente y corregí con cada vocal y consonante que salía de mi boca.

Pasó un año y dejé de escucharlo por completo.

El peligro de usar una máscara es que, si lo haces por suficiente tiempo, la máscara deja de ser una máscara y se fija en tu cara. Ya no es una máscara. La máscara se convierte en lo que eres. Ahora solo yo soy consciente de lo que, con mucha cautela, enterré bajo capas y capas de modulación correctiva.

Tengo, según uno de esos cuestionarios que puedes completar en línea, un acento del Medio Oeste, específicamente, un acento de los Twin Cities, posiblemente Madison, lugares en los que nunca he vivido. Digo *kitty-corner* cuando me refiero a algo que está al otro lado de ambas calles de mí en una intersección y *soda* cuando hablo de una bebida carbonatada. Cuando pronuncio *cot* y *caught* no suenan igual. *Merry* y *marry* se pronuncian igual, pero *Mary* es diferente.

Solo yo soy consciente de las dos mujeres que viven en mí en todo momento. Por cada lengua que se mueve, hay otra que permanece quieta y dormita. Una lengua fantasma que espera y examina y juzga, en su propio idioma, lo que escucha. A veces estoy convencida de que los que me aman no saben realmente a quién aman. Cuando me besan, ningún amado ha podido decir qué lengua es la que se dedica a la arquitectura de su cuerpo. Y una parte de mí siempre permanecerá fuera de alcance e inaccesible. Aunque, a veces, cuando estoy muy borracha, escucho emerger mi verdadero acento, el que prefiere decir guelcom y qué vaina y es un alivio. Estoy feliz de que todavía esté allí. Se siente como una misericordia encontrarme cara a cara con lo que una vez descarté tan fácilmente. Ya que, todavía, suena como la versión más fiel de quien soy.

Hebe Uhart

Hebe Uhart *(1936-2018) fue una novelista, cuentista y escritora de viajes nacida en Moreno, Argentina. Considerada una de las más grandes escritoras Argentinas contemporáneas, recibió el Premio Fondo Nacional de las Artes de Argentina por su obra. Entre sus obras más destacadas, se encuentran* Camilo asciende y otros relatos, La gente de la casa rosa, Memorias de un pigmeo *y* Mudanzas. *«Un día cualquiera» forma parte de la colección de cuentos homónima.*

Un día cualquiera

Me despierto a las cinco o a las seis y pongo la radio para saber la sensación térmica. Una vez una conocida dijo despreciativamente, en general: «Necesitan escuchar la sensación térmica para saber si tienen frío o calor». Yo no le dije nada, pero soy muy sensible a ese tipo de apreciaciones que corresponden a la estética del alma. Porque va más allá de mí: necesito saber la temperatura y la hora. Me fastidia cuando la CNN, después de cada programa (cada media hora), pasa la temperatura de todas las ciudades del mundo; en Estambul siempre hace frío y a Buenos Aires le encajan como siete grados más de los que hay realmente. Cuánta impostura.

También quiero saber la hora y algo más poderoso que yo me lleva a mirar el reloj de pared; antes tenía idea de la hora que era, ahora no, miro el reloj y si son las dos, digo: «A dormir de nuevo». Pero por mí podrían haber sido las siete. Para dormirme repito listas de nombres de la A a la Z: Abraham, Abdel, Abenámar, Abdocia, Abdullah. Y son todos nombres que existen. Pero cuando estoy contenta por

algo y siento que el mundo me aprueba, me invento algún nombre.
Y también cuando estoy en baja o muy cansada. (Uno solo). Si uno
repite la cadena de nombres a la siesta en la misma sucesión, se
duerme. Y entonces empiezo a pensar: «¡Qué curioso es el cerebro!».

Por eso es mejor ni menearlo porque entonces el sueño se va.
Antes no. Para dormirme usaba una lista de ofensas y deudas a co-
brar con un novio que había tenido. Varios años usé la lista, las
ofensas tenían que llegar a veinte. Eran más o menos así:

1. Me dejó plantada.
2. Armó un escándalo porque yo le conté que una señora dijo la
   palabra «merendero».
3. Desapareció por quince días.
4. Me dijo que fuera a fumar a la habitación de al lado.

Y todo así. Me aburrí cuando quise llegar a veinte y no encontra-
ba, así que cambié por los nombres; hay muchísimos más.

Bueno, si son las seis y no es sábado prendo la Radio Continente
y ahí está todo el equipo amigo mío. Llegan siempre a la misma
hora y conduce Pérez, que a veces es un poco primario en sus juicios
literarios, me parece que es creyente, me cae simpático en general.
Más tarde viene Antonio Terranova, que es editorialista, tiene el
derecho de hacer reflexiones sobre lo que ocurre y lo que no ocurre;
a veces va bien, a veces la pifia, porque cree que tiene el derecho de
hacer observaciones de todo tipo sobre la marcha de las cosas del
país y del mundo. Se hace preguntas del tipo de: «¿No nos estaremos
volviendo un pueblo de...?». Y ahí ya no me gusta, porque si algo
no me gusta son las profecías. Ni las de la Biblia ni las ecológicas.

El sábado no la prendo porque está Fernando Cuenca con un
programa agropecuario de tres horas. Dice: «Vaca preñada usada»,
«saldo remanente», «vaca vieja para conserva»; también habla de la

diarrea del ganado. Entrevista a personas que hablan del gusano de la soja. Cuando él empieza el programa pide la bendición a la Virgen de Luján y me vienen ramalazos del aspecto triste del interior del país donde las oficinas grises que funcionan en casas viejas tienen una imagen de la Virgen de Luján y afuera están las vacas preñadas o sin usar. Y no quiero que el interior se me vuelva triste, yo no digo «vaca usada». Pero a veces lo escucho igual los sábados porque entrevista a un ingeniero agrónomo; no me acuerdo de su nombre porque no importa: importa la voz. Es un hombre grande y tiene la voz pausada, como de quien ha tomado suavemente las riendas de su vida, habla con mucha claridad, como si los demás fueran un poco niños, y logra tranquilizar a Fernando Cuenca, que debió ser siempre un atropellado, que termina diciendo: «Lo que escucha el campo argentino» con tono altisonante. Si se creerá representante del campo, que si vivió en él, seguro que lo pateó un caballo, y si lo mandaron a reeducar al campo, seguro que se metió en todos los lugares equivocados y se dedicó a correr a los pollos. En cambio, con el ingeniero agrónomo me casaría. Mejor dicho, no sé si me casaría a esta altura de la vida, pero me gustaría pasar una larga temporada con él en una casa de campo (si la tiene) o de un pueblo, para que me explique qué es un novillo liviano, qué quiere decir «vacas de invernada y cría» y todas esas cosas.

Seguro que a los diez minutos me olvidé de todo, pero para escuchar esa voz. Pero no es cuestión de quedar enchufada a la radio todo el día. Entonces me digo: «Dale, Catriel, que es polca» (se lo decían al indio Catriel para que bailara a buen ritmo) y me cambie el ritmo. Debo levantar la copita que dejé en la mesa de luz para tomar una pastilla a la noche. Las copitas son preciosas, son como campanillas, pero tienen dos defectos: que se caen y se rompen inmediatamente, y que tienen una costura. Y yo no se las vi. Es como si estuvieran hechas con sobras de algún material y otra vez me acuerdo de esa conocida cuando decían que precisan saber la sensación térmica para saber si tienen frío o calor. También me peleó una vez por un tema de copitas o tacitas. Yo afirmaba que si me gustaba la forma de una taza o vaso, no me importaba si eran ordinarios o finos. Entonces ella dijo: «Vos no apreciás el trabajo humano, ni la cultura que produce la porcelana, etcétera». Voy a apreciar el trabajo humano; me voy a poner unas medias un poco mejores.

Dios mío, ¿cómo es que salgo a la calle con esas medias? Hoy las vi bien, y me doy cuenta de que son imposibles. Un día uno ve algo que siempre había visto bien con malos ojos. Pero oscilo tanto que lo veo con malos ojos y a lo mejor dentro de dos horas, veo lo mismo con buenos ojos. Entonces las dejo en un lugar del placard, que es como el limbo de las medias, los pulóveres y otras cositas. Un día voy a ordenar ese limbo, sí, pero no hoy. Después de todo, es bueno esconder cosas, olvidarse de que se las tiene y descubrirlas como si fueran nuevas. ¿Será eso un atisbo de vejez? Siempre me acuerdo del mito del brujo Titonio y la sibila Cumana, que hablaba sola encerrada en una burbuja. Yo hago como el brujo: voy de la cocina a la pieza llevando y trayendo cosas; me olvido de una y vuelta a la pieza. ¿Qué me deparará la vejez? ¿Daré vueltas en redondo sin sentido ni objetivo visible, o iré a buscar una papa o una toalla con un gesto de decisión heroica? Vaya uno a saber. A eso hay que contrarrestarlo: voy a salir a caminar, caminar cambia los pensamientos y entona las tabas. Bueno, hay que caminar. Pienso primero en qué rumbo tomar. Tengo pocos, el norte, el centro-norte, por Córdoba hasta Serrano, y si estoy muy contenta, unas cuadras hasta los barcitos de Palermo Viejo. No bien llego a «El taller» o a cualquier otro, me pongo contenta: la gente toma sol en las veredas mientras atan sus perros por ahí y en la placita de enfrente hay una feria. El contento me dura poco; hay gente ociosa desde temprano y todo ese lugar me hace pensar en una vida de permanente ociosidad, leyendo el diario al sol, después llevar un poco el perro a la plaza, la feria... Además, el camino que me lleva hasta ahí desde Córdoba es oscuro, ni el sol logra aclarar esas moles que parecen viejos dromedarios. Puedo ir derecho al norte y llego a Palermo, pero lo tengo muy gastado y además el pasaje entre Almagro y Palermo es duro para atravesar: es una zona en la que venden bulones, tuercas y tuercones, parece tierra de nadie. Y además mi sentido de justicia me dice que no puedo andar siempre por los mismos caminos, le voy a dar una oportunidad al oeste. Mi sentido de justicia es así: un poquito para cada barrio, un poquito para cada comerciante, cuando hace mucho que no vuelvo a un comercio, me acuerdo y digo: debo ir allá. Le voy a dar una oportunidad al oeste, voy a caminar por Rivadavia hasta Primera Junta, aunque también pienso en un negocio que se llama «Los diseños del alma», que queda por el Abasto, pero no quiero exponerme a una desilusión si cambio de rumbo, porque siempre lo vi cerrado y tiene una vidriera oscura y sucia. Voy a Rivadavia, que se va poniendo tan ancha a medida que avanzo que me recuerda la llanura, más allá está el campo. Rivadavia está flanqueada por moles, pero son más claras que las de Serrano: rojizas, amarillentas y marrón claro. Es tan ancha la calle que uno ve llegar el 26 desde lejos. Los colectivos a esa altura no irrumpen; van viniendo con cierta solemnidad no exenta de cortesía. El 26 dobla por varias laterales, como si dijera: «Si usted vive por acá, yo lo dejo». Si yo hubiera nacido en Caballito y permanecido allí toda la vida, me hubiera casado con un maestro mayor de obras que quiso ser ingeniero pero no pudo llegar, porque tuvo que contribuir en su casa; pero a cierta altura, hubiéramos pasado de una casa baja a un departamento de paredes rojizas con un poco de dorado en la puerta (el dorado da brillo a las ilusiones) y sería como esa señora que sale ahora bien arreglada, con su pelo rubio oscuro. Está bien arreglada pero orgullosa de ser una persona de trabajo; más aún, le gusta que le vean sus manos gastadas. Están gastadas porque trabajó en pulir el dorado de la puerta y en cuidar mucho mucho a su marido, como yo hubiera cuidado al maestro mayor de obras hasta que fuera viejito y también al perro, fabricándole tapados para el invierno. Tapados escoceses, porque el escocés queda fino. Y llegó la hora de los perros, la del peludito de patitas tiki tiki que marcha decidido y va otro con cara de rectángulo, al que yo llamo «cara de candado»; me asombra esa cara. Hablo con la dueña de un perro de esos y le pregunto:

—¿Se acostumbró, señora, a la cara de su perro?

—¡Cómo no, señora, si es un santo!

La virtud atraviesa las apariencias más inverosímiles.

Aura Estrada

Aura Estrada *(1977-2007) nació en la Ciudad de México. Murió en un accidente mientras nadaba en las aguas de la costa oeste de su país natal. Estaba cursando un doctorado en Literatura Latinoamericana. «Un secreto» fue su último cuento finalizado.*

Un secreto

Borgini

José Borgini decidió adelantarse a los otros que estaban por venir. Y decidió además hacerlo por barco y no por carretera o avión. Aprovechó el viaje náutico e hizo algunas anotaciones en su cuaderno de pasta negra y de piel para el texto que trabajará en su estancia en M. y que presentará, dentro de unos días, como invitado al Congreso de Nuevos Escritores Nuevos (CNEN).

Al desembarcar en la orilla solitaria e industrial del puerto de M., José recordó la llegada de su familia italiana, equipada con el queso *parmegiano* con el que erigirían su futuro extranjero, a este mismo puerto que hoy no es ni la sombra de aquel pasado, que si nunca fue glorioso, sus breves años de vida, o la nostalgia del recuento fastidioso de una tía añorante, hacían que lo pareciera. Bajo la bruma, sobre las aguas beige y de negros destellos, barcos oxidados que no han partido por meses o por años, flotan con desgana bajo la luz violácea de la madrugada. Las ventanas de los edificios estaban cerradas y las calles mudas, a no ser por el seseo del viento apresurado. No amanecerá por otra hora y José se echó a andar por la única avenida de M.

No era su primera vez en M., pero como si lo fuera. La última vez que estuvo aquí, su experiencia fue manchada por los caminos torcidos de un amor truncado que prefiere olvidar, pero no puede. Dobla a la derecha en una de las callejuelas aledañas a la avenida desde donde alcanza a ver, al término de la esquina, las vigas de hierro oxidado que nunca llegaron a ser vías y que ahora se desdibujan entre la hierba seca, al punto del incendio, apiladas unas sobre otras camino al horizonte; un vagón ladeado de ventanas rotas y viejos asientos de cuero cuarteado por el sol. José Borgini coloca su única maleta en el pavimento frío y saca del bolsillo de su pantalón un papel arrugado en el que constata la dirección: C. De los Bernardinos, #15. Entre el puerto y la estación de tren.

Encontró el *lobby* del hostal pequeño y acogedor, tal vez demasiado luminoso en comparación con las calles lúgubres y mudas que viene de recorrer. Después de un rápido vistazo, dio con el escritorio del encargado del hostal. Se saludaron con amables sonrisas. José firmó un papel, recibió su llave y subió los cuatro pisos andando hasta llegar a su habitación. Una vez ahí, desempacó su escasa ropa, acomodó los libros en el estante sobre el escritorio y salió al pequeño balcón desde el que admiró su nuevo paisaje y escuchó en la cercanía el murmullo del río. Miró la bruma que empezaba a disiparse, revelando luces en la distancia, las cúpulas de las numerosas iglesias de M., los techos negros de los edificios todavía dormidos. Un alivio recorrió su cuerpo. Durmió un poco hasta la hora del desayuno.

José dio un sorbo a su café antes de regresar a su habitación donde trabajará toda la mañana, la tarde y de ser necesario, la noche. Su papel en la mentada Conferencia es crucial, sino para los Otros, lo es por lo menos para él, quien cuelga en el limbo fronterizo entre los antiguos escritores nuevos y los nuevos escritores nuevos. Se puede decir que es un escritor medianamente nuevo, cuyas primeras incursiones como escritor nuevo nuevo habían causado cierto revuelo y creado grandes expectativas en la escena literaria internacional. Terminó su café y volvió a su habitación en el cuarto piso.

A mediodía escribió: *este no es un relato. Este tampoco es un relato. Estas palabras no relatan. No hay nada (no hay nadie). La pared está cuarteada. Tiene una mancha amarilla que recorre un recorrido imprevisto, improvisado. Es la humedad, solía decir mi madre. Es la humedad la culpable de la miseria humana. Y odié el olor de la humedad, de la ropa que no acaba de secarse y se queda impregnada de esa culpabilidad, de la miseria humana. Pero me busqué una novia que amaba la ropa que no acaba de secarse. Y el olor de la humedad. Y de la miseria humana. No hablaré sobre mi madre. No hay nada de qué hablar. Quiero decir: escribir. Quiero decir: escribo pero no digo nada. Soy un ojo fuera del mundo. La mancha amarilla de un relato amarillo que no me atrevo a escribir.* De inmediato apretó Delete y la página volvió a su estado anterior, virginal, pensó José. Pensó también en Goethe y en Carver y en Capote —su favorito— mirando intensamente la página blanquecina y estática.

Unas gotas de sudor resbalaron por su frente; es posible que sufra de una fiebre, resultado de la ansiedad con la que trabaja. Respira hondo e involuntariamente lanza un suspiro profundo que lo sorprende como un cambio de viento repentino. Se pone de pie y avanza hacia el balcón cerrado. Hombres y mujeres vestidos de blanco entran y salen por una puerta de madera y piedra, antigua seguramente como la mayoría de la arquitectura en M. Desde su ventana cerrada el mundo es pequeño y distante. Regresó a su escritorio y miró la pantalla que lo mira de regreso como un ojo luminoso que no revela nada. Tecleó una palabra antes de inclinarse en la silla y ponerse a mirar el techo. En esta posición se quedó dormido.

✦ ✦ ✦

Sobre la hierba verde, casi fosforescente, entre flores gigantes, de pétalos rosados y azules, corrían desnudos. Era él sin ser él, él era otro pero ese otro era él, ella también era él, Todos eran él pero solo había dos y eran él corriendo desnudos por la hierba verde, casi fosforescente, bajo un cielo despejado en el que resplandecía un ojo blanquecino dentro del cual sucedía la misma escena que en la hierba, donde él que no es él que es él, retoza alegremente. Se echaron en la hierba, él (que no era él) y una mujer de largos cabellos como filigranas de oro y piel tersa y marmórea. Ella se multiplicó en cientos a quienes él (pero no es él) besaba con besos salvajes hasta llegar a la última mujer en quien, horrorizado, reconoció el rostro de su madre a quien, aún horrorizado, seguía besando involuntariamente hasta poder zafarse de sus labios y correr sobre la hierba verde, casi fosforescente, con tal fuerza que empezó a volar, primero con miedo, después con experta habilidad. Junto a él aparecieron libros voladores, de lomos color oro, y verduras habladoras que flotaban sobre ellos: pimientos y ejotes con ojos y bocas parlantes, como en aquel programa de televisión, *El tesoro del saber*, que misteriosamente le provocaba el llanto cada vez que aparecía en la pantalla. Y de la misma forma en que lloraba sobre la cama de su madre cada vez que aparecían los libros voladores y las verduras parlantes, lloró en su sueño en el que repentinamente dejó de volar y estaba de regreso en la hierba verde, casi fosforescente, pero esta vez recostado sobre el pecho de su madre, llorando a borbotones.

Lo despertó su propio llanto. Volvió a su página en blanco, brillando en la pantalla como en signo de desesperación o esperanza. Quiso sucumbir a la tentación de desbordar en la hoja los mares que se imagina en secreto, en tierras menos frías y grises que M. Tierras de arenas tibias y soles tiranos cuyos clamores solo calman aguas templadas; escribir sobre los niños que pueblan esas tierras con sus sonrisas francas y maliciosas; escribir cómo es escucharlos contar historias sobre sus profesoras de Aritmética y Español, que retrasan el comienzo de las clases, por estarse besando con el profesor de Educación Física a la entrada del salón. Oírlos sobre la arena competir por quién puede decir más rápido el abecedario, que algunos todavía no conocen, y casi de inmediato distraerse con un balón desinflado que patean vigorosamente hacia porterías invisibles, imaginadas; sobre sus padres, hablando en la cocina de la cual han hecho un templo del que cuelgan algunas ollas, pero también santos y un Cristo crucificado al que rezan cada domingo en una misa particular (de la cual ellos mismos son impartidores y asistentes).

Sus visitas a aquellas tierras cálidas han quedado atrás, con su juventud. Pocas veces frecuenta las memorias de los viajes con amigos, planeados en cafeterías ruidosas y densas por el humo de cigarro, hacia lugares del que los separaban viejas carreteras en pésimo estado y el desánimo de sus padres que sugerían vuelos y automóviles familiares. Pero llevaban las de ganar y en unos días, de silenciosa jubilación, estarían en un largo y sinuoso viaje en autobús hacia un lugar remoto de lo que encontraban hasta entonces familiar. Al anochecer, la carretera, satisfactoriamente maltrecha (el peligro daba sabor de realidad a la aventura), era la orilla de un abismo poblado de arbustos y densos árboles, de los cuales escapaban, de vez en cuando, luces débiles que parecían jadear entre la naturaleza hasta desaparecer con la entrada del amanecer sobre el cielo. Tras la llegada, había que buscar una enramada para colgar las hamacas en las que pasarán las noches, probablemente en vela, observando la oscuridad del mar nocturno con la exaltación de un niño de cuatro años pero el recato de un muchacho de diecisiete. Poco o nada recuerda de lo que solían hablar durante todos esos días juntos y aislados, pero el fervor con que lo hacían de pronto le parece fresco en la memoria.

Un golpe tímido en la puerta lo devuelve a su página, que permanece en blanco, y a la hora que palpita en la pantalla: 5:16 p. m. Ha perdido toda la mañana y parte de la tarde en un trance inútil.

Un segundo golpe en la puerta, que ya no es tímido sino atrevido, le causa un sobresalto tal que por instinto se levanta casi de un brinco que hace que tire la silla al suelo. Por la estrechez de su habitación no tiene tiempo de pensar, ¡quién carajos se atreve a interrumpirlo!, peor aún, ¡quién carajos sabe que está aquí!... cuando ya ha llegado a la puerta. La abre lentamente y no del todo. Asoma las narices y ve un rostro regordete y moreno que, aunque no lo sorprende, tampoco encuentra familiar.

—¿Sí…?

—¡Borgini! —entre sus colegas escritores es llamado por su apellido—. ¿Quihúbole, cómo andas? ¿Todo bien, escuché un ruido medio raro, te interrumpo o estás con una chava? Uy, perdón, mano, qué pena…

—No estoy con ninguna chava y no ha pasado nada. El ruido que oíste fue una silla que se cayó al suelo. Y la verdad es que no me queda muy claro, ¿quién eres?

—¿Cómo que quién soy? Valaza, hombre, Valaza —los otros colegas escritores también se conocen por sus apellidos (con la única excepción, que confirma la regla, de las mujeres).

Lo que le faltaba: Valaza.

Valaza

El bar es la única sección de la planta baja que está en penumbra. En el *lobby* brillan sillones azul celeste y sillas rojas; a los techos los atraviesan alambres metálicos de los que cuelgan pequeños pero luminosos foquitos de alógeno. Dentro de este escenario moderno, José y Valaza son dos figuras demasiado grandes, anacrónicas tal vez, e incómodos se trepan en los bancos estrechos en los que no caben. Ninguno de los dos dice nada al respecto. El bar está compuesto de unas cuantas botellas de vino y algunos licores fuertes. El *barman* es el mismo hombre encargado de registrar a los huéspedes, lo cual hace que su servicio sea poco eficiente y más bien lento. Toman una copa en silencio. Durante la segunda, empiezan a interrogarse tímidamente sobre su estancia en M., los alojamientos de cada uno y el estado general de sus vidas.

Valaza trabaja para varias revistas y un periódico que José no conoce. A este encuentro viene, no como invitado, sino para cubrir el Congreso como reportero y que la gente del mundo (o por lo menos la que lee su periódico) se entere de las nuevas novedades en materia de literatura. Valaza, o *el Negro* como se refieren a él a sus espaldas, no es el tipo de hombre con el que José suele relacionarse. La verdad es que todos se burlan de él. Pocos conocen lo que escribe porque nunca ha sido antologado y su única novela, *Serpientes devoradas*, fue publicada en silencio y en silencio pasó al olvido, pero cuando está borracho habla incesantemente de ella, y es por esto que José sabe de qué se trata. Temáticamente, explica Valaza susurrando, como si estuviera explicando las conspiraciones de un *complot* individual, es una suerte de árbol genealógico cuyas ramificaciones van unidas por la voz narrativa de un indígena, que es el *alter ego* de Valaza (o Valaza mismo) y cuyo propósito ulterior es trazar los ancestros indígenas de Valaza, pero también los ancestros indígenas de la raza humana entera. En cuanto a estructura, y aquí empieza a subir el tono de su voz chirriante, la novela comienza en el futuro, con los últimos descendientes y habitantes de la tierra, y termina en el pasado (y de esto es de lo que más se ufana) «con la sopa primigenia como fuente última y ancestro común de toda la humanidad», concluye con una sonrisa amplia y goteando sudor por la excitación o el alcohol. Nada más alejado del gusto de la crítica y el espíritu de la época, pensaron, junto con José Borgini, los críticos. Demasiado color local, tintes de indigenismo, poca distancia objetiva que le permitiera narrar un hecho con cierta veracidad sin correr el peligro de ponerse emocional. José, por el contrario, siguiendo los ejemplos de los grandes de la narrativa en su canon personal, cuyas narraciones se caracterizan por su brevedad, gustaba de temas remotos, tales como la guerra franco-prusiana o el Imperio austrohúngaro.

La última vez que se vieron fue aquí, en M., pero José no estaba solo. No solo no estaba solo, era, según él podía notar, la envidia del Convite de los Nuevos Escritores, a causa de Cipatli Pérez, la mujer con quien se lo veía a menudo; esbelta, de pelo color negro, piel morena y un ojo medio extraviado. Un perfecto toque de imperfección para acentuar la que de otro modo fuera una belleza insoportable.

—Y qué, ¿sigues con esa chava de los ojos pispiretos?

—No, la relación no duró más allá de aquel otoño.

—Hombre, qué lástima, si se veían bien enamorados.

Cipatli

Cipatli y José se conocieron en otro congreso anterior al que Valaza recuerda en este momento. Más que un congreso, era el aniversario de una obra maestra de uno de los antiguos escritores nuevos y José, como uno de los jóvenes promesa de aquel año, fue invitado a dar la presentación principal, a la cual, Cipatli asistió por una mera coincidencia. Una vez en el *podium*, a punto de empezar su discurso, levantó la mirada para comprobar que el auditorio estuviera lleno, como en efecto estaba, y la vio entrar, su rostro iluminado por las luces tenues de los pasillos. Su rostro que sobresalía por entre los demás como un escudo brillante. Desde su *podium* dirigió la conferencia solo a ella, a quien conoció poco después, durante el brindis de clausura. No siendo hombre de notables atributos físicos, la sedujo como mejor pudo: presentándola con el autor invitado y otras celebridades presentes.

Cipatli le platicó en esa primera noche de su vida errante, sus viajes por el mundo a lugares que José consideraba exóticos (como Paraguay o El Salvador), le confesó sus ambiciones en materia de derechos humanos y una sociedad más justa. A José todo esto le parecía casi risible pero la dulzura en sus ojos y un par de pechos que las míticas amazonas hubieran envidiado, le ayudaban a comprender la perduración y validez de estos pensamientos adolescentes en una mujer madura. Conjuntamente, vislumbró en ellos la posibilidad de llevarla a la cama.

Se volvieron inseparables. Se los vio juntos en cada cena o tertulia literaria, en el cine, en los restaurantes de moda, viajando a lugares remotos, sus nombres aparecían el uno junto al otro en las páginas de sociales. Curiosamente, José empezó a observar que en dichas notas periodísticas se hacía cada vez menos mención a su labor intelectual para especular sobre la naturaleza de su relación con Cipatli P. (su apellido era así abreviado) y el futuro de dicha relación que los medios encontraban enigmática. Pero la verdad era menos fácil y sus vidas no llegaron en ningún momento a ser íntimas. La cercanía fue una fachada en la que ellos mismos llegaron a creer. Fuera de un par de meses en el mismo lugar, los dos vivieron en países distintos la mayor parte del año en que se frecuentaron. José solía pensar en la relación como un conjunto de felices coincidencias que no exigían de su parte más que la presteza para que estas sucedieran. Además, hubo algunos rasgos de carácter (i.e. su inteligencia voraz y de alcance disparatado) que José halló difíciles de tolerar y que Cipatli reveló en los momentos menos oportunos (i.e. tertulias literarias en las que José era el invitado de honor). En el Convite

de Escritores Nuevos en que conoció a Valaza, José y Cipatli esta-
ban en la cúspide de su relación de coincidencias. Dicha cúspide no
pudo sino iniciar el descenso hacia lo que sería su final separación.
Las coincidencias fueron cada vez menos frecuentes hasta que, tan
sencillamente como empezaron, dejaron de suceder bajo protesta
de ninguno.

El río

—Ya se hizo de noche… aunque aquí no hay mucha diferencia en-
tre el amanecer y el anochecer. Siempre es como de madrugada.
¿Quieres ir a tomar otra copa a otro lugar menos, menos…?

Tras varios whiskys baratos, José accedió impulsivamente.
Habiendo pasado el día en el hostal, no se había percatado del viento
frío e impetuoso que barría las calles desiertas bufando como ani-
mal herido. En el cielo no había luna. La única iluminación provenía
de un farol distante que escupía intermitentemente una luz débil.
José tomó las solapas de su saco de pana negro para cubrirse un
poco, a pesar de que pequeñas gotas de sudor brotaban de su frente.

Como era su costumbre, Valaza sacó un churro de marihuana
del bolso derecho de su camisa, manchada de tinta por una pluma
que se le había chorreado, estropeando el rayado azul de su camisa
simétrica.

—Bueno, pero nunca te la tomaste muy en serio, ¿o sí? —dijo
mientras daba unos sorbos a su toque, pasándoselo a José quien lo
tomó torpemente—. Era obvio que… pues… tú sabes cómo son las
cosas, era obvio. Era obvio que no podías quedarte con ella, así, ya
en serio. No mano. Aquí que nadie nos oye uno puede hablar abier-
tamente. Yo ni había pensado en nada, hasta que fuimos a aquella
cena, ¿te acuerdas? Estábamos ahí cenando y pues el vino relaja las
palabras, los convites son los momentos para escupir la verdad sin

más, como bien nos enseñó Rojas, pero ahora ya ni quién se acuerde de él. En fin, después de unas copitas, yo me fui al baño para echarme un gallito. Y ahí escuché una plática que hubiera preferido no escuchar. Estaba muy oscuro y no alcancé a ver quién fue, pero era una voz de mujer diciendo que no podía creer que un hombre de tus ambiciones anduviera con una con semejante nombre y semblante. Una *don nadie*, dijeron. Cuando me di cuenta, yo ya estaba diciendo en voz alta, Pero pues si eso es racismo. Pero solo alcancé a oír una fuerte carcajada. Supongo que estas cosas son así, como un secreto a voces. Pero yo qué voy a saber… ¿Y estás con alguien ahorita?

Las palabras de Valaza resonaron en el vacío de la calle por la que caminaban despacio, como si fueran viejos amigos, y junto con ellas, la suya propia:

La pregunta se quedó estampada en el aire helado y su respuesta se la robó el viento. Su paseo nocturno fue interrumpido por el río que se interpuso entre ellos y el otro lado. Se detuvieron un momento en la orilla sobre la hierba húmeda.

—¿Sabes cuál es el problema de donde yo vengo, Valaza? —dijo José sorpresivamente.

—No mano, no sé, ¿cuál?

—Que no hay ríos. Y los que había, los desaparecieron, en silencio, sin pedirle permiso a nadie los metieron en unos tubos de concreto. ¿Tú te has dado cuenta?, como que uno está ahí y se muere de sed y no sabe por qué. Es porque nos quitaron los ríos. Mira este cómo da fluidez y alma al paisaje. De donde vengo, nos estamos hundiendo Valaza. Nos hundimos y ni nos damos cuenta. O nos damos cuenta pero nadie dice nada.

Las palabras salieron de su boca tan naturalmente como un respiro y tan naturalmente como el llanto que las acompañó. José lloró en el hombro de Valaza, como lloró en el hombro de su madre frente a los libros voladores. Pero a diferencia de entonces, José supo que este llanto no tendría un final feliz (i.e. que su madre apagara la televisión) y añoró su infancia y su adolescencia. Tuvo en la mente la imagen de Cipatli y su llanto fue más profundo, hasta que se terminó.

—¿Cómo llegué aquí? —preguntó extraviado.

La caminata de regreso al hostal fue silenciosa, perdida en el anonimato de las pardas calles de M. por las que esa noche no se aventuraron sino unas cuantas almas.

✦ ✦ ✦

Unos días después, en la inauguración del Congreso, José se enteraría por Valaza de que el viento de esa noche degolló a un desafortunado turista que paseaba distraídamente por las orillas del río.

—Pudo haber sido uno de nosotros —dijo Valaza con una sonrisa mórbida pero temerosa.

La noticia no perturbó a José quien tenía razones de más peso para angustiarse. Tras la pequeña charla con Valaza, muy breve porque había otras personas a quienes José tenía que ver y con quienes tenía que ser visto, una edecán de coquetos ojos verdes le entregó el programa de lecturas.

¿Quién sería, para su sorpresa, sino Cipatli, la que leería junto con él en la mesa redonda? A leer ese texto que no tiene, o que tiene pero que consta de una sola palabra: OXES.

El congreso

Debido a cuestiones de tiempo pausa en forma de coma *nos apena decirles que no habrá un moderador en la mesa* pausa *y los textos se leerán uno tras de otro* pausa definitoria significando punto final *al finalizar* pausa con intención de ser coma *las lecturas de los dos ponentes se dará un período de diez minutos para preguntas* pausa *será la tarea de los oyentes* pausa *establecer las conexiones entre los dos textos* segunda pausa definitoria *esperamos que disfruten del evento y nos acompañen a la recepción en el salón principal* tercera pausa definitoria *muchas gracias por su presencia*, fueron las palabras de la voz femenina saliendo de las bocinas del recinto medianamente oscuro y que José escuchó como en un sueño, el sudor ahora recorriendo su sien y derramándose bajo sus axilas incontrolablemente, empapando su camisa color verde y que combina, para su bochorno, con el mantel de la mesa sobre la que extiende el papel que debería contener su texto y que subrepticiamente intenta alisar para darle apariencia oficial.

Para colmo de su mala suerte, Cipatli, además de haberse metido al oficio de escritor, cerraría la mesa. Así que el primero en leer sería él, José. Tomó el micrófono entre sus manos y lo colocó a una moderada distancia de sus labios pálidos y delgados. Tosió repetidas veces, acompañado por algunos del público y cuando terminó, sin despegar los ojos del mantel verde con pompones amarillos que adornaban la mesa, pronunció: *oxes*. Levantó la mirada a un recinto lleno. Silencio incómodo. Un aplauso tímido, otro más, y otro, y otro más, y un aplauso unánime y mecánico: una ovación que solo pudo acallar lo que sucedió a continuación y que aún a la fecha José no se puede explicar, como intenta todos y cada uno de sus días desde que se levanta hasta que se duerme —aunque casi nunca alcanza el sueño—. Anonadado, estupefacto, o cualquiera de las palabras que queramos utilizar para expresar la falta de expresiones para expresar algo, José sonrió tímidamente, incluso, como Cipatli tal vez escuchó, soltó algunas risas, y la ovación continuó lentamente hacia su natural declive, que al llegar, descubrió las carcajadas de José que ya no era José, sino una carcajada gigante dando manotazos sobre la mesa, en señal de una gran diversión que lo obligó a levantarse de su silla, riendo a carcajadas estrepitosas frente al espanto de Cipatli quien trató de tranquilizarlo, primero con miradas que señalaban la presencia del público, después con palabras como «¿Qué pasa José, qué es tan chistoso?», «Tranquilízate José, ya párale, siéntate por favor que todavía falta mi texto», pero José ya estaba delante de la mesa dando brincos como un orangután puesto en libertad, riendo a carcajadas.

A su rescate vino Valaza, la única persona a quien José parecía reconocer y se lo llevó entre las cortinas, también verdes, de las piernas largas del teatro enmudecido.

Brigitte Zacarías Watson

Brigitte Zacarías Watson *(1961) es una poeta Misquita nacida en Bilwi, Puerto Cabezas, Nicaragua. Escribe en su lengua materna, misquito, y español. Es la autora del poemario* Soy multiétnica. *Su poesía ha sido publicada en tres antologías, entre ellas* La tierra miskita: prosa y poeseía en miskito y español. *«Mi Viejo» se publicó por primera vez en la revista* Waní.

Mi viejo

Mi querido Viejo no creas que me he olvidado de ti.
No, corazón mío. Lo que pasa es que he estado muy ocupada de estación en
estación buscándote mi bien amado.
Fui a todas las constelaciones, y nadie pudo darme tu número
    de teléfono, luego anduve preguntando a todos los
    Arcángeles. Nadie me dijo nada entre tanto yo sollozaba sin
    cesar.
Mi padre guapo, un día llegué a donde viven las deidades. Vi a
    Venus, a Júpiter, a Juno y al mismo Ulises y no supo darme
    un número de teléfono.
Algo, alguien que esté cerca de ti para preguntarle cómo estás.
    Nadie me dio razón.
Ya sin fuerza. Fui al cementerio y puse todo mi amor y empeño
    tratando de comunicarme contigo.
Pobre de mí. Ya sollozaba a cántaros.
Ya caía la tarde, el cielo se había nublado, llovía. Mientras

los gorrioncillos pecho amarillo reposaban en sus nidos.

Miserable de mí.

Regresé al espacio sideral y grité con todas mis fuerzas. Nadie me contestó. Pero me invadía el dulce olor de tu perfume.

Percatándome de que tenía puesta tu chaqueta.

Mi papi. Mi loco enamorado.

Ruth Behar

Ruth Behar *(1956) nació en La Habana, Cuba. Es antropóloga cultural, poeta y escritora. Sus libros de viajes incluyen* The Vulnerable Observer: Anthropology that Breaks Your Heart, Una isla llamada hogar *y* Un cierto aire sefardí: recuerdos de mis andares por el mundo. *Su poesía aparece en* Everything I Kept/Todo lo que guardé. *Behar ganó el Premio Pura Belpré por su primera novela para jóvenes,* Mi buena mala suerte, *y su segunda novela,* Cartas de Cuba, *fue un libro destacado de Sydney Taylor. Behar fue la primera Latina en recibir una Beca Mac-Arthur y fue nombrada «Inmigrante Destaca del Año» por la Corporación Carnegie. Es profesora distinguida en la Universidad de Michigan, Ann Arbor. «No seas una mujer que se ahoga en un vaso de agua» es una pieza inédita exclusiva para esta antología, y fue traducida del inglés por Raquel Salas Rivera.*

No seas una mujer que se ahoga en un vaso de agua

Tuve la suerte de conocer a mis cuatro abuelos. Por el lado paterno, abuelo y abuela eran judíos sefardíes de Silivri, un pueblo turco cerca de Estambul, cuya ascendencia se remontaba cientos de años atrás a la España medieval. Por mi lado materno Ashkenazi, mi abuelo, Zeide, era de Rusia y mi abuela, Baba, era de Polonia. En vísperas del Holocausto, todos finalmente llegaron a Cuba y se establecieron en la isla. Como muchos judíos en Cuba, no deseaban ir al norte, a los Estados Unidos. Junto con sus hijos y nietos, esperaban poder permanecer en la isla por generaciones. Vertieron sus esperanzas y sueños en las tiendas familiares y en la venta ambulante. Después de la revolución de 1959, estos medios de ganarse la vida fueron abolidos, por lo que abandonaron Cuba sintiéndose devastados, con el recuerdo de la isla rasguñando sus corazones.

Fue Baba, la madre de mi madre, quien vivió más tiempo. Llegó a los noventa y dos años. Falleció en el año 2000, inicio del nuevo siglo. Nos habíamos instalado en Nueva York después de salir de Cuba y, allí, Baba y Zeide trabajaron en una tienda de telas en Jamaica, Queens, bajo el traqueteo del tren elevado. Cuando se jubilaron a fines de la década de 1970, se mudaron a Miami Beach.

Después de la muerte de Zeide en 1987, a menudo yo visitaba a Baba en su pequeño condominio en West Avenue. Al principio, las dieciséis cuadras hasta el mar no parecían tan largas, pero a medida que envejecía, la caminata se hizo imposible larga y el sol se sentía demasiado fuerte, por lo que dejó de ir a la playa. Había un restaurante cubano en Lincoln Road donde íbamos a cenar. Los frijoles negros le daban indigestión a Baba; ella solo comía el caldito con arroz blanco y lo saboreaba.

En Baba, vi mi reflejo más cercano, pues ella era una pensadora y una mujer independiente. Nada era más patético para ella que una mujer tan débil que se ahogara en un vaso de agua. Baba se esforzó por ser dura. Pero dormí suficientes veces en su casa para saber que sufría de terribles pesadillas; siempre la perseguían por callejones oscuros de los que no había escapatoria.

Nunca aprendí yiddish, la lengua materna de Baba. Afortunadamente, tanto a Baba como a mí, nos encantaba hablar español. Ese era el idioma que hablábamos cuando estábamos juntas. Deberíamos haber hablado de cosas profundas —de la vida y la muerte, de la pérdida y el dolor, de la risa y el anhelo—, pero yo tenía prisa. Miami solía ser una escala para mí de camino a Cuba. En 1991, comencé a regresar con regularidad, con el deseo de reconectarme con mi hogar perdido y la comunidad judía que estaba experimentando una revitalización dramática. Pero a Baba no le gustaba que yo fuera tanto a Cuba. Quería que me quedara con ella, que no la dejara sola.

Baba desaprobaba con la cabeza al verme arrastrar las enormes maletas que llevaba a Cuba, llenas de regalos para mis amigos. Cuando salía por la puerta, me advertía: «¡Te va a dar una kileh!». Eso en yiddish significa hernia. Ella estaba agobiada por el peso de los recuerdos y yo me iba a Cuba en busca de más recuerdos.

Durante décadas he viajado de ida y vuelta a Cuba. Con el deseo de ser fuerte por el bien de Baba, nunca le dije que hay una parte de mí que siempre tiene miedo de ir a Cuba. ¿Qué pasa si me ocurre una catástrofe allí, podré huir como lo hicimos cuando yo era niña? Pero nunca quise que pensara que yo era una de esas mujeres que pueden «ahogarse en un vaso de agua». Nunca compartí con ella aquellos miedos que fueron el tema de mis poemas y ensayos.

En estos días, puede que no tenga tanto miedo como antes, pero sé que Baba es mi ángel guardián, que se asegura de que cada vez que vaya a Cuba regrese con el corazón intacto.

Audre Lorde

Audre Lorde *(1934-1991) se describía a sí misma como «Negra, lesbiana, madre, guerrera, poeta», también ensayista y profesora. Nació en Harlem, Nueva York, hija de inmigrantes Caribeños de Barbados y Carriacou. En 1954, estudió en la Universidad Nacional Autónoma de México, durante un período que describió como formativo para su vida como poeta y lesbiana. Fue cofundadora de Kitchen Table: Women of Color Press. Entre sus obras se cuentan* Sister Outsider: Essays and Speeches, El unicornio negro, Uses of the Erotic: The Erotic as Power, The First Cities, Zami: A New Spelling of My Name *y* The Cancer Journals. *El siguiente fragmento es una entrada de sus diarios publicados bajo el título* A Burst of Light and Other Essays; *fue traducido del inglés por Raquel Salas Rivera.*

St. Croix, Islas Vírgenes
2 de abril de 1986

Este es el año que pasé la primavera caminando por la playa en St. Croix, inundada por los vientos alisios y los cocos, la arena y el mar. Las voces antillanas en el supermercado y Chase Bank y los sabores caribeños que siempre han sido mi hogar. Tuve mi proceso de sanación dentro de una red de mujeres Negras que me proporcionaron de todo, desde un suministro constante de cocos tiernos hasta los chismes picantes, el sol, el loro fresco y los consejos sobre cómo recuperarme del agotamiento académico. Me proveyeron un lugar donde puedo recordar cómo se siente la tierra a las 6:30 de la mañana, mientras trabajo en el jardín aún fresco, bajo una luna creciente tropical, un contexto amoroso en el que encajo y prospero.

He sido invitada a participar en una conferencia sobre mujeres caribeñas, «Los lazos que nos unen». Al principio, no pensé que tendría la energía para hacerlo, pero toda esta experiencia ha sido un recordatorio poderoso y nutritivo de lo bien que se siente hacer mi trabajo donde estoy convencida de que tiene la mayor importancia, entre las mujeres —mis hermanas— a quienes más quiero alcanzar. Se siente como si estuviera hablando con Helen, mi hermana, y Carmen, mi prima, con todas las frustraciones y alegrías concomitantes juntas. Siempre es así cuando intentas que las personas que amas mucho escuchen y usas las formas en las que son totalmente diferentes, sabiendo que son las más difíciles de alcanzar. Pero es aquello en lo que son iguales lo que hace posible la comunicación en primer lugar.

La conferencia fue organizada por Gloria y las otras tres Sojourner Sisters; y es un logro increíble que cuatro mujeres Negras con trabajos de tiempo completo en otros lugares hayan llevado a cabo una empresa tan ambiciosa. Orquestaron todo el evento, reunieron a presentadoras de diez países diferentes, nos alimentaron y alojaron como reinas, además de organizar cuatro días de presentaciones y talleres históricos, culturales y políticos que fueron agradables y provocativos para las más de doscientas mujeres que asistieron.

La conmovedora presentación de Johnetta Cole sobre la revolución cubana y su significado en la vida de las mujeres caribeñas; el incisivo análisis de Merle Hodge sobre el sexismo en el calipso; Dessima Williams, exembajadora de Granada ante la Organización de los Estados Americanos, orgullosa y hermosa, recordando a Maurice Bishop y la liberación de Granada con lágrimas en los ojos.

Además de ser una reactivación tremenda, estos días son un ejemplo emocionante para mí del poder real de un pequeño grupo de mujeres Negras de la diáspora en acción. Cuatro mujeres de la comunidad, reunidas después del trabajo durante casi un año, soñaron, planificaron, financiaron y ejecutaron esta conferencia sin asistencia institucional. Ha sido un gran éxito, que proveyó tantísima información y afirmación tanto para las que participamos como para las que asistimos.

Fue una experiencia muy central para mí, un lugar ideal para volver a salir y ser partícipe, y estaba muy orgullosa de ser parte de eso y de hablar y leer mi trabajo como mujer caribeña.

Tilsa Otta

Tilsa Otta *(1982) es una escritora y artista audiovisual nacida en Lima, Perú. Es la autora de cuatro poemarios, un poemario para niños, un libro de cómics y una colección de cuentos traducidos al inglés, titulada* The Purity of Air. *Su novela alternativa sobre un despertar sexual,* Lxs niñxs de oro de la alquimia sexual *fue publicada en 2020. Es la coautora, con su padre Vicente Otta, de la biografía* Pepe Villalobos: el rey del festejo.

Cuerpo de pensamiento

Me presento ante el pueblo y tomo la palabra,
ante el desconcierto del respetable me despojo del bozal
y lamo de mí todo lo que puedo hasta chuparme los dedos.
Te señalo. Pellizco tu boca nacarada,
tomo tus medidas y enardece el vulgo
con el santuario prometido en tu silueta
haciendo sombra sobre mi cara.
Desconecto mis senos de la pantalla saturada de color,
te atravieso de un beso como un portal hacia la nada,
sacudo las polillas que atraen tus ojos.
Acaricio un cuerpo de pensamiento.
El interior es crucial,
la columna que sostiene el discurso
y el curso del río que el corazón bombea.
En tu tronco tallo nuestros nombres,
solo duelen al principio.

Luego dejan de ser nuestros nombres.
Te digo que la poesía es la placenta
que nos conecta con el mundo,
que entremos,
porque el mundo
necesita más nutrientes y nosotrxs
necesitamos un poco más del mundo.

Si nos desnudamos juntas esta noche
Bailamos de la mano y hacemos conjuros
¿Nos quemará alguien más que no seamos nosotras?
¿Alguien se atreverá a competir con el fuego que somos?

Agradecimientos

Una antología de esta amplitud y alcance es el producto de un potente esfuerzo por parte de la comunidad literaria. Muchas fuerzas se unieron para hacer posible este trabajo: las voces de las ancestras aquí reunidas, las autoras contemporáneas que aceptaron sumar sus letras y todas las manos, mentes y corazones que aportaron tiempo, esfuerzos y sabiduría. Me honra que hayan confiado lo suficiente en mí como para encargarme sus trabajos. Ofrezco mi más profundo agradecimiento sagrado a todes les colaboradores y herederes. Cuando recibieron la invitación a participar, muchas escritoras señalaron con entusiasmo a otras mujeres que no obtenían el debido crédito como las iniciadoras de los principales movimientos literarios. Estas son escritoras que fueron/son marginadas o borradas de la historia por completo. Investigadores Latines, educadores y amantes de los libros también abrieron surcos extraordinarios. Me sumergí en un viaje laberíntico, alucinante, delicioso y productivo, y me encantó cada palabra. Una de las características más emocionantes de esta antología es que esta es la primera vez que varias de las escritoras incluidas serán publicadas en los Estados Unidos, e incluso fuera de sus países de origen o residencia. Otra es que varios de estos textos son inéditos, o es inédita su traducción al español del inglés, el portugués o las lenguas originarias Indígenas. La mayoría de los textos de las escribas Indígenas en esta antología atravesó al menos dos reinos lingüísticos desde sus lenguas maternas. No es un asunto menor que varias de ellas todavía hablen y escriban en sus lenguas ancestrales. Están luchando por su existencia y por desafiar una aterradora estadística: cada catorce días una lengua Indígena muere en el mundo. Incluir estos textos en sus idiomas y sistemas de escrituras ha sido importante y una evidencia tangible de su supervivencia tanto al etnocidio como al lingüicidio. Así que, el trabajo de les traductores fue fundamental en la creación de este libro, y estoy muy agradecida por su trabajo. Les traductores literaries son artistas de la palabra que nos obsequian la gloria de poder entender otros mundos y ver el planeta de maneras distintas. Si bien me desempeñé como antóloga, este libro fue creado en un colectivo de amantes de las palabras que defienden el talento de las Hijas de América Latina.

✦ ✦ ✦

Ofrezco agradecimientos sagrados a la extraordinaria editora Tracy Sherrod, la campeona mayor de esta antología. A lo largo de esta trayectoria, su absoluta confianza y su fe en mi visión me fortalecieron. Tracy fue la primera en visualizar la antología y mi rol en su curaduría, y me proveyó con la libertad editorial necesaria para poder volar. También quisiera agradecer inmensamente a la agente Leticia Gomez, quien soñó con una versión Latina de la exquisita *New Daughters of Africa: An International Anthology of Writing by Women of African Descent*, una antología hermana editada por Margaret Busby, que actuó como guía ancestral y una de mis inspiraciones. Es hermoso vivir en los sueños de otras mujeres. Estoy también agradecida con mi asistente editorial, Mariana González, cuyo impecable gusto literario, entusiasmo y destreza investigativa fueron invaluables. La editora, Jennifer Baker, me ofreció una mano firme en medio del alboroto. Agradezco a Gabriella Page-Fort por su feroz entusiasmo y apoyo durante un periodo liminal. Me siento muy agradecida con Edward Benítez y con la brillante editora Viviana Castiblanco por su inquebrantable apoyo y alegría, y por abrir la posibilidad de editar este libro en español. Les ofrezco gracias sagradas a Viviana y a Edward por su cuidadoso y amoroso trabajo en esta edición. Les doy las gracias a los maravillosos equipos de Amistad y HarperCollins Español: Emily Strode, Nancy Singer, Stephen Brayda, Francesca Walker y Julia Negrete. Ofrezco gratitud bendita al talentoso poeta y traductor literario Raquel Salas Rivera, quien tradujo gran parte de esta antología del inglés al español. Estoy también muy agradecida con la artista Camila Rosa, cuyo arte bendice la portada.

Agradezco a mi amado esposo Willie Perdomo, mi roca y mi corazón, quien sirvió de inspiración y me sustentó con su mente brillante ofreciendo amor del bueno, pistas, y cuyo corazón me animó mientras trabajaba largas horas de curaduría. Su apoyo se convirtió en mi fuerza interior.

Estoy agradecida con la sabia y amada Marie Brown, agente literaria magistral, quien con generosidad comparte su corazón, sabiduría, sentido del humor y experticia literaria. Tengo agradecimiento sagrado con mis amados hijos, mis amores, mis corazones, Bobby Román y Neruda Perdomo, que me colman de amor incondicional. Con mis hermanas y hermanos, Wanda Ivelisse, Lydia Maritza, Miguel y Alexander; mis tías adoradas Aida y Norma; mi tío Piru; mis primos y primas, a quienes a pesar de la distancia los siento cerquita; y mis amades veintidós sobrines: el amor y el humor de mi enorme clan son mis anclas. Que las diosas y los dioses los bendigan siempre.

Agradezco a mi agente, Frank Weimann, por el aliento y el apoyo. A mi estrella guía literaria, Toni Morrison, quien me acompañó desde el plano ancestral en el viaje. A mi mejor amiga, Rossana Rosado, por su amorosa amistad durante todo el proceso. Y a mis hermanas Lipsters, ¡treinta años de unión y fuerza!

Agradezco a mis ancestres que me bendicen y guían, y que me abrieron caminos con todes y cada une de quienes quisieron reunirse con nosotres en este proyecto bendito. Agradezco en particular, y con mucho amor, a la mujer sabia, la autora de memorias y la novelista Esmeralda Santiago, el hada madrina de este libro. Esmeralda me dio el amor, la risa y todo lo que me hacía falta para realizarlo. Me escuchó, me animó y me abrió puertas, recordándome constantemente que esta antología era necesaria y urgente.

Finalmente, todo mi amor a mis ancestras, que están a mi lado guiándome, cuidándome, protegiéndome y bendiciéndome. En especial, a mi santa y amada madre, Lydia González Santos Román —Chagarita y Careya—, la matriarca mayor y Jeca, cuyas bendiciones y visitas oníricas desde el plano ancestral me nutren e informan. Te amo. Bendición.

Créditos

Gloria E. Anzaldúa (1942–2004), nacida en Harlingen, Texas, fue una Chicana, poeta cuir, ensayista, autora de libros para niños y teórica del feminismo. Coeditó, con Cherríe Moraga, la antología pionera *This Bridge Called My Back*. Entre otras, destacan sus obras *Making Face, Making Soul/ Haciendo Caras: Creative and Critical Perspectives by Women of Color* y *Borderlands/La Frontera: The New Mestiza*, un libro semiautobiográfico que explora las fronteras entre el idioma, el país, la clase social, el género y el yo.

«El rezo de la escritora», de Gloria E. Anzaldúa. Publicado con el permiso de The Gloria E. Anzaldúa Literary Trust.

«Respuesta a Sor Filotea de la Cruz», de sor Juana Inés de la Cruz (1691) fue publicado por primera vez de manera póstuma en 1701 en *Fama y obras posthumas: tomo tercero del fénix de México, Sor Juana Inés de la Cruz, religiosa, en el convento de San Gerónimo; recogidas y dadas a luz por Juan Ignacio de Castorena y Ursua*. (Lisboa, Miguel Deslandes).

«Clepsydra», de Cecilia Vicuña fue publicado por primera vez en *El Zen Surado* (1966). Copyright © 1966 de Cecilia Vicuña. Publicado con el permiso de Cecilia Vicuña.

«Os pés do donçarino» («Los pies del bailarín»), de Conceição Evaristo, fue publicado por primera vez en portugués en *Histórias de leves enganos e parecenças* (Rio de Janeiro, 2016), pp. 41-44. Publicado con el permiso de Conceição Evaristo. Fue traducido del portugués al español por Jacqueline Santos Jiménez.

Fragmento del «Capítulo 14», en *Vida de María Sabina: la sabia de los hongos* (1977), de Álvaro Estrada, pp. 89-93. Publicado con el permiso de Siglo Veintiuno Editores.

El Discurso de aceptación del Premio Medioambiental Goldman de Berta Cáceres fue pronunciado en 2015. Publicado con el permiso de Premio Medioambiental Goldman.

«así que un déspota llega a un campo de exterminio», de Edwidge Danticat, fue publicado por primera vez en *The Progressive Magazine* (2012). Publicado con el permiso de Edwidge Danticat.

«Las virtudes de la desobediencia», de Rita Laura Segato, fue publicado por primera vez en línea por RLS, julio de 2019. Publicado con el permiso de Rita Laura Segato.

Sobre la editora

Sandra Guzmán es escritora, editora, documentalista, ensayista y productora ganadora de un premio Emmy. Su trabajo rescata la memoria y explora la identidad, la tierra, la raza, la sexualidad, la espiritualidad, la cultura y el género. Produjo *The Pieces I am*, el aclamado largometraje sobre el arte, la vida y la obra de su mentora literaria, Toni Morrison. Además, fue la última periodista en entrevistar a la legendaria escritora y premio Nobel de Literatura antes de su fallecimiento en 2019. Sandra es la autora del libro de no ficción *The Latina's Bible*. Sus ensayos han sido publicados en *Audubon* y las antologías, *So We Can Know,* editada por Aracelis Girmay, y *Some of My Best Friends*, editada por Emily Bernard. Fue la editora de las revistas *Latina* y *Heart & Soul*. Su trabajo ha aparecido en HBO, NBC News, Latino Rebels, *USA Today*, Netflix, Telemundo, *El Diario La Prensa* y en el programa *American Masters* de PBS, entre otros medios y plataformas. Es Afroindígena, nacida en el archipiélago de Boríken, conocido por su nombre colono, Puerto Rico.

La traducción de los textos originales en inglés fue realizada por **Raquel Salas Rivera**, un poeta, traductor y editor puertorriqueño de experiencia trans, nacido en Mayagüez, Puerto Rico. Sus reconocimientos incluyen el nombramiento como Poeta Laureado de la ciudad de Filadelfia, el Premio Nuevas Voces, el Premio Literario Lambda, el Premio Ambroggio y el Premio Juan Felipe Herrera. Sus seis poemarios han sido semifinalistas y finalistas de premios tales como el National Book Award y el Pen America Open Book Award. Su trabajo editorial incluye *Puerto Rico en mi corazón* (Anomalous Press, 2019), *La piel del arrecife: Antología de poesía trans puertorriqueña* (Atarraya Cartonera, 2023) y la revista literaria *The Wanderer* (2016-2018). También cuenta con la publicación de las traducciones *The Rust of History*, una selección de la obra poética de Sotero Rivera Avilés (Circumference Press, 2022); *Deudas coloniales: El caso de Puerto Rico*, de Rocío Zambrana (Editora Educación Emergente, 2023); y *The Book of Conjurations*, de Irizelma Robles (Sundial House/Columbia University Press, 2023), que recibió el 2023 Sundial Literary Translation Award. Obtuvo un doctorado en Literatura Comparada y Teoría Literaria de la Universidad de Pensilvania, y vive, enseña y escribe en Puerto Rico.